同石斋札记

自然的诗性

田中禾 著

中原出版传媒集团
中原传媒股份公司
大象出版社
·郑州·

图书在版编目(CIP)数据

同石斋札记.自然的诗性／田中禾著.— 郑州：大象出版社，2019.11
ISBN 978-7-5711-0396-5

Ⅰ.①同… Ⅱ.①田… Ⅲ.①中国文学-当代文学-作品综合集 Ⅳ.①I217.2

中国版本图书馆CIP数据核字(2019)第239062号

同石斋札记

自然的诗性
ZIRAN DE SHIXING

田中禾 著

出 版 人	王刘纯
责任编辑	石更新
责任校对	李婧慧 牛志远
装帧设计	刘 民

出版发行 大象出版社(郑州市郑东新区祥盛街27号 邮政编码450016)
　　　　　发行科 0371-63863551 总编室 0371-65597936
网　　址 www.daxiang.cn
印　　刷 洛阳和众印刷有限公司
经　　销 各地新华书店经销
开　　本 787 mm×1092 mm　1/32
印　　张 9.375
字　　数 142千字
版　　次 2019年11月第1版　2019年11月第1次印刷
定　　价 148.00元(全四册)
若发现印、装质量问题，影响阅读，请与承印厂联系调换。
印厂地址 洛阳市高新区丰华路三号
邮政编码 471003　　　　　电话 0379-64606268

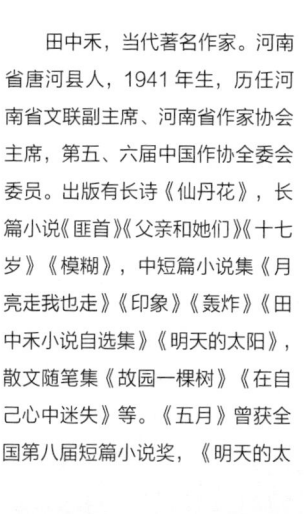

田中禾,当代著名作家。河南省唐河县人,1941年生,历任河南省文联副主席、河南省作家协会主席,第五、六届中国作协全委会委员。出版有长诗《仙丹花》,长篇小说《匪首》《父亲和她们》《十七岁》《模糊》,中短篇小说集《月亮走我也走》《印象》《轰炸》《田中禾小说自选集》《明天的太阳》,散文随笔集《故园一棵树》《在自己心中迷失》等。《五月》曾获全国第八届短篇小说奖,《明天的太阳》曾获第四届上海文学奖,另有作品分别获《天津文学》奖、《莽原》文学奖、《奔流》文学奖、《山西文学》奖、《世界文学》征文奖、首届杜甫文学奖和第一、二、三届河南省文学艺术优秀成果奖等。部分作品以英、日、阿拉伯语译介国外。

题记

以平常心做平常事,自然便是修持。

——冯友兰

目　录

眺望丝绸之路
　　——读《世界简史》　　001

丝绸之路背后的故事　　002
英国军号与中国铜钟　　012
青铜器的启示　　018
西洋镜中的中国皇帝　　027
安萨哈利情侣
　　——战争与和平的遐想　　035

谢菲尔德书简　　043

人事与天命　　043

爱因斯坦钟摆 053
顺乎自然是一种境界 062
古老算术的诡辩 073
文学、哲学与生活 083

回答所罗门
——一个东方人的哲学作业 092

淡说诺贝尔文学奖 136
21世纪的诺贝尔文学奖 136
文学创作的魔力 139
鱼和熊掌的困境 142

书里书外 145

从《沙恭达罗》到《第二十二条军规》 145
现实主义的命运 155
真诚的心灵的声音 168
独轮车的背影 171

窗外风景
——序五位北美华文女作家　　　　　　175

序赵淑侠：永远的家园梦　　　　　　175
序喻丽清：因智慧而幸福　　　　　　178
序王娟："女强人"的古典情怀　　　　180
序吴玲瑶：没什么大不了的　　　　　183
序简宛：理性与爱心的灵光　　　　　186

文明的沉思　　　　　　　　　　　189

钟摆·树叶·人性的磁极　　　　　　189
说东道西
——与季羡林先生商榷　　　　　　203
《中国哲学简史》阅读笔记　　　　　215
名士风流　　　　　　　　　　　　　240

闲说写作 252

写作：自由与理性的互动 252
写文章就是文雅艺术地说话 258
美景处处在，只待留心人 262
选好你的镜头 267
一个小故事的结构和悬念 272
好文章的第一句话 277
好结尾使文章生辉 283

石缝里的野草（代后记） 289

眺望丝绸之路

——读《世界简史》

这个夏天,我住在伏牛山农家宾馆里。窗外,一条大山深处流下来的小溪在杂草与石缝间流淌,平时悄无声息,蒸腾水汽,泛出层层涟漪;暴雨过后,浪声喧哗,入夜在我的梦中吟唱,带着我的遐想,奔向山外,奔向不可知的远方。

我手里是一本黑色封面的书,古埃及劳作人物的图案环绕腰封和边饰。这是大英博物馆馆长尼尔·麦格雷戈和他的团队历时四年编著的《大英博物馆世界简史》(简称《世界简史》,北京新星出版社2015年第8版)。他从博物馆800万件藏品中挑选出100件,以展示、鉴赏文物的方式,讲述人类文明史。写作之余,山间消夏的日子,最适合翻读这样图文并茂的读物。凝视书里图片,让舒缓的心情撒向漫无边际的时空,从180万年前非洲原始人的砍砸器，穿越两河流域和古埃及留下的文物廊，到诞生于阿联酋的世界上第一张金质信用卡，直到最后一页——深圳制造的太阳能灯具与充电器。100件文物，100多万年人类文明足迹和艺术创造，为我提供了广阔的想象空间。书中有关丝绸之路的讲述饶有情趣，引人遐想。站在21世纪的东方，回望悠久的东西方文明交流史，连绵的伏牛山把我的思绪从遥远的西域带向历史深处。

丝绸之路背后的故事

这是我对历史上最重大的一次技术盗窃案的儿童版解释。它就是著名的《传丝公主传奇》，大约一千三百年前，这个故事被绘制在一块厚木板上，如今保存在大英博物

馆。(《世界简史》第 307 页)

电脑键盘大小一块木板,绘着一幅中国画。黑白线条,犍陀罗佛教画风。四个人物,记述着中原公主把养蚕、缫丝技术偷带到西域的故事。画面中间的女主角面目富丽端庄,在光环映衬下,华丽的桂冠特别招眼。她左侧的侍女手指公主头饰,眼神透出诡秘,暗示公主发髻里隐藏着重大秘密。在她出嫁远行的时候,她瞒过国王和亲人,把蚕种、桑籽藏在冠戴里,逃过检查,从中原带到西域。在这个边远国度,公主教民众培植桑树,孵化蚕种,把养蚕、缫丝、织绸、制锦的技术传授给当地百姓。画面右侧,一个女人在整理蚕茧、抽丝、理纱。她旁边的男人梳线、织锦,忙碌得仿佛生出了四只手。

这块画板和周边遗址的发现,为丝绸之路考证提供了地理、实物、文献的丰富证据,发现的经过曾轰动英伦,成为 20 世纪的重大事件。也许因为斯坦因(英籍匈牙利人,1862—1943)的经历在中国至今仍是一段有争议的历史,尼尔·麦格雷戈对传丝公主画板的介绍稍显简略,只说它出自新疆和田地区一个废弃的小寺院,19 世纪末被英国探险家奥里尔·斯坦因发现。

20世纪兴起的丝绸之路探险热,与斯文·赫定(瑞典人,1865—1952)和斯坦因在西域的探险活动密不可分。斯文·赫定发现了楼兰遗址,斯坦因发现了精绝遗址和敦煌经藏。两人盗掘、骗取了大量珍贵文物,使丝路文明轰动世界。传丝公主画板是斯坦因1900年在丹丹乌里克(塔克拉玛干古城)寺院遗址发现的。同时发现的另一块画板是鼠头神像,讲述楼兰人在大兵压境国家危亡之际,由于鼠神帮助,大批老鼠咬啮敌营辎重、装备,瓦解了强敌军心,使敌人不战自乱、仓皇败逃的故事。老鼠遂成楼兰古人崇拜的保护神。

传丝公主故事最早见于唐代高僧玄奘口述的《大唐西域记》。据考证,故事发生于公元220年,时值魏文帝代汉自立。策划盗取蚕桑技术的于阗国主是尉迟舍耶,传丝公主是魏国公主。她把蚕种、桑籽带到于阗,在麻射这个地方种植桑树,教民养蚕,刻石立碑,立下法规,要求百姓爱护桑树,珍惜蚕种,使丝绸业成为古国的支柱产业,于阗成为中亚丝绸的制作、集散基地,丝绸之路上一个极为重要的贸易与文化中心。民众在麻射修建寺庙，纪念她的功德。玄奘取经路过此地时，庙院、石碑犹在，当地人指着庙院里的老桑树告诉他，这就是当年公主带来的桑籽种植的第一棵桑树。（见杨镰著：《寻找失落的西域文明》，北京航空航天大学出版社2010年版，第200页）

"丝绸之路"这个名词，来源于德国地理学家费迪南·冯·李希霍芬（1833—1905）。他多次到中国旅行考察，历时近4年，写出《中国——亲身旅行和据此所作研究的成果》（简称《中国》）。在这本书里，他把西汉时期兴起的中国与印度、与中亚以丝绸贸易为主的西域通道称为"丝绸之路"，被学界广泛接受。丝绸之路的产生，与汉魏以来的和亲政策息息相关。自汉至清，两千多年间，"和亲"一直是中国历代帝王重要的外交政策。王昭君、蔡文姬、文成公主……留下了可歌可泣的故事。她们以女性个人人生为奉献，避免战争流血，构建民族之间的和平。历代和亲外嫁的女子展现了东方女性儒家文化的美德，她们既做君主的贤内助，相夫教子，又以仁爱之心爱民惜民，传播中原文化，把内地的先进生产技术、生活方式带到偏远国度，体现了"传丝公主"

们所代表的四海和谐的中华文化；在国家与民族关系上，在对待权力、武力的态度上，彰显出"以和为贵""不战而屈人之兵"的中华理念。

"在人口迁移、货物流通、观点与发明的流传和宗教传播等方面，丝路的历史重要性不论怎么强调都不过分。"（第308页）丝绸之路既是世界上最早的贸易之路，又是东西方文明交流最早的渠道。物资、技术的对流带来宗教信仰、文化艺术、思想观念的互融。佛教自南亚传入，伊斯兰教自中亚传入，中华文明随着贸易流通影响到欧洲。元、明时代青花瓷在西方火热流行，就是东西文明交流最典型的例证。《世界简史》以一对元代花瓶的来历讲述了青花瓷蕴含的文化交流意义。青花瓷白底蓝画的风格原不是中原文化自有特色。出于中东贸易需要，元代瓷器工匠们学习、仿效波斯画风，用伊朗颜料蓝钴配色，迎合当地市场，形成青花瓷瓷器艺术，不但风行于西亚，广受穆斯林喜爱，还被欧洲宫廷崇尚、贵族热捧。中国工匠采用伊朗颜料、中东画风创造出的青花瓷成了中国的代名词，西方人把它当作高贵身份的象征。书中介绍的"大卫对瓶"，是一位名叫大卫的英国爵士从江西搜购，瓶上图案是张牙舞爪腾舞在祥云之中的中国龙，铭文注明生产于元至正十一年（1351），"大卫对瓶便是文化开放的积极产物之一"（第399—402页）。

丝绸之路、青花瓷，反映出中国儒家文化的开放兼容，而和亲政策、怀柔手段，又暴露出中国帝王对外软弱的一面。正如胡适"儒源于懦"的阐释，儒家思想使中国帝王政权对外偏重于忍让，对内强调等级、礼制，君君臣臣父父子子。清朝末年，慈禧太后的名言"量中华之物力，结与国之欢心"［见戴逸、龚书铎主编：《中国通史（少年彩图版）》（第十册），海燕出版社2002年版，第465页］把历代帝王对内镇压、对外媚和的专制统治面目赤裸裸展示于历史画廊里。而西方经历了文艺复兴、宗教改革、工业革命，使欧洲走出中世纪黑暗。个性解放激发了创造力，促进了生产力发展，工业、科技发达，经济繁荣。以竞争为核心的西方哲学进一步助长了列强的殖民主义思想；强大的国力、先进的武器，使东西方贸易逐渐变成西方的掠夺和殖民侵略。在"维多利亚早期的茶具"一节里，作者以英国王室的三件镶银陶瓷茶具讲述下午茶在英国兴起的故事，带出一段黑暗历史。"在一杯现代英国茶的背后,隐藏着维多利亚时期全盛的政治活动。"(第593页)中国茶进入英国宫廷,为王室所爱,整个英国形成下午茶风气,茶叶成为英国民众心目中的奢侈品。远隔重洋的中国人绝不会想到,英国人对茶叶的爱好会给一个古老文明国家带来深重灾难。为了支撑茶叶消费,"在英国茶叶一概自中国进口时期,由东印度公司出售鸦片换取银两,再用银两购买茶叶……最终引发了战争。第一次冲突至今仍被称为鸦片战争,但其实也是一场茶叶战争"(第596页)。

尼尔·麦格雷戈在一百多年之后为中国读者披露了这个残酷真相,鸦片输入和鸦片战争都是贝德福德公爵夫人惹的祸,"19世纪40年代,贝德福德公爵夫人引入了下午茶的习惯"(第594页),使中国茶风行英国,成为社会时尚。中国把茶叶带给英国,英国以鸦片"回报",最终使一个文明古国沦为贫穷、落后、任人宰割的半殖民地,险些被列强瓜分。

读这段历史时,我正在喝茶。与窗外浓绿的树影相映照,一杯色泽明亮的红茶在案头飘香。拿起茶杯,观赏悦目的橙红汤水，享受下午时光，悠闲心境浮出一波微澜。——这是一杯斯里兰卡茶。鸦片战争之后，英国人在他们的海外殖民地积极寻找适合中国茶生长的地方，发现斯里兰卡一片山地土壤、湿度、光照适宜。他们在那里引入中国茶树，细心培植，发展出自己的红茶基地，不但降低了英国茶的成本，还把斯里兰卡培育成世界重要的红茶出口国，据说现在已是世界有名。与传丝公主不同，英国人无须把茶种夹带在头饰里，他们光明正大地把中国茶树移植出去，不用担心偷窃罪名。一位远房亲戚在那里承建工程，特意捎了斯里兰卡红茶让我品尝。它的汤色漂亮，口味却欠醇厚，不耐回味，一杯足矣，不像中国茶那样可以终日品味，更不会有什么茶道、茶经可论。大约这与西方人的生活节奏有关吧。作为休闲文化的重要方式，中国人喝茶比他们讲究多了。种茶、喝茶、品茶，把玩茶具，是中国人的民族品性。茶，是中国文化的一部分，犹如丝绸、瓷器。一场茶叶战争并不能改变中国茶在文明史上的地位。

其实，尼尔·麦格雷戈对西方强权的批判态度是鲜明的，他在《世界简史》里选取的一百件文物中有十多件印证西方文明的血腥。他首先从西方文明的源头希腊雅典帕台农神庙浮雕说起,那些浮雕把异国人刻画为半人半马的妖魔。"希腊人在世界上为自己定位的方式之一,就是将'敌人'及'他者'都视作'非人'。"(第168页)西方哲学的宗教内质决定了他们对异教徒、异族人的排他态度。帕台农神庙敬奉的雅典娜就是战神,"在古希腊人的世界里,凡事都通过争斗来解决。输赢决定一切"(第168页)。这种权力观"极大地塑造了欧洲人的思维"(第168页),成为西方主流意识形态。《世界简史》通过阿坎鼓(第553页)、苏丹鼓(第607页)记录西方人在非洲劫掠财富、贩卖黑奴的恶行。一块精美的铜质浮雕"贝宁饰板"(第487页)蕴含了血淋淋的种族灭绝惨案:1897年,英国殖民者闯入正在举行宗教仪式的贝宁城,与当地黑人发生冲突,造成伤亡,"英国人借为公民报仇之名组织了一队复仇远征军,血洗了贝宁城",放逐他们的首领,"建立起南尼日利亚保护领地"(第490页)。尼尔把一块澳大利亚土著人用树皮做成的盾牌当作稀世珍宝,认为"这是本书最具说服力的物品之一,它已被视为承载着历史、传奇、全球政治和种族关系等各个层面的标志"（第573页）。它是英国探险家、殖民主义者库克（1728—1779）船长第一次踏上澳大利亚土地时，从土著人手里缴获的战利品。同样铭记欧洲人殖民历史的文物还有"夏威夷羽毛头盔"（第559页）、"北美鹿皮地图"（第565页）等。

当尼尔·麦格雷戈在英国军号、中国铜钟、丝绸之路与贝宁铜板之间思考时，西方政治家却很少考虑人类文化的差异与兼容，他们继续秉持古希腊雅典的"输赢决定一切"的政治理念，把"敌人""他者"视作"非人"，以植根于基督教文化的价值观凌驾于人类文明之上，以利己主义的排他性，在法律、道德、正义、公理等之上实行双重标准。当代政治继续证明着一个真理——强权是推动文明进程的杠杆，实力决定法律规则。

英国军号与中国铜钟

1997年，香港回归中国的仪式上，中英两国挑选的音乐都极具特色。……英方选择了一首表现战争与冲突的乐曲进行独奏，而中方用一组乐器表现了和谐。……这其实表现了两种截然不同而又相当固我的社会组织方式。（《世界简史》第185页）

尼尔·麦格雷戈以这段文字为开头来讲述春秋战国时代的中国铜钟，勾起我对1997年的回忆。香港回归那个夜晚，我和全家人坐在电视机前，看庆典仪式庄严进行，英国国旗从旗杆落下，五星红旗和紫荆花区旗冉冉升起，我像每个中国人一样心情激荡。英国人吹奏《最后的岗位》，是英国军营为追悼世界各殖民地殉职的英国军人的传统号角乐曲。一把军号，一个士兵，旋律单调，带着送别的凄怆。而中国演奏的乐曲《天地人交响曲》由著名作曲家谭盾创作、指挥，编钟领奏，大提琴引导，管弦乐合奏，二百多名儿童童声齐唱，张学友独唱。"吹响了庆典的号角，不再是昔日的战鼓，奏响了永恒的谐和，不再是母亲的哭泣……"当他低沉、自豪地唱出"天地与我并生，万物与我为一"的时候，我眼里涌出了泪水。这就是音乐的力量，东方哲学的力量。难怪尼尔对香港回归庆典的音乐印象如此强烈，感触如此深刻。英国军号以葬礼乐曲凭吊殖民战争，怀念昔日荣光；中国编钟演奏"天地与我为一"，颂祷世界和谐。作为一个英国人，能从两国不同的音乐，反思东西方权力观念的差异，是受庆典乐曲强烈对比的启迪。

《世界简史》称"中国铜钟"的文物（第184页），出自中国陕西，制作于公元前500年至前400年的东周时期，形制庄重，花纹精美，铸工精良。其实就是一只单个的编钟。尼尔是否知道，这样的编钟和演奏团，中国各地博物馆都有，编钟音乐已经成为博物馆的观赏节目，每天都在演出。香港回归庆典演奏时所用的编钟，是出土于湖北随州的曾侯乙编钟原件，铸造于战国早期，距今两千四百多年，由六十五件青铜编钟组成，制作技艺精湛，音乐性能良好，奏出的乐曲洪亮、庄严、悠扬，至今仍能激励人心，使听众肃然起敬。

编钟音乐既是中国最早的音乐，也是中国宗教信仰的象征。"哲学家很容易从这些音阶分明、乐声和谐的铜钟里看出理想社会的隐喻，每个人都应各司其职，与大家通力合作。"（第186页）

大英博物馆收藏的这只单个铜钟，离开群体编组，失去了演奏功能，其实也失去了铜钟的真正价值。这可能是另一个隐喻——集体功能的强大必然会对个体价值和个人创造力构成制约。英国人用一把军号能够很好地表达他们的情感，中国人用一只铜钟没法完成乐曲演奏。西方重视个人，东方重视集体，这正是儒家思想与西方哲学的不同。

当代中国人已经很难意识到音乐对于我们民族传统的重要性。在孔子的理念里，礼、乐，是儒家治理天下的核心价值观。礼是规矩，乐是教化。礼是核心，乐是手段。孔子讲乐，不只是个人修养，更是天下安定、社会和谐有序的体现。"礼崩乐坏"就是不讲规矩，不尊重等级，不懂文化艺术的社会责任，是乱世的象征。在儒家意识形态里，文艺肩负着教化民众的功能，一直被看作社会政治的一部分。

以音乐激励人心，是宗教、军营和团队常用的手段。音乐的煽情、感染力能够制造群体的集体无意识。基督教唱诗班，欧洲军团的军乐、风笛，非洲奴隶的战鼓，控制精神、激励斗志的作用胜过鸦片和兴奋剂。因此，英国历史学家汤因比说，音乐歌舞"都是力图使参与者暂时忘却他们的个体意识和人格，通过'集体无意识'投身到相互共享中"（汤因比：《艺术的未来》，广西师范大学出版社2002年版，第5页）。

五四运动以来，随着东西方文化交流的深入，现代意识与价值观觉醒，孔孟之道遭到知识界质疑、批判。其实，儒家思想早在两千年前就遭遇过挑战，墨子是其中最有力的批判者。《墨子·公孟》里说"儒之道，足以丧天下者四焉"：儒者不信鬼神，造成"天鬼不悦"；儒家的宿命论使民众怠惰，安于天命；儒家以孝道名义推行厚葬之风，子女守孝三年，劳民伤财，浪费社会财富、民众精力；儒家倡导乐，使贵族耽于享乐，百姓不思进取。（见冯友兰《中国哲学简史》，第36页）

墨子讲的儒家四罪，除了鬼神一款，其他三项都抓住了儒家思想的要害，与当代知识界对儒学的反思有共通之处。《世界简史》第55节以大英博物馆收藏的精美、奢华的唐三彩墓葬俑，展示了中国祖先崇拜带来的奢靡之风，"这个国家的结构、实力以及对自身文化的极度自信……（在这些奢靡行为中）得到了生动体现"（第341页）。

然而，儒家思想并不像墨子指责的那样"足以丧天下"。汉代独尊儒术，儒学成为历代帝王治国的得力武器。唐代树立道统，宋代兴盛理学，儒家地位进一步确立，成为明清正统的意识形态和道德规范。主张个人自由的道家更形边缘化、民间化，与禅宗一起，成为隐逸者的精神家园。

我所住的小山村位于伏牛山东麓。这里平时很安静，一到周末，村中央停车场挤满大巴，游客如蜂蝶一样扑飞在购物点、山货店门口。各个农家宾馆全都爆满，一些自驾游散客不得不在车里过夜。入夜时分，山寨大门前点起篝火，高音喇叭响起音乐，射灯闪烁，群山影子被照耀得光怪陆离。"你是我的小呀小苹果，怎么爱你都不嫌多。……火——火火火火火——"山门前广场上人头攒动，老大妈、小男女忘情地在歌声中跳舞，火热的音乐节奏震撼山谷，整个山村一片沸腾。大自然被人间欢乐感染，"天地与我为一"。这是当今中国最典型的山野周末。那一刻，唱歌跳舞的人进入最单纯的状态，他们忘却人世烦恼，抛开恩怨情仇，在释放自我中忘记了自我。音乐歌舞在狂欢中显示出它的宗教功能——既是对心灵的抚慰，也是对精神的麻醉。

"战争礼仪也需要铜钟。中国人认为，不奏响钟鼓便发动攻击不是公平正义的战争，而钟鼓奏响之后便可大战一场。"（第187页）这段文字证明尼尔·麦格雷戈对中国文化的理解尚显肤浅。他没能理解编钟在礼仪上的神圣性，也并不了解中国古代战场规则。编钟只在庄重场合鸣奏，不在战场使用。曾侯乙编钟在香港回归典礼上使用后，2008年北京奥运会开幕式上又用过一次，都是重大庆典。

中国人发动攻击以击鼓表示，而不是鸣钟。击鼓，是为了鼓舞士气，震慑敌人，"一鼓作气"成语就来源于此，与英国军队吹奏风笛、军号、奏军乐一样，与公平正义无关。鸣金，是收兵撤军的信号。(《荀子·议兵》："闻鼓声而进，闻金声而退。")鸣金，是鸣钲。钲，一种军营使用的铜制打击乐器，似钟似铃，狭长，有柄，可执摇敲击，它不是钟。"钲鼓"可用来代指战场、战争，"钟鼓"则是城市、寺院朝暮、入夜报时的信号，这是两个完全不同的概念。这些细节要让一个外国人理解，的确有点困难。

青铜器的启示

在中国，逝者会获得极大的尊崇。……中国最重要

也最常见的古代宗教仪式，便是为逝者准备祭祀的食物。（《世界简史》第141页）

尼尔·麦格雷戈以一件来自中国西周的青铜器——康侯簋，引入对中国宗教信仰的畅谈，论述东方观念对人类文明的意义。

这件青铜簋出土于河南浚县（并非如《世界简史》书中介绍"发现于中国西部"），是商周时代盛放食物的祭器。簋内铭文记载了成王初年周王之弟康侯平定商人叛乱的功勋，因而可以推断，铸造时间应该在成王初年至公元前1000年之间。"这样的青铜器是最具代表性的中国古物之一，制作工艺极为繁复。……当时世界上没有其他任何国家能够制作。"（第142页）它见证了周朝的统一、强盛，见证了周代奠定的中国礼仪。青铜簋作为中国祭祀文化的代表，确立了中国人的基本信仰——"天命"观和祖先崇拜。

周王会盟天下诸侯推翻殷商统治取得政权，他为改朝换代找到的理由就是受之"天命"，殷商之所以失去政权，是因为它违背"天命"。"这在世界上尚属首创……

周朝是第一个明确提出天命的王朝。"（第143页）

中国人信奉的"天命"，不同于西方人信奉的上帝。从哲学根源看，中国人心中的"天"是"天人合一"的天，既是对大自然的崇拜，也是对人本主义的崇尚。"天命"是天意，也是民心民意。《孟子·尽心上》里说，天存在于人心之中，故人只要知心知性，便能知天。孟子在《尽心下》所说"民为贵，社稷次之，君为轻"是中国人传诵千古的名言。冯友兰在《中国哲学简史》第十二章有关阴阳家的论述里对天人感应有详尽阐释。"国君恶行使天地震怒，天地震怒便造成自然界的不正常现象。"中国人常用"天怒人怨"形容暴政，人间发生的一切，大自然都有相应的反应。冯友兰把这种天人感应的宇宙观追源于《书经·洪范》。《洪范》里讲五行，指天地万物运行有五种形态（而非我们通常理解的金、木、水、火、土五种物质）。公元前3世纪，阴阳家邹衍把这种天人感应的五行说推演为王朝更替的规律，为历代帝王尊崇。"直到1911年清朝覆灭之前的历代皇帝，都称自己是'奉天承运'。"皇帝颁发诏书的第一句话，就是为了表明自己的政权合乎天意。（见《中国哲学简史》，

世界图书出版公司北京公司2014年版,第87—90页)

尼尔·麦格雷戈认为中国这种天命观体现了人本主义内涵。"天命成为中国政治的永恒主题,为君王的统治提供依据,或成为改朝换代的理由。……弑君或杀害尊长是当时最严重的罪行。但任何反抗权威的行为都可以用天命来解释。它内在的图腾含义相当于西方的民主概念。"(第145页)以西方学者的理解,"天命"是对帝王的支持,也是对帝王的制约,"内圣外王",要求帝王具备圣者的学识、修养和仁爱。如果帝王横征暴敛,挥霍无度,荒淫无耻,他就违背了天命,可以被民众推翻。

晚清以来,具有启蒙主义思想的中国有识之士对"天命论"的批判与西方学者的认知有根本差别,他们认为"天命论"是专制政权欺骗民众,推行愚民、愚忠政策的手段,完全不具有民主概念。戊戌变法失败后,民主革命人士邹容(1885—1905)在《苏报》上发表《革命军》一文,犀利地指出:"自秦始皇统一宇宙,悍然尊大,鞭笞宇内,私其国,奴其民,为专制政体,多援符瑞不经之说,愚弄黔首,矫诬天命,揽国人所有而独有之,以保其子孙帝王万世之业。……中国之所谓二十四史,实一部大

奴隶史也。"（见王业霖著：《中国文字狱》，花城出版社2007年版，第216页）

即以创建理学而成为后世批判对象的宋代大儒朱熹，也认为"内圣外王""天命"这一套东西并不可信。"朱熹和其他新的儒家认为，汉唐以降的历代政权，执政者都是谋私利，而不是为大众。"（冯友兰：《中国哲学简史》，第197页）"千五百年之间……尧、舜、三王、周公、孔子所传之道，未尝一日得行于天地之间也。"（朱熹：《答陈同甫书》，《中国哲学简史》，第197页）

我想到一本书——加拿大多伦多大学中国思想、宗教史学者秦家懿与德国杜宾根大学神学教授孔汉思合著的《中国宗教与基督教》。

孔汉思把人类宗教划分为三大河系。第一河系欧洲与中近东三大宗教：犹太教、基督教、伊斯兰教，"它们的共同特点是'信仰虔诚'"。第二大河系"源出印度，以神秘主义为其特点"。第三大宗教河系"源出中国，其中心形象既不是先知也不是神秘主义者，而是圣贤；这是一个哲人宗教"（《中国宗教与基督教》，生活·读书·新知三联书店1990年版，第2—3页）。

在中国，道教、佛教和传入较晚的基督教、伊斯兰教，被称为宗教，没什么异议；儒家（尽管被称为儒教）算不算宗教，一直是争议焦点。以有没有教义、戒律、信众组织来判断，儒家似乎不算宗教。秦家懿却从多个角度证实了儒家的宗教性。她首先引用胡适《说儒》的观点解说"儒"的来源："从字源上看，'儒'与'懦'相关，实指那些古代失势的贵族，他们已不再是勇悍的武士，而靠他们对礼仪、历史、音乐、算术和射艺的知识为生。后来，'儒家'便成为由孔子开创，以其道德智慧代代相传发展而成的学派的总称。"这是儒家非暴力思想的根源。儒生以"礼"为行为准则，强调"礼""乐""中庸"，儒学因而被称为"礼教"。孔子"五十而知天命"，他对天命的尊崇形成了儒学的宗教感情，"他相信人格'天'的存在，而且努力追求对于天命的认识与遵行"。经过孟子、荀子的发展，尤其是汉代以后，逐渐形成一套以国家为中心的敬天拜祖礼仪，祭天，祭地，祭祖，祭日、月，祭山（五岳）、河（四渎），祭忠良、先烈、英雄，建立了"天道""人道"传统。即使近现代祭祀活动不再活跃，儒学"内涵深处，仍然具有浓厚的宗教性"

(《中国宗教与基督教》，第65—87页）。

站在窗前，眺望对面山头，郁郁葱葱的杂树在风中摇摆，绿色影子里透出花砖屋脊。在早晨或黄昏的凉爽中，沿着弯弯曲曲山路，登上山头场坂，眼前是几间带廊柱的建筑。庙宇不大，门槛很高，幽暗的光线笼罩着殿堂深处身着道袍的神灵。香炉里青烟缭绕，隔着玻璃，能看到布施箱里花花绿绿的钞票。被庄严、肃穆的气氛感染，站在廊下，心里禁不住生出敬畏之情。

这是伏牛山、太行山随处可见的景象。庙里供奉的是当地民众自己的神。各山有各山的神，溪谷有溪谷的神，青龙庙、白大仙、九莲圣母、西台如来……经历了"文革"破"四旧"，庙宇、神胎、宗教遗迹几乎被扫荡殆尽，然而，今天山里形形色色的小庙不但没有减少，反而比民国时期更多。它们不是佛教，也不是道教，一个山洞，一棵古树，都会被当地百姓膜拜，成为他们对传统民俗、伦理道德、向善辟恶、向往美好生活的心灵寄托。正如秦家懿所说："中国传统文化中确实有一神的信仰，并没有因为时代变迁和历史哲学家们不同的解释而消失。""实际上不可能把道教与民间儒教的道德教诫和民间佛教的

信念与礼仪分得清清楚楚。"(《中国宗教与基督教》，第74、137页)

说中国人没有宗教信仰，一个重要原因就是中国宗教的民间性和互容性。"中国传统词汇中没有'宗教'一词，是否意味着中国根本没有宗教，或者缺乏西方人对宗教的体验？这种语言学决定论的推理是站不住脚的。"(《中国宗教与基督教》，第63页)中国历史上没有出现过政教合一的政权，没有任何一种宗教能够压倒孔孟之道被树为国教，宗教、神职人员无法主导世俗社会生活。冯友兰引用美国思想史学者德克·布德教授的话说："这一切使得中国和其他主要文明国家把教会和神职人员看为文明的重要组成部分，有基本的不同。"(《中国哲学简史》，第3页)在中国，宗教服从于皇权；在西方，宗教凌驾于国家之上。

儒家以礼为中心的忠、恕、中庸之道和非暴力思想，冲淡了宗教的极端意识，使中国宗教具有和谐共处、和平共融、忠君爱国的特点。佛教传入中国后，经历了尊佛、灭佛风波，最终禅宗战胜律宗，吸收了道家哲学，模糊了与儒家孝道相冲突的六亲不认、生死轮回和种种苛烦戒律，被士族与广大民众接受，融入中国文化。登封少林寺有一通著名的三教合流石碑，反映出自宋代提出"三教合流"之后，宗教界普遍接受三教共融的理念。明代画家画《三教图》，老子、孔子、达摩同坐菩提树下，辩经论道，宣扬中国历代统治者和文人对宗教和谐的主张。

由于没有强势的宗教思想控制，中国人对外来文化敌意最少，接受力最强。改革开放四十年就能成为世界第二大经济体，成为世界经济的重要推动力，当与这种文化背景密切相关。当我反思孔孟之道如何压抑个性、阻碍人才成长的时候，我不能不同时庆幸自己生长在一个没有宗教战争的国家。中国成为人类历史上唯一连续到今天的统一多民族文明古国，在改革开放中创造发展奇迹，这是一个重要原因。

"除天命之外，周朝还留下了另一个影响深远的概念，三千年前，他们称自己的国土位于中国，意为中央的国度。此后中国人一直将自己看作世界的中心。"（《中国宗教与基督教》，第145页）这种世界之中的自我定位，助长了海纳百川、不拒异类的开放传统。

西洋镜中的中国皇帝

就算是不为中国人的种种优秀品质而痴迷的人也能认识到……他们的帝国是有史以来最杰出的。
——伏尔泰（1694—1778）（《世界简史》第579页）

对乾隆皇帝的欣赏，是《世界简史》最令我惊奇的部分。在此之前，我不知道17、18世纪欧洲思想界对清代皇帝和当时的中国如此赏识。"在法国的启蒙运动中，伏尔泰等思想家认为，17世纪至18世纪的中国人确实有很多值得欧洲人借鉴的地方，比如关于人生的思考、品行、学识、涵养、高雅艺术以及生活艺术……""世界各地的统治者都希望自己的宫廷中多少有一些来自中国的元素。"（《世界简史》，第580、582页）这种来自历史的崇拜直观地反映在该书开头。在序言里，作者以乾隆皇帝对一块古玉的考究引出他自己的历史观："尽管乾隆皇帝对玉璧用途的推测是错误的，但我承认，我很欣赏他所采取的方法。通过物品思考历史或去了解一个遥远的世界，是一种诗意的重构过程。""充满想象力的解读和欣赏是'通过文物看历史'的关键。"对一块古玉入迷的清代皇帝深深吸引了大英博物馆馆长，他特意把曾经被乾隆案头把玩、题诗、刻字的"玉璧"专列一章，对这位皇帝和他治下的清朝大加赞赏，甚至把这位皇帝对一件文物的无知猜想和胡诌乱扯的句子与欧洲思想启蒙运动相联系。"玉璧"一章所透露的17、18世纪欧洲对清代的倾慕令我找到一点中国人的自豪感，而他们对乾隆盛世的盛赞却也勾起我的思考。

这件环形玉璧被推断制作于公元前1200年，应该是商代盘庚迁殷后的武丁与廪辛之间，距乾隆题诗刻字时间（1790）将近三千年。在崇尚玉文化的中国，三千年古玉是一件稀世珍宝，落入乾隆之手，竟被判定是一个碗托。为了驳斥别人的质疑，他写了一首诗，刻在玉璧上："谓碗古所无，托子何从来。谓托后世器，古玉非今材。又谓碗即盂，大小异等侪。"（第580页）为了证明自己推断正确，乾隆还特意为它配了一个碗。"……不可无碗置，定窑选一枚。"（第581页）书中插图就是现存北京故宫博物院被乾隆御定为古玉搭配的那只碗，碗上同样刻着这首半文不白的诗。收藏在大英博物馆的乾隆题刻的这块玉璧，诉说着一个荒诞不经的故事，反映出中国皇帝的无知、骄横，想象力贫乏，学识浅薄，而且自以为是。他以荒唐的揣测，封杀对古玉的科学考证，扼杀后人的美好想象，与西方考古界的科学态度形成鲜明对照。作为大英博物馆馆长，尼尔明白，在一件三千年艺术品上随意题刻，是对文物的破坏："很多人都会认为这是对文物的破坏，是一种亵渎，但乾隆皇帝不以为然。"尼尔明白："类似的雕刻对他来说另有政治含义。"（第582页）然而，乾隆对古玉的态度、判断、结论都存在很低级的错误，尼尔为什么还要赞赏他以文物看历史的方法？这方法难道真如作者称赞那样是对历史的"诗意的重构"，而不是对三千年文物的亵渎？

乾隆附庸风雅早被晚清、民国以至现当代文人嘲笑。梁启超曾说："高宗附庸风雅，学问不及乃祖乃父。"（见金性尧著：《都是文字惹的祸》，故宫出版社2012年版，《土中录》前言）乾隆一生写了四万多首诗，从题刻在玉璧上的文字可见水平，而且他的诗都经过被他封为"江南老名士"的沈德潜校改。沈死后，受一桩文字狱牵连被查抄，从笔记里看到为皇帝代写的御制诗稿，乾隆震怒，沈不但被废除一切荣誉，还被掘墓戮尸，祸及子孙。把死去的人挫骨扬灰，株连家族后代，在乾隆一朝并不少见。他们都是因文字惹祸。（见王业霖著：《中国文字狱》，花城出版社2007年版）

乾隆是中国历史上执政时间最长的皇帝之一，在位六十年，做太上皇继续掌控朝政三年。他开疆拓土，平定新疆、西藏叛乱，制定藏传佛教达赖喇嘛转世定规，废除土司，改设州县，对多民族国家的统一、强盛贡献突出；重视农业、水利，减免赋税，改善农民生活，使清朝成为经济发达、政治稳定、百姓富足的世界强国。

也许因为中国皇帝从小被严格管教、训导，读书、骑射，即位后在严酷的权力斗争中又需穷尽智慧，殚精竭虑，一生兢兢业业，皇帝做得很辛苦；而西方（尤其法国）皇帝则显得浪漫、奢靡，声色嬉戏过于荒唐、轻松。对比之下，康熙、雍正、乾隆在他们心目中不但是好皇帝，而且博学多才。乾隆懂汉、满、蒙、藏、维吾尔等多族语言，会写诗，会书法，精于骑射，能把当时的中国治理得疆土最大、经济最好、人口增长最快，伏尔泰这些苦苦为西方寻找出路的学者，钦羡大清也在情理之中。

最为西方学者称道的，是乾隆注重文物、艺术品收藏和文集编纂。"他的丰功伟绩是组织编纂了《四库全书》，它是人类史上最恢宏广博的文集，涵盖了中国从先秦到18世纪所有的典籍，就算在数字化之后，也需要一百六十七张CD才能完整收录。"（第582页）

而正是这部《四库全书》，反映出中西学界对中国文化认识的差异。被尼尔盛赞的这部巨典，从出世起，就受到中国文人的质疑和诟病。在肯定它的文献贡献的同时，历代学人都指出《四库全书》删除、修改了不少对清廷不利的文档，是对汉文化垄断、掌控的象征。黄裳在《笔祸史谈丛》（北京出版社 2011 年版）里以翔实的资料对《四库全书》编辑过程中抽撤销毁禁书、篡改入编书稿的史实做了详尽描述。据不同资料统计，《四库全书》编纂过程中，先后奏缴禁书 24 次、13862 部。编辑过程中，一些官员把来自民间的逸稿中发现的问题呈报乾隆，制造了中国历史上规模最大、残杀最多、手段最残忍的文字狱。"文字狱至清代而达到顶峰，乾隆朝是顶峰中的顶峰。""顺治至雍正三朝，文字狱约为三十余起，乾隆一朝，却达一百三十起以上，即是一朝抵三朝的数倍。"（《都是文字惹的祸》，第 2、15 页）在乾隆执政的六十三年中，平均每年两起文字冤案。康熙、雍正时期文字狱的受害者多为具有反清倾向的知识分子，有名的"清风不识字，何必乱翻书"贻笑于历史，却还牵连到政权。乾隆时期清政权已经稳固，反清力量早被镇压或收服，四海升平，文字狱反而规模更大、杀戮更凶残，不惜动辄使用凌迟酷刑，死去的人也要挖出来挫骨扬灰，其实大多与政权安危无关，只是为了制造一种万民俯首、四海惶恐的社会秩序。鲁迅曾推荐后世阅读《清代文字狱档》，他举过不少例证，落入冤案者有的是为了表忠心，有的是个人恩怨报复检举，"有的是卤莽；有的是发疯；有的是乡曲迂腐，真的不识讳忌；有的则是草野愚民，实在关心皇家。而运命大概很悲惨，不是凌迟，灭族，便是立刻杀头，或者'斩监候'，也仍然活不出"（鲁迅《隔膜》，《且介亭杂文》，人民文学出版社1973年版，第33页）。黄裳《笔祸史谈丛》举了几个案例，精神病患者丁文彬因胡言乱语，被凌迟处死，亲属三人"斩监候"，吓得地方官看到疯子就赶紧抓起来；直隶王肇基为讨皇上欢心，向皇太后献诗祝寿用错了词被"立毙杖下"。

伏尔泰与乾隆同代，他一生反对封建专制、教会专制，强调自由平等，抨击天主教、新教的黑暗、腐朽，印行反对现行宗教和政治体制的小册子。当他面临入狱危险，躲避到女友庄园去秘密写作时，他可知道，他的文字足够大清王朝凌迟处死千百次，死了也会被戮尸？按大清律例，凌迟要把罪犯割刮一千多刀，从手背、脸颊，一片片割到胸膛，割一个时辰，停下来休息观赏一会儿，让血流尽，黄水流完，最后再剖心肝。如果让伏尔泰体验一下这样的刑罚，他对大清皇上的印象会不会有所不同？

乾隆盛世被清代诗人龚自珍形容为"万马齐喑"。文字狱不仅造成寒蝉效应，还调动了在恐惧中互相攻讦、告密、叛卖这些人性的阴暗面，极大地破坏了传统文化中美好的东西，破坏了儒家的为人原则。鲁迅感慨道，从《清代文字狱档》"我们不但可以看见那策略的博大和恶辣，并且还能够明白……遗留至今的奴性的由来"（《笔祸史谈丛》，第144页）。

另一位与乾隆同代的法国思想家孟德斯鸠（1689—1755）不像伏尔泰那么天真，他对乾隆时代的评价一针见血，他认为清代的中国"是一个专制的国家，它的原则是恐怖"（孟德斯鸠：《论法的精神》，商务印书馆2009年版，第129页）。当乾隆志得意满，自诩为"十全老人"时，随之而来的必然是好大喜功，奢侈浮夸，挥霍国库，宠信佞臣（和珅），吏治腐败，盲目自大，闭关锁国。各地起义此起彼伏，国家在内忧外患中很快从繁荣顶峰跌落到衰败谷底，造成中国近现代民族危机。

乾隆玉璧是一个隐喻——三千年灵璧变成碗托，碗里盛着黔首的吃喝、贵族的玩乐、文人的稻粱，托着乾隆盛世皇家的自满自傲。天人合一的灵感，春秋、魏晋的空谈，全都淹没在皇上的御笔里。

让世人不曾想到的是，一百二十九年后，乾隆皇帝遭遇了被他掘墓戮尸的人同样的下场。1928年，来自中原农村的军阀孙殿英，把慈禧和乾隆的墓掘开，为了得到他嘴里的珍宝，士兵们把他的牙敲掉，尸体抛进臭水沟。被压抑的人性以恶的方式反弹，对文明进行报复。——这就是历史。

安萨哈利情侣
——战争与和平的遐想

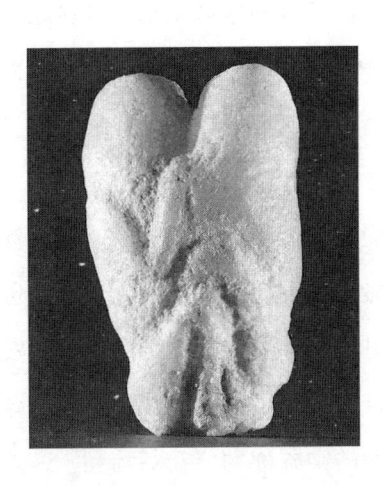

在末次冰河期快结束时，有人从伯利恒附近的一条

小河中捡起了一块鹅卵石。……一双人类的手将这块历经冲刷的美丽圆卵石雕磨成了大英博物馆中最动人的藏品之一。它表现了一对紧拥的恋人,是已知最早表现人类性爱的雕像。(《世界简史》,第37页)

八十五年前的一个傍晚(我想象应该是一个傍晚),亨利神父和他的朋友勒内·诺伊维尔踏进伯利恒的一家小博物馆。他们慕名而来,却发现展厅里没什么值得驻足细看的东西。当他带着失望心情准备离开的时候,有人拿来一个木盒子,向他展示附近地区收集来的杂七杂八的物件。在一个考古学家眼里,这些东西不过是一堆垃圾。然而,就在这堆垃圾深处,他发现了一个光洁可爱的鹅卵石。他拿起一看,眼睛立刻闪闪发光。这不是一对正在做爱的情侣吗?他马上询问这个鹅卵石雕像的来历,找到最初发现它的贝都因人。在这位贝都因人带领下,他走进犹大沙漠深处的一个洞穴,发现了史前人类生活的遗址,确定了这对鹅卵石情侣万年前的家。这个洞穴,被考古学界称为"安萨哈利",这对情侣也便成了"安萨哈利情侣"(第38页)。《世界简史》作者

特别强调:"我们这座雕像来自耶路撒冷的东南部。""他们生活的区域包括以色列、巴勒斯坦、黎巴嫩和叙利亚。"(第39页)

窗外阳光灿烂,照耀着小溪对岸山头,茂密的野树覆盖山林,反射出深幽的浓绿。我眼前闪过一组镜头,那是午间新闻电视播出的叙利亚战场情景。几个武装人员手持武器走过画面,背景是垮塌的楼房,冒烟的天空,一片废墟的城市。这画面与书中美丽、温润的鹅卵石雕像,与我面对绿色大山的宁静心境,形成强烈对比,诱发我对远古文明和人类现状的幽思。相拥的恋人沉醉于缠绵情意之中,他们万年后的家园却在无休无止惨烈的战火与杀戮里挣扎。不久前我看过一部黎巴嫩导演齐德·多尔里编导的电影《炸弹枕边人》。一对受过高等教育归化了以色列的阿拉伯年轻夫妇,在耶路撒冷过着上等人的优裕生活,丈夫阿敏是一所大医院的名医,妻子出入于酒吧、购物中心。当他荣获重要医学奖,在颁奖典礼上领奖时,市中心发生爆炸。他紧急赶回医院,参与救治伤亡者,发现他的妻子被炸身亡,并被怀疑是袭击的发起人。他不能接受,想不明白:那么善良、温情、文明的妻子，怎么会变成恐怖分子、人肉炸弹？为了弄清真相，他返回巴勒斯坦原住区进行调查。他怀着悲愤、迷惑进入巴勒斯坦时，发现那里到处张贴着妻子的画像，她被民众当作英雄、圣者，是大人孩子崇拜的偶像。随着调查的深入，他对巴勒斯坦人的处境有了更深刻、更具体的认识，逐渐弄清了妻子的精神轨迹。他发现，巴勒斯坦人与以色列人的敌对，深深植根于两个民族世世代代的仇恨中。宗教信仰使这仇恨不断加剧，沁透他们的血脉，无法化解。返回耶路撒冷的时候，阿敏头脑里留下的巴勒斯坦人悲惨、屈辱、不屈不挠的印象难以抹去，以色列繁荣、富足的景象在他眼里变得冷漠、可憎，他曾经的白领日子令他不安。对他来说，今后的人生将不得不在无奈、无望的纠结中度过。影片开头的甜蜜与结尾的悲凉，以强烈的反差震撼萦绕着我，我不免陷入沉思。阿敏和他妻子的故事仿佛是安萨哈利情侣的现代版。"安萨哈利"和美索不达米亚这块古老的土地，长久陷入血与火的纷争，以色列、巴勒斯坦、黎巴嫩、叙利亚，人类古老文明发祥地之一，而今成为地球母亲身上无法愈合的疮口。大国博弈虽然是中东战火的背后力量，宗教派别之争和民族矛盾却是战乱的根本原因。比起政治、经济利益之争，宗教、民族冲突对人类伤害最深。任何文明理性面对宗教和民族纷争往往都无能为力。难道宗教和民族的意义就是增加人类隔阂、助长族群仇恨吗？

人类为什么要有宗教？宗教对人的心灵究竟有益还是有害？

循着《世界简史》展示的文物，人如何区别于动物成为人类，从狩猎到粮食、财富的集聚，部落、种群兴起，城邦、国家出现，一条清晰的轨迹，标示出安萨哈利情侣如何越过万年沧桑，从简单的生存走向复杂的文明。他们出生成长的幼发拉底河、底格里斯河流域富庶、丰饶，是人类最早建立王朝的地方。财富改善了他们的物质生活，却使他们的心灵陷入迷茫。当他们走出沙漠深处洞穴，进入集市村庄之后，他们不能不面对人世不平和社会分化。

我的手停留在这本黑皮书的第65页，一张人物众多的图片——"乌尔旗"，绘制于公元前2600年，是一位名叫伦纳德·伍利的考古学家在伊拉克南部乌尔皇家墓葬里发现的。乌尔旗通身镶嵌珠宝，图案精美生动，人物栩栩如生。画面把众多人物分为三组，精细地描绘了三个不同等级的生活场景：最下层辛苦劳作的奴隶背负累累，向上层人贡献粮食、牛羊、鱼肉；中层是为皇家服务的富人、公务人员接受奉献，侍奉王室；最上层国王和神职人员在欢乐中享用盛宴。这幅画通过对贵族生前生活的描绘，刻画出城邦时代阶级分化的状况，记录了社会的不公。如果说人类早期宗教表现了人类对自然的敬畏、崇拜，那么，有组织、有教义的宗教的产生，与这幅画里所展现的社会不公密不可分。劳苦民众在贫困、屈辱中无望地生活，他们盼望有一个俯视人间疾苦的上帝，给他们安慰，为他们主持公道，在苦难中拯救他们的灵魂。正如《圣经》所说，"有血性的都败坏了"，宗教担当了让败坏的人心变得善良、残酷的世界变得美好的使命。然而，当宗教成为凝聚人心的精神武器时，少数上层精英轻易地攫取了宗教主导权，政教合流，把现实权威与精神权威融为一体，标志着权力和宗教的异化。宗教成为思想枷锁和战争发动机，欧洲坠入中世纪千年黑暗。正如马克思所说："宗教是人民的鸦片。"(《〈黑格尔法哲学批判〉导言》)十字军八次东征，种下人类仇恨的种子。直到文艺复兴，宗教改革，工业革命，宪章运动，西方才进入现代文明。而宗教、教派纷争，依然是中东、非洲战乱的根源。宗教—愚昧—贫困—战乱—列强掠夺，构成恶性循环，也让人类文明陷入困境。

窗外青山仿佛在沉思中拷问：安萨哈利情侣何时能走出血与火的怪圈，拥有没有战乱、没有压迫、没有贫穷、精神自由、生活富裕的日子？

盯视安萨哈利情侣淡黄色图片，我心里又有一份温暖：无论人世有多少苦难，爱，永远是人性亮色，人类的光明和希望。窗外青山在人世的纷争与破坏中依然长绿；爱，不会因为战乱、仇恨而泯灭。安萨哈利情侣血与火分不开的甜蜜拥抱，是一个象征。它超越宗教，超越种族，象征着生命不息，人类永恒。

我即将驱车下山，离开秋意将至的溪边小楼。收拾案头杂物时，在废纸中看到一张清单：

康侯簋　铜钟　汉代漆器　《女史箴图》　传丝公主画板　唐代墓葬俑　大卫对瓶　明代纸币　玉璧　太阳能灯具与充电器

这是收入《世界简史》的中国文物，百件之中占十件。

《女史箴图》是东晋画家顾恺之的名作，中国存世最早的文人画。原作12卷，失逸3卷。本来是有话可说的，现在忽然涌上一个念头：这些现存于大英博物馆的文物是怎样流入英国被收入大英博物馆的（起码斯坦因从丹丹乌里克和敦煌藏经洞弄走的东西并不合法）？它们应不应该归还中国？翻一下书中图片，百件文物有几件出自英国本土？如果这些文物统统归还原有国家，大英博物馆会不会变成空楼一座？三卷简史也将无由产生，我的札记会不会无从说起？

　　站在收拾好的行装前，手拿这张清单，望着窗外郁郁葱葱的山林，那个残酷的命题再次从心底浮出：人类文明难道真要靠强权去推动吗？安萨哈利情侣必须面对文明冲突的血与火吗？

2018年8月至2019年1月

谢菲尔德书简

英国中部一座小城,因为一所历史悠久的红砖大学,吸引了来自世界各地的年轻学子。旭日升起或夜幕降临的时候,一群操着汉语的青年走过幽静的小街,我家后辈一鸣的身影出现在公寓门前树影里。他在这里攻读研究生,使我知道了世界上有一所谢菲尔德大学,像小城的名字一样宁静、质朴,却是百年名校,曾培养出六位诺贝尔奖获得者。于是,我的心与这里的一座小楼牵系一起,就有了以下文字。它是我与一位后辈聊天的记录,也是我与自己的交流。

人事与天命

一鸣:上午好!

当我在享受上午阳光的时候你那儿应当是深夜，黎明挟着浓雾在你酣睡中弥漫而来，流荡在公寓楼外的小树林里。门廊的灯光幽寂、温馨，小楼显得更加安谧。看到你发来的图片，好羡慕你为自己安置的小窝：不但有舒适的床铺、小书架、软椅子、沙发，还有厨具、餐桌、餐椅。我能想象同学聚会时的欢闹、嬉笑和兴高采烈。你把那幅书法悬挂在起居厅正面墙上，使房间有一种书香气息。说真的，最初看到你的微信，要我为你写一幅诸葛亮的《诫子书》，我有点意外。一个喜欢音乐，喜欢运动，身穿球衣，手托篮球，站在篮筐前，以很酷的姿势做出投篮动作的爱玩的男孩，怎么会突然想要一幅书法，而且是儒家的家训名言？对于一个崇尚当代生活、在西方大学里读书的青年，把书法挂在书斋，装点一下风雅，是个不错的选择，如果真是出于对这篇文字的喜爱，把它当作座右铭，会不会让人觉得古板、老套、迂腐？通了几次微信，我知道了，在繁忙、紧张的课业之余，你迷上了新拍的电视剧《三国》，对生活在乱世，以顽强意志发挥个人智慧、实现人生价值的剧中人物产生了浓厚兴趣。看来，传统文化的力量能够击穿时代浮华的泡沫，在年轻的心中点燃人生激情。虽然我一直主张个性解放、精神自由，但我不得不承认，传统文化对启迪人生、激励志向仍然有强大的魅力。

　　大约你对公众的评价有所疑惑，所以才问我对诸葛亮、曹操、司马懿的评价。这三人虽然都是雄才大略、叱咤风云的历史人物，但在评价上，一般认为前者为中华楷模，后二人是乱世奸雄。毫无疑问，这是儒家的价值观。以孔子的说法，人可以分为君子、小人。诸葛亮就是孔子所说的君子形象最完美的呈现。孔子对君子的要求虽然有多个方面和许多细节，但儒家把"礼"当作道德核心、治国根基。孔子第一次被邀请去见齐王，他给景公献的国策就是"君君臣臣父父子子"，意思是，人要遵从社会角色，各尽其责，守规矩，有担当。君主要做好君主，臣子要做好臣子，父亲要做好父亲，子女要做好子女。他认为东周天下大乱，就因为"礼崩乐坏"，人们不守本分，败坏了规矩。要治理这个乱世，就要把"礼"看作社会基石、做人准则。如果人们都能克制自己，恪守礼制，维护秩序，天下就会太平，社会自然安定。用他的标准去看这三个人，对他们的历史评价一目了然。

诸葛亮虽然有雄心抱负，却能克己复礼，把自己定位在"臣"的位置上，选定刘备为主，忠心耿耿，赴汤蹈火，"鞠躬尽瘁，死而后已"。无论环境多么恶劣、条件多么艰苦，还要遭受刘备结义弟兄关、张及手下将领疑忌，他却矢志不移，无怨无悔，竭尽心力，毫无保留地贡献自己的智慧、精力，乃至生命。火烧连营之后，刘备兵败，病危白帝城，《三国演义》有一段描写刘备临终托孤的文字："君才十倍曹丕，必能安邦定国，终定大事。若嗣子可辅，则辅之；如其不才，君可自为成都之主。"刘备这话既是试探、加责，也道出了实情。以诸葛亮的智谋、学养、才干、威望，不只是取代刘禅，就是取代刘备，也会得到百姓拥护。如果诸葛亮自立为王，蜀汉也许会更强大，不至于及早败亡。然而，那样做，诸葛亮不但成不了儒家的道德标杆，也失去了光明磊落、不谋私利的人格品质。曹操、司马懿之所以被看作奸雄，因为他们骨子里有个人野心，把个人抱负、家族利益置于君主和天下之上。诸葛亮不只心无私欲，行为上也从不僭越。荆州丢失，关羽被害，刘备决心兴兵复仇。诸葛亮苦口进谏，希望他以大局为重，不要破坏与吴国的关系，陷蜀汉于两面树敌的险境。在劝阻无效时，他尊重刘备的决定，一面积极献策，一面为刘备准备退路。一个功高权重的臣子不擅权，不计私怨，谨守了儒家礼制。曹操挟天子以令诸侯，司马氏精于为自己的利害打算，他们的行为与诸葛亮的任劳任怨形成鲜明对比。

然而，从人生目标看，曹操和司马懿是成功者。他们分别奠定了魏、晋的建国基础，让子孙实现了帝王梦。诸葛亮是失败者。他既没为自己和家族谋到利益，也没能挽救蜀汉政权。为收复中原，他还搭进自己的性命，最终使"匡扶汉室"成为一个笑柄。

于是，这里出现了一个问题：如果你生在三国时期，你会像诸葛亮那样傻傻地为了挽救一个腐朽不堪的政权，耗尽毕生聪明才智，还是如曹操、司马懿那样趁着乱世，实现个人抱负，建立自己的天下？这就是后世（尤其是当代）评价三个人物时遭遇的困境。自我价值最大化，是一个人走过人生的合理追求。从这个意义上说，曹操和司马懿的作为显然比诸葛亮更值得效法。

后世历史学者对诸葛亮批评最多的是他不应该为一个虚幻的"中原梦"不断用兵。一个小小的蜀国，人力、财力、自然资源有限，既不能与占有广阔中原的曹魏抗衡，也无法与江南鱼米之乡的孙吴争锋。荆州丢失，连营兵败，刘、关、张相继离世，他本应仿效西汉初期，实行休养生息政策，息兵安民，他却不停地发动战争，消耗国力、民力。蜀汉及早败亡，与他的北伐大有关系。

所有这些对诸葛亮的批评，对曹氏、司马氏人生价值的肯定都有道理，然而，诸葛亮的形象在历史上，在民众中，在我们心里，为什么还是高于曹操、司马懿？排除儒家思想影响，排除艺术形象的感性作用，以人性目光看，三个人物中，诸葛亮仍然是最有光芒的。尽管曹氏与司马氏成就了帝王梦，多数后人在惋惜诸葛亮"出师未捷身先死，长使英雄泪满襟"之余，仍然以他为人生楷模，并不认为他是失败者。这是为什么？

其实，做人的道理正如中国民间常说，不可以成败论英雄。人与人的对比，不只是能不能把个人利益最大化。不管儒、道、释，还是基督徒、穆斯林，信仰有所不同，价值各存差异，但在看待人生、人性上，心里都有一个自然而然的人格理想。诸葛亮的光芒，来自他的人格魅力。

首先，诸葛亮以智者形象令人钦敬。他博学多才，通晓天文地理，深谋远虑，足智多谋，善于创造性思维。内心丰富，人格自然强大。

其次是贤者风范。诸葛亮公平正直，坦荡无私，是非分明；身居高位，不贪不骄，不被权力异化。

在这两点上，曹操比司马懿的层次高。曹氏父子有很高的文学修养和传统文化底蕴。曹操的"月明星稀，乌鹊南飞""对酒当歌，人生几何""老骥伏枥，志在千里"，寄托了富有哲理的人生思考。司马氏以权术得天下，把中国传统文化和人性的阴暗发挥为专制力量，导致西晋政治黑暗，人心惶恐，外族入侵，中国陷入几百年南北分裂。

最重要，也是最具争议的，是诸葛亮的进取精神，充分释放了生命能量。后世学者批评他北伐不息，消耗蜀汉国力，看似有理，其实是一种脱离历史现实和哲学思考的狭隘观点。我的看法恰恰相反。刘备去世后，诸葛亮为收复中原所做的一切，成就了诸葛亮这个历史人物，把诸葛亮的精神光辉发挥到极致。如果没有七擒孟获、六出祁山，诸葛亮这个人物会黯然失色，中国历史也少了许多悲壮、绚丽和启迪。从个人角度看，诸葛亮把一个承诺当作毕生事业，这种忠诚和坚韧不拔是人类的高贵情操；从历史看，诸葛亮的北伐起到了振奋蜀汉人心的作用，使蜀人不因小国寡民、新丧国君而自卑。因为有诸葛亮，有北伐，天下民众把国家统一的希望寄托在蜀中，蜀中百姓有一种尊严感、安定感。如果诸葛亮在刘备死后采取消极防守、偏安自保的态度，内忧外患将很快突显出来，蜀国会真正陷入危机。

以诸葛亮的睿智、通达，难道他看不到蜀国的局限，魏、吴的优势，为什么一次次失败仍不放弃？这就牵扯到一个人生哲学命题，诸葛亮是"尽人事，听天命"的典范，对后人（尤其当代青年）如何摆正客观机运和个人努力、人生目标与现实落差，有重要启示。收复中原是诸葛亮毕生的志愿，与其说是对刘备、对蜀汉、对天下的承诺，不如说是对自己的承诺。六出祁山，诸葛亮当然不想失败。然而，北伐过程能让他充分发挥聪明才智和生命激情，会不会成功，听天由命，自己并不能主宰。对于一个洞悉天命的人，正如当今我们经常说的：过程比结果重要。

人生本来就是一个过程。取得什么成功，遭遇什么挫折，碰到什么人，发生什么故事，看似偶然，都是命定。——各种机缘的聚合。个人能够掌控的只是自己的意志、努力和方法，并不能掌控最后结果。尽人事，不是不顾主客观条件，只凭美好愿望行动。结果虽然不可掌控，预判评估却能显示一个人的理性、智慧水平。中国传统文化讲天时、地利、人和，是合乎现实规律的。时、空和个人与人际状况，构成命运环境，决定事业成败。司马懿是诸葛亮唯一的对手，他最终取得胜利，是因为他能审时度势，充分利用天时、地利，把智谋劣势化为优势。把握时机，是司马懿最大的智慧，他以这样的智慧战胜了诸葛亮，也战胜了曹氏集团。姜维失败，因为他的盲目。诸葛亮每次北伐都做了充分准备和周密策划。诸葛亮的失败，更多的是受制于地理要素、后勤困境。姜维北伐，完全不考虑天时（北方、江南大定，天下不再寄希望于汉兴），放弃地利（主动让出巴蜀天险），无视蜀中人才断档（既无将帅，也无贤臣），蜀汉败亡是天命的必然。

天命与人事，构成一对辩证关系。人到世上来，不能因为看透天命不尽个人努力，虚掷生命，无论顺境、逆境，都能乐观、进取、积极向上，不可为一时成功自骄、一事挫败气馁。而清醒认识天时、地利、人际环境和个人能力，是处世、行事的智慧。不可违逆时势，不顾实力、时机，空想、蛮干。脚踏实地，才能做出成绩。你付出了努力，为自己创造了有声有色的过程，也就不必计较成败得失。

《诫子书》主旨是教育儿子诸葛瞻努力学习，不要荒废青春，核心是"非澹泊无以明志，非宁静无以致远"。当物质、享乐成为社会潮流的时候，不能看淡花花世界的诱惑，心中就难以确立人生志向；不保持心灵宁静，就无法达到高远的人生境界。这两句千古名言，蕴含了深刻的人生哲理，也带着浓厚的说教意味。我倒主张，你听从自己内心去发展。历史只是人生的参考，自己的人生还要自己去把握。无论东方传统还是西方哲理，都不应束缚一个年轻生命健康、快乐成长，要让青春生动活泼，充满朝气。自信、多思，能带来自悟、睿智，让你飞高鸣远，超越前人。

附：《太平御览》版《诫子书》

夫君子之行，静以修身，俭以养德。非澹泊无以明志，非宁静无以致远。夫学须静也,才须学也,非学无以广才,非志无以成学。淫慢则不能励精,险躁则不能冶性。年与时驰,意与日去,遂成枯落,多不接世,悲守穷庐,将复何及!

爱因斯坦钟摆

一鸣:你好!

这会儿还没休息吧?教师罢工,学校突然放假,这段时间如何安排?前些日子课程紧张,推荐给你的书,趁此机会可以读读,推荐的电影下载了看看,有什么感想,发邮件给我。亲身经历全英大学教师罢工,也算一次别样体验。最初看到这消息,我的第一反应是,你的学业会不会受到影响?学校秩序会不会出现问题?看到你和同学的态度都很淡定,我也就释然了。一个号称维护个人权利的国家,罢工,在他们那儿算不得什么。额外多出一段假期,能意外地放松一下身心,会不会觉得挺开心啊?

对于一个习惯了以尊重公众利益为第一位的人,我还是有些疑问。大学教师是教书育人的职业，是社会精英、文明表率，不是普通工人，怎么可以为了个人利益，置学生的学业于不顾？世界各地来求学的学子，多数来自发展中国家，他们付出了昂贵学费，每天花费不菲。停课二十天（你们学校停一周），学生家庭会浪费一笔不小的开支。尽管安排了补课时间，成本还是要学生负担。这公平吗？同样的问题，前不久，英国航空公司的技师和其他员工为改善待遇罢工，多架航班停飞。他们与老板闹矛盾，受害的是乘客。矛盾双方为自己利益争执，损害第三方利益，学生权利、社会公众权利谁来维护？——也许这就是东方思维与西方思维的差别。东方哲学更重视公众，西方哲学更重视个人。你和同学的淡定，正如不能搭乘航班的旅客，以公众的牺牲、忍让来维护罢工者的个人权利。如果个人权益得不到保证，下一次也许会轮到你。——这是西方维护个人权益的基本理论。

然而，一个更深层次的问题是，参加罢工的人真的是自愿、自发，完全为了个人权利？如你所说，你的导师其实也不想罢工，耽搁了课程，还要他们安排时间补课，但是他们必须服从教师工会的决定。这样看来，问题就不是公众忍让个人那样简单。行业工会变异为另一种利益集团。他们的决定以维护个人权益为名，其实是为了维护特定集团的利益，不但剥夺了不愿罢工的人的自由，同时侵犯了第三方利益人的权利，成本最终转嫁给了社会。街头政治背后，往往是利益集团的博弈。集体行动除了被某个组织操控，还有群体无意识鼓动，人在潮流裹挟下失去独立判断能力和个人行动自由。随主流很强大，很过瘾，还能得到补贴和小利；逆主流很孤立，很落寞，甚至会遭到围攻。二战之后，反思德、意、日法西斯意识的形成，一些学者提出，当集体无意识被利用、被激发，变成狂热潮流时，个体意志被淹没，独立思考、个人理智突显出它的价值。如何维护个人自由，变成一个悖论。不同声音、不同观点对专制政权是一种制约，对狂热的公众是一种提醒，个人权利受到保护，整个社会才有公平；而无视社会公众、道德良俗的个人主义、自私自利，又会侵犯他人权利，成为文明社会的公害。

罗素（1872—1970）在《西方哲学简史》中有一段精辟文字，道出了人类社会的基本矛盾（据我所知，你所在的谢菲尔德大学是罗素大学集团成员。罗素曾获

1950年诺贝尔文学奖，但他的成就主要在哲学方面）："公元前600年至今的哲学发展史上，可以将哲学家大体划分为两类：一类是希望加强社会约束的，一类是希望放松社会约束的。"也就是说，前者重视社会秩序，后者重视个人自由。"这样的对立是每一个社会都要面对的问题：过分讲究纪律和遵循传统会导致社会僵化；而过分倡导自由主义与个人主义又会导致社会不团结，容易内部解体，或者被外族消灭。"如果"自私、个人主义、主观主义、无政府主义得到了释放，这时的旧体系不可避免地沦落为暴虐政府"（见罗素：《西方哲学简史》，陕西师范大学出版社2010年版，第8、60页）。这是哲学的困境，人性的悖论。

在中国，孔子、孟子、荀子，特别是韩非子，属于前一类哲学家。孔子以礼为核心的思想，强化社会秩序和人的等级。而老子、庄子、郭象和魏晋文人崇拜的哲学就是后一类。老子无为而治，主张放松社会约束。汉唐之后，孔孟之道不断加强，明清时成为主流，处于统治地位。佛教禅宗和道教全真教成为体制之外寻求个人精神自由的空间。

西方三位哲学鼻祖之一的柏拉图，在"加强社会约束"上比孔子更激进。他晚于孔子一个多世纪，由于亲身经历了最敬爱的老师苏格拉底被雅典民众处死（500人的陪审团，几乎是暴民集体起哄）的事件，他愤愤不平，在《理想国》里痛切反思雅典体制，认为民主不能保证贤者、圣者被社会尊重。"在民主政体中，即使一只狗也会在大街上拒不给人让路以展现平等和独立。"这位哲学家的夸张名言让我忍俊不禁，他对雅典民主的愤恨溢于言表。"当穷人赢了的时候，结果就是民主制。""民主政体的结果就是专制政体。""我清楚地看到所有现存国家的政体都是坏的，无一例外。"他的理想国家是贵族精英执政，他比儒家的"内圣外王"更直截了当，干脆主张统治者必须是哲学家，认为"国家的健全发达有赖于统治者的知识和品质"（《西方哲学史》，世界图书出版公司2009年版，第56页）。

尽管柏拉图对西方哲学、文化、政治理念影响深远，但两千多年前的现实与今天的社会岂止是天壤之别，柏拉图的一些观点在当代人看来未免显得荒谬。比如他对欲望的看法。柏拉图比孔子更激烈地维护等级制。他把人的灵魂分为三个等级：最低级的是劳动者和工匠，他们代表"欲望"；其次是士兵和国家保卫者，代表"精神"；最上层统治者，代表"理性"。如果所有欲望（社会底层的人）都想拥有平等权利，社会秩序就会被破坏。"欲望对个人和国家来说都是最能产生恶的源泉。"他认为民主政体是人类文明的退化："所有这些政治平等和自由都源于一个秩序被破坏的灵魂。"（《西方哲学史》，世界图书出版公司2009年版，第59页）

然而，自从弗洛伊德揭示了人的潜意识之后，当代人都明白，欲望是人的本能。因为人有欲望，人类才有创造力。欲望没有止境，创造也没有止境。欲望不断打破财富、地位平衡，社会才能发展、前进。人类文明史看似复杂，其实很简单，不过是人的欲望不断打破平衡，挑战秩序，寻求新平衡、新秩序的过程。当代人心里，平等、自由是每个人的权利，不是哪个阶层的特权。

当柏拉图贬斥欲望时，他自己的著作、议论，也是一种欲望——建立一个自己心目中的理想国。哲学家、政治家的欲望代表了某个群体、行业、党派利益，政治是不同欲望汇成的历史潮流。

爱因斯坦有个浅显比喻，他说："政治如同钟摆，一刻不停地在无政府状态和暴政状态之间来回摆动。其原动力则是人们长期的、不断重现的幻想。"（《爱因斯坦谈人生》，世界知识出版社1984年版，第40页）

爱因斯坦所说的人类幻想，大约就是公平、正义、自由、民主。对于人性的幻想，是美好的爱情、真诚的友谊、单纯向善的人际关系。个人权利无限扩大，钟摆指向无政府。社会混乱，需要建立新秩序，钟摆必然会摆回来。体制对个人（经济的、政治的、言论的、思想的）自由限制到极点，就是暴政。人性被压抑到极点，必然反弹、反抗，造成新的社会动乱，钟摆再摆回来。政治体制的风险，恰恰就在如何约束个人自由和权利。既不能放纵，又不能苛刻。中国古代先贤早就有如何对待言论自由的名言："防民之口，甚于防川。川壅而溃，伤人必多，民亦如之。是故为川者，决之使导，为民者，宣之使言。"（《国语·周语上》）

爱因斯坦把人类的幻想看作政治钟摆的动力，刚好是对柏拉图观点的反拨。柏拉图反对幻想。他认为人的幻想误导人类理性。柏拉图的极权主义主张是为了建立他心中的乌托邦——理想国，忽视人性的复杂性，注定也是一种无法实现的幻想。

一鸣，我们是不是把话题扯得远了点？然而，两千多年前纠缠不清的人性与社会的矛盾，今天仍在我们身边激荡，我们身在其中，无法逃避。

2016年，是世界潮流的拐点。西方世界发生了两件大事。在你飞赴英伦求学之前，这个老牌西方文明根据地发动了一次全民公投，公投结果出乎许多政治家意料，英国民众选择退出欧盟。在我看来，这种选择反映出英国民众和王室贵族的心态。一个曾经日不落帝国的公民，具有悠久特权的贵族之后，凭什么挤在二十多国大杂烩的餐盆里吃饭？听从集体决议（决策过程没什么话语特权），和一些不三不四的小国平起平坐，享受同等待遇，只会任由别国摆布。接着，在世界霸主美国的大选中，舆论和精英们普遍看好的民主党候选人落败，一个口不择言、对传统政治和世界秩序充满反叛精神的商人当选美国总统。这两件事看似与遥远的东方不相干，如果你仔细反观一下我们周边，看一看亚洲、欧洲、拉美政坛的微妙变化，就会发现历史潮流仿佛正在陷入一个深深的涡流，21世纪以来全球化为主潮的历史进程好像出现了大倒退。其实这感觉没错。爱因斯坦的钟摆正在向回摆。被全球化大潮忽视、挤压的社会底层的暗流汇聚起来，民粹主义突起，改变了全球的政治气候。既然世界老大高喊"美国优先"，其他国家也应该把自己的利益放在第一位，选择民族意识强势的领导人。老大退出各种协议，各国领导人也必须强硬回应。合作、和谐被放在一边，利益赤裸裸摆在台面。贸易战烽烟四起，世界从未像今天这样充满不确定性。你身处不确定性发源地之一，应该能够感受到英国社会的情绪。大学教师罢工，就是这种情绪的折射。如果你能深入考察一下，把观察和感受写下来，那就是停课期间最好的收获。

地球在转动，人类与宇宙一样在运动。历史长河不是一泻千里，而是在激溅中流动，平缓也罢，回流也好，湍急也行，前进是不可阻挡的。以当代混沌学观念看历史，爱因斯坦钟摆就是蝴蝶效应。决定蝴蝶翅膀运动的，就是人性的永不满足。

顺乎自然是一种境界

一鸣：下午好！

你邮件中所说的留学生现状和你对财富、人生的疑问，使我想到几段故事。

释迦牟尼悟道的故事应当听说过吧？也许任何一个思想者都有与众不同的特质，喜马拉雅山南麓迦毗罗卫国净饭王的长子悉达多王子，从小多愁善感，喜欢沉思默想，对人世贫富不均、生死无常充满忧思。为了使郁郁寡欢的儿子开朗起来，国王及早为他娶了邻国美女，生了小王子，物质上千方百计满足他，让他尽享人世富贵。奢靡生活没能收拢他的心，反而使他对人生更加怀疑。在一个深夜，他偷偷出城，进入森林，脱下王子衣服，剃去须发，混入苦行人当中，那是些极端刻苦修行的婆罗门教信徒。他一去六年，拜访过大师，备受饥寒交迫、人世艰辛，却一无所获。有一天，他觉悟到这样苦修苦行没什么意义。于是，他走下尼莲河，认真沐浴，洗去身上积垢,接受牧女供养的牛奶,让自己恢复体力。坐在毕钵罗树下(因为释迦牟尼在树下修行得道,树的名称此后就叫菩提树。菩提,"觉"的意思),盘腿向东方,内心起誓,达到顿悟。他悟到的第一个真谛,就是"中道"。苦行六年,他认识到,金钱、物质享受的贪婪和追求本身就是人生最大困扰;而刻意苦行,追求另一种极端生活,也是同样的迷失。从对财富的态度,扩展到对人世的各种现象和世道的认识。苦乐是极端,取其中是中道;贫富是极端,取其中是中道;劳逸是极端,取其中是中道。"中道",成为佛教重要教义。宽容看待万事万物,不走极端,不持偏见,以四圣谛唤起众生觉悟。(见赵朴初:《佛教常识答问》,北京出版社2003年版)

这是公元前6世纪左右的事。老子、孔子也都生活在这个时期。中国历史学家把春秋、战国看作中国思想活跃期。东周衰落,诸侯称霸,人才竞争,思想竞争,造就诸子百家。然而,放眼世界,我发现,公元前五六世纪,是人类文明的拐点,心智成熟、思想活跃的思想家并不限于中国。大约人类智力发展到一定阶段,文明程度必然相应成熟,首先反映在人对自身、自然、社会的思考。东、西方思想家大多产生在这一时期,东、西方文化也都在这一时期奠定自己的传统基础。此后历代哲学家、政治家基本上都只是诠释、丰富、吸纳、运用这一时期先哲们的学说。罗素把西方哲学史上限说到公元前600年,冯友兰把中国诸子百家出现,儒、道两家形成,定为"从公元前5世纪到前3世纪末",证明这段时期对人类文明的重要性。

　　释迦牟尼悟出"中道"的时候,孔子也提出了"中庸"。孔子用十三年周游列国,大半生在各国奔走,对各地政治、民生深入了解,比释迦牟尼苦行岁月更长、经历更多。孔子提出"中庸"观点,应该是过了耳顺(六十岁)之年吧?那时他已经没兴趣做官,开始收弟子、讲学。"中庸之为德也,其至矣乎,民鲜久矣。"(中庸作为道德的至高境界,民众缺乏这种思想已经很久了。)这段话出自《论语·雍也》,当时孔子正与学生讨论知与仁的关系,突然插上这么一句,没做更多展开。读者也许不会意识到此后它能成为儒家的核心观念、中国人的行为准则、读书人争论的焦点、近现代学者批判的重点。按《史记》记载,《中庸》是孔子的孙子子思所著,后世把《中庸》

列为"四书"之一，可见它在儒家经典中的地位。"中庸"与"中道"，都是看待事物、处理世事不偏颇、不极端。有种说法，"中道"是超脱、出世，"中庸"是入世、处世，比较中肯。中庸的"庸"，歧义较多，至今没有权威定论。近现代批判中庸之道的学者大多把它看作"平庸"的意思，做人善于妥协，不冒尖，不出风头，不显露才华，自甘庸常。另一说法，古义"庸""用"通用，意思是做一个务实、有用的人。为了写这封信，我特意翻查了一些资料。我觉得《辞源》引用《国语》注释的解释"国功曰功，民功曰庸"更合乎儒家礼制思想。中庸，就是不偏激，不怨天尤人，做普通人应做的事，尽寻常人应尽的本分。

比孔子、释迦牟尼年代稍晚，生活在古希腊雅典的西方哲人亚里士多德（生于公元前384年），同样提出了"中道"概念，把它当作人类的德性。"恰当的行为方式——也就是符合德性的行为方式——是过度和不足之间的中间状态或者叫中道。""德性就是根据中道来进行选择的习惯。"他用了一个浅显的例子解释："当我们花钱时，大方就是有德性的中庸，它处于挥霍和吝啬之间。"（《西方哲学史》，世界图书出版公司2013

年版，第82页）亚里士多德的话好像是针对你信中问题做出的回答。出门在外，与同学、朋友相处，挥霍炫富是没有教养的行为，吝啬抠门同样令人鄙视。用我们中国传统俗语说，金钱、物质都是身外之物，无论家境如何，都应该如范仲淹在《岳阳楼记》里所言，"不以物喜，不以己悲"，患得患失，只会损伤个人心情和品格。

春秋时期，东、西方之间，中原、南亚之间，没有交流机会和可能，三位思想家相继提出"中道""中庸"观念，不是交流的结果，而是各自从所处现实环境悟出的道理，与人类发展阶段有关，源于历史进程中出现的相似问题：财富积累使权力失去平衡，旧秩序面临改变，社会动荡，人心躁动，权力和利益争斗暴露出人性贪婪、暴虐本性。物欲横流、战乱杀伐，现实需要"中道""中庸"这样的道德思考，在历史进程中，代表反暴力、反强权、反暴戾的理性力量。

改革开放以来，中国处于社会转型期，农业经济向商业时代过渡，追求金钱、物质享受成为时代潮流。海外留学生有各自不同的追求和生活方式很正常。如你邮件所说，家庭背景不同，经济条件不一，留学目的不一样。

有人享受花花世界，有人钻进图书馆用功，有人只为混文凭应付功课……处在这样环境里，中道、中庸提供了个人修养、处世接物的启迪。从尊严平等出发，家庭背景、经济状况、学业成绩、个人优缺点都可以看淡。不卑不亢，不结伙，不树敌。与人为善，有礼有节，讲究分寸。明是非，知进退，不随波逐流。

中国近现代知识分子对中庸之道大多持批判态度，鲁迅态度尤为激烈。鲁迅认为孔孟之道、中庸之道制造了中国人的奴性，使中国人屈从礼教，安于平庸。他的批判直到今天仍有振聋发聩作用。唐代树立道统，宋代创立理学，明清以后，儒家思想成为统治者正统的政治理念，独立思想被压抑，个人自由被扼杀，民族活力和创造力被束缚，精神危机使近代中国陷入封闭、落后、贫困、愚昧。"五四"前后，孔孟之道作为统治者意识形态，到了必须批判、必须冲决的时候。革命时代，必然会把中庸之道看作阻碍历史前进的精神枷锁而激烈批判。然而，在革命风暴里，中庸之道在反暴力、反过激、反破坏性方面，又显示出它的理性价值。"破字当头"冲昏头脑时，我们干了很多蠢事，损毁、耗费了历史积累的财富和当代人创造的文明成果。干过之后，不得不纠偏、平反、拨乱反正，重新建设。民族优秀思想和美德被破坏，要几代人付出心灵代价。那时如果有人冷静地回归一下中庸，造成的后果也许就会轻一些（当然，历史不存在如果）。在精神贫困、金钱至上的商业社会，作为道德修养、处世哲学，对偏颇价值观和暴戾行为予以矫正，中道、中庸依然是一种文明美德，有不可替代的理性价值。

相比较而言，在中国思想家里我更赞赏庄子。他智慧深邃，视野开阔，天马行空，为我们创造了丰富博大的想象空间和自由天地。《庄子·山木》篇里有段故事：庄子在山里行走，看到一棵大树，枝叶茂盛，伐木的人却站在旁边不去砍它。庄子问他为什么不砍，伐木人说："这棵树不成材，没什么用处。"庄子笑着说："瞧，此木不成材能保全自己，终其天年。"庄子来到山下朋友家，朋友很高兴，让孩子杀雁招待他。孩子问："有一只雁会叫，有一只不会叫，杀哪一只？"主人说："杀那只不会叫的。"第二天，学生问庄子："昨天在山里，那棵树因为不成材而保全自己，终其天年；而在山下，主人的雁不会叫，没用，被杀了。先生，您说，人到底有用好，还是无用好？您怎样处世？"庄子笑着说："我会在成材和不成材之间随便处。成材不成材，看着相似，又很不同，一个人刻意去做，会很累。若是超然世外，对这一切毫不在意，人就完全不一样。"他接着讲了人浮游于道德，就是浮游于万物的初始状态，与万物一体，做万物的主人，不做万物的奴隶，那样，人还会有什么拖累呢？这就是庄子常说的"不修之修"，不修，是不刻意，因为不刻意，人能在自然状态中发挥自己天性，最终做到"无用之用"。既是有用的，又不为功利、名利所困。

把你信中的问题拿到庄子面前，答案只有四个字：顺乎自然。这是多么潇洒的回答！一切复杂、纠结都会豁然开朗，烟消云散。复杂纷纭的世界其实就这么简单。哲理，就这么质朴。

附：有趣的一组对比

一鸣：

在这封信的结尾，我想把东、西方中道、中庸延伸的知识讲给你，它们来自我的读书笔记。虽然没什么用处，可把先哲们的思想结晶摆放在一起进行比照，是件有趣的事，我把它当作专业外的精神游戏与你分享。

当我说中道、中庸是道德修养、行为方式时，贬低了它们在哲学理论中的地位，其实，它们是这三家哲学的人生观。释迦牟尼的中道、儒家的中庸、亚里士多德的中道背后都有一套理论支撑。有意味的是，他们都把各自的理论归纳为四点。佛家以"四谛"为基础，儒家以"四善端"为基础，亚里士多德以"四德性"为基础。对比他们不同的"四"，可以看出佛、儒、西方哲学对人生的不同观点，以及这些观点如何深深影响了各自民族后世的思想观念。

佛教"四谛"指的是苦谛（认识人世之苦）、因谛（探究苦的原因，也叫集谛）、灭谛（思考灭苦的方法）、道谛（觉悟到灭苦之道）。八苦是佛教对人生的基本概括：生、老、病、死、爱别离苦（不得不与所爱的人和事物分离）、怨憎会苦（不得不与憎恶的人和事物共处）、求不得苦（追求的目标无法达到）、五取蕴苦（看到、听到、想到、接触到、感受到外在物质世界的诱惑，也叫五盛蕴苦）。

"四善端"——仁、义、礼、智，是儒家提倡的人格标准，出自《孟子·公孙丑上》。"恻隐之心，仁之端也；羞恶之心，义之端也；辞让之心，礼之端也；是非之心，智之端也。"（冯友兰：《中国哲学简史》，世界图书出版公司2014年版，第47页）后世加上了一个"信"。

"四德性"来自柏拉图，亚里士多德把它看作"中道"的具体内容："勇敢、节制、正义和智慧。"他本人又做了四点补充："慷慨、宽宏、友爱和自尊。"

对比这三种"四"的不同主张，东、西方价值取向一目了然。

佛教把人世看作苦海，修行目标是觉悟、超脱，是不折不扣的出世哲学。

儒家和西方哲学都是入世哲学，而儒家偏重保守，西哲偏重进取。儒家注重内心修养，西哲注重外向开拓。对照具体内容，儒家把"仁"放在第一位，西哲把"勇敢"放在第一位；中国人的"义"，相当于西哲的"正义"，"礼"相当于"节制"，"智"与"智慧"一致。西方哲学没有"仁"，中国哲学没有"勇敢"。孟子把"辞让之心"看作"礼"的核心，充分反映了儒家的中庸思想。

西方哲学既没有仁也没有礼让，大约这就是亚里士多德提出补充的原因。他补充的四点，核心是友爱，弥补了"四德性"不讲仁爱的缺憾。这与西方早期哲学形成的环境有关。雅典与周边城邦国家长期残酷争战，他们必须把竞争、勇敢放在第一位才能生存。春秋时期中国同样陷入战乱，但中国是一个大陆国家，在战和之间、纵横之间，更需要外交智慧，需要合作、结盟、笼络、离间的技巧。直至今天，勇敢与礼让、进取与中庸、竞争与和谐，仍是东、西方观念的基本差异。

这使我想到两所大学的校训。谢菲尔德大学校训："Rerum Cognoscere Causas（探索真理，知其所以然）。"清华大学校训："自强不息，厚德载物。"前者目光向外，强调勇敢探索；后者目光向内，强调自强厚德。虽然各有侧重，但却可以清楚地看到来自公元前五六世纪哲学思想的影响。

庄子的"顺乎自然"也是一种人生观，豁达、大度、自尊、自由。道家把天地万物看作平等的生命，作为大自然的微粒，无论勇敢还是中庸，人生都只是宇宙运动中的一种运动方式而已。

古老算术的诡辩

一鸣：晚上好！

听说你下周到非洲去进行社会调查，我想到几个古代算术故事，也许对你的学术考察会有启发。

公元前5世纪，古希腊哲学家芝诺讲了一个算题，运动健将阿基里斯以10倍于乌龟的速度追赶1000米外的乌龟。阿基里斯追赶时总在十分之一剩下的十分之一，再剩下的十分之一……之间运动，他列了一个公式，计算的结果是，他永远追不上乌龟。这就是有名的"芝诺悖论"。（《西方哲学史》，世界图书出版公司2013年版，第15页）

同样，公元前3世纪，中国思想家庄子讲了一个类似的算题：一尺长的木棍，你每天砍去一半，永远砍不完它。（"一尺之棰，日取其半，万世不竭。"《庄子·天下篇》）

这两个故事都是运用逻辑概念，证明在运动世界里，计算运动物体，不会有结果。习惯直觉与想象的中国人，把庄子的故事当作智慧寓言，如夸父逐日、愚公移山、精卫填海，都有一种夸张想象的合理性，言之有趣，寓意深长，没人去计算它能不能成立。而重视实证的西方人，把阿基里斯故事列出计算式，画出图解，命名为"阿基里斯悖论"。芝诺本人也把它当作以科学实证推导出荒谬结论的典型。他提出了四个悖论，除上面这个，还有运动场、射箭和三辆车悖论。如果有兴趣，你可以翻查一下《西方哲学史》"芝诺"一节。两千年中，科学家把这些悖论看作逻辑游戏和哲人想象，虽然煞有介事地画图、列式，却没人能证明它的真实性。

随着上世纪60年代混沌学兴起，有限实体可以无限分割，成为热门学问，被称为分形几何学。在混沌学家的概念里，庄子一尺之棰和芝诺的阿基里斯悖论并不荒谬，它们是分形几何学的典型例证。一位名叫康托尔的数学家做了一个试验：取0到1之间的线段，去掉中间三分之一，剩余两个线段，再各自等分为三份，去掉中间一段，剩下四个线段，再取各自的三分之一……依次重复做下去，线段最后变成无数小点，但永远不会归零。

在混沌学里，这个试验被称为"康托尔尘土"。另一位数学家门杰，把一个正方体以井字形等分为九份，挖去中间一份，其余八个正方体继续照这样做下去，最后，整个立方体变成了泡沫方块，它的表面积无穷大，体积接近于零，这就是"门杰海绵"。（《混沌开创新科学》，上海译文出版社1990年版，第98、109页）无论康托尔尘土还是门杰海绵，与庄子一尺之棰思路是一致的，他们都是把一个实体按一定规律分解，最后接近于零，却永远不会归零。

人类发明计算机之后，这种看似荒谬的想法能够被计算机证明——任何一个实物、图像都可以在微观上向细微处延伸，做到无穷无尽。混沌学家曼德勃罗从这个概念出发，将计算机计算出的混沌学公式图像局部微观放大，制作出层出不穷的美丽图画"曼德勃罗图谱"，被当作现代派艺术品，风行一时。他提出一个问题，把混沌学的基本概念解说得简单明了：英国海岸线有多长？测量船测出的数据与卫星拍摄的数据差距当然不小，而一只蜗牛爬过的海岸线是人类任何测量手段都无法得到的。如果用两脚规去丈量，规脚占据的点仍然可以分解。

曼德勃罗的结论是，任何海岸线在一定意义上都是无限长的。它证明了一个道理——科学追求的最终真实，会变成无解。反过来也证明了芝诺悖论的意义。古人早知道，追求科学实证的终极目标会导致荒谬结论。

这是微观计算。下面的算题是宏观计算：

"一座房子有七个房间，每个房间有七只猫，每只猫抓七只老鼠，每只老鼠能吃掉七穗谷物，每穗谷物播种到地里能收获七加仑粮食，请问本题中提及的东西的总数量是多少？"这道古老算题被发现于埃及古城底比斯的一张原始草纸上，这张纸大约产于公元前1550年。[《大英博物馆世界简史》（上），新星出版社2015年版，第99页]列成算式，这道算题应该是7乘7，再乘7⋯⋯是7的5次方。如果把这个问题延伸，每加仑谷物可以养活七只鸡，每只鸡孵化七只小鸡，每只小鸡啄吃七条小虫，每条小虫每年消耗七克谷物⋯⋯

混沌学所讲的蝴蝶效应就是这样形成的。"一只蝴蝶在巴西扇动翅膀，会在得克萨斯引起龙卷风。"（《混沌开创新科学》，第22页）一个微小数值经过层层放大，距离愈远，被放大的倍数愈大，最终变成席卷宇宙的数学云。从一个原点画两条射线，两线几乎重合，只有一度或两度夹角，近处看不出它们的差距，延长后夹角愈来愈大，无限延长后，差距大到无法估量。

把英国海岸线的问题倒过来看，从卫星拍摄，延伸到宇宙深处去观测，蜗牛的足迹当然微不足道，测量车的数据也不可靠。当运算单位变成光年时，英国的海岸线还有什么意义？它不过像康托尔尘土一样靠想象才能存在。在宇宙运行的数据里，英伦所有岛屿都可以忽略不计。

一般数学运算和经济学的很多公式和论证，都必须存在忽略值。最典型的是圆周率，数学家计算到3.14159265……数值无穷无尽，只能取小数点后几位，否则将无法运算。市场上买菜，遇到几斤几两，付钱四舍五入是通行规矩。把木棍最后剩余的碎屑忽略不计，庄子算题就破解了。同样道理，阿基里斯的前进速度被T/10分割，分到最后，极小数值已经没有意义，可以忽略不计，他赶上乌龟也就不成问题。

混沌学指出了人类的困境——因为宇宙是运动的，一切数据都不会静止。也许这就是爱因斯坦相对论的主旨。事实上，大量的经济数据、社会数据都必须靠忽略值解决。我们在地理书上看到的某国国土面积、人口数字、民族比例，印到书上已经过时，即使在数据统计出来那一刻，实际情况也已发生变化。银行年终决算，严格限定时间点，得到的数字仍然不可能绝对准确。人口普查，在限定的最后一秒，还会有人死去、有人出生。当数字以静止面目呈现给我们时，世界的运动没有停止，数字也就永远追不上真实。

抽样调查是社会调查常用的方式，说它不靠谱，它有根有据，比如，一个地方多少人口，男女比例，受教育程度，经济收入分档比例，人均占有土地、房屋、水量、森林、绿化面积……多少人在贫困线以下，多少人在中产收入以上，务工人员年龄层次，创业人员知识结构……确保人员、数字的绝对准确难度很大，而且无法把握流动中的变化。即使数据翔实可靠，它能不能代表被忽略的大多数？能不能推而广之当作整个社会现状的指标？

上世纪中期，各地都曾大力推广优选法。专家下乡，抽样调查小麦亩产。就如古埃及七个房间七只猫的算题一样，他以最科学的方法列出算式。先竖向点验麦子的行数（X），再横向点验垄数（Y），数出每行株数（Z），抽样计算每株穗数（M），称量每穗麦子的重量（W）。行数乘垄数，再乘株数，乘穗数，乘穗重，除以亩数（N），得公式：XYZMW/N，最后算出的小麦亩产是5892公斤。这个数字是专家田间地头实测，当地官员、代表见证，农业专家认证，计算方法、计算公式无懈可击，应该说非常非常非常科学。然而，一位农民哼一下鼻子说："打一百二十斤就是丰收年，一万多斤，你到月亮上去种吧。"农民只凭经验，没有科学根据，不具备计算能力。在科学面前，他坚持自己的经验，只能被认为是愚昧无知。

这个计算公式确实没问题，结果为什么这么离谱？

行数，垄数，地的面积，好像没什么疑问，株数不能一棵一棵去数，每行的株数有误差可以说在合理范围之内。穗数、每穗的重量，都是很小的数值，这一穗和另一穗差一克半克，完全可以忽略不计。然而，数学允许的误差值被大数层层相乘，无数倍放大，最终蝴蝶扇动的微波变成了龙卷风，偏角大到不可估量。

再看下面这个公式：

M—C—M+m

这是19世纪欧洲经济学界非常熟悉的公式。它被命名为"资本的总公式"。为了推导这个公式，学者深入工厂，深入社会底层，考察资本家和工人生活，阅读大量统计资料。它就是"货币—商品—货币"。资本投入，生产出商品，把商品卖掉，换回货币。商品赚了钱，换回的货币增加了。它的初始值是M，最终值是M+m。商品为什么能赚钱？因为工人投入了劳动，工人的劳动也是一种商品。这个公式就变成了：

M（货币）—C+c（商品+工人劳动）—M+m（货币+利润）

在这个公式里，工人劳动的价值一目了然。没有工人劳动，货币不能变成商品，当然也赚不到钱。学者抽样调查了工人的生活成本、工作时间，工人的劳动被划分为两部分：一部分是"必要劳动"，工人在这段时间里挣够他的工资，保障一家人的基本生活；另一部分是"剩余劳动"，创造出的剩余价值被资本家剥削去了。

"现在举个例子说明一下。比方说，资本家雇用了300个工人。必要劳动时间等于6小时，劳动力的价值3马克，劳动时间每天12小时。在这种情况下，每天生产出来的剩余价值量将等于900马克。"这是考茨基(1854—1938)论述资本总公式时举出的例证。(考茨基:《经济学说》,生活·读书·新知三联书店1958年版,第99页)

这个公式像小麦估产的计算方法一样严密,配合实际调查发现的真实案例,既有说服力,又有感染力,舆论热炒,社会轰动,收到了很好的宣传效果。它代表着有良知的知识分子对资本家压榨剥削劳工罪行的控诉和声讨,在一段历史时期里,成为资本经济学铁的定律。

其实,这个公式和考茨基所举的例证不符合市场实际,也有失学术公允,像小麦估产一样,被忽略不计的细节误导出巨大误差。

工人工作时间和工资是考茨基的计算基础,以6小时工作为必要劳动,其余6小时创造剩余价值,乘小时工资额,再乘300,结果变成900。在这个公式里,看不到产品成本投入这个最基本数据。生产任何商品都必须投入材料、水、电、运费、采购费用、纳税额、贷款风险、厂房、设备……同时工厂主必须有前期项目投资、个人工作时间、技术投入,所有这些工厂主投入的成本被忽略不计,工人的工作时间和生产出的产品数量、产品价值被夸大。除了生产前的资本投入，还有生产后的销售成本、销售中不可预期的风险也被忽略。产品的库存及运输损耗、人力成本……因经营管理、市场竞争等因素造成的商品滞销、亏损，是企业常见的现象。如果卖出的商品亏损，工人的劳动不但没有剩余价值，还有可能创造出积压产品，造成负价值，造成工厂主负债。损失是老板的，工人没有损失。即使考茨基的计算公式合理，每个工人的工作效率不同，在相同工时里生产出的产品数量不同，必要劳动和剩余劳动时间也不会相同，剩余价值以平均值（甚至是明显偏高的数值）计算，偏差值经过三级放大，误差率可想而知。考茨基设定的工作时间是 12 小时，也不能代表所有工厂的劳动时间。

在"资本的总公式"里，如果初始值 M 代表成本，C 只是商品，加上 c（工人劳动），资本家在生产过程中的个人劳动（智力、技术、管理、工作时间、销售成本……）都被忽略掉了。经济学家看似严密的逻辑推导，以个案判断复杂的经济运营，最终只会引导社会大众迷失在蝴蝶效应里。

一鸣，给你讲这些古老算题隐含的现代意义，是因为，在现实生活中，直到今天，许多看似科学的考察、专家论证，仍然采用着考茨基的方法和逻辑。许多科学报告、繁杂表格、理论包装的论证结论，其实与实际相去甚远。把看似可以忽略的误差层层放大，个案当作普适公式，科学就会变成愚弄公众的魔术。

文学、哲学与生活

一鸣：

看到你最近的邮件，我想起一首歌。那是我中学时期学到的第一首外国名歌——莫扎特的《渴望春天》。八分之六节拍，旋律起伏，唱起来感觉像在一个门窗封闭的房子里，外面寒风呼啸，屋里炉火正旺，大家唱歌、玩牌、做游戏、跳舞，享受冬天时光，盼望春天来临。你对英国冬天的感觉与这首歌里的气氛完全不同。对于一个来自遥远的中原内地的留学生，岛国冬夜漫长，阳光暗淡，海风凌厉，潮湿、阴冷、晦暗。人被封闭在公寓里，无法聚会、外出、打球。思乡情绪弥漫，难免心情灰暗。"还好，无聊的日子我用小说和音乐来打发。"

结果，你发现读书"使我知道了自己的渺小"，英国漫长的冬天让你懂得了文学、艺术"对我来说就是宝贵的财富"。这话让我高兴，不仅因为我是作家。我一直坚持认为，一个人可以不做作家，不做艺术家，但不可以不爱好文学，不爱好音乐、美术、戏剧。文学（包括艺术）是人在喧嚣世界和寂寞世界中的安慰。清风冷雨，蜗居独处，是寂寞中的孤独；朋友聚会，酒酣耳热，高谈阔论，是喧闹中的孤独。当内心深处忧悒泛起时，只有文学艺术能抚慰你。

《文学概论》是我读大一时的教科书，它把文学的功能归纳为三点："教育的功能；认识的功能；审美的功能。"那时我正处于青春叛逆期，喜欢对课堂教授的东西持批判态度。我以古典名著为例向老师提出质疑:《红楼梦》能教育年轻人健康成长吗？如果我向贾宝玉学习，每天混在女儿群里，谈情说爱，拈花惹草，不读书，不上进，你会认为我是好学生吗？我向《水浒传》里的人物学习，上山落草，讲朋友义气，还能成为一个对国家有用的人才吗？《西游记》能让我们正确认识自然吗？《儒林外史》能让我们正确认识社会吗？《三国演义》能让我们正确认识东汉历史和张飞、曹操、诸葛亮这些人物吗？天宫里没有玉皇大帝，人间也不会有孙悟空。既然文学作品是艺术创造，我们怎么能通过艺术虚构来认识自然、社会和历史？我提出的最尖锐的问题是，《红楼梦》里的男女色情描写、空空道人的魔镜，是审美还是审恶？《金瓶梅》的描写比《红楼梦》更赤裸，外国研究者认为其是名著，在中国一直是禁书。外国人的审美和中国人的审美差别这么大，人与人对美的认识天差地别，文学艺术作品的审美怎样界定？——多年后，有位美国评论家来和中国作家交流，他对赵树理《小二黑结婚》里三仙姑的描写提出疑问：三仙姑出门搽粉抹胭脂，是爱美的表现，为什么作者用那么丑恶的语言形容她的脸"像驴粪蛋下了霜"？为此我写过一篇文章，讲审美的地域、时代、人群认知的差别。在当今文艺批评中，文学和绘画的性描绘、影视里的激情镜头，究竟是人性之美还是人性之丑，色情和艺术的界限如何划分，仍是争论不休的问题。

　　深一步思考，你会发现，文学艺术中的价值感与现实生活中的道德判断往往互相悖逆，甚至对立。读《红楼梦》，你喜欢贾宝玉、林黛玉，把他们的感情看作纯真爱情的象征。而在现实生活里，贾宝玉是个典型的纨绔子弟，奢靡浮华的官二代；林黛玉是自悲又自恋的富家小姐，心胸狭隘，性格偏执，谁娶她都不会有太平日子。宝黛爱情只是惯坏的少爷小姐的任性、贵族深宅里的风流韵事。我曾推荐你看《苔丝》原版电影，建议你到著名景点巨石阵去看看。苔丝形象美丽，命运悲惨。影片结尾，她与爱人在巨石阵荒野中翘首迎望曙光，等待警察拘捕。那一幕让我流下热泪，心情久久难以平静。然而，在现实生活中，杀害丈夫，与情人私奔，苔丝的行为受到法律惩罚，不是罪有应得吗？

　　文学的教育功能只是教科书的要求。它与儒家的文艺观一致。孔子重视"乐"，把文艺看作教化民众，弘扬道德、礼制，安定社会的工具。柏拉图比孔子更保守。他认为，人类精神状态中最低级而有害的是想象力。语言、艺术在想象力支配下创造出幻象，幻象对理智、思想和信念具有严重危害性。他认为诗歌、音乐、戏剧、绘画误导民众、干扰理性，不利于维护社会秩序。他甚至建议，戏剧中的正面形象必须由好人扮演，负面形象则由罪犯扮演，并且好人不得扮演女人和奴隶，不能让幻象混淆现实。他主张对音乐作品严格审查，不允许艳词淫曲传播，毒害民众。后世学者认为，西方对出版物和文艺作品的审查制度，源头就来自柏拉图。

柏拉图对戏剧的要求不但荒诞，而且根本行不通。如果不进行故事、人物、场景虚构，只是把真实生活照搬到舞台上，剧场变成政治讲坛，戏剧这门艺术等于被取消。如果按他的价值观评判音乐，大量优秀作品就可能在禁令中湮没。虽然儒家思想被历代统治者和读书人尊崇，"乐"（文艺）被抬高到教化民众的崇高地位，孔子亲自编纂《诗经》，把它列入"五经"，可你浏览一下文学史，楚辞、汉乐府、唐诗、宋词、元曲、明清小说……文学经典的核心价值却是对现实生活的批判精神。《诗经》里最有价值的作品是批判当时社会、抒发个人爱情和对自由向往的诗篇。楚辞号称"骚体"，是文人抨击社会、发泄怨愤的产物。唐诗、宋词中最感人的，是文人失意的真情流露。经典名篇是揭露社会黑暗的作品。《红楼梦》成为不朽经典，因为它讲述了一个离经叛道的故事，塑造了一对冲破封建礼教束缚、追求纯洁爱情和个人自由的青年形象。《红楼梦》的价值，正是它否定那个时代的道德规范，冲击了儒家礼制。检视文学史，你会发现，构成传统文化精神的，是人性与现实生活的碰撞，是人对现存道德、秩序、价值规范的批判意识和反叛精神。你在高中读过的很多名著，如古诗《孔雀东南飞》，传奇故事《柳毅传书》，《搜神记》董永、韩凭故事，元杂剧《窦娥冤》，流行不衰的经典戏剧《梁山伯与祝英台》《天仙配》，无一不是对封建礼教的反抗、对个人自由与爱情的追求。因为文学价值与现实生活的道德悖逆，哲学家一直把文学艺术看作不利于社会稳定的力量。宋代理学家周敦颐、程颐、程颢、朱熹都对文学艺术持否定态度。他们"存天理，灭人欲"的主张与柏拉图反对欲望和想象力一样，主要是针对文学艺术作品中的个人自由和反叛意识。罗素虽然获了诺贝尔文学奖，他对文学艺术的态度却仍然与大多数哲学家一样是道德上的批评和质疑。他认为，18世纪兴起的浪漫文艺思潮是对无政府主义的崇拜："浪漫主义运动……就是把个人从集体中分离出来，并欣赏这种对比带来的感受。""受到赞美的行为不一定可以带来好结果或者

符合道德标准。""浪漫主义派欣赏老虎扑向羊群那一刹那的景象，完全不顾及后果。"(《西方哲学简史》，第58—60页)

"对于饥饿的人，文学有什么用？"这是法国作家(同时也是哲学家)萨特提出的疑问。文学不只对饥饿的人，它对贫困的人、对想有一技之长的人、对……有什么用？文学不能创造物质财富，只会使人沉迷于幻想，激发人对社会、对家庭的不满。在革命岁月里，它可以用来号召砸烂旧秩序。在和平岁月，如果三大功能不可靠，文学究竟有什么用？

一鸣，英国阴晦、漫长的冬天，孤独、阴郁的处境，让你体验了文学艺术的温暖。这个冬天的寒夜，让你对文学艺术的价值有了深切体验。你应当能够回答萨特的问题：文学艺术，是抚慰心灵的精神食粮。萨特在同一篇文章中回答自己："文学就是白日做梦。"他的意思，文学是对现实的超越，它启迪你的心智，激发你的激情，给你想象空间，让你创造幻想的世界。

欧洲文艺复兴之前，文学艺术只是宗教思想的宣传品，在长达一个世纪的时间里，绘画受限于《圣经》故事和令人敬畏的上帝形象。所谓文艺复兴，就是通过宗教改革，树立人本主义，解放文学艺术，恢复西方古典艺术的精神。作家、艺术家、评论家旗帜鲜明地提出，文学艺术的本质就是追求个人心灵自由。中国政治体制不被宗教支配，中国意识形态没有受到宗教禁锢，即使在理学成为主流的两宋时代，文学艺术也能不受官方意识形态束缚，涌现出苏轼、柳永、李清照、陆游、辛弃疾等一大批文学大家、一大批奠定中国画传统的画家，创造出中国文学艺术的辉煌时代。

你出发去英国前，我曾向你推荐文学和电影书单。记得当时我说，专业课繁重，不必读哲学一类理论，小说、诗歌、好的电影有丰富的哲学、历史、人生体验。如果有时间，你可以到大英博物馆去欣赏那里的文物、艺术典藏。你年轻，缺少阅历，借助文学艺术、历史，可以开阔眼界，拓展心胸，启发想象力，使你有一个富于浪漫情怀的人生。浪漫情怀，是激情的动力、生命活力的源泉。站在人生、人性的角度看，文学的教育功能是让你认识人性的复杂，人的内心其实是一个猜不透的谜语，善良与邪恶、光明与黑暗、纯洁与污浊，往往混淆在一起。

文学的认识功能是使你知道宇宙、人世蕴藏着无穷奥秘，人类文明如闪光的银河，知识的探索如浩瀚的星空。文学的审美功能则是在潜移默化中培养你的悟性和表述能力，培养你对人和事物的鉴赏力、待人接物的亲和力、语言思维的形象性和感染力。陶冶心性，健全心智，提高智商，提升人生品质。——也许这才是文学艺术的用处。

哲学站在人的社会性一边，正如罗素所说，一直在放松社会约束还是收紧社会约束之间摇摆。而文学艺术站在人的自然性一边，呵护人性，审视社会，总是不断向社会要求更多的个人权利和自由。一鸣，将来你走向社会，承担起社会责任、生活重担，文学艺术是你抗衡职业异化、保持心灵鲜活和蓬勃精神的港湾。文学艺术是人的精神家园。

回答所罗门

——一个东方人的哲学作业

《大问题——简明哲学导论》[①]是一本有趣的哲学读物。两位美国知名学者以提问方式讲述哲学史，介绍世界不同流派哲学家对宗教、人生、社会的不同观点。全书十一章，两个导言，三个附录。每章前后都有作业题式的提问。这些问题把枯燥的哲学融入当代生活，拉近了哲学与读者的距离。选择其中23题，作出回答，与大家分享。自拟最后一题，对中西哲学的差异做出简短对比。一个读书人的哲学作业，随意多于治学，做茶余饭后闲聊话题，也许比专业讨论更有趣味。

---

① 《大问题——简明哲学导论》，[美]罗伯斯·所罗门、凯斯林·希金斯著，张卜天译，清华大学出版社2018年7月版。

假如有人告诉你，人的生命像牛或昆虫的生命一样没有什么意义：我们吃饭、睡觉、活过一段时间、生殖，别的动物也如此，生命没有任何最终目的，你会怎样来回答他？人的生活拥有哪些在牛或昆虫那里无法找到的目的？你生活的目标是什么？（第28页）

尊敬的所罗门先生、希金斯先生，这不是别人向我提出，而是我自己内心一直萦绕、经常浮现的问题。多少个黄昏，当我望着窗外沉沉暮霭；多少个夜半，当我突然从梦中醒来；当我为一件事的挫折而沮丧；当我为一件不该发生的事惋惜；当我眼看世界不平而无能为力，目睹恶人恶行而无可奈何；因为夫妻间的琐事、孩子的教育、个人的病痛……生活使我不如意、不称心、不快乐的时候，我会叹息，人活着有什么意思？人活在世上，与动物有什么区别？这时候，我会责问人类，你为何把自己看得这么高贵、这么了不起？因为你是"人"吗？人不过是动物的一种，吃喝拉撒，生儿育女，为食为色，你争我夺，与猪、狗、牛、羊、猩猩、大象、野驴、野马没什么区别。甚至很多方面人不如动物。一只候鸟飞过长空，千里万里能记住路途；一只海龟在大海遨游，漂洋过海，能记住产卵的沙滩。人经常高喊自由，地球上任何一种动物都比人自由。人经常高喊人权，地球上任何一种动物都比人更有人权。它们为所欲为，随意行动，不考虑法律、道德，不承担责任、义务。虽然遵守族群规则，不过是弱肉强食，不遮不盖，不必像人类这样装模作样，花言巧语，造出哲学、法律、法规、宗教、道德，满口仁义，掩盖自私、欲望、欺骗、背叛。我们造了一座房子，房子是我们的家，我们在家里享受温暖，就要对这房子负责、对房子里的人负责，就要受责任、义务束缚。——人的不自由，完全是自己制造。我们常说，人是动物世界最聪明、最有创造性的高级灵长动物，然而，人用自己的聪明才智创造了现代文明，又创造了能够把地球毁灭无数次的先进武器。人类从来没有停止过战争，从远古部落到现代国家，从大刀、长矛到飞机、大炮、核武器。人不只残害同类，还为了装饰、为了好玩、为了显示富贵，盗猎、劫杀野生动物，把自己变成所有珍稀动物的天敌。一头牛，一生只满足于槽里的草料；一只昆虫，一个生长季只消耗几片叶子。而人的贪婪永无止境。人类生活的最终目标就是不断开发、不断掠夺，直到地球毁灭。然后，人会寻找新的星球，在那里重建家园，再造文明，再造武器，再开战争，再把家园毁弃。

尊敬的所罗门先生，这就是我们拥有的在牛和昆虫那里无法找到的目的。

然而，当我在灯光下看着爱妻甜蜜酣睡的模样，当儿女欢声笑语和我拉叙家常，当孙子从遥远的异国回到身边，当两个孙女蹦蹦跳跳唱歌跳舞，一家团聚，餐桌上摆满丰盛菜肴……拿出相机，拍下温馨的一刻……当我走过夜市，穿过熙熙攘攘的人群，听着店铺里传出的音乐，驻足美味的小吃摊前；当我面对雪山，被湛蓝的天空和无边的草原感动；当我在剧院安适的座椅里被精彩演出吸引，沉醉于美丽场景和虚幻故事；当我拿到一本新书，闻到纸张与油墨的香味；当我翻动画册，感叹人的双手描绘出的美妙形象……我会悄悄对自己说："幸亏上帝把我造成了人。"尊敬的所罗门先生，我还没向你讲述我美好的青春时光，我打球，我奔跑，我恋爱，我唱歌，我写诗，我领到第一笔工资，递到母亲手里，我第一次与心爱的人约会……牛和昆虫怎能和我相比？它们会唱歌？会绘画？会写诗？会演戏？会做形形色色的美食？会有初吻的甜蜜、儿女坐在身边的幸福？当我享受人生，为做一个人而自豪的时候，"你有什么目标？"这个问题还有意义吗？"生命的最终目的"让你们这些哲学家头疼了两千年，那就不妨继续头疼下去。它是一个哲学职业的人为自己造设的谜语，与生活中的人无关。除非情绪低落时我才会想到人活着的意义。一生中大多时间，要么在辛勤劳动，煞费苦心对付做事的困难、为人的烦恼，要么在享受吃喝、艺术和情爱。生命，就是这样一个过程。无论精彩、晦暗，不管壮丽、凄美，人，永远比牛、比昆虫更懂得生活。

  如果你还能活几分钟，你将怎样利用这段时间？如果还能活几天呢？20年呢？（第27页）

  如果你是医生，判定我只能再活几分钟，我要求把我推到病房外小路上，让我再呼吸一下室外的空气，看看头顶的蓝天，再享受一下阳光，看看绿色的草地、路边的小花。我会在心里告诉身边路过的人、告诉陪护我的人："好好生活吧。只有好好活着，世界才属于你。不管这世界有多少丑恶、罪愆，生命还是值得留恋，人世还是值得珍惜。"

假设我知道自己只能再活几天，我会像个俗人一样，选择想吃的去吃，想见的人请他（或她）来相见，把想说的话说出来。把珍爱的东西托付给信任的家人。谁欠了我的账，一定嘱咐后人去讨要，把证据交给他们。我欠了谁的债，不必交代清楚，不必那么认真。世界不再属于我，谁还会在意你弥留之际的信誉？——好在我这一生从不欠谁，也没人欠我。

这样的假设其实并不成立。如果我病入膏肓，不久于人世；如果我身临险境，面对死亡，我会在最后一刻仍然希望奇迹出现，我能转危为安、恢复健康、重新站起来，能走出险境、摆脱危机、继续未完的人生，直到最后一息，生命完全不受控制。当我们兴趣盎然地探讨人生最后时刻的状态时，面临死亡的人不会去思考哲学课题。

如果我能活二十年？那就如平常一样活着。力争活得更舒服、更健康、更快乐。物质上得到满足，然后讲究尊严。不幸（也许是有幸）我是一个作家，不能享受晚年闲适，养花，玩鸟，与宠物相伴，到公园唱戏，跳广场舞……因为爱而被文学俘虏，只喜欢在书斋里、电脑前，读书，写作，以玩文字为幸福。二十年也许转瞬即逝，再有二十年、一百年，我也不会觉得漫长。虽然岁月煎迫，依然不知老之将至。

你怎样向一位外星来客解释你是谁？（第29页）

尊敬的来自火星的朋友，哦，对不起，您来自银河外？瞧我，请原谅我的无知。我是生长在地球上的您的同类——我是说，我和您一样，是有智慧、有思想、有情趣的动物。我和其他动物的区别是，我会热情欢迎您的到来，不会因为互不相识而发出吼叫、露出牙齿。我生在中国，一个县城，一个小商人家庭。中国，就是您降落地球这一刻踏到的这块土地。县城，是我们这儿人群最初聚居的集市——我们先聚在河边，一群一群，为了交换各自的东西，到这儿来赶集，盖起商铺、旅店，有了街道。为了防止偷盗、袭击，垒起城墙，挖了护城河，有了县城。您从几万光年的远方过来，您在飞船上眨眼的工夫，这里进化出人类，有了我的祖先。我没法确定我的先祖当初在哪儿搭起草棚，在哪儿取到第一个火种，因此，我不知道我从哪里来。如果向您介绍我的原籍，那是您第二次眨眼之后。我的父亲、母亲曾经在乡下种地，趁着年轻，他们进城摆摊，起初只是卖他们自己编制的灯笼、笊篱（您可能没见过那东西，现在年轻人也不太知道了。那是用铁钳拧编、铁丝盘绕成的用具。灯笼里点上蜡烛，外面糊上纸，以防风吹，晚上用它照明。——我们这里四季寒暑分明，白天、黑夜分明，夜里必须用灯光划破黑暗。笊篱安上竹制手柄，打捞热锅里的菜品。现在厨房餐厅还能见到），后来逐渐发家，买了房子，开起了杂货店。我是他们最小的儿子，从小不太听话。贪玩，好动，喜欢打球、唱歌、演戏、画画，现在以写作为生。我猜想你们的星球上也少不了这样的职业。不生产吃、喝、穿、戴，凡是用得着的东西都不做（这一点我不如我的父母），只是编故事，卖文字，以美丽的谎言骗人。就像传教的人，唱歌、演戏的人。虽然和做官的人本质相同，可我没什么权势，不能排解人间的纠纷，不能决定公众需要解决的问题。和做官的人相比，我是个彻底没用的人。但是，我对我的职业很满意，我不必像我的父母那样辛苦，不必像当官的人那样钩心斗角，也不必像在野外工作的人那样风里来雨里去，日晒雨淋，靠强壮的体力吃饭。尊敬的贵宾，正如您看到的这样，在地球上，不做体力劳动的人都会有较高的收入，有较优越的生活，有较高的社会地位，能荣幸地接待您，出席欢迎您的招待宴会，陪您去看演出。地球上的社会，到目前为止，收入不公，贫富差距，贵贱差别，还是大难题。还有就是公平、正义一直是梦想，权力能不能受到制衡，这些问题，不知贵星球是否已经解决？您的到来，为实现地球人的梦想带来新思想、新启迪、新思路。希望您能为我们提供一个理想社会的构思，帮助我们把地球上的人性改造得更好，让柏拉图（他写了《理想国》）、亚当·斯密（他写了《国富论》）和约翰·洛克（他写了《政府论》）的著作全都变成废纸。谢谢！我的名字和联系方法在这张名片上。

一个好人（一个不去作恶，只做分内之事的人）必定会快乐吗？一个恶人——至少是最后——必定会受苦吗？换句话说，你相信生活最终是公平的吗（如果不是，为什么每个人还要力图做个好人）？（第29页）

如果一个人不是被迫，而是出于本能、出于自愿，选择做好人或坏人，都会有自己的快乐。好人的快乐是安定、踏实，坏人的快乐是放纵、刺激。好人有时受欺，有时吃亏，但他不会陷入谎言和恐慌的恶性循环，不必每天担心恶行暴露，挖空心思以更多恶行掩盖之前的恶行。相比较而言，好人肯定比坏人快乐。好人好报、恶人恶报只是人们教育世人的美好愿景，现实生活并不如所愿。现实的不公，促使人们创立宗教，让人相信，人世的不公最终会有上帝、安拉、佛祖裁决。好人会上天堂，坏人会入地狱。这是人的精神安慰，是劝人向善的理由。以孟子的说法，人之初性本善，向善是人的本能。他把人与生俱来的好人本质称为"四善端"。荀子则说性本恶，人必须受教化才能懂得善恶。还记得小时候走进城隍大殿或是祖师庙，墙壁上的劝世画让我陷入恐怖。凡在人间做了坏事的人，都会在阴曹地府接受严厉惩处。偷盗的人被锯手脚，浪费粮食的人被插在石磨里研磨，通奸的女人被锯成两半，杀人的人被裹在布袋里点天灯……恐吓，是劝导人们向善的重要手段。它并不总是有效。到了一定时候，恐吓阻止不了坏人做坏事，甚至也阻止不了好人变坏。以我的看法，人之所以力图去做好人，甚至坏人也愿意做好事，在某个时刻见义勇为，是因为人有荣誉感。无论好人坏人，都喜欢受人赞扬，喜欢被人尊敬，喜欢公众崇拜、社会褒奖。人的虚荣心是人性向善的内在动力。如果一个坏人不为荣誉、嘉奖、赞许所动，这个人就无药可救，无论教育或恐吓都不能使他变好。在最后时刻他也不会感到痛苦。活着或死去，对他都无所谓。

美洲印第安人有一则传统谚语说："让世界保持原样。"（意思是不要把世界污染和毁坏了）与此对照，许多美国人都认为，他们应"在世界上留下标记"（意思是为社会贡献些什么，它是一种与前一句非常不同的生活态度)。这是两种不同的思维方式，它们各有什么优缺点？你会怎样试图调和这两者？它们分别给出了什么样的"生活意义"？（第63页）

印第安人的谚语不会出自老子、庄子，但他们的观点和中国道家共通。老子不但反对劫掠自然，他连劳动工具、日常用品都不接受革新。他觉得人们互相交流、走动也是多余的。"鸡犬之声相闻，老死不相往来。"其实不只是道家，包括儒家、墨家、法家……所罗门先生，您在书中列举的八位中国哲学家（孔子、老子、墨子、孙子、韩非子、庄子、孟子、荀子）任何一位都会赞成印第安人哲学。中国哲学的核心就是"天人合一"，是对自然的崇拜和敬畏。山有山神，河有河神，雷公，电母，花神，雨仙，城隍，土地……飞鸟、走兽都有自己的灵魂，人不能随意杀生，蚂蚁、蚊虫不能随便拍打。印第安人和中国人重视自省，西方人重视进取。印第安人和中国人以蒙昧的感性尊崇世界，西方人以实证探求知识，以创造发明为荣耀。美国人要在世界上留下印记，体现了来自柏拉图的西方哲学，他们强调的是自我价值。其实，印第安人和中国人对自然的尊崇，只是古典哲学传统。当今之世，不管印第安人还是中国人、亚洲人、非洲人、拉美人，没有人再那么迂腐，坚持"让世界保持原样"。印第安人早已被白人征服，融入美国文化，接受西方观念。作为老庄的后人，我们中国人上世纪50年代已经成为愚公信徒，相信人定胜天。而今有了开掘隧道的机械、吹填海岛的机器，可以逢山开路、遇海架桥，一个个惊世骇俗的工程令世界惊叹。我们以勤劳的双手、不怕吃苦的精神，成为世界基础设施建设的王牌队伍，享誉全球。谁还需要用当代观念来调和原始宗教式的古老哲学？所罗门先生，在电子科技、商业文化高度发达的21世纪，精英们（包括先生这样的哲学家）一面尽享现代物质文明，一面忧虑人类对地球的过度开发。感受到全球变暖，极地冰山融化，海平面升高，蓦然回首，想起了印第安人的哲学。然而，我敢说，当今世界（包括先生在内）没人再需要"让世界保持原样"（世界原样是什么样，谁也说不清），也没人会在意你所说的"在世界上留下标记"（世界快速发展，任何标记都可能随时改变）。"让世界保持原样"只是一个逝去的梦想，"在世界上留下标记"也不过过眼烟云。他们给出的人生意义,就是好好活着。——我知道,你可能想听我引用苏格拉底关于生活意义的名言:"真正重要的不是活着而是活得好。""活得好与正直地活着或正确地活着。"(该书第31页)然而,什么活法才算活得好?如何才算正直、正确?——苏格拉底的选择算不算正确,至今还是个问题,何况常人?对于普通人,我只能说,好好活着,就是生活的意义。如果有什么补充,我还是用世俗观念说:人活着,尽量做个好人,不要做伤天害理的事。

如果森林中有棵树倒了,周围没有一个人听到,它会发出声音吗?为什么?如果没有一个人曾经见过、听过或触摸过这棵树,那说这棵树是"实在的"是什么意思呢?(第109页)

昨天,有个人死了。他从科罗拉多大峡谷一处悬崖上掉下去。不知是自己寻死,还是失足落下。不知他来自何方。肤色是白、是黑、是黄。不知他的国籍、姓名……其实,我根本不知道这回事,不认识这个人,没见过他,没和他有任何接触。请问所罗门先生，一个我一无所知的人、与我毫不相干的人，他的生与死与我有什么关系？他死了，我既没看到，也没听到。如果我是一个主观唯心主义者，我认为世界上根本没这个人，也无所谓生死。我对世界的判断完全以我的感知为准。我没看到花，就不可能知道它的颜色、香味。我没看到科罗拉多，我就不承认世界上有这么一条河，有那么壮丽的峡谷。在你的问题里，森林在我心里不存在，当然也就没什么大树倒下，更没什么声音。然而，如果我是一个唯物主义者，我会上网，查找地图，查找各种信息。科罗拉多大峡谷昨天确实掉下去一个人，血肉之躯，曾经生活在这个世界上，与他相爱的人刚刚告别。我不能因为我不认识、我没接触，就否认他（或她）的存在。正如宇宙、星辰、遥远的太空星云，并不因为我不认识、没感受就不存在。森林里倒下一棵树，发出巨大声响，不会因为没人看到、没人听到就真的不曾发生。它发生了，就发生了。如果否认它的发生，那就有可能否认宇宙间一切你没见过、没亲历的物质和运动。在我内心里，存在这样一个悖论：完全不知情的东西，我为什么要承认它的存在？中国有句俗话：耳听为虚，眼见为实。看了神奇魔术，眼见也未必是真。假设森林里倒下一棵树，我为什么轻信它是事实？比如我的例证，科罗拉多死没死人都只是一句空话。结果，我落入所罗门先生下好的套子，陷入西方哲学的实证主义，同时，也陷入了实证主义的窘境。——没经过科学证明，不能承认它的存在。不承认有实在的存在，也就否认了人类认识之外还有浩如太空的未知世界。实证主义同样的窘境是，你根本不知道你所不知道的世界，哪怕它是实在存在的，你只凭推断、想象、摸索、揣测……能够确认一棵树在森林里倒下了吗？

倘若一个朋友向你出难题说"你怎么知道2+2=4"，你该如何回答？（第146页）

"你怎么知道太阳是太阳、月亮是月亮？你从哪儿列出2+2=4这样的算式？"——如果你不满足，我补充说："当我是蒙昧未开的儿童时，我不知道2+2=4，长大以后，师长教我知道太阳、月亮。我一根一根掰手指，算出了2+2=4。"所罗门先生的意思我明白，你只是想让我们弄清几个概念，上述例证是"经验真理"，也是"事实真理"，因此，它们是"必然真理"，不经论证就能成立。

> 假如另一个朋友半开玩笑地问你"你怎么知道自己现在不是在做梦"，你该怎样回答？你将如何证明这是不可能的？（第146页）

庄子早在两千多年前做过一个有名的蝶梦。他梦见自己变成一只蝴蝶，醒来之后，越想越不明白，究竟是我做梦变成了蝴蝶，还是蝴蝶梦中变成了我？同样，当你问我现在是不是在做梦时，很可能你正在做梦，梦里见到我，问我是不是在做梦。如果庄周与蝴蝶可以互相梦到，你和我也能梦里互问。如果庄周梦蝶只是一个颠倒真假的哲学假想，你我梦中的互问也不过是哲学诡辩。中国古典名著《红楼梦》把贾府的故事统统看作一场荒唐梦，书里的名言仿佛是针对梦话的回答："假作真时真亦假，真作假时假亦真。"这虽然不符合西方哲学的实验主义，却与怀疑主义能够互通。正如尼采所说："究竟什么是人的真理？——它的无可辩驳的谬误便是。"（第

180页）我怎么证明自己不是在做梦？因为做梦之说是"无可辩驳的谬误"。

真正地了解一个人是可能的吗？试想一下，也许你永远不可能知道另一个人的真实感受，他（她）的一切行为和手势都是为了愚弄你，你不能再把一个人的外在活动（如微笑或皱眉）看作自我意愿的真实表达，你对此会怎么看？（第188页）

当你向我提出这个问题时，我首先想问先生：你了解自己吗？有没有这样的情形：你嘴里说的和心里想的并不一致？你心里在骂这个混蛋，这个狗屁不如的东西，脸上却堆着笑，装得很开朗，哈哈大笑，附和着他的话题。只要你不故意流露，他一点也不会觉察你对他的厌恶、鄙视。面对一个美女，你知道她装出优雅是想讨你欢喜，她的甜言蜜语是为了哄你、骗你，你清楚她想从你这儿得到什么，但你还是会被她的妖冶作态魅惑，不好意思推却她的要求。即使你很阳光、很单纯、很真诚，面对妻儿老小……你敢保证你的话语和表情都是发自内心，百分百由衷真实，表里如一，一辈子不说假话？所罗门先生，我承认，我并不完全了解自己，不能保证无论在怎样条件下都能把持好自己，只做好事不做坏事，只说真话不说假话。我写的散文集子书名叫《在自己心中迷失》，这种迷失不只是面对别人。很多时候我独坐窗前，或是仰面躺在灯下，自思冥想，然后就迷失了。不知道自己究竟是君子，是小人？是学者，是顽童？是道德高尚，还是阴暗卑劣？这时，我长吁一声，放下心结。我明白了，人的内心和宇宙一样，是猜不透的谜语，不可知的混沌。对自己尚且缺乏把握，对别人还能真正了解？即使是好友、爱人，他（或她）很爱你，对你很忠诚，他（她）还是他（她），你不可能感受他（她）的感受，不可能知道他（她）在某个瞬间心里在想什么，无法预料他（她）能容忍你哪些行为、计较你哪句话、嫌恶你哪个举动。这是肌体、血液、细胞、神经纤维所决定的。为了使自己不那么惶恐，不那么多疑，我只能选择尽可能与人为善，尽可能待人真诚，以期换来同样回报。

　　我对这个话题的结论是：人与人不能有百分百理解，起码的信任应该能够做到。人类最应该鄙视的是阴谋和背叛。

> 婚姻有时会被形容为两个人的"结合"。撇开性结合不谈,这意味着什么?(第224页)

尊敬的所罗门先生,谈婚姻怎能撇开性呢?所谓婚姻结合,首先是性结合。不管异性还是同性,性生活是感情的纽带、婚姻的标志,关乎家庭和谐和生活质量。在人类关系中,婚姻是最简单、最复杂、最难以言说的关系。说简单,就看有没有缘。这是东方人的观念。中国人把婚姻称为姻缘。有句谚语说:"有缘千里来相会,无缘对面不相识。"结合就是有缘;不能结合,就是无缘;分手、离婚,就是缘尽。用缘看婚姻,婚姻就变得简单。爱与不爱,结婚还是离婚,各自不必承担沉重的心理压力。现代人更多地接受了西方观念,婚姻关系就变得复杂。自由主义者认为婚姻是对个人自由的束缚,是爱情的坟墓。理性主义者和基督徒认为婚姻是一种责任。结合,意味着彼此忠诚、互相扶持。西式教堂婚礼上,神父用一套告诫、祝福把婚姻当作双方契约。理性把情爱压抑在责任之下，文明使婚姻失去浪漫和甜蜜。西方离婚率证明了教堂的誓言、上帝面前的契约并不能保障婚姻牢固，终生不变。西方人重约，中国人重礼。中式婚礼一拜天地，让天地见证、赐福；二拜高堂，请父母接纳、关爱；夫妻对拜，互表爱慕、真心。这样的婚礼，体现了理性与情爱的双重意义。然而，礼的制约往往成为精神法律、道德审判，当感情出现问题时，婚姻矛盾会演变成家庭悲剧，反映出东方婚姻的非契约风险。

无论西方还是东方，一桩美满幸福的婚姻，看来应有几个要素：健康快乐，爱与性和谐，生活彼此依靠，利益没有分歧，后代子孙健康、和美、事业有成。

身处热恋之中、徘徊于婚姻门槛的人必须明白：婚姻，意味着爱情向亲情转换，浪漫向生活融入。婚姻的结合，仅仅有爱是不够的，必须有对亲情的珍惜，亲人之间的包容、疼怜。要使浪漫永不褪色，就要善于把琐碎的生活转变为幽默故事，把红脸、拌嘴、争吵当作人生花絮。

所罗门先生，撇开性不谈，想要幸福生活的夫妻，不妨读一读安徒生的童话《老头子做的事总是对的》。不瞒您说，先生，这篇童话使我和太太在艰难岁月里保持浪漫，受益终身。

自由总是一件好事吗？（第229页）

先生，您的设问方式包含了否定暗示。您想要的答案不言而喻——虽然自由是每个人与生俱来的追求、天性的向往，但自由并不总是好事。人是群体动物，注定了要在社会中生活（哪怕只有两个人，甚至一个人，你也离不开社会）。承担义务，受社会秩序约束，自由必然受到限制。你不能在大庭广众面前脱光衣服，大喊大叫，高声唱歌，随地大小便；你不能任意对喜欢的异性动手动脚，把别人的东西据为己有、把公共设施随意破坏；你不可在剧院或车船上强占别人座位，拦截行驶的火车，随意打开航班的逃生门。总之，你寻求自由时，不能侵犯他人利益，不能破坏别人自由，不能以社会安全为代价。"生命诚可贵，爱情价更高。若为自由故，二者皆可抛。"匈牙利诗人裴多菲的名句鼓舞着一代又一代年轻人。在革命岁月里，多少青年在自由的旗帜下热血沸腾，舍生忘死，勇往直前。然而，没有了生命，自由有什么用？如果自由的意义就是抛弃生命、抛弃爱情、抛弃人世美好的东西，自由本身还有什么价值？人需要自由，因为人需要尊严。自由的价值因个人尊严而彰显，在精神上支撑着我们的人格。自由也因为尊严被赋予文明意涵。尊严，意味着对自己、对别人、对社会公德的尊重。尊严不是唯我独尊、个人至上，更不是以自由的名义蔑视法律、人伦。如果自由意味着暴力，意味着胡作非为，意味着亲情与道德的沦丧，我宁肯不要这样的自由。我赞成这样的话：自由，是为了释放个人活力，给人世带来更美好的生活。

> 要在一个好的社会里过良好生活，自由是必需的吗？你能否想象一种情形，自由是不受欢迎的，或至少是无关紧要的？给人以自由是否总是对他有益？（第229页）

我想以简洁的语言回答你。第一问：Yes! 最后一问：No! 为什么？因为自由是人的天性追求。天性被压抑，社会难稳定。天性不限制，社会必混乱。

至于你的第二问,我想象我是军人;我想象我是某项球赛的运动员;我想象我在开着飞机,或者,我在执行一项绝密任务。也许受了电影启发,我想象我在某个集中营里,正在策划暴动、越狱。——我得到的启发是:当自由受到严格限制时,自由显得更加可贵。当自由被某种环境剥夺时,意味着我正在为挣脱不自由而奋斗。对吗?

> 一个没有任何拖累的人是否要比一个对他人负有义务的人更自由?是否像我们的爱情歌曲唱的那样,结束一种关系意味着"重获自由"?一个被工作中的义务和责任之网紧紧束缚的人是否一定要比一个自愿不工作的人更少自由?(第229页)

老子认为万事万物和所有词汇、概念都有正、反两面意义。"有无相生,难易相成,长短相形。"自由也是如此。获得的自由愈多,肩负的义务愈少,离亲人、朋友、社会愈远,生活愈孤单,内心愈孤独。母亲晚年卧病在床,我每天为她端水、做饭、熬药,半夜起来去请医生。有一天,母亲叹口气说:"是我拖累你了。"母亲去世后,每到春季我都会想起她,想起她病中这句话,泪水立刻涌上我的眼角。我宁愿被母亲拖累,也不愿让她离开我。母亲去世的时刻,我的人生观刹那间发生了巨大变化。我一下子长大了,明白了人生,明白了人世的无情和冷酷,明白了今后岁月我必须承担一家之主的担子。有了病痛,不会再听到母亲安慰;有了过失,不能再受母亲责斥、教诲;拿不定主意时,没有了老人的指点、建议;出门前听不到啰啰唆唆的叮嘱。世界还是这样,我却失去了母爱,失去了母亲的温暖。亲情、爱情、婚姻、友谊,感情本身就是一种负担,而这种负担是双向的。你卸去了责任,对方也卸去了责任。你得到了自由,意味着少了一份关心和温暖。爱情歌曲里那种解脱的自由不过是对失败的情感的安慰罢了。我工作繁忙,事务缠身,我获得一种价值感。你抛弃工作,不只是失去一份收入,更失去了自我尊严。一个游手好闲的人,自由使他远离人群,失去社会。他的人生能有幸福和快乐吗?

"'自由'这个概念特别难以定义。有些人认为,自由就是能做任何你想做的事情;而另一些人则认为,自由仅仅在社会允许的范围之内才是有意义的。"（见该书第8页）我想，大多数人会赞同后者。

成功和快乐，哪一个对你更重要？如果必须二选一，你会选择哪个？（第254页）

一般说，成功会带来快乐。然而，成功的路使人孜孜矻矻，终生辛劳。名利没有止境，成功也没有止境，梦想没有成真的一天，快乐难免被无尽的挫折折磨。你读过普希金的童话诗《渔夫和金鱼的故事》吗？渔家老太，开始只想有一个洗衣盆，然后想有一栋新房子，最后想做女皇。正如时间没有尽头，空间没有边缘，由于贪婪是人的本性，世界上其实没有成功可言。追求成功，犹如希腊哲人芝诺所讲的阿基里斯射出的箭，永远到达不了终点。在成功与快乐之间二选一，可能是世界上最让人犯难的抉择。大多数人（包括我自己）肯定会毫不迟疑地说：选择快乐。然而，我真愿意舍弃成功吗？尽管成功是到达不了终点的箭，可毕竟人走过人生不能一事无成。只有快乐，没有成功，岂不白来人间一遭？

所以，我的回答是：年轻时我选择成功；中年以后，我选择快乐。"少小不努力，老大徒伤悲"，这是先辈的遗训。如果年轻时选择快乐，一无所长，两手空空，只靠父辈遗产生活，老年的快乐、子孙的快乐还会有吗？

假如一个饥饿的食人族酋长把你打量了一遍，认定这确实是一顿美餐，你会怎样说服他相信，把你吃了是错误的（仅仅让他相信你吃起来味道不好是不够的）？（第284页）

尊敬的所罗门先生，面对一个把你看作美餐的人，你会想法说服他？一位美国哲学家，不会信奉中国儒家的温良恭俭让吧？西方哲学里没有仁爱，没有谦让，柏拉图把"勇敢"放在第一位。面对一个饥饿的食人族酋长，道理不会有任何作用，说服是不可能的。无论我口才多么了不起，我也不会尝试去说服他。我必须抄起身边任何一件东西与他搏斗。武器比道理管用。人类文明史告诉我：历史由强者塑造，弱肉强食是自然规律。战胜一个饥饿的家伙，也许我的胜算更多。把他打倒，迅速脱身，带领部队，剿灭这个与人类为敌的部落。出于人道主义考虑，凡是放弃抵抗的食人族成员，可以关押在营地里，进行劳动改造。让他们学会耕种、做工，自食其力；接受教育，学习法律，归化于现代文明。我这样做，是不是比徒费口舌之力更有成效？

> 英国哲学家阿尔弗雷德·诺斯·怀特海曾经写道："对于任何给定的时间和地点来说，什么是道德？那就是大多数人在那时那地恰好喜欢的东西，不道德就是他们不喜欢的东西。"你同意这种说法吗？（第284页）

我想到刚刚回答过的面对食人族酋长的问题。如果道德是大多数人在那时那地喜欢的东西，最好让这位英国哲学家到食人族去一趟。在那里，大多数人以吃人为乐，那里的道德就是吃人。怀特海先生被食人族吃掉，符合道德标准。如果他拒绝被吃掉，就是不道德。怀特海先生，我说得对吧？

道德标准随时代、地域的不同而有所不同，但"道德"

这个概念与其他哲学概念不同的地方就在于它有一条人类共有的底线——人性和人类良知。道德底线代表公理、正义，不因环境、风俗、民族、信仰或是不是多数人喜欢而改变。所以，怀特海先生不必到食人族那里去冒险尝试。如果我撺掇他去、指令他去，我就违背了良知，我就是不道德的。对不对？

> 你更愿意在哪种社会中生活：大的城市、小的乡村社会、比较安全的郊区、熙熙攘攘的贸易城市、平静但多少有些单一的城镇（人们或多或少持有相同的价值观），还是许多不同民族的多种族聚居区？（第288页）

我是这样生活的：大多数时间待在家里，待在安静的书房里。我的家在一个中等城市里，省会所在地。从中学读书我就生活在这座城市，与它共同经历了时代风雨，见证了它的巨大变迁。我会埋怨它脏、乱、堵车、人多，环境品位赶不上北京、上海，繁华赶不上广州、深圳，甚至不如一些同等城市。但这座城市深深扎根在我心中，像我的故乡一样与我血肉相连。我自己数落它的丑陋，却不愿听别人说它的缺点。和北京、上海、广州、深圳相比，我更喜欢这里。在这里生活，我有一种安定感，对这里的一切都很熟悉、很习惯。每到夏季，我到山上去避暑：鸡公山，太行山，伏牛山，住在农家宾馆里读书、写作、乘凉、休闲。节假日我和孩子一起找一处风景名胜地，一家人打牌、喝茶、游玩。入冬之后，不少朋友飞到海南去过冬，我选择窝在家里。暖气开放之后，家里的冬季很安逸，是读书、写作的大好时光。我是个清贫的读书人，比不上有钱有权势的人。所罗门先生，今天的中国，有钱人多了去了，他们的豪富、奢侈超乎想象。对于他们，你的问题不成问题。哪儿舒服去哪儿，想去哪儿去哪儿。北京、上海不在话下，纽约、巴黎、伦敦、罗马……乡村别墅住腻了，就去法国南方葡萄园、英国城堡小镇、马耳他、夏威夷、喜马拉雅、乞力马扎罗，甚至有朝一日到月球上去逛逛。然而，你到对面建筑工地去问那位打工的小伙子："请问，你想住大城市、商业区、郊区、小城镇，还是安静的乡间、多民族聚居地？"他一定认为你有精神病。他会没好气地回答："我住在城中村出租屋里。三个老乡伙租一间，一个煤气灶大家用。屋里没有厕所，没有热水，没有厨房、餐厅。我很想到北京、上海去住，我不在乎吵闹，你能在那儿给我弄一套两居室的房子吗？不管闹市还是陋巷、胡同，城中村也行。你还要给我找一份能养活自己的工作，我不能在那儿饿死。"

其实，不只是打工者，像我这样的文人，工资不高，每月按时到账，日子安逸、小康，吃穿不愁，还能旅游度假，我也很难满意地回答你的问题。收入和家庭条件限制，使我不能按自己的心愿去选择。不要说到北京、上海买房，即便郊区山间别墅，买它也很吃力。买了房，必须买车，买了车，要养车、耗油。一年上山住的季节有限，房子空闲期的打理、养护……我安逸的生活会变得混乱不堪。

所罗门先生，我知道，你这个问题的前提是，如果你有能力、有自由，会选择居住在哪里？你的问题核心是人的文化归属，社会和人文环境。欧洲人曾经对非洲贫困地区、美国人曾对印第安人实行文明驯化，把孩子带到白人家庭和白人学校，让他们接受教育，学习文明礼仪和生活方式，受到后世学者严厉批评，认为这是撕裂亲情、摧毁人伦的残酷行为。如果你到非洲部落的泥屋前去问一位黑人小孩"你愿意跟我一起到美国去吗",他绝不会跟你走。居住环境的选择反映出人世的不公,财富限制使人无法自由选择居住地,文化差异造成民族、族群隔膜。即使出于慈善好心,居住地选择也只是一个纸面上的问题,现实生活中很难解决。

你相信"人生而平等"吗?这意味着什么?人在哪些方面是平等的?(第289页)

先生,您的问题包含了肯定的意思。"人生而平等",是18世纪以来,西方启蒙运动的重要口号、人权的象征,像民主、自由、正义一样,是人类美好的梦想、孜孜不倦追求的目标。然而,人能生而平等吗?你生在非洲部落茅草屋或者中东难民的帐篷里,我生在英国王室、日本天皇家族、沙特王族或是石油大亨、船王之家,当你拱在黑人妈妈干瘪的乳房前嗷嗷待哺时,我被一群穿着整洁的佣人护卫着,有人伺候洗澡、换尿布,有人负责调配饮食、营养,有人为我提供开发智力的玩具。我的体重、指甲、毛发、大小便，都会有人无微不至地关心。当我每天在保镖护送下到贵族学校去读书时，你赤脚走在沙漠、草原里，手里悠着棍子、标枪、弹弓，每天与野兽为伍。你在战乱中长大，枪支是你的爱好。有朝一日，为了早上天堂去享福，你会被装上炸弹，冲进商场、教堂或某个豪华酒店……如果我跟你谈"人生而平等"，你会不会觉得我把你当成了傻瓜？那时，你必然会认为"人生而平等"是富人骗穷人的口号。

人生而不平等，如 2+2=4 一样，在哲学书里是"事实真理"。正因为如此，才有"人生而平等"的号召。它反映了平民、贫民的不平之气，代表了社会渴望公平。公平，首先是平等。

现代文明起码应当保证法律面前人人平等。这是人类文明早期提出的理想。"刑不上大夫，礼不下庶人"的贵族特权思想，是历代文人批判的对象。

人的尊严平等，比较空洞，做起来也很困难。欧洲难民问题令各国头疼，就因为难民享受同等的公民权利、社会福利必然侵犯原有居民利益。出身教养、信仰和文明程度不同，带来社会治安、道德、公德问题，引起社会混乱。但在社会生活中人人平等，不受歧视，应该能够做到。比如乘车、购物、就医、就学、出入公共场所……可是，真正做起来，任何事情都很具体。你穿得脏兮兮的，浑身散发着臭味，脚上带着污垢，能够与穿着整洁的人平等地坐在高雅餐厅里就餐吗？

随着时代前进，生而平等虽不可能，社会平等已经取得长足进步。人类的美好愿望总是在不断实现。具体的平等项目恐怕只能根据不同国情来决定。哲学家的尴尬就是说说空话。柏拉图希望哲学家主政，孔子周游列国谋求一官半职，结果都落了空。如果他们出生在王侯之家，还用得着这么卖力地鼓吹自己的思想吗？哲学家的经历本身就验证了人生而不平等。

仅仅因为更有钱就应该得到更好的教育、医疗保健和法律援助，这是公正的吗？如果你认为是公正的，请解释为什么；如果你认为这不公正，说说你认为应该如何改变这种状况。（第324页）

可不可以把您的问题反过来问一下：您认为有钱人

得到更好的教育、医疗、法律援助不合理，是吗？在当代商业社会里，教育、医疗、法律援助都需要费用，如果有钱人不是贿赂学校、医生、法官谋取特权，你有什么理由不让他花更多钱，换取更好服务？教育、医疗、法律援助部门提供更好服务，收取更优厚报酬，在商业社会，这是公平交易。如果你愿意多出钱，同样可以享受优质服务，在金钱面前，人不是很平等吗？

是的，用金钱为自己购买更好服务，穷人或不愿出钱的人会感到不平。历代思想家都提出过自己的建议，19世纪乌托邦社会主义的欧文、傅立叶、圣西门做过认真探讨。社会主义的苏联和改革开放前的中国，都有很长时间实践。实行全民教育、医疗、法律援助免费，无论有钱没钱、社会地位高低，统一规范服务，这问题也就迎刃而解了。接下来的问题是，免费服务之后，这些部门真能一视同仁，让普通百姓与有权势的人享受同等待遇，不滋生特权？如果滋生了特权，那些享受特权的人比用钱买服务（富人毕竟花了钱）更可恨——他们一分钱不花，没为服务人员增加任何收入，白白消耗了社会资源。至于您所在的资本主义国家，金钱至上，纳税人利益至上，个人权利至上，这问题还真是老大难。奥巴马的医疗改革方案由于富人反对，遭遇国会重重阻力，好不容易通过，没来得及实行，就被特朗普推翻了。他们的理由是资本主义的基本价值观：不能让个人为公众买单。用自己的劳动收入贴补毫不相干的人，违背了私人财产神圣不可侵犯的原则。世界上最发达国家的总统没能力解决的问题，我能有什么办法？

为什么一个人具有特别的天赋或才能就得到更多？毕竟，他（她）只是因为天赋，或是出生在能培养其天赋的家庭中。因此，为什么我们仅仅因为运气就对不同的人区别对待？（第324页）

先生，您的问题听起来很奇怪。具有特别天赋或才能的人不应该受到重视、多得到一些吗？聪明能干的人为社会创造更多财富，为文明进步能做更多贡献。他们的生物基因有利于改善遗传，改进人类质量。如果你是一位农业专家，育种的时候，你会把颗粒饱满、抗病能力强的种子与普通的、劣质的种子混淆起来，平等看待，不分优劣，一律当作种子播种下地吗？优胜劣汰，是大自然法则。优者得不到保护，世界必然劣质化，最终酿成灾难。"只是因为天赋"，被你追究家庭背景、教育背景，是不是对天才的歧视？出身寒门的天才不在少数。家境富裕，受到良好教育，成长于文明环境，这样的天才有罪吗？没错，他们只是运气好，或者说是受到了造物的特别关爱。你比他傻、比他笨，生在缺乏教养的家庭，这不是他的错，也不是你的错。人如造物撒下的种子，落在沃土里长成大树，落在石板上会枯萎，被鸟雀啄吃就白来了一趟。这就是运气。运气可不像先生所说那样"仅仅"如何如何，运气决定人的命运。一件难以决定的事，抓阄被认为最公平。凭运气，没怨言。人生而不平等，原因全在于运气。他被造就为聪明人，就是抓到了好阄。爱护天才，就是保护人类的优秀种子。与其忌恨天才，不如自己努力，以勤补拙，以能力和贡献为自己争取公平。

> 人们为什么要创造绘画、音乐和故事？我们为什么会欣赏它们，甚至会经常为之感动？（第329页）

在非洲荒原上，一只小象死了，母象久久在它身边徘徊，不忍离去。母象用长鼻子触动它，希望它能站起来。母象眼里流出了泪水。那时，你会为动物的感情而深受感动。然而，象群继续赶路，母象随着队伍前行，不一会儿，身影就湮没在动物群里。大象不会举行葬礼，不会请乐队奏乐，不会像非洲人那样唱悲伤的送别歌。——这就是人与动物的区别。人不仅有感情，有思想，有自己的精神世界，更重要的是，人会创造艺术。当人在崖壁上刻下岩画的时候，人就成为了人，不再是动物。人把飞鸟的腿骨挖出小孔，做成骨笛，调整出谐和的音色。用黏土捏出动物形象，塑造出男人女人做爱的场景。吃饱的时候，饥饿的时候，悲伤的时候，快乐的时候，人们咿咿唔唔唱歌、祈祷、跳舞、做假面……创造艺术，是人的标志；欣赏艺术，是人的天性。理由很简单，人不只需要食与色，人还必须有精神生活。精神生活促进人的大脑发育，使人的感情更丰富。喜、怒、哀、乐，人需要安慰，需要虚构故事，需要绘画、音乐展示才华，感动自己，感动别人。以虚构寻求现实之外的快乐、幸福和浪漫，艺术给人美的享受，任何学问、技能、物质享受都无法替代它。

欣赏美会使人变得更好(更高尚)吗?(第328页)

当然。这问题也如2+2=4一样属于"必然真理",不必验证。中国有句古老谚语:"近朱者赤,近墨者黑。"欣赏一幅美丽图画,听一首优美歌曲,读一首高雅的诗,你的心会在不自觉中沉醉,受到感染,受到陶冶,个人素养会得到提升。这是人类需要艺术、需要美的原因。一个人可以不做作家、艺术家,不可以不爱好文学、艺术。美对人的陶冶不只是教育、感染,更是为你构建精神世界,使你成为一个激情澎湃、想象力丰富、身心健康、富于生命活力的人。

是什么使得一种文化不同于另一种文化?把某些信仰或习俗从一种文化"翻译"到另一种文化是如何可能的?你是否相信,只要所有文化都会"说同一种语言",它们就可以相互理解?(第348页)

中国有句俗话："一方水土养一方人。"文化是由生长的地域环境决定的。我生长在中国北方，黄河、长江之间。这里四季分明，自古以农耕为主，庄稼一年两熟，五谷齐全，面食、杂粮丰富。黄河既是母亲河，又是灾难河，从小就听到很多有关逃避水灾、治河治水的传说。河图、洛书，周易、八卦，青铜器、甲骨文，奠定了华夏文化的根基。中原这片土地以典型的农耕文化区别于中东的伊斯兰信仰和欧洲的基督教文明。富有冒险精神的人类把陆路、海洋当作通道进行物资交流、经济交流，必然带来语言文字交流，文化交流也就自然而然。丝绸之路把中国丝绸、瓷器、茶叶和农业技术带到中亚，传播到欧洲、非洲。西方和南亚宗教文化随着贸易驼队传入中国。21世纪的今天，经济全球化浪潮里，各民族文化加速融合，不同宗教信仰、不同价值观、不同的民族利益，会时时唤醒民粹主义反弹，阻碍人类融合，威胁人类和平。《圣经》上有关通天塔的故事至今仍有深刻的启示意义。当人们幻想造一座直通天堂的通天塔时，上帝变乱人们的语言，使他们彼此听不懂对方的话，因为语言不通，大家无法交流，通天塔被搁置下来。当今之世，语言文字的沟通不成问题，问题是各民族的历史纠葛、宗教冲突、利益纷争不断，即使世界讲同一种语言，也很难消弭民族意识深处的鸿沟。我们只能寄希望于后世，像爱因斯坦所说，后世也许比我们更聪明。

以你的认识，中、西哲学有什么差异？

公元前五六世纪是哲学思想活跃期，东西方重要的思想家都出现在这个时期，中国诸子百家、印度佛教、希腊早期哲学和三大哲人无一例外。

罗素在《西方哲学简史》中概括了西方哲学的基本特征："在我的理解中,哲学是介于神学与科学之间的东西。"（《西方哲学简史》，陕西师范大学出版社2010年版，第1页）宗教,始终贯穿着西方哲学史。从希腊时期开始，哲学家一直在论证上帝的存在,奥古斯丁(354—430)树立了上帝的绝对权威，使哲学成为基督教的工具，直到文艺复兴。即使黑格尔（1770—1831）这样影响深远的哲学家，也一直在为上帝的存在与神圣寻找哲学根据。在西方，宗教地位高于皇权，神职人员地位高于行政官员和学者。历法、节假日皆以基督教教规为依据。苏格拉底之前，毕达哥拉斯把数学当作世界根基，留基波和德谟克利特提出原子碰撞原理。物理、数学、经济学一直是西方哲学的论证基础。科学，是西方哲学的重要属性。西方哲学的专业性、系统性和逻辑完整的文字记载，反映出西方哲学的科学精神。

中国哲学里看不到宗教影子，也看不到科学论证。中国人保持着对世界的蒙昧、感性认识，以自然崇拜的"天人合一"和祖先崇拜的"天命论"为两大支柱。中国没有政教合一的历史，皇权高于一切，宗教与神职服从于皇权，服务于统治者和世俗百姓。当欧洲陷入宗教黑暗时，中国确立了以儒学为正统的意识形态。与西方哲学相比，中国哲学是纯粹的人文学科。数学、五行物质研究、炼丹术都被看作旁门左道，农耕文化对商业行为的排斥，使中国哲学完全忽视社会经济和政治经济学。

中国哲学重视群体，西方哲学重视自我。

中国哲学注重自省，西方哲学注重开拓。

中国哲学讲究礼让、和谐，西方哲学强调进取、竞争。

从晚清到当代，中国人非常重视对西方哲学的学习、研究，而西方人对中国哲学并不了解。由于中国哲学缺乏独立的系统理论，他们不重视中国思想家，甚至认为中国除了儒家，没有哲学。

然而，"在25个漫长的世纪里，凡西方哲学家所曾涉及的主要问题，中国的思想家们无不思考过"。这是冯友兰在美国讲学时，他的助手德克·布德（1909—2003）先生1948年说的话（《中国哲学简史》，世界图书出版公司2014年版，第2页）。

我想补充的是：中国哲学有入世、出世两种观念，西方只有入世，没有出世。他们缺乏老、庄这样真正自由的思想家，没有中国人"大丈夫能屈能伸"的洒脱。即以入世哲学的代表孔子而言，他对弟子说："道不行，乘桴浮于海。"同样表现出前程受阻即归隐江湖的意识。而西方三大圣哲苏格拉底、柏拉图、亚里士多德都是社会政治的热心参与者，他们把"勇敢"列为德性第一条，强调勇往直前，没有人生退路。即使近现代的存在主义、实用主义、结构主义、后结构主义、后现代主义也都没能把哲学目光从关注社会政治经济转移到人性与文化层面。中国哲学的文化含量更高，而西方哲学的理论性更强。

强调自我奋斗和个人价值的西方哲学，反而不如以礼制为中心，仁、义、伦理为规范的中国哲学更具人本主义精神。这便是中、西哲学的悖论。

淡说诺贝尔文学奖

21世纪的诺贝尔文学奖

加拿大女作家艾丽斯·芒罗获得了2013年诺贝尔文学奖。与20世纪相比,21世纪的诺奖,有几点值得玩味:

一、欧美以外作家的获奖比例增大了

在20世纪长达百年的诺贝尔文学奖历史上,九十七位获奖者,亚、非、拉只有七人,获奖人数相当于一个德国(七人)、半个法国(十三人)。而21世纪获奖的十三位作家中,亚(两人)、非(一人)、拉(一人)占四席,英国虽有三位获奖者,却有两位不是本土作家:一位印度移民(奈保尔,2001年获奖)、一位非洲回归移民(多丽丝·莱辛,2007年获奖)。德国的获奖者是罗马尼亚移民（赫塔·米勒，2009年获奖）。非西方作家获奖比例显著增长。

二、从作家与作品的影响力看，文学亮点正从西方主流社会与文化传统向第三世界转移

上世纪中叶，曾经出现拉美文学爆炸，是对西方文学壁垒的一次冲击。21世纪，这种文学亮点的转移成为世界文学的发展态势。21世纪获奖的十三位作家中，最有实力和代表性的四位作家都出自西方以外：库切（南非，现移民澳洲，2003年获奖）、帕慕克（土耳其，2006年获奖）、略萨（秘鲁，后入西班牙籍，2010年获奖）、莫言（中国，2012年获奖）。他们的作品植根于深厚的本土文化，由于在东西方文化冲突中对传统的审视与批判而具有深邃的思想和独特的艺术魅力。

奈保尔以漂泊者的身份游走于东西方之间，以丧失家园的焦虑切入当代人的精神深处。

诺贝尔文学奖对反映非洲生活的作品一直比较关注，20世纪后期曾多次把奖项颁给写非洲的作家，如索因卡（尼日利亚，1986年获奖）、马哈福兹（埃及，1988年获奖）、纳丁·戈迪默（南非女作家，1991年获奖）、

托尼·莫瑞森（美国黑人女作家，1993年获奖），21世纪又有三位以写非洲原荒文化与西方文化冲突而获奖：除了库切，还有多丽丝·莱辛和勒·克莱齐奥（法国，2008）。

凯尔泰斯（匈牙利，2002）和赫塔·米勒都是以写人性在特定的高压环境中的扭曲和顽强而获奖。其作品的题材并不新鲜，思想和艺术上也缺乏创新，其价值是反映了人类遭遇强权迫害的反思精神。

反映西方社会主流文化的只有四位：英国戏剧家品特（2005）、瑞典诗人托马斯·特朗斯特罗姆（2011），分别是当代戏剧和当代诗歌领域的代表人物。而刚刚获奖的芒罗和奥地利的耶利内克（2004）这两位女作家，在思想和艺术上的辐射力和影响力都显得不足。

三、美国这个历史上的诺贝尔文学奖大户，最近二十年无人获奖

20世纪，美国获奖作家有十位，刘易斯（1930）、赛珍珠（1938）、斯坦贝克（1962）对中国的现实主义写作有过重大影响，福克纳（1949）、海明威（1954）影响了改革开放后的一代作家，奥尼尔（1936）、索尔·贝

娄(1976)、艾·巴·辛格(1978)、布罗茨基(1987)和托尼·莫瑞森对20世纪的世界文坛都有深远影响。

进入21世纪,美国文学风光不再,是不是因为欧美社会文化的进一步商业化、娱乐化,使文学的忧患感和凝重感降低,因而削弱了作品的思想力度和领潮创新的能力?美国文化批评家詹明信在《晚期资本主义的文化逻辑》中对美国文学艺术在商业化中的异化做了精辟论述。他说,在高度发达的资本主义国家,"文化已经成为重要的商品经济体,是商业社会里比工业生产更重要的领域","美感的生产已经完全被吸纳在商品生产的总体过程之中"。商业化、娱乐化的结果,使文学不但失去了批判性,也失去了个性和情感。也许美国文学的衰落与美国民主的困境和焦灼有关。詹明信的论述,值得我们深思。

文学创作的魔力

今年的诺贝尔文学奖颁给了法国作家莫迪亚诺。相信爱读书的中国读者对这个名字不会太陌生。去年我对

21世纪的诺贝尔文学奖作过一个统计,注意到上世纪获奖大户美国最近二十年(今年就是二十一年)没人获奖,甚至连一个进入国际视野、纳入评选目标的作家也没出现。这个曾经产生过耀眼的大师的国家,为什么进入21世纪失去了文学的辉煌,而法国作家却一直保持着文学大国的影响力,优秀作家层出不穷?这是为什么?

读一读新获奖的莫迪亚诺的作品,也许我们能悟到其中的道理。上世纪有十三位、本世纪有两位法国作家获奖,这十五位作家共同的特点是以不断创新的艺术形式寄托对人类社会、对人性自身深重的忧患感,展现了知识分子对艺术和人类的责任心。上世纪获奖的十位美国作家的作品具有同样的品质:富于创造性,富于对现实世界的审视、对人类历史的拷问。莫迪亚诺几十年如一日地发掘着一个主题:"以回忆的艺术唤醒了最难以捉摸的人类命运。"法国作家在艺术上的创新精神帮助他们战胜商业化、娱乐化对纯艺术的冲击和诱惑。二十年来的美国文学愈来愈向消费市场靠拢,像斯蒂芬·金、保罗·奥斯特(他比前者好一点)这样的优秀作家由于醉心好莱坞式的畅销,其作品从形式到内容日趋大众化、快餐化，从而丧失了文学的精神力量，使美国文学失去了世界影响力。

莫迪亚诺带给中国文学的启迪值得深思。当下的中国作家处于价值观转型的时代，商业化潮流冲击着出版业，诱惑着写作者。当下的中国读者也许更喜欢轻松，喜欢语言的狂欢。中国人沉重得太久了，追求一点轻松，追求一点享乐，没什么错。中国人的生活观念和生活方式已经发生了巨大转变，享乐文化应运而生，无可厚非。然而，吃喝玩乐，消解了思想，消解了历史，这种庸俗化倾向会导致对民族精神的污染。我们应该清醒地认识到这一点。优秀的作家从不把文学当作游戏。沉重，忧患，是每个作家必须肩负的十字架。他替人类忧思，也是在救赎自己——博大的怜悯心，永不过时的人道主义，对历史的不断反思与发现。

莫迪亚诺讲述历史与记忆的方法，为我们揭示了创作与生活的关系。历史本身就是最感人的文学。然而，能不能写出有意义的历史、有艺术价值的历史，决定于自己能不能以人性的立场、艺术的视角去发现历史。文学不是复述生活，不是复述历史。文学，不是历史事件和故事的堆积，而是对历史的艺术再造。当我们从记忆中让历史复活的时候，靠的是发现的激情和重构的想象力。要写出好的文学作品，除了天赋、悟性，恐怕就是艺术的感悟力和创造力。莫迪亚诺所写的历史故事本身并不新鲜，他在形式上的创造把陈旧的历史变得新鲜有趣，使历史和现实战胜时间，战胜空间，让生活永远充满新奇、充满思想，这就是文学创作的魔力。娱乐化消解思想，消解文化，在轻松中必然消解掉文学性。文学绝不能小品化，文学不能只是消费、娱乐，文学必须有一种精神。

鱼和熊掌的困境

荣获2016年度诺贝尔文学奖的鲍勃·迪伦决定不去出席领奖仪式，但却要拿那份奖金，这会不会让诺贝尔文学奖的评委们感到一点不舒服？此前他们斥责这个当红的摇滚歌手"粗鲁、无礼"，对世界瞩目的诺贝尔奖宣布后迟迟不做回应，在这么巨大的荣誉面前表现得太过倨傲。其实，据说这位歌星已经做出了回答，他认为自己就是一名歌手，如果不是摇滚成名，他的诗可能不会有人理睬。这话颇有些藐视诺奖的意味，但也许道出了实情。在他眼里，格莱美奖比诺贝尔奖更重要。格奖是大众娱乐的风向标，为获奖者带来丰厚的商业回报和社会回报，诺奖只是小圈子的自娱自乐罢了。虽然有伤瑞典文学院老先生们的自尊，但这就是21世纪文化的现实。美国学者詹明信把这种现象称为"晚期资本主义文化逻辑"。按照这个逻辑，文化价值应当与它带来的财富价值相匹配。《哈利·波特》能让全球商界和青少年疯狂，它的效应胜过诺贝尔奖。

鲍勃·迪伦使2016年的诺贝尔文学奖成为八卦新闻，既标榜了艺术家个人的价值取向，也显露出文学的尴尬。诺贝尔文学奖既然想要坚守清高，那又何必把奖项颁给摇滚歌手？即使他的诗歌确实写得很好，可与那些以文学为生命、孜孜矻矻在文学的土地上辛勤耕耘的作家、诗人相比，它真的公平吗？它真的是今年文学奖唯一的、最好的选项吗？世界上真没有比鲍勃·迪伦写得更好的人了？诺贝尔文学奖的评委们在给鲍勃·迪伦的颁奖词里似乎有意回答质疑本届评奖的人："倘若文学界人士有所不满，我们便提醒他们注意：诸神并不写作，他们跳舞，他们唱歌。"这话颇有点强词夺理，既然诸神不写作，文学还有存在的必要吗？文学奖还有存在的价值吗？诺贝尔文学奖不如改为"唱歌奖""跳舞奖"。那是不是就意味着诺贝尔文学奖回到了人类文化的源头，避免了当代商业文化对文学的异化？然而，诸神唱歌跳舞的时代也许还没有文字，何谈文学？

其实，诺贝尔文学奖对文学边界的认识的确常有令人困惑的案例。比如，1953年的诺贝尔文学奖颁给了丘吉尔，英国首相因为一篇二战的演讲成为世界杰出的文学家，后人信服吗？至于之前的罗素、柏格森，是公认的哲学家，他们的贡献显然不在文学创作方面。

诺贝尔文学奖表现出的摇摆，正说明当代作家一直要面对的问题：是社会关怀还是个体关怀？是追随潮流还是坚守自我？商业价值与精神价值，哪个更重要？文学的艺术性与社会性、大众性能够以何种方式贯通融合？鱼和熊掌，能兼得吗？鲍勃·迪伦兼得了，诺贝尔文学奖评委们却未必能够兼得。因为，这个困境就是文学本身的困境、作家的困境、艺术的未来的困境。毋宁说，文学就是在这困境中发展、前行。

书里书外

从《沙恭达罗》到《第二十二条军规》

鲁迅"只读外国书不读中国书"的话对我年轻时的阅读兴趣肯定有很大影响；年轻人都喜欢标新立异、离经叛道的言论，鲁迅这老夫子成为几代青年心中的偶像，就因为他的反叛精神。如今骂他也好，护他也好，谁能如他那样敢说这样偏激的话？敢这样对几千年博大精深的中国文化这么不恭敬？——其实他不过是强调中国青年一定要走出封建文化的套子，开放胸襟和视野，把全人类的精神财富当作自己的营养。无论是在想做奴隶而不得的时代或是做稳了奴隶的时代，优秀的世界思想文化成果对我们民族的强大与发展都是不可或缺的。然而真正使我爱上外国文学的，是一本印度古典神话诗。读《沙恭达罗》的时候，我刚十六岁，正是青春萌动、多愁善感的年纪，一夜读完，激动不已，直到现在每每想起，那优美的情愫、纯洁的爱情仍然使我深深感动。虽然在此之前我已读过不少诗，也写了不少诗，甚至还为自己编了三四本诗集，可《沙恭达罗》使我明白了什么是诗，明白了什么是文学的魅力，我于是告别了曾经非常喜爱、曾经非常崇拜的马雅可夫斯基和郭小川，整个暑假都沉浸在印度文学里。《摩诃婆罗多》《罗摩衍那》《新月集》《飞鸟集》《游思集》把一个耽于幻想的男孩带入一个比天堂更美好的世界。泰戈尔的诗很难读懂，但那字里行间涌动的激情撼动我少年的心，世界在我面前一下子变得如星空一样深邃辽远、绚丽多姿。生活是这样可爱，人生是这样美好，生命是这样美丽，我每天都想作诗，每天都想唱歌，每天都想读书。如果那时有摇滚，我肯定会跳上台去大声向人们喊："世界呀——我爱你！人们哪——我爱你！""世界上的一队小小的漂泊者啊，留下你们的足迹，在我的集子里。"泰戈尔这句诗成为我多年来日记扉页的题记。在苦难岁月里，在流浪的日子里，打开日记读到它，心底就会有热流涌动，心田就充满湿润。迦梨陀娑和泰戈尔用诗歌为我打造了一艘诺亚方舟，使我在此后二十年的沉沦中不消沉、不气馁，保持着不息的热情。这是真善美的力量，人的激情与尊严的力量。迦梨陀娑和泰戈尔把我带入到海阔天空的世界文学中来，使我在高中的三年里结识了雪莱、拜伦、惠特曼、歌德、席勒、海涅、密茨凯维奇……那年夏天我开始迷上莎士比亚。他的十四行诗让我一唱三叹，终生难忘。一口气读完《罗密欧与朱丽叶》《哈姆雷特》《奥瑟罗》《威尼斯商人》，诗与历史、故事与人生在语言的力量里被融化为甘醇的美酒。文学因而成为人的性灵的光辉。

爱上普希金和莱蒙托夫则是1960年之后的事。1959年，高中毕业前夕，我的处女作长诗《仙丹花》出版，我那痴爱文学的二哥被划为右派分子。在被发配到塔克拉玛干大沙漠边缘去劳改的时候，什么也来不及收拾，他却在匆忙中把那些曾经引他"误入歧途"的一捆书寄给我。收到这些书的时候，我自己也正遭遇人生的第一次危机。心高气傲的我因为二哥的株连而未能升入理想的大学，头顶那片灿烂的天空一瞬间变得阴霾密布。二哥的书成为那颗骄傲、孤独的心的最好的安慰。《普希金文集》、《普希金诗选》、一套淡绿封面的普希金叙事诗丛书、《波尔塔瓦》、《青铜骑士》、《茨冈》……在那样的年头，这些书实在太珍贵了。不唯市面上难以寻觅，书上还留着随处可见的红蓝铅笔圈点的笔迹，那是二哥留下的纪念，它使我清楚地想见他读这些书时的激动心情。"不！可怜的人世并不值得蔑视，虽然我们的生只是短暂的梦，虽然我们的死只是断弦一声。"莱蒙托夫以他明快的语言拨动我忧愤的心弦。第二年，我自作主张离开学校，开始了自己对自己的放逐。在饥饿与恍惚中读普希金和莱蒙托夫，俄罗斯文学的悲愤、苍凉与那时的环境和心情十分吻合。虽然真善美仍然是我心灵向往的天国，而人世的忧烦与苦难使我结束了童话时代，我觉得自己已经长大，成为一个忧患意识深重的青年。由俄罗斯诗人进入外国小说，大约正如王国维所说，是主观诗人进入客观诗人的必然吧。

此后我开始了二十年的漂泊生涯，也开始了对外国文学的系统阅读。郑州市图书馆、河南省图书馆的编目索引卡片成为我自修大学的提纲。按照这些卡片的指引，我一个专题、一个专题，一个作家、一个作家地研读，还做了读书卡片和笔记。白天参加生产队劳动，晚上读书写作，有了《初恋》《父与子》《罗亭》，住在生产队的车棚里，生活依然温馨。屠格涅夫使我入迷，是因为他那贵族气质和充满怜爱之心的温情。接着是一本又一本的巴尔扎克，犀利的文笔、铺陈的描写、粗鲁冷峻的目光与屠格涅夫的高雅、纯粹和温和形成鲜明的对照。左拉、福楼拜使我明白了如何面对真实的人性，在情与欲中窥见人性深处的奥秘。老托尔斯泰以他巨匠般的气度使我懂得了巨与细、事与情、叙述与描写的关系。"文革"中找不到书读，有位朋友私藏了一本《复活》，它便成为我日日研磨的范本。前后封皮破损了，我不得不用牛皮纸把它重新糊好。聂赫留道夫第一次叩响玛丝洛娃房门的夜晚，玛丝洛娃雨夜私自到车站迎候情人的焦灼、绝望和悲伤，使我乡村生活的夜晚弥漫了细雨般的浪漫。从此我更加坚信，氛围、细节是文学的生命。

当我结束二十年的漂泊，重新开始写作时，比我年轻的一侪人已经成为名家，我自己却还是一个怀抱文学梦的业余作者。一个偶然机会读到一本介绍西方现代派文学的小册子，发现自以为靠外国文学营养走上文学道路的我，原来对20世纪的世界文学知之甚少。正当苦于找不到要读的书时，在我们文化馆那个小小的图书室里我居然发现了一本《第二十二条军规》。这本书真把我震撼了。卑琐的人物，荒唐的行为，混乱不堪、不可思议的人生故事，卑劣、贪婪、自私，人性的丑陋被赤裸裸地展现在眼前。几十年建设起来的以真善美为追求的文学观一夜崩塌，正如有阳光就有阴影，有英雄主义就有非英雄主义，有理想主义就有非理想主义，《沙恭达罗》的真实是少男少女的真实，《第二十二条军规》却是成人世界的真实。《沙恭达罗》使我感动，《第二十二条军规》使我觉悟。如十六岁时的饥渴一样，《第二十二条军规》引起了我第二次阅读饥渴。如果说那一次是求知的出征，这一次则是一个过久滞留于荒岛的流浪者对一个陌生世界的认识。从波德莱尔、艾略特开始，我又像从大学退学刚刚下乡时那样，一个专题、一个专题，一个作家、一个作家地阅读。虽然二十年没有写作，写东西的愿望很强烈，我还是把时间划成三份，三分之一读书，三分之一跑社会，三分之一写作。从补课到更新知识、更新观念，心情由紧迫而从容，外国文学的阅读再次成为人生的乐趣。

对我帮助最大的是海明威、福克纳。不只是他们的才华、勇气、看取生活的目光给我以鼓舞，那流畅、结实、归真返璞的语言也特别使我感奋。诺贝尔奖授奖词里称赞福克纳的语言像一颗颗钉子，真是恰如其分。归根结底，文学是语言的艺术。到了 20 世纪，小说不仅是讲什么，更重要的是怎么讲。用一句简明的话说，小说是讲一个新鲜的、有趣的、有意思的故事；20 世纪的小说是如何把有意思的故事讲得新鲜、有趣。《百年孤独》使我丧气，外婆和母亲对我说的那么多神神鬼鬼的故事一下子都不能用了。本来也许我会写出魔幻来，不幸被加西亚·马尔克斯抢了先。我从不认为博尔赫斯有那么重要，尽管他被尊为拉美文学爆炸的先驱，我觉得我还是更喜欢加西亚·马尔克斯和巴尔加斯·略萨。我承认他的智慧游戏能启迪人的心智，开发人的精神，但兜不出花园里那条交叉的小径，文学很难有大气象。正如我很赞赏卡尔维诺的智慧和创意，但我觉得也许他是缺乏构思的魄力和耐力，不得不干脆以破碎代替完整。卡夫卡是不可学的，尽管20世纪中叶寓言小说盛极一时,但小说不可以都变成寓言。新小说派反映出现代审美更重视感官效果。《弗兰德公路》里纯描写的场景俨然是电影画面。巴尔加斯·略萨的《绿房子》几乎是电影脚本。罗布-格里耶干脆声称自己写的是电影小说。

作为一个中国作家,对外国作家眼里的中国当然更加敏感。这种双向交流能使我们知道哪些东西是我们应该珍视的,哪些东西是值得警惕或扬弃的。西方现代派无论在观念上还是手法上都从东方文化中汲取了营养。博尔赫斯对中国的向往不是偶然的,他在中国文化中发现了自己的文学感悟,在发掘精神境界、张扬人的想象和虚拟上,中国古典文学中有成熟的令他振奋的创作实践;庞德在中国诗里领悟了象征主义和印象派意境;布莱希特从梅兰芳那儿看到了戏剧的间离效果和抽象手法,找到了打破西方戏剧三一律的根据;卡夫卡的寓言有明显的中国志怪小说的影响。美国的J.刘若愚教授写了一本《中国的文学理论》。他对中国文学的精髓是玄学论的论述非常精辟。他认为实用主义文学观从唐、宋以降日渐强大,逐渐成为文人的济世工具、统治者的精神武器。"文以载道"的"道"遂与魏晋"天人合一"的"道"大相径庭。但以宇宙、自然和人为主体的玄学论一直是中国文学的灵魂。西方人对中国人乃至中国文学有一个潜意识的定位。赛珍珠也好,杜拉斯也罢,他们是以一个文明人看待愚昧民族的目光来看我们,同情、怜悯之心溢于言表。这很难责怪别人。去年,一位从中国大陆移民美国的华人作家用英语写了一本小说 Waiting(《等待》)获得了美国国家图书奖。故事、主题对 80 年代以来的中国文学应该说早已不再新鲜,而那书的封面却是一条纵贯页面的长辫子。这是美国人眼中中国人最生动的写照。在西方人眼中,我们仍然是大清的遗民、"老佛爷"的奴才。长辫子虽然从脑后消失,但它根深蒂固地垂在中国人的心里。它使我想起近几年外出游历的观感。在巴黎,一个外国人开的中餐馆,为了证明它的正宗,一进楼厅,迎面供奉着康熙皇帝的画像。在悉尼,听说有个中华文化博览馆,费了很大劲找到它。进去一看,空空的房子里摆放着一条龙。而不远处最繁华的维多利亚大厦里,陈列着八国联军从北京掠夺的慈禧太后乘坐的玉车。一边是极尽豪华荣耀的维多利亚女王蜡像,一边是大英帝国的战利品——李莲英的蜡像躬身伺候着老佛爷玉石镶缀的车辇。以皇帝和奴才构成的图画，印证着带着文明眼镜的西方人的目光。而中国的电视、传媒和一窝蜂的莫名其妙的评论又在响应着这目光。有时，一些文化现象使人简直不敢相信这是20世纪末的知识分子的所为。

任何一个作家都不能不面对民族与人类、继承与创新、精神与现实的矛盾。拉美文学的冲击激活了中国80年代的文坛，大约因为索因卡出自尼日利亚这个黑非洲不发达的国家，尽管他已经获了诺贝尔奖，却很少有人注意他。这位约鲁巴族黑人作家对乡土的热爱、对民族的热爱和他对民族文化的审视与挖掘，对我们中国作家应该有很好的启发。席姆博尔斯卡走过的道路值得思索，她是怎样从社会层面走入人性层面的？沃尔科特对民族文化与殖民主义文化的矛盾情感使我感同身受。"我曾诅咒大英政权的喝醉的军官，在非洲与我爱的英语之间／我该如何取舍？"进入21世纪，面对犬儒主义、享乐主义泛滥的潮流，思想正被小品文化消解，精神遭遇着双重危机。如今读书，不只是写作的需要，更多是出于习惯。

如果读书不能拯救自己,起码它能让你逃避。何况世界文学如运转的宇宙,每时每刻都在变幻着不同的精彩,那是人性的运动、生命的灵光。那里边不但能发现中国,也能发现自己。虽然上帝变乱了人的语言,害怕我们会同心协力修出一座上天之梯,可他忽略了人类有诗,有文学,有艺术。那是人类这个生物种群的共同语言。中国作家以民族的、现代的、审美的精神来表现自己,沟通并不困难。

现实主义的命运

一

现实主义毫无疑问是个过时的名词,但有关现实主义精神的讨论,有关文学的社会性和自我性、民族性和个体性、社会价值和文学价值,有关现实人生和荒诞意识、写实传统与虚幻手段、具象的社会问题与形而上的人性缺陷……这些问题恐怕将是文学理论上长期难以休止的话题。所有这些争论总是从文学的功能出发,最终展开为哲学的、美学的、艺术方法和语言形式的多方面的争论。

大约文学本身的确包含着这一系列问题，没有这一揽子东西也就没法讨论它的功能。

二

现代派文学建立在反传统基础上，它的主导意识是文学从社会回归自我，它挑战的第一个对象也就必然是现实主义。从19世纪中叶直到20世纪末的今天，从象征主义亮出旗号，到后现代主义成为文学上的热门学问，现代派文学是在观念和形式上不断批判现实主义而成长为当代文学主潮的。

19世纪到20世纪是人类物质文明飞速发展的时代。随着现代科技的进步和社会的商品化，现代人感到自己愈来愈脆弱，精神家园的丧失、人性的失落，在人类的心灵深处造成危机。自我，成为人审视自己的活生生的标本，艺术眼光也就必然显出怪诞、反常。现实主义不再能满足人们的心理渴望，现代艺术的出现成为时代思潮的标志。

现代派借助崭新的与传统全然不同的形式，而这形式冲破的是现实主义对世界认识的方法和观念。在这个意义上，我们不能不承认形式即内容。对文学来说，语言艺术本身就是思想。

三

然而人不可能仅仅耽于自我的内心而对生存在其中的社会、政治和民族的、人的状态无动于衷。自我与社会不是相互分割的。现代派不能不吸收现实主义的精神；现实主义也在与现代派的较量中丰富、发展，而且更有意义的是，它在现代派文学的精神深处找到自己的巢穴，从而融入现代派，为现代派文学注入强劲的活力。拉美文学爆炸应该看作现实主义在新的美学层次上的重建。20世纪的文学史是现代派文学的发展史，也是现实主义走出传统融入现代的历史。我们熟悉的以马尔克斯为代表的魔幻现实主义、以略萨为代表的结构现实主义和不太熟悉的以胡安·卢尔弗为代表的恐怖现实主义、以阿雷瓦洛·马丁内斯为代表的动物心理现实主义，都是在充分吸收现代艺术观念和艺术手法的同时坚持和发展了现实主义基本精神。它们是现实主义的，又是现代主义的。它们以崭新的艺术方法和视角，以注重心理和幻想，区别于传统写实的现实主义。深重的忧患意识、关切现实生活、关注社会政治和民族生存状态的热情，被寓言、神话、夸张、变形、抽象了的形式，使人道主义与人性深处的忧虑相结合，使现实主义在艺术上和思想上与现代派相融合，从而变成现代派的一部分，和象征主义、未来主义、表现主义、存在主义、荒诞派、黑色幽默等在对人类社会、对人性的更深重的忧患的层次上达到了共通。

法国文艺批评家加洛蒂1963年提出"无边的现实主义"的主张，他说："从司汤达和巴尔扎克、库尔贝和列宾、托尔斯泰和马丁·杜·加尔、高尔基和马雅可夫斯基的作品里，可以得出一种伟大的现实主义的标准。但是如果卡夫卡、圣琼·佩斯或者毕加索的作品不符合这些标准，我们怎么办？应该把他们排斥在现实主义艺术之外吗？不是，相反，应该开放和扩大现实主义的定义，根据这些当代特有的作品，赋予现实主义以新的尺度，从而使我们能够把这一切新的贡献同过去的遗产融为一体。"以他为现实主义所定的标准，毕加索的绘画、圣琼·佩斯的象征主义诗歌、卡夫卡的寓言小说都可以被列入现实主义。

无边的现实主义毋宁说是传统意义的现实主义的解

体。但无边的现实主义透过现代文艺形式荒诞、虚无的外衣抓到了它的精神实质。现代派艺术对人类的忧虑从社会层面深入到人性内部，它不但不是对人类命运的淡漠，而且更加火热和焦灼。我们可以为加洛蒂找出一大串 20 世纪现代派文学大师的名字，他们都可以加入无边现实主义的行列：象征主义诗人波德莱尔、兰波、艾略特、梅特林克，意识流小说家乔伊斯、伍尔夫、普鲁斯特、福克纳，存在主义萨特、加缪，新小说派西蒙、罗布 - 格里耶，荒诞派贝克特、品特，黑色幽默海勒、冯尼格，更不可忘记尼日利亚的索因卡。

无边的现实主义使我们看到了现实主义与现代主义的融汇。不妨说，由于现代派与现实主义在不断斗争中相互吸收、相互溶解，才造就了 20 世纪文学的辉煌。现代文学的成熟，是现实主义与现代主义的融合。

四

在艺术上坚持写实主义，不向以象征、隐喻、寓言、神话、幻想、荒诞为特点的虚构主义归化的作家，依然是 20 世纪文学的生力军，几乎每一个时代都有杰出的作家和杰出的成就涌现，尽管可以说他们在艺术上偏于保守，但他们高扬的人道主义旗帜使现实主义仍然具有震撼人心的力量。

以"新新闻主义"著称的汤姆·沃尔夫在1989年发表的《屏息追捕百足兽》，洋溢着一个写实主义卫道者的热情。他不像加洛蒂那样宽容，他用雄辩的文笔对汹涌于20世纪的现代派文学偏见发起猛攻。"在业已流行的欧洲时髦观念中，有一个所谓'小说的死亡'。这里的小说是指写实主义的小说。"（写实主义与现实主义并不是同一个概念，但沃尔夫所指的写实主义不只是艺术方法的写实，显然含着现实主义的基本原则）"到60年代初时，所谓写实小说的死亡的看法在年轻的美国作家中产生了如同启示录一般的反响。到了60年代中期，人们已趋于相信，不但写实主义的小说已经不再可能，而且美国生活本身也不能称之谓'真实'，美国生活是混淆不清、四分五裂、随心所欲而不连贯的，一言以蔽之，荒诞。""最后的结论是，他们在纸上写字的行为是真实的。所谓真实的美国世界则是一个虚构。""到了70年代，出现了一股不仅摈弃写实主义，而且不管青红皂白摈弃一切与写实相关之物的倾向。"反对情节、人物、背景、环境，反对主题，"新寓言派主张回到虚构文字的最初源头，回到写实主义及其污染出现之前的欢乐时光，回到神话、寓言和传奇。约翰·巴思的《吐火兽》叙述希腊神话而获1972年小说类全国图书奖"。

沃尔夫的论述使我们感到亲切、熟悉，不敢相信70年代在美国发生的一切80年代在中国几乎全都出现过。而沃尔夫的文章发表在1989年，可以说近在咫尺。这样看来，美国的文学观并不比我们先锋多少。

"我们本土的知识界为了与世界性的大趋势相衔接，所有供奉的神祇都来自外国：博尔赫斯、纳博科夫、贝克特、品特、昆德拉、卡尔维诺、加西亚·马尔克斯，而在他们之上是卡夫卡。"（《屏息追捕百足兽》，见《世界文学》1994年第4期）把品特去掉，加上普鲁斯特，我会完全以为它是中国某人之手笔，没法想象它是一个美国人对美国精英文学的嘲弄。难道美国文学也有一个与世界衔接的问题？他们的衔接也要靠文化引进？如美国这样开放的国家，也有人对文化引进持如此反感的态度？

沃尔夫列举了写实主义对美国文学不可磨灭的贡献，他把现实主义看作美国文学的光荣传统，随着70年代"新新闻主义"的兴起,他认为它仍然是美国文学的主流:"从1930年到1970年,美国获诺贝尔文学奖的六位作家除尤金·奥尼尔外,五位是写实主义的。"其实,刘易斯、赛珍珠、斯坦贝克是比较标准的写实主义,海明威也还说得过去,如果把福克纳也算作写实主义,未免与沃尔夫自己的概念稍有出入。

现在美国获诺贝尔文学奖的作家已有十位。布罗茨基列入写实主义没什么问题,海明威、福克纳能列入,索尔·贝娄、艾·巴·辛格、莫瑞森当然也可以被列入。厄普代克的《兔子》被美国评为80年代文学十大杰作之首,《兔子》系列是最标准的写实主义。同时被评入杰作的还有马尔克斯的《霍乱时期的爱情》,与《百年孤独》比,它的确是写实的,其中看不见魔幻,也看不见夸张和变形。美国人喜欢的还有多斯·帕索斯、诺曼·梅勒,欧文·肖,他们全都是写实作家,目光一直盯着美国社会,盯着人性的丑恶。可见写实主义在美国仍然占着上风。

如果让沃尔夫在世界范围为他的理论寻找依据,那会使他更加振振有词。第三世界国家和苏联基本上全靠现实主义取胜。他们不但继承了现实主义的优秀传统(帕斯捷尔纳克、肖洛霍夫、索尔仁尼琴、马哈福兹、戈迪默），而且在现实主义融入现代主义上贡献非凡（马尔克斯、索因卡）；即使以同样激烈态度抨击写实主义，高唱《虚构颂》，把社会主义现实主义斥为"次文学"的塞拉，他的作品也完全可以看作当代西班牙现实主义的典范。

五

但现实主义不是无边的。作为一种创作方法，它应该有自己的艺术法则；作为一种文艺思潮，它应该有思想与艺术的针对性。到了即将进入 21 世纪的今天，似乎没必要在现实主义的定义上较真，但既然我们使用这个名词，就不能不弄清它的来源和基本含义。加洛蒂在扩展延伸它的时候，必然会记起现实主义 19 世纪中叶在法国第一次出现时的情景。第一个声称自己是现实主义画家的库尔贝（1819—1877）作品被博览会拒绝，自己在入场处搭起展棚，以"现实主义，G. 库尔贝"为题，为自己办了一个画展，以极大的冲击力给法国画坛带来盎然生机。巴尔扎克、福楼拜、左拉使现实主义在文学上所向披靡。现实主义是作为反对古典主义和浪漫主义，代表平民和底层劳苦大众的时代思潮而兴起的。它与法国的革命浪潮息息相关。加洛蒂在为它修订定义时，无法动摇唯物主义的哲学基础，那么，它怎能容纳以柏格森的主观唯心主义为哲学的现代派文学呢？卡夫卡忧虑怀疑的是人性，是人自身，而不是资本主义带来的社会危机和在金钱面前"信仰崩溃、道德沦丧、人欲横流"的世态；弥漫于圣琼·佩斯诗歌里的是生命与大自然的恍惚迷离，与世俗社会格格不入；毕加索后期作品的夸张、变形完全是主观化的意象，与"精细如实地描绘现实生活"背道而驰。按照加洛蒂的主意，除了如博尔赫斯、休姆（英国意象派诗人）这样注重智慧游戏的作家外，想不出还有谁不能被划入现实主义。虽然隐逸派诗人蒙塔莱公开宣称诗人的使命不是反映普遍的真实，不是描述社会生活，而是反映自我的内心，但他"以巨大的艺术敏感性……阐明了人的价值"。他不是也可以列入无边现实主义吗？

六

时间过去了将近三十年，沃尔夫不再用现实主义向现代派挑战，他使用"写实主义"这个名词，意味着辩论焦点已经转换为艺术方法而不再是思潮与美学观之争。这更接近中国人对现实主义的理解。在中国，现实主义和浪漫主义主要被当作两种基本的创作方法，我们不太在乎现实主义这个名词的起源是一种思潮。我被沃尔夫的激情所感动，但我为他的褊狭感到诧异。到了90年代，为什么还要用对立斗争的眼光去看待写实主义与虚构主义？"新新闻主义"的出现如魔幻现实主义的出现一样，是文学发展中自然而然的事，它与现代派文学都是当代生活的需要，完全可以并行不悖。非此即彼，是一种愚昧的过时的观念。一个健全的文坛，应该既有关注社会的作家和作品，也有关注自我内心的作家和作品。既有写实的，又有虚幻的，这还不够，还应该有满足大众娱乐的通俗文学，当然也就应该有高雅的博尔赫斯式的智慧游戏。文学的功能有时像哲学一样，你没法派给它过于实用的差事。

文学像一条河，理论对它不是没有意义，却不能改变它自然地流动。人文精神也罢，终极关怀也好，说到底取决于这个民族的精神现状，决定于人类的状态。

一部人类文明史是人不断寻求人性的自然性与社会性平衡的怪圈。人的自然性过抑，必然要求个性解放，要求自由和民主。个性的解放、自我价值的觉醒、创造力的活跃引发信仰危机和道德信条的瓦解，人欲横流，人不能不重建秩序。体制和法律的外在约束，道德信仰的自我节制，最终又演化为强权和精神枷锁，人们再寻求一次解放。人类注定了找不到完美的体制，因为人自身的自然性与社会性的冲突无法解决，本能、欲望与责任、义务，这样冲突的两极混合在人性内部，存在于血肉之躯之中，使人永远处在一个无尽头的怪圈旋涡里，唯其如此，人类才有声色，才有故事，才有文学。

中国人把创作方法分为现实主义和浪漫主义，可以说十分准确地把握了文学的实质，它是中国最古老的文学观在20世纪的表达。从《诗经》开始，我国的文学一直以"载道说"和"性灵说"而两分着（这里的"道"，指的是唐宋以降的道德、正义、公理之"道"，而非老庄的"天人合一"的"道"）。文学怪圈是人性怪圈的反映，同样由社会性和自然性构成。现实主义偏重人的社会性，浪漫主义偏重人的自然性；现实主义重责任，浪漫主义重自我；现实主义重写实，浪漫主义重想象。就像河流的裁弯取直、冲直为弯，三十年河东，三十年河西，文学史与人性的怪圈相一致，在自我与社会之间旋转，在相互斗争中共存共荣。有时必然出现你中有我、我中有你的景观,因为它们本是一个整体。

现在没有人再提浪漫主义,更没有人认为现代派就是浪漫主义借象征主义而还魂,但实际上,自我的、主观的、幻想的,不就是浪漫主义的遗产吗?

七

我们正处在一个尴尬的时代。当物欲泛滥于 90 年代的中国时,文学正在走向个体。前些年那种今天 A 系列明天 B 系列的文坛如今已成一片散沙。文学的分流已呈必然之势。

拉丁美洲文学爆炸和尼日利亚文学崛起,无疑对我们有很好的启发。沃尔科特、帕斯、莫瑞森带给我们关于民族文化与世界文化的思索。大江健三郎不是一个十分出色和先锋的作家,但他的从个人具体性出发与社会、与国家、与世界连接起来的文学思想,也许是我们中国作家最适时的参考。我们需要智慧游戏,它不但启迪一个民族的心智,而且促进心灵的活跃,但拉美仅仅有博尔赫斯就不会有爆发的力量。中国作家应该摆脱实用主义文学观,但对于我们的民族,心灵的负重是不能摆脱的。

我们需要现代艺术和现代人的目光，更需要执着、坚韧、勇气和博大思想。

然而文学创作是个人的事业，路是每一个个人开创的，作家永远没有现成路可走。一切来自笔下的实践，任何头头是道的理论都不等于自己的作品。对于文学来说，历史只相信作品。作家只能以作品说话。

1995年10月于郑州

真诚的心灵的声音

近几年不断有人对文学的本质提出疑问：文学究竟是什么？读苏金伞的诗，使我进一步坚定了自己对文学的理解。文学，就是真诚的心灵的声音。

苏金伞从20年代直到今天，历经六十八年创作里程而不衰，能葆有艺术生命的蓬勃，作为八十多岁的老翁依然深受青年读者喜爱，诗歌的语言、形式与感情、视角不但毫无陈旧落伍之感，而且洋溢着袭人的朝气。当我赞叹这难能可贵时，不能不做深长思。苏金伞的艺术实践证实着一个不可动摇的文学法则：只有倾注真挚的情感，文学才有生命力。

没有哪一种文学体裁能像诗歌这样在内容与形式上具有无边的弹性，也没有哪一种文学体裁能如诗歌这样具有无所不包的功能。情人借而表爱，学童用以开蒙，革命吹作号角，苦闷寄为块垒。可以是哲人与上帝的对话，可以是文人献媚的谀词。因此，也没有哪一种文学体裁能像诗歌这样鲜明地呈现出品质的天壤之别。毫无疑问，苏金伞的诗为我们构筑了一个不受污染的世界。在这个世界里，我们感受到一颗赤诚的心的呼吸。生活、人生、宇宙、自然，浑然幻化为美丽的幻境。它的广阔、深沉、隽永、动人，是情愫的涨落、激情的涌动，没有世俗名利场里的杂色，听不出实用功利的音符。无管诗人在世俗社会里经历了什么，他能够六十八年如一日地真诚专注，用自己的心去感悟人生、感悟美，不为风云变幻的世风所动，不被坎坎坷坷的生活所屈，不为名利权势所惑。他用诗保护自己心中的绿地，又用不受污染的心保护了诗的圣洁。

他之所以能够一次次超越自己，超越时间，不断探索出新境界，是因为他在人间只为诗而活着。的确，纵观文坛，30年代兴起而至今仍有新作问世的诗人实在是屈指可数。苏老不但时有新作，而且每出新作必有新鲜的气息，使人读来如春风扑面般油然生出欣喜。

是什么神奇的力量使他的艺术悟性从不僵化而总是那样清新、活泼？那是因为他在不断对自己心灵深处的奥秘追索，而这个心灵又是敏锐、善良的，真诚、纯朴的。

人的心很容易荒芜。生动的自我很容易失落。文学靠的是天马行空，尽可能张扬生命的激情和不受约束的想象力。童心不泯，使金伞老人的眼睛永远充满好奇，艺术的自由也便伴他的生命而常在。怀着单纯的童心的人，不会以为一旦成名就可以终生受用，还够匡世济时，为青年指点迷津。金伞老人从没把一代一代兴起的后来者当作应当拥戴在他周围的小喽啰，而总是像他们群中肩并肩的诗友，切磋交流，坦诚相待。谁有成绩，他都由衷地称赞、张扬，有不同意见，当面直言，心底没有某些文人的阴暗，已有的成就对于他也就不是不可逾越的高峰，他自己跨越了年龄的代沟，使艺术探索从不停滞，艺术性灵总是年轻。

我常想，如果我能像苏老那样，在垂暮之年回首一生文学道路，能够十分坦然地说"我没欺骗过自己，也没欺骗过读者"，那样，我就将欣慰地觉得无愧于自己的生命。

1993年5月15日

独轮车的背影

在近百年河南文坛上，有谁能无可争议地用艺术的光辉照耀我们的文学史？有谁能无可争议地被中原文化引为骄傲，无愧于曾经拥有过钟嵘、庾信、杜甫、李贺等人的中州大地？有谁能无可争议地被认为是最纯粹的诗人？

那就是苏金伞。

由于对苏金伞比较熟悉，我一直以为自己已经较好地理解了他。然而，最近他的诗文集问世后，再做咀嚼，才悟到其中引人深思的东西还远远没有得到认真发掘。随着时间的推移，苏金伞对民族文化和中国新诗发展的重要意义将会愈来愈显现出来，他的作品会使人明白什么是诗、什么是文学，他的作品能展开为文学上可以长久探讨的话题，他的诗进入了历史和文化的长河；而他的诗歌生平，则标示着一个知识分子应该具有的心地、品格和境界。

在苏金伞的诗里，不唯村落、土地、田野、山川被赋予灵性，涌动着不泯的童心；农夫的汗褂、草帽，货郎的小担，姑娘的嫁衣，成为生生不息的生命的图画；即便战争、贫穷、灾荒和人世的勾斗，也都化为人的意志和尊严的赞歌。他的诗使你拥有一双温柔敦厚的眼睛。这是一双葆有真挚、纯朴和爱心的清澈的眼睛，热爱大自然，热爱生活，热爱人生，不管其中有多少艰辛、苦难、黑暗和罪恶。用这双眼睛看去，世界充满诗情，人世洋溢生机。那些富有艺术魅力、具有强大感染力的句子，像是随手从最平常的生活中拾来，如生活本色那样质朴，也如生活本身那样生动、鲜活。

苏金伞的诗，使我读到一个超越了人世委琐的心灵，使我看到一颗没有阴影的心。他能以最质朴的方式达致美境，是因为他自己已经化为一种境界。

苏金伞几乎可以说是中国现代史的世纪见证人，在他九十一岁的一生中，经历了中华民族从封建王朝到改革开放这样一个漫长而曲折的历史过程。从一个追随革命的进步青年、国民党监狱里的政治犯，到新中国北京军管会成员、河南省第一任文联主席，再到右派分子、晚晴居老人，他的个人经历，是半个多世纪中国政治风云变幻的缩影，而他的诗，却几乎不被政治斗争的硝烟所熏染。即如他的成名作《出狱》，抗议国民党特务杀害闻一多的《控诉太阳》，也一样保持住艺术的纯粹性和人性的视角，看不到政治口号。最为难能可贵的是，无论在"大跃进"年月，还是粉碎"四人帮"的日子，即使赞过周恩来，赞过邓小平，由于感情质朴，不失文人风度，苏金伞从没生产过那种时过境迁令人汗颜、有失文人人格的传单式文字。也许这影响了苏金伞在文坛上应该享有的影响，以至一些年轻人竟不知苏金伞为何人；也影响了对苏金伞应有的评价。——这评价关乎诗和文学的本质。

也许他的诗缺少一种宏大叙述，缺少一种对个人命运的忧愤激越。唯其如此，他才能以八十六岁高龄写出《埋葬了的爱情》这样被读者叹为绝唱的作品，于去世前一个月还发表了一组意境唯美、文字炉火纯青的《四月诗稿》，其中《渡船》《独轮车》里回荡的空蒙、宁静、孤独，仿佛在映照着他生命的余光。当今文坛，具有这样持久创造活力而不枯萎于庙堂牌位的，可有几人？也许是苏老一生不在意寂寞，不在意功利的天然本色，平民、赤子心态使然吧。

苏金伞一生只留下了八百一十七码的一本集子，但他的诗在海外被一些有名的诗人传抄，贴在壁上，赞叹吟咏。这足以说明艺术的力量比现时炫目的泡沫更能弘扬源远流长的中原文化、中华文化。可惜他本人竟没能看到他最在意的这本诗文集。当我为这本书的出版奔走时，他已告别了诗歌。他的生命是属于她的。她纯粹了他的人生，纯粹了文学，纯粹了我们的心。

诚如他在《独轮车》里留下的最后的诗句："独轮车/在北方的土地上，压出一道辙迹。长长的车迹/远远地逝去，送走了地面/却不见回还。"诗人灵魂的辙迹留在这本书里，让我一直能看见他远行的背影。

1998年6月20日写于苏金伞逝世一周年《苏金伞诗文集》出版之际

窗外风景

——序五位北美华文女作家

序赵淑侠[①]：永远的家园梦

对于大多数人，故乡是具体的，你能够走近，能够在旧地重游的落寞中拾回星星点点的记忆；而对于赵淑侠，故乡却是个永远的梦、永远的童话，因而也是她的情感和创作的永远的灵感。

当一个小女孩降生在北京古老的宅院里，当她一天天长大，在大门缝隙里偷窥着外面世界的时候，透过父母、家人的片言只语，凝思先辈的遗物旧照，故乡诱惑

---

① 赵淑侠：祖籍黑龙江，生于北京。海外华文女作家协会会长，瑞士作家协会及国际学会会员，欧洲华文作家协会创会会长。现居纽约。

着这个小女孩的想象，带给她与生俱来的淡淡的乡愁。严厉、老派的父亲，贵胄旗人出身的母亲，封闭的宅院，守旧的家规，压抑着这个女孩强烈的好奇心，塑造了她丰富的内心世界，激发着她对自由的向往。父亲告诉她，老家在东北；而她的曾祖父，却是黄河岸边闯关东的山东灾民。当她神往着松花江边祖父开垦的土地的时候，人生的脚步却带她愈走愈远。日本人的侵略、中国的内战让国恨愈深、家梦难圆。走出战乱的北京，嘉陵江边的学童在乱世飘蓬中成长为台湾岛上多愁善感的少女；揣着幻想走向海外，从巴黎学习艺术开始了自己的异国人生。

当她在瑞士建立起家庭时，先生是事业有成的专家，自己从事艺术设计，尽管生活优裕、家庭幸福，阿尔卑斯山的雪峰还是隔不断魂牵梦绕的故国。在她居住的这个安逸宁静的小区，"晚上十点一过，附近邻居家已是一片黑暗，只有我家的二楼还亮着孤灯一盏"。在这盏孤灯下，北京深宅里的女孩用她永远的乡愁，用她永远热爱的华文母语，在一个西方文化的世界里构建着自己的精神家园。从上世纪70年代发表作品，二十多年间，赵淑侠出版了六部长篇小说，十二部中、短篇小说集，十部散文集。挟着文学声誉，肩着中华文化，她行走在世界各地，在西方文化的讲台上发出了一个中华淑女的声音，以女性的视角、游走的视角展示了华文文学的魅力。

赵淑侠的散文是一个优秀华文作家的人生足迹，一个终生寻找精神家园的漫游者的自白和旁白。由于出自小说家之手，除了清丽的文笔、流畅的语言，更有起伏的节奏、盎然的情趣，加上细腻的女性体察、敏锐的文化触角，异域风情显得亲切朴实，人生况味仿若身受，读起来能使人在观赏愉悦中受到启迪。

她在瑞士住了三十年，不只是欧陆文坛的著名作家，还是欧洲华文文学的执旗者，由于她的热心组织和扶持，欧洲华文文学已经成为欧洲主流文坛不可忽视的劲旅。然而，当我为她写这篇短文的时候，她告诉我，她已经到纽约去定居了。她说："如果说在欧洲必得做个百分之百的异乡人的话，在纽约最多一半，甚至三分之一。……海外中国移民普遍的流浪感，在纽约可以降至最低。"那里华人更多，那里有永远的唐人街，那里离她心中的家更近。

在两个半球之间行走,以全部的情感与才华去追寻,其实她已经找到了自己的家园,那就是人类的精神故乡——文学。

序喻丽清[①]:因智慧而幸福

读喻丽清的散文我不能不羡慕她。在她笔下,旧金山美得让人心驰神往,伯克利如梦中花园,她的住家像精选的风景名胜。近到日常生活中早晨的咖啡、晚间的饭菜,远到南美小岛的蝴蝶、非洲部落的路卡;不管昔时玩伴、远方朋友还是偶尔邂逅的陌生人,无不沐浴着绵绵爱意、浓浓深情,不知是因为世界这么美好她才写作,还是因为她的写作世界才这么美好。

其实世界本身肯定有很多丑恶。——就如她在文章中写到的人类对大象的猎杀,盲人对导盲犬的粗暴……可是喻丽清总会让读者回到文明、善良上来。这一切在

---

① 喻丽清:浙江杭州人。早年留学美国。现任职于加州大学伯克利分校脊椎动物学博物馆。海外华文女作家协会创会会长。

她都很自然，没有丝毫的矫情，也看不出一点刻意，唯其真诚，她笔下的一切才感人至深。她的真诚，来自她的眼睛，一双能够从庸碌的生活、烦琐的人世发现美、捕捉美的眼睛。这双眼睛，源自于她的心灵，一颗单纯的、善良的、热爱生活的心。文学就是慈悲感和怜悯心，喻丽清的散文就是慈悲感和怜悯心这种人类美好情愫的寄托。

喻丽清生于西子湖畔，长于宝岛台湾，成家立业于美国。在台北医学大学毕业后进了夏威夷大学。学医的她，却到纽约州立大学教授中文，任职于加州大学伯克利分校脊椎动物学博物馆至今，每年都出版一两本文学作品，诗歌、小说、散文、译著几十种，前不久河北教育出版社为她出了一套五卷选集，还在海外获得了多项文学奖。在医学、脊椎动物学和文学之间交叉穿行，她的视界大异于以文学为专业的作家。喻丽清其实是因智慧而幸福。她对生活的感悟源于读书、见闻的留心。来自书本、来自传说、来自童话、来自民俗，目之所接，耳之所闻，都能被她随手拈来，引为点睛妙笔。而她的散文又不拘形式，章法自由，随兴发挥，以意而行文，显示出灵动的才华。

前年春天我邀她到河南来了一趟,她不仅采撷到了"甲骨文和青铜器的故乡"的中原文明,还被黄河岸边献身于黄河澄泥砚的王玲夫妇的故事感动得眼窝潮湿,回到美国后念念不忘,使我们这些近在身边的文化人深为感叹。和她在一起,你会发现她还像一个涉世未深的女孩,对身边的一切怀着好奇、童心、温情和浪漫。早已是享誉海内外的优秀作家,到大学去讲课,那热忱、执着仍然像初恋文学的青年。讲起文学眉飞色舞,谈起自己微露羞涩。我因此而明白了,生活对于她永远是新鲜的,世界充满色彩和意趣,启发着我们的想象,启迪着我们的心智,我们有什么理由不爱这个世界呢?

序王娟[①]:"女强人"的古典情怀

我一直劝王娟写小说。她的移民之路、她本人奋斗

[①] 王娟:陕西城固人。生于台湾。早年移民中美洲,现定居洛杉矶。北美洛杉矶华文作家协会会长。

成功的经历，就是一部好小说。本来她在台北有一份安定的工作，无论中正广播电台还是"民用航空局"气象中心，都算是不错的职位，可她忽然要离家远行，而且怀着身孕，而且是到比台湾更落后的尼加拉瓜。难怪"全家人的眼光充满了惊异"。上世纪70年代的中美洲，非但经济落后，政治更加动荡，她和她的先生在那里艰苦创业，开拓、管理着一个比台湾桃园县更大的农场。还没来及享受成功的快乐，一场内战把他们辛勤劳动五六年的成果化为泡影。当一家人在炮火中逃离，以难民身份进入美国的时候，夫妻俩两手空空，一无所有，能到餐馆打工就算他们的幸运。在养家糊口、寻找工作的流荡中，她坚持读完洛杉矶大学，先生也接手了一家电脑机床小厂。凭着先生的技术、王娟的经营才能，他们的公司很快发达起来，成为业绩非凡的纳税大户。从数控机床到汽车轮圈，从边境贸易到飞机配件，那年我到美国访问，她已是洛杉矶出色的businesswoman，应该算是"女强人"了。在机场外，她一身中式女装，沉静娴雅，办事利落，显出高雅的修养和待人接物的才干。此后到华纳影城、迪士尼乐园、尼克松图书馆，都是她开着自己的奔驰拉着我。我发现她不但细致周到，而且有着一般商人所没有的诚朴、热忱。读了她的文章，我明白了，王娟这个现代企业家，其实心灵浸透着中华文化的古典精义。

王娟很会做事，她的沉着干练、有纹有路给我留下很深印象。我和女儿陪她在郑州、在南方考察市场，对她敏锐的商业眼光和做事既讲信誉又扎实、稳妥深有感触。几次带朋友到河南来，总能浑然不觉似的照顾好同行伙伴和主客各方，周到地体谅别人，丝毫不露优越感，大事小事心清如水。西方人的文明和中国人的传统美德与涵养在她身上体现得很和谐。她的热心、仗义在文友中广有口碑，大家推举她为北美洛杉矶华文作家协会会长便是很自然的事。

我邀她到河南来，每到一个景点，她总是静静看，默默记，后来看到她在《世界日报》发表的文章，我不得不叹服王娟的用心。有关河南风景名胜、美食、文化，她知道得好像比我还多。这与她对中国传统文化的悉心笃诚密不可分。她的散文，文笔典雅，意境淡远，古典诗词随手引用，不难看出中国古典文学的功底。

她的散文是她一天繁忙奔波之后，独坐小楼，把自己关起来，息气养神所得。对于她的创作，用勤奋是没法概括的。试想一个在应酬场中忙到深夜的人，光是勤奋够吗？正如她自己所说，读书、写作，对于她是一种精神需要，是她抗拒喧嚣的物欲横流的商业社会的武器，那是一种心志、一种追求。

序吴玲瑶[①]：没什么大不了的

吴玲瑶到郑州大学讲学，本科生和研究生们不断爆出开心的笑声，我相信在他们听到的学者演讲中这是最轻松、愉快的一次。这个研究西洋文学的作家，不仅把中国汉语的双关、暗指、谐音用得妙趣横生，更能随手拈来英语的幽默语式，汉英交融，得心应手，使东西方幽默融为一体，深奥的比较文学于是比我们常在饭桌上听到的段子更引人入胜。

令人羡慕而又感叹的是，在吴玲瑶眼里，世界上没什

---

① 吴玲瑶：福建金门人。现居加州。为北美华文作家协会创会副会长。被誉为海外最受欢迎的华文畅销书女作家。

么不可以幽它一默，她使我们笑过之后禁不住向自己发问，幽默素材生活中到处都有，为什么我没能发现？我的幽默感到哪儿去了？在美国旅行，我在快餐店、游乐场多次碰到妙龄女郎对我说"酷司迷"（excuse me），到了吴玲瑶那儿，美国人懒于把ex发出来的习惯，可能会导致"酷司迷"变成"给司迷"（kiss me），仅仅因为舌尖有点微小的差异，"劳驾"就变成了"吻我"。经她这么轻轻一语，我还不把快餐喷出来？这有点像她笔下的《天才老妈学英文》，把"一美元"说成"完蛋了"（one dollar）不过是插科搞笑，使人轻松，而吴玲瑶的散文却不只是搞笑，她是在笑声中严肃地思考人生。不管多么重大的社会问题、多么细小的生活琐事，她都能用机敏流畅的文字、寓庄于谐的笔墨，在不动声色的娓娓叙说中让你忍俊不禁，在会心一笑后感受人生况味，领悟世界的丰富、生活的多姿多彩，在轻松和感喟中更加热爱生活。其实搞笑从来就有两种，一种如时下流行的庸俗小品，在消解生活的沉重的同时，也消解了文化和思想，使人在笑声中变得庸碌。吴玲瑶却是把生活的哲理变为幽默，把苦难与压力变为达观和尊严，笑声非但不使人浅薄，还使人更文明、更高雅、更有风度。幽默，是一种人生境界。

吴玲瑶的散文以深厚的国学底子、娴熟的英语功力，深受海内外读者欢迎。美国的风情、人情、社会、文化，在她谐趣的文笔下，细致入微地呈现在你面前。她敏锐的观察、略带辛辣的笔锋，触及了美国社会的方方面面，因作者的东方视角和中国传统文化的对比而显出它的文化价值。

吴玲瑶出生于福建金门，早年留学美国，学习西洋文学和比较文学，她先生是硅谷成功的电脑专家。陈汉平先生可不像她在书中写的电脑工程师那么呆，他送给我的散文集《生活的方程式》居然用一个个数理公式来解读爱情、人际、生活、社会，文笔和才情绝不输于玲瑶。怪不得玲瑶有那么多的幽默和机智。

"没什么大不了的"——这是玲瑶在深圳某处看到的一幅丰乳广告，经她讲课引用，立刻引起哄堂大笑。这句广告词其实也可以用在看待人生上。无论顺境逆境，管它走运倒霉，面带微笑，笑对红尘，没什么大不了的。

序简宛[①]：理性与爱心的灵光

简宛一直生活在学校，一生都热忱地投入教育。她出身于台湾名门，父亲是成功的实业家，先生是湖南人，优秀的学者，一直在大学任教、搞研究。她安家于北卡罗来纳州立大学，一边办教育，一边写作，一边在大学里选修课题。即使做了妈妈，还到课堂上去做母亲学员。可以说，简宛一生都在做老师、导师，一生也都在做学生、研究生。教学相长，她的知识、观念和心态也就从不老化。

简宛的文章与她的人一样有一种静气，你能读出从容、宽宏和自信。她的散文有着鲜明的学者色彩，无处不透出从现象直达本质的思辨性，无处不透出作者的责任感。她有两套笔墨，一套带着更多的抒情性，以淡淡的忧思、优美的文笔忆旧、抒怀，唱叹世事，讲说生活故事；另一套以对话、议论感触人生，讨论文化、教育，

---

① 简宛：台湾台北人。现居美国北卡罗来纳。海外华文女作家协会创会会长。著有小说、散文三十多本，策划编辑过一百多种面向青少年的文艺读物。

思考东西方文化的差异与沟通。而文学功底又使她绝无学院派的迂腐，任何严肃的话题都带着深入浅出的睿智，因浓浓的人情味而显出包容、大度。也许这便是简宛的特色：抒情中带着哲思，论辩时充满情味。她的散文既丰腴、亲切，又富于理性。

令人感动的不只是她对教育事业的热忱，更有对中华文化宣传、推介的执着。一个从小不曾走进厨房的大家闺秀，为了向老外学员介绍中国，竟非常投入地学习烹饪，亲自掌勺，大展厨艺，让西方人从饮食文化感性地领略东方文化的魅力。这使我想起罗素。罗素曾在上世纪 20 年代到中国来考察，他批评我们中国知识分子不屑于做踏实的工作，只热衷于危言高论。其实，尚空谈不做实事，重名利不重民生，当前的中国文人恐怕比当时有过之而无不及。简宛虽然已是有名望的教育家和作家，可她仍然能如一个幼儿教师似的热心地举办各种中国文化学习班，策划出版介绍中国文化、世界文化的儿童读物，亲自动笔为孩子写童书。她还在北卡组织书友会，通过读书，联络各界文化人，奔走于海峡两岸，热心于两岸交流。从她的文章中不难读出她的心结，搭一座相互理解和关爱的桥，不仅是为了华人的自尊，为了海峡两岸同胞，为了东西方的沟通，更是为了人类的文明和爱。

简宛的散文、随笔是一个由东方走入西方的成功知识分子的心路历程，既有丰富的思想，又有充沛的情感，使人不仅能在东西方文化的比较中洞开视野，更能得到人生教益和性灵陶冶。

简宛戏称她和她的朋友是一群"资深美女"，其实资深本身就是一种美，超然、练达，富有内涵和境界，和这群纯粹而真诚的文化人相处，心性相通，简单不累。我邀她来河南玩了一趟，她感叹中原历史文化的丰厚，把几年前国内流行的顺口溜改为"到了北京嫌官小，到了河南才知道学问少"，说是一定要带更多朋友来河南看看。

文明的沉思

钟摆·树叶·人性的磁极

把细线的一端拴上小球，提在手里让它来回荡动，小时候就玩这玩意儿，没想到它会成为高中物理课本的封面图，老师从这么简单的玩意儿推导出周期、频率、摆角，这些概念已经够叫人惊喜了，后来知道伽利略通过观察比萨教堂吊灯的摆动得出了周期定律，惠更斯利用摆的性能发明了人类的第一台时钟，使西方文明跨进一个新阶段，更对这看似简单的东西惊奇不已。一个小球、一根细线所包藏的智慧竟如此深邃。

然而真正让人惊奇的是20世纪60年代以后，由于混沌学的兴起，摆的深奥无穷更加引人注目。《纽约时报》

科技部主任詹姆斯·格莱克在《混沌开创新科学》这本书里说："在摆里面还隐藏着石破天惊的奇迹。"(《混沌开创新科学》，上海译文出版社1990年版）许多物理学家、数学家开始重新研究摆，重新设计摆的实验，以便探究上帝给人类设置的谜语。摆，成为混沌学研究的基础仪器。

我常驻足在黄昏的树下，仰头盯着树上的叶子久久地凝神细看，为它颤动出的千姿百态陶醉入迷。它使我心驰神往，浮想联翩。自由自在地摆动的树叶不就是被20世纪下半叶的物理学家们扬扬得意夸示给世人的混沌意义的摆吗？瞧，这树叶的摆动是多么轻盈活泼、自由自在，它仿佛是在忘情的舞蹈中宣泄自己的生存活力。虽然它的生命过程占有的时间和空间非常有限，它的运动方式也不过来来回回上上下下左左右右，然而由于它的震颤完全没有规律，没法用公式、定律来推导、计算，每个瞬间的形态互不重复，因而充满了生命的意趣。如果拍下它的微观录像，再定格放大分解，必能得到一叠美丽迷人的抽象派图画，每一幅都蕴含着诱人遐想的象征和暗示。人们总爱说"生命之树"，其实人的生命不是树，人的生命只是一片叶子。人没法选择生在哪棵树哪条枝上，因而人类从来都没有真正的公平竞争。人和自己的命运搏斗，只是在总体的宿命格局里下注。但是，不管命运做何安排，每一个个体生命的人生图像都会呈现出自己的姿彩，正如每片叶子尽管可供选择的时间、空间和运动方式极其有限，却仍然能够生动活泼、千姿百态。风雨飘摇固然增加它的壮丽，风息云住也不可能使它静止不动。它承受着一切，在承受中舞蹈。它的运动看似简单，却永不重复，无法预测。在时光的大循环里，我们只拥有一个春天，当我们零落为泥时，来年枝头还会生出新叶，但那已与我们无关。只有活着，世界才属于你。无尽的新陈代谢，无数的瞬时过程构成了宇宙的永恒。生命生生不息，过程不复，大自然才能多姿多彩变幻无穷。生命的摆和树叶的摆完全符合科学家为混沌运动界定的特点：①它是无序的、随机的；②运动形式具有自相似性却又永不重复自己；③占有有限的空间；④有自己的吸引子。"吸引子"是混沌运动总是趋向一点的这个点。发现一切混沌运动都趋向一个吸引子，追寻这吸引子，就成为20世纪下半叶物理学家、数学家破译无序奥秘的突破口。"洛伦兹蝴蝶"就是美国物理学家洛伦兹在1963年利用简单方程通过计算机运算出的第一个吸引子图像。随意的无秩序的摆动形式既不是周而复始的圆环，也不是愈转愈高的螺旋。它是一个永不重复永不交叉（因为它的运动轨迹不在同一个平面里）的线团，用通俗的话说，它是一个没有尽头的麻花。"洛伦兹蝴蝶"成为混沌学的徽记。

混沌学使人类对世界的认识由深入事物的内部返回到整体的动态的把握。当物理学、数学面对湍流和随意的摆动无能为力的时候，亚里士多德对摆的古朴的认识反而显示出简单的力量。亚里士多德没有借助数学武器，"他看到的是一个重物要投入大地的怀抱，由于受到绳子的限制，因此只能来回剧烈摆动"。这是一个物体寻求自己的自然状态的结果。有序束缚物体寻求自由，因而缺乏蓬勃的声色；无序是物体寻求自由的过程，因而呈现生命的绚丽。混沌学的兴起使科学家们重新记起歌德当年与力学家们的争论。歌德在《论植物的变化》里认为植物的形态是"生命的力和流"。宇宙间的万事万物都朝向实现自我的方向发展，它们在互相妨碍互相制约中顽强地前进,从而使宇宙成为一个大涡流。因此,美国的科学家施文克对涡流的回答是:"流要实现自我。"看起来,物理学家、数学家几个世纪的研究不过是在亚里士多德的掌心里翻筋斗罢了。混沌学的出现本身就是人类思维运动的混沌运动,它仿佛让科学研究又退回到直觉智慧阶段。这当然不至于导致否认几千年物理学与数学研究的成就,没有这些科学研究便没有今天模糊数学与混沌学的产生。毫无疑问,模糊与混沌需要丰富的想象力和敏锐的直觉悟性,但想象与直觉绝对不能代替计算和证明。

由钟摆到树叶,使我对世界的认识更接近自然本身。一个简单的形式往往能够透视出十分复杂的哲理,这使暗示和隐喻常常比条分缕析更有概括力,因为它调动了更多的情感、智慧和想象力。

我禁不住想起叔本华和爱因斯坦用钟摆所作的比喻。

叔本华说:"人生是在痛苦和无聊之间像钟摆一样来回摆动着;事实上痛苦和无聊也就是人生的两种最后成分。"(见毕志国:《论现代西方非理性主义思潮》,《社会科学战线》1993年第6期)大约这就是昆德拉对生命承受的重与轻的思索。生命承受的重的极限是痛苦，轻的极限是无聊。叔本华的比喻为了直观形象而未必缜密科学。人生运动不可能像钟摆那样有序，可以预测，可以调控，人生是一个不断寻求自然状态而又不断丧失这种状态的过程，是一个追求实现自我而又不断使自我异化的过程，因此，它在痛苦和无聊之间的运动是混沌的，是一个"洛伦兹蝴蝶"。失落总跟在追求之后，没有追求当然也就没有失落。为什么克汀病人总是很愉快的样子，被乡下人称为傻笑病？那就是因为克汀病人没有任何愿望和追求。我想，痛苦和无聊大约与一个人感情丰富、思想敏锐的程度成正比。天才总是不安分，生命摆幅大，痛苦和无聊的感觉必然突出；庸常之辈有"知足常乐"的灵丹妙药，以"平平淡淡安安稳稳"自诩，生命的摆幅平稳，痛苦和无聊就不那么显著；克汀病人没有生命摆幅，他们的生命轨迹是一条匀速运动的直线，只有活着和死去，没有痛苦和无聊。激情与幻想、自由与爱情、慈悲感和同情心对于克汀病人不再有任何意义。

这样看来，人生的病态都是有药可医的。如果你生活得过于沉重，感到了孤独和痛苦，那就想法寻找些无聊，比如打打麻将,种种花,养养鸟,喂个宠物,看看相声、小品,练练气功、书法,泡一阵歌舞厅……如果你受不了无聊,不妨想想地球,想想人类,想想民族,想想人生与事业,想想人世的不平、人性的缺陷,或是真诚投入地去爱一次……近两年以时髦的肥皂剧台词而变为流行词语的"累不累"就是对那些不懂以无聊疗治沉重的人的超然的嘲弄。用这句极为精练的京味短语对付真诚比对付虚伪更犀利。

然而这又难免使人陷入悖论。其实无聊本身也是痛苦,两极殊途同归,谁能疗治谁?这也许就用得上中国士大夫常说的俗语了:"无聊才读书。"大约读书毕竟是增进知识启迪思想的,因而具有痛苦的药性;但读书又可以使人超逸散淡,使人遁世,甚至使人近于克汀病人的痴呆,那当然就具有无聊的药性。读书因而能把痛苦和无聊尽皆消融。

叔本华的摆,是以他的生存空虚说为驱动力的,虽然他没把它说出来。生存空虚很容易连通生命本能。而美国作家菲茨杰拉德看待生命却有另一番论说:"我们的责任是关心生存,在我看来,如果我们努力实现在世时的一切可能，总是满怀希望，兴趣盎然，乐于为着生存的充实而孜孜以求，总是信心百倍，从不去问我们为什么生在这个世界上，上帝会最满意。"（见卡拉汉：《在巴黎的那个夏天》，《世界文学》1990年第5期）菲茨杰拉德这番话对每一个感受到痛苦和无聊的人都是极富热情的鼓舞。作为一个天才的作家，他的张扬生命的呼吁建筑在深刻的理性思维上，因而没有生命本能的强大活力，难逃智慧者的悲剧。这位著名作家最终未能让上帝满意。他被痛苦、消沉折磨成一个酒鬼，在穷愁潦倒中靠一个女人的溺爱去生活，在他死去时，他早已忘记了自己曾经说过上面那一段如此豪放潇洒的话。他的希望、兴趣、信心都到哪儿去了呢？就连一个富于牺牲精神的年轻貌美、善良的女人的无私爱情也未能挽救他。可见发表理想主义宏论的人必然是一个强者，就这个意义而言，我们没理由随便嘲弄穷困潦倒、被权势压垮、不再讲究尊严的可怜人。菲茨杰拉德的故事也证明了貌似强大的男人常常比柔弱的女人更脆弱。

　　人性的病态既然不可救药，痛苦和无聊也就无药可医。优秀的人代表着生存的痛苦，庸俗的人代表着生存的无聊。

人类文明史是由人性的摆创造，人类社会必然也是一个摆。

"政治如同钟摆，一刻不停地在无政府状态和暴政状态之间来回摆动。其原动力则是人们长期的、不断重现的幻想。"（见《爱因斯坦谈人生》，高志凯译，世界知识出版社1984年版）这是爱因斯坦的摆。

爱因斯坦仅仅指出了乱世的特征：一端是无政府，另一端是暴政。它们同样是一个两极殊途同归。我们从反向逻辑推导，治世大约是钟摆接近于垂直状态的一段弧线（真正的垂直意味着停摆——人死了，人的生命矛盾才能平衡。这就是《红楼梦》里的"好即是了，了即是好"）。社会不会死，社会不会停摆。最好的社会，是人的自然性与社会性相对谐和，亦即，人的自然天性在民主和自由倡导下得到相对舒展；而人的社会责任和抱负又在法制与信仰的引导下成为可以为之奋斗的理想。用现代语汇表述，就是民主与法制比较健全协调的时代。

中国传统文化对于人世的盛衰早有自己的一套"摆"理论。人们形容世事变迁的"三十年河东三十年河西"

为我们画出一条岁月的余弦曲线。长期以来，轮回观念拘泥了我们的思路，干支纪年中六十年后重新从甲子开始的字面现象造成误解，我们常把《周易》时空观误作佛教的轮回。民间广为流传的《推背图》到第六十图，仙人推背而起，似乎含着周而复始的暗示，然而它的奥妙在于它的谶语、谶图全是隐喻的、多意的。"六十年一轮，三十年一转"不是线性运动，不是爱因斯坦钟摆，爱因斯坦的比喻和叔本华的比喻一样，虽然直观易懂，却并不缜密，因为人类社会的发展是混沌运动，是"洛伦兹蝴蝶"。人类文明前进的过程中常常出现一些惊人相似的历史现象，当专制极权变成暴政的时候，人性自由的反作用力必然造成社会动荡、民族危机、外族乘虚而入；当人性解放的浪潮冲决了旧秩序的时候，必然会出现权力真空，信仰崩溃、道德沦丧，人们渴望新的秩序。历史长河在人性自然力量的冲击下不断裁弯取直，应和了三十年河东、三十年河西的自然现象，造成历史故事不断重演，而历史不会重复，它在相似的故事里前进，如同大河在涡流中奔流一样。这正是混沌运动的重要特点——自相似而又不自我重复。如同乱云、湍流、风中的小树、枝头的叶子，在随机的不重复中显出似曾相识的状态，这就是混沌学里所称的"吸引子"。——世界上一切看似随机的现象背后都有一个吸引子。为了找到这个吸引子，找到人世各种现象背后的规律，预言未来，人类不但产生了许多伟大的思想家、哲学家，也兴起了五花八门、形形色色的相术、术数、星占、算命学问。《周易》最为经典，也最为博大精深。《紫微斗数》里常用的十二宫运势就体现出中国传统思辨方式的"蝴蝶效应"。凶宫含着孕长的态势，吉宫藏着败落的预兆。奇门遁甲术以甲为摆球，以"休、生、伤、杜、景、死、惊、开"为摆的位势，使推命占卜的判词像运动中的钟摆一样千变万化，包含微妙的复杂性。以钻研方术为事业的学者其实是在探索寻找无序而又相似的人世现象背后的规律，寻找人世混沌的普适性公式。思辨性和混沌性为江湖骗子提供了方便。倒不是他们有意欺骗世人，是人性的社会性与自然性很难真正和谐、平衡。结果，治世的描述大多成了虚幻的乌托邦，"太平盛世"常常变成愚民的工具。正如爱因斯坦所说："其原动力则是人们长期的、不断重复的幻想。"联系他一贯的主张和上下文意，这幻想大约就是公正和自由。也许正因为人类从未拥有过公正和自由，因而它们才特别诱人，政治家也便总能以此为号召。人们并不是不知道为更新体制而流血牺牲最终难免被政治家所利用，下一拨上台的统治者未必比上一拨好到哪儿去，但人们还是要憧憬，要奋斗，不惜流血牺牲。人类顽强的幻想的确推动了文明的进步，每一次体制更迭给人类带来的自由和公正都会多一点。我们找不到完美的体制，却用自己的幻想促进了体制的改进。人类注定了找不到完美的体制，那是因为人类无法使自己的人性完善。人性的基本格局是一个无法解脱的矛盾、无法统一的冲突。人的自然性被欲望和本能支配，而人的社会性却要求责任和义务。公正是社会关系的产物，自由是自然天性的体现。公正既是自由的保证又是自由的制约。人总想使自己的天性不受压抑，却又绝不可能仅仅凭着自己的天性不必考虑人际关系就能走过人生的长河。人厌恶社会又离不开社会，"他人是自己的地狱"（弗洛姆：《恶的本性》，薛冬译，中国妇女出版社1989年版），自己又离不开他人。弗洛姆看到了人的自然性与社会性失衡的可怕，他认为只有将人的自然本质与社会本质结合起来才是"真正的人"。大约这就是被弗洛伊德称为"自我"的状态。听凭本能的"本我"与被理性理念异化了的"超我"（相似于朱熹的"人欲"和"天理"）是人性的两极。人性如磁体，磁体的N极与S极相互排斥又不可分割，自然性与社会性、善与恶，在人性的整体中无法剥离。法兰克福学派的马尔库塞提醒政治家要不断协调人的爱欲和劳动，他的新乌托邦是人的爱欲是否得到了满足，劳动是否成为一种以自身为目的的消遣活动。他这幻想是不是想要在爱因斯坦摆上加一个可逆调节器？使政治的钟摆在到达"暴政"之前逆转，因而也就避免了"无政府"的出现。

　　如果说人性的摆想要找到一个可逆调节器的话，那就是文学和艺术。它用虚构的世界创造精神港湾，使被职业、事业异化了的生命重新激发出激情与幻想，使在纷繁的人际社会里疲于奔命的心灵有一个温柔之乡，使无处发泄的人生的无奈与忧烦有一处寄托。所以我们常常说文学艺术可以陶冶人的性灵。一个生命状态蓬勃的人不能不爱好文艺，那并不意味着他一定要做作家、艺术家，而是为了使自己避免被职业异化、被社会异化。

一个聪明的政治家应该明白，文学艺术是社会政治的平衡器，文学艺术的繁荣能使不完美的体制多一点温情。

作为人类文明发展的标志，现代社会使人有了更大程度的自由和开放，但人们并没有因此而感到欣慰。面对自由和开放，现代人倒是表现出了更多的恐惧和疑虑：随着物质文明的进步，个人权利日益得到重视，个性愈来愈受到尊重，人们愈来愈自我，究竟是使人性得到了改善、使人性更为健全，还是加速了人性的物化、异化，使人性深处恶的成分更加膨胀、人的欲望更加没有节制？人的可悲在于即使他对现代开放的社会疑虑重重，对科学技术、智能技术的开发最终可能导致人类毁灭的前景忧心忡忡，但谁也不愿意退回到蒙昧蛮荒、贫困落后的时代。如果说涡流是上帝给人类设下的谜语，人性之摆是不是人类给上帝玩的骰子？它以什么样的规则给骰子灌了铅？人类最终能不能破译这密码？也许正因为人类不能破译自己，人才能够不断产生幻想，不断有所期冀，保持追求和探索人生奥秘的热情，在这追求中使人类社会充满活力。这是一个无理数方程，因为没有谜底，因而诱人世世代代去猜想。

说东道西[①]

——与季羡林先生商榷

研究西方文化，不可以西方文化优越为前提，反之，研究东方文化，亦需首先破除东方文化的优越感。在即将进入 21 世纪的时候，人类文明的发展应该已经达到了人类意识的总体觉醒的层次，东西方文化自产生之初就已开始的互相融合、渗透，到了物质文明传播手段十分发达的今天，不可能再是非此即彼、相互争斗的状态。季羡林先生认为："西方文明已经繁荣昌盛了几百年了……代之而起的必然只能是东方文化或文明。"这论断未免将人类文明发展的复杂流动简单化，恰恰不符合季羡林先生所谈的混沌学的基本观念。混沌学是对整体

---

① 这篇小文是读了季羡林先生的《东方文化与东方文学》（《文艺争鸣》1992 年第 4 期）有感而作。

事物在发展运动中的把握，通过多种数据论证了随机无序的图像是三维变量循着各自的规律运动造成的。人类文化其实也是三维变量（西方文化、东方文化、中近东文化）按照自己的轨迹立体交叉构成一个"洛伦兹蝴蝶"。它既不是一条由 X、Y 坐标点决定的线，也不是一个由无数周而复始的圆构成的螺旋，它由人性的总体轨迹（共同性）所制约，又由各自不同的民族素质与个人差异（差异性）所左右。人的悲剧及力量之所在，就在于他的自然性与社会性的冲突不可分割。他是自然的，为欲望驱使而厌恶一切秩序与义务的束缚；人又是社会的，他不可能脱离群体社会、脱离人际关系与秩序来寻求个人的绝对自由。一部人类文明史说穿了不过是人性在自然性与社会性之间不断寻求平衡的过程。自然性过抑就要寻求个性解放，社会秩序被破坏，人们又会追求宗教与法律的重建。这个过程看起来是周而复始，却由于物质文明的进步使人性的放与收在不同层次上进行，因而社会发展的轨迹更像螺旋。文化作为调节人性张力，寄寓人的性灵，标示一个民族一个时代对人与自然、人与社会、人与自我的理解的意识产物，不但参与人类文明的发展，而且自身也在发展前进，各民族的文化也是一个变量。人性的变异，物质文明的发展，文化的更新，三种变量交织，使文明史的图像不再是螺旋，而是混沌学的"洛伦兹蝴蝶"，在有限的空间、有序的运动和吸引子的作用下，演示无穷绚烂的随机的图画。

如果在这样的哲学层面来研究文化，文化将呈现出有别于传统意义的含义。它是真正的天人合一的映象，是作为大自然中的一个自然粒子的人与自身、人与大自然交流的互感脉动。三种文化（我不认为人类文化只有东西两极，我们绝不可忽略以伊斯兰文化为基础的中近东文化——包括苏联的远东民族。它以伊斯兰教对于"神"的认识这个基本宇宙观区别于东方的多神论，又以真主安拉的位格及对女人的态度而区别于西方）的差异由地理、自然环境、动植物生态这些原始条件形成。生存环境造就的文化差异，就是混沌学公式的初始值（Z）。初始值不可能在运动中改变，运动中修正的只是节律，是倍数值 Z^2——在社会发展史上，物质文明和文化的发展就是一个民族发展的倍数值。三种文化将永远不可能互相取代，它们只是在发展中互相影响（这便是混沌公式中的常数值C）。在这个意义上，不存在"昌盛""衰落"的根本含义。大自然的千姿百态决定了人类的千姿百态，文化当然不会归为线性运动。随着人类文明的发展，人类需要的不只是民族文化，而是更为丰富更为多姿多彩的融汇。$Z \rightarrow Z^2+C$ 的混沌学公式（《混沌开创新科学》第240页）必然会带给人类文化更为美丽的前景。

从美学上看，从上古到中世纪，东方重神，西方重意；东方重抽象，西方重写实；东方重想象，西方重实证。中国画不讲透视，一轴可览万里，一墨可见百态；中国戏不要布景，四龙套千军万马，一支鞭纵横天下；中国建筑将实用服从于格局，风水学代替科学测量……中国的文学历来以浪漫幻想神秘志怪为大才大器，因而风骚，因而扬（曹）植抑（曹）丕，因而扬李（白）抑杜（甫），因而扬聊（斋）贬金（瓶）……应该说，尊崇幻想、贬抑写实的纯文学的美学观始终是中国文学的精神精髓。"五四"以后，一批文化先驱倡白话学欧风，崇尚现实主义，这个美学原则受到挑战，近百年深重的民族忧患、激烈残酷的政治斗争使文学的实用主义功能日趋强化，近现代中国作家在深重的忧患意识与人格萎缩中想象力与抽象力日益萎缩，文学逐渐由现实主义而功利主义。当中国文学 20 世纪沿着愈来愈实用主义的路子走去时，西方却兴起了夸张、变形、抽象、隐喻的浪潮，汹涌而为现代派。到 80 年代后半叶，中国画家蓦然回首，汉代画像石、敦煌壁画却早具西方现代派绘画的精义。把"羿射九日"原原本本拿出来加些色彩，即可看作现代派作品。

季先生所举美国诗人 Ezra Pound（庞德）确实以对中国古典哲学与中国古典诗歌的心领神会而成为现代派诗歌的领潮人物、荒原派艾略特等人的先导。以反传统著称、因打破西方古典戏剧不可动摇的三一律僵死的时空观而创立的著名的"布莱希特导演体系"，可以说不过是把中国戏剧观念嫁接于西方舞台。布莱希特毫不讳言他受到梅兰芳演出的启发，他不但将中国传统剧目翻版到西方（《灰阑记》是最著名的例子），而且创作了不少中国题材的作品（《四川好人》等）。他是靠汲取东方文化起家而成为西方现代派名家的。20 世纪西方诗歌、戏剧受东方文化（尤其中国文化）的影响显而易见，里尔克、夸西莫多、叶芝等人的作品中都能看到东方文化的影子。法国一位评论家研究类似季先生引用的诗词，以李白描写大漠落日的诗为例,从中国古典景物诗中找到印象派的先河。卡夫卡的寓言小说与《搜神记》《聊斋》不是也能找到共通之处吗?的确,20世纪西方思潮由于汲取东方文明有力地反叛西方传统而获取了活力。英国史学家、思想家汤因比甚至说希望自己生在中国的新疆。西方20世纪反传统的哲学思潮产生了伟大成果,如果说量子力学还带着深入物理微观研究传统的话,爱因斯坦的相对论可以说是物理哲学的大革命。模糊数学、混沌学这些理论意味着西方对世界的视点已由静态实证变为对事物动态的整体的把握。

这里必然产生一个问题的两个侧面:难道这真的说明西方文化已经衰落而必将由东方文化取而代之?难道"五四"以来新文化的先锋们学习西方真的断送了中国当代文化的根?(80年代后期曾有一些作家提出"五四文化断裂层"的说法)

上述两个问题的回答都是否定的。

西方20世纪思潮发源于西方文化自身,发源于其根深蒂固的西方哲学。西方现代派从西方先哲那里找到了坚强有力的哲学支柱。从苏格拉底、柏拉图、亚里士多德到叔本华、尼采、柏格森、弗洛伊德、荣格、弗洛姆……如果他们的座位不能被老、庄、孔子、释祖所取代,他们的文化就不可能被取代。可以使用西方武器,也可以使用东方武器,目的却是自身文化的需要与发展。模糊数学、混沌学的兴起并不是分析方式向综合方式投降,(季先生概括东西方文化思维方式的差别是东方为综合方式,西方为分析方式。顺便说一下,东西方的思维方式不能被概括为分析与综合之差。分析、综合两个词都来源于西方的逻辑学,综合、分析,只是逻辑方法,不能用以代替哲学方法论,更不能代替世界观。我们不能将东方人对宇宙保持蒙昧的理解、直觉的理解、想象思悟的理解说成是"综合",也不能把西方人的重科学、重实证说成是分析,从而认为东方文化优于西方)要知道,相对论是经过几代人对物质内部结构的探索才从微观走向宏观;模糊数学是数学理论向认识的更深层次挺进的标志;没有电子计算机的应用,混沌学就不可能成为现代物理学的新观念。作为混沌学代表图像的"洛伦兹蝴蝶"是计算机经过繁难的计算推导出来的。数学家、物理学家、天文气象学家、生物学家、经济学家通力合作,经过十年的跨学科实验，应用了最具分析特征的"分岔几何学"原理，才绘制出由混沌学公式计算出的图像——曼德勃罗图谱。它恰恰是西方实证主义与科学进步的硕果，根本谈不上是向东方文化投降。西方文化正因其将东方文化的朦胧、直觉智慧转化为科学求证，不厌其烦地执着追求，显示了勃勃生机和力量。在这个意义上，西方文化进入20世纪愈来愈代表人类的物质文明，而东方文化则更显出其蒙昧质朴的魅力，代表了未被物化的人性。物质文明绝不会因为它对人性的异化与践踏而停止前进，人的直觉智慧与宗教意识也将在新的层面上显示出它的不可泯灭。两者永远在人类史上互补、相映而构成丰富多彩的世界。

回到东方文化、东方文学的话题上，不禁想到拉丁美洲的文学爆炸。对于东方文学，我们的确应该抱有信心。因为文学艺术本来就是人性抗衡异化、寻找性灵寄托的精神家园，东方与拉美的文化土壤当然更为富饶。拉美文学在土著文化营养里长大，走向世界却借助现代思潮的推动，博尔赫斯、阿斯图里亚斯、科塔萨尔、马尔克斯、略萨、鲁尔福……这一批作家正因为吸收了东西方文化的营养，使自己具有超拔于本土文化的视野与胸怀，才能创造出最地道的本土文化和属于全人类的精神财富。

现代物质文明这个魔鬼正踏入东方文明的圣地中华，我们无可逃避。对于大自然的神圣敬仰，对于笼罩宇宙的不可道的道，在电视、音响、激光灯的声色嚣乱中，我们必将更加珍视。但对传统文化的再认识绝不意味着遁入荒蛮，安于古朴，故步自封。厌倦了过分舒适奢侈的西方人以过来人身份为我们担忧，害怕中国的现代化会破坏宁静淡泊的东方土地的神秘，他们自己倒是一秒钟也不停顿地拼命更新自己的物质环境和科学技术。难道东方文化能够抵抗这种强大诱惑吗？西方文化的显著转变在19世纪、20世纪已经显示出一个不可逆转的流向：由崇拜造物到崇拜自己，崇拜人的创造。它们的文学艺术都市化也便顺理成章。我们呢？我们在进入21世纪时怎么办？仿效西方当然没有出路，抱着难舍的先祖遗风、东方文化的优越感，只能使一个民族更加衰弱，何谈取而代之？国家经济的现代化既成不可逆之势，文化与文学也应该现代化。

中国当代有志气的文艺家、热爱自己的民族与民族文化的文艺家，必然只有一个明晰的思路：以博大的胸襟吸收世界文化营养，尽一代努力，创造东方文化的现代派艺术。有位美国教授把中国的文学理论分为六大体系，所谓玄学论、表现论、决定论、技巧论、审美论、实用论。玄学论主张"文以载道"（这里的"道"，是尚未被唐宋以降的文人实用化了的"道"，是老子的"道"，即宇宙、人世的原理）；表现论主张"诗言志"（个人情致之志）；决定论（实际应是"反映论"）认为文学是社会生活的反映，"听音知政，观风知得失"；技巧论把文字技巧当作文学艺术本身，认为声律色调构成文学（这主张颇似西方"形式即内容""语言即思维"）；审美论主张文学就是"纹"，就是华美的表达，"言之无文，行之不远"；实用论把文学作为教化社会的工具。他很欣赏玄学论，认为玄学论在唐宋以前是中国文学的主流，实用论则在唐宋以后日渐发达。我觉得技巧论算不上一个流派，它与审美论的主张很难区分。决定论倒是与实用论密切相关——既然文学是社会生活的反映，干预生活，教化社会，也就顺理成章。其实同一个作家、同一个理论家可能同时具有几种文学主张。就如李白，玄学论、表现论、决定论、审美论、实用论都有典型的代表作。我觉得东方文学的核心（用混沌学的术语称为"吸引子"）是玄学论，它在文学流派思潮的滚滚交流中起着稳定作用。它使东方文化永远保持天（大自然）与人不可分割的交融。这就决定了即使中国诗人崇拜波德莱尔、兰波，从他们的人生与诗作中获取有益的启迪，也不会产生《恶之花》一类的作品。即使中国小说家崇拜乔伊斯，中国也不会出现《尤利西斯》，这里既有礼教、理学的阴影，也有天人不可分割的文化心理。因此，我一点也不担心放开胸襟吸收基督教文化、伊斯兰文化之后东方文化（儒道释交汇的文化传统）会有所淡薄。正如加拿大与德国的两位神学家、汉学家所指出的那样，以儒学为基础的中国文化必须认识到在现代化的21世纪的世界潮流中应该发展哪些、抑制哪些、扬弃哪些。他们肯定了儒学对东方的日本与"四小龙"的繁荣昌盛的贡献，（这个论点与国内普遍认为儒学阻碍现代工业文明发展的看法大相径庭）认为儒学重人世、重社会责任，启发人的自尊、民族的荣誉感，对经济崛起起着凝聚心理、调动责任心的作用。儒家针对来自西方的诸多不良习惯，包括过度的个人主义、道德生活堕落，对社会是有贡献的。但儒学文化必须扬弃尊卑等级观念、封建礼教观念，使儒学成为"人性尊严的新发现，道德人格的潜在意义，互助互尊的人际关系"，成为"自由与平等的新基础"，"将人性的尊严与解放置于自身的存亡与利益之上，不依赖统治权力的支撑"，"它就可能为西方现代化带来的人类社会危机找到一条新的道路。这是建立于西方文明与东方道德上的人性道路"。（见秦家懿、孔汉思：《中国宗教与基督教》，吴华译，生活·读书·新知三联书店1990年版）这里实际上是提出了创建现代儒学的问题，也是创建现代东方文明的思路。西方文化有待于拯救、重建，东方文化也有待于拯救、重建。西方人反西方传统，东方人反东方传统，人类才会在不断反省中自我拯救，不断前进。

我对东西方文化乃至人类的前景持达观态度。大宇宙在运转，文明将不停息地发展。如果有朝一日现代科技的发展、人的不息的掠夺使地球毁灭，那么，也许人类转移于其他星球，也许人类与地球同归于尽。那也不怕，大自然还会再造一个地球、再生出人，文化还会产生，并循着"洛伦兹蝴蝶"的轨迹运转。如此而已。

《中国哲学简史》阅读笔记

《中国哲学简史》(冯友兰著、赵复三译,世界图书出版公司北京分公司2013年第1版,2014年3月第三次印刷)是冯友兰1947年在美国宾夕法尼亚大学以英语讲授的中国哲学教材。他的助手布德博士帮助整理,以英文版在美国出版。赵复三的译本出版于2013年,是本书的最新译本。它以丰富的学养、睿智的悟性、富于才华的文笔,成为学习、认识中国传统文化的优秀读本。由于是给外国人讲中国哲学,该书具有中西文化比较的视野、学贯中西的胸怀;丰富的国学典籍和西方哲学经典的运用,显示出扎实的学问功底;全书绝少引用前人现成观点,显示了个人的感悟力和学术自信心;篇幅简练,脉络清晰,文笔流畅,既具专业水准,又适合非专业人士阅读。

中国哲学的精神核心和文化背景

冯先生认为中国哲学的精神核心是"内圣外王","中国哲学讨论的问题就是内圣外王之道"。(第5页)这个归纳,抓到了中国哲学的要点。所谓内圣外王,就是自我修养以圣人为目标,治理天下以王道为标准。这决定了"中国哲学既是理想主义的,又是现实主义的","它既是入世的,又是出世的"(第5页),既重视社会管理,又关注个人自由。道家的"天人合一""轻物重生"、禅宗的"不修之修""不成之功",是出世哲学的代表;而儒家的"修身、齐家、治国、平天下"则是入世哲学的代表。《中国哲学简史》全书,就是围绕知识分子对待社会政治与个人自由的态度,来展开中国哲学家的人生观和价值观的考察和讨论。唐宋之前,以道家与儒家的发展、互动为主线;唐宋之后,以儒家为主线,道、佛为辅线;宋明至清,是儒家内部的"理学"与"心学"之争。

中国哲学的背景是大陆地理环境、农耕文化和家族制度(第11页),与西方海洋环境、商业文化和城邦制度构成对比。冯先生引用孔子名言"知者乐水,仁者乐山",

形象地阐明中西文化因生存环境不同造成的民族性格差异。中国人重义，西方人重利。中国人重直觉，西方人重实证。至于冯先生说"海洋国家人聪明，大陆国家人善良"（第17页）则未必准确。诸子百家开创的中国哲学，证明了中国人的聪明智慧并不比西方人差；而与基督教文明相比，缺乏信仰，使我们的善良、诚信未必胜于西方。

对于中国哲学缺乏独立性和系统性，冯先生从宗教与哲学的关系入手，试图解释在西方哲学传入中国之前，中国为什么没有哲学这门学问。他认为，"中国文化的精神基础不是宗教（至少不是有组织形式的宗教），而是伦理（特别是儒家伦理）"（第3页）。这个观点颇为精辟。宗教意识淡薄，是中华民族的特点，也是中国哲学的特点。中国哲学不像西方、印度那样与宗教密切相关，中国没有出现政教合一的政权，没有把某个宗教奉为国教，也从没把宗教戒律当作国家法典。这与中国人的祖先崇拜、宗族崇拜、皇权崇拜有关。他说："中国人不那么关切宗教，是因为他们太关切哲学了。"（第3页）"按照中国传统，学习哲学不是一个专门的行业。人人都应当读经书……读哲学，是为了使人得以成为人，而不是成为某种特殊的人（即专门人才）。"（第7页）他又从中国哲学在方法论上与西方的不同，解释中国哲学没有独立性和系统性的原因。他说："中国哲学家惯于用格言、警句、比喻、事例等形式表述思想。"（第7、8页）甚至有"述而不作"的习惯，使中国哲学缺乏系统性。

我觉得，冯先生的解释并没有触及问题的实质。正如该书编者序所说："在25个漫长的世纪里，凡西方哲学家所曾涉及的主要问题，中国的思想家们无不思考过。"（第2页）诸子百家收弟子、兴教育，自成学派，汉唐至后世，他们的思想被编成经、史、子、集，"四书""五经"被确立为教材，除了"四书""五经"，中国没有别的学问。不仅哲学没能成为专门学问，文学、艺术，其他一切学科（包括自然科学）都没有形成专业学科。冯先生说中国人不关心宗教，更关切哲学，其实中国人（确切说是中国知识分子）关切的只是自身的生存与发展。入世哲学是士子进取功名的行为指导，出世哲学是知识分子自保的指南。在中国几千年的封建皇权专制政体下，皇权垄断了一切，中国哲学被历代封建统治者当作治国驭人之术、思想统治的工具，任何学问（包括哲学在内）

都是政治的附庸，当然不能成为独立的学问。中国的读书人读书，只是为了升官入仕，而不是如冯先生所说的成为"人"。不可否认，"哲学"这个概念是从西方输入的。在西方文化传入中国之前，中国没有哲学这门学问。

这决定了该书内容的丰富性和学术价值的重点，明显偏于唐宋之前。全书二十八章，汉以前占十六章，汉至魏晋四章，明清至当代只有三章。

中国哲学由诸子百家奠基。司马谈（司马迁之父，？—前110）把诸子百家分为六家，刘歆（？—23）增为十类。诸子百家，是周代贵族阶级没落后，流入社会的自由知识分子。他们构成了中国思想界的源头。"儒家者流，盖出于文士；墨家者流，盖出于游侠之士；道家者流，盖出于隐者；名家者流，盖出于辩者；阴阳家者流，盖出于方士；法家者流，盖出于法术之士。"（第25页）刘歆增加了纵横家、杂家、农家、小说家，大约超出了哲学研究范围，冯先生没把这四者纳入论述。刘歆的分类使我们看到了"小说"概念最早的出处。刘歆把文艺人列入此项，谓"街谈巷语、道听途说者之所造也"。把它列入末流，鄙为"狂夫之议也"（《汉书·艺文志》）。（第

22页）可见文艺从它入类之初就不受正统学者的待见。

"哲学通常分'宇宙论（本体论）'、'人生论（包括伦理学）'、'认识论'三部分。"（译后记，第228页）冯先生以儒、道为主的六家的论述，着重在政治态度、人生态度（包括宇宙观）。

入世哲学的主流——儒家

儒家既是入世哲学的主流，也是中国哲学的主流，为历代官方推崇，是统治阶级意识形态的精神核心。

按照冯先生的论述，汉以前的儒家，由孔子（前551—前479）开创，孟子（约前372—前289）、荀子（约前313—前238）发展成熟。

孔子是中国第一位教师，他讲授"六经"（《诗》《书》《礼》《乐》《易》《春秋》）。孔子在个人与社会、人与天（自然）、人与他人的关系上的见解，奠定了儒家的基本观念。冯先生把它归纳为几个关键词："正名""仁、义""忠、恕""知命"。

"正名"用以确立社会关系："君、臣、父、子，在社会里各有责任和义务，任何人有其名，就应当完成其责任和义务。"（第28页）它与"礼"紧密相连。"仁、义"，是对个人品德的要求：仁，即"爱人"（《论语·颜渊》："樊迟问仁，子曰：'爱人。'"第29页）"义者，宜也，即一个事物应有的样子。"（第28页）"忠、恕"是为人的行为准则。（《论语·里仁》："曾子曰：'夫子之道，忠恕而已矣。'"第29页）"尽己为人谓之忠。"（第29页）"恕，就是'己所不欲，勿施于人'。"（第29页）"知命"是儒家的人生观，"谋事在人，成事在天"是最通俗的表达。

孟子被称为理想主义学派，荀子被称为现实主义学派。二者的区别，首先是对人性的认识。孟子主张"性本善"，荀子主张"性本恶"。孟子从性本善引申出人有天生的四善端："恻隐之心，仁之端也；羞恶之心，义之端也；辞让之心，礼之端也；是非之心，智之端也。"（《孟子·公孙丑》）（第47页）荀子从性本恶出发，认为人生来贪婪多欲，不经教化不能成善。荀子虽然赞同孟子"人皆可以为尧舜"的观点，却认为那是因为人有智性，可以训导，而不是有天生的四善端。对人性的认识不同，导致两人的政治主张大相径庭，孟子具有民本思想，主张执政的人首先应当是有道德修养的圣人，实行王道仁政，懂得尊民贵民；而荀子则主张人欲必须以礼义来节制，"先王恶其乱也，故制礼义以分之"（《荀子·礼论篇》）（第96页）。孟子强调仁，荀子强调礼，"孟子强调个人自由"，"荀子强调社会对个人的控制"。（第94页）荀子为法家的诞生奠定了思想基础。他的两个学生李斯、韩非，都是法家的代表人物。

从汉代董仲舒提出"独尊儒术"，儒家从哲学思想变为统治者的治国理念和意识形态。

董仲舒对儒家的贡献首先是以"天人一体"论丰富、完整了儒家的世界观。他吸收了道家和阴阳家的学说，把"天"的概念物质化，认为宇宙由十种元素构成：天、地、人、阴、阳、木、火、土、金、水（《春秋繁露·天地阴阳》）（第126页），他把五行与四方、四季联系起来，论述人与天的关系，"天、地、人，万物之本也"（《春秋繁露·立元神》）（第127页），从而提出人的教化的重要性、"礼""乐"的意义，提出"三纲"（君为臣纲、父为子纲、夫为妻纲）、"五常"（仁、义、礼、智、信），制定了中华民族的伦理大纲。以这种世界观、价值观为基础，演化出一套统治理论。"天生民性有善质而未能善，于是为之立王以善之，此天意也。"(《春秋繁露·深察名号》)（第129页）董仲舒在性善性恶的认识上采取折中说法，最终把"天意"变成了皇权和王法。董仲舒在儒学理论上的见解被称为"今文学派"，与之相抗衡的儒者称"古文学派"。以冯先生的看法，"今文学派可能是源自以孟子为首的一派，而古文学派可能是源自以荀子为首的另一派"。（第137页）董仲舒把孟子和荀子的政治见解融为一体，使汉代在"独尊儒术"的旗号下实施着"王霸杂用"（儒法并用）的政治手法。

冯先生把唐宋以降的儒家称为"更新的儒家"，其标志是"道学"的产生。由于佛教在唐代兴盛，禅宗强调自己的师承、祖源，儒家也必须正本清源，树立传统，证明自己传道的渊源与源流。韩愈（768—824）著《原道》，李翱（772—836）著《复性书》，对"四书""五经"做出新的解释，阐述自己所传之道来源于尧、舜、禹、汤、文、武、周公，再至孔、孟。后世儒家尊奉韩愈的"道统"说，"这些人被称为'道学家'，他们的哲学被称为'道学'，即研究'道'亦即'真理'的学问。西方曾经把宋明'道学'（亦称'宋明理学'）称做'新儒学'"。（第175页）由于国内外有些学者称20世纪的儒学为"新儒学"，为避免混淆，冯先生把兴于唐、盛于宋明的"道学"称为"更新的儒学"。

在宋代，道学第一个讲宇宙论的是周敦颐（1017—1073），著《太极图说》，从阴阳转化讲个人修养成圣的道路。他把道尊为天理，主张人的修养要尊天理而灭人欲。佛教的目的是引人成佛，道学的目标是引人成圣。邵雍（1011—1077）、张载（1020—1077）借八卦与《易传》的原理讲解儒家入世的人生观。道学对圣人目标的要求，其实是要人遵循自董仲舒以来逐步伦理化的儒家道德。

把道学推向鼎盛，影响到明清和近代的"程朱理学"，由程颐（1033—1107）创立，朱熹（1130—1200）集大成。他们认为"世上的事物，其所以能存在，必须有一个'理'"。（第185页）理学引用《易传·系辞上》"形而上者谓之道，形而下者谓之器"（第186页）的说法把对世界的认识区分为抽象和具体，"天地之间，有理有气。理也者，形而上之道也，生物之本也；气也者，形而下之器也，生物之具也"（朱熹《答黄道夫书》）（第194页）。

朱熹理学的政治理念是"以理治国",个人修养是"格物致知"和"用敬"。"'格物致知',即对外界事物调查研究,扩大自己的知识","'用敬'即专心致志,心无旁骛"(第198页)。朱熹的形而上学为孟子的政治主张提供了理论支持,强化了韩愈的"道统"说。程朱理学的思想中"有一种权威主义和保守主义的成分","这个学派的思想被后来的统治者树立为官方的正统思想,更加重了它的权威主义和保守主义色彩"。(第206页)

相对于"理学"着重于人与社会的关系,程颐的哥哥程颢(1032—1085)创立了另一个学派,由南宋思想家陆象山(1139—1193)和明代思想家王守仁(号阳明,1472—1529)发展完成,史称"陆王学派"或"心学"。理学家认为"天理"与人心,一个是形而上,一个是形而下;而心学家认为,"宇宙便是吾心,吾心便是宇宙"(《象山全集》卷三十六)(第199页),人心就是天理。这种哲学有着浓厚的主观唯心主义色彩,是对理学家世界观的一种反拨,更容易与道家、禅宗沟通。陆王"心学"源自程颢,盛于明代。清代儒生说"朱子道,陆子禅",是有道理的。

"就清朝说,儒家的正统地位胜过以往历代。"(第207页)"清朝学者提倡'汉学',就是以汉代的经注为论学依据。"(第208页)他们把更新的儒学称为"宋学"。汉学与宋学之争,只是对古代文献看法之争。清代学者对儒学的研究囿于校勘、订正、注疏,在哲学本身并无建树。可以说,清代已经陷入了中国哲学的贫困。这与儒家正统地位的强化有关。无怪乎在西方文化传入中国后,近现代中国知识分子响亮地提出"反道学""打倒孔家店"的口号。其实,"打倒孔家店",主要是打倒作为统治者正统思想的程朱理学。中国哲学的危机,首先是儒家思想的危机。

入世哲学的支流——墨家和法家

墨家、法家都活跃于战国时期。法家思想在独尊儒术后的汉代统治阶级意识形态里仍有一席之地。唐宋之后,大一统专制理论成熟,法家地位衰落,孔孟之道成为正统。

墨子名翟,约生活在公元前468—前376年之间,著有《墨子》53篇。以冯先生的见解,墨家由周代王公们流散于民间的武士构成,具有军事组织的特点。墨家哲学内容主要是批判贵族传统,维护游侠道德,核心思想是"兼爱",反对战争,反对大国征伐小国,反对孔子和儒家的各种理论。"孔子对古代文明的态度是加以理性化、合理化,墨子则对古代文明持批判态度。"(第36页)儒家标榜圣人,墨家标榜仁人义士。墨子从四方面批判儒家。"儒之道,足以丧天下者,四焉"(《墨子·公孟》)(第36页):第一,儒家不相信鬼神……第二,儒家坚持厚葬,浪费民众的财富精力;第三,声乐奢靡,让少数贵族享受;第四,主张知命的宿命论,使人怠惰。墨家认为"国家的权威有两个来源:其一来自民众,另一来自天志"(第39页)。儒家主张仁政,墨家主张极权。"它也反映了墨子时代政治混乱局面,使许多人倾向中央集权,认为即便专制,也比混乱更好。"(第40页)

墨家的极权思想带有理想主义成分,而法家的极权思想却是从现实出发。

法家以韩非为代表,法家理论以荀子的性恶论为基础。它与儒家的分水岭是,儒家各派(包括荀子)都认同"人皆可以为尧舜",而法家则不再认为人皆可以为尧舜。"如果对'法家'望文生义,以为法家便是主张法学,这便错了。法家的主张,用现代语言来说,乃是一套组织领导的理论和方法。一个人如果想走极权主义道路,组织大众,充当领袖,就会认为法家的理论和方法颇有一点道理。"(第102页)法家的中心思想不是使人自觉行善,而是使大众不敢作恶。"夫圣人之治国,不恃人之为吾善也,而用其不得为非也。"(《韩非子·显学》)(第104页)法家主张"要着力的是执法,而不是立德"(第104页)。"道家和法家代表中国思想传统的两个极端:道家认为,人本来是天真无邪的,法家则认为人生来性恶;道家鼓吹个人绝对自由,法家主张社会控制一切。"(第105页)法家政治主张的要点是三点:一派以慎到(战国时期赵国人,与屈原同时)为首,主张"势"(权力、权势);一派以申不害(战国时期郑国人)为首,强调"术"(权术、权谋);第三派以商鞅(战国时期卫国人,相于秦)为首,强调"法"(法律、规章)。韩非子认为这三者"不可一无,皆帝王之具也"。(《韩非子·定法》)(第103页)

出世哲学的主干——道家和禅宗

道家由逃避乱世的隐逸知识分子构成。"有些隐者是'欲洁其身'的个人主义者。"有些是"认为世界败坏、无可救药的失败主义者"。(第40页)从杨朱的"遁世避害",到老子的"明理利己"、庄子的"超越利害",汉代之前的道家和儒家一样分为三个阶段。汉代独尊儒术之后,魏晋玄学把道家推出新的境界,标志着道家的新阶段。

杨朱(生卒年月不详,活动在墨子和孟子之间)代表早期道家思想,是遁世避害的代表。"杨朱有两个基本思想:其一是'人人为自己',其二是'轻物重生'。"(第42页)"全性保真,不以物累形。"(《淮南子·氾论训》)(第42页)他把个人生命看得高于一切,蔑视权势、富贵和物质享受。杨朱有名的语录是"损一毫利天下不与也,悉天下奉一身不取也"。他的道理是:"人人不损一毫,人人不利天下,天下治矣。"(《列子·杨朱》)(第43页)这样个人主义的哲学出现在两千多年前,与以自我为中心的当代价值观相印证,真令人赞叹。

老子,生卒年月不详。冯的看法,《老子》成书于惠施（约前370—约前310）和公孙龙（约前320—前250）这两位名家前后。《史记》认为老子名李耳，与老聃是同一人，冯先生认为李耳与老聃不是同一人。老子的世界观是《老子》开头的几句话："道可道，非常道。名可名，非常名。无名，天地之始；有名，万物之母。"（第63页）"道"是万物的由来，它不可定义，有了万物，才有了"名"。老子对事物发展规律的认识是：物极必反。他以大量事例论证这一点，为中国哲学的辩证法奠定了基础，对后世影响巨大。这样的辩证观念表现在他的为人处世哲学上。"不自见，故明；不自是，故彰；不自伐，故有功；不自矜，故长；夫唯不争，故天下莫能与之争。"（《道德经》第22章）（第66页）他主张"无为"，顺乎自然。从强调"朴"到强调"愚"，延伸出他的政治主张：统治者要"无为而治"，对被统治者"虚其心，实其腹，弱其志，强其骨，常使民无知无欲"。（《道德经》第3章）（第68页）这是中国愚民政策的发端和理论基础。

庄周（约前369—前286）因超逸的世界观和隐士的人生观把道家思想推向一个新高度。"《庄子》是一部道家思想汇编。其中有些篇反映了道家第一阶段的思想，有的反映了道家第二阶段的思想。""这些反映道家第三阶段思想的篇章才称得上是庄子自己的著作。"(第69页)即使这些篇章也被怀疑为公元3世纪注释《庄子》的郭象所编著。

庄子留给中国传统文化最宝贵的精神遗产是对心灵自由的追求。"庄周梦蝶"这个寓言能够成为中国几千年最具哲理性的掌故,就因为庄子对人生快乐的认识已经从自我升华到了无我。他认为一个人要快乐,"第一步便是充分发挥人的本性,为此人要有能自由发挥天赋的才能"(第69页)。要达到至乐,则应顺其自然,"至人无己,神人无功,圣人无名"(《庄子·逍遥游》)(第73页)。"这是完美的人、心灵自由的人、真正的圣人。……他超越了'我',达到'无我'的境界,与道合一。"(第73页)这使他在政治理念上比老子进步。他所说的"无为而治",强调统治者对人的自由本性的尊重。"圣人治天下,就是让人自由自在,自由充分地发挥所有的才能。"(第73页)他对第一阶段道家"如何避祸全生"的回答是,既然人与天下万物是一体的,那就没什么得失、祸福。(《庄子·田子方》)(第76页)杨朱主张"无用"

全生，庄子则强调"无用之用"（《庄子·外物篇》）。对于老子的无为"无知"说，庄子的回答是"无知之知"。"'无知之知'和'无知'是两回事。""人的原初状态的无知，是自然的恩赐，而人达到'无知之知'则是心灵（亦即灵性）的成就。"（第77页）"唯有从世俗知识的判断中超脱出来，这才是道家所说的'无知之知'。"（第77页）庄子以"忘"来概括自己心灵修养的方法和体会，比老子的"愚"提高了境界，不再是老子的愚民观念。

庄子对心灵自由的追求被魏晋文人发展到一个高峰，成就了被历代文人尊崇的"魏晋风骨"。这一时期道家的代表人物是向秀（"竹林七贤"之一，约227—272）、郭象（卒于公元312年）。他们创立的学派史称"玄学"。冯先生把它称为"新道家"。新道家之新，首先是对老子"无"的重新解释。老子的"无"是事物产生之前无法命名，而向、郭则以"道"为"无"，认为"万物自然而在"，并不是从无生出。"物无非天也。天也者，自然者也……治乱成败……非人为也，皆自然耳。"（郭象《庄子注》）（第145页）"万物自生"，是玄学的出发点。由此出发，玄学对"无为"的解释是，发挥自我天生的才能,就是"无为",就是"顺天"。反之,就是"有为"。(第146页)"弃彼任我,则聪明各全,人含其真也。"(《胠箧》注)(第148页)提倡"任我",是郭象玄学的核心。他把老庄对知识的蔑视,变成尊重自然而来的知识,主张一切要顺乎自然,不要刻意模仿圣人。模仿是不可能成圣的。玄学把个人的自由和自在状态放在了绝对的位置。他们的世界观是世界万物平等,"天地以万物为体,而万物必以自然为正。……故乘天地之正者,即是顺万物之性也"。(《逍遥游》注)(第150页)魏晋风度追求"风流","这种同于万物的感觉正是'风流'的思想基础,也是一个人成为艺术家所必须有的品质"(第155页)。"在他们思想里,风流来自'自然',而自然与儒家倡导的名教(道德规范制度等)则是对立的。"(第157页)

佛教禅宗的世界观和人生观与庄子和魏晋玄学有密切关系。佛教自汉代传入,至唐、五代达到鼎盛。禅宗兴起,成为中国出世哲学的另一种精神寄托,与道家形成竞争和互补,中国哲学从此形成"儒、道、释"三家鼎立。

"中文'禅'或'禅那'是梵文'Dhyana'的音译,

英文通常把它译为'沉思'或'冥想'。"（第166页）禅宗以南北朝时期南朝梁武帝时（520—526）到达中国的菩提达摩为始祖。传到五祖弘忍（605—675）分为南北两派。北派神秀（706年卒），南派慧能（638—713）。北宗与南宗的争议，反映在两首有名的诗偈里，神秀主张心如明镜，须常擦拭，慧能则主张"本来无一物，何处染尘埃"。后世认为慧能禅悟更深，把他尊为六祖。这首万物皆空的诗，代表了禅宗的世界观。从这个世界观出发，禅宗吸收了玄学的观念，主张"顺其自然"，"不修之修"，以平常心做平常事，不须刻意修行。"担水砍柴，无非妙道。"（《传灯录》卷8）（第173页）达到"顿悟"，自然成佛。顿悟，由高僧道生（？—434）提出，在谢灵运（385—433）的《辩宗论》里记载，在与渐悟论的辩论中阐明。他们认为，学佛修行，靠渐进积累不能成佛，必须有一个突变的心灵感悟，如跳过深渊，一瞬间由此岸达到彼岸。（第164页）"'如桶底子脱。'桶里的东西刹那间都掉出去了。……心里的各种负担会像是忽然没有了，各种问题都自行解决了。"（第171页）"经过从迷到悟的过程，他已把肉体的性情放下，进入了禅定的境界。"(第173页)这就是"无成之功"。

游走于入世、出世之间的学派——"名家"与"阴阳家"

"名家这个学派,在英文里有时被译作'智者学派'(Sophists),有时被译作'逻辑家'(Logicians)或'辩证法家'(Dialecticians)。"(第54页)名家都是辩论家,"舌辩之士",善于钻牛角尖、玩文字游戏。司马谈在《论六家之要指》中说:"名家苛察缴绕,使人不得反其意。"(第54页)荀子说他们"好治怪说,玩琦辞"(《荀子·非十二子》)(第54页)。

冯先生认为名家起源于诉讼。名家最早的代表人物是邓析(前545—前501),在子产(春秋时期政治家)治郑时,谁吃了官司进了大牢,他专门替人脱罪。"子产治郑,邓析务难之,与民之有狱者约……以非为是,以是为非,是非无度,而可与不可日变。"(《吕氏春秋·审应览·离谓》)(第54页)看来,邓析是中国历史上最早的辩护律师,也可以说是最早的讼棍。因此,名家与法家的渊源很深。

真正创立名家哲学的是惠施和公孙龙(约前320—前

250）。从《吕氏春秋》对这两个人物的介绍可以看出，他们都曾充任侯王的法律顾问。（第55页）韩非子认为这两个人的学说对法律是一种挑战。"坚白、无厚之词章，而宪令之法息。"（《韩非子·问辩》）（第55页）"坚白"，是公孙龙的学说，"无厚"，是惠施的学说。他们两个人的学说充分显示了中国古代文人的智慧和想象力。

惠施的"无厚"说，其实就是相对论。他认为，地理方位的南、北，物体的大、小，都是相对的，没有绝对标准。"无厚，不可积也，其大千里。"（见于《庄子·天下》）他对世界的认识，与当代"混沌学"的概念相似。从宏观看，宇宙之大是无穷的；从微观看，世界之小也是无穷的。从地理方位说，我们说的南，就是南方人的北。

公孙龙在逻辑学上显示了卓越的天才。他的"白马非马""坚白石辩"成为中国最早、最雄辩的辩证法典故，影响及于当代。他最早开始注重概念的内涵与外延。"马"可以涵盖"白马"，"白马"却不能涵盖"马"。所以，"白马非马"。一块坚白的石头，既坚且白，但"坚"和"白"是完全不同的两个概念，石与坚、与白，不存在关联性。不能说"坚白石是石"。这就是"坚白离"说。（第59页）

"阴阳家"也称"术士",按《汉书·艺文志》的论述,包罗了六种分支学问:(1)天文;(2)历谱;(3)五行;(4)蓍龟;(5)杂占;(6)形法(包括相面、看风水)。除了后三种占卜风水,阴阳家其实可以归于自然科学。五行与阴阳构成了中国传统哲学的基础。五行,并不是五种固定的元素,而是五种行动方式。"它的本义应当是五种动因、五种活动。在中国古籍里,也称'五德',意思是五种能力。"(第86页)邹衍(活动于公元前3世纪)是阴阳家里最有代表性的人物。(第88页)他以五德的转移来解释历史变迁、改朝换代,把皇权的转移纳入了五行运势。"直到1911年清朝覆灭之前的历代皇帝,都称自己'奉天承运',所指的就是承受'五德'转移的时运。"(第90页)可见五行说影响的深远和阴阳家在帝王心中的地位。

读后杂言

英国哲学家罗素,把自公元前600年到当代的西方哲学分作两类:"一类是希望加强社会约束的,一类是希望放松社会约束的。"它们的实质是:一类主张社会稳定，一类追求个人自由。"这两种观念早在古希腊时代就存在了……一直发展到今天，并且肯定会持续到未来。""这样的对立是每一个社会都要面对的问题：过分讲究纪律和遵循传统会导致社会僵化；而过分倡导自由主义与个人主义又会导致社会不团结，容易内部解体，或者被外族消灭。"（《西方哲学简史》绪论）

中国的情形是一样的。"入世和出世是对立的……中国哲学的使命正是要在这种两极对立中寻求它们的综合。"（第5页）入世哲学更关心国家与社会，出世哲学更关注个人和心灵。所不同的是，西方靠基督教的宗教信仰和文艺复兴时期的宗教改革来平衡二者的对立，而中国哲学只用了"内圣外王"四个字就达到了社会与个人的平衡。"内圣外王"最早由庄子提出，本来是道家的主张，却被儒家借用、弘扬、丰富，变成了儒家哲学的中心，最终成为中国哲学的精神，后世哲学家，不管出世或入世，无非是在这四个字的解释与强调的重点上有所不同，以至于冯友兰先生认为中国哲学就是"内圣外王之道"。

然而，中国哲学最宝贵的东西也许不是"内圣外王"，而是提出"内圣外王"概念的庄子和那些不在这四个字上兜圈子的魏晋玄学一派。他们用"顺乎自然"这样朴素的概念确立了新道家的世界观和人生观。在他们心中，人无须修炼，靠着天生智慧，顺乎自然去做，就是圣人；天下万物价值相同，每个人看待世界都应该如王者一般自尊、骄矜，不必有丝毫奴颜媚骨。这种人格尊严的平等概念，是中国古典哲学最值得骄傲的思想。

儒家的"内圣外王"显然不同，尤其唐宋以后，儒家对"内圣外王"之道的阐释越来越朝着束缚心灵自由与个人创造力的方向发展，造成中国知识分子和国民人格的萎缩、精神的退化，影响了民族创造力和国家进步。"内圣外王"之道成了争权夺利、钻营勾斗的权术之道。创建理学的朱熹看透了这一点，他认为："汉唐以降的历代政权，执政者都是谋私利，而不是为大众；他们的统治不是王道，而是霸道。"（第197页）毫无疑问，他们并不是圣人。这使儒家对"圣人"的标榜陷入虚伪的境地。冯先生称它为理想主义，鲁迅则毫不客气地斥之为瞒和骗。清代达到极致，政治腐败，国民愚昧，国家贫弱。细想一下，"理学"变成精神枷锁，造成了明清以来中国哲学的贫困。

名士风流

有一天,许由到颍河边洗耳朵。他的好友巢父牵着牛犊来饮水,问他为什么洗耳。他说:"尧打算召我做九州长,这话脏了我耳朵,所以来洗。"巢父说:"你为啥不到高山深谷去洗?到那儿谁也看不见。跑到颍河边来,想让别人知道,为自己扬名。你把水弄脏,污了我牛犊的口!"就牵着牛到上游去饮水了。(见冯友兰:《中国哲学简史》,世界图书出版公司2014年版,第43页)

这个小故事像当前流行的微电影,绘声绘色地描述了名士作秀的场景,让人边看边笑,笑过不免感叹深思。许由和巢父的表演是中国文人最早的行为艺术。故事出自晋代皇甫谧的《高士传》,反映出魏晋文人对权势名利的看法。

名士之风兴于汉末,盛于魏晋,以文人的清高、正直、不附权势,不慕富贵,特立独行,不合流俗为行为风格。

东汉的名士以一群文人官员为首。他们为官之前有清名，为官之后刚正不阿，清正，廉洁，与胡作非为的宦官势力斗争，不计个人安危得失，在太学生和读书人中拥有很高威望。由于桓、灵两任皇帝年幼、昏庸，士族遭受残酷迫害、追杀，株连到亲族、学生、民间追随者，造成历史上有名的"党锢之祸"。被镇压的名士被称为"党人"。直到献帝即位，党人才被平反。

在宦官对党人镇压的过程中，名士们显示了强大的精神力量，留下了很多可歌可泣、令人感动的故事。像陈蕃犯颜直谏，不避个人利害，对皇上不合理的决定公然违抗，不为桓帝平署案卷。李膺在皇上大赦后坚持处决倚仗权势杀人的权贵之子。李膺等党人下狱后，受三木酷刑不改其辞，审问他们的宦官为之感动。度辽将军皇甫规以没能名列党人为耻，上书要求连坐。窦武密谋剿灭宦官，事泄被杀，参与密谋的议郎巴肃没被揭发、暴露，自己到县衙投案，说"有谋不敢隐，有罪不逃刑"，县官要解印与他一起逃亡，他坚持赴死（这位小小议郎的行为颇有苏格拉底的气概）。陈蕃被害后，他的友人朱震为其收尸，把他的儿子陈逸隐藏起来，全家受尽酷刑，不肯说出陈逸的下落。窦武的家臣胡腾把窦武的孙子冒认为自己的儿子，藏匿保护，使其幸免于难（这两宗事例又像赵氏孤儿故事重演）。汝南督邮吴导奉诏逮捕范滂，到了范滂家乡，他不去抓人，趴在驿馆床上大哭。范滂听说后，主动到县衙投案。县令要解印跟他一起逃跑，范滂坚辞不允，他说："我死了祸事就结束了，怎能牵连你呢？"范滂与母亲诀别，范母对他说："儿今日能与李膺、杜密齐名，死亦何恨？"可见当时人们把名望看得高于生命。

当代历史著作把"党锢之祸"看作统治集团内部权力斗争，有意无意地忽略了党人的正义性。东汉名士展示的文人气节、担当精神，对传统文人影响深远，从哲学和文化层面为后世树立了知识分子的人格标尺。后人把他们奉为三君（三位为首名士为"一世之所宗"，士族学习的榜样）、八俊（八位"人中英杰"）、八顾（八位"德行引人者"）、八及（"导人追宗者"）、八厨（以财救人者）。

历代文人尊崇魏晋风度，是因为魏晋名士一反汉末文人投身朝政、勇于抗争的入世态度，以诗、酒、散漫，玩世不恭，轻侮权势，蔑视礼教，来体现文人的自尊和傲骨。汉末名士展现的品格是担当，魏晋名士展现的品格则是超然。这与他们所处的时代有关。经过东汉、三国战乱，残酷的权力斗争使晋朝成为中国历史上政治黑暗的朝代。魏晋名士或是与曹魏政权有情感、亲族联系，或是瞧不起司马集团的阴谋污浊，或出于逃避，或出于抗拒，以狂放不羁、放浪形骸姿态拒绝出仕为官，拒绝与司马政权合作。

鲁迅有一篇《魏晋风度及文章与药及酒之关系》（《而已集》），标题很长，文章很精彩。鲁迅从曹操父子的文章说起，以"建安七子""竹林七贤"为重点，从文学说到"正始（魏年号）名士服药，竹林名士饮酒"。药和酒，是魏晋名士风流生活的重要内容，那个年代文人行为艺术的载体。他认为清谈、服药的始祖是何晏。何晏与曹魏关系密切，深受司马氏忌恨。他以清谈逃避政治，以服五石散（石钟乳、石硫黄、白石英、紫石英、赤石脂）倡导发散之风。"吃了散之后，衣服要脱掉，用冷水浇身；吃冷东西；饮热酒。"这就需要到处行走，穿宽大的薄衣、旧衣，在城门口、大庭广众之中袒胸露腹，表示服药的潇洒，以扪虱为美谈。王羲之袒腹东床成为千古佳话，其实与当时服药的时尚大有关系。然后就是阮籍饮酒，每当司马氏差人到府上，他都喝醉了，有时与猪群同槽共饮，使来人无法与他交谈。竹林人饮酒时不穿衣服，居丧不哭，儿子可以叫父亲名字。刘伶见客时没穿衣服，别人责问，他说，天地是我的房屋，房屋是我衣服，你为什么进到我的裤裆里来呢？司马氏心腹钟会去看嵇康，嵇康低头打铁，不理不睬，临走时他问钟会："何所闻而来，何所见而去？"钟会答："闻所闻而来，见所见而去。"结果招来杀身之祸，被司马氏以不孝为名杀害了。在此之前，孔融经常与曹操作对，曹操也是以不孝罪名把孔融杀了。

与魏晋名士的狂放做派相比，鲁迅表达了他对陶潜的赞赏。陶潜身处晋末，隐居山中，以贫困生活为乐，家中无米，仍能悠然自得，以诗自赏，"没有什么慷慨激昂"，比孔融、嵇康平和多了。以鲁迅看，阮籍、嵇康对自己的放浪生活并不满意。阮籍拒绝儿子加入竹林文人群体，嵇康写给儿子的《家诫》教他"做人要小心，还有一条一条的教训"。从他教育儿子的文字可以看出，嵇康还是很注意世俗礼仪和处世礼节的。鲁迅认为，名士们表面对礼教的态度偏激，"至于他们的本心，恐怕倒是相信礼教，当作宝贝，比曹操司马懿们要迂执得多"。他们看似超然世外，其实非常关心世事。包括号称"田园诗人"的陶潜在《述酒》一篇中说当时政治，"可见他于世事也并没有遗忘和冷淡"。鲁迅特别指出，晋朝名士"多是脾气很坏，高傲，发狂，性暴如火"，看待世情不宽容。鲁迅对魏晋名士的评论很像夫子自道，在说鲁迅自己。鲁迅给儿子写的遗言与嵇康的话大有相似之处。可见，在内心深处，鲁迅对自己的处世作风也并不赞赏。

脾气坏，自尊心强，正是名士内心的核心精神。据《后汉书》记载，陈蕃听说范滂耿直、智慧，召他做官，接见时以下属礼节对待他，范当即拂袖而去，认为自己受了侮辱。周围人劝谏陈蕃，陈不得不向范滂道歉，范才接受礼聘，出任清诏使（相当于监察使），调查官员贪腐情况。人还没到，贪官们就弃官远逃。

冯友兰在《中国哲学简史》里用了一章文字论述名士的风流精神，探讨"风流"在哲学上的含意。

"我对英语中'浪漫'（romantic）和'浪漫主义'（romanticism）两个词的含意还未能充分领略，但我大致感觉到，这两个词和'风流'的意思颇为接近。在中国思想史上，'风流'主要是和道家思想相连。""这是个含意丰富而又难以确切说明的语词。……它似乎暗示了有些人放浪形骸、自由自在的一种生活风格。"他认为，刘伶"我以天地为栋宇,屋室为裈衣"的感觉"正是'风流'的实质所在"。"'同于万物'的感觉正是'风流'的重要思想基础。"（《中国哲学简史》，第151、153、155页）

这使我想起黑格尔（1770—1831，德国哲学家），他认为"亚洲人对自由一无所知，只知道君主一个人能够为所欲为"。"东方人过去只知道，现在依然也只知道一个人是自由的；希腊人和罗马人知道一些人是自由的；日耳曼世界知道一切人都是自由的。"（《西方哲学史》，世界图书出版公司2013年版，第301页）以他的说法，全世界只有日耳曼人懂自由。这话表现出日耳曼人的优越感和傲慢，也证明了黑格尔对中国哲学的无知。黑格尔看到的东方，是乾隆盛世的大清王朝，他的感觉是18世纪的感觉。那时的中国确实已经没有了名士，也看不到中国文人的风流倜傥，然而，黑格尔完全不了解两千年前的杨朱、老子、庄子，不了解魏晋名士。冯友兰说，要想了解魏晋名士，应当读一读南朝宋文学家刘义庆（403—444）的《世说新语》，黑格尔肯定没读过这本书。他不知道，即使到了唐、宋，中国文人的自由潇洒也是超乎西方人想象的。西方哲学的宗教性、实证性使他们只有入世，只有进取，没有出世，没有精神后方。唐宋名士不再以药和酒为时髦，唐人尚雅乐、瓷器、茶仪、茶经，宋代文人对山水、花鸟、奇石、古玩、琴棋书画的雅兴，看似休闲，其实是一种超然物外、心性自由的寄托，是西方哲学缺失的精神家园。

名士之风在明代出现了又一次高潮。这与明代的黑暗政治有关。晋朝和明朝有很多相似的地方。皇帝昏聩，宦官、佞臣当道，密探之风造成官场自危，内斗日盛。东汉党人的骨鲠正直、道义担当和魏晋名士的愤世嫉俗、清流风骨直接影响了明代文人的思想和行为，尽管那时儒家已经一统天下，道家形迹隐匿，但明代文人在入世和出世两方面都表现得引人注目，值得关注。

不包括南明流亡小朝廷，明代历16帝276年。在中国历史上，明代是一个光明与黑暗交织、繁荣与危机并存、正义与邪恶都很强势的王朝。屠戮功臣，残害忠良，动辄残杀上万。宠信宦官、佞臣，荒废朝政，荒淫无道。设锦衣卫特务机构，监控官员、百姓。然而，明朝清官贤臣特别多，以儒生名士出身的士族，家国情怀强烈，个人清正耿直，学识优秀，敢于担当，不怕迫害，不计生死，儒家优秀品格表现得特别突出。周忱、况钟、李时勉、杨慎、海瑞、李东阳、王鏊……这些清官，人人都很优秀，正直，忠耿，清廉，爱民。而明代皇帝待文人特别残酷，明朝的忠贞之士大多被迫害致死，几乎都没什么好下场。像方孝孺，宁灭十族，不为朱棣写诏书。明英宗被宦官愚弄、瓦剌军掠虏，国家处于危亡时刻，于谦力排众议，拯救了大明王朝，反被诬处死，抄家时，家徒四壁，身无长物。解缙主持编辑《永乐大典》，因为耿介直言，被无辜下狱，暗害致死。张居正是万历中兴最有贡献的大臣，死后被抄家。左光斗不屈从于魏忠贤恶势力，最终被下狱致死。最冤的还属袁崇焕，崇祯帝中了反间计，把一个忠心耿耿镇守边关屡立战功的人凌迟处死，直接导致明朝的灭亡。

明代文人结社之风盛行，茶陵诗社、复社、东林党，很像富有正义感的反对派。他们关注时政，批评官场，表现出强烈的责任感。"风声雨声读书声声声入耳，国事家事天下事事事关心"，东林党这副有名的对联，深刻影响了明清至民国的文人情怀。

在入世、出世之间表现出优异智慧和高尚品格的名士当属王守仁（阳明），他既是建树卓越的哲学家、思想家，又是富于指挥才能的军事家、克敌制胜的名将，进可率兵打仗，退可著书立说。无论身处顺境、逆境，他都能抱持积极的人生态度，真正做到了孔子所言"用之则行，舍之则藏"。

明朝艺术家是在野文人的代表，文徵明（1470—1559）就是典型的名士。他是吴门画派创始人、江南四大才子之一。父亲是温州知府，为官清正，去世时百姓筹钱为他办丧事，文徵明谢绝不收。家里没什么积蓄，总是旧衣敝衫。他既不去求父亲正在做官的生前相识，也不去应聘做官，一门心思读书、画画、写字。有了文名，求画的人很多，他不与权势来往，官员、富豪想得他片纸都很难。清名远播，外国使者过吴门，望里肃拜。文氏一家数代诗画大家，兴盛百年，是明代文脉最绵长的家族。他的曾孙文震亨所著《长物志》是一本专写园林、摆设、闲物的书，园林造设、庭院布置、花草、书画、文具、衣饰、茶具……名士的闲情逸致、诗意生活跃然纸上，使读者明白了什么是文人的高雅。值得一提的是，文震亨这样看似超逸散淡、无心世事的书画家、收藏家，在清兵南下南明败灭之际，竟然选择投河殉国，被人救起后，绝食六天而逝。相比之下，不少文人（包括以清流自居的东林党人在内）曾经慷慨激昂，临危却选择偷生。清军到来后，钱谦益那位秦淮美妻柳如是要他投湖，他说"水太凉，下不去"，后来又说头皮痒，去剃发投降了清兵。书法家王铎也早早归降，被清帝列入《贰臣传》。

名士风流的核心是个人尊严。方孝孺、文震亨的壮烈举动不能简单地理解为忠君。它是"士可杀不可侮"的实践，内心是为了自我尊严。名士的特点就是把尊严、清誉看得高于生命。

清朝之后，特别是经过乾隆一朝严酷的文字狱和残酷的杀戮，文人为稻粱谋，为自保，相互攻讦、告密、卖友,尊严丧尽,斯文扫地,不再有名士,也不再有风流。黑格尔说东方人不懂自由,也就不奇怪了。《中国哲学简史》把清代略去,大约实在找不出要说的话,没有哲学,没有风流雅趣,只有"万马齐喑",甚是空洞乏味吧。

闲说写作

写作：自由与理性的互动

虽然从小喜欢语文，上大学又读的是中文系，可我最讨厌"汉语"这门课。从中学开始，一看到句子分析就头疼，什么主语、谓语、宾语、定语、状语、补语……普普通通的一句话硬要搞那么复杂，压根儿就是没事儿找事儿。后来学了外语才有点明白，如果不懂英语语法、俄语语法就没法理解一个英语、俄语句子的含意，也就没法用英语或俄语正确表达自己的意思。一个老外学中文，听说"'但是'是语气转折的意思"，他坐出租车走到十字路口想转弯，就说"但是"，司机不明白，他急得大声喊："但是！但是！"可见"汉语"这门课对学汉语的人是不可或缺的，弄懂了什么是实词、虚词，就不会闹这样的笑话。如果他不懂语法,把"你给我钱"说成"我给你钱"、"他被她打死了"说成"他打死她了",岂不是乱了套?此后读陈望道先生的《修辞学发凡》和某位外国人的《逻辑学》,再读《现代汉语》就有了眼界开阔的感觉,觉得理论并不是全然无用,明白了语言的学问,写文章、说话心里更有数。再后来选择了作家这个职业,一辈子和语言文字打交道,只想着如何讲得精彩,如何使文章优美、新鲜、生动,至于句子成分、语法、修辞甚至逻辑之类也都通通丢到了脑后,如果下笔先想这些理论,不但写不出鲜活的句子,甚至说话也难以流畅。想在创作中获得更大的自由,就必须摆脱理论的约束。

写作就是这样。初学写作不懂什么方法不方法,只管写,写清楚、写明白就算好,就像说话不考虑语法修辞一样。此后写着写着就开始琢磨写作方法,不光是老师不厌其烦地教导,自己也觉得要想写好点,总得掌握一些方法、要领,弄明白其中的道理。于是写作方法就成了写作课的主要内容。于是就出现了研究写作的理论家。从古至今,一批又一批文人学者孜孜不倦地探讨着写作的奥秘，力图从剖析经典、总结规律来找出一套指导写作的理论。我还记得第一次读《文心雕龙》时的激动心情。大约是读大一时，老师在中国文学史里讲这部书，就跑到书店去买了一本，埋头阅读，沉浸其中，红笔圈，蓝笔点，在书页上做批注，还认真做了读书笔记。那气势磅礴的概括、深邃独到的见解、才华横溢的论述真使人有一种醍醐灌顶、大彻大悟的感觉，好像一下子掌握了制作文章的真经。然而，随着时间的流逝，诚如上面所说，一旦选择了作家为职业，《文心雕龙》对我的创作就不再有什么意义，它只不过是写理论文章时可以引用的资料罢了。如果我想写一部好作品，那就只能以自己的心为动力，任何理论都无法指导我，否则我就失去了独创性。写作与其他技艺不同的地方就在于它必须出自个人的情感，出自个人的所思所悟，靠的是调动个人的激情和思维，再高明的理论、再高明的老师也教不出一个好作家。小时候读叶圣陶谈写作的文章，有一篇叫《写文章跟说话》，意思就是写文章如说话一样，你想说什么就写什么，想怎么说就怎么写。很显然，他是主张写作不必考虑那么多条条框框，不必受理论、规矩束缚，率意而为，就是好文章。

　　然而，他的话中学生真的可以完全相信，不必考虑写作方法、技巧这些东西吗？如果你向一个书法家请教写字，他说字如其人，字如其心，心驰而神往，意到而笔到。这当然是没错的，只有张扬个性才能写出好书法。可是哪个书法家没临过帖？哪个书法家不懂中国字的结构、不琢磨纸面的布局？有的书法家写稚拙体，有意打破字的结构格局，好像完全不懂写字的规矩和章法，其实那是他研究透了规矩，然后打破它来获取新意。叶圣陶说写文章跟说话一样，是因为他从骨子里反对封建礼教对年轻人的思想束缚，中国的读书人吃够了八股文的苦头，几乎丧失了自我发现、自我表述的能力，对于一个中学生，的确应当强调文章发自内心，文章来自激情和幻想，强调无拘无束地思考，无拘无束地吐露。创造意识、独创精神，不但是写好文章的法则，也是人生成功的法则。文无定法，就是要鼓励写作者的创新意识。然而这并不是说写作真的没有方法和技巧。既然写文章跟说话一样，难道说话没有规矩、没有方法、没有技巧吗？一个语无伦次的人，他说话大家肯定不爱听；相反，能把事情讲得头头是道、娓娓动听，就能吸引人、感染人。会说话和不会说话，效果真是天壤之别。不可否认，有人天生会说话，有人天生口拙。除了先天因素，如何把话说得生动、有趣，有说服力、感染力，其中当然有学问，用心研究，口才肯定能提高。

对于大多数中学生，讲文章写法往往首先讲章法，也就是结构。结构像一座房子的骨架，没有结构图纸，房子当然就没法盖。

从立意、谋篇到遣词、造句，写作有很多环节，每个环节都能写一本专著，恐怕一两篇小文没法讲清楚。其实那么多专著也还是讲不清楚。如果能讲清楚，研究写作的人就没饭吃了。写作是感性的动态的，写作者要不断突破陈规寻求最大的自由；理论却总想从写作实践总结出经验，供写作者师法。写作就是自由与理性的互动。如果读了文章作法就会写文章，那也只能写公文。要写出好文章，还得靠自己的心性。研究规律，打破规律；学习传统，冲破传统。"删繁就简三秋树，领异标新二月花。"这是郑板桥的写作箴言。上联说的是语言，下联说的是构思。初学写作，看见一个女孩哭了，就写"她哭了",那时他没多少词汇。后来读了很多书,词汇多了,就写:"她耸动着双肩,颤动着嘴唇,眼泪像断线珍珠一样滚过她的面颊。"待他的文字修炼到了一定境界,他又会觉得这样写太浮华,不如"她哭了"。表面看回到了原点,其实是经过学习、历练,有了更多选择,懂得了文字之外的意境,删繁就简才能达到归真返璞,意在言外。鲁迅的《孔乙己》我们都很熟悉,他用酒店小伙计的口吻,通过小伙计看到的场景,把一个迂腐、潦倒的老夫子写得活灵活现,让人读起来既有趣,又凄伤。如果直写老夫子的一生,不但要花费很多笔墨,人物也不会这么鲜活、引人,这就是鲁迅高明的地方,他跳出常人思路,"领异标新",胜过了二月的鲜花。

　　写作的修炼如人生的修炼。孔子说他修炼到了晚年能达到"从心所欲不逾矩",写文章是"从心所欲不逾美"。独出心裁,写出个性,才是好文章。这就是自由与理性的互动。

写文章就是文雅艺术地说话

小时候读过叶圣陶先生谈写作的一篇文章，题目是《写文章跟说话》，他用浅显的语言讲了一个浅显的道理，对我帮助很大。他说，写文章跟说话一样，把话说明白，说得别人喜欢听，就算是一篇好文章。原来我一直以为写文章很难，拿起笔总是想不出词儿，读了这篇文章脑子一下子开了窍，写文章就是说话嘛，想说什么就写什么，想怎么说就怎么写，把想说的话写出来，还愁没词儿？道理这么简单，为什么从前自己就不明白？

长大之后，回头仔细想，叶圣陶这篇小文章包含的意义深着呢。他能把一个重要的思想用简单、浅显的话说出来，让人一听就豁然开朗，这本身就很了不起。这篇文章是个示范，它告诉我们，深刻的思想不一定非用艰深的词语去表达，像说话一样把一个大道理讲明白，才是最会写文章的人。我开始学写文章的时候，脑子里首先出现的是学过的课文，读过的杂志、辅导书，还有老师讲过的写作方法和范文,在想怎么开头、怎么写的时候,忘了平常自己是怎么说话的,被如何写文章套住,没有了自己的思想感情,没有了自己的话语,费了很多心思,用了很多词儿,文章写得好像很通顺、很华丽,可读起来还是空空洞洞,没什么特色,不感动人。叶圣陶叫我们跟说话一样去写文章,就是要我们写文章时思想自由一些,下笔随意一些,别受遣词造句、构思、段落束缚,用自己的语言,说自己的思想,自信,自如,充分展示个人的才能,即使幼稚、不深刻,起码也会生动活泼,有个性,有特点。好文章的核心就是与众不同,要与众不同其实很简单,就是用自己的头脑去思考,用自己的语言去表达。现在很多大学生、中学生被网络语言吸引,就因为在上网聊天时无拘无束,说的都是心里话,用的都是自己想出来的词儿,一个人和一个人不一样,个性突出,语言鲜活,读起来不死板、不沉闷。

可是,写文章真的和说话一样吗?即使真和说话一样,为什么有的人会说话,能把一件事说得完整、明白、生动、吸引人,而有的人说了半天还是让人摸不着头脑,甚至越听越糊涂、越听越不耐烦?在网上,有人聊天的内容健康、活泼、有趣，看了让人长见识，能丰富自己的生活；有人聊得语无伦次、粗俗浅薄，看一会儿就觉得无聊。这说明，说话是有规矩、有技巧、有窍门的，不动脑子，不学习，单凭从小养成的说话习惯，跟着感觉走，不但练不出好口才，说话水平难提高，还会影响和别人交流，影响自己的形象，进入社会后会影响工作和社交。网络聊天，语言倒是鲜活，个性倒是张扬，可如果不讲规矩，不提高文明层次，不注重内容、品位，一味信口开河，不受约束地说话，错字连篇，生造怪词，乱用脏字，乱说脏话，沉迷在随意的语言里，久而久之，不要说写文章，恐怕连文明、礼貌也会渐渐远离，规范的话也不会说。用这样的语言来写作，不但不会写出好文章，还会败坏我们神圣的语言文字。在我们的生活中，并不是什么话都可以随便说的；在文章里，也不是真的想说什么就写什么，有些话随口说说可以，写出来就破坏了语言的优美，显得粗俗、没修养。说话讲口才，写文章讲文采。写文章和说话还是有很大区别的。说话比较随便，除非有特殊情况录了音，否则说过的话不会留下来。如果把话变成文字，写成文章，话就留下来了，过后能反复看，还能被别人传阅。说话可以不假思索或稍加思索，写文章有更多的时间去思考，就应当多想想。写文章比说话更慎重。自古以来，人们搞交易要立字据，叫作"空口无凭，立此存照"，法院审案，书面协议比口头协议更有说服力。听一个人说话，能看出这个人的修养和文明程度；读一个人的文章，能知道这个人的知识水平、思想见解、运用语言的能力。叶圣陶说写文章如说话，是启发我们在写文章时要像说话一样去思考、去表达，不要拘泥于文章作法、咬文嚼字、苦思冥想，并不是说无论怎样随口说话都是文章。确切地说，写文章是文雅、艺术地说话。它不但和说话不同，和上网聊天也是两码事。

和说话相比，写文章下笔的时候不光要痛快地把话说出来，还要考虑别人看了文章后的感受。表达同样的意思，要尽可能选用优美、文雅的话语。优美的话比粗俗的话更受别人欢迎，这是个再简单不过的道理。怎样把话说得圆满，意思表达得准确，分寸把握得合适？先说什么？后说什么？怎样说才有条理、头头是道？这些都是写文章应该考虑的，不像说话和上网聊天那样随便。

写文章，看到或想到一个题目，下笔的时候你不能像回答问题那样直来直去，一篇好文章，不光能把事儿说清楚，还能把事儿说得有趣，有情有景，让人喜欢读。这就必须考虑，同样的内容，用什么方法把它说得更吸引人？同样一句话，能不能找到最生动的说法？写作，就是说话的艺术、语言的艺术。

写作应当像说话一样突出个性，发挥个人的智慧和才能，不读书，不学习，不认真思考，个人的思想、才能没法提高，说话就不会有艺术性。要文雅、艺术地说话，还得多读书、多学习、多写作。大概这就是独立思考、注重创新和认真读书、虚心学习的关系吧。

美景处处在，只待留心人

刚入中学的小孙子去年开始记日记。有一天，他忽然给我打电话说："爷爷，今天的日记我没啥记咋办？"我说："真的吗？一天发生很多事，你怎么会没啥记呢？"他说："今天实在是没什么可记。"我说："你好好想想，生活里的每一天都发生很多事呀。比如今天天晴了，天空有什么变化？路两边的树木、校园里的花草、人们的活动是什么样子？你在上学路上看到了什么？听到了什么？今天上了哪些课？有什么感触？下课玩的时候和同学们之间有什么有趣的活动？再往远处想，姥姥、姥爷、爸爸、妈妈，他们今天在干什么？你有什么看法和想法？这座城市有什么活动？商店里有什么让你感兴趣的事儿？电视里有没有引起你联想的新闻、故事？读了哪些书？有什么读后感？……你看到的、听到的、想到的、做到的、想要做的……这么多东西……"我的话没说完，他噢了一声说："我知道了。"从那以后，他再没问过这个问题。半年之后，他把日记拿给我看，我看到他写的日记从日常生活、自然变化、校园活动、假期生活到学习感想、游玩乐趣、读书心得，内容越记越丰富，文笔也越来越好，听说他的作文也有了很大进步。

这问题我小时候也遇到过。有一次，班里发周记，老师从一堆作业本里拿出一本举在手里："现在我把这位同学的周记给大家读读。"他一开始读我就听出了那是我的作业。我屏着气，看着他的脸。老师脸上没表情，他一连读了五篇，什么评语也没说，放下本子看着大家：

"你们觉得这文章咋样？"由于揣不透老师的意思，同学们都不说话，课堂上鸦雀无声。过了好一会儿，有人说："文章写得通顺，可没一点意思。"老师问："为啥没意思？""他光写梦。"大家哄一下笑了。老师把我叫起来，叫着我的名字："你除了梦，就没别的写了？"我认真翻看自己的周记，要不是老师指出，我自己都没发觉，记了半学期，几乎每篇都是"昨晚我做了一个梦……"其实我哪有那么多梦，只是因为平时懒得观察生活，写的时候又不愿耐心去想，就胡乱编个梦来应付。这堂课对我刺激很大，是入学以来我印象最深刻的一课，到现在都没法忘记。从那以后，我决心不再写梦，不写梦就得留心观察身边的事物，写文章时耐心去想。那时我才发现，看似平淡的生活其实多姿多彩、意味无穷，有看不完的风景。下了一场雨，母亲种下的扁豆从湿土里拱出来，第二天冒出两片白嫩的叶子，一天一个样儿地吐出须足，拖长绿秧，顺墙爬上去。我的同桌前不久生病了，今天病愈来上课，脸上洋溢着微笑，有点羞怯，有点喜悦，眼睛比平时更明亮。老师今天理了发，鬓角很整齐，嘴巴周围露出青青的颜色，神态清爽，笑容更和蔼。快下雨了，我抬起头看天，天上乌云翻滚，变幻出各种各样的形态……愈是细心观察，我的好奇心愈强，大千世界的生动活泼感动了我，催促我把它们生动地写出来。我更爱写作，作文、周记更认真。我给自己另外订了几个本子，把每天的观感写下来。其实，只要你有一双发现美的眼睛，有一支能把美写出来的笔，文章就不难写好。

美就在我们身边，就在我们的生活里，发现美不需要特殊的天赋，需要的是细心。同样去看一场演出，看一场球赛，有的人能记住很多细节，有的人只会跟着大喊大叫，过后什么也记不住。同样去一个旅游景点，有人能发现那里的山有什么特色，树有什么不同，野花是怎样斑斓，野草的姿态怎样可爱；有的人却什么也没发现，照了一堆照片，没什么收获。

不光外面的世界值得我们用心，人的内心、自己的感情变化也都值得揣摩、研究。妈妈下班后什么话也没说，眼睛不看我，也不抬头和爸爸说话，她肯定有什么不开心的事，是谁做错了事让她不满意？还是单位有什么事让她烦恼？我的同桌把我的笔碰落在地上摔坏了，他说了对不起，我没法跟他发脾气，可我心里很不舒服，一天都很烦。认真琢磨自己的心情，细心观察别人的表情，察言观色，会有很多收获，写文章时都很有用。

现在想想，写文章需要想象力，写梦能发挥幻想，其实也不能算错，只是不能像我那样，为了偷懒，不去留心观察、认真思考，只说梦话，文章空虚、无聊，幻想也会枯竭。要写好文章，就要保持好奇心，热爱生活，热爱大自然，用心捕捉生活和心灵中美好的东西，培养细腻的感觉、充沛的感情，想象力会越来越丰富，写文章的时候，平时看在眼里的景色、闪过脑子的念头都会自然而然地涌现出来，把你的思路引得更开阔。

夏末秋初，学校围墙外的皂角树变得黑乌乌的，苍绿的叶子底下挂着一串串嫩绿的皂角荚，在阳光照耀下，它们像美人流下的晶莹的泪水，我站在树下浮想联翩，回去写了一篇《皂角树为什么会结皂角》的童话故事。那是我的第一篇创作，老师在课堂上给大家读，还把它贴在班级的园地里。

高二暑假时，我回到故乡，在老家村庄里听到一个神话，我把它写成了长诗《仙丹花》，这就是我出版的第一本书，后来被选进《河南十年儿童文学选》里，还被送到国外去参加书展。是那堂周记评讲课让我走上了写作道路，从初中二年级开始给杂志社投稿，后来成为作家。

选好你的镜头

小凡跟着妈妈上街，趁妈妈不留神，跑到路边去买冰淇淋。他吃着冰淇淋往回走的时候，一个送水小伙子骑着自行车飞驰过来，把小凡撞倒了。这件事并不复杂，可如果在场的人各自把事情重说一遍，故事就会变得叫人眼花缭乱。

先听小凡说，他说：

> 那天的太阳很明亮，妈妈带我去商场。走到东三马路，转头看见一个小商店，大冰柜里五颜六色的冰淇淋很诱人，看见它我的嘴巴就渴起来。妈妈正站在路口等绿灯，趁她没注意，我跑过去买了个巧克力冰淇淋，把包装揭开，塞进嘴里。哇——味道棒极了！我正吃着冰淇淋往妈妈身边走，突然听见

"砰"的一响,眼前一黑,我跌倒了,冰淇淋摔在地上,甩出去好远。汽车嗞嗞地刹车,一辆自行车歪倒在我身边,纯水桶咕咕咚咚滚了一地。妈妈大声喊着小凡,不顾一切地扑过来。

再看送水小伙子是怎么说的:

从公司出来已经是下午四点多了,还要再送四桶水,起码得个把小时。今天运气还算不错,马路上的车不太多,一路都赶上了绿灯。刚到东三马路口,抬头一看,又是绿灯,我连口气也没喘赶紧蹬车往前赶。这时候,路边蹿出个小孩子,一边跑一边吃冰淇淋,不知他从哪儿冒出来,看见他的时候已经躲不及了,我猛握车闸,他撞在我车把上,我也摔倒了,纯水桶滚出去老远,有一个摔破了,倒霉透了,这叫我跟老板咋交代?

小凡的妈妈是这样说的:

小凡早就嚷着叫我带他到德克士去吃炸鸡，恰好下午没啥事，我带他出来了。这孩子很听话，他在马路上不乱跑，到东三马路口等绿灯他还在我身边站着呢。等到绿灯亮的时候我听见旁边哐啷一声，接着听见小孩子哭。我转脸一看，是小凡，他摔倒在马路上，一辆自行车压着他的腿，地下滚着几个纯水桶，我的头轰一下涨大了，连喊带跑冲过去把孩子搂起来，连声问，摔到哪儿了？咋样？小凡，你快说。孩子吓得脸直白，嘴唇哆嗦着说不出话。

接着是卖冰淇淋的女人，在她眼里，这件事的前前后后和妈妈说的肯定不一样。

　　马路上行人很多，旁边一个目击者会怎样说呢？他的说法和前面那些人的说法肯定也不会相同。加上开头我们对事件的概述，就有了六种说法。细想起来，这六种说法并不是全部。马路上有很多人，有骑自行车的，有骑摩托的，有坐小轿车的，还有大巴上的司机和乘客、路边楼上的人，如果让所有看到的人都来说一遍，这件事就有了无数种说法。由于说话人的身份不同，看到事情的时间和位置不同，感受不一样，同一个事实就有了各种不同的说法。

生活当中每件事看起来简单，说起来都不简单。下笔写文章的时候，平时积攒下来的材料在你脑子里翻腾，你不光要选出好材料，还要想想从哪儿说、站在什么立场说。就像上面的例子，是用小凡的眼光去说呢，还是站在送水工的立场去说？是站在妈妈的立场去说，还是站在目击者的立场去说？这就是我们常说的写文章的角度。写文章的时候，每个人都会自觉或不自觉地选一个角度。角度，就像拍电影、拍DV的镜头，同一处风景，镜头端高或放低、绕到侧面或背面，拍出来的画面效果相差很远。叙述同一个故事，站的角度不同，写出的文章感染力就大不一样。

选角度首先是为了把你想表现的主题突出出来，在上面的例子里，通过这件事你究竟想表达什么？送水工的辛苦，妈妈的烦恼，还是小凡的粗心？确定了主题，就要选一个最适合表现这个主题的角度。

选角度，也是为了增强感染力。像上面那个例子，如果为了突出送水工的辛苦，可以选一个旁观者的角度，他看着送水工因为这个意外事故受到周围人们的斥责、妈妈伤心的追究、警察严厉的盘问,自己摔伤了腿、摔破了桶,只能惶恐地忍气吞声,一个劲赔不是。

有时候,选好了角度,能把一件平凡的小事变成一个有趣的故事,一篇文章就出了新。

例如,一个人到饭店去吃饭,服务员把一碗汤放在他面前,这碗汤热气腾腾,他拿起筷子在碗里搅动,一只苍蝇飞过来,他挥着筷子在空中赶它走,不小心啪啦一下把汤碗打泼了。要把这个场面写下来,也会有无数种写法。用吃饭人的眼光?服务员的眼光?旁边顾客的眼光?饭店老板的眼光?恐怕让你最想不到的是,还有苍蝇的眼光:

苍蝇正在空中飞,闻到一股好美的香味,它冲着香味飞过去,飞呀飞呀,一下子冲进一片大雾里,这雾气遮天盖地,弄得它什么也看不清。它不停地扇着翅膀朝香味飞,看见香味下面是个热浪滚滚的大湖。它绕着大湖兜圈子,想找个停落的地方美美吃一顿。呼一下,一阵风吹过来,一个很大的怪物扑过来,差点打着它翅膀。它机灵地飞到高处。下面的大湖一下子歪过来,掀起滔天巨浪,满世界都是热乎乎的带着香味的东西。它流着口水嗡嗡地飞走了,美味没吃着,好可惜。

在这个例子里,只是因为选了一个奇特的角度,餐馆里发生的平凡小事就成了一个妙趣横生的故事。

角度是写文章的法宝,它像万花筒,几粒石子、几片纸屑,摇一下就能变幻出一个不同的图画。写文章时要选好你的镜头,看把你的目光放在哪儿最合适。

一个小故事的结构和悬念

从前,王小家乡遭了荒旱,他到外乡去逃荒。他走啊,走啊,走到一座山边,看见个白胡子老头儿在那儿放羊。他说放羊大伯,俺家乡闹了饥荒,我能在你这儿找个活儿干吗?大伯说你跟我放羊吧。王小跟大伯放了一年羊,大伯给他一只羊。他说,你把羊牵回家,到半夜的时候对它说,羊,羊,屙屙,尿尿，羊就会给你屙金尿银，你以后的日子就不用愁了。王小高高兴兴牵着羊回家，走到半路，住在客店里。他对店老板说，夜里你可不要对我的羊说屙屙尿尿。店老板听了心里生疑，他半夜起来对羊说，羊，羊，屙屙，尿尿。一看，羊屙的是金蛋尿的是银汁，他赶忙用另一只羊把王小的羊给换了。王小把羊牵回家，无论咋说，羊也不会屙金尿银。他很生气，回去找放羊大伯说，你咋骗人呐大伯，你给我的羊根本不会屙金尿银。大伯问了他回家的经过，说，好吧，你再跟我放一年羊吧。王小又跟着大伯放了一年羊。到了年底，大伯把身上的斗篷给他，你把斗篷拿回家，夜里对它说，斗篷斗篷抖抖，斗篷里就会往下掉元宝。王小拿着斗篷，走到半路，又住进那家客店。他说，老板，夜里你可别说斗篷斗篷抖抖。店老板心想，这小孩又得了宝物。夜里他把斗篷拿出来一试，果然是个宝贝，他把斗篷又给调换了。王小把斗篷拿回家，说了无数遍斗篷斗篷抖抖，斗篷也不会掉元宝。他再去找大伯，大伯说，你是不是又住了那家店里？王小说是。大伯说，好吧，你再跟我放一年羊吧。

王小又放了一年羊，到了年底，大伯把他的羊鞭子给了王小，对他说，你回家说鞭子鞭子甩甩，想要啥就有啥。王小拿着羊鞭子，走到半路还住那家客店。他对店老板说，夜里你可别说鞭子鞭子甩甩。店老板暗暗高兴，心想这小孩今年又得了宝物。半夜他拿出鞭子说，鞭子鞭子甩甩。那鞭子甩开打他，他躲到哪儿鞭子打到哪儿，打得他抱头哭叫，别打了！别打了！你的羊、斗篷，都是我偷了，我现在还给你。王小得了羊，得了斗篷，回家过起了好日子。

这个小故事是民间故事常用的三段式。三段式看起来简单，其实是文章结构的基本模式。咱们想想看，如果第一次丢了羊，大伯马上给他鞭子让店主挨打，把羊找回来，这故事是不是太简单，少了点曲折，少了点趣味？相反，如果斗篷丢了之后第三次再给他宝物，到第四次才给鞭子，听故事的人会不会没有耐心听下去？最后的效果会不会被削弱？读者的情绪是在第二段里被调动起来的，丢了两次宝物，读者心里很窝气，觉得王小太傻、太冤，店主太贪、太可恶，就想知道最后怎么结局，怎么整治坏人。如果第三段还让王小丢宝，读者就会失望，兴趣就淡薄了，结尾的喜剧效果就不强烈了。三段式的奥妙就在这儿，两段不过瘾，四段太拖拉，三段正好。

在课堂上，老师讲文章结构，一般是五段：开头，事件的发生，发展，高潮，结尾。其实这个小故事也是五段，只是它把开头、结尾讲得很简练，让你读起来不在意。王小家乡遭了荒旱，不得不到外乡逃荒、谋生，这就是开头。干了一年，大伯给王小第一个宝物，王小半路上把羊给丢了，这是故事的发生。第二年他得到一件斗篷，斗篷又丢了，这是故事的发展，是为高潮做铺垫。第三次大伯给鞭子，绷紧了读者的心弦，鞭子一甩，店主挨打求饶，故事达到高潮，我们心里的疙瘩一下子解开，开心地笑了。宝物找回来了，王小回家过起了好日子，这就是结尾。民间故事三段式的好处就在于它把开头、结尾隐含进三段结构里，这样能使文章更简练。实际上，好文章高潮就是结尾，能在高潮处收住，留下余味让读者想象，才是高手。

这个小故事还有一个特色就是善于制造悬念。文章没有悬念即使有三段，也不过像三根空心纸筒接起来，一眼就看穿了，不能吸引人。这个小故事看似平常，却处处给我们制造悬念，有了悬念，一个简单的故事就有了起伏曲折。给大伯放了一年羊，得到一只羊，这只羊会屙金尿银，多好啊！谁知王小憨厚老实暴露了秘密，宝物丢了。从喜而忧而不平，这是一次心情的起伏。第二次得到了斗篷，丢宝再次发生，又一个起伏把悬念造得更大。当我们越来越关心王小会怎样找回宝物的时候，大伯给了王小一支羊鞭子，有了上两次的铺垫，我们对王小到手的新宝贝更担心、更好奇。直到鞭子甩起来，我们才恍然大悟，原来前两段是设下的圈套，引我们走入迷途，为的是最后抖出包袱，出奇制胜。

制造悬念有三个环节：一是要预设一个出人意料的结局；二是要不断加重渲染，吊读者胃口；三是要像设谜语一样，不可轻易泄露谜底。如果第三次给王小羊鞭子的时候，老人把一切都交代清楚，谜底被拆穿了，我们对后面的故事就会失去兴趣，结局的效果就没了。

其实，悬念应该贯串在写作的整个过程里。写文章要会卖关子，不能直话直说。比如：

小丽放了学，站在路边，等妈妈来接她回家。天黑了，同学们都走完了，妈妈还没来。

这段话就没悬念，不吸引人。如果改成这样写，看看会如何：

　　校门口有个女孩从放学就站在那儿，天黑了，路灯亮了，学校里早已没有了人。马路上车流飞奔，她背着书包，不断踮起脚尖向远处张望。

这样读起来是不是会更吸引人些？因为没透露女孩的身份，也没直说她在做什么，她就显出了几分神秘，读者心里就产生了悬念。

好文章的第一句话

　　我写作有个毛病，找不到开头第一句就没法写。有时候，文章的内容心里清清楚楚，为了找到第一句能憋很多天。另一些时候，要写什么不太清楚，忽然蹦出个好句子，这篇文章就有了。第一句话像灵感的阀门、写作的突破口，找到一个精彩开头，哗一下，好情绪涌泉一样流出来，文章就出来了。

在我的后园，可以看见墙外有两株树，一株是枣树，还有一株也是枣树。

这是鲁迅《秋夜》的开头，现在有很多年轻人模仿。这样调侃的怪话，让你在一笑之后马上进入了一个幽思的境界。如果他把这句话写成"在我的后园，可以看见墙外有两株枣树"就平淡了，没味道了。他这种怪怪的叙述，跳出了常人说话的习惯，显出了与众不同。

幸福的家庭都有相似的幸福，不幸的家庭各有各的不幸。

托尔斯泰用这样的警句开始他的《安娜·卡列尼娜》。短短的一句话凝聚了作家对生活的发现、思考，既幽默，又有哲理，一下子把人震了。

我国古典名著《三国演义》，开头是"话说天下大事，分久必合，合久必分"，这句话也成了概括中国历史的经典。

比起用怪句、警句开头，以写景开头要容易些，读起来也不费力。

> 出城一条河，过河西走，坝脚下有一簇竹林，竹林里露出一重茅屋，茅屋两边都是菜园：十二年前，它们的主人是一个很和气的汉子，大家呼他老程。

这是废名的《竹林的故事》的开头。

> 麦列霍夫家的院子，就在村子的尽头。牲口院子的小门朝北，正对着顿河。从绿苔斑斑的石灰岩石头丛中往下走八俄丈，便是河沿……

下边接着是大篇幅顿河景色的描写。这是肖洛霍夫的名著《静静的顿河》的开头。

虽然两个开头都写景，对比一下会发现它们的不同：

前一篇从全景、远景往近处推，镜头从城外到河边，到坝脚的竹林，再到菜园，最后推出菜园的主人；后一篇从近处往远处推，从主人公麦列霍夫家的院子开始，眼光逐渐放开，推出河岸，推出顿河，最后是顿河两岸辽阔的风景。前一个是聚焦，把我们带近人物；后一个是拉开，让人物带我们走向大背景。手法不同，效果不同，读起来感受也不同。前一篇小家碧玉，后一部大气磅礴。

还有一些写景开头，把时间、地点融进去，让人读了第一句就能马上进入故事。

红海早过了，船在印度洋面上开驶着，但是太阳依然不饶人地迟落早起，侵占去大部分的夜。（钱锺书《围城》）

三十年前的上海，一个有月亮的晚上……我们也许没赶上看见三十年前的月亮。（张爱玲《金锁记》）

雪后的东京，比平时更添了几分生气。从富士山顶上吹下来的微风，总凉不了满都男女的白热的心肠。（郁达夫《银灰色的死》）

他们都只用一句话,便把时间、地点、景色写出来,你读了这第一句,就被带进一个特殊年代、特殊环境,感受到特殊的气氛。

沈从文《贵生》的开头是以写人物来写景的:

> 贵生在溪沟边磨他那把镰刀,锋口磨得亮堂堂的。手试一试刀锋后,又向水里随意砍了几下。

读了这个开头,你的注意力会集中在主人公身上,目光随着他的镰刀落在贵生的行动上,外界的风景成了虚光,你能感觉到,却不再留意它。

还有一些开头是从特色的民风、民俗写起,渲染出浓郁的氛围,以有趣的风俗引出人物和故事。

> 鲁镇的酒店的格局,是和别处不同的:都是当街一个曲尺形的大柜台,柜里面预备着热水,可以随时温酒。

这是我们熟悉的《孔乙己》的开头。鲁迅从当地酒店的风俗写起,娓娓地给你介绍不同身份的顾客有什么不同的做派,引出主人公孔乙己,让你觉得这人很特别,不知不觉地被带进了情节。

沈从文的《萧萧》和鲁迅的《孔乙己》差不多。他写的是乡下人娶亲的场面:

> 乡下人吹唢呐接媳妇,到了十二月是成天会有的事情。唢呐后面一顶花轿,两个佚子平平稳稳抬着。轿中人被铜锁锁在里面,虽穿了平时没上身的体面红绿衣裳,也仍然得呵呵大哭。

他细致地写花轿娶亲的情景,然后笔锋一转:"也有做媳妇不哭的人,萧萧做媳妇就不哭。"有了开头的铺垫,主人公一登场就显得引人注目。

这么多开头有些是一闪念出现的灵感,有些是认真琢磨,精心选择了文章的最佳切入点。不管怎样写,有一点是肯定的:一篇好文章一定要有好开头,一个好开头一定要新鲜、有趣、吸引人,使人印象深刻。

要新鲜、有趣、吸引人,就必须有个性。只有用自己的眼睛去观察，用自己的心去捕捉，用自己的话去表达，才能写出新鲜的句子，才能感染别人。

怪话、警句，要靠自己去感悟。不说惊世骇俗，起码要有自己的见识，能让别人读了心里一动，受到启发，产生感触。鲁迅的怪话只有鲁迅用，他文章的文风、思路和他的开头风格一致，别人没法学。如果搬用他的说法"我桌上有两支笔，一支是铅笔，另外一支也是铅笔"，这怪句就不怪了。同样，随便把书上的现成话拿来当警句，那也警句不警，没有了效果。

写景，不光要能让人如临其境，更要能用心观察，独立发现，才会新鲜。如果下笔时只是图省力，随手拿些老套子话，"这一天晴空万里，蓝蓝的天上飘着几朵白云"，这就太一般，没法吸引人。

认真观察生活、认真思考生活，用心找出最好的表达方式，就不愁写不出好开头、好文章。

好结尾使文章生辉

文章的开头重要，结尾也重要。我读中学时，老师说，文章结尾要画龙点睛，不要画蛇添足。可怎样算点睛？怎样算添足？读了一些书写了一些文章之后才逐渐明白。

有个年轻人约瑟夫对穷人很大方，看见年老的乞丐就掏五法郎给他。朋友对他的举动感到奇怪，他讲了一个故事。在他很小的时候，叔叔于勒到美洲去了，据说在那儿发了财，于是全家人都把希望寄托在叔叔身上，念叨着叔叔一回来，家里就能过上好日子。他们把他的来信当作福音书一样保存着，经常拿给别人看，因此给姐姐招来了一个很好的未婚夫。为庆贺姐姐订婚，一家人到小岛去旅游。在船上，有个老水手给有钱的游客剥牡蛎，父母认出了他就是全家盼望已久的叔叔。看他穷困潦倒的样子，父母怕影响姐姐的婚事，影响他们的生活，带着家人像逃避瘟疫一样躲开了他，回去时不再乘那条船。"从此我再也没见过我父亲的弟弟。今后您还会看见我有时候要拿一个五法郎的银币给要饭的，其缘故就在这儿。"这是莫泊桑《我的叔叔于勒》的结尾。这个结尾和开头紧密呼应，好像回答了朋友的疑问，可并没说他到底为什么这么做。其实，读了全篇，我们已经明白，他是看到乞丐想起了叔叔，为父母的行为感到内疚。

可如果把这话挑明，一点余味也不留，就成了添足。

还有一篇我们熟悉的文章，契诃夫的《凡卡》。一个远离家乡当童工的孩子夜里给爷爷写信，向爷爷诉说他苦难的生活，诉说他对亲人的想念。信写得很动人，我们被它深深打动，希望爷爷收到信之后能来看他，带他回家。在故事的结尾，凡卡把信装进信封，在信封上写："乡下，爷爷收。"读完这个结尾，我的心不由得往下一沉。作者没把凡卡的幼稚错误点明，我的心格外沉重。这孩子那么用心地写了这封信，可他并不知道他写的地址爷爷是收不到的。一夜辛苦不但白费，往后每天焦急等待爷爷的心情更让人可怜。

欧·亨利的《最后一片常春藤》讲了这样一个故事：两个好朋友琼珊和苏艾合租一个房子。琼珊感染了肺炎，看着窗外的常春藤，觉得自己的生命像藤上正在飘落的叶子，叶子一天天减少，她的病一天天加重，当树上还有最后一片叶子时，她觉得它一飘落，自己的生命就终结了。一夜风雨过后，琼珊以为藤叶已经凋落，谁知她向窗外一望，那片叶子还在。她振作了精神，病一天天好起来。当她的肺炎痊愈时，楼下住的老画家贝尔曼死了。

在小说结尾，苏艾对琼珊说："亲爱的，看看墙上最后的一片叶子。你不是觉得纳闷，它为什么在风中不飘不动吗？啊，亲爱的，那是贝尔曼的杰作。那晚最后一片叶子掉落时，他画在墙上的。"原来她的朋友苏艾把琼珊的心思告诉了这位画家。为了不让琼珊绝望，在那个风雨之夜，常春藤的叶子凋落之后，贝尔曼冒雨画了一片叶子，为琼珊鼓起战胜疾病的勇气，老画家自己却因风雨中着凉，感染了肺炎，不幸去世。

我们熟悉的欧·亨利的另一篇《麦琪的礼物》，讲的是一对穷夫妇詹姆斯和他的太太德拉，在平安夜里想要送对方圣诞礼物，德拉把自己一头金黄色的头发卖掉，买了一条白金表链；她的丈夫把祖传的金表卖掉，给太太买了一套漂亮的发卡。这是个幸福的悲剧结尾。得到表链的丈夫没有了表，得到发卡的妻子没有了长发。他们虽然失去了心爱的东西，却得到了最珍贵的礼物——真诚的爱。

欧·亨利的小说经常在结尾抖一个闪光的包袱，在出人意料中达到感人的效果，设计得很巧妙，有点人为痕迹，可画龙点睛的功效很强，结尾总能推出一个境界，让人眼睛一热。

这样看来,所谓"画龙点睛",大概可以包含这些意思:

像《我的叔叔于勒》那样,结尾与开头照应,像汉堡包,把故事夹在中间,首尾相应,主题不点自明。我们讲开头时讲过沈从文的《萧萧》,它从当地娶媳妇的风俗讲起,结尾是萧萧在哄孩子。她对孩子说:"看,花轿来了。看,新娘子穿花衣,好体面!……明天长大了,我们讨个女学生媳妇!"在娶媳妇上开头,又在娶媳妇上收尾,前后呼应,透出了更多的意味。

像《凡卡》这样的结尾,是给读者留出咂摸、想象的空间。结尾不是故事的结束。结尾后面,凡卡的故事还在读者的想象中继续。《孔乙己》也是这样。文章结尾,掌柜取下粉板说:"孔乙己还欠十九个钱呢!"后来总不见人来。这个结尾没交代孔乙己的下落,它把孔乙己以后的遭遇留给读者去想,这比交代清楚更能牵动我们的心。

像欧·亨利那样在结尾推出一个境界,给人启迪,也是写作常用的手法。莫泊桑的《项链》做得比欧·亨利更自然。一个小职员的妻子为了参加聚会，借了朋友的钻石项链，在晚会上弄丢了。为了买一条同样的项链还朋友，一家人受尽辛苦，整整还了十年债。十年之后碰到那位朋友，当她向朋友说明真相时，这位朋友惊讶地说："哎哟！我可怜的玛蒂尔德！我那串是假的呀，顶多也就值五百法郎！……"这个结尾震撼了读者。为了一个晚会，为了一串假项链，她和丈夫几乎受了半生罪。我们可以想象玛蒂尔德听到这话时的表情和心情，她一定会久久地沉浸在忧伤、叹息里。

精彩的结尾能使文章生辉，写结尾要多用些功夫。

石缝里的野草（代后记）

在我的老家，正月初十是石头生日，要给石桥、石礅、石磙、石碾、石槽、石碓臼……所有的石器上香、烧纸、上供。吃烙馍、卷菜，叫作"十烙"，取"实落"的意思，象征日子殷实、富足。我出生在正月初十，很为与石头同一天生日自豪，从小自恃结实，不怕摔打；一路走来，顽劣成性；直到今天，还是不谙世事的样子。偶尔自称"同石生"，并不是真石头，不敢自诩无材补天，仍是血肉之躯，红尘里的蚁虫，玩心不退。写小说之余，以翻读杂书为乐事。偶尔唱唱、跳跳，与朋友看看字画、说说戏、聊聊读书看电影的感想，随手写些小文，以应朋友之约，并无宏旨大意。不过是一个读书人的杂拌随想，写作间隙里的闲情逸趣，石头缝里的野草。

四册小书以不同内容编选：读书笔记《自然的诗性》、

艺术随笔《声色六章》、散文集萃《花儿与少年》、笔记小说《落叶溪》。

　　商业文明的今天，不敢说这套小书有什么卖点，也不敢说真有什么价值。无论说哲学，说历史，说美术，说音乐，说戏剧，说电影、电视，说自己，说街坊旧事，都只是随感而发，缺乏专业性，没什么体系，谈不上严谨，只能算茶余清谈、饭后小聊。好在而今人们在专业的疲惫中难免心生焦虑，小品文化又过于无聊，也许无目的的阅读能平抚躁气，滋润人生。石缝小草，在雅室案头，会不会增添一丝绿意，多一点生气？——果真如此，这套小书的价值就是无用之用了。

2019 年新秋于同石斋

同石斋札记

田中禾 著

落叶溪

中原出版传媒集团
中原传媒股份有限公司
大象出版社
·郑州·

图书在版编目(CIP)数据

同石斋札记. 落叶溪 / 田中禾著. — 郑州：大象出版社，2019. 11
ISBN 978-7-5711-0396-5

Ⅰ. ①同… Ⅱ. ①田… Ⅲ. ①中国文学-当代文学-作品综合集 Ⅳ. ①I217. 2

中国版本图书馆 CIP 数据核字(2019)第 239067 号

同石斋札记
落叶溪
LUOYE XI

田中禾 著

出 版 人　王刘纯
责任编辑　石更新
责任校对　牛志远　李婧慧
装帧设计　刘　民

出版发行　大象出版社(郑州市郑东新区祥盛街 27 号　邮政编码 450016)
　　　　　发行科　0371-63863551　总编室　0371-65597936
网　　址　www.daxiang.cn
印　　刷　洛阳和众印刷有限公司
经　　销　各地新华书店经销
开　　本　787 mm×1092 mm　1/32
印　　张　12.375
字　　数　185 千字
版　　次　2019 年 11 月第 1 版　2019 年 11 月第 1 次印刷
定　　价　148.00 元(全四册)
若发现印、装质量问题，影响阅读，请与承印厂联系调换。
印厂地址　洛阳市高新区丰华路三号
邮政编码　471003　　　　　　电话　0379-64606268

田中禾,当代著名作家。河南省唐河县人,1941年生,历任河南省文联副主席、河南省作家协会主席,第五、六届中国作协全委会委员。出版有长诗《仙丹花》,长篇小说《匪首》《父亲和她们》《十七岁》《模糊》,中短篇小说集《月亮走我也走》《印象》《轰炸》《田中禾小说自选集》《明天的太阳》,散文随笔集《故园一棵树》《在自己心中迷失》等。《五月》曾获全国第八届短篇小说奖,《明天的太阳》曾获第四届上海文学奖,另有作品分别获《天津文学》奖、《莽原》文学奖、《奔流》文学奖、《山西文学》奖、《世界文学》征文奖、首届杜甫文学奖和第一、二、三届河南省文学艺术优秀成果奖等。部分作品以英、日、阿拉伯语译介国外。

题记

踏着记忆的足迹,我又回到阔别的故乡。

——夸西莫多

目　录

椿树的记忆　　　001

花表婶　　　010

绿门　　　018

兰云　　　029

玻璃奶　　　041

人头李　　　048

周相公　　　053

八姨　　　060

米汤姑　　　067

罂粟　　　073

霍八爷　　　081

鬼节　　　089

书铺冉　　　096

鹌鹑	101
呱哒	110
画匠李	120
疟疾的记忆	128
疥疮·马夫·茶叶店	138
石榴姊妹	148
马氏兄弟	159
二度梅	173
吕连生	184
第一任续姐	194
石印馆	203
牌坊街三绝	213
祠堂印象	224
马粪李村	234
缠河	244
虞美人	253
鲁气三	261
夹竹桃	269
上吊	278

投河	288
普济大药房	298
钟表店	309
徐家磨坊	
——《上吊》的另一个版本	319
梧桐院	329
山这边	351
就《落叶溪》笔记小说答朋友问	378

石缝里的野草（代后记）   382

椿树的记忆

鹏举到我家来时是春天。那时我家的椿树正开满米黄的碎花，隔夜常将小院铺一层雪似的芬芳。

这是母亲愉快的季节，她爱说椿树。她说半夜里椿树成为树王神，小孩子去搂它，悄悄对它说："椿树王，椿树王，你长粗，我长长。我长长了挑担子，你长粗了做房梁。"你就会长成粗壮的大个子，没有灾星。她说："椿树绾纂，老婆饿得瞪眼；椿花落地，大麦面馍上算。乡下人春天都望着椿树过日子。椿花一开，大麦熟了，乡下人有了粮食吃，春荒就过去了，饿不死了。"

"留着它，等小沛结婚做床。"母亲望着椿树说，"椿树做床最吉祥。"

小沛于是瞪大眼睛问："奶奶，我几时结婚？"

母亲说："快，不过十七八年。"看我站在一旁窃笑，母亲正色说:"十七八年你以为很长么?眨眼就过了。"

这样就说起鹏举:"比如鹏举,你还记得么?"

"鹏举?"我茫然地说,"……"

"嘿,连鹏举都忘了,你看看!"

"哦——……"我说。

"他娶媳妇你做压轿娃儿,吃桌时你尿在他家神桌底下……你看看!"

"哦——哦……"

"在内城河那儿住。高台阶,门口有狮子。对了,他家门前有棵大椿树,罩着很大一片阴凉。"

"哦——"

"拉锯战的时候在模范小学教过你……"

"你说的是……崔鹏举,崔表叔。"我为终于记起来而高兴。

"他前天到咱家来了。"母亲说。

"就是那个戴蓝棉帽穿单裤子的人?"妻子插嘴说。

"是。"

"他就是崔鹏举?"妻子惊讶地反问。

"是啊,你知道?"

"大林对我讲过的。"

我确曾向妻子讲过。在我们的亲戚中，只有崔鹏举最让人自豪，有关他的片片段段常让妻子感到有趣。

"嘻！原来……"

"他怎么了，他现在在哪儿？"看到妻子满脸失望和讥讽的表情，我猜想鹏举一定很佗傺。小时候记得他是极受母亲欢迎的客人，只要他坐进客屋的长凳上，满屋都有笑声。他总是洋学生味十足地乐乐呵呵，穿着漂亮的硬领衬衫、白运动鞋，同我家伙计、女嫂都开玩笑，教二哥唱京戏、唱歌，教姐姐演文明戏，给我看指纹手相。我们不叫他表叔，只叫鹏举。老辈、小辈、佣人都叫他鹏举。

"他在老家，在七里河。"母亲淡淡地说。

"种地？"

"不种地还能干啥？！"

"那一定是——"我说。

"你可从来没说过他是瘸子。"妻子说。

"瘸子？如今瘸了？"

我想知道他现在的样子，可终于没能问清楚，为啥到我家来？怎么瘸的腿？为什么母亲不留他住一天？她一直没告诉我。

"快不快?转眼就是二十几年。"母亲感慨地说。

于是我清清楚楚记起鹏举结婚的事,记起那顶花轿,我坐在轿里去迎花表婶。表婶穿着绿缎夹袄、黄缎裤子、绣花皮底鞋,披霞帔,戴花冠。可是,花轿到家时,却找不到新郎。整个院子像失了火一样忙忙乱乱,一直到太阳西斜,才有一帮人扭着推着把鹏举带进堂屋,崔外爷喝令佣人按住鹏举的头拜天地,鹏举硬着脖颈,愤怒地甩着长头发,发疯一样挣扎蹦跳。花表婶先是温顺地跪着,垂着头,花冠穗子遮住她的脸。后来,突然传出一种像风吹动苇子叶一样的声音,由弱到强,终于变成号啕大哭。花表婶匍匐在地上,整个身子像青蛙一样颤动。所有的客人都默不作声,鼻头酸酸地看着这场面。崔表叔愣了一阵,猛然磕了一个头,声音很响,把大家都惊住了。

"他为什么不肯拜天地?"我问。

"小孩子家,不要问。"母亲说。

花表婶是个很随和的女人,待公婆很好,也勤劳,会织布、绣花、裁剪衣服。她常到我家玩。母亲也常带我到她家去。崔外公和外婆去世后,常常只有表婶一个人守着一座宽敞的院落。我们每次去,她都十分高兴,拉着我的手,找糖果点心给我吃,带着微笑,用心用意看我吃东西。圆形的苹果脸,两颊红红的,很丰润,眉毛很长,半月形地绕着眼睛。母亲常常这样问我:"林林,花表婶怎么样?"

"什么怎么样?"

"好不好?"

"那还用问么!"我说。

母亲就叹息一声:"这个鹏举呀!"

有好几年没看见鹏举,也没听表婶讲起,只是看到表婶给鹏举纳袜垫,绣牡丹,绕着回纹,却不见捎给他,一叠一叠放着。

后来就打仗。县城今天是这个军队,明天是那个军队。临泉高中、惠民中学、崇实小学、模范小学……所有的学校都停课,老师四散,只有麻雀在空空的校园噪闹,静悄悄的瘆人。

这时看到了鹏举,他穿着褪色的军装,铜纽扣叮叮当当响,很随便地扣着两三颗。仍然穿着球鞋,土黄色,镶着白橡胶道道。在模范小学的屋子里办了一班学,无论哪个年级都收，二三十个高低悬殊年龄相差很远的孩子凑在那儿上课。不知道别人交多少学费，我是他亲戚，不交费。实际上这班学几乎等于没办起来。学生常随家长"逃反"（没考证过"逃反"这个词儿始自何时，怎样起源，反正，我们那儿一直流行这个专用字眼。无论革命党、北军、土匪、日本兵、八路军、中央军，只要打仗，大家就"逃反"。套上马车、牛车，或是担着担子，推着手推车，携儿带女，装上细软、粮食离家外逃，逃到没打仗的乡下去），总也到不齐。教室空空荡荡，只有墙上石灰抹的一面黑板，被孩子砸出许多白色洞眼。鹏举就着洞眼画人头，使那些变成鼻子眼睛嘴巴的洞眼做出各种表情，让人越看越可笑。最让我们赞佩的是，他能将1234567的阿拉伯数码唱成歌子。校园里有一架生锈的单杠，鹏举能在那根杠上翻筋斗，教我们用一只腿挂在杠上，绕杠转圈儿。简直太了不起了。

可是，鹏举没教会我们看地图。他先在黑板上画，曲曲弯弯，说："这就是中国。"我们全都哈哈大笑，这怎么是中国呢？！"这是黄河，这是长江……"他画着说。木匠铺杨掌柜的儿子杨大黑站起来说："老师，河怎么能向上流呢？"鹏举说："什么向上流？"杨大黑子用手指着被他称为黄河的那条线，点戳着那道∏形弯："看，在这儿，它不是向上流吗？""那不是上，是北。"我们全不明白，水怎么能朝上拱出一道弯再下来。鹏举说："嘻！你们怎么这么傻蛋！来来来。"他把我们带出教室，在教室外的地上重新画出中国，黄河，长江。"明白了吧？河是这样流的。"不明白，我们不明白一条线在黑板上同在地上有什么区别。不管怎么说，河也不会向上拱，河怎能是那种形状呢？

我们批评最多的还是鹏举的离婚。县城里谁也没听说过世上有"离婚"这个词儿。然而，鹏举却同表婶离婚了。特别让县城人痛恨的是，鹏举是用一封信同表婶离婚的。那时候他正跟着一个部队文工团南下。起初母亲说鹏举不过是胡闹，表婶那样的人，提不出什么理由和她离婚。可是，鹏举仅仅用了一句话就同表婶离了。他寄给县婚姻法办公室的信上提出的理由是"父母包办，本人不同意"。从那以后，县城刮起一股离婚风，很多机关干部都以"父母包办"为理由离了婚。母亲痛心疾首地摇着头说："鹏举呀，鹏举呀！"

但是大家又得到一点安慰，表婶被批准"离婚不离家"，鹏举在县城的房舍财产全部归了表婶。鹏举则从县城人的记忆里消失，再也没有出现。

时光就这样悄然流逝。我离开县城去求学，又辗转回来。我家堂屋上的瓦松依然如昔地苍苍郁郁，灰色旧砖销蚀了墙脚，门前石板多了一些不为人觉察的滴水孔。鹏举的往事既如隔世般遥远又如昨夜样亲切，历历在目地记起黑板上的人头，地上的黄河，鹏举那一头很长的头发，打拍子挥动双臂时头发在耳边跳摆；没有桌椅的黑咕隆咚的教室，我们蜷坐在砖头上，或蹲倚着墙壁，听鹏举讲红罂粟花和丹柯的故事，普罗米修斯怎样被绑在灼热的山岩上。

"花表婶呢？"我问母亲。

"现在鹏举就跟着她。"母亲说。

"是么？"

"七里河是你表婶的娘家。"

"那么，鹏举后来一直没结婚？"

"哪能呢！记得四月十五枪毙的一打人吗？为头的孙官儿，孙镇长！"

"记得,记得。他有三个女儿,很有名。"

"鹏举就同他的二女儿,大名叫什么来着?小名石榴。"

"嗬,石榴?孙立琴!她同我二哥同学,后来上女中,会演戏。"

"比鹏举小七岁,也在文工团。也是那年回来的,同鹏举一起,还带着两个孩子。"

"表婶收留他们一家?"

"是啊,你表婶这个人!鹏举在内城河菜园里担粪,你表婶来了。他站在城墙豁口那儿等着。她说:'鹏举,我那儿有四间房,是城里拆过去的。你跟石榴去住吧。'鹏举没说话。她说:'跟我去吧,我喜欢孩子。'鹏举就去了。"

"后来呢,后来石榴……"

"石榴死了,死了五年了。"

"他的腿……"

"没问,他也没说。"母亲说,"瞧,椿谷谷都结了。"母亲又开始说椿树。说椿胶桃胶,老猴精被粘住眼睛,坐在火烧的碾盘上,小沛伏在她膝上,入神地听。

花表婶

我以为花表婶是因为她穿得漂亮，才叫"花"，但根本不是那意思。母亲说："花，是小。"我说："那就小呗，何必……"母亲说："小，像是小老婆，小姨太太，在咱这儿不兴叫。"后来听郑州人把小叔叫老叔、花婶叫老婶，才知道还是这地方人精明，这般避开小字讳的。他们的道理是，最小的儿子都是夫妇老了才生的，叫老生子。因此，小哥叫老哥，小叔叫老叔，小婶叫老婶。这当然比我们那儿无端地改"小"为"花"要合情理多了。

鹏举是崔外爷的独子，却是我家堂表叔中最小的，所以，我们要称他的妻子为花表婶，有时简化为花婶或表婶。

我喜欢看花表婶织布。她家的堂屋很宽敞，迎门摆着方桌、条几、两把高背椅子。条几上摆着白瓷花帽筒和穿衣镜。当然也供天爷，两旁是八仙过海的条屏字画。花表婶过门后才架起织布机，那是她的陪嫁品。我觉得织布机很复杂，许多木板木条交织组合，简直看不懂，纳闷木匠是怎样把它装起来的。表婶坐在横板上，蹬着踏板，双手掷梭，咔嗒、咔嗒，梭子在一排细线中穿过，布便从一端织出来。表婶的身子随着每一声咔嗒前后晃动，发髻摇摆，和着织机的节奏，生动而优美。

我也喜欢表婶养的狸猫。每次到她家去，总要先找猫。而它又总是在表婶的花被上勾着头睡觉，嘴插在尾巴上，身子弯成圆圆的一团，耳朵和胡须非常警觉地竖着。表婶把它抓起时，它就拓开身子，拉开后腿，一边抬爪一边打呵欠，使劲张开大嘴，上下唇几乎拉成直线，让人清清楚楚看见它的白牙和血红的上颚，舌头像蛇芯一样伸出来，哈出一股热气。这时候，花表婶就像孩子一样笑了，又像母亲一样亲昵地望着它说："哎呀哈，乖乖，瞧你这懒样！"我猜想，花表婶同猫在一起心里定然非常舒畅陶醉。

有时候母亲就住表婶家，表婶显得特别快活，一边帮我脱衣服，一边抚摸我的肩膀、脊背、屁股，"林林的屁股蛋真光！"当我转过身来的时候，表婶就妩媚地嗔怪说："不害臊！"我索性赤条条地在床上蹦跳，跑两个来回，直到表婶捺着我，紧紧搂着，把我塞进被窝，揽在腋下。那时候，我能感觉到表婶温热丰满而又坚韧的身子，隔着薄薄的衬衣，惬意地贴着我。母亲就同她喁喁说起各种琐碎的话题，直到我在表婶怀里睡熟。我不明白她们为什么有那么多话说，早晨总是一醒来就听到她们在说话。但她们从不提起鹏举表叔，也不像伯母婶娘们那样拿男女之间的事开玩笑。她们常说陈年旧闻，说芝麻、绿豆，说棉花、纺车，说叟刘的祖师庙会和朝武当金顶的故事。

在鹏举同花表婶离婚时，她的宅院特别热闹，街坊邻居三亲六眷都来看她，高一声低一声叱骂鹏举，劝慰表婶。表婶自己倒很少说话，默默点头，默默流泪。母亲陪她去接受判决书，那位头发像男人一样、身穿灰制服的女干部问："崔刘氏，这是离婚证，还有什么要求么？"花表婶说："我不同意。"那女人笑了，说："别说这些了。"花表婶说："我没错。"那女人笑得更厉害："你瞧你这思想。……"母亲说："凭什么只兴男人同女人离？"

女干部说:"也兴女人同男人离。""他也没养活你一天,没走过你家亲戚。如今不是男女平等吗?你同他离,你——休了他!"花表婶说:"那行吗?"女干部说:"行。"花表婶就说:"那我就——"她最后还是没把话说到头,结巴半天才说:"暂且这么办。只要他改过,我再等他两年。"

这样,表婶就捏着离婚证回家。她在户口册子上的名字仍然是崔刘氏,一直到娘家来人把房子扒回七里河,才叫刘二妮。

花表婶到我家来时,椿花已经落尽,扁豆绿茸茸地爬上了大门,房梁上的燕子正在衔泥垒窝,每天都能听到呢呢喃喃的声音。听到院门响,母亲凝神朝门口张望,看到一个矮矮的老女人正跨进院来。她步履艰难地颠动着一对尖足,脸上堆出一团笑纹,望着母亲,望着站在母亲身后的我。

"二姐——"她说。

由于几天前鹏举来过,母亲虽然迟疑片刻,却还是认出了她。

"哦唷唷——"母亲说,"你看,你看!"

"这是林吧？"

"是林。"母亲一边点头一边将沛沛推到面前，"这是林林的儿子。"

"哎呀，你看，人怎么会不老呢？"

"你今年——"

"四十三岁，二姐，老了。"她张开嘴，让母亲看她脱落的牙齿，"比鹏举大两岁。"她说，"那时媒人说女大两，抱金掌，很吉利，可并不是么回事儿。"

"现在总算……"母亲说。

"现在总算……"表婶脸上展漾开一个自满自足的笑，"十八年，怎么过来的？"

"那个兔儿子，该受的报应都受了。"

"我在武当金顶许过愿。"她说，"那时候还年轻。"

"我知道。"母亲说，"你以为我没听见？你插头炷香的时候说，让汽车火车轧死他，轧他三截。第二炷香你说，他改了也不行。第三炷香说，真改了，就算了。"

"太年轻，太年轻了！"表婶说，"怎不真的轧死他？只让他坏了一条腿。"

"那怪不得你。"

"祖师爷面前不该说轻狂话。在金顶上能随便说么？"表婶愈加歉疚不安，"报应我了，罪孽呀——"

"你看你这个人！我早说，早说……"母亲气愤地说。

"他也不全是为那女人。那女人是要生，可我也两腿浮肿，像两只瓠瓜。你没见那样子，脸都起明发亮。……我只是没想到，我说鹏举啊鹏举，能有一把玉米面就好了。一辈子他听过我的话么？谁知这就听了一次。他还有两个孩子呀，孩子也饿得翻来覆去睡不着。"

"算了，都过去了。"母亲打断她。

"回来时他还说'没事，没事'，还给东屋、西屋各担了一担水，一躺下就不行了。……还说'没事，没事'，你不知道，二姐，真气死人了，孩子脾气呀，没办法他。挂个棍子还在院里跟我吵架，咋不轧死他呢，只让他坏了一条腿。"

"你呀你呀！……"母亲说。

她们就开始说庄稼收成，说邻居、邻居的孩子，说近亲、远亲或是旧相识。

"哎呀，你看看，晌午了，我得走了。"

母亲说："你看，都晌午了。"

这时候，才看见花表婶手边还有一个蓝土布帕子小包。提溜起来，放在小桌上，慢慢解开，是粗纸包的一包砂糖。"没什么给你捎。"她嘟嘟囔囔说。

"哎呀，你看你！"母亲嚷。

她抖着帕子，走着，站着，说着。

"麦还不熟。他想，闲着也是闲着。……"

"我给林林说过了，说过了。"母亲说。

"林林不是跟运管站的人熟吗？……"

"这几天没货，你没看林林的车子也闲着，没出门。"

"可不是，也不要让他为难。"她走着，走到门边，又站下，"其实鹏举的腿……拉车子走百十里的没啥事。"

"是啊，是啊，我看也是。"母亲说。

"林林，我走了。"表婶说，"我等你个信儿。"

"你走啊表婶——"我说。

风把她头上披的棕色头巾掀起，露出夹杂的灰白头发。她很瘦，但比年轻时更健壮似的，神情也很爽朗。宽大的裤腿扎着带子，把一双脚衬得更加伶仃。她摇着那双伶仃的小脚轻快地走出巷子，走进一片嘈杂的市声中去。

我一直没有信儿捎给她，她也一直没来。麦子黄了，然后秋庄稼蹿起来，盖绿大地。

绿　　门

至今弄不明白,那家人为什么漆两扇绿门?我们那儿要么是黑门,要么是红门,别的颜色就显得古怪。

那家人住在洋堂旮旯里,靠内城河,门楼藏在巷子深处,很难使人留意。院门常关,门前小路罩在几株桑树下,长着苍苍绿苔,如果不是这桑树,也许我永远不知道有两扇绿门。

这简直称不上是条巷子。窄小,幽暗,被洋堂的红楼挡着,湿漉漉的。然而,桑树却很茂盛,在城里很少见,不但枝繁叶茂,且有紫色的桑葚,非常诱人地在桑叶间闪烁。

起初不知道有桑葚,那时候桑葚还没结。起初是广云在上课时忽然从桌下递来一块桑皮纸,小声说:"瞧瞧,上边有什么?"我瞧来瞧去,除了纸面有些虮子似的斑点,凸凸的，别的没什么。我说："啐——"广云不屑地说："憨蛋，连蚕子儿都不认识。"他说："夹在胳肢窝里暖着，就会出蚕姑娘。""啐——"我说。

过些日子，广云竟真的拿来了蚕：如同细线，在两片桑叶上爬，装在一个硬纸盒里。"不信？瞧吧你！"看我惊讶地瞪大眼盯着瞧，他说，"想要吗？"我说："……无所谓。要也行。"那家伙非常慷慨地把纸盒推到我面前："呶——拿去。我家有好几箩，多着呐！"这样，我就需同他一起去打桑叶。"洋堂旮旯里，桑叶多得很。"

那时候洋堂已经没有洋人，只有一座空楼，门窗洞开，麻雀在里边闹。钟楼寂无声息，鸽子绕飞在尖尖的房顶上。从前，洋堂是很庄严的，两个碧眼的意大利牧师常穿着黑袍到我家隔壁宜兴元去买东西，胸前吊着闪闪发光的十字架。星期天，礼拜堂里挤满了人，乡下人进不去，就伏在洋堂门前的台阶下。我不知道打仗与他们有什么关系，自从八路军进城，就再也看不到洋人。洋堂里没驻过军队，没驻过机关、文工团，甚至连乞丐也没住过（乞丐倒是常住老君庙）。拉锯战打来打去，汉剧团垮了，几个演员在那儿住。有个有名的坤角在神父的屋里打地铺，在礼堂外台阶边支锅灶。她抽大烟抽得青黄焦瘦，我看着心里一阵一阵发怵。城里人曾倾倒的演员，台上那么漂亮动人，让多少人做梦艳羡，洗去脂粉，在空空荡荡的洋堂角落里撩起衣服屙尿，同叫花子差不多，心里很是悲凉。我和江、广云常在空房子里玩。广云有时候带了北阁街的小女孩来，爬那座没有楼梯的楼，爬上去就没有声音，好久好久，让我和江害怕，在楼下大声喊叫，回声四应，瓮声瓮气地回荡。

那时候不曾注意过，在洋堂阴影里还有条小巷，通着两扇绿门，住着这户人家。

"采她的桑叶不要紧，可不敢喊叫，特别不能攀折树枝。嘎巴一响，她就会放一条大黑狗出来，绕着追着咬，凶极了。"说这些话时，广云把声音压得很低，好像怕被绿门里的人听见。我就对那关着的门感到胆怯，因而特别想窥探里边的情景。

仔细想来，那地方一点也不特殊。这样的巷道，县城里到处都有，僻静，安详，几乎看不到人，听不到市声、脚步响，也没有小孩子叫闹。黑不唧唧的土路，路边长着浅浅的草，蟋蟀在其中鸣叫。……可我总觉得那儿有点神秘，莫名其妙的绿门，不合世俗的桑树 [以我们那儿的风俗，母亲早已说过："前不栽桑，后不插柳，迎门不种鬼拍手（杨树）。"我猜想，门前不种桑树大约是"桑""丧"谐音不大吉利吧，但房后不种柳树却无从说起]，还有那家人几乎与世隔绝的生活方式。

　　爬在树上朝院里望，才知道那院落不很深大，分做两层，一眼便能看尽。我纳闷这家的堂屋。别家都坐北朝南，它却坐西朝东，正是母亲所说的"喝风向"，冬天定会有大雪掠进门廊。又是旧式厢房模样，虽有前廊立柱，却是落地木隔板墙，雕花格子长窗，当然抵不住风寒。院里有几条碎砖铺成的甬路，连着堂屋、厨房、大门和后园。那女人不常在院里走动。她拿着一柄用扫帚苗秧子捆成的扫帚，把院里的落叶慢慢扫成小堆，倒进后园的坑里。她家的后园挺宽大，有足够的阳光。她每天在那里和弄大粪，把一筐筐青灰倒进去，将大粪拍成好看的圆圆的薄饼，摊在地上晒。整个后园晒着一地黑黢黢的圆饼，像排着图案的无数熟透的向日葵。女人穿着藏青色裤褂，并不扎腿，拄着铁锹，怡然自得，站在那些粪饼之间，眯着眼，像欣赏一幅图画。阳光将她的额头和鼻子照得鲜明和谐,她宁静而蓬勃,身影一点也不显苍老。

她的狗根本不像广云说的那么可怕。它常在院里徐徐地走来走去,有时候蜷起身子,下巴担在前爪上,懒洋洋地睡觉;有时蹲坐,前爪支地,像个孩子,听女人对它说话。她同它说话总是唠唠叨叨,像训斥孩子一样大声地数落,它怎么气人,逃懒,不听话,贪吃,狂贱,不懂礼貌。狗并不显出丧气,专注地望着她,偶尔转动一下脑袋,好像已经听懂。

隔一两天,有个男人从她家后门进来,肩上担着担子,竹编的畚箕,盛满用青灰拌过的鲜大粪。黑狗便显出异样的活泼和调皮,先是陡然竖起耳朵,很精神地听一听,然后敏捷地跳起来,扑向那人,窜前窜后,绕着他的腿,发出唔唔的亲昵的呜咽,摇头摆尾地跑到女人身边,再骤然折转,绕回男人脚下,然后再跑开,再跑回,待男人放下担子,立刻半直立地把前爪搭在他胸前,吐出宽大绵软的舌头,喷着热气,唧唧咛咛勾下头,撕咬那人的裤腿。女人拿起扫帚去打它,它呼哧呼哧躲开,跳跃着,头和身子像折断了一样掉来掉去。男人笑,望着它,温和地抚弄它的脊背，它就静静地卧倒在身边，伸着爪子，默默听他们说话。

男人抽一根很短的旱烟袋，抽一阵，在鞋底啪啪磕。似乎他们只是相对坐着，并没有太多的话。男人用眼睛抡院里的一切：树，草，墙，房顶，甬路。有时候修补院墙，有时候爬上房，将松动的破瓦插好。有时劈柴，将木柴架成通风的方垛，晒干了，搬进厨房或廊角。干完这些，仍然坐在院里抽烟。听到一两声咳嗽，就是他要离去。女人并不相送，望着他走出后门，大声喊："黑子，黑子！回来！"黑狗松松地跑回来，立在她腿边，看着消失了身影的窄窄的门框，看着外边的世界发呆。后门就被锁上。

隔些日子，男人会领着一些人从绿门里进去，同女人一起走进后园，看她日日晒干垛起的粪饼，站着，搞价钱，说闲话。有时候，买粪饼的人掰一小块，在嘴里嚼嚼，品品，然后喷出去，拍着手上的青灰说："行，成色行。"隔天就有车子来，将粪饼拉走。女人接钱时显得大度而漫不经心，从不点数，笑着说："错不了。"那时候，黑狗就显得警觉而严峻，远远地逡巡在院里，偷窥着那些陌生人的脸和手脚。

没法弄清这家人的人口。有时候会有一两个老人来，那女人就打开绿门，到小十字口去买东西，一包炸虾、焦鱼，一壶黄酒。——大牌坊有名的郑家酒馆的黄酒，用特制的大锡壶装着，烧滚后会涌出一层浓郁的白沫。那时候，女人看见我和广云趴在桑树上，只是大嚷一句："摔断你们的脊梁！"并不认真。

有时候就不行。有一个穿黑褂的男人来，敲半天门，才肯开，一开门便冲着树骂："龟孙们，还饶不过，饶不过！看桑叶还有几片，能扎你们眼么！"大黑狗就扑出来，龇着牙，望着男人凶狠地狂吠，蹿跳。女人显出心平气和的样子说："黑子黑子，怎么了，连人都不认识啦？滚出去！"黑狗很不情愿地呜呜着，恨恨地望着那个男人，垂下尾巴，颓丧地蹲在女人身后。

我知道这女人是很和善的。当她的院里有一男一女两个少年人出现的时候，她会整日笑眯眯地望着我们，好像能让两个局外的男孩子看见她有这么漂亮的子女而自豪（不知为什么，我无端地觉得那就是她的子女，虽然他们没有同她一起生活。我猜想，也许他们在不太远的外地读书，因而能够隔段日子就回来看望她）。我不太喜欢那女孩，倒不是因为她穿着宽宽大大的灰衣服，剪着那时期流行的很短的剪发，从背后看简直是个男孩。我不喜欢她，因为她过分大人气。脸上没有表情，使本来就有些狭长的脸更加平板而缺乏生气。她很少说话，总是用一种沉思默想的目光看世界。许多次，她和她的弟弟站在树下看我采桑叶，目光在我的手上、臂上游移，几乎没看过我的脸。她弟弟却非常活泼，也许比我小一两岁，爬树比我更灵活，骑在柔软的树杈上，甜美地笑着吃桑葚，同广云打仗、比手头。这时，女孩就只呆板地重复着两个字："下来！"她从没叫过他的名字，我们也就无从知道。

每逢她家有其他人的时候，担粪的男人就没出现过。他来时，总是只有她一个人，而且多半是在后园里。

我期待着。绿门里仍然平平静静，没有故事发生。

到了秋后，已经降了第一场霜，桑叶变成褐色，变成金黄，在路边飘飞。桑葚早没了，酸酸甜甜的印象也已淡漠。广云家的蚕在麦秸秆里结出颜色鲜艳的茧，又被滚水煮过，变成碗里肥肥的蚕蛹。（我真怕广云请我吃蚕蛹，每次吃过都觉得反胃，久久忘不掉枣红色被煮熟的蛹，想象它们是那样美丽善良的蚕姑娘变成，真受不了）他家的蚕蛾也已每日扑飞在桑皮纸上，在纸上留下明明亮亮的蚕子儿。蚕蛾是灰色的，满身都像沾满灰尘，又笨又丑，没法同可爱的蚕姑娘相比。

没有任何理由去爬桑树，我却突然对广云说："咱们去看黑狗吧？"广云说："什么黑狗？""绿门那儿，你忘了？"我们的确好久没走进那条巷子了。"黑狗有什么看头！"广云说。

我们没爬树。但那两扇绿门却大开着。敞开以后的院落没有一点兴味，什么都明明白白摆在眼前。一辆车停在院门口，两条牛拴在巷口桑树上，缓缓磨动下巴，咀嚼满嘴泡沫。没看到狗，也没看到女人，只有常到这家来的穿黑褂子的男人指手画脚，让一群人向车上装家具。那是些陈旧的黑漆家具，许多地方脱落了油漆，方桌和圈椅榫眼已经松动，抬上去歪歪倒倒。

最后一眼的印象是，桑叶几乎落尽，裸露出枯黄的枝丫，让人一下子想起刚刚背诵过的课本里的诗句："桑之落矣，其黄而陨。"我所期待的故事，终于没有发生。

十五年后，当我经历了不少故事重返故里的时候，这条巷子已经辨认不出，被横插斜插的两座红瓦房拦断，不得不沿着尚未干涸的内城河绕过去。那是暮春时节，城河边荒草里正有纺织娘唱着绵远的歌。女人拍晒粪饼的园子长满榆树，细细的，干干的，举着飘飘摇摇的榆钱儿，南风吹过，飒飒落下，犹如冬天树枝抖落的雪雨。在当年晒满向日葵似的粪饼的荒园里，有位老人正低头挖硝土，像一个土拨鼠，将黑油油的陈年宅基翻扔成两座土丘。那年头，乡下人已经不买粪饼而改为买硝土，旧宅基土，年代愈久愈好。这座历史悠久的县城，历经劫难，古老的宅基很多，卖硝土的营生颇盛行了几年。

"这土真不赖。"我说。

老人像没听见似的继续埋头刨土。

"从前，这儿有座出前檐房子，雕花木隔板墙。"我说。

"有座绿门。"我说。

黑油油的土从他头前扔上来，像一道黑色的虹，透过黑雾，我看见老人苍白的头、苍白的后脑勺。

"这土真不赖。"我说。

"你打听兰云吗？"老人突然转过脸，用平淡的目光盯着我。

"噢,不,我……小时候在这儿采桑叶。"

他用脚跐掉铁锹上的湿土,从腰里拽出一支小烟袋,站在土坑里,缓缓地说:"桑树老了,砍掉了。"

"那个女人……"

"哪个?卖粪饼的,还是开饭店的?"

"还有一个开饭店吗?"

"有一个开饭店。"

"卖粪饼的那个……"

"那是兰云的妈。"

老人又俯下身去刨土。十五年了,再怎么仔细打量,也没法认出,他是担粪的男人还是穿黑褂的男人,还是谁也不是?

也许,绿门里压根儿就没有故事。

兰　云

　　现在总算知道,当年我所不喜欢的那个女孩叫兰云。那时我正靠拉车谋生。常常在夏天的树荫里歇下车子,仰面躺在大路旁,让我的毛驴在松开的套绳下扭头啃路边青草。两只灰蒙蒙的长耳朵在我眼前很灵动地摇摆,热风贴着地皮吹动头发。我就忽然想起这个女孩,想起她灰土土的衣服和短短的分头,想来想去,面容就分外模糊,简直没有具体印象。毛驴的侧影在我眼前晃动,于是我觉得,她的脸同我的毛驴差不多,平硬,狭长,没有特色,缺乏媚人的风韵。由于从未贴近看过她,因而只有一片含混的想象。所有的记忆最终只剩下一对忧悒的眼睛。也许那时候她有十六岁?十七岁?一个十六七岁的女孩何以有那样伤感的神情?

　　我想用记忆中的这双眼睛来寻找兰云。我觉得,说不定她如今也已回到故乡。小时候正如一只出巢燕子，觉得外边世界那么宽广，飞出去就再难相聚。那几年，却发现大家转来转去几乎全都转回来，重新在这古老的青砖灰瓦小街旧巷里过活。"亲爱的朋友，请你想一想，几年以后，你在哪个岗位上？也许你……也许你……"现在，这支歌只能让人感到淡淡的悲凉，所有的"也许"都随着少年的幻想逝去，摆在面前的，只有县城实实在在的生活，一如父辈。似乎乡土的历史是一卷非常长的画卷，长到包容无穷的未来，世世代代无从摆脱。任何故事都不曾发生似的，却又发生着无穷无尽的故事。

我很怀念那段拉车子的生活。装上货，架起车把，毛驴就会非常懂事地绷紧套绳，四蹄叩地，直着脖子向前拽。汗水无管冬夏，痛快淋漓地淌过被太阳晒得如铜铸般的脊梁，在俯身蹬直双腿的时候，胸中就有豪气冲出，让人忍不住呼喝唱叫，无穷尽的路便无忧无愁从眼前转动到身后。忘不掉温凉河的沙滩，白花花一片，在河里洗过澡，躺在沙滩上晒日光浴。兰云的许多故事都是在树荫下、在马路边、在河滩里听麻秆讲的。

麻秆喜欢同我搭帮，我不捉弄他，也不打断他对往事絮絮叨叨的回忆。他并不老，不到40岁，正当盛年，却处处显出讨人嫌的老人样。瘦，高，摸摸索索，干什么都又拙又慢。撒尿的时候半天系不上裤腰，（拉车的人都爱穿大裆裤，扎宽布战带）而且总是点点滴滴尿不净似的打湿鞋子、裤腿。上坡大家都是相帮着一辆一辆推，他总是让别人帮他，一上去便不顾别人，装出巡检车子的模样绕车转悠，谁嘲弄也不在乎，老皮老脸朝每个人谄笑。不管人家爱不爱听，老拿以往的经历津津有味地唠叨，什么事都能让他扯起从前。在我们群里是个十足的窝囊废，在往事里却似乎是个风流倜傥的才子。

"那会儿……"他一开头老爱这么说。

我们常在县城通往集镇山乡的路上走，砂礓土路既不打滑又不沉滞，特别适合拉板车，荒沟边随处找得到拉车人留下的灶坑，就着路，铁锨挖成圆形，掏出一道出烟口。路上随手捡了柴，就好做饭吃。暮色四合，远村旷野一片苍茫，灶底的火光忽悠忽悠闪动，毛驴在窄窄的木槽里嚼着干草。那时候，大家已经不想吆喝唱叫，就想说女人。

"……你猜我怎么着？"麻秆说，"我说，你不要这样嘛，别这样嘛。"

"她怎样了？"

"我一点都没料到她那么火热，说实在的，那会儿追我的女同学也有三四个。"

"你原来并不爱她，是不是？"

"也不是这么回事。也有点爱，可我没料到，她一把就搂过来，就这样，这样搂着。整个人像化了似的贴着我的身子，蹭着我的脸哭。那真是热泪滚滚，哭得把我右肩膀都湿透了。"

"你该让她伏在左肩上才对，男左女右嘛。"

"后来我把她挪到左肩了，两手掬着她的脸，摇她。我说：'小云，小云，别这样嘛。'"

"你没亲她？"

"……不瞒你说，亲了。一亲更不得了，只顾得左亲右亲，亲得教学楼宿舍楼都熄了灯，操场花圃都罩上雾，干脆什么话也没说。哎呀，太晚了。我说。她又哭，哭了又亲。后来说，我该走了。……本来她说有重要事商量，结果什么也没商量。"

"如果不是在操场外的树林里，是在一间什么房子里，又有床，那就好了。"

"你以为我没那么想？"麻秆非常亢奋地挥着拌草棍说，"她一走我就非常后悔。女人的心没法捉摸，一连几天约她，她都不理不睬，碰面还躲着我，把我搞得六神无主。毕业典礼开过了，分配介绍信发到手，我们都分到辽宁，我想，反正来日方长，就等等吧。忽然接到她一张纸条，约我出去谈谈。我们绕着古城墙走，绕着湖走，绕着树绕着花坛，后来有一丛冬青树，她站下了。女人们真不可捉摸，上次那么大胆，这次连一丝热情都没有。离我一米左右，就那么站着。"

"你没有拥抱她吗？"

"瞧你说的，我是个男子汉。"

"男子汉才应该主动。"

"嘿呀。"他笑了一声，"我主动了。我……嘿呀，我可比她有劲。说真的，那会儿我有一刹那的……一刹那的……她的胸脯太平了，简直像块平板。不过，女人就这么回事，一抱在怀里，就会融化。起初还说'别''别这样'，顷刻便如痴如醉。我们又是那样亲来亲去，想起来真怪，什么话都顾不上说。恰好，我说'太晚了，回不去了'。她说'不'。我说咱们住旅社去。她说不。我说怕啥，反正明天就走了。她说不。我把她领去。临上床，她还说不。后来倒是她先脱衣服。"

"麻秆，想不到你还有这一手！"

"嘿呀，这倒不是吹牛。一手？不瞒你说，手儿多着呢。"

麻秆确实说过许多这样的艳遇，似真似假，似有似无，大家都说不可不信不可全信。但是，麻秆说的事并不精彩，干巴巴的，我怀疑也许他在这方面同拉车子一样窝囊。

"半天，她说：'你恨我吗？'"

"干吗要恨她呀。"

"'我决定不去辽宁了。'"

"为什么？"

"她说：'你千万别恨我。我已经要求改到青海。'她说她已经结过婚，是那人供她上学。那人还把她母亲、弟弟都接去养活，让他们不再受人歧视。我听呆了，一种受骗受辱的气愤使我说不出话。"

"那时候她多大？"

"也不过二十一岁吧。"

"那个人呢？"

"她不告诉我，什么也不告诉我。后来从别人那儿听说，那是一个转业军官，在县里当什么政委。"

"你说是胡政委吧？"

"搞不清楚，那时候我不在县里。"

"是胡政委。那人非常好，待人和气，心地好，经常到我家去。那时候我母亲是街道代表。河北人，老同志，对穷苦人好得很。下雪天常同我母亲一起去看房屋破烂的市民，看搬运工、码头工……"

麻秆显得惶恐，露出卑贱的笑脸说："不是，不是。……况且，是她骗我。我什么也不知道，完完全全不知道。"

我同他说起胡政委，一个身材高大、腿脚结实、宽脸大嘴的人，常穿肥大的灰干部服，讲话爱说"这个这个的——啊——"想不到他有什么缺陷，也许只是年龄大一些，没什么文化，讲话粗鲁随便，那副脸由于憨厚显得呆板，举止行为仍然是一个地地道道的农民。到我家来，爱披着短大衣或是裲子，一只脚脱了鞋蜷在椅子上，抽旱烟。若给他泡茶，他就摇着手："不喝那，不喝那。来一碗白开水就成。"拇指和食指叉开，捏着粗瓷大碗的碗沿，头埋在碗里，像饮牛一样喝。

"这个人后来是不是在省里？"麻秆说。

"先调专署，后调省里。"

"那么说还真是他？"

"在县里三十来岁，没结婚。"

此后有好长一段时间麻秆回避这个话题。

"怕什么呀，事情都过去十来年了。"我说。

麻秆猥琐地笑了笑："怕倒不怕。"

那时麻秆正打光棍，妻子远在东北，没说离婚，同离婚差不多，连信也不怎么通，麻秆当然忍不住要在口头上多享受些女性。冬天的路上，已经没有避风闲谈的地方，做饭也需赶到村镇。田野光秃秃的，沟坎村路都如摆在一张褐色地图上那般清晰赤裸。村庄消退了浓重的苍翠，变得稀疏明朗。天黑得早，夜变得难耐。裹着一床小小铺盖卷，只露出头脸，周身凉飕飕的暖不热。麻秆的嘴能为我们取暖。说到兰云，他就不肯大声，只将头勾过来，靠近大家耳朵，压低声音，像说天下最要紧的机密，别人听去会杀头似的。

"算啦，别他妈叽叽咕咕弄玄。怕就别说。憋住！"

四喜说。

麻秆就憋出一阵嘻嘻的憨笑。

听我说兰云长得很不起眼,他立即大声说:"净瞎扯淡!兰云这人,乍看平常,相处三天,叫你难忘,是个绝对的大家闺秀,庄重娴雅,不媚俗。在我们班里,没人不尊敬她。聪慧,沉静,功课人缘都是第一流。别看表面冷冰冰的,心里是一团火。感情热烈得很。"

"热得能把……化了,是不是?"四喜嘲弄说,"说不定肚里滚了,发浆,酸不溜溜的,是吧?"

麻秆从来不惹四喜他们,他会用一大堆连说带嬉笑的啰啰唆唆解嘲。待没人听他时,就凑在我耳边,单单同我一个人絮叨。

"真的,女人爱男人的时候,比男人机警,有智慧,好像经验非常丰富,本能地周到细心。每次回北京,她总能想出办法陪我玩。"

"她没去青海?"

"没去。她留校了。"

"你没劝她离婚?"

"不瞒你说,劝了。"麻秆既伤感又自豪,"她很执拗,她说:'那不可能,绝对不可能。不能那么做。他在我困难时帮助了我,现在还扶养着我母亲和弟弟,是个可怜人,十二岁没了父母。同他离婚,母亲、弟弟都不会同意,无论如何也不会同意。'她带我一起去白云观,说那地方清静,道教第一圣地。在白云观,半开玩笑半真情地说:'我求元始天尊了,让他给你好运气,给你好妻子。'那一次,她笑着,我却哭了。她说:'结婚吧,你该有个家了。'"他将手抽出来,垫着头,"你怎能说兰云长得丑!她气质好,内秀。你看着她,会越看越舍不得。"

"该有孩子了?"

"该有了。他们结婚八九年,一直没孩子。"

春天里,麻秆害过一场病,后来令人奇怪地沉默寡言,连吆驴也显得声音暗哑。那时候,我小时候的朋友江已经不在运管站当会计,我和麻秆开派车单很难,常常靠在运管站的车棚柱子上闲等。驴倒不在乎,慢悠悠地在墙角盘蹄子,甩着尾巴,一悠一悠。

"她回来了。"麻秆突然说。

"谁?"

"高兰云。"

"见了?"

"到我家看我了。"——麻秆的家在鸭蛋坑西边,挨着城墙。三间旧瓦房,漏雨,被麻秆弄得乱七八糟,没有家具,迎门支着锅灶。

"挂牌子没?"

"挂了。"

"牛鬼蛇神,跟咱们差不多。要到菜队去干活。"

"没什么大变化,跟我一个一个说同学们的情况。"

"那就好。"

"可那会儿……"麻秆脸上现出狼狈神色,"我那儿刚好煤油点完,我正说出去买。屋里黑咕隆咚,擦了两根火柴才看清她的脸,我们就坐在黑暗里说话。才下罢雨,门口坑坑洼洼,都是泥水。"

"那好。那样好。"我说,"你……问没问她,是不是从前住在洋堂那边,绿门,门口有桑树?"

"没问,我没问。问那干吗。"

"是啊。"我说。我心里有点不踏实,这女人是不是绿门里的兰云?我并不知道兰云是否确然姓高。

我想去看看她,又怕认不准,看也白搭。此后的日子,觉得麻秆又变得多嘴多舌,爱开玩笑,干起活比先前利索,啪,鞭一甩,夸张地喊:"窝,窝,窝——你个龟孙!"

他嘴上不怎么说女人了,也不提兰云。休息时别人躺下,他站着,依然瘦高。无缘无故地咧开嘴,望着大家谄笑。手在胸前捧着,干粮屑从指缝里瑟瑟向下掉。

玻璃奶

她左眼有一点翳子（我们那儿叫"棠棣花"），大家就叫她玻璃奶。

她嫁到我们院里不过十六岁，个子瘦小，头上花冠也就好像特别大，颤颤巍巍，水红穗子垂过胸脯。她的小脸同这穗子一样红，嫩油油的。那时候没人知道她"玻璃"，李爷也不知道。她老栽着头，人们无法看清她的眼睛。按规矩，新媳妇进了门先献炊，"切面条"——当院放一张大方桌，再摞上小方桌，再摞上大椅子，椅子上放案板，案板上放一卷擀好的面叶、一把刀。新媳妇爬上去，拿刀把面叶啪啪剁断，算是切了面条，为婆家做了第一炊，然后自己从高处跳下来。人们像看戏一样嘻嘻哈哈围着起哄，说俏皮话，品评新媳妇的脚。伙计们还在面叶里卷了桑皮纸，让你剁不断。她个头小，爬不上去，急得什么似的，李爷却只是耷拉着头看地，不帮忙。好不容易爬上去，又下不来，沿着方桌转，终于忍不住，喊道："哎——你过来哉！"此后，伙计们见了李爷就喊："哎——过来哉！"

其实，李爷也才十八岁。那时候西城门里梧桐院隔壁曹佛爷办了公所，让城里人入会（他们不叫入会，叫"在礼儿"）。"在礼儿"的人不许吸烟、喝酒、嫖女人，不吃肉，传授五字真言。每月聚餐一次，用各种蔬菜煎炸作成鱼、肉、鸡的形状，算是斋日。"在礼儿"的人不称名，不论辈分，一律称爷：曹爷、张爷、曾爷……只有姓魏的要加一个"大"字，称魏大爷，因为我们那儿把外祖父叫外爷（"外"读作 wèi）。李爷入了礼，当然就成了李爷，除了母亲叫他文甫，牌坊街的人都尊称他李爷。

李爷是书香子弟，父辈是私塾先生。父亲死得早，他同母亲一起过着清贫的日子。没有房，没有田产、铺面，靠元亨掌柜的旧交情在店里当管账先生。他像父亲一样老成规矩、斯文木讷。我们虽然同租一个院里的房住，他却极少同我家来往。白天站柜，夜里看账房，遵循母亲的家教，无事不进后院、不串小场（就是女人群），见了女人，无拘老少，一律眼睛看地，点头为礼。所以，玻璃奶嫁来三年，两口子从没在一起睡过觉。那时候时局不好，大家都对门户特别小心。每到晚上，就听见李奶奶隔窗喊："林他妈！二门插了。"母亲就应："插吧！"二门的门脚吱吱哇哇响，门闩噼噼啪啪，门就插死了。接着是吱扭扭，哗啦一声，李家住的西厢房门也插死了。玻璃奶摸着黑在屋里纺棉花，嗡，嗡，嗡——咻，这声音一直响到我睡熟，几乎成了我幼年的催眠曲。那时候我一直不明白，每当李奶奶插门以后，母亲总是在嘴角浮起一个滑稽的微笑，然后叹一声，瞟着父亲说："文甫啥时候能圆房啊，真是！"

尽管我们从没看见李爷回家住，一日三餐也都匆匆来匆匆去，可是，玻璃奶竟在大家不知觉中生了一个大胖小子。母亲跑前跑后，替他们张罗，挺高兴地说："真不防，他们是啥时候开始的？"

李奶奶也很高兴，那孩子太像李爷，好像在月里便学会了礼教，沉默，听话，懂事，尿布也能等着大人按时换。待了两桌客，请元亨掌柜起了名，到城隍庙报了签，给送生奶奶烧了香，二门和房门还是按时插死，李爷还是像往常那样从不正眼看玻璃奶，玻璃奶的玻璃他也仍然不知道。孩子呢，他是从来不抱，有时候忍不住，多看两眼，抬头碰上李奶奶蔑视的目光，便立刻红了脸。

后来母亲就老是留心夜里的动静，听玻璃奶的纺车声。街巷到掌灯以后就听不到人声，偶尔从城隍庙街口传来一声悠远的吆喝："饺儿——咪——"那是前街邵老大卖馄饨，专门给抽大烟、来赌、嫖窑子的人准备的。静街炮响过，连饺儿也没了。纺车嗡，嗡，哧——终于停下来。母亲就悄声说："听！"果然，西厢房、院里、二门，轻微地有窸窣的响动，像树叶落下。"那门怎么不吱呀？"母亲说。确实，那门竟没有一些儿声息。

可是，有一次，西厢房的门吱地响了一声，立刻就听李奶奶喝问："谁？"院里没有回应。母亲忙将眼睛凑在窗格子上，半天，悄悄地笑着说："退回去了。这个斯文先生，又该三天不回家吃饭了。"真的，李爷有好几天没回家吃饭。再回来时，有些惴惴的尴尬，脸皮微微发红。

李奶奶很结实，一天天地过下去。饭食清淡，却总不见病，也不死。

终于，闹起了"玻璃趣话"。

那时候小宝已经会跑，玻璃奶放了脚。是南军过来以后出布告让女人放脚，不放的罚款，还要抓。李奶奶哭，玻璃奶也哭，"这算什么世道啊，我的祖宗先人哪——"大牌坊街的人没有不骂的："这算什么屌革命，拿女人的脚当玩意摆弄！"玻璃奶就放脚了，用什么草药熬水洗，只想装装样子，谁知竟真的放大寸余，一家人哭得更凶，李奶奶骂她没成色，连脚都保不住，待她也就更苛刻。每天晚上陪着玻璃奶纺花，一直到深夜，看着她哄了小宝睡觉，在二门加了锁。

后来玻璃奶突然在黄昏时绊在椅子上，栽倒了，擦破嘴唇，淌着血。李爷回来吃饭，淡淡地说："走路，怎不小心？"玻璃奶说："我眼睛出了毛病，混混沌沌的，看不见。"李爷就捎了章四老总的眼药回来让她点。那是城里有名的眼药，用河里的小螺蛳壳装着，点起来挺费事，先滴清水，再用竹针蘸了，抹进眼皮里去。玻璃奶哭了，说自己没法点眼，让李奶奶点。李奶奶老了，眼睛不好使，赌气说："让你男人点去！"李爷笨手笨脚地翻她的眼皮子，惊叫一声："你这是长翳子啊！""是吗？"玻璃奶说，哽哽地哭，"这以后可咋办？怎么纺线？怎么做针线？"从那以后，玻璃奶一到晚上就老出事，不是绊翻椅子，就是打破茶盅，最让李奶奶心疼的是，竟把一盏刚添过油的灯给摔了。家里生气，李奶奶找母亲诉说。母亲说："给掌柜的说说，晚上还是让文甫回后院住，你老了，宝宝妈眼睛不好，孩子有闪失，后悔就来不及了。"李爷就搬回家来住了。

后来玻璃奶同母亲说起这段往事，笑得眼泪都落下来："我十三岁就得了这眼病，他们五年都不知道。小宝他爹回来的头个把月，从来不敢脱衣服睡觉，听见他妈咳嗽一声，吓得出气都屏着声。一张旧床，翻个身吱吱呀呀响，三间两房，只隔两道门帘，可把他拿捏坏了。"

李爷只活了三十七岁，留下四个孩子。过崔二蛋土匪的时候，玻璃奶被裹走了。民国十九年，崔二蛋被招抚为豫西剿匪司令，玻璃奶是崔司令手下一位营长的太太，骑着高头大马回城探亲，跟着四个马弁，穿着旗袍，烫了发，下马的时候，小圆屁股朝着李奶奶扭了大半天。李奶奶笑着，觉得门庭生辉。大牌坊街的人都说："不防，玻璃奶收拾一下还挺漂亮。"

　　李奶奶一直活着,据说就靠玻璃奶接济。大孙子宝儿结了婚,李奶奶常教诲他说:"看你们现在年轻人,有什么出息!你爹跟你妈成亲五年都没同过房,没抬眼看过她,你妈眼里的'棠棣花'他都不知道,哪像你们这样!"

人头李

他的头装在牛笼嘴里，挂在城门上，黑紫一团，并看不出什么名堂，鼻子眼也难以辨认。小孩子比手头，向它投石子，嗡——打中了，苍蝇浓烟般飞起，臭气熏天。大人呵斥，我们跑开。一会儿又聚拢来，指手画脚议论，打赌，相约半夜来看人头转圈儿。可惜母亲管教严，我又往往睡过头，一次也没看到。只听小锁夸口："扑棱一圈，扑棱一圈，哼——跟活人哼得一模一样。没风，没灯，月亮白花花的，鼻子眼都照得清清楚楚，在脸上乱动。"后来由一个讨饭的掂到城外去埋，我们跟着看，才知道那面目实在可怕，吓得夜里做梦，大喊大叫。

母亲说："其实他很有派头，和和气气，一点儿不像土匪。"

"你认识？"

"老邻居。崇实小学的李老师嘛！教过你二哥。"

我很懊悔，母亲若早告诉，我还可以在伙伴面前吹嘘一番。

"教师干得好好的，怎么就去当土匪？"

"同校长不对劲儿。校长打他一耳光，说他烂草鞋顶不到人头上，他就去当土匪，给崔二蛋当参谋长，捉住校长，笑着说：'你看，我能顶到头上吗？'校长吓得拉了一裤裆。"

我觉得这人头李挺好玩。

后来挑水的白赖说："李三么？砍他的是黑圈，可真够朋友——他们小时候在一起读过《论语》——刀片嗖地扇过去，骨碌，人头就滚落到脚下，活儿做得干净利落，可不像他第一次进城时宰老苍头。土匪里面的刀手心狠啊，先从腮帮割，割到胸脯，还把舌头留着，让他骂。李三捏着小茶壶儿站在一旁点头，'好！真是千古绝骂！'这个驴肏的损货，真不地道。当年我给他挑烟土——他做烟土生意狠赚了钱。赏钱啬得很。这家伙，瘾大，赚的钱抽光，又卖地、卖房。他老婆是个美人儿，娇滴滴的。吴团长给他弄白面儿，就是老海，洋人做的东西，比烟土劲儿大多了。绿豆粒儿这么一丁点，放在锡箔上，灯头一燎，哈——吸——一股劲儿把白烟吞进肚里，精神就来了。十六师撤走了，老婆死了，想抽大烟只有干土匪去。"

小时候对李三的印象不如解放后深。我上初中，只要讲农民运动，历史老师准会拿他作例子，说他是教书人的败类、镇压农民革命的血腥刽子手，把红枪会烈士阎苍头活剐了，惨绝人寰。后来，忽然听说阎苍头是恶霸杨大少收买的地主武装，李三被反动军阀杀害，应该定为革命烈士。两个穿灰制服的人出现在我家，找母亲作调查。母亲闪烁其词，惶恐异常，待明白了这次调查对李老师有利，就嗫嚅地说："那次崔二蛋进城，男人绑票，女人掳去作践，店铺砸开栅板门，随意抢。我们大牌坊多亏了李老师。他在里边当参谋，在我家门口插一支蓝旗。蓝旗是土匪亲眷，不许进。左邻右舍躲在我家，女人们才免去一场大祸。……他是担风险了的。若被崔二蛋查出不是亲眷插蓝旗，是要五马分尸的。"

我们学校敲钟的毛老二却向灰制服的人作了完全相反的证明："这事呀，我不清楚谁清楚？进崔二蛋杆子我们俩一起去的，他竖着一根指头对我说：'毛呀，咱们当这个去。又有吃又有喝，还有烟泡抽，女人随便玩。干几年，国民党一招抚，少说给个团长。这年头，这就是正道。'果不其然，县城给敲开了。治安团、十六师全跑光。那一夜，李三就搂了三个小妮儿，都才十五六岁，可怜见，哭得泪人儿样。"

"你看见……吗？"

"嘿，隔个箔篱子，听得清楚啦。崔二蛋高兴地拍着那妮子的屁股说：'好好伺候参谋长，老子有赏。'"

李三的案子总也定不下来，对这个黑紫的人头我怎么也想象不出他生前的面目。我问五爷，我知道他曾因打官司同李三有来往。

"说不上孬孙，顶多是个痞子。"五爷说，"文采好，会写状子。"

我想知道他的童年、他的家庭，母亲却说他们一家是牌坊街的漂来户，不知道根底。他爹是粮行的管账先生，他妈死得早，至于他的后代，好像有儿子，有闺女，都在外边做事，同家乡没什么联系。

前些日子看到一份本县县志资料，铅印，只有两行：

李化甫，少有大志，一九三〇年前后加入共产党城西支部。为争取土匪武装，打入崔二蛋杆匪，战斗负伤，被十六师俘获，英勇就义。时年二十九岁。

我问母亲："那人头李三是不是李化甫？"

母亲想了半天，终于含混不清地说："是啊，他叫什么名字呢？"

周相公

我一直不明白,我们那儿为什么要把店里的伙计称作"相公"。要知道,相公同时又是女婿,又是郎君,这就容易给调皮捣蛋的人造下空子。比如周相公,就因为偷这个巧,被兴华烟厂解雇。他初进兴华的时候,专给封烟女工记签(就是计件,以件计资),人年轻,英俊,潇洒。女工们问他:"这位你……贵姓?""噢,不敢,姓奴。"女工们就喊他:"奴相公。""我这个姓不好,你们不要当着掌柜、工头喊,要低些声。"女工们就低声叫:"奴——相——公。"他就笑眯眯地答应。后来竟做出真的来,与女工相好,成了几个女工的相公。工头发现了,很是吃醋,就向掌柜报告。掌柜笑着说:"玩玩笑笑嘛,有什么要紧?"周相公听说后,就想法戏弄工头。趁他会客,走进去,随随和和地给客人倒茶。"这是周相公。"工头说。按照常规，伙计应该穿号衣，一眼便知是伙计。可他穿着长衫，并且不像一般相公被介绍给生客时要说："新来学生意，老板多照应。"他只笑了笑，怯怯地说："惹您见笑。"这句话在我们那儿是用在相亲，或是至亲初见。那位客人马上客气地说："令婿真是一表人才。"这笑话马上传遍车间，工人都同工头开玩笑，叫他岳父大人。工头气坏了，对掌柜说周相公多给女工记签，万万不可留用。

那时的规矩，雇店员叫"觅相公"，多是商号亲朋推荐。平时犯了错，只教育，不解雇，过了年，到正月十六，商号新一年开张的时候才"见话"。中午掌柜摆全桌酒席，让相公吃喝，晚上把相公分别叫去。某某，这一年犯过什么过失，该怎么办（多是训诫改过，少数扣工钱）。某某，因本店不景气，裁员，请另就高门（这就是过错严重又无改正希望）。掌柜对伙计的解雇十分慎重。一则，伙计一出店就像女人坏了名誉，别的商号很难再用，等于断了一个人的生路。再则，时局混乱，解雇一个人等于多树一个仇人，弄不好会惹麻烦，也许偷你，也许结联杆子来盗抢。出于这些考虑，加上周相公的荐头又是绅士，面子大，兴华经理就婉转地荐他到一个小店"和裕昌烟行"去。

　　一般新来的相公都不让管事，在一两年内只是干杂活。早晨起来，给掌柜倒夜壶；然后把店里支应客人的水烟袋擦干净，添上净水（这种水烟袋那时候很流行。小店一两支，大店四五支。有镀铜的，有镀镍的。弯弯一个吸管，一端是水壶，扁圆形，旁边是烟筒，按上烟丝，用纸媒儿点燃，呼噜噜噜，噗——这样抽，很有派头）；扫地，整理货架，给管账先生研墨；跑街，讨账；挑水，劈柴；下午擦灯罩（那时候每家商号都有几盏美孚灯。相公们把灯罩轻轻拿起，用手堵上一头，哈——呼一口气，手指夹着白绵纸，里里外外仔细擦拭，有时候还需用筷子垫纸戳进去推拉，直到玻璃罩锃明瓦亮，连个手印也不许留下）；夜里，给掌柜铺床，提夜壶，伺候睡下，再叠纸媒儿（火纸裁成寸余宽纸条，卷在筷子上，在桌上搓成小圆筒，竖进帽筒，供白天抽水烟用）；放了静街炮，夜深人静，端上灯，前后察看一遍，锁上门；半夜起来，给门外廊下的号灯添一次油（那是个三角形的玻璃灯或是纸糊的灯，固定在廊檐下的柱子上。按巡警局的规定,各商号的灯必须通宵亮着,灭了就罚钱)。

和裕昌的范掌柜很和气,周相公新来乍到,范掌柜也没怎么难为他。可是,周相公从大厂子出来,瞧不惯范掌柜的小气、吝啬。一般商号都是每逢初一、十五两天中午改善伙食,给伙计"打牙祭"。大商号做几个盘子,拉桌,上汤;小商号牛肉面片、羊肉面片、羊肉臊子面、炖肉、炖鱼或是饺子,喝黄酒。可是,范掌柜常常有意无意把十五这顿牙祭隔过去,到了十六七,笑着说:"看我这记性!十五给忘了。你们也不提个醒。"大家明知掌柜想省,谁也不会当真去提醒他。可是周相公就不忍这点亏。又到了十五。上午范掌柜让周相公点烟包席,他一边点,一边大声报数:"一五,一十,二十——"范掌柜说:"慢!怎么报了一十就报二十,十五呢?"周相公站在那里打愣,望望掌柜,望望相公们,在后脑勺上拍了一巴掌:"唏!我操他妈的,我舅官儿把十五给忘了。你们也不提个醒,提个醒!"大家都哈哈大笑,范掌柜连忙放下水烟袋说:"拿钱!割肉去!今天打牙祭。"

每到过年,各商号都设春筵,请年客,从正月初六起,每日三五桌、七八桌、十余桌不等，一直到正月十六，大都是各商号、朋友、有生意来往的互相请，每天还要请地方士绅为首席，以增加荣耀。那个时候，相公们特别忙，他们都要分头去下帖子、知单。帖子上写着：

谨择于×日午

　春茗

　　候

　光

　　　　　　　　　　×××鞠躬

知单一般是四折大红纸，上边写着当日赴筵被邀的人名，便于互相知照。由于春筵重叠，往往有一人（尤其那些名人士绅）同时被数家邀请，赴筵的人便每家去稍坐片刻，尝一盅酒，站起来，拱拱手："失陪，还有后约。"也有干脆用客气话回绝："领情了，不用候我。"少数店房人手缺，掌柜的不便出门，就派心腹相公代赴。范掌柜生意小，遇事多算计。每年请年客，他蹲在大牌坊路口抽水烟，看见商号的相公拿着知单走过，凑上去搭讪，翻翻知单，记住人名，回去重着日子写帖子。这样名义上请五桌，实际只备三桌，重席的客人或缺，或流水过席，每天可以省去一半费用。后来周相公去送知单，每走一家，反复叮咛："今年，务必请按时光临。我家掌柜的说大家瞧得起的话，今年都要赏个面子。"结果，客多桌少，范掌柜手忙脚乱，临时拼凑，成了大牌坊的一桩笑话。

周相公这样扎手，范掌柜又不敢辞退。他进兴华的荐头大，又经兴华掌柜转荐，是两个人的情面了。

那时候，周相公同我二哥玩得好，常在我家出入，还请了临泉高中的学生来拉胡琴，他们唱京戏。周相公喜欢唱青衣，对程派特别有兴趣，"儿的——父唔——，弄格里格弄格底，去投唔——军嗯——"我坐在门槛上望着他的脸，那张脸是长长的，鸭蛋形的，光亮润泽，白皙，帅气。他是牌坊街很少的几个不吸鸦片的人，大家因此瞧不起他。他不在乎。除了唱京戏，他还领我们到新办的民众教育馆去听演讲。那时候演讲的人是民众夜校的涂老师，连鬓胡子，大个头。他在台上讲妇女放脚。周相公在下边喊："你老婆的脚放没有？"涂老师说："老婆是老婆，我是我！"周相公就把脚举起来："我的脚也放了，你瞧！"

后来闹土匪，商号组织起"相公队"，由每个商号出一个相公（大商号出两三个），自己买枪、买子弹，由一个退伍军官训练，土匪来时集体出击，保护商行。

可是，相公队简直是脓包，头一次碰上建国军杆子攻城，几乎没放一枪，就纷纷跳城墙逃跑，各商号遭受洗劫，白出钱给自卫队了。周相公那次逃跑，再没有回来。有人说他入了建国军，有人说他把范掌柜的闺女拐跑了，到老河口开烟店。反正，这个人就给我们永远留下一个年轻的形象，无法想象他老了是什么样子。

此后我常想，人还是趁年轻时消失，能给人留下一个永远帅气的样子。

八　姨

　　我是先学会童谣后认识其人的。我不知道那童谣是谁编的、谁教的。第一次在家里唱,母亲笑,摇着头,喝问:"谁教的?信口开张。再不要唱了。"我蹦着唱得更响:

七儿,八儿,
卖黄瓜儿。
七儿担着,八儿喊着,
掉只花鞋俺捡着。

　　母亲把针线筐扔下,满院子撵我,抓住,憋着笑,一脸正经地说:"再唱,杀了你!"后来我问,母亲总是说:"再不许唱!这歌儿不好。"

后来乡下的四外爷同一位姑娘到我家来。我直勾勾地盯着那姑娘瞧。她真漂亮，细皮白嫩，脸蛋圆润，睫毛很长。那时候不知道她是化过妆的，搽过白粉，轻轻打了胭脂、口红，眉毛又细又弯。她不像县里一般女孩子那样留辫子、刘海，她是齐齐的剪发，很精神。穿着也不一般，旗袍的料子不算特别，但那式样分明显得秀气好看，下摆的衩子开得很高，走起路能看见白白的丰腴的大腿。绣花皮底鞋，高跟儿，两只脚交叠迈步，屁股很好看地扭动。

"这是你八姨！"母亲说。

我没有吭声，只是呆呆地望她。八姨怜爱地冲我微笑一下，嘴角露出浅浅的酒窝，伸出手，很温柔地在我头上抚摸了一圈。此后，我便永远记住她那瞬间文静可爱的形象。

我不明白一向待人和善宽厚的母亲为什么不喜欢八姨。我看出父亲和母亲都客客气气地敷衍他们，无意留他们吃饭。可是，四外爷半推半就地把八姨留在我家。他说："过两天，我来接她。"我很高兴，我喜欢这个八姨。她坐在窗下总有些心不在焉，同我玩也老走神。

可是，我就喜欢她这种神思不定的模样。她有时候抓着我的手，在她手里揉着玩，有时候摩挲我的额头、脸蛋。我知道她是无意识的，所以才那样忘情，那样长久地抚弄，像玩一只猫。

后来我问："我有七姨吗？"

她凄然一笑（她笑起来不露齿，红润的嘴唇向两边微微绽开，嘴巴便显得长而优美，酒窝旁漾出一个竖纹）："那是我姐。"她淡淡地说。声音甜润悦耳，却又掺着感伤。

于是我一切都明白了。我知道那支歌为什么母亲不让唱。

四外爷来接八姨并不是两天后，而是隔了差不多十几天的样子。临走的时候，我看见八姨哭了，眼泡红肿着。我默默站在门口。八姨悄悄把一个手帕小包递给母亲，说："你给他。"母亲没有作声，转过身眼圈有些红。八姨一把搂着我，用脸蹭着我的脸，亲了一下我的额头，嘶哑地说："林林，你要想着八姨。"我就哭了，默默地泪眼模糊地看着八姨掏出手绢，揩揩眼睛，匆匆走出二门。

再见她，已是十年以后，是一个黄昏。那时候我们刚从乡下跑土匪回来。家里一片凌乱，家具都被土匪砸烧。铺子里乱七八糟。父亲正从夹墙里向外掏货物。那是房主做生意时掏修的夹壁，乱时用来藏值钱货。

突然有一个人影闯进院里，站在屋门口。母亲嚷："谁？"我们都扔下东西出来看。是一个瘦干干的女人，头发不整不齐地披着，衣着邋遢，臂弯里扡着一只篮子。

母亲以为来了乞丐，冲她嚷："还没做饭呢！"

那女人笑了一声："二姐！"

昏暗中，母亲凑近她的脸，惊叹一声说："是八儿！"

尽管那天夜里八姨同母亲聊得挺亲热，有时还笑一阵，好像很爽朗，但我一直不敢正眼看她，心里有种隐隐的哀怜，不敢拿眼前这个形象同八姨在我心里的模样对比。尤其让我吃惊的是，晚上，八姨从口袋里摸出一个小纸包，打开，放在锡箔上，在灯火上燎着。吸——哈——，锡箔上的细粉末变成一股白气，被她吞进去，立刻就有了精神，不再打哈欠伸懒腰流鼻涕。我知道，那就是元亨掌柜经常贩运的"老海"。

这次她只住了一夜，第二天一早就走了。临走，又交给母亲一个手帕包，比原先的大、重，叮当作响。"给他。"她说。母亲说："就算了吧。""给他。"她说，匆匆地走出去。这一次她没有搂我，也没有亲我。我已经十五岁，戴了帽壳，穿着长袍，像个小老头儿。

第三次见她是两年后，建国军杆子进城。那时候县里驻着四十七军，各商号还组织了"相公队"（自卫队）。平时派粮派捐派草料，连市上的税务也由军队派人征收，地方上不准插手。可是，建国军进城的时候，四十七军头天晚上就撤走了，后来有人说，是建国军许下二百箱大烟，同军部商量好，让他们把县城让出来。那一次，全城商号损失最大，因为谁也没料到军队会突然离开，相公队没放一枪就跳城墙逃跑。混乱当中，母亲和父亲急蒙了头。刚打开后门，就看见土匪像潮水一样从西城巷子里涌过来，连忙又开前门，听见一声大喝："门板下开！下开！"一个掂手枪的土匪对着父亲挥手。这时候，忽然有一匹马跑来，是一个穿旗袍的女人，她跳下来，把一面蓝旗挂在我家门口。"这是我姐夫。"她说。那土匪军官把手一拱，胸前作一个揖："误会了。别见怪。"

可是，不大一会儿，看见城隍庙街的郭二少和他的太太被绑着走过来。郭二太太也是街上有名的人物，标致，新式女性，读过书，演过文明戏。八姨站在西城门下，靠着马，看见他们走过来，脸上的颜色霎时变得苍白，只是一瞬间，便低下头，手里悠着马缰绳。郭二少盯着她望，眼神复杂。郭二太太对她啐了一口唾沫。刷，押他们的土匪抽出大刀问："是他不是？"八姨突然哭了，伏在马鞍上。两颗人头便骨碌碌地滚进城河里去。

那时候，我和母亲都在前院临街的小楼上，透过楼上的小花窗屏气向下望。母亲吓得浑身打战，双手紧紧地捏着我的膀子："这小八儿，真疯了！"我说："杀一个少奶奶，少一个浪货。"母亲回手打了我一巴掌："你知道她是谁？""谁？不是郭二太太嘛，你不是说她浪货吗？""那是你七姨！"是的，我仔细想来，郭二太太的身架、长相确实同八姨有很多相似的地方。既然是亲戚，为什么从无来往？父亲说："少问！咱们小家小户，攀得上那样高的亲戚？"

不知为什么，土匪在城里住了三天，八姨竟一次也没到我家来，好像把我们忘记了。

接着是十六师同四十七军合围建国军。城里大街小巷都响着枪，倒着一片一片的死尸、死马。血水从大街路面上漫过栅板门门缝，流进商号屋里。

过了许多天，黄昏以后，有一个人头上包着黑帕子，敲开我家门，同父亲、母亲在厨房里低声说话："这是蒂芬的包袱，说叫捎给你。"那人没有停留，连夜匆匆走了。

第二天，我看到八姨写的一张纸条，是桑皮纸的，毛笔字，工整，秀丽，只有两行：

首饰给二姐。钢洋二十块。胶鞋给林林。

母亲叹息一声说："四伯这一家，算完了。"

父亲拍着我的头说："林不要读书了。看看七儿、八儿，都是开封洋学上出来的学生！"

从那以后，我一直想象着开封的洋学是怎么回事，暗暗希望过两年去那里读高中或是师范，可是，我总也没能实现这愿望。而且，直到母亲去世，我也没能打听清楚八姨为什么杀七姨。我翻过县志，县志上仅仅记着四外爷的名字，在"地方乡绅"一栏里。

米汤姑

我到底不知道她的名姓,也不知道为什么叫"米汤"。在我们那儿,米汤就是小米粥。

母亲似乎解释过,说她脸上有些细痧,像小米;又说她曾为一碗米汤挨公婆打。再问,母亲就笑,很含蓄:"那时候伙计们都爱瞎编派,给女嫂起外号。"大抵这里边有不便告诉小孩子的隐秘吧!

我一直对米汤姑感到不解。春二八月,别人穿夹袍,她不。她脱了单衣就穿棉衣,脱了棉衣就穿单衣,总是显得臃肿、土俗。我常蹲在西城门里看四喜伯算卦,也就经常见到她。那时候她还没有到我家来,还没有米汤这个名字。地上摊一张画着八卦的方布,圆木盒,六个铜钱,盖上,哗啦哗啦摇一阵,倒出来。正面叫"字儿",反面叫"背儿"。字儿一长横,背儿两短横,记在小黑板上。

连摇三次，四喜伯就批讲，什么金在上，火在下，破财；水在上，火在下，事情难办；土在上，水在下，相谐……问卦的人木呆地张着嘴，或痴痴点头，看来很有趣。米汤姑一来，就蹲在四喜伯对面，向前栽着身子，伸出细细的手指，把卦盒捏起来，哗，哗，摇两下，不放心，再摇两下，倒出来，瞪眼，屏气，看四喜伯在黑板上记符号。

"这么说，他是能回来了？"

"过了六七八，脚下有水。"

"那他是坐船回来了？"

……　……

她凝神听，脸上变换着表情；听完，默默掀起大襟，在口袋里使劲掏，掏出三个小钱，丢在四喜伯宽大的手掌里，似有些哀伤，又似长了精神。我总揣不透，她为什么要三天两头儿算卦。后来四喜伯不好意思收钱，他说她实在不容易，一家人经常吃淡饭，连盐都不放。她不答应，说："这不是别的事。算卦，不兴不给钱。"

她先是扛大篮子到各家收青灰。头上顶一方蓝布，手里提着窄长光滑的木板，把灶洞掏净，很仔细地在篮子里轻轻拍平，好像每粒灶灰都是金沙。临走把一盒火柴扔在锅台上，算是报酬。母亲问："福生还没信儿吗？"她咧一下嘴，似乎想笑，又似乎生气："随他去。我们一样过。""他的爹妈让你一个女人养活，脾气还那样坏。""什么办法！都是前世欠他的。"

后来她到我家做女嫂。我家有厨子，不需要她做饭，她的任务只是照看我和妹妹，给我们洗衣服。母亲允许她在我们睡觉之后纺棉花，她就常从家里带棉花来，用我家的纺车纺。不点灯，说是不能让掌柜破费油。在车辐上缚一支燃着的麻秆，纺车一转，麻秆划出明亮的光环，米汤姑靠它看清锭子上的线穗和脚边的棉捻。嗡，嗡，嗡，咻——，嗡，嗡，嗡，咻——，米汤姑在若明若暗的光亮里一直纺到深夜。她右手摇纺轮，左手捏棉捻，左臂随扯出的细线向后张开，张到最大，手一抬，丢回去，线就缠在纺锭上，动作轻盈灵活，身姿优美。每天晚上我老早爬上小床，如果妹妹不睡，我就吵她，拧她屁股。等米汤姑跑来，我装作睡熟的样子，她摇我，扯着声音喊："小魔王——行行好，别惹妮妮！"我不怕她，我知道她喜欢我。半夜过后，纺车停下来，后院一片寂静，她伏在小床上看，看一阵，在我脸蛋上亲。我已经八岁，不需要吃奶，她常常在朦胧中把奶头塞进我嘴里。我吮着，偷眼看她，那脸上漾着甜美的笑。到白天，她又会板着脸，装出一副大人的威严。顶着蓝布帕，穿着肥大的裤子，身上的土布浆过，她一动弹就发出呼隆呼隆的响声。我很得意，因为只有我知道她还很年轻，奶头很美。

后来，我忽然发现厨子来运不同米汤姑说话了，他从前常同她骂玩，有时还打闹。现在两人见了，眼睛都看着别处，嗯啊一声，互不说话。接着就发生几桩奇怪的事，米汤姑的什么东西丢了，好像是一件贴身穿的衣裤，她的棉捻筐里出现几张钞票。她有些心神不宁，夜里纺车停下，没有扒着小床看我，也没有亲我。我听见唧唧哝哝的说话声，在昏暗的灯影下，母亲坐在椅子里，两手放在膝上。米汤姑抽抽噎噎说："都是我不好，害得你为难。来运干得好好的，辞退了，叫他到哪里去找碗饭？只要以后……就算了。"母亲说："你公公不让你做女嫂，我去说，他才答应，他是信得过我们。来运竟做出这样事来！"米汤姑又哭，母亲叹气。"福生能回来就好了。"

第二天米汤姑好像恢复了原来的神态，不再心事重重，干活更仔细，更勤快，轻易不出堂屋门。来运叔从前爱躺在扁豆棚下睡午觉，现在一刻也不停闲。干完厨房活，又帮货栈里码货。伙计们好像什么事也没有发生，笑，闹，骂，只是看见米汤姑眼神有些异样。

那天晚上，我趴在米汤姑背上，搂着她脖子，看动荡的水盆里她的一对白白的脚。她弯着腰，手在盆里咯吱咯吱搓。那脚裹过又放过，比母亲的大出三分之一，稍微有些弯，趾头一个个翘起，像芦根。

"明天要过节么？"我问。在我的记忆里，只有逢年过节她才洗脚。

她格格笑着，从未有过的爽朗："今晚洗洗脚，明晚有人摸。"

到第二天早晨我才明白这歌谣的意思。醒来时太阳老高，大家正乱哄哄地议论，说米汤姑跑了。母亲激愤地涨红脸嚷："没良心的！让我怎么向她公婆交代！"

来运蹲在厨房门口，面色煞白。

我忽然明白，她是跟骡马店大少爷跑了。昨天她牵着妹妹同我一起上街，骡马店的大少爷在西门外站着。米汤姑给我两个钱，让我去买糖人，回来看见他们正说话。

"公公、婆婆呢?"她说。

"那样虐待你,还舍不了!"

"人老了,没有亲人……"

"行了,行了。我准知道你会这样!我拿出五亩地安排他们,还不行?"

我恨透了这个瘦高个子大少爷,从此再也听不到纺车的嗡嗡声。夜里我一个劲哼哼唧唧哭,母亲哄不住,叫来运。他来了,摇着小床,咿咿唔唔唱歌,我觉得这歌挺凄凉。她为什么不跟来运跑呢?

罂　粟

父亲编灯笼的时候，我家一直住在元亨号的后院里，那是两进宅舍。出二门，走过一条狭窄的过道（小时候觉得这过道挺瘆人，两边都是高高的砖墙，古砖，旧楼，墙根销蚀，常有灰蓝色的细粉落下，夏夜有蝎子从墙缝里爬出乘凉），走过元亨的侧角门，通向大街。临街一座小楼，归元亨用，楼下是过道，栅板门。

大牌坊街商户一般都在商号下加经营项目，如福盛永杂货店、孤桐斋笔店、兴泰书铺、和裕昌烟行、怡和堂药铺、恒泰京货铺……可是，元亨就只叫"元亨号"。据母亲说，元亨从前是盐庄，专卖盐。那时候，我们县城交通闭塞，地处桐柏山与伏牛山的交会处，直到解放战争时才见过汽车。盐，在我们那儿是很贵重的，小商贩经营不起，因为运输力量不够，肩挑背扛不合算。元亨用马车从驻马店运进，或用船从樊城批入。我们县城一条东西街，本不算长，但盐价说涨就涨，西头说涨，东头还不知道，一顿饭光景，从西到东就涨了一两倍。母亲每每感激元亨，就因为我家是靠他们赊的两包盐发家有了本钱的。那会儿盐迟，元亨的李爷劝我们囤两包："先不给钱，等价钱翘头出手，再清账。"两包盐就一直放在货栈里没动。两天以后，盐价暴涨（据说因为路上一帮马车被杆子截去）。李爷说："别出手，等过了晌午再出。"过了晌午，盐价涨到十二倍，我家既没下本钱，也没摸一摸盐袋，就地赚到十一成利。后来盐店多起来，河运也比以前畅通，元亨的本钱大了，就改行经营土栈，土栈就是贩运鸦片烟土。但是，元亨仍以盐为附带生意，还捎带经销日用百货布匹，所以，它的字号没法加业务范围，大家就叫它"元亨"。

那时候，我们那儿鸦片非常流行，而且三教九流都视鸦片为高雅，谁不会抽，别人就瞧不起。父亲的生意扩展得不快，后来虽然也艰难地开起一爿杂货店，却始终被看作小门寒户，就因为我们一家人都不抽鸦片。我常在元亨的柜台里玩耍，同那里的相公们玩得很热火，所以，对鸦片上的事知道得很多。有一年，母亲带我到乡下去，我看到有一块地，全种着鲜花。微风吹动，阳光明丽，田野里的花美极了，红的，紫的，白的，摇着轻盈的花瓣，像薄绢，母亲说："这是大烟。"我不信。大烟是黑色的，像泥块，丑陋不堪，怎么会这样美丽？"花落以后，长出烟苞苞，像梨子倒挂着，由绿转黄，用刀割破，就有白汁浸出，太阳一晒，变成酱色，刮下来，晒稠，就是烟土。"这是七外爷告诉我的，后来还表演给我看。七外爷很精明，他每年种大片大片罂粟，自己却只抽水烟，不抽大烟，所以，他发了财。到抗日战争期间，听说别廷芳治理宛西三县，就用这办法。让老百姓大量种鸦片，却严厉禁烟，谁抽，枪毙。

其实，我们那儿鸦片大流行正值民国以来大力禁烟的时候。县里成立禁烟局（老百姓称为"官膏局"，意思是官方批准的鸦片专经部门），曾经抓过一两个不法烟商和违禁抽烟的劣绅，还登了报。可是，经官方批准的土栈却大量开张。上边来了官员，都要下马摆枪，就是下了马请到烟榻上，摆上鸦片、烟枪，抽足瘾，才接风摆宴。后来，元亨掌柜抖着报纸说："瞧，现在是'寓禁于征'。"就是说，以征税代替禁烟，以罚款代替禁烟。

元亨是县城第一家公开的土栈。手续很简单：请官膏局的人吃一桌，每人送二两烟土，暗地许些钢洋，就开一张盖着大印的许可证，可以整箱整箱摆在货栈里交易。王守恒是第二家。他不请吃喝，不送礼，他同官膏局当缉查的霍大毛是赌友，两人商定由王守恒出面，生意赚了钱与霍大毛六四分成。所有官面应付的事都由大毛负责。接着有官膏局长的小舅子开烟栈……烟土生意成了全城最热门的买卖，大小商号或明或暗都搞起来。那些摆纸烟摊的、卖打火石的（比拇指大一些的有棱角的石头。一手拿着反月形铁镰，在火石上敲，下面衬上纸媒儿，敲出的火星引着纸媒儿，用来抽烟、点灯、烧锅）、背布捆的（就是土布零售贩，收了乡下人织染的白布、蓝布，搭在肩上，手拿尺子，在小巷转悠），都去贩鸦片。他们没钱没势，拿不出贿赂，送不起礼，就冒险走远路去偷运。

最好的烟土出在云南、贵州，有些是从东南亚偷运过境，四川出的烟土名为大托板、小托板、丰都高庄。好烟土稀少而价贵，能抬高吸用人的身价，主要靠零星贩子。我们那儿常有耍猴子的人远游四川云贵，还有号称白马寺、少林寺、五台山的僧人到那里云游。元亨就经常同这些人打交道，他们大多带着上好的烟土。耍猴的人把鸦片塞在竹扁担里，或是夹在猴戏衣箱的夹层、夹帮里。僧人们更巧妙，干脆把烟土塑成神胎，表面贴纸彩画，背在脊背上，沿途化缘，吃饭住店不花一文，在关卡还要做做焰口道场。

当然，大量的还要靠走私队伍。有挑队，一行百十人，担着挑子，能买通关卡的，就明火执仗；买不通的，走偏僻小路、夜路。这就需要有枪，有保镖客，有马队，当时沙市就有几支这样的镖队，短枪，骏马，能跑，能打。

小贩们最苦。亲自远走异乡去购买，本钱小，买来揣在怀里，躲躲闪闪，忍饥受饿。有的骑自行车（不敢骑新车，必须骑破车，以免被劫夺），把烟土藏在自行车胎里（据说带了烟土的自行车碾过的尘土向上溅）。卖打火石的刘老二路上被一家地主截住，没收了烟土，按军法，拉到野地里枪毙了。我家斜对门的小商贩叶财茂，烟土刚到家，被仇人告密，领了巡警局的人来查抄，五花大绑，坐了两年监。他女人性情愚钝，不知道去贿赂，叶财茂就在监狱里被折磨死了。

当官的抽,绅士们抽,文人清客、戏子、画家抽,商贩抽,伙计抽,下力的搬运工、拉车的、担挑的、使船的、打短工的也抽,连剃头的、乞丐也常常倒在屋檐下抽大烟。上层人说这是最文明高雅的嗜好,下层人说抽了烟百病齐消身上有劲儿。四外爷的儿子不听话,经常在外面和革命党一起胡闹,抓进去还要他托人花钱去捞。他就让儿子抽大烟。儿子不抽,四外爷把他捆在烟榻旁边,向他喷烟,让他上瘾。"他抽了烟,天天躺在屋里,就没工夫去给我闯祸。"

请人写状、写契约、画中堂,都要用烟泡作回敬。

我们那儿城隍庙里有一尊"臊胡爷"(我怀疑可能是欢喜佛,可是欢喜佛是佛教,城隍庙却是道教,又有点不对头),他喜眉笑眼,爱同人开玩笑,据说是喜欢女人,喜欢抽大烟。他的任务是为人排忧解难,大家都喜欢他。有一年母亲藏在墙洞里的银元丢了,买了烟土,去求臊胡爷。臊胡爷的嘴上黑乎乎的,被涂满鸦片,连下巴也黏糊糊的。我爬到神案上,高声嚷着说:"臊胡爷!你抽一锅,给我家找找银元。"母亲说:"扯他的耳朵，扯一下就跳下来跑，免得让他拧了屁股。"我就扯他的耳朵，那耳朵滑腻腻的，想必常被人扯。我说："让我抠他的屁股，先占了他的便宜再说。"母亲哈哈大笑。过了一些天，东家拆边墙，一小袋银元竟在墙根缝里。大哥说这是老鼠拉的，母亲拍他一掌说："不要胡扯！这是臊胡爷抽足了瘾，给咱找回来了。"

最可笑的还是方文炳。他抽大烟卖尽了土地、生意，他老婆也是烟鬼，把他的裤子偷出去当了买烟泡。

我记得最清楚的倒是田四婶。她结婚我是压轿孩子。她穿着月白小袄上轿，绣花鞋像个尖尖的纸牌。她总是那样和善、贤淑、勤劳。男人不干活，她要日日夜夜纺花织布。为了供男人抽大烟，她不得不把织出的布贱价出售，赶早市，向元亨赊账。后来到底还是供不上，就在家里接客，结交四十七军、十六师的军官，结交收抚的土匪头子。街坊邻居都很敬重她，说她是个了不起的节妇。可是后来她疯了，常常脱光衣服在闹市唱，追逐绅士，拉着他们的袖管要烟泡。她喜欢花，在头上插上花，跳着。我看见她手拿一朵罂粟，粉红色的，刚刚开放，在鼻子上嗅，伸着手，对我说："你不是大林吗？有烟泡没有？老海，也行。"

　　罂粟花实在太美了，而且还很神秘，它竟能孕育出那样奇妙的果实，使人类迷醉，也让人家破人亡。

霍八爷

"文化革命"中有人论宛东革命大联合，说这地方民情最可恶的是告状风，八分邮票闹得鸡犬不宁。中国之最在河南，河南之最在南阳，南阳之最在唐河。我看了颇觉好笑。因为，我听安徽、山西、贵州、四川的一些革命组织讲过同样的故事，似乎都标榜自己××县是中国之最。可是，我又有些当真。倒不是因为看了某个内参统计的上访数字，而是想到童年留下的印象。在我很小的时候，我们的县城是那么小，人是那么穷，晌午过后，窄窄的街巷里便很少看见人，相公们冲门撂个板凳睡觉，苍蝇起落，满屋只有它们的营营之声。可是，在这样偏僻的街市上，却住着许多打官司的人。他们携儿带女，带着一干人证，成年累月住在城里打官司，似乎打官司就是他们的日子。那时候，我有两个舅爷都在衙门当皂役。（他们是很辛苦的，站班伺候县太爷要一直熬到深夜，而且薪饷很低，家中有老小一群靠他们吃饭）衙门里上至官员下至三班六房，都在家里开设下处（就是供打官司的人食宿的简易旅馆）。供吃，供住，管写状子、跑衙门。对于大多数乡下人，写状，投递，看批示，候传票，庭讯，抄堂谕，辩诉状……这一套复杂的程序他们全然不懂，就靠下处里的人张罗。有很多农民懵懵懂懂在城里住了两三年，连衙门大门都不曾踏进。他们可能只是为了一桩极小的事赌气告状，争一犁田边、争一墙地界、小孩斗气、弟兄分家，也可能有人命大案，久拖不结。更有一些什么不为，就为的打官司，无事生非，借打官司混吃混喝、诈骗钱财。比如故意煽动宗族纠纷，让一族人摊粮派款。这样，就有一批靠官司事务为生的人。这批人多读书识礼，文笔通达，本为名门绅士世家，落魄市井，同衙门的人、上层有权势的人有种种关系，当官的人乐于同他们来往，因为可以通过他们向当事人索要贿赂而又留着回旋余地，不必直接对原告负责。这批人，老百姓称之为"讼棍"，既是无赖，又是绅士，包揽诉讼，左右官司的胜败。

霍八爷就是有名的讼棍。他以唱京戏闻名全城。他不唱大调曲子，而是在西门外另组一摊，大多是年轻人，也有高中学生，晚上唱京戏。他个子高高的，东洋头，搽了发蜡，明晃晃的。他穿西服，蹬皮鞋，手里拿着文明棍，那棍常常并不着地，而是举起来，磕着左手掌，摩拭着。

我不知道他的身世，只知道大约也沾一点亲戚，见了母亲总是很客气地哈一下腰，微笑着说："二婶，吃过了？"

他本来并不写状，每天只是在街上玩。有时候凑在大牌坊看下棋，不蹲，弯着腰，挥着文明棍指指点点。

后来常到元亨闲坐，抽一口，玩一阵漂亮的烟具。

后来就开下处，写状。他的状词写得特别好，而且常能使官司打赢，所以，就有了名气。他的下处很热闹，天天开十几桌饭（每桌八人），雇了厨师、女嫂。

那时候，父亲买了恒泰京货铺西边的一处小宅院，攒了钱（父亲很会攒钱。晚上不点灯，吃饭不放盐——我们都知道父亲爱吃淡面叶。冬天也穿白棉布或紫花布，可以省去染钱。被单一定要用面汤浆得硬邦邦的，磨损慢。不做任何贪悬冒险的生意，小心翼翼地积蓄），把原已破旧的房子扒了翻修。谁知王守恒一定要让我们盖新房时退出一个夹道，说是冬天穿皮袄，道窄，过不去。我家没有人穿皮袄，当然就应该窄一些。父亲是老实人，嘟嘟囔囔，说不出什么道理，也不知道该怎么办，就买两个烟泡，请霍八爷来商量。霍八爷举出一个指头，摇着说："好办，告他。"父亲不安地说："人家财大，新近又把侄女嫁给了高太康的儿子。"（高太康是大牌坊五大绅士之一，同巡防团长是把兄弟）"那你还问什么？"霍八爷笑着说，"心字头上一把刀，你就忍了算了。要是别人，我就劝他打官司。人争一口气。是你，我们不是外人，乡下人常说争气不养家，养家不争气。我那下处里天天住满了人，你不是没看见。一场官司，三推六问，经年累月，你还过日子不过？我给你算笔小账：写状，花钱不？誊抄，花钱不？抄批，花钱不？传票下来，执票的票头，得多少？他再带几个伙计，（谁不趁势带几个朋友捞几个？）少说得三五百的循例拿。跑上三趟五趟，每趟都要送几个盘缠鞋钱。还有书记的贽敬，烟泡招待……打你们两家的官司，谁当票头都等于拿到一个好票。一家暴发户,一家殷实小康,他们饶不过的。我再给你透个气,高太康早眼馋恒泰的生意,他一定支持打这场官司。先帮他,把你打得倾家败业,这处小院或卖或当,到时候都跑不脱他的手心。王守恒不会速胜,高太康不让他速胜。磨他三五年,恒泰也就落进他手里了。你别看我靠官司吃饭,我可不坑你这老实人。官司是屈死也不可打,打赢打输都是祸。你苦拼苦挣二十年,积蓄点家业,一场官司就完了。不过二尺巷道嘛,划得来吗?"后来,还是由霍八爷出面,同关大先生两位绅士说和,由我家做东,摆了一桌酒席,私了,我家让出一尺三寸,免去一砖。

从那以后,霍八爷就常在我家出入。这是他的老习惯。他要求不苛,人很随和。晌午来了,坐下大声说衙门的事,说官司逸闻。母亲到十字街,包一包焦鱼、炸虾,或是卤豆腐皮,提一壶黄酒。他见识广,交际广,消息灵通,能讲许多你不知道的消息。一边喳唧喳唧咀嚼,一边拿指头在脸前摇,红光满面,派头十足。

"吴基屯出了命案了——如今这命案都不报案。人,越学越猾。我对你说句底话,要是有人在你门口杀了人,趁没人见，赶紧把他拉走扔寨河沟里去，千万别声张。吴基屯可是遭了殃。保长是个傻愣，报了案。这可好，郭班头把三班人带去一大半，连小舅子在街上没事干，也带去了。法官、衙役、仵作（检验吏），四十多人，搭着尸棚，装模作样，吃住三四天，老百姓吓得面无人色。——他们不是怕抓人，是怕吃，怕喝，怕吸烟泡。搞了三天价钱，仵作以上，每人二十块钢洋，一干跑腿的，每人五百铜钱。操他八代的！有我们这帮吃官司饭的人，老百姓多遭多少罪！"

喝下几杯酒，霍八爷常骂自己，骂县官，骂时局，弄得父母亲提心吊胆。

他捏着我的鼻头说："听我说，林林，长大了可不要惹事，不要打官司，也别去管闲事。看见吵嘴打架要跑远些。你看西门里修车子的丁明。巡警局的从门口过，他向门外吐了一口痰，人家说他是啐巡警。他不懂得赔小心，他吵，说吐自己门廊里，别人干涉不了。人家把他抓进去就打。你不知道，就这鞭子、棍子都有巧儿。你送了贿，衙役就用鞭鞘，撩着，报着数，老早就见了血，可都在表皮，用酒一洗，涂一层鸡蛋清，很快就好。不送贿，鞭梗甩，几个月难好，还会溃烂。棍子，你送了钱，棍头常担地，棍杆落在身上就轻。丁明不送钱，硬挺，结果让人家来个三道禀，糊了判官。你知道什么是三道禀吗？这是监狱里害人最厉害的一手。谁想害死仇人，就用这法子。使了钱，买通牢头儿。先向县长禀：××有病。再禀：××病危。三禀：××病死。其实，那是把他弄到一个小屋里，在脸上喷烧酒。喷一层，糊一层黄表纸；再喷，再糊，一直糊到死。把纸揭下来，一点伤痕也没有。这就叫糊判官。"

过第一次红军时城里人都吓得不敢露面，只有霍八爷到苏维埃去要求干工作，还自愿把他的下处贡献出来做镇委会。晚上，他提着灯笼上街，灯笼上写着两行字："我卖地，你笑；你卖地，没人要。"

红军走了，苏维埃撤退了，霍八爷让红军把他绑在车上，沿街大喊："乡亲们，我老八可是让红军绑走的。"他以为有了这一招，将来还能回来。在红军从豫西进入陕南这段路上，霍八爷沿途有许多熟人，做了很多工作。半年之后，他真的回来了，在街上照样提着文明棍，大摇大摆，唱京戏，开下处。据说给县长送了大烟土，绅士亲戚又多,居然没什么事。

后来就有别廷芳清乡,把他抓进监狱去。为了怕他贿出(拿些钱,捐出些土地,把犯人赎出去,取保候审),暗地里在狱中糊了判官。

至于霍家是否挂了烈属牌,我倒不清楚了。

鬼　　节

我们那儿七月十五是鬼节。可是，有关神鬼的节日太多，我简直弄不清楚。例如，正月初十是石头生日，要给石磙、碾盘、捶布石、碓臼烧香。正月十四是火神爷生日，那就气派大了。搭彩棚，敬一只全羊，起戏。十月初一是关鬼的日子，说是人们该过年了，要把鬼都圈进去，以免扰乱人世。亲人们去烧纸、祭奠，关他们进去。清明节是放鬼的日子，放他们出来找地方托生。所以，我们那儿有个规矩叫"早清明晚十月一"。清明节提前一两天，让亲人的鬼魂早出来，把十月一推迟一两天，让他们晚一点进去。可见对于鬼来说，自由也是很珍贵的。至于财神爷、城隍爷、老天爷、老灶爷，他们都要过生日，只有店铺的相公们高兴，可以改善伙食。唯独七月十五是一个悲怆的人道的节日，给每个人都留下极深的印象。

小时候不知道那是鬼节,对大人们举行的仪式莫名其妙,只是觉得恐怖悲哀,像观看送葬的仪仗。尤其夜里在西河码头看放河灯,简直就像进了阴司世界,站在奈河桥上。后来多少年还梦见这场景,幽幽的,十分动人。

每年入了七月,"在礼儿"的人们就到处张贴黄表纸写的告示,号召人们捐钱。由公所的曹佛爷经办,张罗鬼节。鬼节并不祭奠一般的鬼魂,而是专门为游荡鬼托生放灯。我不明白什么是游荡鬼,母亲就耐心地解释说:遭荒年,饿死的;发大水,淹死的;家里生气、过不下去,投河、跳井、上吊的;遭路劫,被杀死的;被土匪绑票折磨死的;犯了罪,被砍头、枪决的;战乱中双方被杀、被炸、被活埋的。我说:"那年十六师围剿建国军,寨河沟里填满了尸体,那也算?""也算。""死的土匪也算?""算。""这可有点便宜他们。"母亲说:"人不论好坏,死了,都要超度。这些暴死的鬼魂天不收地不留,就成了游荡鬼。""他们在哪儿游荡呢?""随便哪儿。天地之间。""他们为啥不去托生?""阎王爷不给他们上卯簿呀!""他不会给他们上一个?""他们没有灯呀。死去的人都要打一盏灯，照着阴间的路去见阎王，登了卯簿，轮着去投胎。"我一下子明白了，七月十五就是给游荡鬼送灯。

十四下午，锣鼓从公所响起，随着几面杂色旗，一支戏装打扮的队伍走过长街。唢呐、笙、梆子，两边有提花篮的相公开路、护卫。中间桌子上坐着阎罗王，由几名大汉抬着。阎王手里高举卯簿，摆出一个造型。（他们是很累的，要一直保持不动，直到游街结束）共五个阎王。后边是三曹官。我认识他，是北阁外卖芝麻盐锅盔的刘大个，我常在半晌拿三个小钱去他摊子上切馍吃。他黑、壮、很威武，目不斜视。我高兴地喊："大个儿叔——"他用眼角扫我。他一直扮了差不多十年的三曹官，后来因为老婆被衙门的黑狗霸了，气得上了吊，自己也成了游荡鬼。后边就是判官、小鬼。再后边，是纸扎的女鬼，脖子很长，舌头像一个宽带子，红红的，垂在胸前，披头散发。传说她是游魂头儿，生前是童养媳，受不得折磨，上吊死了。几乎每年都由邵老大抬着这张桌。他在城隍庙街口卖饺儿。他说，这个游魂头儿夜静更深常到他摊上吃饺儿，她说她没钱，没有人给她烧纸，邵老大就舍饭给她。后来他在收摊子回家的路上拾到一个女孩,说是游荡鬼给他生的,取名就叫"饺儿",待她很亲。这个人四十多岁,单身一人,养着饺儿过日子,夜里,就由他放灯。

十五下午,这同样的游街仪式再进行一次。晚上放灯。

天黑下来以后,我们县城长长的东西大街好像全罩进冥冥之中。悠远的锣鼓响起,人影幢幢,却没有什么喧嚷,天地沉浸在静默的肃穆里。伙计们打着火把,一队人提着忽悠忽悠的小灯。灯是松香疙瘩,桑皮纸捻,放在马勺里点着。走几步,在路边放一个。先放路灯,后放河灯。跳动的火光映出邵老大绷紧的嘴唇、突出的颧骨和眉棱,凄然而庄重。他慢慢地、恭恭敬敬地从马勺里拿出一个小灯,伸出爆满青筋的粗大的手,轻轻放在地上。还有我家西邻的姚小全,他爹原是私塾先生,后来专门给人写状词,不知得罪了哪家,有天黄昏被人请出去写状,第二天上午发现被杀死在洗砚坑北角。他仰卧地上,胸口刺一个窟窿,凝着血块,右手四个指头被割掉,显然是最后夺刀时被截断。告官验尸,花了许多钱,终于没有下落。放灯的队伍先到西城河,那里三次打仗都死了许多人,有一次几乎把城河填平,市民们都靠剥衣服、搜身发了财。然后到洗砚坑。这是个荒僻的大塘,每年都淹死人。姚小全就在坑北角哭拜,喊着:"爹!你来接灯啊——"再到北阁外,那儿是杀人场。那时候县城有两个执法机关,一个是县衙门,称北衙;一个是十六师军管处,称南衙。北衙一律用刽子手执刀砍,南衙一律用枪崩。有时候,为了显示各自的威风,两个衙门同时杀人,比人数,各排一排,看谁的犯人队伍长。有一次,处决红枪会的赵四爷,让他跪,他不跪,刽子手敲他的腿,他坐下,誓死不跪。那个刽子手全城有名,外号黑闪,揽着他的头,顺手一刀,人头骨碌落地。可是,他若跪,尸体向前倒,血向前放。他坐着,就向后倒,像喷虹一样,血向后涌,呼一下把黑闪全身都淋红了。黑闪大叫一声就疯了,后来跳北泉死了,自己也成了游荡鬼。

　　放完陆路,到桐河嘴。那是唐河的上游渡口,荒僻,经常闹鬼。早些年有个打鱼的于老汉,每天半夜起来放网捕鱼。就在桐河嘴,碰上四个人坐在河滩里打牌。他也坐下来,赢了许多钱,天明一看,全是烧纸。后来又碰上他们，于老汉说："哥儿们这可不仗义，让我赢了钱没法花。"四个鬼笑着说："来！再赢，给你银子。"又来，鬼们真的都给银元宝。天明一看，是银箔叠的纸锭。老汉全都拿在河滩里烧了。从那以后，夜夜满网，打的鱼担不动，不到一年就发了家。

河灯是小木板粘着松香，点着，放进河里，顺流漂荡。站在西河码头，远远望着黑蒙蒙的河面，先是三两点，像鬼火一样，随着水流起起伏伏。接着，船上隐隐传来锣鼓声（这是惊醒鬼魂来取灯），河里的灯也多起来，远远近近，点点行行。那时候，我觉得河水宽阔无边，黑暗中大地失去轮廓，山野化为淡灰一片，周围是无边无际的神秘，人世似乎已经不存在。每盏小灯像一个游魂，在隐约间飘飘荡荡。我感到毛发悚竖，心里涌动着博大的怜悯和感动，在不知不觉中流下泪来。

河从北向南，弯弯地绕过城西。那灯火就从我眼前缓缓浮漾着远去，明明灭灭地消失在无尽的黑暗里。我望着南天，久久遐想，不知道河的尽头是一个什么世界。我想，那里也许是鬼的乐园、人的归宿吧？因而也感到一种欣慰。原来这么糟乱的人世竟有那么一个宽阔、恬静、安宁的世界。鬼们都可以得到一盏美丽的灯。这样站在夜的码头上,我便原谅了曹佛爷——人家都说他每每贪污鬼节的募捐。

书铺冉

我们都叫他冉五伯,叫他的铺子为"冉家书铺"。

在我的记忆里,他总是那样乐呵呵,宽脸大个子,短头发黑里透银,脸膛红红的,同大牌坊街的大人小孩都开玩笑。

"冉五伯,冉五伯!"看见他从街上走过,我们就跟在他屁股后面喊叫。他拿手摆弄我的头、脖子、耳朵:"滚开!咱们晚上玩。"

晚上我们就老早守在书铺门口。两道石砌台阶,同每个商号一样的栅板门。门缝里透出灯光,噼里啪啦算盘响,伙计们正倒柜点钱。我拍着门喊:"冉五伯!冉五伯!"冉五伯走出来,说:"行,讲信用,长大能当生意人。"

由我们簇拥着走到月光下。窄窄的长街很安静,商号门前柱子上的号灯发出幽幽的光。坐在大牌坊狮子座上，听他讲瞎话儿。他的故事一辈子都不会重样。没钱人穿纸糊裤子，长瘿的人割肉不给钱，"小雨纷纷，割肉半斤，不知名姓，脖子里长个囫囵。"迂腐秀才落水，临死不忘之乎者也："漂漂乎，荡荡乎，一会儿不捞就夜壶。"……我们笑，商号的门廊里回声四起。

我们最喜欢看他同伙计们开玩笑，大牌坊不管哪个商号来了新伙计，他都不放过。我家周哥从乡下来，初进店十七岁，怯生，见了掌柜连眼睛都不敢抬。正吃饭，五伯来了，坐在对面，板着脸，盯着瞧。一会儿工夫，周哥头上就冒出热腾腾的汗雾，像刚出笼的馒头。犹豫半天，拿起一个小馍。五伯点点头说："行！这伙计蛮精，篮子里就这个馍卷的白面多，让他看见了。"周哥满面通红，手足无措，慌忙去夹盘里的咸菜，偏偏那块咸菜连刀，嘟嘟噜噜带起半盘，连忙放下，拿筷子在嘴里吮。五伯煞有介事地走到桌边："来！我给你帮忙。"拿起两双筷子，把连刀的咸菜撕开。周哥更加羞赧，汗水顺脸向下淌，掌柜的却被逗得哈哈大笑，说："周相公，往后别怕，该吃就吃，别让你五伯看笑话。"周哥挑水，五伯背后提一根短棍，啪，在扁担上敲一响，吓得他连忙放下担子，左看右看，扁担并没有断。再上肩，又敲一响，周哥再放下，莫名其妙。五伯把手从背后拿出来，棍子在眼前晃，不笑，一本正经地说："这伙计真狠，挑这么满桶，不心疼掌柜的家伙。"

在我的记忆里，冉五伯只哭过一次，那是他把柜上生意交给二儿子以后。他的大儿子心眼拙实，冉五伯说他不能做生意，在乡下买几亩地让他种。三儿子从小刁顽，大牌坊人称"冉三痞子"，五伯说他没有生意人品格，让他念洋学。冉老二读过几年私塾，算盘打得飞熟，喜欢做生意，对铺面上的事入迷。他接手以后，书铺很红火。放了学，我常去看高师傅刷纸、印作业本。他个子很大，有力气，有手头。腰里扎了宽大的水裙，刷，刷，挥舞大胶刷，白纸变成红纸，吊起来，像扯旗一样晾在竿子上。一块块刻了方格、横线的木板，刷上墨，贴上绵纸，大棕刷蹭过去，揭起来，就成了作业本。最让人敬佩的是切纸，高师傅掂起刀，非常神气，刀片有半个桌面大，嚓啦，嚓啦，在石头上荡起火星，右脚踩紧压木，噌，噌，洁白的刀口整整齐齐断开来，漂亮极了。每到过年，书铺的活儿特别忙,伙计们连日连夜干,我被嘈杂的吵叫声惊醒,听见母亲惊慌地喊:"快起来,起来!书铺失火了。"街上一片人声和叮当的桶声,但始终未看到火舌升起来。原来,高师傅喝醉酒睡着了,烤干的纸落在火上,多亏二掌柜查夜看见,惊动起来,只烧掉两杆纸、一扇窗户。冉老二发脾气,当场把高师傅辞掉。等冉五伯从后院赶来,高师傅已经夹着行李走了。他叫伙计追,儿子不答应,跪在地上给老头儿磕一个头说:"爹,家有家规,店有店规。都像这样没有规矩,往后生意还怎么做!"冉五伯半天没有说话,随后就哭起来,坐在草铺墩上,哭得站不起来。大牌坊的左邻右舍都说高师傅该开销,闹起火来,一条街就会变成焦土。冉五伯说:"开销个人,就把人毁了。那年我从隆盛出来,满城没人敢用,说我是开销出来的。几尺高的男人,带一身手艺,没人用,逼得我差点跳井。"

后来,高师傅又回冉记干活,再也不喝酒了。

书铺添了石印机,还在乡下买了二十亩地。别人都说冉老二是好样的,五伯却不像从前那样快活,给我们讲故事也涩涩的,让人听出一种忧虑。母亲问他,他说:

"老二太能干了，人是不能这样能干的。"

冉家被划为地主时，按规定，该把老二划为分子。冉五伯却说："分子应该我当，有老不显少。表面上是老二当家，其实，冉记田产家业还不是我说了算？！"他要母亲帮他向工作队讲讲，把分子划给他。每次斗争会，只要喊"冉福元"，他就立刻疾步上台，低头，原地转一百八十度，向台下群众鞠一圈儿躬。

冉老二不是分子，便参加公私合营，干得很不错，第二年被提升为合作总店经理。

那时候我已经读中学，经常看见冉五伯背着粪箩头在城外大路上拾粪，仍然红光满面，不说什么话，只同人远远打招呼、点头、微笑。听说他死了，母亲摇着头说："嘿，冉福元这个人呐！……"

鹌　鹑

有一阵子，我们那里有三热：抽大烟，斗鹌鹑，唱大调曲子。

我考证过，大调曲子实际就是北曲，比昆曲历史还要悠久。我记得，黄昏之后，在小十字口两边，大牌坊东侧，摆上一张方桌、几张条凳（我们那儿叫"板凳"，是阿Q教会我叫条凳的），由西门外茶馆里的宗先生抓筝（我不知道茶馆里怎么会有先生，而且又是城里最有名的古筝师傅。大调曲子流行的几十年间，我们那儿会抓筝的人很多。虽经战乱，市井、僻乡仍有这种学习难度很大的古乐器名手。到1964年，有一位东北音乐学院专搞古筝的青年教师不远万里，到古筝故乡南阳盆地考察，竟找不到一个可以对话的艺人。那时候我陪同他，很为家乡这种精湛技艺失传感到惋惜），桌子周围坐着几位老者，一边击节，一边半闭着眼睛哼唱。大调曲的音程跳跃很大，低吟如诉，高扬裂云，曲词文雅，加上哼啊哎呀的，我一些儿也听不懂，很奇怪这些老头儿们怎么会兴致那样高，如痴如醉。近几年重新听到这东西，已经变成曲艺在民间流传，当然都能听懂了，而且许多插科打诨、诙谐俚俗的段子，曲调倒还优雅动听。看起来，虽然古筝很少有人承继，大调曲还是活下来了。抽大烟、斗鹌鹑却是彻底断种，失去了两种"乡粹"。

我第一次看斗鹌鹑是在对门恒泰的柜台后。两位绅士打赌。一位是梧桐院的关在洲，说是花了四两大烟在山里买来的。另一位是兴泰书铺的老掌柜冉福元。他把鹌鹑掏出来，撒进圈里，笑着："我这个家伙不值钱，仨钱买了俩。"他爱说笑话，实际上，他是花了三个袁大头。

那鹌鹑就像凶狠的狼一样，下圈就叨，叨得翻过儿，飞毛，见血。这同那时候的时局人心挺一致。后来关在洲的斗败了，溜着圈边跑，冉福元的鹌鹑就像打胜仗的军阀头儿，趾高气扬，不可一世。关在洲脸色煞白，一把捏过鹌鹑，啪地摔在地上，还跺了两脚。我很奇怪，不就是斗个鹌鹑嘛，大人们为什么会这么认真？比我们斗蟋蟀的脾气大多了。

据说，为那一次斗鹌鹑，关在洲气得三天没吃饭，回家大发雷霆。后来到处托人去买好鹌鹑，买回来在家里"把"（训鹌鹑叫"把"）。就是把鹌鹑握在手里，拇指和食指扣紧脖项，中指揽着嗉子，无名指与小指夹腿，使它经常呈昂头、抿翅、伸腿状。要一直"把"得手心出汗，鹌鹑羽毛湿透，才可以把好。这样把，鹌鹑的体形特别适于恶斗。鹌鹑的好坏，很大程度上取决于"把"得如何。还要经常使它处于饥饿的状态。喂半饱。喂得太饱，增肥，笨，懒，没有狠劲。喂得太差，乏力，不耐斗。要用适当的营养使它半膘，瘦而有力，韧劲大，见食眼红，保持斗志。关在洲这只鹌鹑把了几个月，然后拿到乡下去斗，找那些小有名气的擂主。打胜了，喂一顿饱食，打败了，饿它几天。下了那样大功夫，决心报冉福元的一箭之仇。可是，正当他觉得可以一决雌雄的时候，冉福元的鹌鹑易主，赠送给县司法处的处长了。因为当时冉家为几亩河滩地同乡下一家豪绅打官司，那豪绅许了五亩滩地的一季收成，冉福元就送去一只鹌鹑。结果，这鹌鹑帮他打赢了官司，两家摆一场和事酒，握手言和。

后来躲土匪，母亲怕我们弟兄被别人绑票，就把我们送到三外爷家去住。那是一个百十户人家的大村庄，有寨子，有绿枪会。三外爷是绿枪会头儿的朋友，我们受到特殊保护。三外爷不抽鸦片，却最喜欢逮鹌鹑，有时候带着我，到野地去逮鹌鹑，那真是非常有趣的事。那时候我才知道，叨架的都是公鹌鹑，只有公鹌鹑值钱，老母鹌鹑烧着吃，或是赏给我玩。我喂不好，总是玩几天就死了。我喜欢三外爷安静的四合小院。廊檐下挂着许多鹌鹑，叫得非常好听。鹌鹑的叫声很响亮。公鹌鹑叫"秃枯察——"，在黎明前叫得清脆震耳，母鹌鹑声音低沉，应和着："追——追——"逮鹌鹑就靠这叫声。

逮鹌鹑的人叫"察把"（我怀疑是"唱把"），三外爷有一位特别精明的察把朋友，个子很高，瘦，结实。大冬天还穿单裤，露着胸脯。不爱说话，嘴里总叨着尺把长的烟管，牙齿咬着玉石烟嘴，一翘一翘。走路，行动，轻捷无声。他养了一群"察"（我怀疑是"唱子"的切音），就是善叫的公鹌鹑。原来，鹌鹑并不经常叫，它们只在发情期才叫得特别动听。这群唱子是唱把伯的心肝，喂得特别精心。那时候战乱饥荒，粮食很缺，唱把伯自己吃菜馍，省下小米喂唱子。小米拌上鸡蛋，蒸熟，晒干。或是酒谷拌鸡蛋，也要蒸熟，晒干。我那时十分高兴地替他担了一个光荣的角色——逮蚂蚱，用星星草穿起来，活蹦乱跳地喂唱子。一盏蓝花小茶盅，泡豌豆，供它们喝。这样调理，是为了让唱子们有旺盛的发情期，也就有嘹亮的歌喉。鹌鹑的发情期一般一年两次，春天，小麦扬花到麦熟；秋天，八月十五以后到九月九。经过精心饲养的唱子，开春就发情，秋天可以延长到落雪。

逮鹌鹑要起得很早。蹚着露水，轻轻走过荒野。裤腿打湿了，鞋子变成泥坨坨。晨星还没有隐去，月儿淡淡地下垂。东方微透光亮，天际荡着灰白。唱把伯把两根高高的竹竿竖起，轻轻插进地里。竹竿上吊着一串唱子笼，最下边，几乎贴着地皮，吊着母鹌鹑。他常常选择一块没有收割的庄稼地，周围是收割过的光秃秃的田野。唱子们开始鸣叫，"秃——枯——察——"，高亢，悦耳，悠远。黎明被惊醒，晨雾弥漫，那歌声此起彼伏，袅袅回荡。"追——追——"母鹌鹑配着和音，增加了这合奏的浑厚感。我一动不动蹲在树丛里，被这场景感染，整个心充满了美妙的激动。昏暗的将尽的夜色，带着庄稼气息的晨风，草叶上的露水，弥漫在田野里的晨雾，鹌鹑的歌声，蹲在暗影里的唱把伯，噗噗的，一只只被引来的鹌鹑落下地，扑打着庄稼。那一刻，战乱饥荒、惊恐慌乱全都被抛在九霄云外，一个逃难异乡寄人篱下的孩子的孤独也都不复存在。

太阳升起来，明亮地照着大地。露水在叶子上闪着晶莹的光。晨雾渐渐消散，朦胧中的一切全都清清楚楚裸露在眼前。唱子们屏声息气，若无其事地在笼里跳动，好像根本不曾演出过一场令人心醉的音乐会。在强烈的日光下，周围是收割过的开阔地，鹌鹑们不敢飞起，也无法逃走。唱把伯用帘子遮脸，哗哗地，轻轻抖动庄稼，造出响动。被诱来的鹌鹑群向着张了网的方向移动。它们在庄稼叶子下，贴着地皮，悄悄地狡猾地蹦跶，终于被驱进狭窄的一角。唱把伯像猴子一样跳起，猛拍帘子，哗！哗！鹌鹑受惊飞起，纷纷投进网里，抖动着翅膀和小腿，瞪着惊恐的眼睛。我笑着，喊着，舞着手，从树丛里跑出来，帮唱把伯揪网，收鹌鹑。

原来鹌鹑本身还有许多讲究。蜕过毛的成年鹌鹑，叫"净子",它们一般都扎了胡须。尚未蜕毛的幼鹌鹑叫"雏子",一般没扎胡子。老鹌鹑尚未蜕毛,就叫"老雏"。不能健飞的幼儿,叫"雏娃儿"。

把捉到的鹌鹑一个个抓在手里,仔仔细细审看,这是三外爷和唱把伯最得意的时刻。他们乐滋滋的,但却不笑,不露出高兴的神色。那眼睛亮闪闪的,溢着笑意,嘴角边的皱纹也像在说话。"嗨,是个银海啦!"三外爷把一只鹌鹑翻过来,惊喜地对唱把伯说,唱把伯只是笑一下。起初,我对他们说的什么项、什么海一点儿也不懂。后来三外爷笑眯眯地向我解说,我才知道这灰土土的小野鸟竟有如此大的学问。

鹌鹑的贵贱是从体态、爪子、羽毛上分的。个子大,爪子坚利、硬朗,脖子长,身体结实,毛羽光泽,颜色条纹美丽、鲜明,这是好的。还要分项、分海(我怀疑是颔)。翅膀下的羽毛叫"群毛",以群毛的颜色论贵贱。群毛有红,有麻。下颔处如有整齐成片的颜色,则称为"海",分为红海、黑海、银海(白色)、麻海(黑白相间)。下颔处如有成条的规则的花纹,则叫"项",也分红项、黑项、银项、麻项。银海,是比较贵重的一种。

三外爷并不在乎鹌鹑的价格，他喜欢玩这东西。高兴起来，还把昂贵的鹌鹑送人。然后，每隔十天半月，跑去看看，像看望自己的儿女。回来，就兴致勃勃地表述："麻海可是见脸儿了，把刘家寨老掌柜的栗马都斗败了。"

鹌鹑并不装在笼里，只有唱子才装在笼里。鹌鹑都是装在特制的布袋里。到现在我们那儿还有骂人开玩笑的话，把袜子叫"鹌鹑布袋"，"把你的鹌鹑布袋子拿来洗洗！"鹌鹑布袋是袜子形（特别我们那儿过去盛行的白棉布缝的袜子，上了厚厚的袜底，最像）。一般是蓝布、黑布，缝成筒状，下边缝衬一个圆形的硬圈板，托上底，上半部像袜筒，束起来，掖在裤腰上。有些鹌鹑袋还绣了花，非常漂亮。我们那儿从前都扎战带，三尺布，捆在腰里。鹌鹑袋就别在上边，长袍盖着，随时可以顺手拽出来斗。

唱把伯倒对鹌鹑的价格看得很重。他就靠这个挣钱。雪天的鹌鹑很稀少，因而也特别贵重。唱把伯每到雪天就出去逮鹌鹑，那当然另有一套办法，可惜我没跟过，不知道他是怎么整法，反正总有收获。他独身一人，据说挣了钱都贴给村东头的程五寡妇。后来,在一个雪天,他跌进金线河边的深沟里,冻坏了腿。

"那样好的一个唱把,可惜了。"三外爷说。

呱　　哒

在我的记忆里,呱哒一直是一二十岁,既不是不省事的孩子,也没有成为大人。直到我出外读书、混事、落魄,再回故乡见到他,才发现他短短的头发几乎全白了,本来就瘦而布满皱纹的脸,干脆找不到一片不皱巴的地方。照样清脆俏皮的嗓音常有一两响痰喘,乐不可支的样子带几分迟钝。但那妙语连珠的歇后语、对拐弯抹角的骂人话的机敏反应依然如故,显出年轻鲜活的朝气。

大牌坊街男女老少都同呱哒骂玩笑,不论官绅穷富、尊卑贵贱。据我的记忆,像他这样的人,大牌坊有三位。一个是冉家书铺的老掌柜,我们叫他冉五伯。虽是殷实富户、五大绅士之一,但同街上的痞子流氓、小摊小贩、脚夫匠人、乡下人、小孩子都骂玩笑,厮混在一起,快快活活。另一个是霍八爷,落魄子弟,穿西服、皮鞋,提文明棍，常蹲街头看下棋，夜里聚一帮戏友唱京戏，给人写讼状。再一个就是呱哒。他们这种人属于大牌坊全体市民，不属哪个阶层。各种明争暗斗的帮会、馆子、业主，仇深数代的宿敌，都同他们嘻嘻哈哈玩玩乐乐，没什么隔阂龃龉，也不必提防。他们把正经事都当玩笑看，从不参与派系勾斗。

在故乡长到十七岁，不记得让别人理过发，好像我从生下来就由呱哒剃头。我曾使劲回忆，想要忆起第一次认识呱哒的印象，最终仍属徒劳，好像他同我的父母一样早已深埋进我朦胧初开的眼睛，根本没法记起。如果说有什么最初的东西留在心底，那就是两件事。

我记得呱哒的铜盆，宽宽的盆沿，很浅，很别致的样子。每天都擦拭，而又每天都很脏。把我的头按进去像按一只木瓢，毫不经意地揉搓搔涮，脏水顺着耳根淌过腮帮漫过嘴巴，我就一口一口向外吐。待到洗完，盆里有一半是我的唾沫，呱哒在我头上拍了一掌："混蛋！唾沫都是津脉，贵着呐！"母亲在一旁大笑。我于是一辈子都不喜欢吐唾沫，觉得唾沫是精血，不敢随便糟蹋。

我最初的看戏经历与呱哒密切相关。长春观的道人散了以后有戏班子住进去，天天演戏。那是县城人第一次看河南梆子。我们那儿最早兴大调曲，后来兴曲剧，叫高台曲，才有了在舞台上演的大戏，是驻军巡逻师管区成立的剧团。然后有靠山讴、宛梆。再是二黄戏，称为南阳汉剧。越调和豫剧都是从外地传来，兴起最晚，轰动最厉害。母亲带我去看麻小生演杨香武盗九龙杯，看小娇演桃花庵。后来才明白，豫剧的轰动是因为有年轻漂亮的坤角。我天天想着他们的戏，又不能像西门外的几个孩子那样去翻长春观的高院墙。我个子小，笨，爬不上去。我就想起了呱哒，我说："呱哒！给我一毛钱吧。"他说："干啥？"我说："看戏。"他说："可不要夜里做梦，搂着小娇吃奶。"就从剃头挑子坐凳的破抽斗里给我抽出一张又脏又烂的票子。第二天、第三天，我都去向呱哒要钱。第四天，呱哒一看见我站在挑子旁边，就拉下了脸。那是我在呱哒一生中看到的唯一一次阴郁的表情，也就记了一生。我感到惊奇，感到难堪。呱哒照样干活，操着刀在顾客头上刮。我没开口，就转身走了。

"林——"他喊，"钱在第二个抽屉里，自己拿。"

我没拿。

隔天，母亲拉着我的手，笑着："林！再不要跟呱哒要钱了。手艺人，挣钱不容易。戏，总不能当饭吃，你不能天天逃学看戏。以后下午放了学去看。"

那会儿戏园子日场夜场临结束前有个把小时放票的规矩，我们那儿叫"溜票戏"。各商店作坊的学徒伙计都看"溜票戏"，我差不多看了十年"溜票戏"，直到离开家乡。

在大牌坊街，无论白天夜晚、晴天雨天，什么时间都能看见呱哒的剃头挑子。他没有住处，每天在店铺的屋檐下过夜，在我们那儿叫做"串房檐"。随身带着麦草编的稿荐，卷着被卷。实际上呱哒从未串过屋檐。大牌坊街家家都愿意留他过夜，和看柜台的相公们做伴，或是在哪个赌场里坐场子。他的赌账过得硬，没了钱第二天用头顶。指多少人头，赏的钱全作赌注。（那时剃头并不需要统一定价，要看各人身份，顾客赏多少是多少）他理发的技术并不精到，式样也没什么新颖，但西门外的大理发店比不上他的生意好。除谁都把他理发当作听笑话骂玩儿使人快活的机会外，还因为他有几手绝活。用剃刀柄打眼睑，让人痒得舒心酥骨。推拿按摩，捏"老晕",就是在按摩时突然扼一下喉突,让人浑浑噩噩假睡,几秒钟后,啪!猛拍后颈,倏然苏醒,好像死过一次那样神清气爽。

呱哒最出风头的时候是正月里玩社火故事。他扮女人,身子前后系上竹扎的毛驴,手捉缰绳,身披十字铜铃串,跑起来哗哗啷啷响,配上锣鼓节奏,尥蹄,蹿跳,活脱脱像真骑着一匹调皮捣蛋的犟驴,扎着威武的红包头,穿着缀缨子的花鞋,跑得飘逸潇洒,姑娘媳妇们追着看。

但呱哒不串女人场。他说:"剃头的没闲心拈花惹草。"其实,我觉得也许是他的相貌不佳,钱财又少,又没工夫。按照《水浒传》里王婆对串情场男人的要求"潘、驴、邓、小、闲"起码三大项占不上。后来才知道呱哒早有罗曼史,而且是一位既有姿色又有教养的大家闺秀。母亲有一次同他开玩笑,说:"哟,呱哒满嘴黑灰,怎么回事?"柜房里的人全都大笑。我觉得莫名其妙。我说:"敢是吃了乌梅芯吧?"人们笑得更凶,前仰后合,喷出了眼泪鼻涕。母亲一边笑一边发怒:"小孩子家,不许乱插嘴!"——小时候,常到高粱地里抽乌梅吃。高粱刚抽穗，因病毒，不长粒，变成黑色半胶质的硬穗，叫乌梅，吃起来酸甜。

在很长一个时期里，我们那儿流行"打混家"。由于宗教的、子女的、经济的等等原因不能正式结婚的男女，在一起生活，生儿育女，建立没有夫妻名分的家庭，叫"打混家"（现在流行叫同居）。多是离异或丧夫的女人才这样做。互相约束较为松散，随时可以分手。后来呱哒同城隍庙街的欧阳二奶奶打混家，我才知道母亲那句笑话的意思。欧阳二奶奶脖子里有块胎记，外号叫乌梅。她原夫是欧阳司令，我不明白是什么司令。照理说，司令该是很大的官，战死了，妻子儿女都会得到照顾。然而，欧阳司令战死，妻子儿女竟然衣食无着。房产变卖以后，住在贴近寨河的茅屋里。欧阳二奶奶除了带着三个子女，还有鸦片嗜好，穷到典当衣物，过去的亲朋好友也都疏远了。只有呱哒，念着司令是他从前的顾主，赏钱又大方，常去给二奶奶送些老海、生膏，最后就干脆同她公开打混家。这是与双方身份极相适宜的办法。落魄的大家女人为抚养子女招夫打混家，却又坚决不改嫁，这是节女烈女的义举，是受社会和族人尊重的；剃头的人避夫了勾引寡妇私通良人的恶名,还可以弄到一个后代。不知道什么原因,呱哒只是将欧阳的三个子女抚养大,还送他们上了大学,自己却始终没有得到后嗣。

呱哒非常相信鬼神和占卜,欧阳二奶奶特别会占卜,他们不像别的打混家夫妻那样只是米面房事,而更像主仆,更像一对感情投合的朋友。他们常常当着儿女的面骂玩笑,同儿女们一起赌钱。炒一碗肉,大家抢着吃,呱哒抢不到手,就骂:"欧阳家的人嘴尖舌头长。"儿女们追着打他。

呱哒有三次升发的机运,都因欧阳二奶奶的占卜而放弃。

我们那儿各行各业都有自己的神、自己的帮会、自己的帮头。竹、木、石、泥匠敬鲁班,金、银、铜、铁行业敬老君。我家开铁器杂货铺,父亲是灯笼匠,门后就设有老君的神龛。初一、十五及各节庆都要烧香摆供。母亲说:"老君爷在膝盖上打过三年铁。"我不知道剃头的何以和纺织业同敬一个神——嫘祖,是不是嫘祖不但会使蚕生出丝,而且还能使人生出毛发,从而让剃头行业有饭吃?嫘祖会的会首死了,全县四乡八保割黑草的（剃头匠嫌自己的行业丢人，就说是割黑草的）把式大聚会，选新会首。当时城里的五大绅士都有意让呱哒干，他们都是呱哒的顾主。呱哒给他们理发都是定期定时担挑子上门，特意准备的一套刀剪、披单，平时不用。欧阳二奶奶说："我替你算过卦了，你命里属火，同嫘祖奶不搁，不能干会首。硬要干，有大灾大难。"呱哒就到五大绅士那儿运动（那时走门子不叫"跑"，叫"运动"），恳求他们推荐来万章。来万章当了会首。会首不干活，专管全县地面上的剃头行业，享受他们的抽头，替他们打官司，接受新户的开业申请，批救济，写募捐，为同业孤寡病死的人照料后事，算是商会的理事、地面上的绅士。来万章干得红火，每年嫘祖生日写几台大戏，让全县剃头挑子大会餐。欧阳二奶奶说："怎么样，要你，干得成吗？"

后来镇压行业把头，来万章被枪毙。欧阳二奶奶说："怎样，要是把你毙了，可叫我靠谁？"

解放那年，招收一批苦大仇深的贫苦人到外地当干部。怡和堂药店的陈相公和呱哒好，就同我二哥一起，三人报名去"参加"（那时把参加革命工作叫"参加"）。

都准备了衣物行李,第二天一早,呱哒说他不去了。母亲当即嘲弄他说:"二奶奶怕凉被窝吧?"呱哒乐呵呵地说:"被窝凉不凉不要紧,就怕生狗钻进去。"陈相公升了县委书记,呱哒还在大牌坊理发,说:"人各有命,我怕生受不起,短命。"陈相公"文化革命"中被打断一条腿,呱哒把他藏起来半年多,说:"别怕。我算过卦,谁的还是谁的,谁干啥还干啥。"所以,他把最后一次机运"红色剃刀司令部"的司令躲了,没干,跑到乡下去剃了一年头,在一个偏远小镇摆他的旧挑子。

我回到故乡,在运管站拉车子。搬东西磨了腰,呱哒突然半夜去我家找我。他说:"林,我给你捏捏腰吧。"他捏得很认真,很费劲,一边不停嘴地讲笑话,一边呼呼喘气。捏完,满头大汗,坐在椅子里咳嗽。我感到很不过意,母亲和他骂,他非常高兴,像小孩子一样开心。

呱哒病时,欧阳二奶奶也病着。欧阳二奶奶说:"呱哒,对不起你呀,没给你生个儿子。"呱哒说:"水都凉透了,还提那一壶!"欧阳二奶奶说:"我可不能死在你后头。"

隔了一天,母亲说:"这个欧阳二少奶,真不是玩意儿!"

"怎么了？"我说。

"跳井了。"

我说："她……怎么？"

"她一定要死在呱哒前头，还要喝干净水。"母亲说。

呱哒挟着一领秫秆箔向井台走。母亲说："呱哒，你妈死了，你可要尽孝呀！"

呱哒说："你当孙女的，也不来哭两声。"

几天以后呱哒就死了。欧阳家的孩子没回来，街坊邻居都到了。老辈人在灵前骂他。母亲说："这样，呱哒就走得高兴。"

画匠李

李家画匠铺在城隍庙街,"同城隍爷邻居",这是母亲常说的话。弄不清我们怎样拐来拐去算是亲戚,我叫画匠李为姨父,叫巧儿为表姐。

他家并非深宅大院,同杨家木匠铺一样,临街,栅板门,敞开一览无余,杂乱无章地摆着没塑完的神胎、没画好的天爷、八仙,没糊好的纸人、纸马、纸车。画匠和他的女儿日日在这些吓人的东西中忙忙碌碌,有时还要端着灯在深夜里干。那一般是庙会前夕、过年玩社火,或是哪个有钱大户办丧事。

母亲说,李姨父家的活一年四季都很忙,因为他的手艺在全城独一无二,无论哪个庙宇重修、新塑、彩画都想让李姨父去。

李姨父一年四季都有露脸的时候,虽然是没法跻身绅士流的手艺人，却也算得全城有名的人物。

且不说正月里拦街搭起的柏枝桥，纸扎八仙过海、麻姑献寿，张良吹箫，灯节的各种花灯，玩故事时的竹马、姜公姜婆（近几年看到猪八戒背媳妇的舞蹈，其实就是几十年前我们那儿流行的姜公背姜婆的演变），孙悟空大闹蟠桃会的纸扎彩绘……李姨父真正被人们崇敬的时候是立春那一天。按照县城的规矩，立春标志着春天到来，一年农事开始，要举行隆重的仪式。半月前就由商会募捐，委托画匠李塑一匹春牛。黄胶泥，麦草树棍做骨，染棕色麻，梳理后粘贴做牛皮，烧黑瓷丸做眼睛，真实的尾巴，如真牛大小。立春五更时全城放起鞭炮，敲社鼓、大锣、大钹。红日东升，市民们涌出大街小巷，到天爷庙迎接春牛。在社鼓引导下，一辆大车停在画匠李门口，从屋里请出春牛，由画匠李和巧儿守护，游大街、四门，到天爷庙，停放在草坪上。摆供，上香，善男信女们诵经祷祝。县长乘八抬轿到天爷庙来，先祭天爷，再拜春牛。然后，由商会会长递过大锤，县长抡锤猛击，春牛"轰"一声四散粉碎，市民们齐声欢呼。这就是打春。这一天，所有的店铺都给伙计们打牙祭，会餐。

花仙会、雨仙会时，善男信女都向城隍土地捐灵体，就是半尺高的小神胎，泥塑彩绘，非常好看，形态不一，神名不一，在大殿神胎脚下摆得密密麻麻。更有许多童男童女，着五色衣裙，笑颜可掬。童男有许多赤身，翘着小鸡，煞是可爱。那些上香求子的女人偷吃童男的小鸡就能怀孕。那时，花表婶结婚多年没有孩子，请母亲给送生奶奶烧香、许愿，夜里到庙里偷童男童女。偷回来不许在灯下看，盖在被窝里，盖足一昼夜，才准掀开，看是男是女。那次母亲偷的是女孩，很有些歉意。花表婶倒是喜喜欢欢地说："女孩好，女孩能替娘操持家务。"我对这游戏特别感兴趣，总是同母亲一起去给亲戚邻居偷童子。偷过来，在暗影里偷看。我说："这些童子都是巧儿姐捏的，要多少有多少，要男要女随便，何必那么费事？"母亲说："神胎、童子不进庙不算数，不灵验。"

这就涉及一句民间俗语："画匠不给神磕头——知道你是哪沟的泥。"我问母亲："李姨父和巧儿敬不敬神？"母亲说："傻瓜！他们当然敬。"我不明白。那些神都是他们亲手用泥塑起来的，难道他们傻到不知是什么东西，也对它烧香摆供？

这样想，只是因为我常在画匠那儿玩的缘故。神是不应该让人看着它是如何被塑起来的。塑神的过程时时让你觉得滑稽可笑，也就难免生出不敬。也许正是出于这个原因，李姨父从来都很恭谨，沉默寡言，不苟言笑，戴着一副眼镜，弓着腰，瘦巴巴的，脸上没有表情，一晌一晌对着他的泥胎勾画，不管有没有人到身边，只盯着自己的手和笔，不左顾右盼，不同人打招呼说话。有人来谈生意，他把下巴抬抬，让客人坐，将手中的活干够一个段落，才在长凳上坐下，对着来客，两手松松地放在胯两边，像个哑巴，望着客人，听完，点点头。他这样，巧儿姐也就埋头干活，像个影子，不言不语，不接待客人。画匠铺里就只有草棍纸张的窸窣和摔泥的闷响。

看他们塑神，有种奇怪的感觉，总像在做梦，虽然栅板门敞开，但房檐很低，房子深处的东西就被罩在暗影里，李姨父和巧儿多半是在光线幽暗的地方塑胎坯。

底座盘好，用草把木棍缚骨架。你觉得很惨然，替神们感到揪心，缚起的骨架白花花的，毛毛茸茸，一堆烂货。开始上泥，一块一块玩熟的泥甩上去。必须用、摔，否则粘不上。到晚上，就兀立起一座枝枝杈杈不成样子的怪物。无论如何也想象不出它将是人们顶礼膜拜的神。特别让人忍不住发笑的是神塑到一半，已经显出身形、面目，举着的胳膊、手还是裸露的草棍。这玩意儿竟然要到庄严的殿堂去承受香火，世上再没有比这更荒唐的了。于是我就想起母亲每每带我进庙院的情景，那种敬畏、虔诚，却是对着这样的玩意儿。无论是威武的金刚还是优美的菩萨，其胳膊都不过是一把捆扎了麻绳的草棍。隔些天，胎坯完工。一个浑身暗褐的大泥人立在屋角等待晾干。它一点也不怕人，很可亲，很好玩，像市井的匠人或乞丐。再隔些天，李姨父开始全神贯注给大泥人上彩。蟒袍上的每个花纹图案都被一笔一笔细细致致描出来。大泥人一天一个模样地变得富丽堂皇起来。突然有一天，一尊令人望而生畏的神在姨父的铺子里出现，高傲，冷漠，凛然，对人世闪射出主宰的目光，不再有温柔和人情。母亲悄悄告诉我："神的灵魂在神胎背后的小洞里。那地方不能摸。"母亲还给我讲了两个冒死同神搏斗的流氓的故事。他们乘神在半夜子时云游时，从神胎背后抓走了它们的灵魂，使它们失去依附，散作轻烟。这就叫"抓胎"。我确实发现每座神胎背后都有一孔方洞,方洞给人一种恐惧的神秘感,我从来不敢问巧儿表姐,也不敢试试能否从那里抓出神的灵魂来。

巧儿表姐在我幼时的印象里并不算美,但却文静腼腆,手指修长,很好看。她会剪各种窗花、绣球,会糊最难糊的风筝、花灯,会绘各种花卉、梁头斗拱图案。本来,画匠同纸扎并不是一回事,用母亲的话说,画匠专伺候神,纸扎专伺候鬼。只是因为巧儿表姐的手艺,李家画匠才兼做纸扎生意,集神鬼于一坊。

巧儿表姐秉性柔弱,非常迷信鬼神,每逢初一、十五都到城隍庙去烧香。她似乎忘记了那座城隍帝君的大泥胎是她亲手描绘,上香叩头,非常虔诚,脸上带着悲悯的庄严。她跟在母亲旁边在大殿两侧的卷棚里看壁画。那是她和李姨父用半年时间画成的。那时她母亲还活着,每天来给他们送饭,看着看着就流下眼泪,用袖子拭抿。她说:"阴间多苦啊!"母亲就安慰她:"你妈一辈子积福行善,没作过恶,不会受罪。"壁上画的刀山、火海、油锅、磨鬼的石磨、勾鬼的大秤,恐怖异常而又栩栩如生。于是,除了逢年过节给姨母烧化很多纸钱,让她贿赂阎王、判官、小鬼，可以少受些酷刑，巧儿表姐总是兢兢业业做人，小心谨慎地活着，多积德，使姨母能够在阴间少受罪过。

我们那儿每逢重大庙会都有烧大香的仪式，多是孝子孝女，因为父母的病许下大愿，父母病愈，就需还愿，烧大香。烧大香的仪式是县城最引人最庄严的仪式。庙会开始后，在最热闹的时候，到城隍庙，由道长穿香。有的是铁簪穿透手腕，挂上香炉；有的是铁簪穿透两腮，吊上香炉。香炉都很小，燃着檀香木片，一路香烟缭绕。午时，锣鼓擂动，旌旗飘扬，烧大香的人排齐队伍，游四门，游大街小巷，走过大牌坊，返回城隍庙卸香。

那年李画匠突然病倒，每天发高烧，神昏谵语，说些神神鬼鬼的话。请了医生，吃了药，没什么好转。巧儿守着李姨父的病床哭，两天没有吃饭。母亲在她家帮助照料。晚上，李画匠又开始说胡话，狂乱烦躁。巧儿说："我到城隍庙许大愿、烧大香去。"母亲说："你要想好啊。"巧儿说："我想好了。"母亲就领着她去城隍庙烧香，当着那尊巧儿亲手绘出的城隍爷许下大愿。

第二年三月十八城隍庙会，巧儿就去还愿烧大香。

她是穿腮香。铁簪穿过后，道长给她捻上香灰。社鼓像远天的雷声，嘭，嘭，嘭嘭嘭嘭嘭！行人将街心让出宽敞的道路，杂色旗飘扬，街市上空一片斑斓。旗影里，烧大香的人单行前进，像过年玩故事，缓慢举步，踏着鼓点，挺胸抬头，每一副受难的面容都如神胎一样悲壮动人。大街两边站满了观看的人，在肃穆的虔诚中，善男信女不知不觉中泪流满面。香表的气息随着锣鼓声传入小巷深处，人们随着游行队伍挤挤拥拥，每个人都带着深深感动后的不可自已的冲动。

我看见巧儿表姐自豪地在错杂的人群里走着，吊在腮边的香炉将她苍白的脸衬得如菩萨般圣洁，额上映出阳光和旗影，犹如烁烁旋转的光环。

"她疼吗？"我问母亲。

"心虔的人不疼。"

"瞧，她向咱们笑呢。"我自豪地说。

巧儿表姐的腮上没落什么疤痕，只落下两个很深的酒窝。

疟疾的记忆

黄秋雅从我家厢房里被抓走那天我正害疟疾,那时我们那儿没有"疟疾"这个词,它的正式名称是"老痫"。大约痫、犍谐音的缘故,为避忌讳,大家都把害疟疾称为"放牛"。我能想象出母亲如何把我搂起来,一边叫我的名字,一边摇晃我软绵绵的身躯。黄秋雅一手擎灯,一手贴在我滚烫的脑门上,那温软细润带着醒心的馨香的感觉便永远留在我迷迷糊糊的印象里,一种想要撒娇自怜的甜蜜顿时在我周身弥漫。

整个少年时代我就经常巴望"放牛"。恶寒恶冷之后,沉浸于娇滴滴的昏沉之中,沉重的眼帘懒洋洋坠下,真实的世界变得恍若梦幻,我就能重新感觉到凑近的嘴唇,黄秋雅留在我额角的亲吻。母亲说,她们擎着灯到厨房去,想给我熬一碗谷子茶。听到有人叩临街的大门,王姑立刻打开通向后城河的角门,谁知门外早已站着几个人。

提起这件发生在几十年前的事,母亲常常后悔说:"要是让她翻李家的墙头就好了。那墙头并不高。"母亲肯定不知道在我整个青少年时代,黄秋雅一直与疟疾联系在一起。一想起她,我就浑身发冷,两腿打战。一发疟,就觉得她在病床边俯身望着我,气息、面影、目光都极为真切地浮漾在灯影里,使我感动不已。

那时我常常倚在堂屋门前柱脚下,让暖烘烘的阳光把我照得浑身瘫软,蔫蔫地看麻雀在不远处的庭院里蹦跶,眼前浮现出开阔幽静的原野。轻风荡过静悄悄的庄稼地,杏树和桃树绕着一座土寨,寨门前高高的黄土坡长满苍褐色野草。荒僻的大路绵延入白亮耀眼的沙滩,一绺白练似的小河从天外蜿蜒而来,一个女孩的身影立在河边码头上。她穿着红泚土染成的童子军上衣,宽腿裤,斜挎书包。河上的风吹乱她的剪发,使她的裤脚窸窣抖动……我不知道自己为什么总能清晰如画地想象出黄秋雅家乡的情景,其实我从未到过那里。所有这些印象都是从姐姐兴致勃勃的叙述中得到的。我还能想象出黄家后院的乌桕树苍劲浓郁的影子;很厚的砖墙的堂屋,像神殿一般幽深阴暗。套房里一人多高的苈囤，苈着花生。在刮风下雪的日子，她们整晌围着火盆炒花生吃。在城里，小贩的花生篮子总是被极仔细地照看着，谁也别指望从秤盘外偷走几颗。父亲用巴掌攥着，数着数给我们分。我想象出她吃斋食素的母亲颠动小脚，给她们煮油茶、摊煎饼，为独生女儿和她的同学忙忙乎乎地张罗。

然而黄秋雅的父亲却与我的想象大不一样。他到我家来时，我的疟疾还未见好，披着破棉袄，靠在木椅里，难以撑起脑袋，我只能斜眼从臂弯里望他。他并不老，也不像一般乡绅那样土气，穿着灰色长袍，步履健捷，眼睛熠熠有神，很有主见的样子。他抱歉地拱着手说："这丫头！给你们惹麻烦了，惹麻烦了。"姐姐不停地哽咽，母亲一连声地说："你看看这事儿……"他苦笑了一下说："谁也不怪，怪她自己，放着好好的书不读！……"

黄秋雅那时的举动在大人们看来只不过是一个惯坏的丫头的淘气玩笑。她的确够淘气的。到我家来，总是与姐姐打打闹闹。两人一起吃饭，舞着筷子，叽叽嘎嘎说笑，桌上桌下溅满饭粒菜屑。母亲不但不怪，反而挺开心。大家都觉得她是个聪明、活泼没什么心思的姑娘，从未见她怎么用功，功课却总比我姐姐好，无论如何难的题，她讲解起来都像全不当一回事似的轻松。在我们全家人的心里，她简直是个天使。谁都难以明白，一个女子师范学校出类拔萃的年轻女孩，与织布工匠们有什么相干？工匠们闹风潮，砸厘金局，怎么会牵连到她？

那时，黄秋雅的爹与我母亲、父亲一起商量这件事，并未觉得有多么了不起。由父亲做中人，把她家的十四亩河滩地卖给牌坊街四大绅士之一的高太康，几家有名的商号具保，她爹替她在《民众日报》上登了二指宽一条"悔过自新退出共党"的声明，人就领回来了，仍然住在我家厢房里。姐姐绕着她转来转去，黄秋雅坐在圆凳上，瞪着她爹说："瞧你那袍子角！"她爹傻不唧唧地咧嘴一笑："我这乡巴佬不是土气惯了吗？"一边说，一边把掖在腰里的长袍角拽下来，伸展，"你可再不敢胡闹了，啊。你妈要是气死了，你忍心？"母亲在一边笑着说："算了，黄大哥，孩子这不是没事了吗？"

后来我每次发疟都会看见这场面，看见黄秋雅侧身坐在圆凳上的优雅的模样，一只手下意地在我头顶抚弄。我于是便禁不住恨周世辉，觉得是他毁了我心中的偶像。

我会一遍遍回忆起这位兴裕长茶叶店的少爷刚从外地读书回来的模样。他家在牌坊街算不上高门大户，他也不像其他外地回来的洋学生那般西服革履招摇过市，聚着三朋四友唱京戏打麻将。他依然穿着旧长衫，布鞋，戴一副圆圆的眼镜，安详沉稳，因而未免显得老气，在女师的教员中也许是最不起眼的一个。黄秋雅同他一起私奔，使我们人人感到诧异、愤慨。"秋雅呀！"母亲激愤地感叹。姐姐撇着嘴说："人家自己情愿，你们这是何必！""可他有媳妇啊！小芝八岁进他们家，当了九年童养媳，伺候他爹他妈。……人不能这样没良心呐！"母亲叹息着，凄然地说，"这么狠心的丫头，没想想，她爹她妈怎么活？"

据母亲说，那年我的疟疾害得很厉害。"牛"一来，我身下的小床就开始战栗作响，我在呻吟声里昏迷不醒，吓得父亲在门后使劲敲着勺子为我叫魂。我什么也不记得。黄秋雅站在厢房门口台阶边，脸上挂着极动人的微笑，弯下腰，明媚的眼睛低低地凑近我的脸。我把一个折得非常小的纸团塞进她手里。那瞬间她陡然变得苍白的脸和掠过嘴角的微微的颤抖深深刻印在我心里，成为抱憾终生的记忆。我真傻！如果我不把那个纸条交给黄秋雅，那天晚上她就不会从我家逃走。在我读中学时，学校后操场开群众大会，新来的镇政委站在土台子上挥手向群众讲话。作为服务员，我提着水壶给他的搪瓷茶缸注水。那瞬间突然如赤裸裸跌进冰河似的浑身发冷，双腿抖颤，四肢瘫软。我直愣愣瞪着一张陌生而又熟悉的面孔，听见自己的牙齿哒哒作响。他漫不经心地瞥我一眼，客气地向我点下头，继续大声讲话。我听见自己在心里大喊："周世辉——你个混蛋！你个骗子！"他认不出我了。他已经完全忘记了那个黄昏，在我家后门外寨河边槐树林里，他怎样哄骗我。"藏好，别让人看见，连你姐姐也别让知道。不要当着别人……"他轻轻嚅动的厚嘴唇和闪烁在镜片后的眼睛，让我有一种接受神圣使命的兴奋。"你这坏蛋——"

是我害了黄秋雅，害了黄伯父、黄伯母。那是我离开故乡前最后一次发疟，它差点要了我的命。母亲说，我那次发疟与任何一次都不同："像一堆冒着热气刚从锅里捞出的熟肉，软塌塌，一声不吭。烫手，灼人。不睁眼，也不动弹，像死了一样。"在无日无夜的黑暗中，我跟着一个模模糊糊的影子，穿过无数曲曲折折不见天日的山洞。一只柔软的手拉着我。那影子身上散发出一阵一阵气息，如八月飘过庭院的桂花的芬芳，我的记忆便如雾岚一样飘来飘去。我说：秋雅姐，那个坏蛋逃走了，逃到他们那边去了。他把你撇下来。你一个人带着不满周岁的孩子东躲西藏。巡警局的人到我家来搜过好几次，你可千万别进城！那个黑影默不作声，一手抱着孩子，一手拉着我。黄伯母死了，伯父也死了。你家的地卖光了。幽深的堂屋，一人多高的花生茓，乌桕树……都没了。伯父再不能揣着银元和烟土去求牌坊街的绅士们保赎你。他们赎了你三次。连母亲都说再不管你的事了。他站在土台子上讲话，穿着灰制服，挂着钢笔。他早已在那边另找了女人。可你呢？……

已经是深秋季节。我坐在堂屋门前秋阳下，看渐渐变为苍褐的扁豆棚如我一样耷拉着萎蔫的叶子。那时姐姐已经参加工作，与周世辉的爱人刘萱一起在妇联会。"小刘是个很能干的人。"姐姐说。没人提起黄秋雅，我也没问。

从一个六岁的孩子递给她那张纸条的黄昏，到年近三十，作为一个落魄的大学生重回故乡，我连一次也没见过她。来自母亲与姐姐闲谈中的黄秋雅的片片段段，在我心中成为愈来愈遥远的近乎虚构的传说，美丽而忧伤。那时我对疟疾的记忆已经十分淡薄。身体强壮，能胜任拉板车、装卸、搬运……各种重活。回到故乡接到的第一个任务，是帮助牌坊街的赤脚医生，深入院户，发放防治疟疾的药丸。打着竹板，手擎药瓶，边走边唱："疟疾蚊子传，吃药不要钱。要问吃啥药？氯喹与伯胺。……"那两种土红色与白色的药丸勾起我童年的记忆，勾起黄秋雅缥缈的影像。当时料想不到我们还能够再见面。我站在早已被拆除的大牌坊基石上，像儿时看耍猴戏一样，看一群身穿绿军装、臂戴红袖章的年轻人拥着一群人游街。尽管那时早已看惯每天都有的这种游戏，但能够站在街边看别人游街而不是别人看自己游，不管怎么说都不免有一种幸灾乐祸的快慰。特别是其中跟跄着头发被剪得像仙人球、脖子里挂着两只破鞋的女人。那是一个看不出年纪的老妇，污秽的蓝罩衫如讨饭的乞丐，被剪了头发的脸如扁长的皱巴的南瓜，乍看像一个乡下男人。枯槁的脸没有表情地对着正前方，目光空茫而呆滞，两手端端正正抓着胸前的硬纸牌子，以便使围观的群众能看清上边的大字:"自首变节分子大叛徒……"那被打了红叉子又歪倒着的名字让我辨读起来十分吃力,一时没法相信真假。"黄,秋,雅。黄,秋……"

那次我没犯疟疾。作为防疟工作队,我们每天当着那些顽固不化不肯服药的人,带头吃给他们看,氯喹和伯胺很有效。而且,走下大牌坊基石,我发现自己的情绪一点也没波动。六岁的林林和十七岁的黄秋雅早已被封存在一个隔世的故事里,落魄还乡的长林与游街的叛徒老妇素不相识,没有任何瓜葛。

在一个黄昏来临、城市灯火渐渐从晦暝中透出的时刻,离休的姐姐站在我身边阳台上用心用意做气功。她突然说:"世辉上个月死了。"我说:"哪个世辉?""瞧你——!周世辉。"我说:"女师的国文教员……?""嘿,亏你还记得这样久远的事。……脑血栓,偏瘫了四年。可别让我摊上这样的病!"姐姐感叹地说,"小刘根本不管他,雇了一个人。你想想,雇人能行吗?……可小刘自己身体也不行啊。心脏不好。"过了许久,姐姐转过身说:"他病危的时候,我说:'该给黄秋雅写个信,让她和孩子来见见。'小刘和她的孩子们都不作声……"

"周世辉有什么表示？"

"他知道什么？昏昏迷迷不省人事。"

然而在我的想象里，他肯定听到了姐姐的建议。虽然不会说话，无所表示，但僵硬的眼角边肯定悄悄渗出了一点湿润的东西，黏黏地滞留在松弛的眼窝里。

从前我总是无法想象，黄秋雅怎样带着她的孩子涉过几十年孤独的人生之旅？她为什么不嫁人？在偏僻苦寒的远乡小学校里，岁月是如何漫长？而今望着姐姐臃肿笨拙的身影，忽然觉悟到人生不过如树上的一片叶子，风和日丽也好，雷雨黑夜也罢，倏忽都成逝梦，走过的时候，并无工夫品嚼它的滋味。黄秋雅如今景况如何？孩子在干什么？是不是孝顺？……

"反正一切都过去了。她早几年就退休了。"姐姐自言自语地说。

"老家的疟疾是不是还很流行？"我说。

"城里少见了。乡下还有。"姐姐说。

疥疮·马夫·茶叶店

如今的年轻人已经不知道什么是疥疮了。小时候看戏，每当有人击鼓喊冤，鼻凹里涂着白粉的丑角县官衣帽不整慌慌张张奔出台口，手撩袍角唱道："正在后堂烤蛤痨，谁把老爷的屁股敲……"蛤痨，就是疥疮的土称，传染性皮肤病。那时就像抽大烟、来赌一样是一种时尚。"蛤痨是条龙，先从手上行，腰里盘三圈，屁股沟里扎大营。"牌坊街的孩子们都会唱这歌谣。这单方又演变成俗语，说哪个人对于某件事不可缺少，就说"蛤痨药少不了他个臭硫黄"。贬义褒义都能表达。没人说蛤痨药少不了干谷草，实际上却少不了。点燃谷草，撒上硫黄（黄黄绿绿石碴似的粉末），赤裸着身子在冒着难闻的怪味的火光里熏烤，做出各种各样古怪姿势，双手像猴子搔痒似的乱挠，嘴里发出唏唏嘘嘘的呻吟，这情景深印在童年的脑海里，留下奇痒无比的记忆。

多少年后，我想，小芝肯定是被这烟熏火烤吸吸溜溜的奇痒的感觉所吸引，才冒着挨打挨骂的危险，每天夜里扒着茶叶店的后楼气窗，偷看侉子老李烤疥。那座楼我去过。那时我已上完大学落魄回乡，奉贫宣队的指令去拆楼板。那个开在山墙的气窗接近房顶，呈正六边形，被花砖围定，斜射下一缕亮光，把楼上的幽暗劈开。我想象出在八十四师驻扎县城的时日，每当西门上吹过静街号，所有店铺、住宅都熄了灯，整座城沉入寂黑，那个身穿花夹袄、脑后翘着毛哄哄的发辫的丫头，像出洞的鼠狸一样蹑脚蹑手爬下床，光脚走过楼板。她得把茶叶袋缝隙里的长凳搬过来，轻放在山墙下，攀着刚可容下两手的窗沿，伸长脖颈，下巴担在硬凉的花砖上……我猜想她肯定听见了自己的心跳，像三月的雷声一般咕咚咕咚震响。黑暗像乌云一样弥漫在她周围，窗洞悬挂在尘世上空。星光下的屋顶、墙院隐约如幽深的梦境。她像仙女窥视凡尘一般，瞩望黑暗底层跳动着的一团火光、光与影中闪烁的男人的裸体。风挟着硫黄与谷草的轻烟，刺鼻的怪味直透心、肺，使她周身发痒。我能想象出她的眼神与那堆火一样灼目，侉子老李的呻吟是怎样使人难耐。我想，她肯定不止一次看见我，在火光中像侉子老李的跟班一样跑来跑去，为他添柴、拿药、搬小凳。那时我着实羡慕老李，能够一丝不挂在明亮的火光和奇异的黄烟中恣意熏烤，因而常常纳闷，为什么我和哥哥们谁也没长疥，无法享受这特殊的快活。

其实，侉子老李不过是八十四师一个营长的马夫。营部号了庆记京货铺的后院，我家后院被号作马号。兴裕长茶叶店住着余军医，算是营部医疗所。侉子老李想必常到医疗所去，也就不难与茶叶店的童养媳碰面。我猜想侉子老李必能觉察到这小丫头与他不期而遇时倏然闪过的眼神。他会暗自纳罕，这毛丫头怎么这样瞟我？那躲躲闪闪低垂眼帘的羞怯模样无疑给了他勇气和鼓励，弄得他心神不安。他当然不知道这个总是穿着不合身的大褂子的女孩，在深秋的夜里，为了他火光中的裸体而光着脚、披着夹袄，战战兢兢扒着窗沿，以致终生依恋那股呛人的硫黄味。

我难以揣知发生在茶叶店楼里的秘密何以能够流布于牌坊街的账房伙计们之间。多年后母亲给我讲这些逸事如同亲眼目睹。

　　侉子老李在我家后院驻扎的日子，我一点也不知道隔着几座院子正在发生的故事。在我的记忆里，这个马夫总与我的一位远房表叔混搅不清，高高大大，瘦而结实，腰里扎上脏兮兮的围裙，叮叮咣咣给马拌草、舀水，大声大气说话，爱唱曲子小调。"二更二点张秀才，你把奴家门拨开。姑奶奶不是那号人，拨开也是闲拨开……"我喜欢他，因为他常把我抱放在马鞍上，蹓一圈儿，然后才牵到营部去。我家后院比茶叶店后院小，除了做柴棚堆放杂物的两间敞屋外，只留着几尺宽的天井。而茶叶店的后院却是很宽敞的晒场，摆着几十口一人高的大缸。周家茶叶店的酱黄瓜、酱苤蓝、咸萝卜、咸洋姜在全城都很有名。没人料到侉子老李会在咸菜缸围出的缝隙里躲避八十四师的追捕。我不明白老李为什么那样干，把自己卖作壮丁，然后从军队里逃跑……"那是一种职业。那时候不少人靠这为职业。反正仗总要打的，壮丁也总有人买。"母亲这样解释说。

　　这样看来，侉子和小芝还是有缘。八十四师开走十几天后，小芝肯定已经心灰意冷。然后是那座黑黝黝的暗楼。仍然是挤在茶叶包里那张草绳攀织的床。老鼠唧唧哝哝，像人的脚步走过似的，嗒嗒嗒，在黑暗中的楼板上徜徉。那孔六角形天窗在她头顶的远处凝然不动，含着一片夜色迷茫的星光。县城一下子像死去了一样，连一脉呼吸也听不到。没有硫黄气味，空气也如铜铸一般呆滞沉闷。那时的小芝已经没有任何盼头。八岁到周家做童养媳，熬过九年漫长岁月，好不容易巴望到圆房日子，丈夫却与他的学生一起私奔了。据母亲说，那时这丫头并未显出太多的怨恨和悲伤，依然如故地五更起床，拉着风箱做饭，给公婆舀洗脸水，为弟弟、妹妹穿衣，洒扫庭院，擦拭柜房，把供客人使用的烟袋换上清水，插上纸媒儿，包壶里注入热茶。邻居们都暗自议论夸赞她的忍性。……城里人都知道八十四师要开到确山去打仗，也知道不断有逃兵在城里乡下乱窜，八十四师的收容队正在不断地搜捕，却谁也不知道侉子老李什么时间偷偷钻进茶叶店后院，在缸隙间铺下舒适的柴草铺。谁都知道，军队驻过的地方，房东绝不敢收留逃兵。

　　如果姑娘把他藏进自己暗楼，每天偷偷为他送饭，而她的公婆却在楼下堂屋里，在两个偷情人的脚下，那当然更像一个传奇故事。可实际上根本不是这样。按照母亲的说法,他们会面毫无浪漫情调。"她刚把风箱停下,站起来去搅锅,看见马夫老李站在灶房门口,头发蹭着屋檐。他说大姐给碗糊粥喝吧。她说,我可当不了家,你得给上房奶奶说。他说一碗糊粥算啥。算啥?她瞪着他,很气恼,都有数!知道不?少一勺奶奶都知道。说着,她大声喊:娘——西院住过的那个马夫跟咱们要糊粥喝——周掌柜说,给他!让他喝了赶紧走,不要命了这个货!……他喝了糊粥没走,说掌柜的干脆再吃个菜窝窝吧,喝了这碗粥更饿了。你真不要命了?周掌柜喊。我不白吃你的,掌柜,我这个人不喜欢塌人情。我给你干活。你看你这两车萝卜,再不腌上就糠了。哎哟我的妈呀,周掌柜喊。你放心,他们找不着,我夜里干活,白天躲着。这货!真是个不要命的货!……"

"掌柜收下他了?"

"收下了。那时候他们家也真缺人手。"

他白天躲在缸隙里,夜里燃起谷草烤疥,烤完疥干活。

萝卜腌完了,过冬的劈柴还没劈,佴子想走。八十四师开江西去了,城里又开始招募壮丁。小芝说:"总有一天你会挨枪子儿的。"据说那时侉子老李倒很得意，"枪子儿总得有人挨。""你不是会干活吗？"她说。"我干吗干活？"老李说，"当兵不比干活自在？""那你干脆好好当兵，熬个排长连长的……""瞧你说的！干吗卖那个命受那个管教？哪有逃跑自在？想往哪儿跑往哪儿跑！"

"要是我让你在这儿招亲，你还跑不跑？"——据说那时小芝就是这么问侉子的。侉子眨巴眨巴眼，斜睨着她："瞧你那能耐……有这招数？"据说这话把小芝激怒了。"等着瞧吧！"她说。

后来周掌柜和掌柜婆觉得小芝有点不大对劲。一端起饭碗就哇哇呕吐，眼泡有些红肿，走路的姿势不那么利索，常常手掂笤帚在院里发呆。他们用严峻的目光仔细打量她。在一个早晨，掌柜婆看见她一边拉风箱一边偷偷落泪。掌柜婆说："出了什么事？咹？……这些天……"小芝扭着脸继续拉风箱。婆母凑近她，弯下腰，扭动脖子看她侧过去的脸，"说说，出了什么事？……"

"我不活了，娘。"小芝说。

"说什么傻话！"

"不活了。"

婆母上上下下打量她的身子。

"我不活了。"她哭着说。

马夫在后园才住了七八天，不至于这么快。

"我的闺女呀，谁作的孽呀，嗯？"

风箱停下来，她把脸埋进臂弯里呜呜哭。"我不敢给你们说，娘。他拿着明晃晃的刀子、钳子、针管……"

"是姓余的那个军医啦！"周家掌柜婆说。

"是你叫我去后园抱柴火才……我不活了。"小芝说。

小芝也许无意为牌坊街制造疑案。究竟是不是被八十四师余军医强奸怀孕，这事实并不重要，重要的是茶叶店得为一个被坏过的童养媳赶快找主。侉子老李顺理成章成为捡破烂的主顾。一个外地人，兵痞，没有任何挑挑拣拣的余地，也决不至于妄想得到陪嫁。对于茶叶店来讲，等于白捡一个帮工。

没有任何隐私能够成为秘密的牌坊街，历史由充满趣味的传说构成，人们因为生活在真真假假又细节丰满的故事之中而活得有滋有味。有朝一日，笼罩他们的幽默感突然消失，他们常常不得不使出所有凶残的手段来对付由他们自己制造出的笑话。

在我少年时期,侉子老李常常站在店铺檐下与掌柜、伙计或是剃头的呱哒、卖火石头的木锁骂玩笑。"你那肉头儿说不定能开个比普济大药房更气派的药房。还没种上种,就得过刀子、钳子、针管的灵气,还能没两手?"那时谁都知道小芝和侉子成亲后肚子并没有继续向外鼓,她的儿子是一年后出世的。侉子解嘲说:"那是吃了一剂药。不信你们问怡和堂老曲先生。药单里有一味斑毛……""那药是打了胎还是保了胎?""那叫延胎,懂不懂?"

他们当然不曾想到余军医先做解放战士,又做转业建设军人,最后成为县医院第一任外科大夫。侉子老李常常带孩子去找他看病。他扳起孩子的下巴说:"让我瞧瞧,长得像我不像?"侉子骂道:"你个阳痿!"那时侉子正倒霉,他不该贪图茶叶店的十几亩地,把自己弄成地主。周掌柜说:"小芝也伺候我这么多年,受了不少苦,这十几亩地契约过到你名下吧,比分给别人强。"侉子说:"那倒好说。房子咋办?你也住不完这么多房子吧?"周掌柜搭配上后院两间院子,侉子答应接受他乡下的土地，替他当地主。所以，两个穿灰制服的人找到他们，让他们写证言，他们毫不含糊地写了。"余明远是少校军医吗？""是。"马夫说。"他强奸过你女人？""强奸过。"小芝说。"前几天他还扳着孩子的下巴看像他不像。"侉子说。

余军医被镇压以后，侉子说："想起他穿得干干净净文文气气的样子就心里有气。王八蛋，我们挨枪子儿他倒躲在后边锯我们的胳膊、腿！反正我们都能当地主，他还不能尝一下枪子儿啥味？"

侉子的疥疮说好就好了，却常用硫黄熏馍馍，牌坊街的人都知道小芝蒸的馍馍比女人的乳房还白，那是硫黄的功劳。

石榴姊妹

第一次看枪毙人大约是七岁，刚进入城隍庙改成的第一完全小学。后操场临时垫起土台子，扎了蓝布横额，像庙会起戏。三年级以下的学生不参加。所以，我既未看到公审会的情景，也未看到惠锡民被拉下去执行枪决的场面。徐小海、保山我们随着赶大会似的人潮跑到天爷庙后的寨河沟里，除了乱挤乱撞的人，什么也没看到。在人缝里挤来挤去，突然被北阁街几个坏孩子猛推一把，在撞出人墙的刹那，我差点绊在一个翘起的东西上。那是一只像剥过皮的黄楝树似的僵硬的小腿，举着一只鞋。一群人正挥舞铁锨朝上边扔土。我不知道那是不是惠锡民，因为那天一共枪毙了一打（我们那儿用这样的量词说枪毙人的事，大约出于牌坊街生意人的习惯，一打，就是十二个）。夜里一闭眼就看见那只蜡黄的腿，挂拉着破鞋，就哼哼唧唧。母亲一次又一次点亮灯，搂着我说："不让去看，偏要去！"

此前此后，我从未把石榴姊妹与这只腿联系起来。十几年后我和石榴一起到处奔跑给单位写语录板、画迎壁（那时叫忠字台），早已知道她们是惠锡民的女儿，却依然没法将她姊妹俩与这只腿联系在一起。那样污秽、吓人的东西！母亲说过我们是亲戚，那时小叶兰的越调戏第一次在北阁外演出。我家牛车与惠家的骡车相邻，惠家大小姐、二小姐坐在车头有说有笑看戏。她们的母亲也与我母亲隔车攀谈，互让米花糖吃。我怯怯地坐在母亲身边，不断偷觑两位光彩照人的阔小姐，局促不安地熬过整个下午和一个晚上。此后很多年，石榴姊妹一直是我心目中可望不可即的影像，从不敢正眼看她们，也不敢同她们说话。即使一起画领袖像的时候，我仍然觉得和我随随便便说说笑笑的石榴，与被县城人传奇化的风流佳丽惠丹炜并不是同一个人。那时母亲笑着说："石榴在女校读几年级？"大一些的女孩露出洁白发光而又整齐的牙齿说："三年级，二表姨！""菊呢？"母亲望着小的说。小女孩只是回眸一笑。她母亲用手抚一下她戴着粉红蝴蝶结的头顶说:"才入学。二姨问话都不会答一句,傻丫头。"我心里便只有石榴、菊这两个乳名,对于惠丹炜、惠丹熠一直感到隔膜。

相比较而言,我更喜欢丹炜,甚至有点崇拜。不仅因为她年龄稍长,更像使人依恋的大姐姐,还因为她性情开朗温和,既会弹琴唱歌,又会演戏跳舞。大军一进城,她就参军当了文工团员。那时她父亲还没被抓。文工团驻在书院街女校院里,每天下午敲锣打鼓扭秧歌从牌坊街过。那时城墙已被扒毁,留下一段土丘。文工团在西门旁边的土丘上演出。四五个人,两把夹在腮帮与肩胛上的琴,谁不上场谁站着拉。丹炜穿乡下女人的粉蓝土布小褂,头扎白毛巾,手提瓦罐:"雄鸡——雄鸡——高呀么高声唱——,太嗳阳,太嗳阳……"牌坊街的老老少少都站在土堆下笑眯眯地看,觉得这比穿蟒袍戏衣更让人开心。我不知道丹炜怎样在土丘边一转眼便由肥大的黄军服变成扎束齐整的乡下丫头。如果扮演老太婆,她会在下巴处弄出一颗带毛的黑痣,让人赞叹不已。

当我进入初中时,她穿着没有胸徽帽徽的军装很精神地回到县城,到我们学校当音乐教师。风琴弹得非常熟练,拿来一个新谱,当时就能边弹边教。手风琴,提琴,二胡,高胡,秦琴,阮……什么东西都能来一手。每到星期六,在工人俱乐部教工人、干部唱歌,生动有力地挥着浑圆的胳膊,一边唱一边打拍子:"……盖起了高楼大厦——唱!"剪发在额头跳动,草绿上衣里像藏着两只欢蹦乱跳的小兔,随手势在胸前荡动。相公们眼睛发直,码头工人们扯着嗓子号叫:"……高楼大厦——唱!"丹炜快活地咯咯大笑:"我说唱是让你们跟唱,不是歌词。"人们像孩子一样挥着手,故意一次一次把她句尾的"唱!"带出来,摇头晃脑显出调皮的样子。

那年冬春,学校排演了轰动全县的大戏《白毛女》《赤叶河》。那已经不像当年在城墙土堆上演出。城里人从未见过那样的气派。舞台两侧挂着一幅一幅细布条屏,屏后坐两排乐队,两道色调庄重的大幕垂在舞台前后。开演前,幕后传出叮叮咚咚的定弦声。我非常羡慕二哥,他被丹炜分派了一个神圣的角色——杨白劳上场时,在后台甩动一块线绳系着的寸余宽的薄木板,呜——呜——呜——呜——,做出逼真的风声。牌坊街的人都很吃惊:"连刮风都能演出来!"

那时丹熠在外地读书，假期偶尔到学校看望姐姐，从不出门，也不与别人交往攀谈。老师、学生到丹炜屋里去，姐姐向她作介绍，她只微笑一下，点点头，就回避进门帘里去。那是一幢旧式带廊檐的瓦房，三间做音乐教室，一间住人。乐器柜与墙壁之间吊一幅布帘，隔开为丹炜的卧室。在校院西南角，门前不远处临着池塘。我们都在那儿洗砚台、涮笔。周围有一些树，一片一片的草，却不记得有什么花。这幢房子一直到我读高中时才拆去，翻盖成一排红瓦房。那时丹炜正与她的丈夫马世俊在西门外开火补铺。有关校园深处幽静与荒僻之中的这片地方发生过的事，已经成为县城的逸闻，在传说中被演绎得真假难辨无从考证。

我在外边的世界兜了一圈重回牌坊街后，常在大街碰见我们的老校长。我原是十分敬畏他的。那时的他，高高大大，宽肩厚背，留着长长的后背头，在全校师生员工大会上讲话，声音洪亮，激昂慷慨，严厉而富于感染力。如今头发开始谢顶，脸庞肥大，体态臃肿，在故乡明朗的阳光下，像任何一个有资历的老同志那样，满面红光，笑容可掬，仿佛从未发生过任何使记忆颤抖的事情。我无论如何没法想象丹炜在那座旧式瓦房屋里，在刮着风下着雨的深夜，在校园沉睡于安谧之中的时候，怎样一次又一次为老校长拨开她并不结实的门闩。

我从没看见过丹炜愁眉苦脸，也没见她掉过眼泪。岁月十年十年地流逝。她在结束了两年辉耀县城的生活之后，成为牌坊街自古至今传衍不息的无业市民的一员，像任何一个市民那样为生计而东抓西挠。然而无论怎样卑贱琐碎的活，她一干，就被人们赋予高雅的感觉，成为赞叹的话题。她像永不倒架的贵族似的依然生气勃勃，富于浪漫情调，对形形色色的流言毫不在乎。

当她使全城人眼花缭乱的时候，没人想到马世俊会成为她的丈夫。尽管那时马世俊也是牌坊街明星灿耀的人物，刚刚由小职员自修考入人民大学，假期回到县城，穿着锃亮的皮鞋，衬衫扎在裤子里，手提小提琴，每晚到工人俱乐部聚一帮年轻学生拉拉唱唱，甚至还想办一场舞会，不知什么原因，没能实现。那时我们亲眼看到惠丹炜与他一起玩，两人都很高兴的样子。整个假期，谁都知道马世俊在追求惠丹炜，惹得流言四起，满城人心浮动。听说惠丹炜对他的求爱只是一笑了之，人们才算放下心来。看他灰溜溜地到车站搭车返校，一副沮丧神色，大家有点幸灾乐祸。提起他俩的姻缘，母亲赞叹地说："月老不会系错红线，该谁就谁。"

待第二年惠丹炜被开除公职以后，马世俊专程从学校回来，托人向她求婚。她躲到乡下，不肯与他见面。他父母也严词规劝，觉得一个名声坏到极点、挺起肚子的女人绝不可以做马家媳妇。马家三代都是清白的手艺人，惠家是什么人呢？牌坊街没人觉得这桩姻缘还有希望。可是，半年后马世俊狼狈地出现在故乡，在菜队劳动管制。惠丹炜住在菜园边泥屋里生孩子。马世俊挑着粪桶，站在泥屋门口说："现在咱俩般配了。"惠丹炜笑着说："我真信了上天的安排。"

那时亲朋故旧父母兄弟没人同他们来往。惠丹熠早已与姐姐断绝关系，在很多年里不曾回过县城。还在读书期间，她嫁给一位随军南下的干部，据说是山西人，与老家的妻子离了婚，在专员公署做科长。人很美俊，也有学问。待人和气亲切，温文尔雅中有点婆婆妈妈的细腻。像多数老转一样娇惯爱妻，刷锅做饭，处理家务，出门给女人找衣服备鞋袜。姐姐与丹熠住邻居，母亲到宛市看姐姐，丹熠都要请她吃饭。"菊可不像人们说的那样六亲不认，待我们倒是很亲的。"母亲待她也很亲，像疼怜闺女一样。丹熠多年来把我家当作她的娘家，虽没明讲，却实际上成为母亲的干女儿，逢年过节以瞧娘家的礼节瞧母亲。大约从那时起我才开始喜欢她。她不像她姐姐那样开朗、招摇，简直完全相反：沉稳拘谨，不苟言笑，说话平缓低沉，很实在。我从没见她开怀大笑过。不爱与人交往，节假日只在家里待着，织毛衣，缝补东西，看书。到单位去找她，见她穿着白大褂，危坐在诊室的条桌后，脖子里挂着听诊器，低头给病人开处方。

  我不相信母亲与牌坊街的人听说的丹熠的故事。她母亲去找她，她说："我跟惠家脱离关系了，你走吧。"她母亲哭了："丹熠呀丹熠，我总算生了你一场。"丹熠从橱柜里找出一把手术刀，挽起裤子，在小腿上削一片肉，递给她母亲："这是我的肉，还给你。从此谁也不欠谁。"……我曾许多次悄悄注视她的腿，丰腴灵巧，生动健美，使我不忍心在那样可爱的尤物上去搜寻一块暗褐色的疤痕，便也如母亲一样，对丹熠刚烈的举动只有深深的怜爱。丹熠的一刀，彻底切断了侵扰我七岁睡梦的那只蜡黄的腿与美丽的女孩的联系，使我心目中的偶像更加纯洁完美。她在我家受到所有人的喜爱。她一来，小院就笼罩着新鲜的温馨与喜悦，像过节。她自己也处于兴致勃勃的亲情里，显出青春女性的温柔、端庄和可亲。我们都变得亲昵而羞怯。

我们从不在她面前提及丹炜或是她母亲，虽然她知道我母亲常去看望她母亲，她母亲也偶尔到我家来。贫宣队挨家挨户动员闲散市民下乡，丹炜和马世俊正在寨河边荒地上脱坯。丹炜用铁锨端泥，马世俊蹲着，把泥塞进坯模里。两人都打赤脚，裤腿挽在膝上。贫宣队的人给他们讲政策，丹炜站在马世俊前边，一边听一边跷起手指揩拭臂上的泥点，然后用明媚的眼睛望着树桩似的兀立的那群人。"我们的户口在乡下，"她笑着说，"早已不是牌坊街的人了。""可你们没走。"贫宣队说。"我们不会庄稼活儿呀。""……就因为不会，才得学。"她轻轻笑了一声："让生产队养着，那不是吃闲饭？"那群人不再和她纠缠："三天之内，都走！"她扬着两只裸露的手臂说："行！听你的。"牌坊街的市民几乎都走了。为了使母亲能够以老弱的理由留在城里,我和妻子急急忙忙与母亲闹了一次假分家,把三口人的户口迁下乡去。而惠丹炜和马世俊却一直没走。他们有时躲起来,有时继续脱坯。这是牌坊街市民的老营生。如果既没生意又找不到活干,就脱坯。晒干了,垛在高坡上,用草苫编成房顶似的盖片,绳子勒紧,不怕风吹雨淋。哪地方盖房,就拉去卖。一直到80年代初,我们那儿仍然保留着外熟里生的建筑习惯,砖与坯混合砌墙,外面用砖,里面用坯。公家的房子也这样盖。牌坊街没有户口粮本的人都脱坯,一块坯一分钱。下乡市民重返城里时,扒掉的房子要重盖,而且里外全生,土坯涨到每块一分四,母亲失悔地说:"早知道这样,你们也脱坯。不用搬来搬去,连房子也拆了几间到乡下去!"

大约丹炜从那时起才有了自己的房子。盖在一家拆走了房子的地基上,里外生,草顶,一间住人,半间做厨房。非常狭小的院子,被大树笼罩,但她种下的各种小花却十分繁茂,簇拥着碎砖铺成的甬路。晚上常有闲散无业的年轻人在那儿玩,拉京胡,唱样板戏。她一边屋里屋外张罗茶水,一边接唱自己的角色:"……牵起七星灶,铜壶煮三江……"我偶尔在那儿充任月琴手。

前些日子回到故乡,听说他们夫妇在外地一所大学里。丹熠在地区医院做主任大夫。她们的母亲还活着。丹熠的丈夫已经离休,专门在家照料家务,侍候岳母。"知道吗,宛生到美国去了,在芝加哥大学。"丹熠对我说。我知道那是丹炜的大儿子,却怎样也回忆不起他的模样。

马氏兄弟

　　马家的老辈人在老君庙附近开织袜作坊，是全城第一家，租赁于家的房屋。据母亲说，城里最有名的风水先生朱伯温从于家门口过，说他家大门正对城墙拐角的更楼，出门见庙，主迷邪，不改道必败家。然而这大门被左右邻舍的房舍夹着，四邻是多年定居的老户，绝不可能有别的出路。一个败落的秀才，也无法让更楼和老君庙移位，就只能转租别人，自己到别处再租稍小的房屋去住，既可避祸又有一份固定收入，于秀才能够继续过着吟诗作画的悠闲日子，不必像其他市民那样干活。日子当然要清苦节俭，但总还算书香人家，比潦倒到卖豆芽、脱土坯、剁麻刀要好。母亲说，其实这位读书人很是无知，租给别人并不意味着房屋易主，邪祸仍然妨害原主。所以，马家织袜店日见兴隆的时候，于家还是败落到出卖了家屋。有人告诉马转,说这房子不能买,风水不好。马转哈哈笑着说:"我知道。要不我怎么在这儿开织袜坊?机器哗啦啦一转,诸神退位。"

和马家做邻居是60年代的事。牌坊街都已改造为国营商店,我家搬迁到偏僻的老君庙街。经过1958年的大搬家大拆迁,这一带房屋院落都已面目全非。院墙全部推倒,市民们混住一片,吃饭时端碗蹲在各自门前互相说闲话,别是一番情趣。60年代末,市民们下了一次乡,又渐渐返回县城,才慢慢将院墙垛起来。大抵起初是干码的坯垛,然后变成泥墙,再拆换为碎砖。开始谁也不计较墙的位置、院落的分界,怎样方便就怎样弄起来,大约泥墙换为碎砖时人们开始嘀嘀咕咕互有口角,后来愈演愈烈,闹到考证旧约,打架告状。也许只有那时,我对马家弟兄才有更强烈的印象。——弟兄三人常常为盖房、砌墙吵嘴打架闹得四邻不安。这与他们对邻居的态度恰成对照。在我的印象里,他们一般不与别人共事,也尽可能不与街坊邻居伤和气。无论怎样难解的纠纷,他们都以传统手艺人的精明,满面笑容地巧言周旋,最终常能既占便宜又不失和气。大家对马氏弟兄一直抱着敬而远之的不信任态度，却又赞佩他们的聪明、能干和处世狡黠。一墙之隔，使我惊讶地发现，在外边团结一体的弟兄们在紧闭的院门里却常常表现为闹得狗血喷头。也就是那时，我更了解了马世俊。他是马转的三儿子，马氏弟兄中较少争执家产宅界的一个。那时他和惠丹炜在西门外开了县城第一家火补铺，生意正好。

据我所知，牌坊街的孩子们很早就崇拜马家弟兄。马世英十几岁就独自挑着担子到外镇去卖袜子、毛巾，此后一头织物一头香烟，一直游到湖北。牌坊街的伙计们和临泉高中的学生、崇实小学的老师常从他那儿知道山那边的情况，知道大别山、孝感、麻城、黄冈、宜枣、洪湖……许多新鲜消息因而在城里暗地流传。人们对他的行踪也便常有种种猜测。如果几个月不见露面，人们便说他在那边参加了，弄到了什么官。

在我的记忆里，我认识马氏弟兄是在小叶兰的越调戏走后。跟着周相公他们一起下河洗澡，同行的有他们弟兄三人。老大马世英边走边学越调戏班唱戏："昔日里有一个——二大贤，他弟兄二人让江山呐——底里弄底里弄咳！咳咳——咳！"他以叹气的声音学那面破锣，惟妙惟肖，惹得人人大笑，从此成为牌坊街孩子的流行歌曲。同时流行的还有他窜改了戏词的一段曲剧："老包放粮下陈州，回头嘱咐老母牛，多吃草来少吃料，今年不收黑黄豆。"读中学时发现这段戏在全县城乡流传甚广，不少乡下学生都拿到晚会上唱，不知道是马世英的发明还是他在游卖四乡时从民间学的。老二马世雄和老三马世俊站在河里向长满荒草的斜坡上撩水，然后用脚打泥造出一条滑溜的坡道，我们便赤条条排着队溜滑梯，哧——砰！带着满身泥落入水中，激起一片浪花。马氏三兄弟使我们人人开心。

那时的老大，在失踪两年后刚刚回来，仿佛十分安闲的样子，夜里在隔壁庆记京货铺的客屋里打麻将，嘴里叼着香烟，眯起眼睛，歪着头。夏夜与店铺的相公们结伙逮蝎子，由他执夹。他眼头亮，手快。在灰黢黢的墙上我们还没来得及看清，他已从黑影里把蝎子夹起来，丢进瓷罐里。蹲在普济大药房门口阶下看下棋，指指画画，一蹲就是半天。到吕记染坊阁楼里看斗鹌鹑。不像从前那样与年轻人交往攀谈，嘴里除了市井的话题不再有任何闲言碎语，听不出两年来生活的任何痕迹，好像从来都这么散淡似的。后来就在他父亲的作坊里织袜子、修机器，闷头干活。光复烟厂购置了全城第一台蒸汽机后，马世英成为上海来的技师的第一个副手，穿起带兜肚攀肩的蓝工装裤，戴着白手套，神气活现地在机器房里忙忙碌碌，绕在技师身边，惹得年轻人个个艳羡。

马家织袜铺并没有发财，拉锯战里也没受什么损失。50年代初，马转成为针织手工业联社的副经理；马世英当上县城第一家发电厂的技师；马世雄师范毕业，到外镇新办的一所初中去当教导主任；马世俊从专卖公司考入人民大学。他没上过高中，在短短半年中自修完高中课程，考试成绩在全县考区名列第一，成为县城第一个到北京读大学的人。母亲说，马家在五年中升发为全城最受人钦羡的人家，是因为解放军不但拆毁了城墙、更楼，而且扒了老君庙。站在马家大门口，一眼就能望见开阔的郊外，绿野平川，紫气东来。

那么，几乎在不到半年时间里，马家两代人都像突然落马似的纷纷倒霉，与他家的风水有什么关系呢？"因为联社合营，机器搬走，压不住宅气了。"母亲非常自信地说。然而常在大牌坊下棋的谢国平说："不安分，早不倒霉晚倒霉。他家三代人哪个不聪明？哪个发了财？"母亲扳指头一算，由马家兴起的新鲜行当至少有一二十种，城里不少人踏着他们的路发了家，他们却始终在起起落落里折腾，就像小学课本里的狗熊掰棒子，掰到手就扔。"心气太盛，招人嫌！"谢国平说。

两代人四个精明汉子，从那年夏天开始，如多米诺骨牌似的倒下去。首先是马世英，然后是马世俊，接着是马转，最后延及远在八十里外的老二世雄。他们回到老君庙街，不像别人从外边回来那样满面晦气，狼狈不堪，一副落魄相。马家弟兄一个个穿着整齐，神态自若，到街道治保主任木锁那儿，没有一丝自惭形秽、猥琐不堪的样子，微笑着说："木锁，往后归你管了。"木锁说："好嘛。"60年代末，我和老二马世雄在街道工艺美术社一道干活，正碰上外地来两个干部找他大哥调查材料，余木锁领着，在美术社后院的会计室里。两人声色俱厉，马世英坐在他们对面的短凳上，两手放在大腿之间，仰头望着他们，静静地安详地听。一直等到两人训斥完毕，才笑着说："嘿呀，事儿可不像想的那样，那时候哪儿有那么复杂呀。人打散了，就得跑，得想法躲起来，谁也不那么二球，等死。是不是？……"有人截断他的话，又是一阵训斥。"行，行，行！"马世英和悦地说，"不就这么个事儿？二位跑了几千里，不就是想让我写个证言？何必发这么大火？"大约证言难以使来人满意，改了几次，又被训斥一顿，马世英突然站起来，露出牌坊街痞子无赖惯常的嘴脸，胳膊在空中一抡："枪毙我吧！把我送天爷庙去！今天就不按你说的写！我一个字也不改！想怎么办就怎么办！反正是脱党分子臭狗屎，随你的便！"

也许由于马氏父子倒了牲口不倒架的气度，加上层出不穷的花花点子、无所不能的聪明才智，街道的干部、市民总有点另眼相看。在各类分子会上他们仍能坦然自若地发表意见，仿佛仍然是清白市民，从没犯过错误。街道兴办各种工副业，差不多总由马氏三兄弟出谋划策，做技术业务指导，也便成了没有厂长头衔的厂长。那时的马转已经隐退，常常站在自家门口与邻居说："光棍老了变眼子，如今他们小弟兄摆弄的一套咱是充不得行家了。"但他不像别的老人，既不喂鸡，也不到柴市去扫柴禾。精神矍铄，飘拂整齐漂亮的苍发长髯，红光满面，骑一辆如他一般苍老硬朗的自行车从城里乡下坑坑洼洼的土路上驰过，好像有许多事使他忙碌不堪。在街头碰上熟人，仍如做经理时那般大声说着话，大步走着，嗓门洪亮，风风火火。

母亲常说，牌坊街与老君庙街地气不大相同。牌坊街是财神爷的地界，比干丞相主事，人都没心没肝。老君庙街是老君奶主事，人家兴败要看女人。在我的笔记里，老君庙街的邻居们的确常因女人而兴，因女人而败。即以马家为例，马转和他的三个儿子都是极有主见的强梁男人，女人们非常服帖，说话温和，善理家事。十多年相处，从未见他家夫妻失和，女人和各自的男人都很贴心。老大串乡修马达、抽水机、喷雾器，老大的女人推着破自行车给他当帮手。老二先在石印馆写板，后来突然要画领袖像。女人把床单揭下来钉在墙上，托人到百货文具店买油彩，夜里为马世雄举着灯泡。他在那面床单上打格子，学画。画了涂，涂了画，半月过后，成为县城第一个承接画忠字台的人，大发了一阵财。后来效法的人逐渐多起来，我们中学的美术老师1958年与马氏弟兄先后回乡，也羞羞答答戴顶旧草帽坐在搭起的架板上画伟大领袖"去安源""北戴河"之类，马世雄便毅然放弃正兴旺的生意，在街道组织工艺美术社，他女人天天去给他送饭。全城有名的风流佳丽惠丹炜嫁给马世俊后，拉板车，她帮套；脱坯，她踹泥；开火补铺，她顶块毛巾拉风箱、踩鼓风机。在我离开县城前，马世俊开了全城第一家石棉瓦厂，惠丹炜腰扎围裙，戴着乳胶手套，终日在瓦坯边忙碌，俨然女老板的角色。妯娌之间婆媳之间从未争吵过，见面总是和和气气，仿佛远道而来的客人。而父亲和儿子、儿子和儿子却经常高腔大调地吵闹，为宅院、地界、栽树、修路、父母赡养费、孩子之间的小纠纷……那种尖刻自私、鸡毛蒜皮分明让人觉得是女人在背后指使。马家女人之间的客气愈使邻居觉得她们心机见识的不凡。牌坊街、老君庙街像他们那样的落难公子几乎没人能像他们弟兄三人那般幸运：或则离了婚，过着流浪汉的日子；或则一直到80年代，五十来岁才找到老婆。

"女人愈柔，男人愈刚，非吃亏不可。"谢国平敲着手里棋子自言自语地说这些话的神情至今我还历历在目。那时我觉得这不过是一种妒嫉心理。第二次下乡运动以后，不但街办工副业关了门，待在城里的无业市民连打小工、拉板车都找不到活干。纯正的贫下中农都拿上迁移证到乡下去当社员挣工分了，马家却仍然坚守在贴满标语的空城里。马转和老伴把户口迁到祖籍的马李营，人仍然住在城里，房子不扒。马氏三兄弟把户粮迁移证压进箱底，变成黑户，好像压根没把下乡当一回事。每次回城看母亲，我都暗暗纳罕，马家厨房的烟囱里照样冒着袅袅炊烟。他们靠什么生活呢？不但没活干，而且要买黑市粮，那可绝非易事。那时我隐隐琢磨出谢国平话里的意味。马家三个女人都是在他们落魄之后嫁给他们的，除了马世俊与惠丹炜年龄相仿，老大老二都比妻子大十几岁。责任心、感激情使马家三兄弟像亢奋的奔马一样不顾水火、一往无前地拖着爱妻娇子的大车碾过生活的沼泽。这种不顾一切的劲头，的确隐藏着可怕的前景。

我和妻子两年后重返老君庙，马家由于失去户粮关系而不能落实回城政策，成为永远的黑户。隔墙常传来马转老头跳脚大骂儿媳的声音："臭女人！妖精！……户口也没了，粮本也没了，粮票、布票、棉花票！我操你的烂妈！"女人们不作声。男人们戗着老人争吵。但这一点没影响三兄弟的运转秩序，他们总能找到出人意料的活干。乡下大搞沼气化，马世英一夜之间成为沼气池、灶设计建筑权威，被各乡请来请去，县沼气办的领导都得登门求教，用他讲的沼气十大好处做现场动员大会的讲话稿。学校恢复音乐、体育课，马世雄肩上挎着绿挂包出现在城里乡下各个中小学，从尘封的破烂什物里翻出坏风琴、破篮球、排球，修理音乐教具和运动器材使他足足忙碌了一年。马世俊和惠丹炜先给各仓库、汽车队油漆翻新帆布篷，然后腰里别了把瓦刀、两把泥抹，为所有伙食单位改造节煤灶。他不干粗重活，每到一处，像个地道的工程师，两手交臂，以低沉的嗓音从容而胸有成竹地指挥说："这儿，扒掉三砖。这儿砍掉。这儿向后收。"炉膛和烟囱他亲自动手，拿出仪器，极神秘的样子，让小工们看不出名堂。

从一个春天开始，我发现马氏弟兄的生活节律出现了紊乱。见人说话仍然爽朗生动，却明显地透出心事恍惚的疲惫神色。不再一门心思钻营新鲜活路，罕见地显出敷衍生计聊以糊口的样子。马家院里有了客人，有了喝酒划拳迎送朋友的喧哗。马世英又如年轻时下湖北去山那边一样爱出门。回来时衣着邋遢，须发蓬乱，拎着破旧的黑塑面提兜，形容憔悴，一副极尽奔波、身心交瘁的样子。那时我们都能清楚地感到，马家弟兄肯定在为一桩事焦灼。这桩事肯定与他们的命运相关，否则不可能如此全力以赴。我觉得被街坊称为无事不知的"鬼影儿"的谢国平肯定知道，但他只是冷笑摇头，"瞧吧。"他说。

到了秋后，答案已无须谢国平透露。牌坊街、老君庙街形形色色的无业游民都发疯似的投入一场申诉热潮。待我知道时，城里的稿纸和复写纸都已很难买到，得托人开后门。忽然间人们知道了自己经历中最不光彩、最怕宣扬的东西可以成为改变命运的法宝，无法置信奇迹的惊喜使所有本分人疯狂。起初老君庙的人们无法理解马氏兄弟的行为，他们一下子把自己的历史说得那样丑恶、可怕，甚至详细描写惠丹炜与老校长交往的情节，把已被淡忘几十年的陈年旧事抖落出来，不惜夸大其词，耸人听闻。马世雄的档案丢失了，为了证明当初自己从教导主任的职位上被开除是因为极其严重的言行问题，早出晚归，奔走几个月，找熟人、上级写证言。我们一起在工艺美术社干活时，他是矢口否认这些情节的，那时他说自己是自愿下放。

在持续几年的热潮里，老君庙几乎每户人家都放下手中营生，夜以继日地奔跑，经常顾不上吃饭。马家的院墙在大雨里倒塌，弟兄们谁也不加理睬。透过豁口，我看到院里落叶满地，杂乱无章，椅子撂在当院。七十多岁的马转也在忙忙碌碌出出进进。

首见成效的是马世雄，他做了一套蓝涤卡中山装，穿上三接头皮鞋到我家告别："二娘，我上班去了，到马武镇高中去。""好啊，孩子。"母亲说，"晚上过来，林林你们喝两盅。""林林的事也快了吧？""快了。"

在我离开县城时，马世俊、惠丹炜都上了班。先到宛府，后调省城。马转则从灰色人物一变而为退休干部。

马家并不是永远的胜利者，可以照自己的算计就能达到目的。老大马世英在弟兄们离去一年后突然病故。他是县城第一个跑申诉，也是最后一个收到通知的人，在他死后五年，他的平反通知才下来。那时我回到故乡，为母亲三周年忌日设祭。马转大伯喝多了酒，高声唱戏：

"老包放粮……"唱到"今年不收黑黄豆"时一桌人都哈哈大笑。马转郑重其事地说:"世英可比我唱得好。"

二度梅

慧梅成为我的第二个续姐,大约是在饥饿年月,我即将读完高中。我家店铺早已入了合营,母亲待在家里,人显得很松散。进了腊月,母亲托人买来几斤糯米,煮成稠粥,放上小曲,自言自语:"那乖乖年初二要来认亲,总得对付点黄酒吧?"

"你说谁,驴脸?"我说。

"还能有谁?"

"真的吗?"

母亲转脸望着我,对我的惊讶表示淡漠。

"这时候……"我期期艾艾地说,"谁肯找他这样的人?"

母亲认真地翻了我一眼:"世上的事嘛!……"

后来,同学们纷纷议论开来,一时殷慧梅与吕连生结婚的事成为县城一大新闻。

"殷慧梅真是个贱货!"我说。

"往后,你要称她大姐,再不许胡说八道。"母亲说。

大姐早在我一岁时就死了,我对她没有任何印象,只在偶尔翻弄母亲的针线包时才能看见一张十几岁女孩的发黄的小照片。据母亲说,这是县城出现第一家照相馆以后,女校学生们拍下的初级学堂毕业照。于是,我知道了大姐与吕连生(我们都叫他驴脸)从小定了娃娃媒。大姐没和他完婚就去世了,他结婚后既不愿回家,也不愿走女方亲戚,就到我家来认亲,按照我们的乡风,他的妻子成为母亲的续闺女,我的续姐。这是多年前的事了。那时吕连生正神气。戴八角帽,穿肥大的灰干部服,左胸口别着明晃晃的自来水笔。到我家来从不坐座,站在那儿,打着有力的手势,滔滔不绝说话,一套套的新鲜词儿,大家都围着听。"妈!"他说,"你现在不但是我敬爱的母亲,也是我的同志。"——那时母亲被推选为民主改革代表,常跟着工作队员在街上走动,在吕连生眼里,也算革命队伍的一员。

可是现在,我真不明白殷慧梅为什么要找这么个货色。驴脸那时住在菜园边的草庵里，第一个续姐书君同他离了婚，带着大勇另嫁别人，连大勇的姓都给改了。每天下午放学回来看见吕连生，他穿着打了杂色补丁的黑棉袄，脖子周围扎着垫肩，像锁着一副木枷，担着粪桶，从人群走过，小心地喊着："借光了，借光！"眼镜腿上缠着脏不拉几的胶布，目光空茫，同任何熟人都不打招呼。在我的记忆里，牌坊街的人在驴脸得意时也从未喜欢过他，何况现在落魄到挑大粪，每天都得向治保主任汇报思想。

二哥和我都讨厌这门亲戚，大姐早已不存在，何必拉扯这么个八不沾边的姐夫，还要因他而招待续姐、续外甥。

"那时他在台上，走不走这门亲戚无所谓。如今他在难中，不能让牌坊街的人笑话咱们势利。"母亲这样说。

我知道，这不过是母亲解释给我们听的道理，其实她打心眼里喜欢慧梅，正如从前喜欢第一个续姐书君一样。隐隐约约，我还知道母亲曾希望慧梅嫁给二哥。她和二哥同班，在那个年头，男女同学在一起跳集体舞，"多拉米，来发米……"母亲常站在校园边的树丛后看，慧梅剪着短短的解放头，在圈子里边唱边跳，找朋友。她身材匀称，四肢修长，动作优美大方，忘情地蹦蹦跳跳，挥手抬脚，嘴里嘘出细细的气雾，脸蛋绯红，停在二哥面前，敬礼，握手，交换位置。母亲眼里流露出舒心的快慰，满脸洋溢笑意。

细想起来，我却是因为殷家的小院、因为既和蔼又神秘的殷慧梅的父亲，才对她有一种特殊的敬畏，觉得她是一位高贵而又奇异的女孩。

她家在大槐树北边，临着清澈的洗砚坑。我从未见过那样幽深的院落，要走过一条很长的过道，再拐一个直角形旧式木雕透花长廊。廊外甬路不像我们那儿常见的格式铺灰色方砖或砖渣，而是铺着红红的嶙礓石，组合成模糊不明的图案。当庭一株老态龙钟的石榴树，枝叶稀疏，有一种让人说不出的怪味。在这院里站一阵，夜里就会做幽远的梦。每当慧梅带着二哥和我，脚步轻快地走过这庭院，我就觉得这女孩是从梦里走过。她回首一笑，文静娴雅地牵着我的手，说些莫名其妙的话，多半是关于她的母亲、她的哥哥。我觉得大约她从未见过他们，如今，他们正在遥远而缥缈的海的那边，在另一个云彩似的世界里。她的家世也便如云彩一样飘飘忽忽。

到她家来，不必像到别家那样偷偷摸摸，怯生害怕。她的父亲站在堂屋阶沿前，乐呵呵地同我们说话，像待平辈朋友。那时，慧梅和二哥都在学校课外美术组，跟庞老师学画画。我也跟着装模作样画漫画，画水彩画，故意题一行歪歪扭扭的字，写上"十四岁×××"向《儿童时代》投稿。她的父亲就经常给我们说画，将几轴陈旧黯淡的条幅摊开在屋门口的亮光里，给我们讲皴法，讲《芥子园画谱》，指点一幅写意山鹰说："大笔而淌，意从心出……"那些似懂非懂的话使我敬佩不已，他自己也显得特别得意。但我从未见他作画，甚至在他屋里连笔砚也找不到。三间房子空空落落，只有一张油漆剥落的条几、两把摇摇晃晃的太师椅。上街去买菜，见他攥着一撮小葱或是几棵小白菜。灶间从未见过鱼、肉之类。然而，父女两人总是穿得干净整齐，面带微笑，腰板精神地挺直，脚步轻快利索。我曾问过庞老师，庞老师不屑地耸一下鼻子说："他呀！……"然而，那高高瘦瘦目光炯炯的样子仍然深深地印入我的脑海，他也成为我少年时代进入艺术世界的第一个启蒙者，尽管从他那儿什么也没学到，连任何一个美术的基础理论都不曾听过。

慧梅并没有学会画画。后来她参加了文娱队，唱歌，演戏，逢年过节化妆去驾旱船，踩高跷，打霸王鞭，学校里任何一个文娱晚会都少不了她。后来又被学校排球队选进去，到宛府、省城去参加比赛。她还是学校板报上作品最多的诗人。"当晨星黯淡的时候……"我们都会背她的名句。

所以，听说她决定不考大学，到农业社去当会计，我说："那样多才多艺，可惜了。"

"屁！"二哥说，"她考得上学吗？你问她，哪门功课及格？"

然而，我能感觉到，包括二哥在内的同学们，无论忠厚的、刻薄的，善良的、邪恶的，都十分喜欢她。因而便常有她的种种恶意的传言。我常看见这第二任续姐在日晌长的半下午，手里托着一个小小的手巾包，出现在牌坊街的十字路口。那时在菜园里劳动改造的一队人挑着粪担走过来，续姐毫无羞赧之色，大方自然，面带微笑，不在意别人的目光与脸色，走到吕连生面前，迅速掀开毛巾，将冒着热气的两根细小的红薯递到他手里。驴脸继续忽悠着肩上的扁担向前走，一边向嘴里塞着吃，那神态仿若一个被母亲宠爱的孩子，满脸是受宠的表情。不知为什么，我觉得街上的人同我一样心里怅然若失。我愈鄙视她，也便愈怜她。

她当然失去了农业社会计的职务，在十字路口租赁一间简陋的小房，窗边挂起玻璃框装起的放大的人像，门头悬着纸匾——"炭精画像"。我和二哥去看她，见她在煤油灯上吊一块硬纸板，灯焰冒出的黑烟集聚在纸板上，积厚了，扫入碟子，就是她的颜料。用九宫格将顾客送来的小照片夹起来，在图画纸上用铅笔打出隐约可见的方格。毛笔在灯上燎一燎，细线扎紧，涂上胶，就是炭精笔。蘸着碟里的烟子，耐心细致地日日伏案描摹。一张像差不多要三五天才能画好，再用小壶噗噗喷上一层细雾似的药水，于是，画面变得和谐淳厚，用手摸去，不再掉色。她把它捧起来，放在很远的地方，歪着头久久端详，她父亲会突然闯进来，以极为热烈的声调说："不能再像了！再像就没有神韵，就死了。人家找你画遗像，都想把亲人画活，大林，你说是不是？"我点点头。"画像是匠人活,可不能当画匠干,是不是?"慧梅兴高采烈与我们说画像的事,说她到汉口、郑州,在人家窗口偷看,那些画像的人多么奸诈、保守、狭隘、可笑。"手艺人嘛——"她父亲说,"都爱惜饭碗。"

这是县城第一家炭精画像铺子,很新奇。赶集的乡下人常常围在那儿看。吕连生便常常突然出现在像室门口,拉起清瘦阴沉的长脸,怒斥着:"有什么好看的!走!都走!"如有年轻人、衣着整齐的人或是城里的干部、头头来谈生意,在极窄小的屋里与慧梅挨得很近,谈谈说说,驴脸就会一连几天不说话,脸像铅铸一样没有表情,眼睛里冒着黑烟,像两颗随时会引爆的炸弹。慧梅显出格外的殷勤和温存,嘴角弯弯,带着妩媚的笑意,眼睛像年轻母亲看不懂事的孩子那样暗含逗弄的窃笑。我猜想这目光也许更让驴脸恼火,当她照例给他送去半晌的加餐时,他黑着脸,像没看见似的大步走过去,粪水从桶里溅出,淋淋漓漓。慧梅就站在那儿笑,无可奈何地微微摇头。

后来,她突然到我家来,对母亲说:"我把铺子关了。"

"关了?"母亲不胜惊异地说,"生意做出门头可不容易呀！"

"攒了几个钱，想托你买辆板车。"

"买板车？"

"让连生拉板车去。"

"他那个身体，没驴，能行？"母亲说。

"我给他帮套嘛。"

母亲瞪大眼睛说："这丫头，你疯了？"

慧梅咧一下嘴，"把我拴在他车上，他就不跟我生气了。"她两腮绽出甜美的笑纹。

母亲沉默一阵，慢慢点着头说："也是。男人们呐！……"

这样，县城的板车群里就经常能看到一个高高瘦瘦长脸膛戴眼镜的男人驾着辕，一个身材娇小、穿着素雅紧称的女人拉边套，走过闹市，走过县城通往乡间集镇的坎坷的土路。他们年龄相差十几岁，而神情却如颠倒了岁月，男人显出驯顺、不懂世事般的傻头傻脑；女人指挥一切，照应一切，应酬货主，开派车单，结账取钱，埋锅做饭。也许从慧梅开始，我们那儿的板车帮渐渐形成夫妻车的风气。男人驾辕，女人帮套；男人搬货装车，女人跑应酬。有驴的人，由女人弄草、喂驴、做饭、看车，捎带拾柴、偷庄稼，顺手拿公家的小东西。也就常见两口在仓库门口、路边、车行里吵嘴打架，将板车撂着，任毛驴子勾头横斜地乱拽。

在我离开故乡外出求学时，慧梅已经生了一个孩子。她一手揽着孩子，一手在腰间掏摸，将几张旧钞票塞在母亲手里，歉意地说："大林要去上大学了，给他添个路费。"

"哎呀，你看！"母亲说。

几年后我又回到故乡，慧梅已同吕连生离婚。我很淡然，不知该不该这样，也不想细问。几乎同她一样，我先开炭精画像小屋，然后拉板车，与驴脸一起靠在运管站门外的柱子上等派车单，说哪里新近挖断了路，哪处桥塌了，某某供销社被盗，某乡出了奸情杀人案，谁也没提慧梅。

那时城里到处将墙壁抹成一块一块红漆铺底的语录牌。有个身份不明的人，日日坐在桌椅叠起的木架上写字，穿着破旧的蓝布工作服，眯着眼，消瘦而晦气。慧梅就嫁给他，跟他一起下湖北，写字，画墙壁，布置橱窗。

二哥说:"她这个人,从小就喜欢神话。"

母亲没说话。我猜,她一定在想,慧梅第三次会嫁给什么样的人?

吕连生

我常常在恍惚间怀疑自己是不是真到过那地方。——黄土堆成的土寨子,寨墙上抖颤着一簇簇没有叶子的暗灰色荆棘,寨墙下是一道没有水的寨壕,我和一群乡下孩子在沟里点燃衰草,坐在土坡下避风,看冒烟的野火在风中旋成奇怪的形状。"四爷来了!"一个孩子嚷,别的孩子都像兔子一样窜跑。我站在那儿,看一个身穿马褂、披着苍白长发的老人沿寨壕大步走来。他精神矍铄,步态强健,对着孩子们的背影大声骂了一阵,用手抚着我的肩膀说:"回家吧,咱们吃饭。"他就是驴脸——吕连生的爹。记不起是什么时间,出于什么原因,母亲带我到这个至今难以明了方位的村寨去。吕连生那时的面目也无法忆起,常同我大哥的样子混淆,年龄相仿,个头差不多,发型脸型也很相似。白白的,眉目清秀,像任何一个有才气的中学生一样有点神经质的自命不凡。他俩常常傍晚时沿着空旷的田野小路一边漫步一边唱歌。秋末的风凌厉吹过,使他们的头发飞卷出桀骜不驯的侧影。"……西天还有些儿残霞,叫我如何不想她……"我和二哥慢慢跟在他们身后,感到荒凉萧索的土地涌动着忧伤。有时是另一支歌:"爷爷留下的破渔船,小心再靠它过一冬……"低沉喑哑的歌声使我鼻头涌上一阵莫名的酸楚。虽然不懂歌词的含意,却喜欢这如泣如诉的委婉的调子。

下雪了。吕四伯家的客堂吊起谷草帘子,屋中间升起旺盛的炭火,我和二哥听吕四伯用单调的歌音诵读一本破旧的线装书:"上帝板板,下民卒瘅。……"生了绿色锈迹的铜眼镜腿在他鬓边随着声音微微翘动,那声音和他的表情使我们总是憋不住想笑。"笑!"他慈蔼温和地说,"不长进的家伙!"

在我幼年心灵里最悲惨的记忆是那样一个夏天。听见敲锣的声音,长街上乱乱哄哄,店铺的门廊里站满了人。"回去!不要看。"母亲向我和二哥呵斥。"快,上楼去。"二哥悄声说。我们爬上临街小楼,透过窗棂,看见一队民团，押着几个老老少少，被方桌抬着，在烈日下游街。"那不是——"二哥小声喊。顺着二哥的指尖望去，我看见吕四伯跪在方桌上，头发蓬乱，面容憔悴，脸上罩着明晃晃的汗水。白细布小褂被汗水和灰尘弄脏，皱巴巴的，像一张鼠皮。他仰脸向天，两只手颤颤举起，像受伤的狗一样哼哼唧唧喊道："连生——你个畜生、禽兽——让我这花甲之人——哦嗬嗬嗬——"他这样仰起俯下，再仰起再俯下，做出呼天喊地的样子。面色惨白，眼睛因屈辱而闪闪发光，没有眼泪，因而更显出凄惨悲愤。牌坊街的人一个个木然怆然地呆立在屋檐下。

"连生——"我说，"他怎么了？"

"别吭！"二哥压低声音说，"妈不让说。"

"四伯——？"我说。

"他是匪属。懂不懂？"

"连生当土匪了？"我说。

"叫你别问！"二哥说，"对谁也别说。他在山那边。去那边了。大哥也要去，让妈给截住了。"

于是，我记起已有几个月没见过驴脸。

时局变得愈加混乱。学校停了课。教堂里的洋人备了马车，从西门出去，再没回来。城里的商号向外镇或南边迁移。我家也时常到乡下去躲避战乱。

又见到吕四伯，是在河那边的一座小村里。是个渡口，临着陡峭的黄色高岸，一条曲曲折折的小路从高坡通到岸下，那里停泊着一条没有舱篷的平底船。河那边在打仗。刚从船上下来，母亲便急急地在附近村上寻找可以雇的大车。村庄里人迹稀少，很难找到牲口。正着急，有辆牛车摇摇晃晃走过去，只坐着两位老人，除了两袋粮食，什么也没装。母亲走上去恳求，话没说完，车上跳下一位老者，将草帽掀开，呵呵笑着说："我当是谁！上来吧。"

"哎呀！四哥！"母亲嚷。

我们都坐上去。四伯跟着车走，一边同母亲聊话。

"你怎么没装东西？"

"装什么！要那些东西干啥？"他朗朗地说，"眼看这就——"他把脸凑近母亲，拇指和食指比出一个"八"字，低声说："这个要进城了。连生他们回来了。"

"是吗？"母亲说。

"前天夜里他带着一个人回来。兔儿子，没见那一身穿戴！打着裹腿，挂着'烧鸡'，妈拉个的，人模狗样，跟我撇洋腔呐！"

"那就不用逃反了。"母亲说。

我们都替四伯高兴，有一种新鲜的朦朦胧胧的喜气。

县城解放了。连生进城了。他进城后一直没回家，也不见他爹。那时学校开了学，我开始读高年级，常常头搭白羊肚毛巾，穿上从乡下三叔那儿借来的带大襟褂子，勒起缠带，上街扭秧歌。连生有时插进来扭，"大姑娘长到十七冬，又白又胖又年轻，谁看见，谁欢迎，参加妇女会多光荣！光荣光荣真光荣！"他粗嗓大腔地唱，两臂摆动着扭，惹得满街乱笑。

吕四伯到我家来，头上也扎着白毛巾，身穿小袄，腰里勒缠带，两手袖起，双肩高耸，像个庄稼汉，我差点认不出他来。母亲把他让进后院，让他坐，他不坐，他畏畏缩缩站着，嗫嚅地说："我想……劳你驾，叫连生来一趟，我想见见他。"母亲说："你不能到那儿找他吗？他们就在从前洋堂院里。"他说："还是在这儿合适。"母亲想了想说："行。"在母亲跨出门去时，他说："别说我在这儿。"母亲去找驴脸，吕四伯站在客屋深处的暗影里，憋着咳嗽，不走动，慢慢捻弄手指。

母亲把连生领进屋说："你们爷儿俩说说话吧。"就退出来，掩上客屋门。

屋里静了片刻，然后是四伯低声絮絮说话，半天，才听见连生说："不行。那不行。"

四伯又低声絮语，连生又说："不行。"停了一阵，连生说："你隐瞒了河东的二十亩滩地。"

"那地早卖了。你走那年就卖了。你让卖，我就卖了。"

"那也得算数。"

母亲看见我站在门外没走，表情严厉地挥了一下手。

从那以后，吕四伯没再进城。在他病重时，连生给母亲送来二十块钱，母亲托人捎去。过了一些天，钱又被捎回来。

那时工人俱乐部办夜校，早晚上课。小小县城深夜和黎明都有喧闹的人声，从街东头、街西头涌向十字街东边的俱乐部，再从那儿热热闹闹涌回去。吕连生在那儿当俄语教员，书君姐是他的学生。她不会念那个最绕嘴最逗人的颤舌音，连生常常将她留下来补课。"嘚儿儿——""嘚儿儿——""嘚儿儿——"她就不好意思地用俄语课本堵着脸。"你看，你看——"连生咧开长大的双唇，露出牙齿，让她看他的舌尖。她也绽开湿润鲜嫩的嘴，露出白白的小牙……书君姐的牙齿整齐好看，嘴唇轮廓分明，灵巧红润。"达瓦里希！"她常常这样庄重地称呼连生。那时连生留着长长的背头，而书君却剪着流行的短发，两鬓齐齐上去，如男孩的偏分头。他们结婚时，母亲私下说："男人女相，女人男相，世道变成这个样子了！"

我加入板车帮的时候，驴脸像县城许多划了右派的人一样早已是个落魄的单身汉。印象很深的是，他的眼镜腿总缠着胶布，无论下雨下雪出汗洗澡，从不摘去眼镜。由于额头、鼻梁、上下颚向外突出，脸型像被风蚀的岩角，面颊布满大大小小的洼坑。喜欢同别人说些不着边际的话，从联合国辩论跳到老鼠昨晚掉进面缸："我一掀缸，哧溜，白不唧唧的，像个红薯，乱窜乱蹦。"喜欢喝酒，却从不破费。只要有三两人聚在一起，他就会踊跃地说："咱们喝酒吧？我给你们报牌枚，报《红楼梦》牌，没听过吧？"他总能找准一两个傻蛋，经不得话语一激，啪地拍出两张钞票，他去跑腿，可钱办菜，使大家满意。仿佛肚里装满古今中外的酒令，新鲜点子常常出人意料。

那些酒令从我们这儿传出去，很快就传遍牌坊街，风行城乡。

"日出东方一点红，喝家是英雄。"他双膝摆开，两手按在膝头，报牌时将右臂伸开，掌心向下，从猜枚一方挥到另一方，像排球裁判。

"宁荣两府门对门，四比四平。"报《红楼梦》牌，声调优雅，含蓄稳健，像博学的老师。风度十足地将巴掌翻起，拇指微屈，四指平伸，斜指杯底，做出"请端杯"的意思，"违禁一字清，罚酒一盅"。

他兴的规矩既有学问又有趣味，输罚都不伤面子。公允大度，报错了比分，立即伸手捏起酒杯，大声说："司令无能，罚酒一杯。"

他自然而然成为我们板车帮人人敬服的酒司令。谁家有红白事，请作陪客，宴席顿增声色，气氛格外活跃。久而久之，牌坊街的邻居待客都请他做执客。机关部门的主任、局长之类尤喜由他作陪。我们那儿的乡风，很讲究座次礼仪。面门位置为上位，左手最尊，亲戚中要安排舅父、姑父、姨父坐，街坊朋友要让长者坐，有官衔的按职位向下排。背门座位为下位，最下位是桌子右角。

驴脸就常坐这儿，叫流水口，也叫下处里。要不断回身接托盘上的汤菜，把新上的盘子摆好，给全桌客人斟酒，负责向壶里添注。这角色多半是东家的至亲、晚辈、伙计或杂役。由连生充任，当然比穿着邋遢、笨手笨脚的粗人好多了。他举止得体，言语文雅，懂礼法，有酒量，殷勤而不粗俗。他对席面的谙熟使我突然想起他家乡的土寨子，他家挂着字画的客厅、精细的瓷器和吃食。那推移盘子、摆放新菜的考究的章法，桌面上每每组合出图案般的赏心悦目的画面，而且只是四指灵巧地一推一拨，从不溅溢汁水，弄脏桌面或客人衣服，他的才干与智慧使我暗自惊讶。

如果有谁连输数枚，他即把划拳的大手顺势伸开，护着枚台上的酒杯，谦和而自然地说："和一个，不喝。"

我曾试着学他的一套，在赢枚太多时故意输几个，以缓和气氛，为对方保全面子，但结果总难如愿，每每露出痕迹，惹得对方更加生气。因而不得不佩服他在这方面堪称天才。

前几年他改正之后重又当上教育局局长，牌坊街的街坊们常在席间提起："还是人家连生当执客，那真是滴水不漏。"他不再坐流水口,每席都坐上位。有点发胖,酒量也大不如前。但报《红楼梦》及各种酒令,仍然精神焕发,颇为得意。

第一任续姐

那时我迷恋一本十六开大书。上边告诉我怎样选铅笔，铅笔上 H 和 B 的符号是什么含义，如何削铅笔、打线条。然后是画石膏像，一幅幅很大的局部素描，眉、眼、鼻、裸体人像。

在很长一段时间里，我最善于画嘴巴。而那嘴巴无论正面、侧面，俯视、仰视都一种模样，像同一个人。柔和、丰润，唇缝很长，嘴角平直地勒进双腮，使那里显出隐约的酒窝。鼻唇沟使上唇微翘，唇线如描过一般整齐而含蓄。——这是书君姐的嘴。那时她年轻、端庄、秀丽、矜持。年深日久，对她的记忆日渐淡漠，这嘴巴却依然鲜明、清晰、润泽、富有弹性，使人心绪缭乱。认真回忆起来，这印象大约来自八岁时第一眼看见她的感受。那时我正骑在小院的石条上摔一块黄胶泥，打算用它给新捉的蟋蟀做房子。（那房子既复杂又精巧，有两层套院，供它们吃、睡、走、斗。）一抬头，看见一张俯视的脸，一双微闭下垂的双唇，那颜色、形状与湿漉漉的感觉在我心底勾起一阵慌乱。此后许多年，只要看见书君姐，就总是由于抑制不住盯视、羡慕、渴望她的嘴巴而羞怯不安。我常纳闷地想，书君姐的嘴巴为什么一下子便使人想起热乎乎甜丝丝的亲吻？甚至望着它能感觉到柔软的气息、清甜的唾液的滋味，让人止不住咽口水、舔嘴唇？

大人们肯定有相同的感觉，所以在书君姐面前常常只有闪烁不定的目光，从不敢正眼望她。母亲有一次感叹似的自言自语说："男人嘴大吃四方，女人嘴大不贤良。"大约这是女人对女人的敏感和偏见，是母亲对长而好看的嘴唇对世界的诱惑表示担心。这张嘴长在一副鹅卵形长脸上。解放式短分头和不苟言笑的表情，使她的脸高傲而深沉。眼神冷峻，颧骨显著，加上那身灰干部服、腰中的皮带，从牌坊街漫不经心走过，给店铺的伙计们留下凛然不可侵犯的神圣感，因而那嘴唇成为大家攻击的目标。

在经过很多想象之后，看见这张嘴巴被人亲吻，那情景如一幅艺术摄影定格在我心里，任岁月冲洗，从不褪色。——那是在工人俱乐部的图书室里。两排墙壁似的书架，夹着一束暗淡的亮光，恍惚迷离，使暗影充满朦胧的神秘。我蹲在幽暗狭长的巷道一端，凝神浏览最低层的书脊，一行行诱人遐想的书名使我如痴如醉，拿不定主意该抽哪一本。一条黑影摇乱巷道的光线，将细长散漫的阴影投射在我身上。我看见书君姐的鼻子、睫毛、嘴唇被镶出明亮的轮廓，微仰下巴，举起一只手，在书架上抽书。没听到脚步声，却感觉到有一个人走过来。光线忽闪一下，轻微的响动使我听到一个剧烈突然的动作，书君姐的肩膀被一只粗大的胳臂搂紧，她明亮的脸颊的边缘现出一颗宽宽大大的棕色头颅，眼睛灼灼发光，嘴唇肥厚，向前拱起，压在书君姐的脸上。她既没反抗，也没迎合，依然举着拿书的手，以原来姿势站着，任那颗头颅在她嘴巴与面颊上狂吻，然后，用另一只手将那张脸推开。

那时我并未理解这出哑剧的意义。那颗头颅虽然陌生，却令人生畏。在县里召开的大会上，我曾听到他洪亮的声音，带着坚定和严厉。在我心里，它是一个强大的威权的象征。我只是隐隐为驴脸担心，他肯定不知道有一张脸插入了他和书君姐之间。

夏天刚过，吕连生还穿着套头大汗衫，穿着蓝细布长裤，从大街走过，非常反常地没转脸与我家店铺的伙计打招呼。书君姐也很长时间不到我家来。他们的儿子大勇刚入小学，母亲常站在学校门口接他，问他爸妈的情形，回到家来，闷声不语，偶尔叹一口气。我猜想他家一准儿出了什么事，但谁也没敢问。

书君姐最后一次到我家来是秋末的夜晚，落过一场霜，院里的扁豆秧已经萎蔫，像被开水烫过，败落了一棚暗绿。清冷的月光透下，庭院里摇曳着斑驳的寒凉。我听见母亲问："谁？"没听到回答。在影影绰绰的扁豆棚下，母亲同一条细长的影子站着说话，声音很小，仿佛谈一桩既重要又机密的事。她们一直站在那儿谈，谈了很久，最后，母亲深长地叹息一声说："往后有空带大勇来玩。"二门吱呀响了一声，那条身影便消失了。

偶尔还到工人俱乐部的图书室去。管理员换了人，书君姐不再坐在高大的柜台后弯腰给别人找图书。我也不再被允许进入书架间的巷道。看见大勇突然从书架空隙里跑出来，望着我，像望一个陌生人，我心里升起一种迷茫，感到世界不可思议。大勇不叫吕大勇了，叫张凡。在县城的一个什么集会上，场子里坐着许多杂色的人，场子周围是稀稀落落的树木，风吹过来，扬起灰蒙蒙的尘埃，树丛里和光秃秃的土台上插着红旗，两根木杆扯起一幅红色横标，喇叭在木杆上像一个带舌头的面盆。张凡的新爸爸坐在一张搭着蓝布的桌子后边大声讲话，场子里外震荡着嗡嗡的声音，我的脑袋不停地膨胀。他离我很远，只能凭着想象看见那两片肥大的嘴唇。"这两片嘴唇同书君姐倒很搭配。"我想。大约我把这联想告诉了母亲，母亲嗔怒地喝道："不许胡说！"我从鼻子里哼一声说："像她这种人！……今天人倒霉，明天就离婚！势利眼。"母亲瞪大眼睛望我，好一阵儿，才缓缓地说："你懂什么！"

在母亲说这话不久，吕连生到我家来。那神态和穿着使我倏然想起十年前吕四伯到我家的情景。母亲让他坐，他不坐，问他有什么事，他尴尬地笑了一下："……没什么大事。""说吧。"母亲说，"无是无非你不到我这儿来。"他吞吞吐吐地说:"我想见见大勇。"母亲说:"他不是在学校吗?你去看好了。""他不见我。他说不认识我。"母亲愣了一阵,说:"你也是!孩子过得好好的,学习全班第二名,还有什么不放心?"连生从怀里掏出一本红皮的小巧玲珑的书:"过节了,给孩子买了一本字典。"母亲接过来,在手里翻弄:"行,我给他送去。"

隔一天,书君姐来找母亲。本来就冷若冰霜的面孔透出一缕冷气,板着脸站在门口,半天没有说话,用眼睛冷冷地睨着母亲,微微有些气喘。母亲也不说话,也用冷冷的目光打量她。"啪!"像一块方方正正的红色石块似的东西摔在母亲面前的茶几上。母亲用迅捷的姿势,把那本书抓起来,"嗖儿——"从书君姐的肩上扔出去。

书君姐愣了片刻,费力地抑制着气喘,转过身,一边走一边扭头说:"让他别打扰孩子!"

母亲站在门口,两手交叉胸前,一动不动地望着她的背影大声说:"那是他爹!"

我以为母亲从此再不会理睬她,可是,听说她生孩子,母亲却收拾了一篮鸡蛋、挂面,要我提上,一同去医院看望。母亲坐在床边,俯身看她身边的小女婴,啧啧地说:"多像你!"然后,张罗给孩子灌大黄水,泄胎火。告诉她怎样表奶,使乳汁旺盛;如何防止孩子睡颠倒觉……母亲的过分热心和不停顿地说话使我暗自纳罕,书君姐却又显得过分冷静客气,仿佛她们都有意掩饰什么。她的床边没有多少亲戚朋友,也没有什么礼物食品,对面木椅上坐着一个陌生男人,向我们微笑,既不走开也不插话,不尴不尬地坐着,两手松垂在椅子边缘。虽然背对着他,我却时时感到有闪电般的目光在书君姐鲜红的嘴唇上掠来掠去。那时书君已经二十八九岁,在产床上蓬乱了头发,衣衫不整,时时露出坚硬硕大的乳房,嘴唇显得格外蓬勃生动。不知为什么,那天的场景使我有一种预感,仿佛一片阴影,久久笼罩在母亲的眼神里,笼罩在我的记忆中。

这第一位续姐留在我笔记里的东西明明是平淡无奇缺乏情趣的,而她长长的脸盘、没有变化的剪发、没有表情却又透出灵秀的面孔和那诱发想象的嘴巴却执拗地扣动我的好奇,使我期待着什么。

在我蹚过外边的岁月重回故乡小城时，发现牌坊街的灰瓦房仍如以往一样简直没什么变化。城墙被扒掉了，残留的几段土丘种上了向日葵和蓖麻。寨河断断续续，杂草丛生，积着黏稠的污水。人一长大，便发现儿时的童话氛围原不过是烦琐纠缠的世俗日子。那时，便奇怪为什么总是对世俗中平凡活着的人寄予过分执着的期望，那般认真、自信，不可动摇，认为世上每个人都有一个不与别人雷同的传奇，愈平淡的人，愈深藏着，因而愈有神秘与光热。

然而，那时书君早已离开小县，到省城去生活。

"她离婚了吗？"我问母亲。

"跟谁？跟吕连生？张世和？还是邱永祥？"

"她离了几次？"

"两次。"

"还会再离吗？"

母亲笑了一下："老了，退休了。儿女都大学毕业参加了工作。"

人生多么脆弱、短暂，像午间打一个盹儿，就老了。仿佛小时候在水塘上撇瓦片，没怎么撇出花样，瓦片就沉下去，再不闪闪发光地跳过明艳的水面。

　　不知为什么，当我试着想象书君姐目前的状况时，总觉得她已同丈夫分居，一个人住在一栋安静的楼房的三楼，或二楼。仍然喜欢读一点书，看看报。也许在早晨、夜晚与成群的同龄人一起练气功。说不定也在读《易经》《禅》之类，却不去打门球、跳老年迪斯科。她还会不会创造更有意思的故事？我的信心已经不那么坚定。

石印馆

牌坊街店房的伙计们提起马老六都有点酸溜溜的妒意。他人样不比谁俊，对付女人的本事不比谁强，却一人有两个媳妇。那么多穿紧身号服、年轻漂亮、精力过剩的小伙子只能一年四季在柜台里干熬，有媳妇也难得回家。马老六不但夜夜回家，而且为了避免两个女人争执，还得公平地在东西两院轮流，一轮一个月，小月记账找补。"没办法，这赖孙摊上个好命。"——这样说，是因为马老六并不是绅商大户，有钱娶三房两房，他只不过在火神庙西隔壁开石印馆，一间铺面。日日躬着腰，戴着眼镜，扎一幅宽大的蓝围裙，在那些粉红色光滑的石板上做活，像牌坊街所有手艺人一样起早贪黑，辛辛苦苦。命好，只是因为老辈人命不好，老弟兄两家只有一个男孩。按我们那儿的乡俗，为了维续香火，弟兄俩每人为他娶一个媳妇，安一个家。不分正、偏，按老辈的长幼排妯娌。谁家媳妇生下孩子算谁家后代，叫作一门两不绝，绝儿不绝孙。所以，马老六住谁家，就成了不可忽视的大事，不但女人斤斤计较，老弟兄俩也论得很真。轮到谁家，谁家女人就在店里指三话四，搬石头、落版这些重活往往要进行干涉，不许马老六干。每年正月初一抓阄，确定这一年的轮流次序。石印馆的旺季在四月、腊月，活多，而且顾客催得紧，常常熬夜赶工，还得亲自下手与唯一的切纸师傅替换。谁抓到双月就难免觉得吃亏、晦气，脸面无光。老弟兄俩不得不规定了一条补偿办法，谁抓到双月，一年三节（端阳、中秋、过年）就在谁家过。年按五天。这样就等于找补了六天（中秋不算），而且是吃得好、玩得好，手艺人心里最闲散、最有情致和精力的日子。

马老六不负长辈的众望，东院的马大娘为大爷家生了金豆，西院的马二婶为二爷家生了金菊、玉簪。

一块石头摊上纸，在石印机里轧一趟就能印出字来，这奥妙至今仍然吸引着我。马老六勒着围裙在石印机边干活的样子使我十分钦佩，像魔法师，又像四十七军的炮手：庄重，威严，得意，带几分神秘的矜持。他一手操轧杆，一手拉印石。宝山抓着大轮摇把，呼隆隆，载着石头的印盘从轧口里滚过，呼隆隆，再回来。掀开铁皮轧板，将印好的一张揭下，用湿抹布把石板擦净，胶磙啪啪横竖各滚一遭，再摊上白纸，合上轧板，呼隆隆一去一回……站在马老六身边，我整晌入迷地看他们这样节奏鲜明、快当熟练地印东西。有时候他坐在二门外小桌边，桌上摆着落过版的石头。我伏在石头侧面，看他仔仔细细把不整齐的框、线修直，模糊的地方描清楚。我不知道写在一张淡黄绵纸上的字如何能奇妙地印在石板上，胶磙滚过，只有字迹与线框吃墨，而别处却干干净净。毁洗用过的版，还须手按磨石，蘸上水，在石板上反反复复打磨，直到看不见任何痕迹。石印馆的二门外倚墙放着许多石板，有些带字，有些光滑闪亮，石纹漂亮清晰。我和马老六的大儿子金豆就常在这些石头中间玩耍。那时，金豆的爷已经去世，他二爷每天坐在西院廊檐下，膝上搭着棉褥，椅面掏了洞，椅下放着瓦罐，像孩子似的傻乎乎地坐在那儿，让马二婶给他喂饭吃，坐在那儿拉屎、撒尿，无论用指头戳弄他，还是拿星星草捅他的耳朵,他都只会唔唔哇哇傻叫。

牌坊街的人叫马大娘为洋马,叫马二婶为小咩。我难以断定在马大娘与马二婶之间更喜欢谁。我和金豆在丝瓜和刀豆的绿秧里唱戏,捉迷藏,拿刀弄杖,洋马时不时大声喝叫,我一点也不怕她,觉得她的大声大气含着无拘无束的亲切。如果在西院,跟菊、簪两个女孩玩,就绝不可以吵吵闹闹。二爷坐在廊檐下,小咩坐在堂屋门里做针线,我从未听见她大声说话或出声大笑。只要不打扰她,她就仿佛从没在意我们。偶尔数落二爷,也像自言自语:"就不能朝里头挪一点……真造孽。才拆洗的褥子,这才几天?"那漫不经心不苟言笑的样子使我无法接近,因而有一种依恋和羞怯,常对她产生无端的揣想。

石印馆偶尔也雇零工,甚至还收了两个学徒,但主要活儿就由马老六、宝山和长有三个人干。宝山是印工,长有管切纸、装订,马老六是老板,掌握着石印馆的绝活。听母亲说,石印馆的绝活是喂制药纸、药墨。没有合格的药纸、药墨,写好的版就落不到石板上,当然也就没法印出来。按照手艺人的规矩,绝活不传外人。在马老六被关进监狱之前,牌坊街的人不知道这手艺是否传给了他的女人。如果传,大约只能传给洋马,因为那时小咩还没有男孩。

我很崇拜宝山,他年轻强壮又开朗。进了石印馆,就看见他手握摇把,呼隆隆,呼隆隆,敏捷地摇动机器。马老六腰里扎着围裙,使劲轧着机身,机器发出吱吱嘎嘎的声音。换版时,宝山用胯骨抵着机架,两臂叉开,调角搬起石头,挟在腰间,随手一抡,撂在版架高处,然后两手推动磨石,白色泡沫沿石板淌下。宝山一边磨石板,一边和马老六开玩笑:"嘿,掌柜的,你不如把小咩给我吧!敢说,我一年让她生两个儿子。"马老六笑着说:"你干脆到西院来当孙子,什么事都省了。"那时,宝山就冲着长有说:"喂,有,洋马大嫂的奶子大,你去给她当儿合适,你饭量大。"长有脚踩压木,操着半个桌面大的切纸刀,噌,噌,低头切纸,半天才抬起头说:"我又没招惹你!"

我为长有的头纳闷。像一个扁长的南瓜,长着浅浅的稀拉拉的头发。切纸时,头顶冲着我的眼睛,随着手下的刀一下一下颤动。然而他切纸的手艺在全城数一数二，白花花的刀缝像打过蜡一样闪闪发光。完成了切纸动作，他得意地掬起纸沓，齐刷刷放在案上，把身上的围裙撩过膝头，叉开腿坐下，三个指头抓起身边的紫砂小壶，吱吱喝一阵，十分惬意地抿抿嘴唇。

　　我不知道马老六为什么被抓走。那时我已到城隍庙第一完小读书，随着年龄稍大的孩子唱"解放区的天是明朗的天，解放区的人民好喜欢……"学打腰鼓，打霸王鞭。最使我兴致勃勃的事情是每天夜里教母亲识字，看晃动的灯光落在母亲眯起的眼睛与耸起的眉宇上，高捧黑草纸课本的手微微打战，一字一顿认真念那些简短的句子，我感到既新鲜又自豪，对于石印馆每日重复的老一套劳作已经没什么兴趣。只是因为牌坊街议论纷纷，说前几天普济大药房的范掌柜和马老六一起被带走了，这才记起石印馆。那时金菊与我同班，不但放学同一个路队，而且经常腰系彩绸在老师带领下一起上街扭秧歌。班里的同学都知道金菊的爹被抓走了，虽然没人当她的面说这件事，可是再没人约她一起上学，秧歌队集合也不再有人叫她。好几次我在路上向她凑近，还没张口，就见冷峻的目光一闪，她便匆匆走开，我们谁也不敢和她说什么。

一连几天，石印馆关着门，不许外人出进，老君庙街菜园里的木锁带两个人，在那间窄窄的铺面里坐着，洋马和小咩倚着二门，听木锁问话。木锁是柴禾经纪出身，街道的治保主任，他同城里乡下所有认识的人都骂玩。他骂人时不动声色，一本正经，刁钻机灵，除了剃头匠呱哒，谁也骂不过他。他骂洋马，洋马也骂他。他骂小咩，小咩不接茬。"再硬的东西见了软的就没治。"木锁说。小咩抬起头，直盯着他的脸："论辈分我是你二奶，不跟你骂玩。"

石印馆继续关着门。人们有一段时间没看见木锁到那儿去。母亲说："给金菊说，要是木锁他们还是夜夜去查户口，就叫她们到娘家住一段。"我把这话告诉她，她只是咧嘴笑了一下。

不久，听说洋马和小咩同时跟马老六离婚，一个嫁给长有，一个嫁给宝山。伙计娶掌柜婆，在牌坊街虽非绝无仅有，但两个伙计同时娶两个掌柜婆，着实让县城寂寞的街巷兴奋了一阵子。由于宝山与我家周相公都是店员工会委员，而长有又是工会会员，在周相公倡议下，他们的婚礼在俱乐部举行，请了两班响器，剧团的演员还为他们清唱了一段梆子戏。我和母亲都去参加婚礼，街坊邻居很高兴，觉得这两对夫妻搭配得很合适。

"这下，看你吹牛不吹牛！"周相公拍着宝山的肩膀说。

石印馆开门了。金豆和玉簪也入第一完小读书。金菊重新回到秧歌队，逢年过节踩着锣鼓在闹市里扭，日渐显出灵秀鲜活，令人羡叹。偶尔从后门进入她家，看见马二爷依然傻乎乎地坐在檐下，小咩依然文静自适，接近三十的人了，看不出一点风采衰落的征象。

然而我时时忆起几年前宝山对马老六夸下的海口，小咩不但没有一年生两个儿子，而且苗条的身架看不出任何动静。"宝山这么壮的家伙竟连马老六也比不上。真败兴！"周相公说。偶尔说起石印馆，母亲总是叹息地说："小咩这女人真是命苦。"我也就总有点惴惴不安，每到石印馆去，站在二门外，久久向西院张望。看见那院里的天竺葵和五九菊葳蕤盎然，小咩干净整齐文静自适地操持家务，心里漾起欣慰，觉得这小院的阳光依然明丽温和，并没有母亲暗叹的那般阴郁。

小学毕业前夕，马老六从我淡忘的记忆里再次出现。那时城里的五家石印馆联营为"新民印刷社"，宝山当着社长。马老六从劳改队回来，住在石印馆店房的阁楼里。宝山说他有一手"翻白道黑"的绝技，印刷社没人会，社里同意他入社，算一名手工业联社社员。多少年后，我离开大学回到故乡，马老六已经六十来岁，我们一起在街道石印馆干活，才知道"翻白道黑"并无什么神秘，只不过使用类似腐蚀法的办法把落好的版经一道特殊处理工艺，黑字印出白道，白字反成黑色，在锌版制版中简直是最平常的工艺。

宝山离开县城是两年后的事。金菊和我同在第一初中，她是我们团支部的宣传委员。大约是夏天，宝山突然到我家，请母亲去马家西院。在昏黄的月光下，洋马、小咩、长有、宝山和马老六都默默坐在扁豆棚下，身影如恍恍惚惚的泥塑。"田嫂是马家的老街坊，也是街道代表。"宝山缓慢而低沉地说，"请她来，作个见证。这院子是马二哥的院子，小咩是马二哥的老婆，原物归还。明天我就走了，和几个朋友一起下湖北。"院里很久没有声音。像哪家孩子吹篾篾，暗影里传出一缕细弱绵远的哭泣。"我对不起你，六！"洋马抽抽搭搭地说。

小咩站起来，带倒了身下的椅子，廊檐下发出砰砰啪啪的声音。她一边向屋里走，一边回头说："我不是物件。你们朋友不朋友我管不了。宝山今晚得跟我正式结婚，不然我就告你。"

马老六与我一起在街道干石印活时，他仍然有两个女人、两个家，却一直住在石印馆看门。木锁去查户口，总是长有给他开门。牌坊街的人提起宝山，都说："看不出，还真是条汉子，像关云长。"长有因为假戏真做坏了洋马的名声，在马老六第二次进监狱时干脆娶了她。

"这样好，孩子有人照应。"马老六说。

牌坊街三绝

母亲给我讲过不少牌坊街传说的人物，差不多每代都有一套民间封谥，"四大格整""四大枯刍""四大正经""四大浪""五大赖"……

一些方言是不能解释的，一解释就失去诙谐、鲜活、传神的韵味。比如格整和枯刍，只能拿清晨带露的青菜与霜打过的豆叶在比较中意会，从而联想到人的穿着打扮、长相皮肉，暗喻青春妙龄女郎与委顿皱巴的老婆婆、老头子。而在码头、脚行、扁担帮、推水帮，则常用来形容男女身体的某个细部，传达出微妙的感觉。

所以，三绝，也不是通常意义的绝。大抵除了非凡之外，更多地含着活宝、很逗这些意思。据我所知，我们县城起码有四五个"三绝"的版本，牌坊街也有两三个。据信而不谬的史家原则，我宁肯采用始于40年代末、定型于60年代中叶的说法，大约从我读小学一直到我从大学回到故乡，亲自与三位"绝"人断断续续打交道，因而可以在笔记中找到第一手记录。

三绝本是各自成章的，但他们又总在某个时期来一次交叉，这样，放在一起说反倒方便。

在整理这则笔记时，又发现一绝，讵料三人竟是同年同月辞世。马世远最长，七十一岁；余木锁最幼，五十三岁；谢国平居中，六十露头。

我曾问过母亲，马世远既然是马家两门独守的孤子，何以人们都称他"老六"？母亲失笑地说："那是说他比别人多一个指头，道道多。"在石印馆里玩，我曾仔细察看过他的手，两只手都是五个指头，并无多余。对于我的深问，母亲再没作出回答。

三个人的区别在一点上决定了各自的命运：马世远有两个女人；木锁连一个也没有；谢国平原来有，后来多年分居，互不来往。虽然没什么凭据，我却难以放弃一种揣测，马世远屡屡倒霉，是因为人们难以容忍一个小门小户的手艺人拥有两个娇妻，一个开朗健壮，一个文静贤淑，对男人爱护备至，任何重活都舍不得让他干。

这个男人就如溺爱娇惯的孩子似的窝囊废，人人都毫无来由地想要捉弄他。而木锁令牌坊街家家户户惶悚惧怯，不仅因为他从拉锯战开始干治保主任一直干到死，依我看，根本原因倒在于他光棍一条，仿佛一支犀利的长矛，闪着寒光，女人们看见他难免浑身觳觫。他父母早亡，年轻时推水当挑夫，掂杆大秤在柴禾市做经纪，吃饭穿衣从来都是凑凑合合，过一天是一天。有时一天只喝二两烧酒、啃一只猪蹄子。但他从来都像野驴一样健壮，精力过剩，乐乐呵呵，见谁骂谁。春秋季斜披棉袍，夏天敞开黑不拉几的粗布小褂。褪下鞋子，蹲在商号的长凳上，一边骂玩笑，一边漫无边际地瞎扯，一蹲就是半天。没人见他生过病、吃过药。临死那天晚上还在十字街蹲着吃狗肉、喝酒（那时街上正有一场打狗运动，我们那儿的人不吃狗肉，木锁便显出异样的得意）。至于谢国平，在我的印象里是县城有名的书香世家，母亲提起谢氏兄弟都带着尊敬惋叹的神色，说："咱家后堂挂的那幅乔迁志喜贺幛，记得吧？横批物阜财丰，就是谢国平的哥写的……"在拉锯战的年月，二哥带我入崇实小学读书，谢国平是我们的校长。他穿着长袍，站在一方土台上，领大家做纪念周。"余——致力国民革命凡四十年……"他念一句我们读一句。那时我不明白，国民革命为什么要"翻"四十年，把四十年翻过去，母亲还没出生，我怎么办？他作的"崇实小学校歌"至今我还记得，我家店铺的伙计都会唱。"天亮起床忙披衣，快步匆匆来到学校里……"所以，二十年后重回故乡，见他五冬六夏头戴油腻的蓝帽，身穿露出臂肘的小棉袄，腰扎草绳，像个精神失常的乞丐，匆匆走过大街，夜里常在车站、运管站、骡马店过夜，便感到有点诧异。"如果他根本没有老婆，说不定也不会这样……"马世远的阴盛，谢国平的阳衰，当然不及余木锁的阳盛。据我所知，余木锁对于漂亮年轻女子的兴趣远不及对三四十岁的中年妇人。和他相好的女人，大多粗鲁、丑陋，但却像他一样壮悍、泼辣。文文气气的女人在牌坊街经常成为清查户口、清查队伍的对象，木锁一见她们就掩饰不住内心的嫌恶。如果有谁娇滴滴地说"锁——"同他套近乎、调情，那准会倒大霉。木锁不是那样的人。他到菜园去，两三个壮妇把他按倒，用我们那儿的话说，给他来个"老头儿看瓜"，裤子扒掉，双手反剪，女人们掏出乳房让他吃奶,叉开腿骑在他脸上。男人们起哄。木锁喜欢这一套。穿戴讲究,打扮整齐,再读过一些书,咬文嚼字,那简直让他无法容忍。

在我的记忆里,三绝第一次交会,始于母亲念叨过的我家后堂里的乔迁贺幛。那年我在省城读高中,知道了三十年前去世的谢国平的哥哥谢国昌是三四十年代颇负盛名的宛中才子、书画大家,暑假特意赶回去,想把那些书法收藏起来。不料县城正入食堂,大搬家。母亲在十几里外的河上为牌坊街小高炉捞铁砂,我家的家具、杂物都堆存在我曾在那里读小学的城隍庙大殿里。我记起小时候谢国平在美术课上摇着头说过的一段话:"古书字画有三劫:虫湿劫,水火劫,俗人手里一大劫。"心下十分着急。好在城隍庙大殿敞着门,没人看守。那东西虽积满灰尘,撕破一些口子,但毕竟完好无缺。我兴冲冲把它们摊在大殿门口台阶上端详,画面上突然投落一个粗长的身影,一双穿着裂口子破鞋的大脚踩在贺幛上。

"算了,林,别摆弄了。"木锁笑着说。

"这是谢国昌的真笔呀。"我说。

"算了——"他呵呵笑着说,"印板马老六造的假玩意儿!"

我说:"木锁哥,别开玩笑了!这印章什么都全。"

"你还能有我清楚?别说谢国昌的字,就是皇上的圣旨、玉玺,马老六一样能给你造。"他慢悠悠掂起贺幛,噌——噌——,一下一下撕成碎条,轻松地跺跺脚说,"不信问谢国平去。"

也许那是我第一次跟谢国平说话。他正在城墙上与一群像他一样衣衫褴褛的人一起刨土。木锁说:"谢国平——过来!"谢国平颠颠地跑过来。"说说林林家那字画的事。"谢国平把一只鞋脱下来,一边磕土,一边说:"那年——""1943年!"木锁订正说。"秋天——""8月21日。"木锁又订正说。"你表哥——""就是北乡胡李屯李万照。你四表娘家的大儿子。1936年进城,在和裕昌学相公。娶的东乡八里岗刘明先的女儿,小名珍儿。1937年2月2日成亲,1942年到你们家。"木锁讲这些话时既确凿又自信,丝毫疑问的语气也没有。"日本人第一次进城,他给你家看门。对不对?"我不知道。那会儿我才一岁半。"他把贺幛卖了。""卖给驻马店过来的商人，姓马。卖了五十二块银元。马老六替他重写了一幅。"

后来我问母亲，母亲说："这事兴许是有的。那时也听说。都是亲戚，不过是一幅字，犯不着细追。"

直到我从大学回来，与马老六一起在街道石印馆干活，每天在一个土坯垒的小屋里跟他学写石印版，才知道木锁说的话都是实情。也知道了他第一次被抓，是因为替一个乡下人伪造了一份卖地文书。"也真够胆大的，文书怎么可以造假？"我说。马老六眼睛里闪出灼灼的光，"你懂什么？越危险的东西造起假来越叫人开心。"他压低声音，像顽皮孩子似的说，"比抽大烟、干女人还过瘾。""是吗？"我说，"你敢造钞票吗？"他以鄙夷不屑的目光睨着我说："钞票？银元、金条……""你不是也没发财吗？""嗤——"他说，"我可不靠这发财！人不能糟蹋自己喜欢的活儿。给你表兄造贺幛，一个子儿也没收。那几年下湖北，没办法，每天造一张人民币，只造五元，够一天吃用，多了不干。"那时我才知道，马世远虽然两次坐牢，历尽坎坷艰难，却能够精神抖擞坚韧乐观地活到七十一岁，并不是靠"翻白道黑"的高超的石印技术，而是靠着造假东西的激情和聪明才智。只要说起做过的这类绝活，他总是眉飞色舞、沾沾自喜，骄傲神色溢于言表。我为他对我的信任而深受感动，那么多隐藏得年深久远的危险的秘密，足可以使人把他看作疯子。

"牌坊街再没人比你更精明了。"我说。

"有。"他说。

"谁？"

"不知道？你不知道？"他惊奇地说，"谢国平！县城里再隐秘的事，大事、小事、私房事，都逃不脱谢国平的眼睛、耳朵。"

"有那么厉害？"

"不信你试试。"

可是那时谢国平已经非常落魄，牌坊街的人很少有人理睬他，碰上面都如互不相识，连眼睛都不眨一下，他还能知道谁的隐私呢？

但是他知道。在红卫兵造反、牌坊被一截一截砸掉后，余木锁跑了。街上的贫下中农造反大队抓不到他。谢国平还像从前一样在城墙上刨土。马老六成了造反大队的小头目。他领了几个戴红袖章的人到城墙边一站："谢国平——过来！"谢国平颠颠地跑过来。"说说吧，余木锁藏哪儿去了？"谢国平脱下一只鞋，向外倒土，慢慢磕。"说说吧。"谢国平手伸进鞋里，抠那些踩结实的疙瘩。"说了马上就解放你，让你站过来。""你们问问徐小妮去。他前半夜还在她那儿。"

余木锁被抓回来，戴上高帽子游街，造反大队狠狠触及了他的灵魂。据我所知，牌坊街的人没有不怕他的。他虽一个大字不识，却博闻强记。整个县城两千多户人家，查户口不带底簿。谁家几口，户主是谁，户主关系，姓名、性别、出生年月，何时何地迁来此地，现在什么职业……像出色的营业员算账那样他能一张嘴就准确无误地说出来。更重要的是，牌坊街的人们猜不透木锁脑子里究竟储存着多少东西。不管提起哪家，他都能详细准确地说出他外爷是谁，外爷老弟兄几个，舅舅、舅母几人，舅母是哪个村的，他家谁当过土匪，谁当过国民党，谁入地下党，哪一年变节，登什么报，哪一天，哪一版。提起无论哪家商号，他都能说出谁领东，谁掌柜，换过几任，前前后后用过几个伙计、几个女佣，何时进店，何时离开，辞退的原因，资金多少，几人合股，甚至能说出某某因什么发财，某某因什么蚀本，哪年哪月哪日，与谁一起，鸦片在哪个关口被扣，托了谁去运动……那年有人来调查我二哥的情况，母亲和我都在场。来人把调查材料念了一遍，木锁默默听完，慢悠悠地说："漏了三点：他从小爱流鼻血，身子弱，认给万家书铺做干儿。万兴选土改时私造文书，1950年3月被判八年刑。他离婚的爱人李家梅，是城东十三里铺的，父亲李保太，当过三年伪保长。他在竹林寺读书是1951年，放学打架受过警告处分。"

我猜想木锁对革命群众专政一定很害怕，第二次逃跑便逃得很远，大约逃出了谢国平的信息网，一逃就是两年，杳无音信。到了清队工作组进驻时，人们突然觉得牌坊街少不得木锁，少了他，大家都像傻瓜一样，什么情况也不知道、弄不清，鲶鱼鲤鱼混作一堆，日月星辰都混沌起来，好好的日子乱了套，没法过下去。于是大家再找到谢国平，实实在在对他说："说说吧，说对了真的解放你，让你站过来。"

谢国平说："问马老六吧。"

马老六抵死不承认："我怎么知道？"

谢国平盯着他的眼睛，盯了一阵，马老六蹲下了。

几年后马老六从监狱出来，我们还在一起写石印版。我说："你不恨木锁吗？""这是两码事。"他说。为余木锁伪造革命委员会的介绍信、公章，是马老六引为自豪的一件绝活。后来我才知道，余木锁在湖北逃亡时，还让马老六给他造了一批粮票、布票。

现在，印版马老六、鬼影儿谢国平、宝贝布袋余木锁都死过十几年了，好久没回故乡，不知牌坊街新的"三绝"该是谁？轮到我们这一代，我有点茫然，我们的幽默与趣味是日渐衰微了，这都是现代物质文明异化的后果吧？真可怕。

祠堂印象

把祠堂同鬼、狐、大仙联系起来是长大以后，听多了大人们的故事，半懂不懂地读了《聊斋》。那时我还小，连祠堂是怎么一回事都不明白。察把五舅领我到祠堂去，是因为与我一起来七外爷寨子躲避战乱的大哥二哥都回城里去了，没人跟我玩。

养鹌鹑的人都懂察把的意思。我在另一篇小说里提到过。我认为"察"是"唱子"的切音。为了诱捕鹌鹑群，专门养几只鸣声嘹亮的公鹌鹑，黎明时挂在田野里，用它们的歌声招引同类，这种鹌鹑叫"唱子"。它们不叼架，常年挂在廊檐下，用煮熟的酒谷甚至拌上蛋黄来喂养，使它们精力过剩，经常处在发情的兴奋中，叫声也就特别清脆动人。我和二哥常把这一套学给牌坊街的孩子听，两臂拍打胯骨，伸长脖子尖叫："秃枯察——秃——枯——

察——","追——追——"（这是母鹌鹑的混声奏鸣）。我们让西门外京货铺的三丫头扮母鹌鹑，二哥扮察把，蹲在牌坊柱子后边，玩逮鹌鹑。无辜而多情的公鹌鹑母鹌鹑们被突然出现的察把惊得四散飞逃，一个个撞入预先设就的网里，被揪紧了塞入黑暗的布袋去。养唱子逮鹌鹑的人就叫"察把"。

自从跟着察把五舅在祠堂里过夜，才知道"唱子"并非如想象的那般养尊处优、寻花问柳。原来它们也是极辛苦、辛酸的。投入全副激情在雾蒙蒙的黎明啼唤，眼看成群美丽温柔的雄性雌性落网，却仍然身在囹圄，眼巴巴地徒劳相思。每当挂野的前夜，五舅把一溜唱子笼摆成圆圈，点着一盏麻油灯，与看祠堂的尾巴儿表伯坐在圆圈中央"熬察"。他们抽旱烟说闲话，守着飘飘颤颤的灯火。过一阵，拿起身边小棍插入笼里，一个个搅动，让唱子扑棱棱蹿跳。整夜不睡，直到三星正西，收拾挂杆、网、帘，到野地去挂笼。熬过整夜的骚扰，唱子们才会在田野的晨风里格外新鲜活泼、欢快雀跃。

那时的天气并不冷。我披着察把五舅的袍子，依在尾巴儿伯的草墩旁。麻油灯冒出一缕细烟，袅袅飘动。

祠堂院的方砖地面向灯影深处铺展开,像一面灰色的印花布床单。夜色四合,整个世界聚拢为一团雾腾腾的淡黄色的光辉,被唱子笼围成迷蒙的圆环。坐在圆环中心,听两个大人絮絮说话,望着祠堂黑幽幽的屋檐,檐上深不可测的天空里星光闪烁。忽然有蝙蝠从耳边掠过,夜色震颤为看不见的涟漪。村庄与山野隐入无边的寂静,使人禁不住惶悚不安。起初我的精神很好,听他们讲先辈人的逸事,敬在祠堂深处的牌位都变成活生生的老老少少、男男女女,在摇晃的灯影里走动。长毛披着红头巾、黄头巾,站在老二爷院门口。老二爷握着很长的旱烟袋,咳嗽两声说:"粮食、马料,好说。这地方人容不得沾花惹草。"我眼前晃动着一个高高的瘦瘦的身影,苍白头发,辫子如一条粗麻绳似的绕在脖子里,面目清癯,表情冷峻。两个长毛腰里插着大刀,半笑不笑地看着老二爷。"南门上的三寡妇跟一个安徽长毛好了。""睡了?""睡了。""三寡妇不是还年轻吗?""十九岁。""我听说是二十一。十七岁生的老扁担。""……长毛开拔了。他们吹了三遍号角,看不见那个安徽佬。太阳升起很高很高,河那边洋枪砰砰啪啪乱响。……安徽长毛在祠堂西边沟坎上躺着。没了那玩意儿,砍下的人头放在胯裆里。""听说三寡妇……""没那事,没那事。"我想象不出一个人的脑袋跑到腿裆里去是什么样子,但我确实感到周围的黑暗变得更加黏稠,飒飒的风声带着腥臊的气味。两个黑影从沉重的眼帘前掠过,寂静中突然响起叽叽呱呱的尖叫,扑扑腾腾的声音像长毛奔驰的马蹄声。唱子笼从混沌中显现出来,麻油灯前落满蟋蟀等昆虫,蠕动着,朝灯头扑飞。……当我感到自己快要掉进一个漆黑可怕堆满死人的深渊时,我就抄起尾巴儿伯的小棍,跳起来,绕圈搅动笼里的鹌鹑,鹌鹑的叫声和扑腾声把我迷走的灵魂带回到祠堂院的灯光里,带回两个强壮的男人之间。我想,唱子们大约与我一样整夜在察把五舅和尾巴儿伯慢悠悠的说话声里挣扎。他们的说话声在深夜里幽远绵长,如汩汩流淌的小溪,不可抗拒地把人带入恍惚的深谷。深谷里变幻出难以分清时代的影子和情景,几代人晃晃悠悠隐现,向我挤弄眉眼。

  白天,我到落满灰尘的神案上去寻找夜里为我表演故事的那些人物。尾巴儿伯在秋日艳阳下懒洋洋地扫台阶,把地里摘回的绿豆角在柳条篮子里搓弄。依然穿着夏天的老蓝布裤衩，光膀子。赤裸的上身如坚实的紫铜，闪着棕色亮光。腿脚像牲口蹄子似的矫健地戳在地上。眼神咄咄逼人，黧黑的长脸，蓬乱一头刷子似的硬发。我常常想象他小时候拖着偏在右方的小辫子的模样，一下子就同我的小伙伴——茶叶店的尾巴儿小海混淆起来。

祠堂笼罩在不动声色的寂寥中。这静幽与夜晚不同。夜晚的寂静像愈收愈紧的纱网，白昼的寂静却如慢慢涨溢的池水。我在这漾出波光的僻静里沿着雕花落地木隔墙走，踮起脚尖望古铜色神案上的牌位、龛笼。麻雀在檐下穿飞，叽叽喳喳呼应，斑鸠在不知什么地方咕咕嘟嘟叫。中庭大树上传来幽咽的蝉鸣。

当站在大殿左角过道门口，面对紧闭的两扇黑漆门时，我瞪大眼睛，屏着呼吸，仿佛踩在进入梦中世界的门槛上。我觉得，被唱子笼包围、晃动在方砖铺地的院落里的惺惺忪忪的梦境，随着吹熄的灯火，在黎明前的雾气里化为一缕轻烟，被关锁进这两扇黑门里。

尾巴儿表伯从不让人走进这阴暗的过道。我没法猜想它连着怎样的处所。豁然洞开的四合小院？一层层台阶走入地窖、洞窟？还是一间红漆花格子门的幽室、阁楼？我在那儿逗留遐想，尾巴儿表伯手里照样摆弄自己的活，抬起眼帘，睃着我说："里边又没藏着女人，有什么好看？"

五舅一来，他们就说鹌鹑。然后说收割了庄稼的田野里的兔子、野鸡、狐狸、刺猬。尾巴儿伯从东厢房墙上摘下他的枪，那样长、那样笨，枪管如伸出去的牛鞭。他们一边说话一边向枪筒里装铁弹丸——如西门拱券杨麻子摇着唱机叫卖的麻凉的人丹样的东西。在秋天的田野上踩着豆茬、谷茬，蹚过叶片尚未飘落净尽的苍赭色的灌木林，踏过新翻的犁沟，窜过田坎，追踪野物，也许是我最快活的记忆。

"娃子生来命凄惶，割了庄稼你没处藏。"这是我和二哥在乡下学来的狡黠的智慧。牌坊街的孩子们只能眨巴眼睛傻听。"这就是你！"二哥说。"兔子——懂吧！"我自豪地说。突然看见一个土黄色小玩意儿蹦蹦跳跳蹿出来，不顾一切地跑过光秃秃的垡子地，谁都会抑制不住欢悦笑叫。察把五舅把眉毛一挑，粗暴地低声断喝："别作声！"我站在田边衰草丛中，看两个大人端着猎枪蹑手蹑脚绕着犁沟转悠，一颗心提到喉咙眼里，鬓边响着怦怦的心跳。"砰——"犁沟里冒起一缕白烟,我欢叫着跑过去,看中了弹的兔子在血泊里挣扎,一条腿抽搐颤动。

这样,我们在祠堂院里熬察就有了活干。尾巴儿伯在厢房外支起锅灶,抱来棉秆豆茬,把野物吊在小槐树上开膛剥皮。在我披着棉袍面对闪跳的灯火和周围圆周形的唱子笼时,端着一只很大的冒热气的粗瓷碗,歪头啃那些很有嚼头的坚韧的兔腿、鸡腿。察把五舅面前摆着炖热的黄酒,他们说话的声音,特别热烈,而且常常插进一些粗野的骂女人的脏话。

多少年后,我一遍一遍在记忆深处搜寻,不知究竟是否经历过那样一个秋末的夜晚?愈要回忆得确凿,愈加陷入惶惑,弄不清哪些是眼见、哪些是做梦、哪些是听来的传说在想象中被加工。对于一个五岁的孩子,记忆总是蓄满了幻觉。

那个女人就如每个孩子的梦境一样突然从黑暗的背景里显现,在摇晃的光亮里凸现了一张黑白反差强烈的脸,映衬着黑幽幽的祠堂殿角和若隐若现的柱子。我能清楚地记得她高高的额头,如反光的葫芦壳,散乱的纤发在明亮的受光面上拂动。眉宇下仿佛是两口深井，没法看清她的眼神。尾巴儿表伯和察把五舅同时扭转脸看着她，她毫不迟疑地说："行行好啦——大叔！"我不知道两个男人怎样迟迟疑疑却又动作利索地站起来，不约而同地走向大殿左手的小门。锁的响声和门环的响声也如梦中的响动一样带着呻吟般的凄凉。院子里像什么事也不曾发生。尾巴儿伯伛着腰搅唱子笼，五舅咝溜咝溜抽旱烟，纸媒儿下的火星在风中飞扬。我扭头向黑暗中张望。祠堂外的竹林发出一阵阵低吟，很远很远的地方传来隐隐约约的犬吠。黑暗弥漫在祠堂周围。我觉得自己在难以抗拒的瞌睡里突然听到奔跑的脚步声，听到枪支碰撞的声音。一遍遍地惊悸，猛醒，侧耳谛听，除了察把五舅和尾巴儿伯的说话声，黑暗依然横陈在祠堂外，遮蔽着树林、灌木、大路和衰草无边的田野。

面对无边无际的黑暗，想象着土匪、枪会、神社的壮汉们突然闯出来，恐惧不安地熬过长夜的情景，至今深深地印在我的记忆里。因而我难以断定，那夜是否真有强人骚扰过村寨。

太阳升起来。早晨的阳光如软绵绵的紫花布。我从袍子里拱出来，揉着眼睛，——那两扇黑漆门同昨天一样紧闭，挂着大铁锁。察把五舅和尾巴儿表伯面对面坐着抽烟，长长的袄袖子耷拉在地面上蹭着各自的脚。唱子们在笼里蹦跳，叽叽呱呱尖叫。

尾巴儿表伯从怀里摸出一个铜线："要背，要字？"

五舅说："随便。"

尾巴儿伯说："还是自己说好。"

"那就背吧。"

尾巴儿伯把铜钱直上直下抛出去。

他们这样抛了三次。五舅站起来，敲敲烟袋说："归你啦。"

他慢慢地把唱子笼收在一起。

尾巴儿伯说："一起吃饭吧，兔子肉还多呢。"

五舅说："林林，咱们走。"临到院门口的柏树下，回头说："亏待了老婆小心点！"

几年后的春天我再到七外爷的寨子来，寨河沟里的水干涸了，寨墙上长满陈刺丛。五舅随了建国军，唱子笼空空地挂在廊檐一角，落满灰尘。沿着坑洼不平的大路，跨过那些壕沟似的车辙，我站在一片废墟边呆呆望着熬察的场院,寻觅黑漆小门的踪迹。焦黑的门框如两棵枯树突起在断墙上。祠堂外的小溪长满嫩绿的水草。土丘似的沟坎如一个人袒开的棕色肚皮。那瞬间我分明看见尾巴儿表伯躺在沟坎上,脑袋夹在两腿之间,眼睛瞪着天空微笑。

马粪李村

　　我记得村边有个长方形泥塘。我和二哥站在塘埂上看许多人赤裸着脊梁卷着裤脚挖塘泥。铁锹泥块飞舞，人们的脸上、臂上、胸脯和裤子到处抹着乌泥，看起来惹人发笑。大人孩子忙乎乎地在烂泥里踹，大声嚷叫、笑闹。我以为他们这样忙乎是为了争抢泥塘里的螺蛳。那螺蛳实在吓人，我一辈子再没见过，那样多，那样大，像变形的小孩脑袋。抿去乌泥，露出墨绿色硬壳，盘满椭圆纹路。螺壳内壁洁白鲜亮，太阳一照，闪射出绮丽的光。这情景此后经常在我梦里出现。我在泥塘里踹着向前走，眼前老有滑溜溜的苍绿色的螺蛳与鹅卵石混成一堆，在乌泥里露出鼓鼓的肚子，两只腿被烂泥吸紧，愈使劲愈往下陷。我大声喊："二哥——快来呀！"却无论怎样挣扎也喊不出声。……至今我仍然非常后悔，不曾把那样吓人的螺壳收集一两个带回城里,让牌坊街的孩子们开开眼界。那时我太胆小,连碰一碰都不敢。对着一个闭紧硬壳的可怕的家伙狠狠浇了一泡热尿,才感到不那么恐惧惊慌。

然后就是那个经常裸露出半个乳房的女人养的母猪,大咧咧地在村路上领着一群猪崽。我一辈子再没见过那样招人喜欢的小东西。白白的,肉乎乎的,腿裆处露出嫩红,非常调皮地东跑跑西跑跑,毫无顾忌地蹿蹿跳跳,拱路边的草根、树叶。简直没法说心里有多喜欢它们,常常忍不住想要抱走一个。但那女人总是不远不近地跟着,使我找不到下手机会。记不清是清晨还是傍晚,终于发现那女人没有出现在猪群后边,恰好有个调皮的小东西傻乎乎地逗留在槐树秧子里。我扑过去,一下子便把一团热乎乎的东西搂起来。……接下来的情景也经常在我梦中重现。一个巨大而敏捷的灰色影子闯出来,从空而降似的出现在面前,一个凌厉凶狠的长嘴,发出可怕的声音,露出锋利的白牙。……

母亲说,因为我被母猪吓走了魂,发冷发烧,说胡话,全家才不得不在马粪李村住下来,犁面才成为我的干娘。

其实她脸上的犁面痧并不太重,只在鼻洼处有一片淡褐色细点。如果换上干净衣服,把大襟扣子系好,不使肩胛和乳房露出来,她本是十分灵秀的。爱大声说话,爱笑,说话时眼睛对谁都百无禁忌地爽朗地盯着对方,显出烂漫的样子。我家周相公后来常对牌坊街的伙计们说犁面,说她的眼睛像一池浪水。

犁面干娘的男人在油坊干活。母亲告诫说:"女人和小孩不许进油坊。"于是村南头的三间草房便显得异常神秘。板打黄土墙,低垂草檐,窟窿似的小窗塞着稻草。门上吊着沉重的土布帘,沁透油腻,发出黏糊糊的光。天气已经很冷,我和二哥站在村口的冷风里远远向油坊张望。密闭的房子里传出砰砰梆梆的声音和粗犷婉转的号子声。我们想象不出油是怎样打出来的。犁面提着饭罐走来,笑模悠悠地望着我们说:"想看打油是不是?"我们不好意思地垂下了头。"跟我来。"她说。

她连招呼也不打,撩起帘子就进。我觉得好像一下子闯进祖师庙墙上画的地狱,黑黝黝热烘烘的,过了好一阵眼睛才看见东西。一盏昏黄的灯照着一群赤裸裸的小伙子,浑身上下一丝不挂,像鬼怪一样龇着牙笑。"林林没见过打油。"犁面干娘说,"让他们看看。"那几个一模一样似的裸体男人和蔼可亲地逗着我说:"脱!这里边不准穿衣服。"我和二哥背靠门帘向后退缩。"看吧,看!"犁面的男人抱着空中悬着的一根粗大的木柱喊:"悠起来么——""嗨哟!嗨哟!""炒熟的鸡巴呀——""鸡巴!芝麻!""热溜溜呀——""流啊流!流啊流!"……房外听到的乒乓声变为惊天动地的碰撞,随着号子有节奏地打在油砧上,房顶、四壁和脚下的土地一下一下震颤,我的眼睛也随这沉闷的声音眨巴,终于受不了热烘烘的吓人的声音,与二哥携着手逃出去。母亲说:"除了犁面,哪个女人也不敢进油坊。"

这次历险的收获是第二天得到了干娘送来的芝麻饼。啃起来很香,在石碓里捣碎,拌一点开水,放点盐,成为咸香的芝麻酱。

白天,周相公把从城里带来的铁器杂货拴成货担,母亲跟着,到附近村上去卖,晚上我们分散住在农民家里。每天傍晚,犁面及早为我收拾床铺。那是她家晾芝麻的簸箩。白条编成,圆形,上了宽宽硬硬的边,是她家最漂亮最值钱的东西。塞上烂棉套,铺上干净的家织布单子。晴天，放在她家院里的枣树下，阴天移到喂牲口的豆秸麦秸草屋里。她的两个双生子女和一个大女儿在地上摊了草，盖着装粮食的布袋睡觉。在我的印象里，犁面干娘没有年龄，从我们初见到二十多年后重逢，模样几乎没什么变化，那时，母亲笑望着她说："今年你怕是有小四十了吧？"犁面干娘依然目光鲜活地说："粪堆要是活着，都二十三了！"

犁面对自己的孩子像对猪崽一样满不在乎。那对双生子女经常光着身子，赤着脚，泥里水里蹚。秋末的早晨每人披一件大人的破棉袄，袖子衣边拖拉在泥地上，手上脸上沾满污秽、泥土，如猪崽一样泼皮，跑起来脚丫子落地发出一连串闷响。

这个村离七外爷的寨子至少有三十里路，要翻过打鼓山，过两条小河。犁面干娘像是从不出门的样子，却知道那座寨子周围的一切，连祠堂南边沟坎上的竹林也知道。我说："你知道尾巴儿表伯吗？高高的个子，紫糖色膀子。"她笑了笑，拍着腿说："可有劲儿了，是不是？扛四斗重的布袋不用人帮着上肩。"我对母亲说干娘知道祠堂和尾巴儿伯，母亲说："往后不许再说这事。"

后来才知道犁面的男人不是她的亲男人，是她男人的族叔。她男人几年前被河那边打孽的人杀了。

"什么是打孽？"我问母亲。

"两家结了仇，你杀我，我杀你，就叫打孽。"

我仍然不明白："隔条河，怎么会结仇呢？"

"就因为这条河才结仇。"母亲详详细细地批讲，"瞧这河像蛇一样曲曲弯弯流，隔一年朝这边滚，隔一年朝那边滚。河这边的土地涨一场水就跑到河那边去了，河那边的苇子隔一年到这边来了，这叫滩地。"

"滩地怎么了？"

"滩地就争啊，打官司啊。一打官司就是几辈子结仇。"

说这些话的时候并不觉得事情有什么了不起。马粪李村像往常一样挖塘泥，开油坊，喂母猪。我并不知道犁面干娘为了生一个男孩曾经到处找男人，不明白她为什么必须生孩子。那时的粪堆大约两岁，像个泥坨坨似的滚来滚去，从不生病。母亲把姐姐小时候的衣服给她的大女儿穿，不出三天便会绽出许多大小不等形状各异的口子。

第二年春天城里驻了四十七军，各商号都开了门，商会组织了相公自卫团。和裕昌的白相公来找母亲，说有个乡下女人在西门外偷人家的钱褡子，被自卫团扣下了，说是我家的干亲，让母亲去认。母亲问了穿着、长相，说："莫不是犁面？"

犁面干娘一看见母亲就站起来嚷："瞧！我没说瞎话吧？"

母亲笑着说："这女人可不是贼，她粗心，脑筋不好使。大家别跟她一般见识，多包涵。"替她具保，领回我家。

在灯影里，干娘显得比在乡下时拘谨，依然用爽朗无邪的眼神望人，说话却不那么响亮了。"河那边随了南党。河这边随了枪会。人家人多，还有快枪。"

"你们也随南党不就好了？"母亲说。

干娘激愤地一拍巴掌："那哪儿成！河那边既然随了南党，我们就不能随！死也不能跟他们一伙。二月初八我们杀了他们八个掌杆的，初十他们下了我们寨子。二姐，你不知道这次亏吃大了。"

"老油匠跟粪堆他们怎么了？"母亲说。

犁面把手挥了一下："都不说了。……老老少少一百多口……全不说了。"

母亲两手握在怀里,叹了一声,好久没有说话。

"他们可瞎了眼,打错了算盘,以为马粪李再不冒烟儿了。"她缓慢沉静地说,"没看见我站在粪坑里,脸上抹了牛屎,头上顶着烂草。"

"你打算怎么办呢?"母亲说。

"不怎么办。"她说,"我领一群孩子回去。让他们看,马粪李照样冒烟儿。"

犁面干娘没在我家住。她有时在城隍庙,有时在火神庙,有时在码头货栈给人看货。庄稼成熟的季节到乡下拾庄稼。从最南端的马武镇开始,一直赶着收割季节捡到这个县最北端的社旗店。

四十七军走了,建国军来了又走。崔二蛋的杆子和瘸驴的天虫军两次攻陷县城。几年的逃难生活使我们忘记了她。在陌生的荒村野渡住下以后,被惶惶不安的梦境困扰,我常望着寥落的星辰蓦然想起干娘院里的枣树,透过叶隙,斑驳的月光洒落在小舟似的簸箩里,粪堆、树叶、妮,还有长着连鬓胡子的老油匠干爹……

二十年后我跟随长江水系勘测队沿汉北支系溯游而

上。大约是四月天气,大麦已经黄梢,豌豆开始成熟。涉过金线河,河滩里的桐树像一片苍绿的云。河水清浅,在淡黄色炫目的沙滩里,如一缕闪光的缎带,飘飘荡荡弯出几个柔和的曲线。眯缝起眼睛,打量河岸不远处的村落,依稀有一个熟悉的梦境浮起在眼前,使我的心感到迷茫。

"这是哪儿?"我说。

"你说那个小村?"背着行囊的同事说。

"那个村。"

他的指头在哗啦响的地图上指着说:"马粪李。"

"马——粪——李?"

向导老乡走过来说:"是马粪李。"

"你知道……犁面……外号叫犁面……"

"嗬呀!不就是油匠奶吗?"

"对,就是油匠奶。"

"那女人!"他说。

"你们这儿还争滩地吗?"我问。

"争。不争滩地争别的啥!"

"还打孽?"

"村跟村不打，户跟户打，反正就这么回事，就跟这条河一样，不朝这儿滚朝那儿滚。"

记不得还问了些什么。仿佛这一带遭过一场水，闹过一场瘟疫。不知道犁面干娘都是怎么对付的。

到了晌午，庄稼地里星星散散的人都回了家。风荡过宁静的原野，黑乎乎的林木背后升起缕缕炊烟。我朝村子走，想再看看那儿的泥塘、油坊和那群小猪。

缠　　河

在我们那儿,哪个地方爱闹鬼,就说那地方"缠"(读作 chǎn)。郑州及豫东一带把这字眼说成"紧"。大抵豫北人的说法更接近字面本意,他们叫"妖道"("妖"字读作 yào)。

在我小时候的记忆里,"缠"的地方很多。有名的像南门外的小桥,很多人夜里走到那儿忽然蒙头转向,像被罩进无形的网里,原地东摸西撞,最后拱到桥下泥坑去。小十字街的老杨叔担着货郎担从乡下回来,还不到二更天,在小桥上就忽然找不到路。他知道是鬼下了罩。扔下担子,头拱地,屁股撅起。噗喳噗喳,好像有许多人向他甩乌泥,屁股前后都被糊满。他下死劲把头抵着地,藏在腿里。过了好一阵,泥不甩了,大腿被鬼捏了两把,他挺住没动。月亮慢慢晃出来,路也白白地显出来。……还有红沙河（其实它不是河，是一条狭长的水塘，贴着菩提寺后墙），爱在午时闹鬼，"晌午头，鬼露头"。年年有午后洗澡的人淹死在里边。我感到奇怪："明知道那地方缠，干吗去洗澡？""鬼一诱，该死的人非去不可。"母亲说，"机器铺的岳相公正吃晌午饭，忽然撂下碗说：'热死人，洗个澡再吃。'掌柜不乐意，说：'吃了饭等着给人家送嫁衣。'怎么说也挡不住，毛巾也不拿，一溜小跑，到塘边一头扎下去再没上来。掌柜雇四五个人没捞着，隔一天漂起来，身上印着鬼手印，像火烙的一样。"三皇庙街一座磨坊，每年都有女人在那儿吊死。王银匠晚上躺在磨盘旁边抽大烟，窸窸窣窣，房梁上一阵一阵落灰。抬头一看，两只小脚连着细溜溜的腿，扎着腿带，在空中慢悠悠地转动。后来那儿改作学校，教我们算术的叶老师在那屋住。月光明晃晃的，一个身穿青衣的小媳妇站在他床边，眼神幽幽地望着他。叶老师坐起来，揭开身上被单朝她摔。呼隆，呼隆，她像毫无知觉，如镜里的影子，不言不语，目不转睛地望着他。叶老师一连啐了三口唾沫，那影子倏地不见了。

在我幼小的心里，人世像一棵大树漏下的光斑，只有少数亮点摇晃跳荡，它们被大片大片"缠"的阴影包围，使人时刻处在惊悸惶恐之中。比起白昼的恐惧也许黑夜并不特别可怕。反正周围一片漆黑，什么也看不见，蒙头承受一切也就罢了。在白昼，当我一个人待着时，任什么东西都不敢细看。闭紧的门也许会突然打开一条缝隙，伸进带毛的爪子，把我攫走。一动不动的墙壁也许会忽然显现龇牙咧嘴的妖魔或是飘然走下一个女人。更不敢抬头看房梁或是盯着窗棂、房角，阴影里会不会唧唧哝哝走出一群矮小的鬼怪？寂静使我没法承受。我害怕不知从什么地方传来一声飘飘颤颤的呼唤，叫我的名字，那是最可怕的事。说不定一下子就会把我摄走，腾云驾雾，落入精怪的洞窟。

真正尝受到白昼的可怕是在一条不知名的小河边。没法弄准方位。在我的印象里它该在城南乡下，一片丘陵地里。长大以后我曾几次寻访，终究没能找到。童年的经历总有点恍然如梦，使人疑惑。我不知道我们一家人为什么到那河边，也不知道为什么在那儿停留。我在高高的牛车顶上睡着了。三叔时不时吆喝一声号子。牛车上装满粮食、箱笼、包袱。我躺在行囊堆成的小窝里，仰面朝天，随着牛车摇摇晃晃，眯起眼睛看天上的云彩，看拂过车顶的树枝，后来就睡着了。

睁开眼的刹那，仿佛漂浮在洪水里，周围是一片炫目的白光。一张皱巴巴的脸飘拂着苍白头发，在我脚边包袱中显现。两片瘪塌的棕色嘴唇蠕动着，发出似有若无的声音，两只深褐色的手像枯枝似的僵直地伸过头顶，向我招动。没有声音的嘴唇使我仿佛听见她喃喃地说："过来，娃，来！"我觉得她好像在向我笑，鼻子耸起，眼睛挤成一条弯曲的裂缝，腮帮鼓出一道道壕沟似的皱纹。我向车顶挪动身子，想把那只离枯手很近的腿蜷起来。直到今天我仍能清楚地记起那一刻的情景，发现自己浑身瘫软，手脚麻木，身体所有部位都像不再属于自己那样无法动弹，心里是多么害怕。我脸上肯定现出极其恐怖的表情，惶恐地望着两只爪子似的手和那颗顶着乱发的黑褐色的头颅。看到我要哭，那张脸洋溢出得意的神情，伸长脖子，使劲扒着车边包袱，手指张开去够我的脚脖。我大声哭起来，嘴里呜呜噜噜喊："三叔——三叔——哥——"那张脸和那双手忽然不见了，三叔站在车下，手里掂着鞭杆，仰脸看着我问："怎么了？啊？"

我看见三叔的大脚踩在白花花的沙滩上,在他背后,是一缕明明亮亮的河,蜿蜒在灼目的天空下。四周一片静寂,既没鸟鸣也没风声。车停在几簇灌木旁边。牛已经卸了,拴在不远处的小树上,河滩光秃秃的,看不到树木和苇滩,只有一丛一丛芭茅一动不动地翘起交叠的窄叶。河岸也不陡峭,像龟伏着一群骆驼似的怪物,虎视眈眈地守着沙滩里弯过的河水,不动声色地觑着我们的车。

"一个老太婆,伸着手……"

"在哪儿?哪儿?"三叔左右张望,弯腰绕车查看。

"刚才就在这儿。"我指着腿边的包袱。

三叔脸上掠过一丝忧悒,大声说:"孩子家!胡扯八道!"

母亲曾经说过,不满十二岁的孩子能看见大人看不见的鬼怪。我茫然望着河滩,阳光如弥漫的灰尘,飘荡着无数看不见形迹的东西,幽幽盯视人世,使人惶悚不安。弧形的河床闪着粼粼波光,跳动蛊人的眼神,仿佛许多精灵在水中游弋。三叔坐在车旁阴影里与大哥喁喁细语。沙滩在阳光下一片惨白,天空冷峻无边。他们的说话声像中了邪似的咿咿唔唔。

我又看见老婆婆的脸出现在包袱上,轻轻嚅动嘴唇。我大声喊:"三叔——"

三叔站起来,瞪着眼睛厉声喝问:"谁?干什么?"

老婆婆的脸并没有立即消失,它像雾气一样慢慢颤动着膨大。"她在那儿——"我说。

三叔说:"滚!别在这儿吓唬孩子。"

大哥站在不远的地方,愣愣怔怔看着我身边的包袱,脸上露出恐惧和迷惘。我确信三叔和大哥都没看见她。她晃晃悠悠向河边走,两腿在沙里一软一软蹀躞,舞动两手一直走进河里,慢慢沉下去。河面上打起漩,像一条大鱼游出的水涡。突然像有一群大鸟凫出,双翅拍击水面,发出响亮吓人的声音,啪啪啪啪,啪啪啪啪。三叔和大哥肯定也听到了这声音,一齐扭头望去。河水耀眼,在刺目的波光里有一条闪闪发光的大鱼直立奔跑,蹬起一溜浪花,蹿起蹿落,啪啪啪啪,啪啪啪啪,空空荡荡的河面上激起此起彼落的回声。

"他们怎么还不来呀?"三叔嘟嘟囔囔说。

"咱们走吧。"大哥说。

这时,我听见有个奇怪的声音在空中缭绕,像外婆站在场院里噘着嘴叫鸡："咕咕咕咕——咕咕咕咕——"

三叔说："我看咱们不等他们了。"

"咕咕咕咕——咕咕咕——"空中的声音像风吹动高粱叶似的带着簌簌的颤音。

牛屁股慢慢腾腾调进辕木里。三叔大声吆喝："大！大大！"

沙滩、河、荒原、天空全都摇晃起来，在我晃动的两脚的缝隙里，老婆婆的脸再次显现出来，仰着下巴，两手攀在车尾架木上，噘着嘴，像斑鸠似的鼓动腮帮。

"三叔——三叔——"我喊道。

"大！大大！"三叔大声吆喝。

我巡看车顶的四周，盯着上下颠动的车尾，老婆婆飘动的头发时而露出，时而隐没，我的心也随着一阵一阵抽搐。

明明亮亮的河水开始在我周围闪耀，牛蹄和车轮荡起汩汩的水声。大车像一只小船，缓慢地摇晃着向河心滚动。河水不断涨高，仿佛立刻就会漫过车顶。在提心吊胆的时刻，拍水的声音又响起来，啪啪啪啪，啪啪啪啪，像在身边，又像在很远很远的河湾那边。大车摇晃得很厉害，我害怕极了，却又不敢哭。

车停下来。河水在我眼前旋转。三叔站在没膝深的水里喘气："大！大大！"他扯着缰绳，把鞭子调过头，用鞭杆摔打牛背，"大！大大！狗日的！"牛像陷进淤泥一样原地挣扎，吁吁喘气。三叔突然转过身，瞪着拍水的地方骂了一串脏话，狠狠地甩了两个鞭，大声说："你个贱婆子，贱乞婆！把爷的车往哪儿领？啊？往哪儿领？没看见还有两个小爷跟着吗？你个贱东西，十辈子也不能托生，叫你在这儿做万世野鬼，没人给你放灯！"

他一边恶狠狠地骂，一边在车上掏摸，从行李与箱子的缝隙里掏出一只鸡，一扬手，白惨惨的河面掠过一个扑扑棱棱尖声怪叫的影子，"叽哇叽哇叽哇……"砰地落进不远处的水里。

"行了，让我们走吧。"三叔说。

鞭子在空中啪地一响，大车慢慢蠕动起来。

"在这儿晒晒湿东西？"上了岸，大哥望着三叔的脸说。

三叔啐一口唾沫："到大路上再说。"

我们一直走过芭茅滩，走过刺槐与野棠梨覆盖的坡岸才停下来卸车，把靠近车底的湿东西摊在地上晾晒。

母亲他们坐的另一辆大车也来了，大家坐在坡上歇息，吃干粮。

三叔抽着烟，吧咂着嘴说："你们碰上老乞婆了吗？"

母亲说："一进滩我就放了一只老公鸡。"

三叔笑着骂了一句："我想省一只，等你们一起过，老乞婆不依。这个贱鬼！"

我一直不相信母亲在路途上向我讲的故事。她说十六师剿红枪会，抢走了老婆婆一只鸡，老婆婆跟着队伍，两天两夜走到这河边。队伍上的人支起锅灶，升起火，杀了鸡到河边去煺洗，突然身后扑来一个疯子，十六师的兵和老婆婆一起淹死了。这地方就成了"缠"河。河上从古到今没有桥，人和车都得涉水过河。看起来只有脚脖深，一下去却会淹死人。

于是我便记住了这条河，记住了这河边奇怪的祭鸡风俗。如果看见河上突然伸出两只伶仃的粽子似的白白的东西，那就是老乞婆倒立的小脚，大约像如今花样游泳一样，她头朝下在水底戏游。

虞美人

母亲说,虞美人姓甄,是南阁街甄家香坊的小闺女。"莲花盆里十三朵,远近香坊不如我。"城里人都知道这歌谣,知道甄家的千字香、线香、盘香。

这是很多年以后的话。那时我并不知道虞美人姓什么,叫什么,谁家人,甚至说不准她的年龄。香坊却很熟悉,常同城墙豁口的肖二麻子一起去玩。是个零零乱乱的场院,同南阁街多数手工作坊一样,在厢房干活,院里晒货。前后院地势相差二尺,仿佛从中间折断似的一头翘起一头耷拉,后角门连着城河。那是肖二麻子的舅家,我们去也就常走后角门。出城墙豁口就能看见一条又粗又长的绿茫茫的大蟒,绕城蜿蜒。浮萍盖严水面,只有鸭子凫来时才劈开一道清湛湛的缝隙。女人们用三根麻秆圈出一方镜子似的清水,挥动棒槌,砰砰洗衣,回声袅袅,在槐树和柳树间震颤。大约,虞美人小时候也常在这绿荫里玩,河边夏天有淡紫色小花,深红的四瓣萍。

香坊总在后半夜干活,我们那儿叫起五更,太阳出来就能晒货。榆树皮晒干,碾碎,过箩,筛成细面,加檀香木片粉碎箩出的香料粉,像和面一样加水,和成稠粥,在圆木桶甑子里向下压。桶壁上有小圆孔,挤出的湿香像轧出的面条一样,可以任意盘曲。用雨帽做模,就成大盘香;一百根一并,五十并封纸,两大棒一包,就是线香。放在门扇大小的笼屉里,在阳光下晾晒。所以,甄家院里没有树。下了连阴雨,也得像染坊一样停工,让伙计们睡觉、赌钱、念唱本。

现在实在说不出她的长相,因为那时我才八岁。八岁的印象如看河里的倒影一般,回想起来并不那么清晰。最初见她,是在二哥的画里,在货柜背后。那时我家开着福盛永杂货店。如鲁迅形容咸亨酒店那样,列着曲尺形柜台,一面朝街,一面朝着接待顾客的起坐间,背后堵货柜,柜与墙壁之间留着窄窄的通道。中午时,伙计们就在那里摆一领席子歇晌。那幅画就恰好在躺倒的地方,也躺着,头挨你的脸,胸脯贴你的身子,细长,蜂腰宽臀，浓眉大眼，一头卷曲的头发，笑着。我不明白二哥何以能把她画笑，而且是用最简练的线条。"躺下！"二哥说，"躺下看。"我们贴着身子挤着，躺下看这女孩。"好看吗？"二哥说。"好看。""只许摸脸，不许摸别处。"我就小心翼翼伸出一个手指，在那女孩脸蛋上摸一转，将白色粉笔屑抹成一片云彩，如同胭脂。"这是谁？"我小声说。"虞美人。"二哥说，"全城最好看的女孩。"

我家店房的门面虽小，但地势好，在全城最热闹的牌坊街，临着西城门。柜台是柿木的，陈旧，许多处褪去油漆露出木纹，但结实稳重。站在其间勉强露出头脸，我就扒着这柜台看花花世界，听伙计们品评街上走过的女人。"喂，这个……""胯骨能吃圈儿。""肩膀，肩膀打叉儿……""手背。""脖子。"伙计们评判很严格，从远到近，再远，有时整晌只打叉子，很少有得圈儿的。但是，每次虞美人从街上走过，商号伙计几乎一致赞成打整圈儿，从头到脚全画进去。

那时她在女校上学，天天夹着书包穿过西城门，走牌坊街、槐树口，一直向东。第一次看见她，我有些不可名状的惊讶，因为与我从二哥的图画里得出的想象不大相同。她娇小柔弱，如一株未长成的柳树，不但衣着素淡，且布料平常，只是粉蓝、黄、白细布，不镶边，不绣花，不缀银纽、骨扣，像那时一般小户人家男女一样的布绳扣，连琵琶结也没盘。黑圆口布鞋，带襻，白棉线袜。剪发覆额，黑发卡。二哥说："瞧——她就是。"我说："谁？""虞美人呀！""她就是？""画得像吗？"我没法回答。这女孩一点也不刺眼，说不出任何特殊地方。店房里的周哥说："找不出哪儿漂亮，可找不出毛病，就像董阁老在大牌坊上题的字。"

她不知道自己叫虞美人。

"现在也不知道吗？"

"没人当面叫她。"二哥说，"那是我们给她起的名儿。"二哥喜欢以店铺伙计的口吻说话，自命是他们中的一员。无论春天玩社火还是夏天下河洗澡、夜里逮蝎子，总厮混在他们群里。"跟屁虫！"周哥说。

那年货栈的人同码头上的脚夫打过一架，打得很凶，据说闹得巡警局都出动了，但却不知道原因。多年以后，才听母亲说："那不就为两句歌吗？""什么歌？""码头上说：'摸摸虞美人的腰，能多扛两个包。'货栈里说：'瞅瞅虞美人的脸，舍得瓷器舍得碗。'有个脚夫打货栈门口过，听见了，就站住脚骂：'瞧你们德行！'就这样。"

那时吕二斜眼在商会相公自卫团当二传，管出操、紧急集合、巡夜、查哨、防土匪盗贼。他常站在我家房檐下，倚着柜台同周哥说话。他们打赌那天我正在柜台上排画片。香烟盒里带的，水浒一百单八将。闹不明白他们怎样说着说着就打起赌来。伙计们打赌从来都不认真，只是为了巧闹一包香烟或点心糖果，顶多也不过大家喝一场酒，笑骂一番。所以，只要有人打赌，大家都撺掇鼓噪。当时我正为丢了一张最珍爱的双鞭呼延灼烦恼，不留意他们打赌的内容，只是觉得伙计们比往日更激动，二哥也显得很紧张，眼睛闪闪发光，在几个伙计脸上望来望去。

"哥，哥！"我说，"啥事？"

二哥突然冲我大发脾气："滚！这儿没你的事。"

此后很长一段时间街坊上平平静静，什么事也没发生。

记得最后一次看见虞美人是夏天，城门楼上的酸枣树摇曳着青青红红的小枣。她戴着白色遮阳帽，穿白蓝两色童子军装，披土黄领巾，同女校的一群女孩在城门阴影里围着一担石花粉，一边吃，一边笑。吕二斜眼走过来，倚在柜台上，侧身向里，瞧着那群女孩，同周哥说："怎么样？"周哥绷着脸说："我说过了，你小心点！"吕二斜眼笑着说："笑话！"那瞬间，我看见虞美人朝这边瞥了一眼，立刻收敛了笑，低头吃石花粉。遮阳帽把她的整个面部隐进阴影里，只能看见她的胸脯，看见一双手，端着细瓷蓝花小碗，慢慢举动调羹。

此后县城发生了很多事，当时只觉得乱七八糟，不知道其中的意思。先是吕二斜眼被人打死在北门外的荒沟里，据说是用短铁棍打死的，无端牵连到我家。因为我家开铁器杂货铺，周哥又爱耍弄那些玩意儿。周哥逃跑以后，巡警局在我家翻查几次，最后不得不由梧桐院的绅士关大先生作保，请一桌酒，给巡警局几个办案的人送了几两烟土，事情才算平息。然后又是码头公会与相公自卫团打架，收了自卫团的几支枪，双方在南门外隔着一座坟园放枪。驻军四十七师在城门上架起机枪，才平息了这场波及全城的冲突。

第二年二月里，八作公会的匠人们出资，在北门外盖了一座庙，塑一尊女神。城里人称这庙是"花仙阁"，女神就是这座城的花仙。母亲说，花仙管着这一方的花季。二月十五花仙过生日，各商号募捐，起庙会，唱大戏，是少男少女的节日。男女相亲，定情，都选在这个日子。后来二哥和二嫂相亲，就在花仙庙会上。"二月十四半夜子时，花仙从天上下来，驾着云头，给这一方大地撒花籽、草籽，一夜灵雨，太阳出来，地上的青草发芽，花儿朵儿都含苞。"母亲说这些话的时候显得特别年轻而美丽。

可是，二哥却不肯带我去花仙会玩。他常在夏天领我去花仙阁。那时，北门外那块高高的土丘特别幽寂清爽，野树野花在如茵的青草中摇着苍翠斑斓，听不到嘈杂的市声，只有蝉和蟋蟀浅吟低唱，偶尔有麻雀和黄鹂的叫声，如隔几重帘幕。花仙阁同城里的各种庙宇不同。它没有龙墙、山门、大殿、卷棚，只有一座玲珑的小阁楼，灰瓦红墙，朱木栏杆，坐落在青草荆刺丛中。二哥和我手扒栏杆，仰望女神圣洁聪慧和悦安详的面容，听郊外的风掠过荒野，吹过我们头顶，拂动花仙的幔帐。我们谁也不说话，久久站在那儿，谛听草木的声响。

二哥说:"你猜,她是谁?"

我说:"虞美人。"

二哥十分惊讶地望着我。我们再没有说话。

鲁气三

鲁气三不姓鲁,"鲁气"是我们那儿的方言,形容一个人做事粗鲁、憨直、不计后果。

每当母亲在店铺里不太忙的时候,我会以各种借口纠缠她。闹腾,怄气,哼来哼去。这时鲁气三就突然踱进我家檐下,背着手,一句话不说,稍稍俯下头,直瞪瞪望着我。他的眼睛并不大,也不做出吓唬人的样子,我却立时感到有凉气从额头灌入。于是便记住了他的粗眉毛,鼓鼓的下眼睑,黄泥捏就般的鼻头、嘴唇和下巴。

"鲁气三来了。"母亲常在我闹人时这样说。后来我发现,大人吓唬大人时也说:"鲁气三来了。"

我家店房的周相公就害怕这句话。在牌坊街,他很少怕谁,只要让他跑街,他就爱串柴禾市、猪羊市。背着手,悠着,看哪个乡下人拙笨不顺眼,就站下搞价钱。

磨够嘴皮，头一摆说："走！""都要？""都要。"周相公一手提大褂，一手悠着，领着柴担或猪娃担绕胡同小巷走。猪崽在竹编的花眼浅筐里叽叽哇哇叫，店铺的伙计们站在柜台里笑。走进狭窄的辘轳把胡同，停在一家门口说："等着，我进去拿钱。"那是一个穿堂过道。贴着几家后墙过去，是外城、小寨门，根本没有人家。这时，周相公就会看见鲁气三突然闯出来，用手一指说："龟孙！"周相公一边骂一边说："滚开！这碍不住你。"鲁气三手指定定地戳着："你个孬龟孙！""你才是孬龟孙！"周哥一边骂一边掏出几个铜钱，丁丁当当扔在地上，转身就跑。

我问周哥："你打不过他，是不是？"

"好鞋不踏孬狗屎，打他？那鲁气货！"

我和二哥都曾多次看见鲁气三被别人打得鼻青脸肿一口一口啐血，在闹市跺着脚骂人。母亲就走过去说："哟，真鲁气呀三！"

霍八爷从汉口上洋学回来，穿着白西服红皮鞋，长背头搽发蜡，明晃晃地反光，从牌坊街走过，被鲁气三拦住说："喂——是女人还是坐货？"霍八爷哈哈笑着说："怎么？碍眼了？"鲁气三说："踩脏了爷的门口！""那你扫扫不就行了？""我打你个孬种！"霍八爷把文明棍举起来说："别打，脏了手。"鲁气三偏要打。霍八爷逃进我家院里，插了二门，同周哥他们一起唱京戏。鲁气三站在二门外骂。母亲说："算了，鲁气罢了，回吧！"

街上的地痞流氓、跑明钱、卖当、欺行霸市的人都害怕他，洋学生、女校学生、剃头的也怕他。他讨厌女人穿稀布汗衫或是短衫、裙子在街上走，恨她们站在街边说笑。那时理发刮脸，剃头的要撑起膝盖，把顾客的头放在大腿上，在店房的屋檐下，很不雅观。只要商号掌柜脸上稍稍有所表示，鲁气三就抓着剃头挑子扔出去，让铜盆、炭火在街上叮叮咣咣冒烟。

但我很怀念他。他宽大的粗布衣裤散发的气息至今我还记得，不是汗酸，不是烟草味，是金属混着壮汉的肌肤气。手掌宽大，指节长满硬硬的茧子，用食指和拇指夹着我的脸蛋，上下左右拉动；揪着耳朵掂捻搓揉，然后伸出一只臂膀将我勾起，举过肩胛，顶着走过大街。我站在他的铺子里看他做活。他能把一张白铁皮三下两下剪成奇异的形状，在砧子上顷刻敲打成精巧的圆桶、黄酒烫子、吹壶，还能做铜盆、铜勺、铜烫婆，金黄铮亮，光洁照人。我喜欢他舞动锤子的模样，丁——当当，丁当，丁——当当……腮上肌肉随着丁当声颤动，一张脸上每条皱纹都绽出得意。突然间，抬起头冲我一笑，我知道他该丢下家伙同我说话了，像对一个大人那样知心地把什么话都倒出来。

"你看马掌柜肯给咱们五个铜元不？这家伙是个黑心强盗，别人不知道，我知道。我烦他这活儿，可还得干。是不是？……咱们合伙开铜匠铺好不好？你长大了当掌柜，我当伙计。……商会的杨麻子同女嫂睡觉，别人不知道，我知道。他那烟厂的封烟女工，没一个好货，私孩子能排半道街。不知道吧？……"

这时候，他从镇公所、八作公会、八大绅士、自卫团骂起，一直骂到竹林寺的和尚、姑姑堂的道姑。我虽然听不懂，却感到有趣。他伸舌头、眯眼、歪嘴、摇头，说到兴处，肩膀、脖子伸伸缩缩，我忍不住哈哈大笑。

在牌坊街，他没有朋友，谁也不知道只有我们两个人在一起时他那副和蔼可亲的模样。那会儿你可以随便问毫无意义的问题，随意干傻事，把他最珍爱的紫砂小壶拿来，用茶水在地上浇画蛇、鱼、兔子，还能吃他深藏在工具抽斗里的薄荷鱼糖。

在所有唠唠叨叨的骂人话里我印象最深的是骂菠菜叶。鲁气三从不提她的名字，但只要他把两眼眯成一条斜线，嘴角浮起极端厌恶轻蔑的笑纹，就知道他在骂谁。我还知道那女人常在铜匠铺门口突然扭头，向台阶上啐一口唾沫。

一直弄不清菠菜叶的年龄。黑黑的，健壮，声音洪亮，走路匆匆。我对她的胳膊和小腿印象很深，圆滚滚的，一路招惹行人。她不像鲁气三那样，吃了亏站在闹市宣扬，也不像市井的一般泼妇，敲铜盆喊街。她不哭、不骂，背后拎一只尿罐，砰，迎面摔在对方脚下，掺过洋桃红的水迸溅起来，说是经血水，那人就倒了运，两三年内不会有商号的人同他打交道。

店铺的伙计们对鲁气三说："菠菜叶同四十七军当兵的相好，开着门接客，你不管？"

鲁气三向地下啐了一口。

"怕她摔罐子，是不是？"

"我才不在乎倒不倒运!"他说。

"看看!还是怕。"

母亲笑着说:"鲁气还要晦气克。"

这样就到了过年。

我们这儿的规矩,从年三十贴上对联一直到初二,女子都不准出门,只能在家。因为九头狮子鸟从三十到初一夜里要飞过这一带,它本来有十个头,被杨二郎的狗咬掉一个,滴着血,滴到女人身上,近则全家遭灾,远则全城受害。所以,女人就得躲在屋里,一直到初二红日东升,才能抱着孩子走娘家。

三十上午,自卫团的团长带着两条香烟来看鲁气三。他们没坐,站在门口,拱拱手说:"过年了,你也不出门?"

"出门不出门咋了?"

"菠菜叶不避年,还在街上串。"

"得了她啦!"

"得了不得了,我们惹不起。"

"得了啦!"

"要是你也怕,这城里只得让她随便走了。"

"行了,走吧你们。"

母亲拉着我，站在我家门廊里。鲁气三向大牌坊走，母亲喊："过年了——老三，算了吧——"鲁气三愈加昂扬地嚷："规矩都不要了，还过什么年！"

这天晌午我家吃杂烩火锅。放了鞭炮，上了酒，大家边吸溜嘴，边笑着说鲁气三大战菠菜叶，人人觉得快活。初一拜年，鲁气三站在我家客屋门口，脸上带着许多血道道，非常得意地说："你猜那女人用什么手段？你们猜……这骚货！今天早上，她在我门口放了一根幡杆，哈哈……幡杆！"

"嘿呀！"母亲惊惧地拍了一下巴掌，"亏她想得出！"

"你们猜我怎么着？"他整个脸都笑皱巴了，"我把它供在神案上。那是摇钱树！摇钱树呀！"

"真鲁气呀三！"母亲赞叹道。

这样，鲁气三与菠菜叶就结了仇，每隔十天半月就有一桩他们斗勇斗智的故事在店房里流传。这影响了我对那女人的看法。我觉得她既丑又坏，可恶而且可憎。

然而，到了七月的一个夜里，牌坊街忽然惊动起来，人声喧闹，檐下的黑影里站着一簇一簇人。在我们那儿，每到夏季，人们爱在街边或店铺檐下睡觉。这时一齐睡眼惺忪地爬起来，互相询问："什么事？出了什么事？"周哥笑着说："快起来，到铜匠铺看看去。"

铜匠铺里点着一盏唱戏用的大碗灯，冒着黑烟。在明亮的灯光下，两个赤条条的人被绳子捆着，撂在地上。——是鲁气三和菠菜叶。人们很惊奇，这两个人怎么会搞到一起了？

隔一天，就听说鲁气三上吊了，那女人却一直好好活着。

我问母亲："菠菜叶干吗不上吊？"

母亲说："她上吊干啥！"

我说："鲁气三就上吊了。"

"他呀——！"母亲说。

女校的学生们不必再躲着铜匠铺，她们早晨站在西城门上练嗓子。恶棍流氓在牌坊街闹市横行。城隍庙街开了城里第一家花楼烟馆，一上灯，就有穿红挂绿的女人倚门卖俏。大人们叹一口气说："鲁气三要是活着……"

夹竹桃

牌坊街什么行当都有，就是没有变戏法的。偶尔有过路的马戏班子，圈出白布围场，跑马，上刀山，刀山架子高耸在围棚上，不用买票，站在外边就能看。那是真够惊心动魄的。每天午后，穿扎齐整、裹红绿头巾的男女骑着马跑街，铜铃丁当丁当响遍大街小巷，店铺的掌柜就说："下午早点关门，都去看上刀山。"

在槐树口、杀人场聚小场的江湖艺人气魄就小多了。只是一两个人，或一家几口。摆个方桌，女人躺在桌上，举着尖尖的小足，蹬一口大瓷缸。虽然令人惊叹，心里却有点怜悯，只是惊心，并不快活。更不用说"杀孩子""大卸八块"之类玩意儿，母亲从来不让我去看。

所以，关头儿第一次出现在西门拱券，牌坊街的大人、小孩一下子就被吸引了。

他高高的个子，瘦瘦的脸，说不清什么原因，我觉得他的额头、鼻眼同洼下去的双颊不像同一个人的。上半部宽阔明朗，下半部局促狭仄。然而又没什么不谐，好像关头儿就该是这副模样，否则就不叫关头儿。

关头儿叫场子不像卖当走江湖的人那样高声大叫。他既不走动也不耍花招，只站在那儿一字一板、不慌不忙地自言自语，手在胸前倒腾一叠纸牌。

"光玩不说傻把戏，光说不玩嘴把戏，又说又玩真把戏。"

先是孩子，然后是过路人，慢慢围聚过来。他背靠城墙，穿灰色长袍，挽袖子，愈加郑重其事，说出一串笑话，惹得场子里哗笑连天。

我们最喜欢看他请耳报神。据母亲说，那是变戏法必敬的神主。

关头儿一边敲小锣，一边念念有词："一请张玉皇，二请……外路神仙全请到，再请耳报神。""下来吧——俺的爹！"他用左手朝空中一抓，向右手捉着的空口袋做出丢的姿势，扒开袋口，耳报神慢慢露出头来。那是一尊小木偶，圆圆的，如擀面杖粗细，椭圆的光头黑黢黢的，油腻肮脏，一露面便惹得满场大笑。关头儿用巴掌托着，煞有介事同它商量，变什么戏法，肯不肯帮忙。耳朵凑过去听它说话。"噢，没吃饱？想弄顿饭钱？这不难。无君子不养艺人。这儿站着老少爷们儿，等看戏法。只要你肯帮忙，变两套让诸位笑一笑，君子开赏，抽鸦片烟去。行不行？"

关头儿玩的都是小巧玲珑的把戏。两只蓝花细瓷茶盅，扣两粒豆子，"一字飞天飞过海，二仙传道转回来……"他这么念着，指画着，将茶盅扣来揭去，豆子时而出现，时而消失，时而聚在一起，妙趣横生。"空兜取钱""巧变洋牌""喝五吆六"……收过赏，就玩"蜡烛变花""彩带飞天"等等。然后卖传授小戏法的帖子。看不会的可以跟他到屋里学。那当然需另加钱。

我和二哥天天蹲在他的摊子前看。二哥非常认真地瞄他的袖子、瓦单、手指、指缝，想窥透其中机关。二哥瞧不起这些技法，觉得玩起来很容易。"东西夹在这儿呢！"他说。在家摆弄了无数次，把母亲最心爱的钧瓷酒杯也敲碎了几只，终于没能学会。二哥非常生气，一定要攒了钱到关头儿的住处学。

关头儿住在老君庙的草庵里,那房子原属看菜园的刘大头。关头儿刚到县城,同刘大头耍牌。三张牌,一张芝麻花,猜中芝麻花算赢,简单极了。三张牌在地上扣着,随手转换几下:"猜。""这一张。"揭开,不是。又转换几下:"猜。""这张。"不是。刘大头就把草庵输给了关头儿。关头儿在西城门挣了钱又还刘大头,算是交朋友。

关头儿看见我和二哥,笑着说:"不服气,是不是?"二哥把钱扔在关头儿脸前的席子上,关头儿就把戏法的过节一遍一遍演给我们看。闹了半天,终于明白那是难以学会的。那些彩壶、彩碗、黑兜都是特别制作的,自己根本不会做,要买关头儿的,价钱非常贵。二哥站在那儿久久看着,鼻子呼嗒呼嗒抽。关头儿哈哈笑起来,把席子上的钱一个一个捏起来,递给二哥,指头敲着我的脑门说:"甘心了吧?把你家的杂货铺子卖光,也不够学三套五套戏法,别看我这半个草庵,能让你万贯家财都丢在这儿!放着好的不学,学这败家子玩意儿!瞧你妈不打烂你屁股!"

二哥站在那儿听着,不动,也不走。

关头儿从口袋里掏出一方麻纱手绢，摔着，说："教你们一套。""看清了。"他说，"把你的帽子取下来，放这儿。"他把手绢又摔摔："看清了，什么也没有。"两手捏着手绢两角，轻轻抖开，把正反两面亮一遍："没东西。"手绢盖在帽子上，手在空中一抓，一丢。"来！"拿起手绢，合成双层，两手捏角，慢慢倾斜抖动，手绢里落下个鸡蛋。关头儿把鸡蛋捏起来，让二哥看。原来手绢上有一根细丝线系着火柴棒，挂一只空蛋壳。

此后二哥神气活现到处给人玩"空巾取蛋"，关头儿也成为我们最崇拜的好朋友。

使我惊奇的是，关头儿不但知道我们是张家铁器杂货铺的孩子，还知道父亲、母亲、姑姑的身世。随便领来一个孩子，只用看一眼，就知道是谁家的，开什么店铺，做什么生意。

"你怎么知道呢？"我说。

"你忘了，我有耳报神！"

我们对他怀里揣着的小木人就特别敬畏。

"知道我家对门是谁？"

"罗家药铺。西边花冠铺。姓胡，弟兄俩。再西边铜匠铺,人死了。"

"东边呢?"

"元亨。"

"错了。"我嚷。

"中间隔着裕兴盛茶庄,这还能不知道?!"他得意地眨巴着眼说。

二哥不屑地撇一下嘴:"这算不了什么。上街遛一趟,用点心思记,我也会。"

"知道裕兴盛后园有什么花?有什么树?"关头儿拉长声音说,"我知道。"

"呸……呸……"二哥说。

"一棵白夹竹桃。"

"呸……呸……"我说。

"不信?"

我们不敢说不信,也不敢说信。因为母亲不让我们到裕兴盛后园去玩。那儿二十年前出过血案,有凶鬼。牌坊街的孩子提起那地方都要先啐两口唾沫。

我们只得回去问母亲。母亲惊叹道:"怎么想起问这事情呢?"

"关头儿说的。"

"哪个关头儿?"

"西门拱券里玩戏法的关头儿。"

"他怎么对你说?"

"他有耳报神,什么事都知道。"

母亲笑着说:"哄你们玩儿,那地方开过两年炉场,现在养蜂,哪还有夹竹桃?"

"他说得清清楚楚,是白夹竹桃。"我说。

第二天,我们就绕到裕兴盛后门去。那家茶庄的门面在牌坊街,后门在西马道。一条窄而曲折的胡同,被高墙和房檐遮住,只在正午时有一线阳光。在胡同里走来走去,定不准哪扇门是裕兴盛的。那些苍灰色门楼,高台阶,油漆斑驳的黑门,几乎一模一样。二哥说:"找蜜蜂,看哪儿蜜蜂多。"果然,有一扇特别陈旧却又特别结实的门,院墙很高,透出阴冷的绿色影子,墙头爬着生气勃勃的绞胡兰秧,被刺荆摇碎的天空像蠓虫似的飞舞着许多蜜蜂。

二哥说:"来!"他蹲下去,抱着我的腿,让我贴墙向上攀。刚把头露出,就听见凶猛的犬吠,大门边响起喝问。"快跑！"二哥说。我骨骨碌碌滚下来。"真笨！"他说。

好些日子我们都放不下那棵夹竹桃。

"知道那院里杀过人吗？"二哥问。

"杀过两个。"关头儿说。

"有女人吗？"

"有女人。"

"给我们讲讲。"二哥说。

关头儿玩着手里的耳报神。

"我给它吃薄荷糖。"我说。

"给你吃薄荷糖，把夹竹桃的故事讲讲吧。"关头儿把耳报神举到眼前，盯着他的眼睛，然后举到耳边听他说话，"他说了，今儿没空，他要走外婆家。"

"啐——知道个屁！"二哥说。

那年冬天，城里遭了战火。先是四十七军打建国军，然后是建国军打崔二蛋。崔二蛋在城里盘踞四五天，所有的商号都遭到洗劫，深宅大院被打开，住着各色旗号的土匪和兵。

逃难回来，我和二哥首先去看裕兴盛的后园。那是开春，树木举着干枯的枝丫，花草都没有返青，一簇柏墙在寒风中瑟缩，队伍扔下的烂鞋、绑腿、破布片脏污遍地。虽然是上午，却有一种黄昏的感觉，日光惨白，寂静荒凉。二哥领着我，大声唱着歌，做出满不在乎的样子在衰草中踏察。

"走！找关头儿去。"二哥说，"耳报神说错了，这儿根本没什么夹竹桃。"

我们没找到关头儿。从那以后再也没见他。

"他就不该回来。"母亲说。

"你认识？"二哥说。

"大牌坊的老门老户都认识。"

"那为什么……"

"一门人都绝了。二十多年，该报应的都报应了。"

我想，这夹竹桃的故事是不是和关头儿有关？

上 吊

在我小时候的印象里,上吊是我们那儿最合时尚的民俗,如同朝武当金顶烧大香一样。无论曲子戏、梆子戏、二黄戏,还是坠子书、铰子书,没有《大上吊》这个剧目就被认为是杂班,不会演戏。母亲经常对我说,一个人走夜路,在最荒僻怕人的地方,常会遇上大路神。她高高大大,像影子一样紧跟着你。你快,她快;你慢,她慢,一直把你送到人烟稠密的通衢大道。她是温存善良勇敢正义的化身,保护陌生的夜行者不受野鬼厉魂的伤害。每年七月十五鬼节祭祀,我都看见她。她走在鬼神队伍的最前头,披散长发,垂着尺把长的红舌头。——她姓王,是童养媳,受不了折磨,上吊而死,成为大路神。为我们开蒙的塾师谢国平说:"身体发肤,受之父母。人身上每根汗毛都是至尊至贵的,父母之赐,天地造化,不可不爱。"所以,全名节、全体肤,是人生最神圣的精义。上吊当然就最合古训。舌头一伸,撒泡尿,一切完好无损,魂去离恨天。为此我曾与老师争执过。我说:"投河不是也能保全身首吗?"他说:"那可不一样。遇上鱼虾之类,眼睛就没了。"那时我正读《聊斋》,我说:"王六郎淹死鬼,不是也成了神,到山东去做土地?"谢老师一个劲儿摇头:"溺者满腹污浊,实不堪黄汤。"我当时私下认为谢国平将来一定会上吊,可是他没那么做。在我读初中时,他已经离开崇实小学。不知怎么回事,老婆孩子都讨厌他,不许他进家。亲戚朋友都有意躲着他。我难以明白,他整日蹲在街边下棋,靠什么过日子?十年后,我从大学里回来,见他依然精神抖擞地在牌坊街游游荡荡,衣衫并不褴褛,衣袖和膝盖却像上过一层油似的明晃晃的,硬如甲胄。大约因为无家可归,他自己对什么都不在乎,街道治保会也就没与他较真,既没让他到菜队挑粪桶,也没让他进群专队。南门左边有一道土岭似的城墙,只要看见谢国平在那儿刨土,牌坊街的人们便知道运动又来了。城墙被反反复复刨了几十年,仿佛还是那样,一段一段,如驼、如牛,如丘、如壑。

第一次碰面，他老远站下，亲切地笑着，声音朗朗地说："那不是林林吗？"那时我从牌坊街走，并不抬头看人，老远看见熟人连忙靠边走，装出毫未留意。谢国平的亲热使我深受感动。我说："谢老师——"他侃侃地边谈边走，一直跟我到家。坐在小凳上，向前探着身子，津津有味地说楚辞。那是我回到故乡以来最惬意的一次交谈。中午当然就留饭。他挥着筷子慷慨地说："我这个人，不是家儿请也不去。吃饭嘛——哪儿吃不来饭！"后来差不多每到饭时就能碰上他。一碰上就说《诗经》、楚辞、汉赋，口若悬河，记性非常好。那时我们家很拮据，起初还给他备两个小菜，打五角钱本地出的散酒，以后就只能碰上什么吃什么。"这好，这好！家常好！"他连声称赞说，"谁跟谁？客气的地方下请帖我也不去。我这个人哪——"后来我们全家到乡下亲戚家住了一段。再碰上他从不敢攀谈，也不再讲究礼貌。他很知趣，不到我家来，也不见怪。只在一个近午时分冷丁凑近，伸出手随随便便说："林林，四两粮票，三毛钱。快！"拿走后再没打扰我。那时我和小时候的同班同学江一起拉车子。我说："谢国平为什么不上吊？"江说："因为他夜夜与吊死鬼一起睡。"我才知道全城最有名的徐家磨坊是他几十年的下处。

我在另一篇小说里提到这地方。王银匠躺在磨盘旁抽大烟。窸窸窣窣，房梁上一阵一阵落灰土。抬头一看，两只穿绣鞋的小脚，连着细细的腿，脚脖扎着黑带子，在空中悠悠打转……这传说牌坊街的大人孩子都知道。自从徐家女人吊死在这座敞篷似的磨坊屋里，几乎每年都有人在这儿上吊。

也许听多了大人的叙述，也许真的记忆清晰，徐家女人的样子在我脑海里总是活灵活现。三十出头，高挽发髻，青布裤褂打着整齐的补丁，肩上忽悠着面篓到我家送面，臀部掉来掉去，胳膊腿像提线木偶似的摆动。虽然脚小，百十斤担子并不怯力，扁担一松，边擦汗边说笑。她男人大约很不起眼。黧黑的脸，扁长瘦削的面颊。走路、干活都不爱看人，也不说话。到商号去送面，伙计们递过水烟袋，他只咧嘴一笑，接过来噗噜噜抽一气，连句道谢的话也没有。牌坊街谁也没料到这个老实巴交的徐模糊竟干出一桩轰动全城的奇事。许多人私下说，他女人非上吊不可。

那时我们那儿的生意行几乎全是锁链式信用交易，除店铺的零售外，很少现钱现货。以我家福盛永杂货店为例，北乡客官把焦炭卸在西关货栈里，货栈给我家记一笔账，焦炭就算我家的了。铁匠铺和炉场在我家记账，到货栈拉炭，算是把我家的焦炭买走了。四乡收荒（废品、废铁）的游担货郎把废铁送到我家，我家把它记账给铁匠铺。铁匠把打出的耙齿、锄头、镰刀、牛转环给我家，炉场把铸出的犁面、犁铧、车铜给我家，定期互相结算。有的一年一结，有的半年一结，有的三个月一结。磨坊也是这样。所有磨坊都有固定的商号做面户，不必出钱籴粮食。拿上商号的户头折，到粮行记账，把小麦、高粱、绿豆、豌豆……过回家，每十天给商号送一次白面、高粱面、豆面，把麸皮过给粮行做牲口料籴出，半年结算一次。西河、北河几个渡口摆渡客人也都不收钱，在摆渡一年之后，腊月里背着钱褡，到各商号收船钱，商户根据自己生意的大小适当出资。徐家磨坊最兴旺的时候，徐模糊用包括我家在内的六七家商号的户头过出百十石粮食，在一天夜里突然装船逃走了。我们那儿也有因种种原因把粮食吃掉、货款花掉收不到账钱的，叫"烂账"。

掌柜的往往把"烂账"赏给某个忠心伙计，"这笔账算你的了。讨多讨少都归你。"可像徐模糊这样拐骗而去却是极为罕见，他动摇了全城赖以运转的经营基础，造成一场惊惶不安的信用危机。大约从那时起，各商号逐渐改为付款提货的现金交易。母亲说："那时徐家女人日子根本没法过。婆母卧病在床，孩子不满周岁。一天到晚有人上门讨债。西关粮行的魏老五站在磨坊门口骂了一整天。徐家女人搂着孩子默默听，既不回避，也不还口。"还有谁肯让她磨面呢？……

但是母亲说，第一个吊死在磨坊梁上的女人并不是她。"那是她奶奶，或是姑奶奶。"我说："为什么？"母亲说："不想活了呗。"大约徐家第一个上吊女人没什么可挑剔，也就没留下什么传说。

记得在读初小第三册时，谢国平给我们讲过上吊的"操作规范"，我便深刻地记得，上吊并非易事。首先，一般人家很难找到合格的绳子。过细，过粗，过长，不够结实，都被认为不是诚心去死。即便死了，也会被人窃笑。绳子的挽法既费心机又有讲究，如谢老师的博学都承认自己不会挽。尸体从高处卸下，大家最先动手解颈里的绳子，如不是标准的"抽蹄扣"，人们就会有所怀疑。拿现在的术语说，就得仔细侦查是不是"他杀"。然后还有挂绳地方的高度，过高、过低，都使人生疑，这是不言自明的常识。据谢国平说，徐家磨坊成为上吊的风水宝地，除了如《大上吊》戏里那样有许多暗中帮忙的小鬼，房梁的高度适中，也增强了它的"竞争能力"。登在磨顶，从从容容挽绳套，先伸出脖子试试，行，向前一悠，完事。所以，在徐家磨坊上吊的许多女人都能在牌坊街市民中得到赞誉并非毫无来由。我猜想她们准是做了充分准备，细心演练，能经得起繁难的挑剔，周到地为街坊邻居着想，让他们满意省心。人死了不留是是非非。

徐模糊的女人大约没能让大家满意。因为她该上吊时不上吊，不该上吊时吊死了。徐模糊拐骗了一船粮食，却不把老婆孩子带走，让一个孤弱无助的年轻女子为他承担后果。按照牌坊街的道义观念，那时她应当上吊。一上吊，就等于谴责了不义男人，站在牌坊街商业道德一边，与可恶的丈夫划清了界限，不必为一家老小的生计受苦。专管这类公益事务的关大先生，就会拿着善事簿，到各商号去写布施。先为死者写薄皮棺材（专为无主死者定做的棺材，因木板单薄简陋而得名）、装殓费，然后为孤儿寡母写活口米面。但她没上吊。她默默听任街坊责骂，默默承担一切。在十几年的岁月里，脱坯、挑炭、卖火石头、卖火纸。常常蓬头垢面，手掂小簸箕破笤帚，在粮行阶下扫米，柴市扫柴，粉条车子缝隙里扫粉条屑。到大户人家后门外等着厨子倒恶水，两手伸进恶水桶，将残菜馍头捞出来，摊在筛子里晒干。……忍受屈辱，耐饥耐劳，就是不上吊。

徐模糊穿着灰制服出现在牌坊街时，她的大女儿已经十四岁，当初怀抱的儿子也十一岁了。婆母前一年下世，葬入徐家祖茔，坟边栽了一棵柏树。磨坊早已重新开起来。儿女都做帮手。一头深灰色老驴，一盘重锻的旧磨，既能赚些下面（磨到最后一遍的粗面），又能落些麸皮，三口人不再为挨饿忧虑。大户人家淡忘了往事，她在牌坊街恢复了站在闹市坦然说笑的神态。徐模糊先是寄了一封信来，接着捎了钱。城里人才知道，当初徐模糊带着一船粮食是去投八路军。模糊婶拿着信和钱到我家来。周相公念信，她仰起脸专注地听。那是我第一次看见真正的人民币，五张红色的美丽的票面，比起之前拉锯战争中收到的八路军的毛边解放票，简直像是艺术品，让人爱不释手。

徐模糊从外边带回的女人同样身穿灰制服。短发，胸前挂着钢笔。搭眼一看，很像女校高年级学生。头两天，模糊婶忙乎乎地给他们烧水、做饭、打洗脚水，抱过那女人怀里的孩子哄。女儿、儿子也都忙忙乎乎，亲热地围着大人说话。第三天，磨坊口突然拥来一群男男女女，说是模糊婶的娘家人，在院里院外大嚷大叫，提着徐模糊的名字辱骂。街坊邻居都来围观，把老君庙胡同堵塞了。模糊婶坐在磨盘上哭。知道徐模糊要与模糊婶离婚，牌坊街的人一齐愤愤不平。店铺的伙计们嗷嗷叫着羞辱跟徐模糊一起回来的女人。妇女们在院里走来走去，各展骂人的俏皮、粗鲁、酸脏、肉麻的才华。

按照传统常识，那天晚上大家都认为穿灰制服、抱胖娃娃、剪短发头的年轻女人会上吊。"丢了脸的女人还有什么活头？"日上三竿，徐家磨坊果然传出哭声。"上吊了——上吊了——"周相公站在门廊里喊。

出乎意料的是，徐模糊的新女人并没有上吊，上吊的是模糊婶。她完全不遵上吊的规范，用自己的腿带攀着窗框，没结任何扣子，下巴挂在环套上。由于窗子低，既没蹬翻椅子凳子之类，脚尖也没离地，双足向前探出斜斜的半步。

"这女人，真会省事！"谢国平说。

"那是因为小鬼给她帮了忙。"母亲说，"只要有小鬼帮忙，沾上绳子就断气。"

小鬼不肯为谢国平帮忙。徐家人都离开家乡后，他在破败的磨道里住了三十年都没上吊，临死时爬到附近的球场里，害得体委出装殓费。

投　　河

在我的记忆里，牌坊街没人投河。这倒并非因为投河被认为是第二种死法，不如上吊合乎礼法。母亲说："投河犯众恶。"后来我琢磨母亲的话，大抵我们县城历来被传说为船地，紧贴西河码头的那条河为全县人敬畏尊崇，是孕育生灵的圣洁之水，没有人敢以肮脏的俗体去玷污它。因此，我们那儿的人如果不愿走上吊那条繁难的路，就去跳井、跳坑。其实，考究起来，跳井也极为罕见。我在另一篇小说里提到一例，呱哒的女人，害病害急了，为求早日解脱，投了我家不远处的三眼井。幸亏呱哒人缘好，跟谁都骂玩笑，街道治保主任木锁挟了一领箔来，说："呱哒，你妈死了，该你省粮食了。"呱哒说："你当孙子的，只舍得一领箔，连口棺材也不打，不怕雷劈你。"街坊邻居没怎么与他过不去。大家对钱，重淘了一次井。我们县城很古老，井很少，而且水咸，一口井要供两条街的住户吃水，井台上经常排队，扁担横在桶口上，坐着聊闲话。所以，跳井也犯众恶。听说呱哒的女人早一天就跟院里的邻居说："上吊的力气也没有。临死了，喝口干净水。"人们哼着鼻子说："这女人，穷讲究一辈子，临死还要喝干净水！把咱们的水井污了。"

坑，是我们那儿的方言，本指边岸不规则、范围不宽广、自然形成、未加修整的池塘。后来成为不连通河道的水域的泛称。那时我们城里的坑够多的，比较大的就有鸭蛋坑、洗砚坑、北大坑、油坊坑、红沙河、白沙河……七八处。前几年重回故乡，发现较小的坑都被填平盖了房屋，有名的大坑也被四围侵蚀，成了垃圾污水场，心里生出莫名的怅惘。那些坑在我心里留着美好的记忆。荒僻幽静，蟋蟀长鸣，一鉴碧波，回响着女人们砰砰的捶衣声。我常在梦中看见一个女人慌慌张张跑来，鞋子不脱，噗通一声扑进水里。一群男人奔跑喊叫着赶来，跳下水去捞救。女人在他们手里挣扎，蹿上蹿下，最终还是被架上岸，搭在一个男人肩头，绕坑跑几圈，再把她面朝下搭在不远处的石磙上，推搡捶拍，让她哇哇呕脏水。一直折腾到长吁一声，喊着："我的妈呀——"这才稍稍松手。这是我八岁时看到的场景，以为是一场游戏。回家对母亲说，母亲说："贱！"

母亲这样说，是因为跳坑只是女人要挟家人的手段，她们并不是真要寻死。"××家逼得媳妇跳坑。"这家的名誉就被败坏，成为随时受人攻击的话柄。所以，跳坑女人一般都要大喊大叫，披头散发，在许多旁观者眼前奔跑过去。愈有人救，愈要撒泼向深处挣扎。尽管男人都看透了这一点，他们却还是非常当真地去抢救。不管喝到水没有，都要煞有介事地搭在肩上，再搭在石磙或毛驴背上，让落水的人控水。只有我表舅于大头不怕这一套。表妗子跳坑，他扑进水去，按着她的头说："喝！喝饱！喝够！"街坊邻居一齐下去撕扯，才把她拽上岸。表妗子一辈子再没跳过坑。于表舅袒胸捋袖的刚勇气魄为牌坊街男人们壮了胆，此后有好几家丈夫跟着学。女人哭着向坑边跑，男人在身后抱起膀子大喊："都别拉她——闪开！给我闪开！让她死去——"

正如徐家磨坊是上吊胜地一样，城里也有跳井名池，就是城隍庙北园的土井。大约几十年前，善男信女捐钱购置了这块庙产，是城里少见的好菜园，从城隍大殿后墙直到北城河，既平坦又肥沃，浇灌排涝都方便。那口井在菜园东南角，紧挨一片桑园。城隍庙改成公立完全小学后，菜园随之成为校产。我和北阁外的小海常常在黄昏里猫着腰钻过陈刺墙，溜着茂密青葱的菜畦，偷黄瓜、菜瓜吃。没有黄瓜、菜瓜就偷豆角、茄子。蹑脚蹑手，悄声悄气，经历做贼的愉悦。无论偷到什么，都有激动和兴奋。

那口井在我记忆里如一帧恬淡悠远的风情画。两根由于风吹雨淋而变得灰白的木柱，架起一根横木，系着高翘的活动的大木杆，根部缚一块长方形石头，梢部是水桶。菜把式高老四赤着棕色膀子，腰里扎着宽宽的缠带，吊起宽短的青布裤腿，年复一年地把弄木杆，让它翘起翘落。水桶悠下来，沉入水中，石块坠着木杆，将满满一桶水吊起来，哗——，倾入长满绿草的龙沟。读高中时，我骄傲地指着世界历史课本上古埃及人汲水的插图说："见过吗？我们老家城隍庙菜园的井就这样。"那时我还不知道炫耀这口井对于寻死的人是多么相宜。

它的井口很宽，如一个水荡，水面离地不到一人高，不像城里其他的水井那般黑幽幽的怕人。井口四围长满茂盛的青草，水中映出烂漫的绿色，荡漾云彩和树的影子。不很规矩的井壁生着厚厚的绿苔，摇曳着金丝荷叶马蹄形的圆叶。没有碍手碍脚的辘轳，碧波敞开诱人的温情，只用双手在地上一撑，就能投入美丽的梦乡，使寻短见成为一桩易事。

除精神享受外，在这儿跳井还有诸多俗世的"实惠"。由于是庙产，没人在这儿吃水，不至于晦气到哪一个人，避去了街坊嫌恶，无须破费淘井。庙里会慈悲地舍一口薄板棺材。高老四也能热闹一阵，成为人们的话题。说不定死者家属还会赏一吊跑腿钱、送一双新鞋。所以，他倒并不讨厌谁在这儿跳井。

小时候常听大人们开玩笑，如果说谁来晚了，或是好久没见突然出现，就说："你怎么这会儿泛上来了？"起初不明白这话为什么算骂人。母亲解释说："投水的人喝饱沉下去，尸体泡涨，从水底漂起来，叫'泛上来了'，就像说谁像刚'卸下来'一样。上吊死去的尸体，砍断绳子放平在地，叫'卸下来了'。"类似这样的术语，足以证明乡土文化的博大精深。

大约是秋天。黄瓜罢了园,豆角也不再甜嫩,只有扁豆秧在菜园边的陈刺篱笆上开着姹紫嫣红的花,举着一串串肥硕的豆荚。也许是上午,也许是傍晚,我和小海在井边转悠。"那是什么?"小海说。我们肩并肩探头向井里看。一团鼓鼓囊囊的鲸鱼背似的东西,黑不溜秋地浮在水中,一片丝丝缕缕的东西,像洒入水中正在弥散的墨汁,随着波光荡漾。我们朝它扔土块,投石子,听它发出噗噗的响声。"包袱?死猪?"小海说。我们拾来一根树棍,戳弄翻动,让它慢腾腾地翻一个个儿。于是,面对难以想象的镜头,在一瞬间我们茫然失措。……没有生命的脖子、脸庞和胸臂,使我一下子懂得了什么是死,死就是剥了皮的树干、沤烂的葫芦、大水退去之后泥滩上翻着白肚的牲口和鱼;也明白了"泛上来"的含义。

那时我们不知道他是广播筒老毛。此后便觉得不可思议。老毛是街道的卫生员,他每天下午从大街走过,把铁皮广播筒凑在嘴上喊:"喂——洒水啰——洒水啰——"我们经常围着他凑热闹,夺过那个一头大一头小的玩意儿，擦拭去喇叭口里湿漉漉的水汽和唾液，"喂——老毛是个大坏蛋——"他嗔怒的脸绷紧纵横的皱纹，眼睛像酒盅似的翻动，样子非常可笑。我没法把这样可笑的脸与泡胀的白白的东西联系在一起。那一团可以让人随便翻弄，既不发怒也不反抗的东西，曾经在牌坊街大喊大叫，与店铺的伙计们骂玩，靠在福升酒店柜台上吱吱抿酒，喝一口咧一下嘴，响亮地发出"咝——哈——"的惬意的声音。

"这事真怪！"小海惊叹说。

老毛使我和小海在牌坊街身价倍增。谁见过投井而死的尸体？我们见过。我们还用石子砸过、棍子戳过。是我们跑着去叫高老四，人们才知道。尤其不可忽视的意义是，广播筒老毛是这眼井的最后一个跳井者。此后不久，菜园就被平整为大操场，开大会，演戏，放电影，有一年还在那儿放焰火。那眼井先被拆去木杆，尔后渐渐荒废，大炼钢铁时恰好用来堆填炉渣。在这儿第一个跳井的是受欺负的女人。听母亲说，是北阁街山货行的媳妇。建国军与十六师打仗，军队号了山货行的房子。这女人夜里拉肚子，在后院茅房被当兵的缠住。其实并未办成正事。在拉拉扯扯中，她公公大嚷大叫闯出来，看见儿媳的身子被当兵的揉弄，当场气得晕倒在地。城里很有名气的绅商人家容不得玷污，女人用跳井来表示洗净耻辱的意思。然而这最后一个跳井的广播筒老毛却是因为欺负了女人。那时我还小，大人们不肯告诉细节，我便一直无法像牌坊街公众舆论那样恨他。在我的记忆里，老毛是两重影子套叠的形象：被孩子包围的粗鲁可爱的汉子，钉耙挂起的水淋淋的污物。不知他的跳井是表示洗去羞耻还是洗去屈枉。那时于表舅摇着芭蕉扇坐在木椅里，巴掌啪啪响着拍脊背上的蚊子。他说："像老毛这种东西，只配跳城隍庙菜园的土井。"

我知道，于表舅有他自己的一套价值标准，连跳井也有等级观念。在他眼里，男女私情是世上第一不可容的罪孽。广播筒老毛死后的一段日子，"男女关系"是于表舅的情绪兴奋点。一提到这个词儿，他就会激愤地嚷出一串粗野的骂人话。夏天的傍晚，我常听到他在十字街大声宣传自己的信条："记住！什么错误都可以犯，就是不能犯男女关系。"那些年，他一直按自己的信条行事，与牌坊街的时尚背道而驰。凡从外地落魄回乡的人，他总是先打听他们因什么原因被清洗、开除、下放。不管那人的帽子、罪名有多吓人，他都像什么事也没发生、什么事也不知道的样子，爽朗热情地登门看望，说说笑笑，拉扯陈年旧事，仿佛拜望衣锦荣归的布衣之交。这些人到街道去开会，他故意当着街坊领导、街道干部的面凑过去表示亲热，拍着肩膀大声说："有什么难处，找老叔来！"好像不知道这堆人是来参加分子会。他对石榴惠丹炜却完全是另一种态度。她是我初中的老师，因为怀了我们校长的私生子而回到牌坊街，由于她丈夫马世俊能干而得到街道的宽容。一看见她，于表舅脸上就浮起轻蔑冷淡的表情，不管她的声音多么甜、话语多么温软，他都斜睨路边，鼻子里似有若无地哼一声，腮帮上的肌肉微颤一下，在她走过后，他愤愤朝地上吐一口浓痰。

我很喜欢这个怪脾气的倔老头。那些年我和惠丹炜一样在街道的种种副业行当里干活。脱坯，拉架子车，到石印馆写版，在工艺美术社画镜框、写语录牌、画领袖像。于表舅在人前的亲热，使我在瞬间觉得这世界并非那样污秽。那年秋天我又去街道参加那样的会。杂乱无章的房子陈旧而暗淡，人们都如广播筒老毛被捞出来时的样子，灰灰塌塌，皱皱巴巴。恍然间，我觉得眼前少了些什么。那天天气晴朗，并不缺少阳光。少了什么呢？在马世俊说他的麻绳厂计划时我才想起来，少了于表舅。他死了。投河了。

于表舅投河是在春夏之交。麦子还不熟，蚕姑娘已经开始结茧。头两天刮过一场干热风，牌坊街的店铺都罩在透明的雾纱里。"嘿！于大头投河了。"马老六伏在石印馆的印石上边修版边说，"他怎么想的，去投河？""怎么想？他闺女跟民政科的老廖谈对象了呗。老廖不是犯过男女关系？"长有在屋檐下一边磨石头一边说。"我是说他为什么不去跳井。"马老六说。"井？到哪儿找井去？城隍庙菜园的井早填平了。"长有说。"那他上吊啊！上吊也比投河强。"

母亲说："于大头才不跳井呢！也不上吊。要死，必然去投河。"

我比较信服母亲的推断。他是我们县城第一个投河的人。投北河湾，正好从码头边泛起来，袒腹向天，依然如一条好汉。

普济大药房

范妞从小就与牌坊街的孩子不合群,仿佛存心让大家气恨,她的装束一年四季总是出人意料。比如戴一顶墨绿金丝绒圆帽,镶缎带,缀绒球;过膝白棉线袜,枣红皮鞋,宝石蓝裙子;蓝条条翻领运动衫,童子军短裤;马甲、长袍……而且,她不像一般大户人家的小姐那样温文尔雅,她很任性,又有点傻气。每次来找我玩,像出入自己的家一般随便。无论店房的生意忙闲、客人多少,穿堂入室,如入无人之境。砰砰啪啪打开二门,并不叫喊,一个劲向里走。厢房、堂屋、套房,毫不顾忌地闯进闯出。"干啥?你干啥?"米汤姑拦住她。范妞并不回答,瞟她一眼,闪身自管张望寻觅。到了夜里,伙计们忙着在灯下倒柜点钱,噼噼啪啪打算盘结账。"嗵嗵嗵嗵!"栅板门突然被猛烈敲响。"谁?"周相公厉声问。"嗵嗵嗵嗵！"敲门声蛮横地响着，直到栅板门打开。"干啥？干啥？"范妞穿过这声音，从周相公堵着的店铺门口挤进来："我找林林玩！"她的声音总带几分骄横。

店房伙计就常取笑我："林林，昨晚你和范妞干了面事儿吧？"

"面事儿"这个词成为我整个少年时代最具神秘感和吸引力的字眼。大约它是从牌坊街的伙计们那儿学来，尔后由大孩子作为特殊知识在我们中间炫耀，却又从不详加批讲，使猜测者心领神会。

一个初秋的午后，我和范妞扒着阁楼的小窗，看盖满小院上空的扁豆棚如茂密的庄稼地，青葱浓绿的枝叶间摇曳着红色、紫色、粉红色花串，鲜嫩肥硕的豆荚使人抑不住惊喜。阳光灿烂，东西厢房的房坡反射出耀眼的强光，屋顶外的蓝天澄澈明亮，屋檐上的麻雀喊喊嚓嚓，世界沉浸在无边的宁静中。我们肩蹭肩跪在窗下楼板上，被窗外这蓬勃的秋景感动，好久没有说话。我扭过头，看着范妞发影中的脸颊说："咱们干个面事儿吧？"

范妞牵着我的手站起来，无声无息走到周相公床边。她把被子展开，平铺在床上。"脱鞋子。"她说，"上来，跟我睡一头。"

我确信范妞比我懂得多，因而也确信"干面事儿"就是一个男孩和一个女孩头并头躺在铺平的被子上，小声小气说悄悄话，讲没头没尾的故事。这样讲，有种迷迷糊糊做梦的感觉，悄悄话带着浓厚的暧昧感。我便直觉地懂得，"干面事儿"是男孩女孩之间的隐秘，不可以对别人讲。

但是，由于我们的疏忽，没把被子照原样摆好，周相公当着母亲的面笑着问我："你跟范妞在楼上干什么，把我的被子铺开？"我红着脸矢口否认，惹得满屋哄笑。

从此以后，我对范妞总有一种羞怯的依恋。我们再没干过面事儿，而且谁也没再说起，我知道这是只能留在心里不可重提的秘密。从那时起，普济大药房在我童年的记忆里不再可怕。范建亭脖子上的听诊器和他摆放在白色搪瓷托盘里的刀子、剪子也不再吓人。跟在范妞身后，可以随便在药房的柜台里外、楼上楼下玩，不但可以用各种各样硬纸盒堆造假房子院落，还可以用废针管滋水开仗。

我不明白牌坊街的人们为什么对范建亭总是敬而远

之不抱好感。其实他很和善，也不吝啬。偶尔花冠店的小松和我一起到药房去玩，他总要嘻皮笑脸地招手喊："小松——来来来，我问你，昨晚你妈跟谁睡？"小松犹豫着，不知该怎样回答。"跟你睡！是不是？"范建亭连声说，"跟你睡，肯定跟你睡。"小松不再迟疑，大声反击："跟你睡！跟你睡！""跟你睡！""跟你睡！""这孩子，真刁嘴！"范建亭做出生气的样子嚷："再说——！"小松冲出药房，跑上大街，站在街心得意地喊："就跟你睡！就跟你睡！"惹得小松的妈从店里走出来，笑着骂："范建亭，你个龟孙！"

范建亭从没跟我开过这种玩笑。范太太给点心，我垂着眼帘不接，他脸上就浮起一层很难看的阴影："你妈不让吃我家东西，是吧？"我说："我不饿……俺家有。"范建亭仔细看我一眼，然后抬起头，目光空茫，久久地背手站在自己的诊案前。

一个清晨，母亲领我到土地庙去挂成人锁。迎着晃眼的晨光，小巷对面走来一个妙龄女郎，留短发的头影蘑菇似的在迷离的霞光里晃动，身姿如风中小树，肩膀和髋臀很好看地摇摆。走到近前，露齿一笑说："林林满十二岁了，是吧？"母亲猛醒地噢了一声："范妞啊！我当是……"范妞两手插在口袋里，笑了一下，轻轻地擦肩走过去。我和母亲望着她的背影，被这瞬时景象惊呆，仿佛从那一刻起，范妞忽然长成了大人。至今我仍清楚记得那一刻给我的感觉。范妞变得陌生而疏远，像可望而不可即的贵小姐。一下子记起，已有好久没在一起玩。在月光下，在店铺门廊的阴影里，几个孩子围聚着做游戏说故事。范妞总坐在我旁边，一只胳臂像无意似的从背后悄悄移到我的肩上，使浑身的神经都敏锐地感觉到她的袖管、指尖和发梢的温存。我一动不动，享受被她的气息笼罩的夜色。牌坊街的月夜成为永久的美好。在我满十二岁那个早晨，范妞走远的背影使我意识到一个世界已失落。母亲给土地神上香的当儿，我怅然地想，人为什么要长大呢？

然而，我和范妞都长大了。大街碰面，谁也不跟谁说话，故意装作素不相识，毫不留意。文娱队演节目，《夫妻识字》，让我与她配角，我涨红了脸，执意不干。范妞站在墙角，背蹭墙，看我同老师争辩，做出一副无所谓的样子。她排戏，我远远站在人圈外，听她与西门外的海栓对唱："……黑板上写字放呀么放光明……"那兴致勃勃过分热烈甜蜜的腔调仿佛带着挑衅意味，我朝地上狠狠地啐唾沫，响亮地咳嗽，故意偶尔发一声窃笑。

我从不相信范妞会跟海栓干面事儿——那山货经纪的儿子常年一件盖着屁股的大褂，鞋子总是露出脚趾，走路脚跟碰来碰去，时不时蜷起五指用巴掌抿鼻涕。范妞根本不会同他干面事儿。牌坊街孩子们讲他们坏话，我抑不住幸灾乐祸，总要跟着来几句，而且故意大声说，想让范妞听到。她却毫不在乎。演完节目，从地上提起外套，抖着说："海栓——拿着。"掏出小圆镜，擦脸上的化妆。海栓站在身边，一块一块给她递擦脸纸。

我决定给范妞写个纸条，这念头使我心神不安了一个星期。在这一个星期里，我悄悄观察范妞的举动和表情，觉得在她毫不在意的样子深处，肯定留意我对她的意思。她接纸条时的坦然和机灵更鼓舞了我的信心。她没抬眼睛，也没迟疑，仿佛我们早已约好，没等触到她手，纸条已被她攥进掌心，从容不迫地装进口袋。一连几天我激动不已，等待着回响。

第三天放学的时候，在全校集合的会场上，郭主任突然说:"这儿有个纸条,我给大家念念。'×××,你故意逗那小子玩,让我生气。我知道你喜欢我,我也喜欢你,别参加那烂文娱队了,咱们一块到乡下玩去。……'瞧,这自作多情的小伙子是不是想搞乱咱们的宣传队?这么漂亮的文采用到作文上多好!"操场上响起一片哗笑,我也跟着笑,装出与我毫不相干的傻样。但我想我的表情肯定很难看,脸上难以压抑烧起的红晕,范妞在离我不远的地方站着,背影透出庄严。

那天黄昏,母亲用手抚着我的前额,狐疑的目光在我脸上荡来荡去。"林林,你没发烧吧?"我把母亲的手拨开,不耐烦地摇头。夜里,母亲悄悄翻看我的书包,翻看我的作业本,她的侧影在我微闭假睡的眼前晃来晃去。我很想哭,却终于没哭出来。

过了一些天,母亲说:"林林,你愿意跟你姐姐到宛府去读书吗?"我垂着头不说话,知道母亲肯定到学校去过。母亲望着我的眼睛:"那儿的学校比县城好。我跟老师说好了,明天给你办转学证。"

离家前的黄昏,我到兴裕长酱园去打酱油,范妞突然从牌坊后走出来,堵在我面前,依然是一副并不在意的样子，用若无其事的口气说："晚上我妈让我到三姨家去，你送我，好吗？"她以爽朗明净的微笑望着我，使我的尴尬显得很可笑。"吃过饭，我在南门那儿等你。"

月光非常好，齐脚深的麦苗覆盖着朦胧无边的大地，田野像溶在透明的水里，远处的村庄如云如雾，夜烟似有若无从麦垄间飘起，蟋蟀嘹亮幽咽地鸣叫。我们有时沿着小路，有时横过麦田，有时走，有时蹿跳。任何话题都使人愉快，我们边走边说边笑。她说："你吹口哨，吹《白毛女》。"我噘起嘴唇吹口哨，很动感情，很陶醉。风从田野上荡过，料峭的凉意使人周身爽快，鼻头和脸庞感受到春夜的冷冽。

我们谁也没提纸条的事，没提我明天就要离开家乡。范妞没到她三姨家去，我们从城南郊野绕城慢行，沿着家乡的河走上西关码头。码头下停泊着很多船，在黑黝黝的夜色里激溅浪声。我们站在码头上，站在深夜的河风里。范妞说："我能让船上的狗叫，信不信？"我说："不信。"范妞从黑暗中摸索起一把石子，哗——，亮着星星点点灯火的船群发出一阵碎响，立刻有凶猛的犬吠从河下传来。范妞扬起细细的胳膊，扭动腰肢抛掷石子的身姿和她弯腰笑着逃离码头的调皮相，永久地深印在我十四岁的心里，使我离家外出的旅途充满温馨。母亲看我满面欢欣，吹着口哨与姐姐一起上路，感到意外的安慰。

暑假从宛府回来，普济大药房已变成"新新合营药店"，由范家的伙计们合伙经营。每天黄昏，与二哥一起下河洗澡，从范家后门经过，独扇门大开，出入着一些陌生的人。

"范建亭给抓走了。"母亲说。

我到范妞三姨所在的村庄去，远远看见范妞在村边池塘的漂板上洗衣服，挥动棒槌，砰砰的声音在水面上回响，发辫在背上跳动，泡泡纱短袖衫笼着她娇娜的身姿。我喊了一声："范妞——"觉得这名字不够郑重，快步走过去，站在她侧面，声音低沉地说："范俊娟——"

范妞转脸看我一眼，平静而淡漠地把嘴唇向扁处抿了一下，一边继续捶衣，一边款款地说："放假了？"

她拒斥的神情使我一时不知说什么才好。我笨拙地从口袋里拿出特意从宛府给她买的布面笔记本，不自然地讷讷地说："……这是、这是……"

她停下手，扭头望着我，坚决而严肃地说："不！

我不要。真的。"看我满脸通红,她口气缓和地补充说:"留着自己用吧,我有。"

她扭转身继续洗衣,两手扎撒,薄薄的衣服在风中展开,鼓鼓胀胀飘摆。我不知道该怎样才好。趁她没有看见,把本子撂在她身后,转身就走。她向后瞥了一眼,啪啦啪啦在水里继续摆手中的衣物。

读完大学回乡,普济大药房的旧址已翻盖为红砖小楼,呆头呆脑,傻气十足。门口挂一块"城关卫生院"的牌子。窄窄的过道和门前的大街停放着乡下病人的架子车。

"猜,范俊娟嫁给谁了?"小松问。不等我回答,就哈哈笑着说:"牛海栓!""真的?""都两个孩子了。"

我到西关去看她,她正在土产仓库院里点货。一手拿货单,一手向搬运工指指画画大声喊:"那边——这几个杂种!那边,靠电线杆那儿——"看见小松带着一个陌生人站在面前,望着她笑,她有点迷茫,愣怔了一会儿才拍着自己的巴掌笑着说:"哎呀!原来是……"

我难以猜出自己改变成什么样子了。三人坐在仓库办公桌边说话,说了很久,我仍没法想象这位仓库保管员就是范妞。看得出她仍像小时候那样，很注意衣着整洁，脸上偶尔闪过一个熟悉的表情或笑纹，然而范妞无论如何已不复存在。

她朗朗地笑着说："林林那年送我一个笔记本，是绿色的吧？我差点扔了棒槌追你一块儿进城。要真跟你进城，说不定真会跟你谈恋爱，你说是不是？"

我和小松都仰头大笑。但我们谁也没提在阁楼上看扁豆棚、春天月夜郊外田野上的漫游，也没提我平生第一封情书……那使我离开故乡的纸条，至今我还记得那印刷粗劣的算草页子，纸质很差。

钟表店

也许这故事被海五说得遍数太多，我仿佛真的曾经在五岁时一个春天的上午看到过那场景。随着岁月愈加清晰，历历在目，反而愈生疑惑：当时我果真在场？事后果真记得如此清楚？

那是个年轻漂亮的女子，湖蓝色旗袍裹着一副细高的身材，很像我家客屋墙壁上烟草公司赠的画屏上的新式仕女。她手中没拿团扇，身后没跟叭儿狗，既无女伴，也无仆役，一个人出现在钟表店柜台边。她的和蔼让人觉得亲切，微笑优雅动人。我的确难以记得她是怎样突然遮挡了海五面前的光线，难以记得海五抬起头一刹那的表情，甚至也没法对海五所说的他们两人的对话加以确证。由于那台精巧的小闹钟至今依然摆在海五背后的玻璃柜橱里，几十年来证实着这段故事的存在，我不得不赞同海五的说法。她出现在柜台边时，首先把一台小闹钟放在柜台上，靠近她细柔的腰部以下，几乎蹭着略显曲线的身体，不露齿地笑了一下说："不知哪儿出了毛病，不走了。"

海五把表抓起来，拆开后盖。女子含笑的目光略带讨好的谄媚在海五的脸和手之间游移。海五抬起眼睛，开口时嗓门有点发堵，轻咳一下说："游丝断了，上撑了。"女子瞪大眼睛说："是吗？麻烦吧？"海五犹豫了一下："不要紧，好办。""那掌柜你看……"海五用手轻轻旋着那只表："后天来取吧……"他瞥一眼女子的表情，爽快地改口说："那就明天吧。"

女子的笑意必然十分可人，以至海五几十年后仍难忘怀。她明净的双腮是否有浅浅的酒窝？海五说有，我可无论如何也没法证实。

按照海五几十年一贯的说法，这是1944年，农历三月十六，两天以后一年一度的三月十八城隍庙会就起会了。海五眼上嵌着放大镜，低头在玻璃围罩的案子上修钟表，我和丫头在柜台前砖地上摔黄胶泥玩。大约是近午时分，街上人群正在暖阳下浮动。她跨出店门朝哪个方向走去？海五说向左，也就是向东。隔壁摆花线摊的虫艺儿说向右，也就是向西。此外还有一种可能，就是从普济大药房西边的巷道拐进去，向南，可以到福音堂、圣西满学堂、巡逻师管区（那里驻着隶属部队的曲剧团、文工队）、第三战区巡防营，通城墙豁口、南寨门、小校场，南门附近的洪昇客栈、仙客来大旅社、香云书寓……在几十年的寻查中，人们常悟到，一座小小的县城，一条窄窄的牌坊街，绝不像惯常以为的那样简单明白。这位陌生的年轻女子一旦走出钟表店，竟如隐进一道深奥无比的无理数方程，有无穷个解，即使问遍全城每家每户，也难以断定她从哪儿来，到哪儿去，在到钟表店之前、之后在哪儿落脚？晚上住在何处？牌坊街向东，不唯连着大半个城市的居民街区、县政府、书院、学校、旅店、寺观，随时可以从任意一个十字口向南、向北、向西、向东拐，而且可以出东门，出北门，出南门，出东城小寨门……而且任意出一个门就又产生出无穷个可能性。如果虫艺儿的说法是正确的，西门外就更复杂，不但有三个十字街、两个辘辘把弯，而且最要命的是西河码头，码头下排列着鱼群似的船，过了河以后像箭一样从滩头射出的小径连着无数个村镇、宿店、驿站。

　　海五对此很伤脑筋。无论她出门向东或向西，都没有实质上的区别。如果她按时把闹钟取走，或者虽未按时，却最终把它取走了；甚至没取走，托人做了交代……海五也许今生今世都不再是这个样子。海五一辈子就为一个疑问活着：她到哪儿去了？为什么不来取她的闹钟？

　　我还记得海五年轻时的模样。他不算英俊，身材也不高大，瘦而精明的面孔，颧骨突出，眼神透出手艺人的狡黠，整个身架与他的职业很配称——紧巴而利落。他一直确信那女人会来取她的钟表，有什么理由不来取呢？最初一个月他并不着急，而且一遍又一遍演练着责备她的话，站在我家店铺檐下与母亲说："你看看，就有这样记性的人？还给你提前一天呢。生意人不讲信用讲什么，你说？不讲信用讲什么？"后来，他带着幸灾乐祸的口吻说："不来才好！这么漂亮的德国造闹钟，值十几块银元哪！"他一遍遍地问我："林林，好好想想，那女人从哪儿来？你在柜台外，肯定看清楚了。"我仔仔细细回想，觉得海五的启发大约是对的："是从牌坊底下走过来。""是啊，我说是从东边来的嘛！"可过一阵，又觉得她是从西门那边来。黑黝黝的西门拱券套着一片光明，她从那光明里穿过，发际和周身轮廓折射出迷离的光晕。

　　夏初的黄昏，我看见海五的铺子尚未关门，半开的栅板门里没有灯光。我踏上门槛，手扶门扇，向屋里张望。海五坐在黑咕隆咚的桌案边，像一尊木雕。我慢慢走过去，站在他身边，蹭着他的胳膊。海五抓起我的手，像那天抓起女子的闹钟一样，在手里慢慢转动。暗影里传来一个凄楚低沉的声音："……薄命的女人。"我一动不动地站着，黑暗浓重地围聚过来，遮没了海五的身影，只有他的声音在我头顶上方嗡响。"记得她说话的口音吧？林林。是北乡人。我都知道了。她像咱们一样，受过苦。她爹是沘源镇乡试的秀才，坐馆教书，教过冉家书铺的高师傅，就是那个提大刀片切纸的高师傅。他教他们读《论语》。我都打听清楚了。她爹死了，她家败了。她跟郭如山做小老婆——土匪改编的四十八团团长。四十八团三月十四那天开拨，在河西五里屯驻扎。她三月十六来修表。三月十七早晨这个团被解决了。第三战区五十师把它改编了。团长、营长，这些杆子头都毙了。"是的，这事当时城里人都知道，可没人想到它与修闹钟的女子有关联。她是那么年轻、那么漂亮，温文尔雅。

"她死了么？"

"死了。有人看见她的尸体。还穿那身蓝旗袍。"

"那么说，这德国造闹钟就归你了。"

海五没说话。

后来我常挤在店铺伙计当中，围聚在冉家书铺作坊，听高师傅说杨二姐的故事。想象她骑着马从沘源镇寨门里走出来，风吹乱她的剪发，使她头上的草帽翻卷了边缘。她对她的母亲说："等小猫满了月，一定给吴太太送一只去。"

到了冬天，落了雪。海五把钟表店门前的雪铲起来，堆成一个雪人，用黑墨为她画出很长的黑发，手拄铁锨，久久对她发呆，脸上透出又忧又喜的复杂的神色。我踏过街面的冰水，蹦蹦跳跳跑过来说："海五，海五，杨二小姐没死，是不是？"海五向我咧嘴一笑："没死比死还糟糕。""那她该来取钟表了。""五十师一个副官把她带走了，一时半会儿来不了。""那这只德国造闹钟还是归你不是？"

过年的时候,海五到我家客屋打麻将,一边闷头看牌,一边大声说:"这一下——那闹钟找到主儿了。"

"是吗?"

"猜是谁?"

"不就是沘源镇杨秀才的二小姐吗?"

"不——是!"海五兴奋地嚷,"闹了半天,是省城避乱内迁的第一高中的英文教员苗老师,你忘了?给同华烟厂的英国机器翻译说明书的那个女孩。"

"是不是?"周相公说,"那她为什么不来取她的表?"

"她正上课,托学校的校工代取。校工那天买了很多东西,他想等第二天顺便赶个庙会……"

"那第二天呢?"

"第二天?你们忘了?金、木、水、火、土五业公会,加上郎中会,都去城隍庙烧香,对不对?"

"后来呢?"

"苗老师的丈夫在宛府吃官司,她带着孩子走了。"

大家对这答案并不满意,但想到人既然活着,迟早会有个结局,也就权且接受。1945年的春节,苗老师的形象笼罩着牌坊街。在我幼小的心灵里，苗老师比杨二小姐可爱多了，她留过洋，读过很多书，而且嫁了一位神秘色彩很浓的丈夫。

这个答案没能维持到冰雪消融。出罢正月，人们便知道了，德国小闹钟的真正主人是越调戏班子的名演员大叶兰。这个戏班子到城隍庙会赶台，三月十三来到县城。那闹钟是两年前社旗镇一家商行老板送给大叶兰的。

"那穿湖蓝旗袍的女人就是大叶兰？"

"她哪是！"海五很痛惜地说，"她是个没名气的花旦，大叶兰的拜把妹子。"

也许海五觉得把自己费了九牛二虎之力弄到的逸闻逸事全卖出来太亏，也许他不忍心糟蹋穿湖蓝旗袍的女子的形象，也许他还没弄明白确凿的细节，说到没取钟表的原因，他只是含糊其词地说："夜里戏班子出了点事。"联系到当时的时局，县城里流亡难民、学生、商人、驻军、地方团队……其实，也许戏班里的男女之间，甚至只是大叶兰与她这位干妹妹之间……都可能发生非常有趣的故事。那时我们县城的黄酒非常好，鸦片烟也很流行，赌博的种类非常多……

在我八岁那年，海五的房东决定把临街门面连同套房一起典当。海五拿不出房东所要的当价，又不愿把钟表店迁走。那时，他重又相信德国小闹钟的主人是杨二小姐，托了许多人寻找杨家的亲戚，最终也没找到杨二小姐的下落。

时间延展为宽阔的岁月。海五搜集到的女顾主的信息随着时间的延展不断增加。他发现，愈来愈丰富的信息使他离1944年三月十六上午那一刻的真相愈来愈远。伴随无数可能来到他面前，这位身穿湖蓝旗袍的年轻女子更趋虚妄，她愈益渺茫的踪迹也便愈益显得真切、生动、活灵活现、有血有肉，使海五着迷。钟表店的旧宅几度易主，海五坚持在那门廊柱子上贴一纸告示：

钟表店主现住老君庙街北头染坊隔壁

二十年后我从外地重回故乡，在大街碰到海五。他脸上的皱褶虽然很厚，但那神态举动依然机警活泼，牙齿刚健整齐，眼睛灼灼有神。他说："你回来就好了，正愁没人帮我抄写。"我说："怎么，你在写书？"

海五的账本里夹着七十多位女子的身世故事，人人与那台德国小闹钟有关。

　　"一台闹钟不可能有这么多主人吧？"我说。

　　"可你没法说谁不是呀！"

　　一页页翻看，我也不由得像海五一样入迷。七十多人的故事各不重复。她们的人生轨迹通过1944年三月十六、通过海五钟表店这个坐标点，交织成一个巨大的立体网。海五用他毕生的精力在这网里游戏。愈游，发现愈多；发现愈多，离事实愈远；离事实愈远，愈引人入胜。

　　那瞬间，我恍然大悟：也许这桩修表的故事只是海五自己编出来的一个梦，一个五岁孩子当真了，他自己也当真了。那只德国小闹钟能证明什么呢？它什么也不能证明。

徐家磨坊
——《上吊》的另一个版本

在县城人的传说中徐家磨坊是以闹鬼出名的，我家隔壁的王银匠说他躺在磨道里抽大烟，听见头顶窸窸窣窣响，房上的灰土一阵阵落下，抬头一看，两只穿绣鞋的小脚，脚脖扎着黑带子，在空中悠悠打转……我因此对四表姨和徐妮妮、娃娃有一种莫名其妙的敬畏，不知道他们怎样与吊死鬼相处而若无其事地过日子。

其实那磨坊看不出什么异样。它在老君庙东边，挨近南门。不长一条僻巷，既没商行也没货栈，甚至连作坊也没有。母亲说，从前那是校场通往南门的马道，如今坑洼不平坦，雨过天晴常有校场兵卒来撒上黄沙。"现在是不行了。"磨坊如整个巷子一样，一副败落景象。临街敞屋支着石磨，墙角是连着脚打箩的面箱。从那箩杆能看出徐家磨坊的年深久远，它既光滑又细弱，如同削得飞薄的弓背。黑黢黢的房顶几处露天，土坯墙上有许多透亮的缝隙。站在街上透过敞屋能看见院里的一切，一所相当空旷的院落，只有两间草房和一个做厨房的厦屋。然而徐家磨坊倒像很能熬似的，在我外出求学又落魄回乡时，牌坊街的改变已经不小，磨坊却还如我儿时的记忆那样破败而有耐心地立着。

母亲说，那时县城的磨坊都有牌坊街商号大户做面户，他们拿上商号的户头到粮行过麦子、高粱、谷子、绿豆，每十天给商号送一次米、面，再把自己赚到的麸皮过给粮行出粜，每年腊月二十，磨坊、商号、粮行三方结账。这种信用交易制度不知从哪一代流传下来，直到徐娃娃的爹这一代。徐娃娃的爹在徐家磨坊很兴旺的时候，以几家大商行的账户从粮行过出几百石粮食，在一个夜晚装船逃走，不知去向。这行为使牌坊街的人惊诧不已："有这样的事？磨坊把面户的粮食拐走了？世道成了这样！"

据母亲说娃娃的父亲外号叫徐模糊，是个很老实的人。"除非磨坊里的鬼迷了心窍，谁能这么干？"

男人逃了，四表姨就得顶账。不管怎么说，她与我家是远房表亲，母亲出面担保，让她继续做包括我家在内的几家商号的磨户："不让她做磨户，叫她拿什么顶账？"四表姨继续做磨户，条件是不能再拿户头折子去赊粮食，只能送一次面，拿一次粮票。她赚下的麸皮不必出枭，除了喂那头老驴，一家人就靠吃麸皮过日子，她也就不必与粮行有什么银钱关系。

那时的四表姨还很年轻。虽然像所有媳妇一样脑后挽着发纂，但又黑又厚的头发总是蓬乱在瘦长的脸盘周围，衬着结实紧称的身躯，看不出是两个孩子的母亲，仍像二十上下的闺女。她给面户送面，既没有手推车，也没有小驴，一根扁担挑着，胳膊腿健捷有力，饱满的臀部灵活摆动，像小伙子一样利索。

城里经常有一些互相矛盾的传闻，传一阵也便冷淡下去。模糊这个人就成为传说中的影子，仿佛早已死去。她到我家来，母亲从不问徐模糊的消息，仿佛两人有着某种默契。每到大年初一，商号都在五更里差遣伙计，提着灯笼，给有来往的商号、街坊送贺年名片，从门缝投进，就算拜了年。在烛影中收集落入门内的名片，是我和二哥的专利。我们先把它排在柜台上把玩，然后登记在红纸钉成的礼簿里，在这些名片里，每年都有一张淡红色贺卡，比一般商号的名片窄，纸质稍差，不撒金，木戳盖印的黑墨字：恭贺新禧　徐书诚鞠躬。我们谁也没听说过这女人。母亲却十分珍重，捏在手里，久久翻看，叹息着说："这女人！……"按照常理，投了名片，就不再登门面拜，可是四表姨却每年初一上午带徐妮妮和徐娃娃来拜年，手提两个硬壳点心匣，一封五香麻糖。三口人都穿着浆洗得硬邦邦的青布裤褂，身上散发出靛泥的气味，一动弹就呼隆呼隆作响。四表姨陪着母亲招待一群一群拜年的亲朋，我和妮妮、娃娃到街上玩。我很崇拜娃娃，他虽然只比我大一岁，却显出特有的沉着和精明。跟着他，在摇欢喜团的摊子上从不落空。买三个签，至少能摇到一个，有时能一连几次得会，惹得牌坊街的孩子个个眼红。

　　一年一年过去。妮妮和娃娃每年到我家来都像猛长了一截，如同脱去一层胎衣，模样大变。牌坊街无论哪家有红白喜事，礼单上都有"徐书诚"的名字，在大家心里，这名字日渐成为一个女人两个孩子的笼统的象征。如果不是那年西门外山货行的大孩子孬货在大街上拦着我，我将永远记不起妮妮和娃娃还有父亲。那时我提着红红绿绿被染了色的米花团,兴冲冲地向回跑,突然撞在一个横堵在面前的身子上。那孩子双手掐腰,直勾勾地盯着我手里的欢喜团,微笑着说:"一人欢喜,大家欢喜。"娃娃慢慢走过来,声音低沉坚定地说:"走你的!"孬货把手收起来,交叠在胸前:"土匪崽子!"娃娃用一只手把我拨开,向前跨了一步,妮妮大声喊:"娃娃——我叫咱妈了——""匪属!"孬货的话没说完,就听到一记沉闷的响声。徐妮妮跑过来,西门外的一群孩子扑上来。待我飞跑着叫来四表姨,他们已经在地上滚作一团。我家的周相公连踢带打把他们分开,孬货和娃娃各自站在一边揩抹脸上的血。在向回走的路上,我听见母亲小声说:"模糊最近有信儿吗?"四表姨背过身,擤了一把鼻涕。那天晚上我问母亲:"娃娃的爹真是土匪?"母亲瞪了我一眼说:"小孩子家,打听什么闲事?!"

时局一天天动荡起来。常有打仗的消息使城里人惊惶不安。光复烟厂首先拆卸机器装船运走,大商号纷纷南迁。母亲把我和姐姐、哥哥送到七外爷的寨子里,然后又转到北乡周相公的表哥家。第二年秋天,母亲带我们回家。刚打开二门,徐妮妮和徐娃娃突然提着镰刀铲子出现在我们面前。一个熟悉的身影从背后转来,四表姨一手揽着我的脖子,一手在怀里摸索。"饿了吧?"我们姐弟手里都被塞进一个烧饼。她亲昵地抚摩着我的后颈说:"成了黑泥娃娃了。"

母亲执意不收她拿来的小米,她则执意要留下:"还欠你们八升小麦一斗高粱面呢!"母亲说:"别提了。没有面户,这二年你都怎么过来的!"

过了一些日子,四表姨兴冲冲地到我家来,让周相公给她念信。她掏出五张红色图案的钞票说:"他还捎了钱来。"

"这下好了!"母亲高兴地说,"我早知道书诚该混出名堂来了。"

冬天的傍晚,各家商号正在关门的时候,一个矮矮的身影一动不动靠在我家门廊柱子上。"谁?"母亲说。我们一齐走过去。"哎呀,娃娃,你站在这儿干吗呀?"娃娃垂着头,两手在胸前抠弄。"怎么了?出了什么事?"母亲抚着他的头,让他进屋来。他倔强地摆动脖子,抵着柱子,既不说话也不挪动。我们和他面对面站着。他只是垂着头,抠弄手指。"出什么事了,娃娃?好好对二姨说。"母亲探下腰，额头触着娃娃的头发。娃娃先是吭哧吭哧喘气，然后就呜呜地哭起来。母亲揽着他，把他带进我家店房，让他站在她的双膝之间。

娃娃呜呜咽咽泣不成声地说："我宰了他，我非宰他不可！看吧，都看着吧。走着瞧吧……那小胖崽子，狗崽子……我非宰了他不可。"

他这样一边哭一边哆嗦嘴唇断断续续述说，我们都静静地看着他，直到掌灯，吃饭，母亲才把他带进里间，慢慢询问。那天夜晚娃娃就住在我家，睡在母亲身边，他们絮絮地说了许多话。母亲很久很久在床上辗转。我听见她在我睡梦中发出轻微的叹息。

早晨母亲领着娃娃回磨坊去。院里依然空落荒凉，娃娃家的房子更见破败。缕缕青烟从厨房屋檐下飘出来。看见母亲穿过磨屋，四表姨从灶前走出来，徐妮妮端着面瓢向锅里搅汤。母亲默默望着，四表姨侧过脸，撩起衣襟擦手。

"人呢？"母亲说。

四表姨抬起下巴向屋里摆一下。

"还睡着？"母亲脸上闪过惊讶的神色。

她突然从地上摸起一根树棍,气汹汹地向屋里奔。

"起来——徐书诚!你个孬种,狼心狗肺的东西!"

我和母亲跟进屋。四表姨像发了疯似的抡着棍子在床上摔打。"叫你们睡!叫你们睡!"床上突然响起一个孩子尖厉的哭叫。四表姨愣了一下,棍子在空中停留片刻,砰——摔扔在地上。

"徐模糊——我凭什么伺候你?替你养老养小,替你送殡,替你徐家撑了十年门户,噢——老天爷在上……"

这时我才看见黑影笼罩的床上蠕动着两个人。我知道,默默靠在床头的男人肯定是娃娃的爹。在他里边,一个年轻女人像他一样默不作声,勾着头,轻轻拍抚受惊的孩子。

"算了!"母亲说,"别吓着孩子。"

母亲勉强把四表姨架到外间,她坐在地上,号啕大哭,边哭边诉。徐妮妮拽着妈妈的胳膊:"妈呀——妈——"

那陌生女人首先走出里间。她留着时兴的短发,穿一身灰色干部服,上衣口袋里挂着钢笔,使我想起南下大军文工团里的女学生。

"我不给你们做饭——不伺候你们——"四表姨喊

着。

娃娃站在妈妈身边一动不动,恶狠狠盯着那女人怀里的孩子。

那女人弯下腰去搀四表姨,四表姨扑棱着肩膀大嚷:"别挨我,你别碰我!"

院里院外拥进很多男女老少,一个个盯着那女人看,没人劝解,也没人上前说话。那瞬间,我偷眼看那女人,她垂着眼帘谁也不看,只是搂紧自己的孩子。徐书诚把孩子接过去,她低头钻入厨房去烧火。看得出她从未进过厨房,手忙脚乱地向灶门里填柴,头趴在灶口吹火。浓烟滚滚,她咳呛着,继续低头去吹。四表姨扑进去,夺过烧火棍,用肩膀把她撞过一边。轰——灶膛的火熊熊燃烧起来。那女人站在锅台边望着,四表姨一边抹泪一边烧火做饭。

徐书诚和他的干部老婆在家住了三天,母亲叮嘱我,一定看紧娃娃,千万别让他干傻事。可是,娃娃并没宰那野羔子,在他爹走的时候,他跟在那女人身后替她提着提兜,徐妮妮抱着孩子。牌坊街的孩子们说:"你那小灰妈妈准是让你嘚了她的咪咪。"娃娃追着他们打。

去年回故乡探亲，在牌坊街碰上四表姨，她眯缝了眼，好半天才认出我："是林林！你瞧我，真不行了。"扭回头，冲身边穿牛仔裤的小伙子说："小健，过来。这就是你林林小叔，人怎会不老呢？"看我脸上浮出询问的神态，她笑着说："这是娃娃的小儿子，刚考上大学，回来看我。"她虽然仍是一副县城老年人的老式穿戴，但气色很好，精神矍铄，不像七十开外的人。她说她仍然住在磨坊后院，"那地方开了市场，吵闹得厉害，深更半夜也难得安静。"

因为行程匆促，没能去看她，没法想象徐家磨坊现在变成什么样子了，但有一点可以肯定，那地方绝不会再闹鬼，尤其不会有吊死鬼。如今死的方法太多太不讲究，没人痴心于传统方式，尽管那富于浪漫色彩，有艺术氛围。徐书诚把妮妮、娃娃带到省城后，牌坊街很多人曾经担心，四表姨会不会成为磨坊里的又一个吊死鬼。母亲笑着说："哪个牵挂儿女的女人肯轻易走那条路？你们这些傻瓜！"看来，当年的传说并不真实。

梧桐院

进西门几十步就是大牌坊。因为它,城里居民都忘了街的正名,先叫乾定街,后叫民生街,老百姓却只叫"大牌坊",通信写"大牌坊路北福盛永""大牌坊铁匠炉"……

每年正月十五,柏枝桥拦街搭在大牌坊下,玩故事,起社戏。孩子们可以爬上牌坊的狮子头上去看。夜里有焰火,牌坊上挂满柏枝,柏枝下藏着鞭炮。小铁匠鲁七大出风头,人们全都围聚在牌坊附近看他打梨花。鲁七打梨花,都是拜把弟兄刘刀儿做下手。刘刀儿是剃头匠,常在大牌坊出挑子,二十几岁,学过戏,玩过猴,也算大牌坊一个人物。刘刀儿呼嗒、呼嗒拉风箱,一手握着化铁炉化铁汁。铁汁烧成浆之后,鲁七舀一勺抛起来,抡起铁锨打向牌坊,空中散出一片灼目的银花。差不多每次都能迸着牌坊上的鞭炮,有时还会击中爆竹辫上的雷子，噼里啪啦夹杂着嘣嘣的巨响，这叫中了"彩"，人们一片欢叫。

当然，这时候最忙的是关大先生。他大号叫瞧，字在洲。祖父放过道台，父亲是书画名人。每任县太爷到职，都要请他父亲题一幅匾去，以示得了民心。到关大先生手里，他染上洁癖，爱抽几口大烟，祖上留在乡间的宅子都填了烟枪，只剩下父亲在城里作画时盖的一进院子，紧靠西城拱券，后院有棵百十年的梧桐树。牌坊街的人就叫它梧桐院。

关大先生不干活，专办公义。那时候县里没有剧团，逢年过节，天爷过生、火神过生、财神过生，二月二、三月十八，名目繁多的庙会都要起戏，有时候还要起两三台。这些事就由关大先生出面，拿了簿子到各商号去募捐。孤寡老人病重，关大爷去写善款；人死了，去写薄皮棺材钱；逃荒的死了，写芦席钱；桥塌路断，写阴功钱（修桥补路被称为积阴功，到阴间不受折磨），一年四季倒也办不完的公义事务。修庙、塑神、祈雨、禳灾，这些神鬼一路的钱他不写，那归另一名绅士高太康的母亲"活老母"。跑腿受劳，管了公众的闲事，大家都不作兴去盘查捐款的开支,关大爷和活老母靠捐款吃黑过日子,大家也认为理所当然。

他又是半官方的民事调解员。大牌坊是城里最热闹的地方,聚居着摊贩、算命及说书、刻章、剃头等手艺人,三教九流,一旦发生争执,大多不愿惊官动府,官司打起来经年累月,破财搭工夫,危及生计,人们都乐意私了。关大先生的身份和口才适宜扮演调解私了的角色。买几个烟泡(大烟用粽叶包成的小包),摆一桌酒席,关大爷把双方劝解一番,写几句和约,各作让步,事情就了结了。关大爷就常有酒肉和大烟。一年三节还有大牌坊各家送礼。

关大先生的老婆是离城四十五里旗杆店仝家的姑娘,祖上是贡员,良田百亩。她父亲对关大先生不经营庄田深恶痛绝。每次进城,吃罢喝罢,总要大声申斥一番。大牌坊人瞧不起这个乡下土财主,背地叫他仝大鳖。他进城,唯有刘刀儿与他应酬,别人都是敬而远之。刀儿是旗杆店附近人,老爷子过府,好去帮衬老乡,说些庄稼农事、乡里旧事,老爷子很赏识,亲亲热热留他吃饭。关大先生也很喜欢刀儿,他每月按时提着一套专备的干净行头上门给关大先生理发，很会说话，机灵乖巧。

关大先生一直为没有后代忧虑，但怕冒昧得罪仝家，对娶二房的事踌躇难言，就私下同刀儿商量，让他从中代为说项。刘刀儿乘几分酒兴，对仝老先生说："大伯呀，古人说，不孝有三，无后为大。关先生眼看四十多岁了，你不劝他再娶一房？娶个二房，生个孩子，仝姐还是老大，谁敢不尊敬？要不，他们两口膝下无子，偌大的梧桐院要不了二十年就荒废了。"

仝大鳖大口大口嚼菜，含含糊糊说："他们的事，我管不了那么宽。"

刘刀儿说："你得管。关先生是个马虎人，整天只操街上的心，不操个人心。只有你开口，他才听。"

这样，关大先生就开始筹办二房的事。可是，高门大户人家是不拿闺女作小的，小门小户又怕高攀绅士被仝家人欺侮，关大奶奶的脾气不好，人人都知道。所以，梧桐院人丁不旺的局面没有什么改变。

这地方敬的神很多，年轻人却最喜欢花仙，北门外两座小巧玲珑的庙，一座叫花仙阁，一座叫雨仙庙，每年都起庙会。二月十五，给花仙奶奶做生日。花仙奶奶是管男女情爱、姻缘婚配的女神，面目清秀，年轻俊美。戏班子跑外水的人都知道这规矩，早在正月里，就拿了藤条花杆，挑着口条，带上戏折子，一起一起来写戏。

关大先生自然是热心承办的，可以捞年关最后一把油水。城里的商号、手艺人也乐意。春天，乡下人正闲，又没钱花，他们会贱卖土布、草席、木料、药草，置办春耕急用的犁面、犁铧、鞭杆、皮条之类，生意很好做。男女青年尤其盼望花仙会。父母领着儿女，把要嫁要娶的人指给他们，允许他们隔着黑压压的戏台互相观望。有胆大的，偷偷跑到一起，把预先准备好的绣花荷包、袜底、头绳、手镯之类给对方，大人也装没看见，不加干涉。

这年花仙奶奶庙会，不知道别个是否得了花喜，关大爷倒是定了一个二房，为牌坊街增添一条新闻。

那女人是二黄戏班的坤角，艺名小蝴蝶。二十来岁，弯眉大眼，在《凤仪亭》里演貂蝉，捋着董卓的胡子说："不老，不老——"台下一片起哄。大牌坊人都很好奇，小铁匠的老婆鲁七嫂就问她："戏演得好好的，怎么就嫁人了？"

"女人嘛，总归得嫁。"

人们去找刘刀儿打听。他住在梧桐院紧隔壁，房低，高房里说话听得见，常知道梧桐院的事儿。刀儿本来没有住处，一条扁担挑着全副家当在大牌坊串屋檐。去年打更的老王死了，刀儿就住进更房，是凑合梧桐院后墙搭起的厦屋。

"刀儿，小蝴蝶是咋落俗的？""穷剃头的，不看花草。""啪！啪！"刀儿的头被挎了两下："不说，狠挎你龟孙子！"于是，刘刀儿显出无可奈何的神色。

"今年花仙奶奶做生不是写了两台戏？"刘刀儿一边咯吱咯吱给人洗头，一边卖着关子。

"关大爷不是在二黄戏打炮？"（绅士们让戏班子伺候着上台去唱一段，叫打炮）

"越调班不是不服气？"顾客的下巴在刀儿巴掌里扑唧扑唧响。

"两台戏对恼了，不是砸了台？……巡警局不是扣了二黄戏班的武生？"

"奶奶的，扯那么远干吗呀……"

刘刀儿压低了声音："关大爷看中她年轻漂亮，大奶奶看中她没家没第,将来争不了家产,也不会有人替她撑腰。巡警局判二黄戏赔砸台钱,大先生给二黄戏结账,戏漏子记了几页白绵纸,七折八扣,戏价连饭钱也不够。要不是小蝴蝶嫁出来,这个班子只能去要饭。"

"咱们大先生真有一手!……"

日子一天天过去。苗条的小蝴蝶脱了士林蓝春衫,换上麻丝葛夏装。上午出来买菜,傍晚到十字口买馍,晚上足不出户。见了老爷子问好,见了女人们微笑打招呼。从街上过,商号里伙计们评头品足,有时故意高一声低一声打趣,她都不抬眼。

人们的好奇心仍然很重,常常问刀儿:

"刀儿,小蝴蝶和大奶奶搁得住吗?"

"当小,难哪。"刀儿说。

"那女人耐得住吗?"

"给大奶奶铺床叠被,早晨打鸡蛋端在床头上。"

"看来这戏子还很会殷勤人。"

人们耐心看着,等着。见她出出进进很忙活的样子,有时候还雇了平头车子进南阳府。

不久,有人来给梧桐院漆门面。大奶奶在门外挑剔那颜色的深浅，二奶奶帮着提桐油、漆桶。

这年端午节，梧桐院大门上插上了翠绿的艾条，还在门框上洒了雄黄酒。近午，听见鞭炮响，梧桐院门口挂了一幅匾：孤桐斋笔店。人们才悟出，小蝴蝶不但当真做起了二奶奶，还要在梧桐院做生意了。

各商号一则是拍关大爷马屁，二则是想探听虚实，络绎不绝来送贺礼。他们看见，梧桐院两进院子修葺一新，花格子门窗、过厅都粉刷油漆了。两间铺面，货架上分门别类摆着"金针生花""紫毫小辉""青山挂雪"等等名目的笔。进耳门是作坊、堆栈，放着皮、毛、麻、杆之类的原料。小蝴蝶亲自作师傅，新雇的三个伙计正紧张地下料，她鼻尖挂着晶亮的汗珠，额上拂下一缕纤发，腰里系着白围裙，胸脯勒得鼓蓬蓬的，大大方方回答各位掌柜的话：

"那是马毛。离不了麻。坏匠师傅得用麻托底。一支笔八十三行原料七十二道手续……梳成绺，再墩净……修尖，上胶。"

"真不防，二奶奶还有这一手！"

"我爹是笔匠。"

"那是家传了？"

"我只是瞟学，不精。"

关奶奶说："行了，你就别卖弄了。大牌坊能人多的是。"

这个县城很偏僻，却是文明古城。商号里每月都要用十包八包笔。临泉高中、惠民初中都要整挑批进，衙门里也是一年订两批货。那年中日开战，平汉路断了，各家生意都很萧条，梧桐院的冷门生意却很红火。看利不高，到中秋节已经翻了七八个本，大牌坊忠厚的生意人都有点妒意。人们不便诋毁关先生，便在背地里嘀咕小蝴蝶胡玉莲。

"这妖精，裤裆里夹了财神了？"

"关大奶奶再不醒悟，以后梧桐院还有她的天下么？"

人们在百无挑剔的时候，忽然想起一桩大事，关大爷娶二房，可不是为了做生意，梧桐院是为了后代。

那么，胡玉莲可为关家怀喜了么？

事情逃不脱福盛永杂货店伙计们精明的眼睛。他们每月都高兴地卖给胡玉莲最好的桑皮纸。

大牌坊的生意人们很是幸灾乐祸。他们常常向关大爷拱手，脸上带着笑："大先生，恭喜人旺财旺，得了贵子，一定要约一班响器，大家等着热闹热闹呢。"

麻将桌上，女人们时不时同大奶奶开玩笑："那么年轻的小蝴蝶，什么时间请我们吃喜面啊！"

关大先生的脸色渐渐阴沉起来，对笔店的生意也渐渐显出不耐烦。大奶奶常常摔桌打凳，在院里骂人。每日劳劳碌碌的小蝴蝶变得目光呆滞、神情悒郁。大牌坊的人却更加关心福盛永的生意：

"这个月来买纸了么？"

"来过了。"

"那好，那好。"

大牌坊的故事恐怕只有刘刀儿最爱讲，他能讲出几百年前的传说。

"你知道大牌坊为啥是两层？上边的字是谁题的？从上到下有几条龙？几个狮子？几块石条砌成？牌坊上为啥要题'祖孙父子中丞'？为啥立牌坊的曹都堂给抄了家，满门问斩？《曹金莲走雪》这出戏是啥来历？……"

曹家因为在城墙上开了私用的便门被皇上问罪，这便门的钥匙从前是打更的管，如今是刘刀儿管着。这故事能抬高刘刀儿的身份。

梧桐院的后角门紧挨曹氏便门。"孤桐斋"开张后，胡玉莲是梧桐院起得最早睡得最迟的人。每天清晨，城门上的麻雀啾啾喳喳吵过一阵，刘刀儿听见"咔嚓，当啷"，梧桐院后门开了。接着是皮底子绣花鞋踩在梧桐叶子上咯吱咯吱响，脆甜脆甜的声音从云彩缝里飘下来似的："刀儿——拿钥匙来。"刘刀儿蓬着头惺忪着眼趿拉着鞋斜披着小布衫走过来。叮叮当当，吱吱咛咛，城外的秀色挟着河上的清爽涌进城来。胡玉莲总是亲自打第一担水。她沿着台阶一步步走下去，又一级级走上来。路两边绿茵茵的树影子衬着她月白色的身条，头发被风吹乱了，脸蛋红润，嘴里吐着细雾，两桶清水随着她的脚步溅落珠玉。她脚下很远的地方，唐河腾着雾气，闪着银亮的光。刀儿居高临下看着，常常自言自语骂道："小妖精，害老子忘了做饭。"

黄昏，一群又一群归鸦落进河边树林里。坡边的弯道上，推水的小车吱吱咛咛一直唱到月上柳梢。有的人赶着毛驴，慢悠悠在暮色里走。这时候，胡玉莲关紧铺面，前后院走动一遍，把院里的东西拣进屋，锁了作坊堆栈，嘱咐东厢房的三位伙计小心灯火，再打开后角门，喊一声"刀儿——落锁。"

落了第一场雪，刘刀儿早早起床，扫去台阶上的雪。胡玉莲挑着桶走下来。

"河边有冰。"他说。

"不碍事。"

他们说着话，彼此都没有回头。刀儿听见砰的一响，接着是木桶滚下去的骨碌声。他回过头，看见小蝴蝶像一只落地的花蛾子似的在台阶上扑腾。

"看看，我说吧。"他想笑，却没有出声。他走下去，将桶拾起，在河里汲满了水，担上来，放在梧桐院后角门口。看见胡玉莲怔怔看他，他笑了一声："二奶奶，伙计们多的是，何必亲自下来？"他说。

胡玉莲仍然直愣愣地望着他。

"咋了，我身上……"他低头往自己身上看。

"刀儿，你这日子过得真自在。"她说。

"别笑话我了，二奶奶。"

春天的一个晚上，刘刀儿锁了便门，哗哗啦啦玩着钥匙向回走。胡玉莲忽然从后角门闪出来，挡住他的路。月亮才出来，昏麻麻的。梧桐院铺天盖地把他俩罩在幽深的暗影里。满地桐花飘着残香。她声音很低，因而特别动人："刀儿，你可听见大奶奶骂鸡？"

"唔。"他含含混混说。

"我得要一个。要不，我就没法往下过。"她说。

他一下子没明白过来。

"大先生是没指望了，刀儿！"她说。

"你是说——"刀儿结结巴巴说。

"他们逼我生孩子，可大先生不中用，刀儿！"她声音喑哑地说。

刀儿明白了。他也明白了大奶奶骂鸡不下蛋不肯吃口野食的意思。女人的身影让他心里忽悠忽悠颤动。一双闪亮的眼睛凑近他的面颊，一股脂粉的香气扑进他心里，使他的心跳得像打鼓。两块硬硬凉凉的圆东西塞进他滚烫的手里，他的手像被烫了一下。当啷！他把银元扔在地上。"你把我看成啥人了？嗯？！"刀儿低声怒吼着，想甩开她走，却奇怪地一把搂紧了那贴过来的柔软的身子，觉得自己越来越可怕地无法抗拒浑身的冲动。

眼睛向下，看着那双柔情似火的眼睛，看着怀里这团散发着让人战栗的女人气息的怪物。最后，他一把推开她，匆匆地向自己的小屋走去。

第二天，大牌坊人发现十年来刘刀儿的剃头挑子头一遭没出来。

傍晚，鲁七来叫他，他像一个犯了瘾的鸦片鬼，病恹恹的。

鲁七嫂给他擀面吃。鲁七嫂说："刀儿，桃花运来了，像抽鸦片一样吧？"

刘刀儿瞪了她一眼。

鲁七嫂说："你嫌弃人家么，咳？"

刀儿说："这是闹着玩吗？我不在大牌坊混了？"

鲁七嫂笑了："你心疼关在洲不该当肉头，是不是？"

鲁七嫂说："关大奶奶逼她跟自己的娘家兄弟找种！知道吗？你就忍心让那可怜的女人落到五赖子手里？"

刘刀儿埋头吃面条。

鲁七说："去！我找兄弟给你保镖！"

这年三月三，唐河里照样有男男女女去烧香还愿的船老早就泊在码头下。人们看见梧桐院的两位奶奶斜背香包坐在船头最显眼位子同女人们打牌，大奶奶显得特有的和气，同船上的妇女们热热闹闹说笑。

"去求子呀？"

"是，大奶奶，你们是……"

"我们去还愿。"

"谢送生奶奶？"

"谢送生奶奶。"

"这么说，二奶奶有喜了？"

"有了，托福。"

又一个春天，大牌坊各商号收到梧桐院的喜帖。二奶奶为关家生了一个小少爷，西城门的小神仙詹先生说他命里缺金，小少爷就被取名叫淦，字鑫宇。待了三天米面客，请了响手班子。

二奶奶再没什么可挑剔了。人们渐渐淡忘了小蝴蝶这个名字，而代之以恭敬的关二奶奶。

当然，大牌坊的人并不真信送生奶奶。有人说那孩子是关大奶奶的堂弟全五赖帮忙："那乡下佬现在不是当了'孤桐斋'的坐庄客，二掌柜似的进进出出吗？"有人说不是。真正是刘刀儿帮的忙，关大先生指望借一次光，谁知道那女人和刘刀儿真的好上了,两人常来常往,刘刀儿的小屋成了艳房。仝五赖帮着大奶奶去捉了一次奸,手掂铁锤的小铁匠指着鼻子把他训了一番,那是老君会的无赖,谁也惹不起。

仝家老五现在的确常在"孤桐斋"出进,常同大奶奶嘀嘀咕咕,对金钱上的事日渐显出指指拨拨的兴趣。"孤桐斋"已经用到五个伙计,据说还在乡下买了五十亩地。胡玉莲虽然在大奶奶和五赖子面前更加温顺忍耐,但每每抱着孩子在柜台里谈生意,谁都觉得她才是关家的当家人。大奶奶为关淦找了奶妈她不用,她说自己带着好。关先生照样办他的社会公义,店里的事从不操心。大奶奶三番五次找奶妈,二奶奶三番五次推却不用,两人难免吵架。吵架的时候,二奶奶并不还嘴,几乎不作回应。只是执拗而小心地护着宝贝儿子,再忙也不离身。人瘦了,却显得更加干练俊美。

大牌坊的人们渐渐习惯了梧桐院升发平稳的日子,虽然大奶奶二奶奶愈来愈爱吵闹别扭,人们却不认为会有什么新鲜戏看。

到关淦会爬城墙的时候,大牌坊人发现自己又错了,梧桐院骤然演出了真正的好戏。

那是一个夏天的傍晚，先是胡玉莲出来找孩子，接着是关大先生和各位伙计都出来找。后来刀儿和小铁匠也去帮忙。到掌灯时候，孩子找到了。是在河里。白白嫩嫩的小胖身子趴在南泉边的苇根里，肚子喝得像一面小鼓，嘴巴微微张开，一脸稚气，好像还在喊妈。胡玉莲搂紧他，想用胸膛把冰凉的儿子暖热。她没有喊叫号哭，眼泪无声地打湿前襟，咬着嘴唇，轻声地一遍遍地说："乖，你就忍心走了？"

笔店的大伙计说，太阳偏西的时候看见五舅在角门口逗他玩。

"那会儿我在干啥？"她大声问。

"你正给马武镇的孙掌柜拣货。"

她猛击一下自己的头："怨我！怨我了！"

大奶奶拉着唱歌似的长腔响亮地哭。

五赖子弯着腰劝说："姐！能成人，刀砍也砍不死。不该是咱家孩子，铁链子也拴不住。这都是命。"

关大先生烟瘾来了，躺在炕上咝咝抽。邻居们来劝，他苦笑着说："多谢各位费心。人生一梦，不过如此。

有儿无儿，没什么喜忧。"

刘刀儿的剃头挑子在十年内第二次没有出来。梧桐院办丧事，他照样去帮忙。

一个孩子发丧，旗杆店来了一大帮人。大奶奶将大牌坊各位绅士请到，像发表声明似的对大家说："今天三亲六眷、四邻好友都在场，我特意请大家作个证明。淦这一去，关家断了血脉，我跟五弟商量，把他的二儿子收作螟蛉，百年后，我和大先生也有个依靠。我这儿写下了一纸契约，请各位邻里签字作证。"

没等在场的人说话，胡玉莲从后院走出来，她对着大牌坊的绅士们深深作了一揖，像在舞台上念道白似的一字一顿地说："各位尊长，各位亲朋，关大先生娶了我，就是要我为关家出力。小鑫宇惨遭不测，尸骨未冷，谁下的毒手，真相不明。我今年二十四岁，走了一个小淦，三个两个我还能生。'孤桐斋'还不到外人入室的时候。胡玉莲身在异乡，无亲无故，全靠街坊父老做主。"

大奶奶气得煞白了脸，冲口大嚷："你生？谁知道哪里来的野种，还不如我仝家骨血靠得住。"

胡玉莲在大庭广众中非但没有羞怯后退，反而更加沉着冷静，她一把抓住仝大鳖的手说："你老人家听见了吧？胡玉莲是三媒六证娶到梧桐院来的，孩子死得不明不白，她当姐的还血口喷人。我不如碰死你面前，叫他们称心如意！"她一边说，一边向柱子扑，众人一齐上前拉住她。她跳起脚，蓬乱了头发，撕破喉咙大骂："关在洲——你撑头戴脸在大牌坊充绅士，踩大堂台子出出进进！你说，谁是野种？一个三岁的孩子他能自己跑下河去？大牌坊的父老们，你们主持公道呀——谁操下灭门霸产的黑心，各位父老心里不明白吗？我胡玉莲在大牌坊举目无亲，你们得替我做主呀！街坊亲人们！"

仝大鳖一拍桌子，大吼说："疯了！疯了！"

仝氏弟兄一齐上前，推推搡搡把胡玉莲向外拖。小铁匠鲁七站出来，袒开毛茸茸的胸膛，叉开腿，挡住过厅的门："怎么了？大牌坊这地方是深山野沟，没人烟，没王法了？啊？"

关大先生抡开巴掌，在两个女人脸上各扇了一下："当着街坊邻里，你们真是丢人败兴！"

书铺的老掌柜冉福元挡住仝家弟兄说："哎呀，仝贤弟，有话好说嘛，这是干啥？我们大牌坊左邻右舍的脸面你还要看一点嘛！"

四大绅士都摆出一副无可奈何的样子，小摊小贩爱凑热闹的人乱嚷乱叫。人们在小铁匠带领下，联名向巡警局递了呈子。

事情闹大了。衙门的人验了尸，说这孩子是被人捉了腿溺死的，一定要追查凶手，严惩不贷。

夏天过去了，秋天又过去。案子总在查，像发疟子，热一阵冷一阵。办案的人从承头到执事，人人都拿足了执敬费。问官司的人从来不希望官司很快了结，两方的孝敬就可以取之不竭。

日本人占了汉口，信阳州遭轰炸，大牌坊急公好义的人们渐渐厌倦起来，案子越来越没有消息。

到了腊月，凶手没有查到，衙门里却抓了刘刀儿，说他聚众赌博滋事生非。人们说，旗杆店给民团捐了二十亩地买枪，梧桐院的案子当然就要按仝家的意思办。他们不抓鲁七，因为他是老君会的人，他们不想惹老君会。

年初一，胡玉莲篮子里盛了饺子去探监。

"刀儿，是我害了你。"她说。

"这房子比更房强。吃饭不打钱，天天歇着。"

"我买了二十个烟泡,他们答应过罢年就放你。"

"这里边我混熟了,挺好的。"

"你快出来,咱们一块下湖北去。"

"仝家的狗恶,你要小心。"

"有笔店的几个笔匠,还有鲁七哥,你放心。"

刘刀儿真的二月里就出来了。他出来时,胡玉莲已经不在了。

鲁七嫂拿出一只绣花缎子鞋,一个不大的包袱:"她早把包袱转过来了,说等你出来一起走。谁知几天前忽然不见了。大家到处找,在角门口找到这只鞋。"

鲁七惭愧地说:"那晚上马武镇的孙掌柜约我和孤桐斋的伙计一起喝酒,真对不起兄弟。"

下了开春第一场雨。唐河蒙在灰腾腾的雾里。刘刀儿出了曹氏便门,一磴一磴慢慢走下河滩。枝枝杈杈的树丛萌起点点小芽,青草细嫩,叶子上托着婆娑的露珠。他在沙滩里点化了两堆纸钱,一堆大些,一堆小些,飘飞的纸灰随着隐隐约约的白帆,消失在广袤的天地间。

这一年,县城遭遇了大牌坊人永志不忘的三十二架日本飞机的轰炸。据说那是十八师的军火库撤到县城,打算水运到襄阳，汉奸告了密。街市几乎夷为平地，梧桐院也被炸毁，"孤桐斋"的门店倾倒在废墟里。

秋天，日本人占了县城。时局慌乱，关大先生没有公务办，只得当维持会长，新四军第一次进城时被带走，再没回来。

1951年，梧桐院的旧址盖起了县城第一家理发社，那棵梧桐树遭了雷击，被锯掉，做理发社的家具。刘刀儿在理发社当师傅。他感到遗憾的是两条：政府取缔了扒耳屎、捏老晕、捶背……使他无以施展得意的一手绝技；禁赌，不得不向年轻人学打百分之类新玩意儿。

他保留了管理曹家便门的习惯义务，常在清晨居高临下望着绿荫里一磴磴蜿蜒的台阶，十分入迷。

人们已经时兴用钢笔，只在闲谈时才想起"孤桐斋"毛笔店："那样好的毛笔，如今很少见了。"

"少见了。"

鲁七嫂给刀儿提媒，他默默地抖开胡玉莲留下的包袱。明晃晃的银货，一件也没动。

"你还等她？"鲁七嫂说。

刀儿默默地点点头。

山这边

一

"恒泰"京货铺在大牌坊西边,路北,与"怡和堂"相隔百十步,梧桐院错对门。东邻"冉家"书铺,西邻"福盛永"杂货店。城隍庙的孙老道说,"恒泰"发家是因为王守恒在城隍大殿右卷棚里设赌场,抽头捐香火;夜里吸大烟给城隍爷嘴里抿烟泡,爷高兴他。

其实,"恒泰"是靠禁烟发起来的。

那一年,县里先设党部,后设官膏局——就是官方查禁鸦片的机关。后街霍大毛入了国民党,到官膏局当缉查。他是王守恒的赌友。他说:"你想发财不?"

王守恒说:"城隍爷还瞪着两眼看钱哩,我咋不想发财?"

"想发财，上漯河贩鸦片。"

王守恒照霍大毛脖梗上拍一巴掌："乖乖儿！官膏局成立了，叫我贩鸦片，你是怕班房的臭虫不咬我？"

霍大毛哈哈笑着说："就是成立官膏局，我才叫你贩鸦片。市面上一禁，烟土就涨价。你贩烟土，我给你弄官膏局的特许证，一家伙就发！"

王守恒听他的话，跑鸦片生意。得利，给霍大毛分四成。两年赚了三百块钢洋，想买片宅子堂堂正正做生意。

那时候，这片宅子是乔二少的，正当西门里热闹地方，许多生意人想它。王守恒不慌不忙，先攀乔二少喝酒，吸几口烟，然后送一套烟具。等抽上瘾，就送烟泡。乔二少就欠下百十块钢洋的烟账。这时候，王守恒说时局不好，不再赊欠。乔二少烟瘾发得厉害，手里没钱，就和王守恒商议，把房子抵给他。王守恒不答应，说眼下要房没用。一直说到连后宅一起出让，才勉强受下。"恒泰"就这样立起两间门面，做独家京货生意。放炮开张的时候，大牌坊的老商号没人去贺喜。他们揣着袖子，站在自家檐下，一副隔岸观火的样子。

"那么好的铺面，落到他手里，真可惜！"

"财神爷染上烟瘾了,放这样的人出来做生意!"

恰好那天詹先生没有出卦摊,踱到梧桐院门口,同关大先生一起端详"恒泰"的号匾。

"这字号好。"

"可不是。"

"'泰'字有出处。"

"当然有啰。"

"《左传·襄公三十年》:'泰侈者,因而毙之。'"

"这么说,'恒泰'就是'恒毙'。"

从那以后,大牌坊人都称"恒泰"为"恒闭"。

王守恒根本不理睬大牌坊左邻右舍的反应,他提了千字头带彩的鞭炮,在街心里狠劲崩,把鞭尾巴抛到半空里,吓得西城门上的麻雀炸天飞。

本来,哪一家生意都是立号容易闯号难,何况"恒泰"是王守恒开的,这就难怪大牌坊人欠忠厚。王守恒什么货色?穷光棍一条,吃喝嫖赌吸大烟,挤进大牌坊市面,一街生意人都像受了辱。

可是,"恒泰"还是发起来了。不到三年,用五个相公,还娶了一个年轻老婆。

忠厚的大牌坊人不知道三年中王守恒用了多少心计。首先，他不用本地人。说本地人心窄，没见过世面，难弄。荐头碍着三亲六故，用得辞不得，有过失也不便责备。他招来个北路侉子当把式，据说是落难学生。人很年轻，长得俊俏；话不多，柔声细气；走路轻轻，后脚落在前脚尖上，屁股左右掉；偏分头，搽着明晃晃的生发油，身上洒香水。大牌坊人说他婆娘货，叫他"秦二嫂"。

"秦二嫂"跑码头比本地人精明。在许昌、汉口物色坐庄客，弄回的东西是县城少见的新鲜玩意儿。东洋绸，比市面上铁机棉布便宜一半，扯起来吱吱响。德国蓝，染衣服鲜亮，又方便，不像靛蓝、橡籽壳，臭气熏人，掉色。橡皮筋箍腿带，化学纽扣，洋纱巾，"四合一"香皂，发蜡，生发油，还有鸭蛋形小圆镜，背后镶着烫发小姐洗澡图，谁看了谁骂，卖得风快。

"秦二嫂"很会处事，大牌坊不管谁家有红白喜事，他都去送礼帮忙。礼很薄，却一视同仁，不分绅士、小贩。跑码头，给邻居捎时兴小玩意儿。所以，"恒泰"的事，掌柜办不活，"秦二嫂"出面办得活。他到大牌坊时间不长，很得人缘。

"恒泰"开张第二年，王守恒把一个多年没来往的远房婶子接到家里，替她买几亩地，在乡下盖两间房。大牌坊人看不透是怎么回事。那女人虽是大户闺女，却败了家，很穷，拖着一个十六七岁的丫头。

这丫头很精明，见人眼珠子滴溜溜转。嘴很甜，绕在王守恒身后，哥长哥短，帮嫂子料理家务，比亲姊妹还热乎。

等到秋后，人们听说王守恒把堂妹巧珠许给高太康的傻儿子，这才恍然大悟："龟孙！发了财又想攀绅士。"

高太康是大牌坊五大绅士之一，商会的会长。王守恒提着礼盒在高家进进出出，大牌坊人便不得不敬他三分。正月十五，商会办堂会，请他去坐把椅子。"恒泰"终于在大牌坊站稳了脚跟。

可是，人们又总在私下嘀咕：有一兴就有一败，九九归一，"恒泰"还是要败的。

人心，就这样促狭。

二

郑长安进"恒泰"靠的是"秦二嫂"。他是王守恒收下的第一个本城人。

他家住曹氏便门外，南泉边，靠南泉水生豆芽卖。他生父是乡下人，过崔二蛋杆子时被抓走，再没回来。他妈带了他嫁给郑老大。尽管已经改姓，人们还是叫他"带犊儿娃"。郑老大脾气坏，卖了豆芽喝酒，喝了酒打人。郑长安身上总是青一块紫一块。街上小孩看见他，拉着不让走，扒开他的裤子，照屁股踢几脚："马蜂过河——带犊儿！让我看看你身上的记。"他不哭，不喊，也不打架。扭回头，狠劲就是一口，不管咬着对方哪个地方，不见血不松口。所以，街上孩子又恨他又怕他。

长大起来，人们见郑长安在码头转。他勤快，结实，给西关几家商号卸船、运货，要钱少，干活发狠，像拼命似的。可是，掌柜们信不过他，说他阴鸷，眼里有一种悚人的光。他吃饭时，埋着头，不说话，谁可怜他，给他个馒头，他当面受下，一转脸就拿脚踢得远远的，看都不看。

从前，县城里没有京货铺，人们扯布，要靠背布捆的送上门。二十来岁起，郑长安就背布捆。背布捆的人一般在肩上搭三匹布，一匹黑，一匹蓝，一匹白，手里拿裁尺。前半天集上热闹，在大街转，后半天串背街小巷。布是收来的，乡下人织了，拿给他，隔天讨钱。"恒泰"一开，东洋布进县城，背布捆的生意就萧条了。郑长安每每把布捆搭在大牌坊石狮子上，斜眼盯着"恒泰"，拿手狠劲在狮子肚皮上拍："我操你妈的！"

每到夏天，城里人有一大乐事，就是下河洗澡。唐河水无声地旋着细浪，苇子滩一片青绿。相公们脱得光溜溜的，成群立在河岸上。先拍一阵屁股说是"遛马"，再齐齐撒尿，用手接了热尿擦在肚皮上，据说可以防抽筋。然后，在斜坡泥岸上泼水，光屁股溜出一道滑梯，刺——哗朗，仰面摔进河里去，河里腾起一片银亮的水花。郑长安就是在河里认识的"秦二嫂"。

那天午后，他到北泉洗澡。刚脱罢衣服，听见有人喊："掉潭涡里了——"他一看，果然有人在潭涡里蹿上蹿下，他一纵身跳下去，拽着那人向下水游，刚游到潭涡边，听人喊："是'恒泰'的大把式。"他提起那人的头一看，是"秦二嫂"，当时把手松了，还向远处推一把，自管自地游走。这里水急，"秦二嫂"扒拉两下，随水游到浅处，几个商号的相公一齐抓住，把他推到岸上。事后，别人问："怎么一提'恒泰'把式，你就不救？"郑长安说："有钱的人，死万儿八千，与咱不相干。""秦二嫂"听了这话说："有骨气，比我强。"就备一份重礼去瞧他。郑长安不受他的礼，说："你要真谢我，就帮个忙，让我进'恒泰'当相公。"他这一说，"秦二嫂"诧异了："你不是瞧不起有钱人吗？"郑长安说："我恨他们。都是人，撑不上他。"

"秦二嫂"就保荐他进"恒泰"。他是耍熟尺子的人，站柜台卖布，会账一口清，干净利落，掌柜很喜欢他。有人劝掌柜："这个人的眼半阴半阳，心有多深，摸不透，不可重用。"王守恒笑笑说："给我干事，就得有心计。"第二年便提他当二把式。"秦二嫂"和他很对劲，两人一起看戏，一起听书，一起念唱本，夜里睡在一张床上。大牌坊人嘴臭，都说"秦二嫂"是"坐货"，相中了郑长安。

这年九月，王守恒的堂妹巧珠出嫁，配送的妆奁在西门里摆了半道街。郑长安背毡，在高家喝得满面通红。

高太康亲自送客，在大街上握着郑长安的手抖了几抖。大牌坊的邻居们人人吃惊：老天爷，高太爷怎会这样看得起一个带犊的穷光蛋？

巧珠回门时，相公们被特许坐一桌，尽兴吃喝。那天中午，"秦二嫂"喝醉了，拿筷子敲着碗边，乜斜了眼睛唱歌：

　　山那边呀好地方，
　　一片稻田黄又黄，
　　谁要吃饭来种地呀，
　　没人为你做牛羊。
　　大鲤鱼呀满池塘，
　　织青布，做衣裳，
　　年年不会闹饥荒……

这歌儿，是临泉高中的学生们唱起来的，在县城年轻人里很是流行。

"秦二嫂"嗓子好，唱得很动听。

郑长安听了一阵，叉开五指在脸前摇着说："鸟！

哪有这么好的地方？当和尚还要受僧头欺负哩。"

满桌相公都笑。

三

王守恒的老婆是城隍庙街白老四的闺女。白老四靠卖水养活一家。那时候，大户人家厨房挂有水牌，二十根四指长的高粱莛子用线绳串着。挑水的每送一担，就把一根牌子从左边捋到右边，捋完算账。然后再从右向左捋牌子。白老四总是急用钱，恨不得一盘捋完，往往顺手多捋一两根。厨子们看见，拿手在他头上拍几下，骂几句"赖孙"，并不认真。因此大牌坊人叫他"白赖"。

他闺女小时候总赤着脚，跟在水挑子后头，到大户厨房串。有剩馍剩菜，用衣襟兜回家。她脑袋大，头发蓬乱，人们叫她"小白菜"。厨子们先喜欢捏她的鼻子，后来喜欢捏她的脸蛋，再后来就捏她的胳肢窝、胸膛。再后来呢，就常常带她进下屋去，出来时手里拿着东西，嘴里骂着很酸的下流话。

"恒泰"发家的时候，王守恒三十八岁。名誉不好，长相又差，粗黑的皮肉，满脸坑凹，没有人给他提媒。白老四是他的赌友，女人死了，图二十串钱，把闺女嫁给了他。

"小白菜"虽说年轻，嘴却像老媳妇一样百无禁忌，手头能干，泼泼辣辣，能镇住后宅。相公、厨子、女嫂，指使谁，谁敢说个不字？王守恒比她大十七岁，老汉娇妻，很宠她。

六月里，乡下人忙着割麦。热热闹闹的大牌坊冷清起来。到夜里，长长的大街静悄悄的。小孩子点着大麻子串在小巷里照蝎子，大人们三三两两，当街摊起稿荐，头边一把茶壶，抽烟聊天。

王守恒下蚌埠办货，郑长安下乡要账，厨子、月嫂回家割麦，清过柜，相公到对门来赌。"恒泰"一个大院子只剩下"小白菜"和"秦二嫂"两个人。

这时候，"小白菜"喊："秦二嫂——你来！"

"我看门呢。"

"把门板背上，来！"

"我看书呢。"

"把书夹上，来！"

"秦二嫂"就关好铺面，穿过黑洞洞的过道，走进后院。

后院有一棵大椿树，叶子密密的。椿谷谷飘下来，落在树下的捶布石上。

"人家说你嗓子好，给我唱个歌。"

"唱啥？"

"随便。"

他就唱"山那边呀好地方"。"小白菜"听了不明白："山那边是哪儿？有这般好？"

"人家说是山那边一条沟。"

他们坐在大椿树下说闲话。

她问他："你年轻轻的，咋不在家混事？"

"我没家。"

"家呢？"

他不作声，鼻子里有些发嚷。

"没有媳妇？"

他还是不作声。黑暗里，"小白菜"看见他眼窝里一闪一闪发亮。

"那你一定有过媳妇？"

他点点头。

"很漂亮?"

"跑了?"

"不是跑了,是家里把她嫁给一个军官了。"

"啥稀罕。天底下女人多的是。"

第二天晚上,"小白菜"又喊:"'秦二嫂'——来!"他们又坐在大椿树下说闲话。

"哎,你知道吗?巧珠跟她公公好。"

"该不是瞎话吧?"

"瞎说?没看见巧珠有多能!一身灵通,会混得很。"

"你也会混。"

"我?"她哈哈笑着,"我差远了。我只会相与穷人、无用人、可怜人。"

她站起来,哼着"七月七",叫着热,脱去细薄的汗褂,露出白亮白亮的胸膛,几乎把奶头扫在"秦二嫂"眉毛上。

"今黑儿,敢在我这儿住下吗?"

"敢。可我不想。"

"咋?"

"一个人惯了。"

"哼，没个好货，念几句书，假斯文……"

说着，就舀水，抹灰，要"秦二嫂"给她搓脊梁。搓完，说："滚！"

半夜时候，他来了。站在"小白菜"的窗户下，抬头看天："咦，天河多亮呀！"

"小白菜"开了堂屋门。

郑长安回来以后，"秦二嫂"问他："要是掌柜婆喜欢你，你怎么办？"

"那还用问。"

"掌柜的可对咱不赖。"

"不赖是叫卖命。他老婆咱玩玩，也算报应。"

"秦二嫂"笑了："人嘛，相好就相好，咋能那样说！"

"不管咋样说，砸过来的猪油，猫娃不嫌腥。"

从那以后，只要掌柜不在，郑长安就怂恿王妈请假，替"秦二嫂"留着二门。"小白菜"也勤快地在窗下喂两只打鸣公鸡。

早晨，郑长安问："咋样，伙计？"

"秦二嫂"笑。

郑长安也笑，点着头。

四

春天时候,闹了一场春荒。

乡下不太平,拉杆起票的很多。有些地方闹绿枪会,乡下人扎绿包头,提长矛,据说喝符念咒以后浑身刀枪不过,很是厉害。巧珠的妈在乡下遭几次抢,搬到城里来住。

"小白菜"对王守恒说:"你可要有个主见,请神容易送神难。自家户来往,久了会生分。巧珠又是刁钻人。"

王守恒笑了:"我自有办法。"就在西城门外辘辘把弯小街给婶子租了一间房。

三月三,巧珠回娘家。进高家一年,大变样,走路像踩着河光石,说话像碰酒盅,又轻,又脆。

"俺跟你商量件事——"她柔柔地说,"高二憨子攒了几个私房钱,想在'恒泰'入股,算俺妈的,她老了也有个指靠。"

"小白菜"连连给王守恒递眼色。王守恒当然不是傻瓜,知道她是想分"恒泰"的生意,笑着说:"什么入股不入股。一家人，短不了她老人家吃喝就是。我不缺那几个钱，你们放着，将来防备急用。"

巧珠拿手帕抿抿嘴唇，眼角瞥着"小白菜"说："哟，怕俺妈回来碍你们事？"

"小白菜"立刻回敬说："我们怕妹妹回来多了，那边老爷子没人伺候。"

刚放下碗筷，巧珠说公公要去会县长，得赶紧回去烫衣服。"那几个女嫂，你不在跟前她们连个衣服都烫不好。"

"小白菜"就大声喊："'秦二嫂'——出来送客。"

巧珠走到大街上，靠近王守恒说："哥——你那后宅要是再不谨慎些，怕'恒泰'就成外人的了。"

王守恒只是笑。

交了四月，椿树绿茸茸的。南风一过，细枝细叶轻轻摆，满地是细碎的椿花，像下雪。

夜很美，风很清爽，月亮很亮。王守恒下樊城办货去了，王妈又请了假。

半夜时候，沿着后城河，一群人拥到"恒泰"后门口。巧珠在门外咳两声，后门就轻轻开了。她带着几个相公蹑手蹑脚走到"小白菜"窗下,听一阵,就拨开堂屋门。

巧珠点灯的时候,"小白菜"醒了,喊声:"谁?"把"秦二嫂"推到床里边,一骨碌爬起来,看见屋里站着几个人,就跳下地,一丝不挂,拍着胸膛骂:"哪个不是人的想来吃奶?来!过来!"说着用手指着巧珠:"高太康的野女人有一打,你逮上瘾了,到我这儿卖骚!"

相公们看她撒泼,纷纷退出去。屋里剩下巧珠。"小白菜"呼地一下把被子掀开,拍着"秦二嫂"的光屁股:"起来!让她看看,眼气眼气!看比那老头子强不强!"

不等"秦二嫂"下床,巧珠便掩着脸跑出去,一边跑,一边骂。

这件事闹得满城风雨。王守恒回来以后,不但没有责怪"小白菜",还做了四个菜,把"秦二嫂"请来:"妹子不知天高地厚,不要跟她一样。我不在家,你替我伺候嫂子,理所应当。往后,别忌讳。"还板着脸说:"咱没有别的事,她巧珠胡闹,欺负咱,我不依她!"

大牌坊的人听说了,都说王守恒一定能成大气候,这样宽的心胸。

可是,到麦罢,"恒泰"突然败了。

那是端午节过后的事。"恒泰"屋里来了一位客官，长袖汗衫，圆领，宽宽大大的黑绸裤子，戴一副黑墨眼镜。他指着柜台上的玻璃镜盒，一样一样问价钱。郑长安悄悄对身后的相公说："小心，是个跑明线（这是对骗子的称呼）的。"果然，相公们一转身，那人便把柜台上的一捆东洋布背起来。郑长安喊："抓拐带——"三个相公一齐上，把那人按倒在地。这时候，一声哨子响，来了几个巡警局的警察，连声喊："干什么打人！"客官从地上起来，指着"恒泰"说："这家卖日货，还打人！"那时候中日正开战，县城虽没有认真禁日货，却也知道卖日货是汉奸行为，噼里啪啦，店铺被砸，还说王守恒殴打巡警局暗探，把他五花大绑捆进监狱。

大牌坊的人都是软心肠，平时盼着"恒泰"垮，如今"恒泰"遭了难，大家反而都很不平。詹先生替他算了一卦，说："这是得罪了哪个小人，讹诈你们。现在金在火上，少不了破财。还是备一席酒，请关大先生去疏通疏通。"

高太康差伙计来，把"小白菜"请过来，一副关心的样子，前前后后问个仔细，手指甲刮着短胡须，沉吟着说："没事，放宽心。官司上事，我包了。"

黄昏时候，巧珠回来。进门先哭一阵，用纱巾抿着鼻涕："如今的事，先把人扒出来，免得俺哥受罪。五家绅士出头去保人，得一千块钢洋。"

"小白菜"不冷不热地说："替我谢谢大伯。钱，他老给我垫上。咱们至亲近邻，烧不着连着，等你哥出来去谢他。"

天黑以后，王守恒托人从班房里捎信，叫"秦二嫂"陪着"小白菜"去探监，拿十块钢洋打路。

"小白菜"见到王守恒就哭了。

"掌柜的，我心里明白，这都是得罪了巧珠。高太康要一千块钢洋，还不抵拿刀砍了咱们。"

王守恒定定地说："别哭，听我说。钱，一个子儿也别给。有这十块钢洋，还有霍大毛照应，我在这儿受不了罪。不让出去，咱就怄，看他有什么法子使！秦召兄弟，生意上全托给你。不为大哥，也为你嫂子想想。妇道人家，难哪！'恒泰'闯出来不容易，别败了字号。"

"秦二嫂"点着头，只说了一句："有我秦召，就有字号在。"

王守恒凑近"秦二嫂"说："郑长安这人用得信不得。

那晚巧珠去，是他开的后门；这次打巡警局暗探，又是他先动手。这个人，心深。"

净街炮响过以后，全城漆黑一片。大牌坊以北全是背街，坑坑洼洼，砖渣在脚下打绊。冷丁，从小巷里窜出一只恶狗，汪汪叫。"小白菜"搂着"秦二嫂"说："你怕不？"

"不怕。"

"别怕。连狗都怕，还算男人！"

"秦二嫂"紧紧搂着"小白菜"。他觉得她的身子火烫，又柔又结实。

"你说，掌柜这人咋样？"

"掌柜是个汉子。"

"小白菜"扳着他的头，亲他。狗在他们身后不远的地方跟着叫。大牌坊把浓重的阴影投落在他们身上。

五

王守恒三月十三关进去，县城三月十八城隍庙会。"小白菜"亲自到会上搭棚出摊。"秦二嫂"雇船沿唐河南下，赶叟刘祖师大会、朱店庙会、白云庄会，最后在湖北双沟把全部剩货开出去，到樊城办了回头货。一来一去，翻出三个本。"恒泰"的伙计们本来已经人心惶惶，纷纷打点退路，几笔生意做得好，便都安下心跟着"秦二嫂"死心塌地干。

郑长安跑一趟蚌埠，在漯河遇上贼船，差点丢了命。他是从船尾溜下去，凫水跑出来的。同船丁四奎因为钱褡子缚在腰里不向外拿，被下了锚（就是手脚绑在一起抛进河里）。遭遇这样一场凶险，"小白菜"特意给他摆酒，表示压惊。

这期间，巧珠到会上哭闹几场，说嫂子相与外人，不救大哥出狱，有意灭门霸产。"小白菜"闷头做生意，不理不睬。这女人的冷静倔强使大牌坊的邻居们敬佩。他们对这场姑嫂之争保持缄默。

转眼到了盛夏。大牌坊第二层石缝里的小桑树结出紫红紫红的桑葚。黄莺儿天天在那里唱："恁大闺女不梳头——"

王守恒仍然坐在牢里，"恒泰"仍然红红火火做生意。隔上三两天，"秦二嫂"或是"小白菜"就提上烧鸡、焦鱼儿、黄酒去探监。

桑葚落的时候，这场持久战有了突进。王守恒吃蹄冻闹肚子，第二天"小白菜"送去汤药，王守恒喝下去，上吐下泻，太阳平西就死了。

人是竖着进去横着出来的。尸体停在堂屋里。"小白菜"哭过一阵，就打里打外张罗丧事，雇人给掌柜做老衣，让"秦二嫂"、郑长安分头去通知亲友。按县城的规矩，停灵以后，每隔一个时辰放一挂鞭炮，让死者不致睡熟，魂魄飞散。幡杆靠在大门口。王守恒生前不曾得到大牌坊人的尊敬，死后却引起邻居的同情。各商号都来吊丧，灵前的纸捆堆成小垛。

半夜过后，乱糟糟的人声平息下去。守灵的相公扶着膝盖打盹，女人们在套间里唧唧哝哝说话。厨子在厨房里啪啪剁菜，夜深人静，声音传得很远。

这时候，"小白菜"撞撞"秦二嫂"的臂肘，放轻脚步，走出后门去。

后门外是内城河，荒草萋萋，荆棘丛生。草丛里，蟋蟀叫得正欢，城河里青蛙一片呱呱。

他们拨开酸枣林，紧挨身子坐下。"小白菜"的声音很低,在一片黑暗中颤抖:"你说,掌柜死得怪不怪?"

"我看这里头有鬼。"

"霍大毛刚才捎信来,说巧珠向衙门递了状子,告我结奸夫害本夫。明天官府要验尸。"

"这来头不善啊。"

"那药,是我亲手抓的。煎药时候厨子和郑长安在场,你说是不是郑长安下的毒手?"

"掌柜真有眼。是我认错了人。"

"小白菜"抓住"秦二嫂"的手,两手抱着,狠劲捏着:"我现在就你一个亲人了,你得马上走。船我给你雇好了,在北泉苇丛下边。"

"这时候我不能撂下你走!"

"傻子!如今的事,人情大于王法,你到哪里去跟他们讲理?好汉不吃眼前亏,你要听话。"

"小白菜"把"秦二嫂"的手拉到自己胸前,头抵着他的肩膀,眼泪唰唰流下来:"掌柜待我好,他没儿没女,我得给他扛幡送葬。你年轻,是读书人,不能连累你。久后扒个出息,也不枉咱们好了一场。我娘家还有几个人,顶着给他们打官司。"

"秦二嫂"把脸贴着她，两个人的眼泪混在一起，打湿了他的肩膀。

"起来！现在不是哭的时候。这是一百块钢洋，你贴身扎在腰里，到那边去。"

"到哪边？"

"你歌儿里唱的那地方呀。"

"秦二嫂"接过钱袋。那是一条一寸余宽的绣花腰带，银元密密排在里边，沉甸甸的。

"来，把褂子脱了，我给你披上。"

城河里弥漫起浓烟一样的雾气。很远很远的地方，幽幽传来城隍大殿猫头鹰的啼鸣。

他下船的时候，郑长安突然从苇丛后走出来。他们两个面对面站住，互相望着，好大一阵没说话。

"老弟！明人不做暗事。"郑长安躲开"秦二嫂"喷火的眼睛说，"实话告诉你，我郑长安五尺高的汉子，从小受人欺负，现在总算干了一件痛快事。让大牌坊的暴发户家败人亡，手里捏着五大绅士首户的罪证，叫他有朝一日名誉扫地。"他指着苇林说："真巧，咱弟兄在这儿相识，又在这儿分手。十块钢洋，是我三年工钱省下的血汗，不沾半点脏污，给你添个路费。'小白菜'我会尽力照应。咱们大路朝天，各走各便！"

"秦二嫂"把钢洋接过来，上了船，哗，向空中撒去，好久才听见它们落进河里，溅起笃笃的水声。

这时候，西城门方向传来一片清脆的鞭炮声，足有五千头。

船是顺水放下去的，走得很快，惊起两岸水鸟，叽咕叽咕向苍灰色的天空里飞去。

六

"小白菜"送走"秦二嫂"就喊醒相公们，放炮出棺。等到官府来验尸，王守恒的坟头已经埋好。衙门的人掘坟，"小白菜"不让，说："有事我一人承担，不惊动死人。"

当天上午，过了第一堂。巧珠是原告，郑长安是人证，剩药渣是物证。开棺验尸的时候，"小白菜"拍着坟头喊："掌柜的——我总算给你扛幡了，给你亲手下葬了！"

衙门里要把她收监。她说："别忙，还有半包砒霜是物证，我藏着，领你们去取。"

两个警察押着她走过长长的大街。街上像起了戏，人潮汹涌，跟在后边看。

走到大牌坊下，"小白菜"忽然蹿过去，脊梁抵着石狮子，手抠着狮子腿，对着满街人群高喊："大牌坊的乡亲们——我'小白菜'苦也受过，福也享过，男人也睡过，就是死，也值啦！高太康他搞小姨子，霸儿媳妇，勾结郑长安，毒死我掌柜，想霸占'恒泰'的产业，说我'小白菜'结奸夫害本夫。官向绅士，我打不赢这场官司。我今天以死鸣冤，大牌坊的邻居给我做个见证！"喊完，她拿头向狮子腿上乱撞。人群先是轰一声向外散开，接着又聚拢去救人。郑长安双手卡着"小白菜"的臂窝，使劲向街心拽。"小白菜"反过身撕他，抓他的脸。他拖紧不放，几个人又按着她的手脚，才把她拉走。

狮子底座下长着一棵芨芨草，鲜红的血迸洒在嫩绿的草叶上。

晌午，白老四领着四个闺女敲着铜盆游街，到县政府跪着喊冤。

这样一闹腾，"恒泰"的官司搁下来。尽管原告追得紧，衙门里一直没有过堂。大牌坊的商号大多同情"小白菜"，却没有一个人出面具保。

"恒泰"被查封，由商会派人监管，原来的相公、厨子、女嫂，统统遣散回家，只留郑长安一人看门。他很少上街。隔三五天，从后门出去，到"鸿大"（高太康烟厂的字号）去吃上一顿，喝得醉醺醺地回来，在院里骂街。

入秋以后，日本人沿信南公路逼近县城。

中秋节后的一天，西城门上贴着"共匪郑长安罪状由"，大牌坊的人才知道郑长安被抓去杀了。有人说，他死得很汉子，在北阁外跳脚大骂，说那砒霜是高太康在"怡和堂"包的，答应让他当"恒泰"领东。

"闹了半天，他是共产党？"

"不说是共产党咋除掉他？他手里攥着那个人的东西呢。"

"小白菜不是共党吧？"

"不好说。"

尽管衙门里没说"小白菜"是共产党，白老四又追得紧，可谁也没见她从牢里出来。

"恒泰"的产业终于判给巧珠。夜里却失了火，差点延及隔壁的书铺和杂货店。

就《落叶溪》笔记小说答朋友问

△最近几年不断读到你以《落叶溪》为总题的系列小说,大家议论起来,认为是你短篇创作的精品,很淳浓的文化小说……

□其实说它是笔记小说比较准确。它是为写长篇整理素材。其中不少人物、故事、场景,在长篇里都要用。刚发表几题后,有位朋友劝我不要写,说这样卖素材很可惜。

△我看不能说是卖素材,你毕竟是拿它当精练的短篇去认真经营了。有很多读者喜欢它,在海外被认为是你短篇的代表作,台湾、香港曾多次把它选入不同版本的大陆小说选里,美国也有翻译。一篇几千字,要有乡土文化、民风民俗的氛围细节,又要见人物,有故事。很浓缩。每一则都能写成中篇。可是如果那样展开,也

许就失去现在这种韵味和魅力了吧？

□《落叶溪》是靠短小精致取胜的，展开拉长就失去了它的特点。

△我看这组东西受到广泛好评，主要是因为它的散文化风格，质朴、清新、老到的文笔，优美的意境，有人称它"深得中国笔记小说的堂奥"，恐怕还是中肯的吧？

□1989年，美国加州大学一位研究中国当代文学的教授写了一篇对80年代大陆小说的综述文章，用一段文字评论《落叶溪》，说它"是改造本土小说成功的范本"。这评价提醒了我，也可能《落叶溪》的局限就在于传统色彩太浓。一个作家的艺术生命在于创新，我应该更注重创新。如果说《落叶溪》还有鉴赏价值的话，主要在语言意境和民俗文化趣味上。

△以现在读到的三十来篇看，这个系列你还是写得很精心，无论谋篇、立意、叙述，都很讲究。

□起初并没感到难，后来就感到难了。要保持题材、风格相近，又要避免面貌单一，在结构、视角、叙述方法上不得不寻求变化，变化幅度太小不行，幅度太大也不行。

△《落叶溪》，顾名思义，是不是往事的回忆？

□细心的读者一定会发现，小说里的"我"，在民国初年、二三十年代、五六十年代都是一个孩子，一个没有年代的孩子，永远的孩子。牌坊街是故乡的化身，人物纯属虚构。孩子的目光，是《落叶溪》的艺术视角。没有这个视角，它就失去了特色和情趣。

△我看你写50年代，延伸到60年代的一些篇章，应该还是有真实影子的吧？

□这个集子可以说是母亲和故乡的遗产。多数故事来自母亲讲述的小城逸事，五六十年代的人物是我身边的街坊。确有模特。写作时都打碎了，大多看不到原型了。

△我从你新近出版的长篇小说《匪首》里看到了《落叶溪》的一些情节和画面，特别是故事氛围。能不能说说你现在正写的新长篇？

□这一部可以看做是《匪首》的历史延续。时间跨度较大，会用到《落叶溪》里五六十年代的一些人物和故事。

△看起来，《落叶溪》的真正价值不只是语言鉴赏、民俗文化，它也是你组织素材、思索历史与人生的收获，

从中可以看出你长篇创作的最初灵感。

□文学是语言的艺术。不倾力于语言和形式的创新,作品就很难有生命力。生活体验重要,激情与幻想更重要。没有激情、幻想,就没有创造热情。《落叶溪》在我创作历程上完成了它的使命,再写短篇,可能是完全不同的面貌。

石缝里的野草（代后记）

在我的老家，正月初十是石头生日，要给石桥、石礅、石磙、石碾、石槽、石碓臼……所有的石器上香、烧纸、上供。吃烙馍、卷菜，叫作"十烙"，取"实落"的意思，象征日子殷实、富足。我出生在正月初十，很为与石头同一天生日自豪，从小自恃结实，不怕摔打；一路走来，顽劣成性；直到今天，还是不谙世事的样子。偶尔自称"同石生"，并不是真石头，不敢自诩无材补天，仍是血肉之躯，红尘里的蚁虫，玩心不退。写小说之余，以翻读杂书为乐事。偶尔唱唱、跳跳，与朋友看看字画、说说戏、聊聊读书看电影的感想，随手写些小文，以应朋友之约，并无宏旨大意。不过是一个读书人的杂拌随想，写作间隙里的闲情逸趣，石头缝里的野草。

四册小书以不同内容编选：读书笔记《自然的诗性》、

艺术随笔《声色六章》、散文集萃《花儿与少年》、笔记小说《落叶溪》。

商业文明的今天,不敢说这套小书有什么卖点,也不敢说真有什么价值。无论说哲学,说历史,说美术,说音乐,说戏剧,说电影、电视,说自己,说街坊旧事,都只是随感而发,缺乏专业性,没什么体系,谈不上严谨,只能算茶余清谈、饭后小聊。好在而今人们在专业的疲惫中难免心生焦虑,小品文化又过于无聊,也许无目的的阅读能平抚躁气,滋润人生。石缝小草,在雅室案头,会不会增添一丝绿意,多一点生气?——果真如此,这套小书的价值就是无用之用了。

2019年新秋于同石斋

田中禾 著

同石斋札记

声色六章

中原出版传媒集团
中原传媒股份公司
大象出版社
·郑州·

图书在版编目(CIP)数据

同石斋札记. 声色六章 / 田中禾著. — 郑州：大象出版社, 2019. 11
ISBN 978-7-5711-0396-5

Ⅰ. ①同… Ⅱ. ①田… Ⅲ. ①中国文学-当代文学-作品综合集 Ⅳ. ①I217. 2

中国版本图书馆 CIP 数据核字(2019)第 239064 号

同石斋札记

声色六章

SHENG SE LIU ZHANG

田中禾 著

出 版 人	王刘纯
责任编辑	李建平
责任校对	安德华　张迎娟
装帧设计	刘　民

出版发行　大象出版社(郑州市郑东新区祥盛街 27 号　邮政编码 450016)
　　　　　发行科　0371-63863551　　总编室　0371-65597936
网　　址　www.daxiang.cn
印　　刷　洛阳和众印刷有限公司
经　　销　各地新华书店经销
开　　本　787 mm×1092 mm　1/32
印　　张　10.375
字　　数　156 千字
版　　次　2019 年 11 月第 1 版　2019 年 11 月第 1 次印刷
定　　价　148.00 元(全四册)
若发现印、装质量问题,影响阅读,请与承印厂联系调换。
印厂地址　洛阳市高新区丰华路三号
邮政编码　471003　　　　　　　电话　0379-64606268

田中禾,当代著名作家。河南省唐河县人,1941年生,历任河南省文联副主席、河南省作家协会主席,第五、六届中国作协全委会委员。出版有长诗《仙丹花》,长篇小说《匪首》《父亲和她们》《十七岁》《模糊》,中短篇小说集《月亮走我也走》《印象》《轰炸》《田中禾小说自选集》《明天的太阳》,散文随笔集《故园一棵树》《在自己心中迷失》等。《五月》曾获全国第八届短篇小说奖,《明天的太阳》曾获第四届上海文学奖,另有作品分别获《天津文学》奖、《莽原》文学奖、《奔流》文学奖、《山西文学》奖、《世界文学》征文奖、首届杜甫文学奖和第一、二、三届河南省文学艺术优秀成果奖等。部分作品以英、日、阿拉伯语译介国外。

题记

要善于幻想,并为这种感情寻求一种最简单的形式。

——高更

目　录

赏画　　　001

画说东西（六题）　　　003
  张择端与老勃鲁盖尔　　　003
  李唐与荷加斯　　　007
  梁楷与莫奈　　　011
  倪瓒与高更　　　015
  吴镇与莫迪里阿尼　　　019
  徐渭与凡·高　　　024

画说文学（六题）　　　028
  波普艺术与第三种文学　　　028
  内心与想象——艺术的无穷世界　　　030
  电影这个幽灵　　　033

现实主义的魅力	035
写实艺术出路何在	037
冷落比风光更重要	039
两宋绘画的画里画外	042
读画随想：怪圈的背后	067
行为艺术与中国书画	095

听音乐　　103

纯情年代的歌	105
歌声的魔力	109
音乐家（二题）	114
音乐和生命	114
音乐和女人	117
没谱时代强说谱	124

说戏剧 131

从 20 世纪获诺贝尔文学奖的戏剧家看当代
　戏剧 133
从布莱希特看东西方文化对流 142
欧洲的王宝钏 147

谈豫剧 153

圈外说戏 155
漫谈豫剧史的研究与写作
　——有关戏剧的访谈录 165
樊粹庭的启示 197
桑派艺术与祥符调 201
"小垫窝"的艺术与人生 209
在艺术与宣传之间
　——陈涌泉戏剧创作的启示 219
石磊的艺术与人生
　——序《石磊文集》 223

一个人的主义
　　——"新古典主义"对中国当代戏曲的意义　　227
珍惜中原文化的宝贵遗产　　239
令人感动的寻根之旅　　242
怀念豫剧大师陈素真
　　——纪念陈素真诞辰一百周年　　245

评影视　　249

影视与文学的杂想　　251
山楂树下的絮语
　　——我看《山楂树之恋》　　256
罪恶、苦难和力量　　259
电视剧《武则天》随想（二题）　　262
　来俊臣与《第二十二条军规》　　262
　"死鬼"与情人　　263
魏璎珞为什么不可爱？　　266
十二部电影观后小记　　270

读艺思议 285

历史与艺术互读
——以《大英博物馆世界简史》解读艺术 287

小圈子与大众
——关于艺术的未来 304

石缝里的野草(代后记) 317

赏画

画说东西（六题）

张择端与老勃鲁盖尔

张择端和老勃鲁盖尔两人都以风俗画闻名后世，拿他们做比较，能从中找到一些有趣话题。

《清明上河图》（局部） （北宋）张择端

其实中国风俗画并不自张择端始，张之前已有《七夕夜市》《淮扬春市》《船舶出海》这些描绘北宋初期社会风情的作品，更早的据说都已失传，《清明上河图》

有幸被保存下来,张择端因而成为一个高峰,使我们看到了中国风俗画的大手笔是怎么回事。

《农民的婚礼》 (荷)勃鲁盖尔

由于长达一千年的中世纪黑暗扼杀了艺术家的创造力,文艺复兴之前的西方绘画基本上只是单调僵死的宗教题材,画家的笔很少触及普通人的社会生活。勃鲁盖尔(1525—1569)处于文艺复兴后期,他之前的大师达·芬奇、拉斐尔虽然画了一些世俗人物,也只限于达官、贵妇的肖像,勃鲁盖尔可以说是第一个画农民的人,很多人看了他的作品都惊叹他对农村生活的熟悉,他因此被称为"农民勃鲁盖尔"。其实他根本不是农民。他出生于荷兰，从小在作坊学艺，二十五岁到文艺复兴的根据地意大利去游学，结婚后定居布鲁塞尔。他只活了四十四岁。说他老，只是因为他的两个儿子都是画家，后世称他为老勃鲁盖尔，他的大儿子是大勃鲁盖尔，小儿子是小勃鲁盖尔。应该说欧洲的现实主义绘画是从老勃开始的，他比库尔贝提出"现实主义"这个口号早了三百年。

张择端生卒年不详，从活跃于北宋可以推断，他比老勃要早将近半个世纪，这可不是偶然的。在欧洲文艺复兴之前，中国画家比西方画家更关注世俗生活，中国文人也画宗教、神话，可不像西方绘画那样宗教感强得令人窒息。东晋顾恺之可算是中国第一位文人画家，他的主要作品《女史箴图》《列女传仁智图》都是世俗社会生活的反映，并无多少宗教色彩。大约这与中国没有强势宗教有关。在我们中华民族几千年历史上，没有出现过政教合一的政权，也没有一个独霸民族意识的宗教，这是中华民族的大幸。儒、道、佛三教交融，起码在宗教专制方面我们享有的精神空间比欧洲人更大。

《清明上河图》是都市风情，《农民的婚礼》是乡村世象，这个对比不但证明了在宋元之前中国经济发展先于欧洲，宋代的商业市井文明已经达到了很高水平，也证明了文艺复兴对于西方文明的伟大。不少人曾经发问，中国为什么没有文艺复兴？恐怕主要原因就是儒学消解了统治者与被统治者的思想矛盾，中国人没受过残酷的教会压迫，因而也没有强烈的思想解放要求。这一点在中国画中表现最为突出。中国官派画家是为宫廷服务、装点升平；隐逸派画家自慰、自适，自我欣赏；亡国遗民画家（如郑所南之类）也只是用没根竹兰没土山石来浇心中块垒，中国画更多的是陶冶性情，很难从中看出知识分子的忧患意识和批判精神。张择端这幅画逼真再现了北宋皇都景象，据说画题"清明"是盛世之意，并非清明节，立意当然是歌颂大宋繁荣。这跟他的身份有关。他是画院画家，拿着官府的银子，歌颂升平是他的职责。而老勃在意大利的游学使他深受文艺复兴思潮的影响，他把对下层人民的浓厚情感和深切同情寄寓在作品里，《农民的婚礼》里没有热烈的喜庆气氛，人物表情不是欢乐，而是生活本身的冷漠和麻木，画面透出的是强烈的人文主义思想。这就造成了两个画家的反差。

张择端为我们留下的是历史风情,勃鲁盖尔留下的是思想对生活的关照。也许这正是明清之后中国画所缺少的。

李唐与荷加斯

《村医图》 (南宋)李唐

李唐(1066—1150),今河南孟州人,北宋灭亡后,他以七八十岁风烛残年之身逃亡临安，由太尉推荐进了画院。这幅《村医图》以黑色幽默式的谐谑风格与荷加斯构成了对比。三个家人按着病人的手脚让村医给他剜疮，病人放声号叫，小徒弟在一旁小心翼翼揭膏药。这场面使人忍俊不禁，又止不住阵阵寒凛，好像暗合着南宋政权的苦难、昏昧。

《时髦的婚姻》（之二） （英）荷加斯

《时髦的婚姻》是荷加斯（1697—1764）的六幅组画之一，讽刺的是英国贵族生活的虚伪、奢靡，画面幽默、谐趣，看来惹人发笑。从荷加斯的个人经历不难看出这组画的意义。荷加斯是个学徒出身的平民，他与贵族的女儿相爱，得不到女方家庭同意，两人只好私奔。震怒的父亲宣布与女儿断绝关系。要不是岳母钟爱他的才华，这桩婚姻不知会有什么结果。

荷加斯生活的时代英国产业革命即将到来，价值观念正在发生巨变，资本积累初期的西方社会如巴尔扎克形容的那样，"信仰崩溃、道德沦丧、物欲横流"。荷加斯站在平民立场，以人道主义精神创作了大量揭露社会阴暗面的作品，除了《时髦的婚姻》，还有《妓女生涯》（六幅）、《浪子生涯》（八幅）等，这些作品大多以系列、连续的形式出现。由于触及上流时弊，有人攻击他是卫道者，然而他却因讽刺、幽默的风俗画在英国绘画史上独树一帜。

在中国绘画史上，李唐是因为他在山水画中创制"斧劈皴"而著称，说到他的人物画也只说《采薇图》，因为《采薇图》表现的是士大夫情趣，《村医图》直面下层社会，不合雅士的口味。本来中国画在精神上更多潇洒，人气大于神气，两宋之前人物画占有相当重要的位置，两宋之后，山水、花鸟渐成正宗，人物、建筑沦为末流，风俗画更是不登大雅之堂。张择端之所以被历代画史论者漠视，就因为他是从界画（用界尺画亭台楼阁）做起，然后画风俗，一生未入大雅。比李唐更晚些的南宋画家李嵩，画了很多忧患意识深重的风俗画，大多失传。中国的风俗画留下很少，就因为它不被收藏者看重。南宋之后，风俗画流为民间匠艺，画史论者几乎不再提它，中国画愈来愈成为厅堂装饰、文人士大夫的闲情雅趣。

与中国画发展轨迹形成鲜明对照的是，文艺复兴使西方绘画更关注人的生存状态，关注人的命运和精神危机。西方风俗画兴起比中国晚，却由于弘扬了人文精神，在中国风俗画日渐式微的时候显示了强大的活力。老勃鲁盖尔之后，荷加斯之前，有（意）卡拉乔瓦、（荷）扬·斯滕，荷加斯之后，有（法）夏尔丹、（法）格瑞兹，欧洲风俗画使西洋画走出宫廷、贵妇、仕女，促成了现实主义艺术的产生。现实主义在俄罗斯和法国达到巅峰，提起普多廖夫、列宾、列维坦、雅罗申科我们中国美术界耳熟能详，《伏尔加河上的纤夫》这些名作至今还被中国读者所景仰。

也许是一批留洋艺术家把人文主义从欧洲带回了腐朽不堪的祖国，到了20世纪初，中国画家才把目光转向下层社会，相似的题材，陈师曾（1876—1923，他是陈寅恪的兄长）所画的《乞食图》比西班牙画家穆里罗的《小乞丐》（1650）晚了二百多年；他的《读画图》比法国华托的《热尔桑画店》（1720）晚二百年。从李唐早荷加斯六百年到陈师曾晚二百年，八百年距离使中国画远离了现实生活，现实主义时代最终未能到来，这不能不说是中国画的遗憾。

梁楷与莫奈

梁楷（生卒年不详），人称梁疯子。南宋画院待诏，官办画家，宫廷饭吃得好好的，还被宋宁宗特别恩赏，赐佩金带。对于大多数中国文人，这样的恩宠该是感激涕零、沾沾自喜了，谁知这个疯子居然不买皇帝的账，因为不耐官办画院的陈腐、庸俗，竟把金带挂在墙上，拂袖而去，拒绝了皇恩厚禄，混迹市井，与狐朋狗友为伴。

《泼墨仙人图》　（南宋）梁楷

当然，大凡特立独行、恃才傲物的人必然有出众的才华、超人的自信。据《国绘宝鉴》记载，梁楷作画时，"院人见其精妙之笔，无不拜伏"（见《大不列颠百科全书》1987年版"梁楷"条），这些院人是不是因为他早已获得皇上的金带不敢忌妒？可是梁楷在中国画史上的影响的确是不废江河。正如莫奈一出，印象派遂成气候，梁楷挥洒，两宋画风为之一变。说他创造了"折芦描"（人物衣褶"简括粗放，纵笔挥扫"），我看只是技法创新，梁楷真正的贡献是开创了"简笔画"流派。如论家所称，从梁楷起，写意水墨人物"由工到放，由线到面，由笔到墨，由勾到泼，由繁到简"，表现手法大大丰富，启迪了明清一批名家，其影响直到当代。从齐白石、范曾的作品中仍能看到梁楷的影子。

他擅画人物、佛道、鬼神，这幅《泼墨仙人图》充分显示了梁疯子狂放不羁的创新精神，它使我悟到，梁楷对中国画的贡献其实是唤回了艺术家的激情。两宋以降，中国画成了文人逃避乱世、修身养性的麻醉品，自我修炼使画家失落了激情和活力，梁楷之疯，是一次人性的反叛和回归，他的行状与创作风格使人重见魏晋风度，也许梁楷就是中国绘画史上的文艺复兴艺术家吧。后世学梁者众，可学到了魏晋风骨？

随着西方美术流派的介绍，中国读者对莫奈（1840—1926）已经很熟悉了。梁楷是抛弃了官方立场，冲出主流牢笼，在性情解放中追求艺术的解放和创新，莫奈则是一开始就站在官方与传统的对立面。19世纪的法国画坛，经历了浪漫主义与现实主义的交锋，三十多岁、锐气正旺的莫奈，联络了一批既不满官方沙龙垄断又不满学院派保守的青年艺术家，举办了一个画展，与巴黎的主流画展唱起对台戏。这场对台戏招致传媒的责备，说他们"是对美好和真实的否定"。这群艺术家因别人嘲讽他们"印象主义"而得名，西方绘画史上一个影响深远的流派就此产生。

《日出·印象》 （法）莫奈

南宋简笔画把绘画从繁复、冗杂中解放出来，变墨守成规为率意挥洒；"印象主义"则是把色的运用转变为光的感觉，它"有史以来第一次把画家从传统上占统治地位的以题材为中心的创作方法中解放出来"。《日出·印象》不再是客观景象的再现，它是一种瞬时感受，带有强烈的主观性，情感浓烈，富有动感，因而也更能冲击人心。最让人深思而感动的是，他为了观察光的变幻，竟然画了二十年的睡莲。看来一个里程碑的出现需要的不仅是智慧，还有如痴如迷的激情和执着。

抽象本是中国传统美学的精神，梁楷的写意由于激情饱满而获得了中国古典美学所主张的天人合一的灵性；写实本是西方审美的特点，莫奈用科学的光的追求使西方绘画走向抽象。在创作中突出主观意识，把绘画由具象向抽象转变，是梁楷和莫奈的共同点。

倪瓒与高更

这两人都有点怪：一个逃避财富，一个逃避文明。倪瓒（1301—1374）本是江南豪富，大家子弟，不愁吃不愁穿，不愁酒肉，家里建有清閟阁、云林堂，收藏古书字画（三百年后，清朝康熙年间有人把他家的书整理为《清閟阁集》），倪家可谓江南世家，无锡名门，来往的自然也都是高朋雅士。我一直纳闷，他为什么会突发奇想，散尽家财，遁入江湖，独来独往于河湖之间？是太湖景色太令他着迷，笙歌楼台的日子太寡淡，不如"扁舟箬笠，往来湖泖"自由、浪漫，还是元末烽火遍地，天下不宁，为了躲灾避祸？然而不管什么原因，漂泊生涯倒是砥砺了他的心智，净化了他的灵魂，使他的艺术更加纯粹。二十年间他以船为家，寄食佛寺，借宿亲友，先入"全真教"，后遁佛门，绘画成为他在人世间唯一的拥有和投入，他把自己的生活简单到了唯笔墨而无长物的地步，晚年妻逝子散，生命的价值只是绘画。临终病死在亲戚家里，除了酬友赠人的书画，在这世上真是一无牵挂，真正做到了赤条条来去。正如南宋人称梁楷为梁疯子一样，倪瓒被人称为"倪迂"，也算中国画史上一个奇人。

从这幅《虞山林壑图》可以看出倪瓒的情怀和风格，他的构图一般是近树、中水、远山，清淡萧索，笔简意浓，在极度清冷中透出极度的沧桑和几近饱和的压抑感，树带骨鲠之气，"正直特立"，水蕴寒凛，山含忧郁，"虽不见人踪而倪瓒其人恍惚如现"（见《大不列颠百科全书》1987年版"倪瓒"条）。他擅画山水墨竹，人称他的画为"逸品"。唐人赏画，把画分为神品、妙品、能品、逸品，大约逸品算是雅之又雅，超越了世俗功利吧，因而被认为是画中最高的品格。

法兰西绅士高更（1848—1903），原本在巴黎一家证券交易所做白领，收益颇丰，娶了一位丹麦姑娘，有个美丽的女儿和幸福的家。谁知他三十岁时迷上绘画，突然把职位辞去，流浪到太平洋荒岛上，妻子气得带着孩子离开了他。他狂热地爱上塔希提纯朴、蛮荒的生活，娶了一个塔希提姑娘，如鱼得水似的在那儿过起了土著生活。"文明使人痛苦，野蛮却使我返老还童。"他说他要在原始的野性中寻求艺术的绝对自由。塔希提像他的伊甸

《虞山林壑图》　（元）倪瓒

园，给了他激情、灵感，他在那里创作的一批作品征服了文明的欧洲，他和塞尚、凡·高三人把已近颓势的印象主义推向高峰。

《白马》 （法）高更

《白马》是他在塔希提创作的许多作品中的一幅，原始的环境，神秘的氛围，平涂风格，富于装饰性，构成了对当时欧洲画风的挑战。如他的许多作品一样，画面景色带着诸多令人迷惘的不确定性，恍惚迷离，如梦如幻，不知身在何方。

虽然倪瓒和高更都抛弃了物质文明，融身于大自然和纯朴的生活，但在精神取向上却反映出中西的迥异。倪瓒的逃遁如中国大多数文人一样以老庄哲学为基础，在清净无为中求超脱。先信道，后入佛，他的心理轨迹是"上行若水"，画面上不见人迹，正是不食人间烟火的写照。高更厌弃都市现代文明对人性的异化，要在原始中追求自由，在野性中张扬自我，画面中充满欲望、渴求和考问。倪瓒是压抑的，高更是奔放的；倪瓒在他的题诗中流露出潦倒无奈的心境，高更对自己的生活与创作充满自信；两人最终都客死他乡，倪瓒早已超脱红尘，高更至死还是一副玩世不恭的样子。倪瓒被后世奉为"元四家"之首，高更被史家称为"后印象派三人"之一，算是各得其所吧。

吴镇与莫迪里阿尼

在中国，书画是属于贵族士大夫的，画家自身大多是名门显宦（书法尤然），出身寒微如韩幹（唐代）者，学成之后也会被召入宫,挂上个待诏之类官衔,身价倍增,润格自然就会高上去。元代的吴镇（1280—1354）算是一个真正的平民。据史书记载,他出身寒素,博学多才,诗、书、画修养很高。可他既不去求取功名,也不结交达官贵人,只在村塾授课,穷困时到钱塘卖卜,对有权势的人敬而远之,交往的尽是些僧、道、落拓文人。从他留下的书画上均无名人题跋,可见他的清高、孤寂。这样一个夫子味十足的人,生前所受的冷落可想而知。据说他和当时名气很大的盛懋是邻居,盛懋的画由于画风精巧而广受时人喜爱,上门买画求画的络绎不绝。他的画无人问津,妻子笑他,他说:"二十年后不复尔。"现在看来他的眼光、自信很有道理,可当时有谁理解?既不趋附权贵,又不迎合大众,吴镇清醒而散淡,拿他自

《渔父图》 （元）吴镇

己的话说,"心手两相忘,融化造自然"。艺术对于他的现世没有什么功利可言。后人发现他是在百年之后的明代。如果不是沈周推崇,吴门画派弘扬,他的价值何时才能受人重视?

从这幅《渔父图》不难看出他与倪瓒的不同。两人同为元代隐逸画家,倪瓒是隐逸,吴镇是安贫;倪瓒是清冷,吴镇是平和;一个是出世,一个是乐道。他一生画过很多渔父图,传世的是一轴长卷,其中十五条渔船,十六首诗,渔夫们逍遥于山水之间,与大自然融为一体,宁静和谐,是中国天人合一古典美学的典型体现。

莫迪里阿尼(1884—1920)与吴镇一样生前落寞身后荣耀,由于身处巴黎贫民窟,想安贫而不得,比起吴镇就更惨。他从小患了肺结核,时刻受到死亡的威胁,活一天算一天的生命状态使他不可能如吴镇那样清净淡泊。这个意大利青年22岁只身来到巴黎,靠母亲的一点遗产在蒙马特贫民区租房住。当时的房价随着地产涨落,为了寻找便宜房子,他不断搬迁住址。我没法想象这个短命天才怎样在红磨坊旁边那片灯红酒绿的世界里一边酗酒、吸毒,一边在女人的包围中追求艺术。因为天才、放荡、俊美,他被人们称为"蒙马特王子",吸引了许多年轻女性争着为他做模特,她们给了他灵感和激情,使他的裸体画和女性肖像画成为20世纪初西方绘画史上独树一帜的高峰。

《白领黑衣的让娜·埃贝黛》 (意)莫迪里阿尼

这幅《白领黑衣的让娜·埃贝黛》代表了莫迪里阿尼的基本风格,拉长的脸部和脖子,夸张的形体,富有韵律的线条，变形的脸蛋、五官显示出纯净、高贵的忧郁和优雅。这就是爱他超过自己生命的让娜·埃贝黛（也译作珍妮·艾比豆尼、杰妮·海普顿）。她与莫迪里阿尼同居多年，和他生了一个女儿，一直遭到父母的反对，无法结婚。莫迪里阿尼因肺结核去世，她长久地搂着他，亲吻他的脸，不让殡葬人员把她推开。凌晨时分，她带着八个月身孕从母亲家五楼的阳台上跳出去，自杀身亡。这幅画所蕴藏的凄美故事使莫迪里阿尼成为好莱坞影片的主角。

吴镇生前从没热闹过，死后近百年，被明代画家尊崇，称为"元四家"之一。清代画家吴历说他"天然浑成，五墨齐备"，算是很中肯的评价了。

莫迪里阿尼曾经热爱雕塑，由于没钱买石料，经常偷着到石料场去做雕刻。这些雕刻不知被砌在何处建筑的墙基里。他死后，人们为了寻找他的雕刻，不惜在塞纳河里到处乱翻。他生前为朋友、邻居、女佣画的肖像也都成了无价之宝。

徐渭与凡·高

徐渭虽是中国历史上少有的奇才,可在中国的名气远不如凡·高。中学时期,在鲁迅的文章里知道了徐文长这个人,像新疆的阿凡提、我故乡的庞振坤一样是个民间智慧人物,机智、幽默,爱对富人和长者做恶作剧。后来才知道徐文长就是徐渭(1521—1593),浙江绍兴人,一生坎坷,命运悲惨,一点也不像民间笑话里那样乐观、滑稽、好玩。中国人所谓人生三大不幸"幼年丧父,中年丧妻,老来无子"徐渭占全了。这个人其实是很入世的。他的才艺被明世宗赏识,因不合时宜难入科举之范,八次应试都没能考

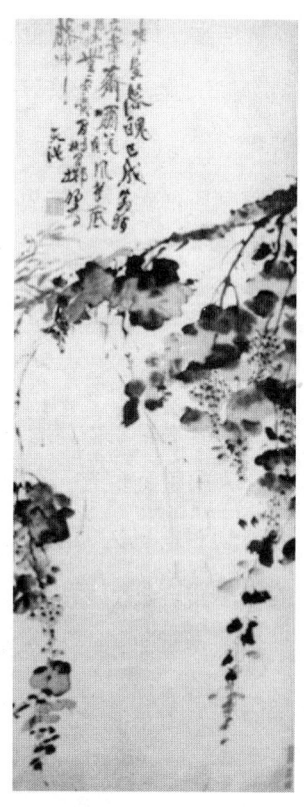

《墨葡萄图》 (明)徐渭

取。后被闽浙总督胡宗宪召为幕僚，出奇计，破倭寇，满腔热情献身报国，谁知在朝廷朋党之争中胡宗宪被杀，徐渭无辜受到株连，从此失意落魄。在悲愤绝望中他为自己写了墓志铭，备好了棺木，先用斧劈，头骨破裂，血流满面而不死；后用钉钉，击穿左耳而不亡；再用锤击，击毁了肾脏还是活过来。上天要这个厌世的人活下去，要他著文、写诗、作书、作画、写剧本。他抨击权奸，揭露佛门，嘲笑社会，《墨葡萄图》中的题诗"半生落魄已成翁，独立书斋啸晚风，笔底明珠无处卖，闲抛闲掷野藤中"，就是徐渭的自况。这幅画挥洒自若，意蕴深沉，无论构图还是用墨，都可见其才情胸怀，代表了徐渭水墨写意花卉的风格。八大山人、石涛、"扬州八怪"都受他的影响，郑板桥甚至甘愿做"青藤门下牛马走"（徐渭号青藤道士）。可徐渭却说自己"书第一，诗二文三画四"。画只是本人才艺之末。《简明不列颠百科全书》说他的创作"思想性、文学性均不同凡响"，文章影响了"公安派"，剧作启迪了汤显祖，书画是"旷代奇才"。

在命途多舛、奇谲狂热、悲情自虐上，凡·高与徐渭相似，两人都对社会抱着强烈的责任感又都不被社会

《麦田上的鸦群》 （荷）凡·高

所容。凡·高遭受了两次解雇打击之后，到伦敦一所寄宿学校当教师，因为同情学生，少收了贫困生的学费被辞退。后来决心做牧师，皈依宗教，到矿区去做自费传教士。他倾其所有帮助穷人，把东西给了别人，自己住棚屋，睡地板，穿破衣，吃粗粮。矿里发生了事故，他去救助伤员；出现了传染病，他去护理病人。他的虔诚、热情不但没有得到教会的赞许，反遭猜忌，被撤了职。上帝把他人生的道路堵死，艺术成为他生命唯一的投入点。激情使他偏执，专注让他发疯。他向他最崇拜的画友高更抛杯子，扔刀子，把耳朵割下送给妓女。他的画能够卖出8250万美元的天价，曾经两次创造世界艺术品拍卖最高纪录，很大程度上是由于他创作中的狂热、歇斯底里使他的画成为生命的火焰，具有激动人心的冲击力。《麦田上的鸦群》呈现出凡·高绚烂的内心世界，日月、天地，田野、庄稼、道路，云霓、飞腾的鸦群，被激越的情感抛掷成精神的激流，极度的静谧中仿佛回响着生命撞击大自然的轰鸣声。

徐渭自杀未遂，潦倒一世，到了晚年却把继室妻子杀死，坐了六年大牢，出狱后贫病交加而逝。凡·高倒是遂了心愿，画出《麦田上的鸦群》后不久就在麦田里自杀了。两个痴狂人，一样绝代碑。

画说文学（六题）

波普艺术与第三种文学

《信号》 （美）罗·劳申伯格

汉弥尔顿为"波普艺术"下的定义好像是专门解答中国读者对当前商业文化现象的困惑的。"波普艺术"是"大众的、暂短的、消费的、低价的、大批生产的、年轻的、诙谐的、性感的、有风趣的、有魅力的、大量交易的……"最发人深省的是，它"全面反映大众文化的一切领域"，"既不迷信过去曲高和寡的'高级艺术'，也抵制当代自命非凡的先锋派艺术"。在消解艺术的神圣性上，沃霍尔宣称任何人都可以成为一台制造消费艺术品的机器，他道出了商品时代大众艺术的本质，适应了网络时代潮流。在我们中国，市场经济正把艺术商品化，波普艺术的发达，促进了文学的分流。纯文学、严肃文学、消费文学各有自己的读者和作者，这当然是时代进步的表现。言情有琼瑶，武打有金庸，宫廷秘史有一大批历史小说，散文变得越来越社会化，余秋雨、于丹成了心灵鸡汤的文化符号。这是文化消费市场的需要。用同一把尺子去评价所有作品的时代已经过去。贾平凹的《废都》明明是成功的畅销书，一些评论家非要给它戴上"后现代"的桂冠；二月河的清帝系列是典型的演义小说，他们非要说它可以与《红楼梦》媲美。他们不明白通俗文学并不是一个贬义的评价，不须以纯文学的标签做伪装。充分利用大众传媒、商业手段，利用年轻人和社会公众休闲娱乐的趣味观，最大限度地获取畅销效应、经济利益，以实现自己的人生价值，是这批文化人时代意识和观念转变的反映，没什么值得大惊小怪。纯文学代表着一个民族的思想和理性水准，代表着这个民族的精神与智慧，它要求作家、艺术家的献身精神和甘于寂寞的人生态度，但它无权要求每个作家、艺术家都那么纯粹。

劳申伯格是波普艺术的代表人物，《信号》是波普艺术的代表作。它用20世纪70年代的信息拼成一幅热烈的图画，不像艺术品，更像广告，他似乎并不在乎它的艺术价值。但靠着大众的社会反响，它被美术史家收入了典藏。

内心与想象——艺术的无穷世界

这幅美丽的图画并不是一件画家的作品，它是一个科学家运用分形几何学原理在计算机上做出

《曼德勃罗图谱》　（法）曼德勃罗

的图像。在20世纪六七十年代，它曾被当作现代美术时尚在美国风行过一阵子，至今仍是电脑爱好者迷恋的智慧游戏。它的有趣不在画面自身，而在于画面给予你的无穷的想象力。所谓分形几何学，就是把一个公式计算出的混沌图像在一个局部无限放大。打个比方，它像是从人造卫星上拍出英国的海岸线，再让一只蜗牛沿这海岸线去爬。我们看到的，就是蜗牛的眼睛拍出的英国海岸线的图画。对于今天的计算机技术，局部放大已经算不得什么，但曼德勃罗却是用了毕生的精力和智慧才获得了这些图画，他的想象力使任何一个艺术家都相形见绌。它给予文学的启迪是宏观与微观的无穷性。宇宙、人类、历史，个人的情感、内心，表情的一个细微变化，皮肤上的一个细小毛孔，都蕴藏着一个丰富的世界，可以成为传递某种思想和哲学的图像。卡尔维诺的小说把瞬时的印象、细微的感觉化为富于哲理的画面，从海边一块石头在太阳下的反光感悟出人生，反映出人的感觉世界的无限性，就如曼德勃罗图谱描绘的随机运动的混沌图景一样。

曼德勃罗是个1924年出生于波兰的犹太人，曾在国际商用机器公司搞经济研究，在哈佛大学教过经济，在耶鲁大学教过工程学，在爱因斯坦医学院教过生理学。20世纪80年代以来，分形几何学被物理学家、化学家、地震学家、冶金学家、概率论家和生物学家广泛地运用在天体、军事、工业、商业和电影技术上，曼德勃罗的想象力已经成为一种财富。

电影这个幽灵

《无题电影剧照 6 号》　（美）辛迪·舍曼

辛迪·舍曼是在女权主义活跃的 20 世纪 70 年代开始她的艺术创作的，她引起争议，不仅因为她的作品都是女人对自身的赞赏和她们对世界的诱惑，更重要的一点，是她的作品都以电影镜头为表现形式。她公然把延伸大众传媒的功能作为自己的艺术创作方法。二十年后，这个生于新泽西、长于长岛郊区的新潮女孩，已经成为有相当影响的艺术家，人们也就不得不承认她借助电影手段进行艺术创作获得了成功。

其实，电影这个幽灵早已侵入文学艺术的各个领域，随着岁月的前进，它愈来愈影响着现代人的审美和他们的生活情趣。夸张、变形、动感、感官刺激，这些现代审美特点，可以说是随着电影的发达被培养起来的。只有有了电影，夸张、变形才具有蒙太奇的意味。而悬念、故事性这些本属小说的特质，也由于电影的发展而被发挥得淋漓尽致。不管文学家是否承认，不管作家有意还是无意，20世纪现代派文学的许多形式，毫无疑问是在电影影响下产生的。比如意识流，时空穿插，很明显是电影镜头组接的效果。巴尔加斯·略萨的长篇小说《绿房子》，可以说是一个地道的电影脚本。新小说派其实就是用电影手段来写小说，《佛兰德公路》是由电影画面组成的，雨水从战刀上向下滴的细节使人仿佛在看一个电影特写镜头。君特·各拉斯是第一个公开倡导写电影小说的作家，他不但自觉地使用电影手法，而且有意把小说写成电影。《铁皮鼓》因而兼具了电影和文学的品性。把20世纪最后一个诺贝尔文学奖奖给他，是不是意味着21世纪的文学会更重视视觉和感官效果？

现实主义的魅力

《吊床》 （法）居·库尔贝

"现实主义"这个词是从库尔贝开始的。那是1855年，巴黎正举办一个盛况空前的美展，展厅外临时搭起一个展棚，挂着"现实主义：库尔贝"的横幅，其中展出了库尔贝的四十幅作品，与展厅里浮靡华丽的古典浪漫主义画风形成鲜明对比。法国皇帝拿破仑三世对库尔贝表现普通人、普通生活的作品不堪忍受，他拿过随从手里的马鞭，抽打他的画。可见现实主义的出现对习惯了宗教、宫廷、淑女、贵妇的艺术界具有多么强大的冲击力。在这幅《吊床》里，画面上的乡村少妇与她生活其中的大自然，给人一种亲切、和谐和幽远的怀想。无论穿着还是神态，都透出纯朴的气息，一扫贵妇们的娇柔病态，充满了生动的活力。

一个半世纪过去了。当今文坛，"现实主义"已经成为一个过时的名词。然而现实主义真的过时了吗？仅仅靠缱绻的情感、琐碎的生活、无聊的冶游……仅仅靠智慧游戏、文字华美、形式新颖能够创造出文学的辉煌吗？文学，毕竟是慈悲感与怜悯心的象征，一个作家，怎能对人的命运、人性与历史，尤其是普通人的悲欢离合无动于衷呢？过时的是那些非艺术的宣传品，是图解政治、配合形势的伪现实主义；现实主义艺术正融入时代审美，融入现代人的生活，它的魅力不仅是"精细如实地描绘现实生活"（《大不列颠百科全书》对"现实主义"的定义），更重要的是库尔贝标榜的"为生活，为民众"的民主主义和人道主义思想。

写实艺术出路何在

《纯洁的验证》　（美）马克·坦西

20世纪是艺术的抽象时代，从印象派开始，艺术家们在抽象的路上愈走愈远。表现主义之后，艺术家仿佛成了一群疯子，谁的行为愈离谱便愈能显示其先锋性。把蒙娜丽莎加上小胡子，把一把小提琴摔碎，自己坐在画框里……都能构成一幅惊世杰作。后来出现了所谓的后人类、新物体、装置艺术，用垃圾和废品拼成作品成为一种时尚。曾经统治西方画坛的写实艺术变成守旧或大众通俗的象征，凡是打算跻身先锋的画家们对写实这一套都不屑一顾。然而写实艺术总是很顽强，总能通过不同的手段与现代人怪僻的爱好相沟通。除了这里介绍的马克·坦西，还有不少艺术家用具象手段、写实技法达到了抽象层次。他们的奥秘就是使现实与幻想交融，以极真实的画面造出一种虚幻的境界。一群18世纪的印第安人站在峭峰上，用惊诧的目光眺望20世纪大地艺术家史密斯在大盐湖创作的著名作品防波堤。画面的技法非常写实，色调有如摄影效果，而情景却是完全虚幻的。这种虚拟情景，画中画、剧中剧的手法，在文学作品和电影里早已屡见不鲜。乌纳穆诺、卡尔维诺由于使用这种手法得心应手而享誉全球。博尔赫斯更是以张扬人的超越现实的幻想，而成为拉美魔幻现实主义的启蒙者。主张"现实与梦幻可以统一"是超现实主义的一面旗帜。在超现实主义者看来，现实生活只能调动人的非常表层的功能，而精神却可以感应甚至超越宇宙的浩瀚与传奇。写实艺术在20世纪末的艺术创作中重现昔日风采，除了马克·坦西还有墨西哥社会现实主义、美国怀乡写实派、马尔科姆超级写实主义和欧洲具象绘画。它借助的，是一种身临其境的幻境，一种最真实的梦幻。大约这也是对抽象到了艺术虚无之后的一种反拨吧。

冷落比风光更重要

《露妮·柴可夫斯基》 （意）莫里迪阿尼

在 20 世纪美术革命的大潮中，印象派、野兽派、立体主义、表现主义……各种先锋流派热闹纷呈的时候，有一群画家默默坚守在自己冷落的画室里。他们住在巴黎的贫民窟，出入于蒙马特高地的咖啡馆，以冷静的目光注视着喧嚣、浮躁的世界，执着地在民族、传统与现代审美之间追求着自己的艺术个性。他们置身于喧闹的主流艺术之外，使自己处于时代和潮流的边缘，以至于编纂20世纪美术史的人们没法用一个流派词语来概括他们，只好把这一群落落寡合的艺术家笼统地称为"巴黎画派"。其实"巴黎画派"的大多数画家并不是法国人，更不是巴黎人。莫里迪阿尼就是其中最有成就的一位。他是意大利人。从那富有韵律的线条和广阔的色彩空间、变形的形象和怪异的构图，不但可以看出意大利风格，也可以明显看到塞尚、莫奈的影响。他使我想起墨西哥作家胡安·鲁尔福，他薄薄的一本小书、有限的著作使他赢得了世界声誉，尽管他不像拉美文学爆炸中那么多炙手可热的作家那样火爆，他没打什么旗帜，也不大掺和文坛的热闹。而日本作家石川达三则更显得寂寞，先锋性和现实主义精神使他的作品独具特色，日本的一些评论家一直为他不平。也许他比大江健三郎更优秀。

在巴黎，冒着寒风和在一个语言不通的陌生城市夜晚迷路的危险，我在一个雪夜找到蒙马特高地。走过热闹纷繁的红磨坊，望着那些闪闪烁烁的霓虹灯和黑乎乎的坡路，我站在巴黎街头的灯火中迷惘。为失落了的巴尔扎克笔下的风光，为乔伊思、海明威、莫里迪阿尼和许许多多曾在这里流落的作家、艺术家。蒙马特下等咖啡馆里出艺术家，是因为这里从不是闪光灯聚焦的艺术中心，这里没有奖杯和花环。

两宋绘画的画里画外

两宋绘画为什么值得研究？

以美术史家的眼光看，两宋绘画是中国文人绘画成熟的标志，是中国画发展史上的里程碑。中国画在宋代完成了艺术形式与笔墨系统的规范：题材上有山水、花鸟、佛道、人物、风俗，表现手法上有工笔、写意、白描、泼，技法上有线、墨、皴、染，从而奠定了中国画的基本观念和艺术方法。同时，两宋是承上启下的时代。研究宋代绘画，上可溯及五代、隋唐、汉魏，理解文人画创作理念演变的脉络，下可廓清元、明、清绘画的源流。如果说当代书法宗源魏晋，当代中国画则须在继承两宋的基础上寻求革新。

作为一个非专业的圈外人士，我对两宋绘画的兴趣除了绘画本身，更在于绘画延伸出的文化话题：

一、两宋绘画由于突出了文学性与哲理性，建立了成熟的批评体系，使绘画在中华传统文化中取得了与文学同等重要的地位，改变了先秦以来文学主导文化发展史的格局。

二、宋代是中国历史上对文人最客气的王朝，自太祖赵匡胤起，奉行崇文抑武国策，建立了中国历史上规模最大的翰林图画院，招揽天下人才。两宋皇帝都喜爱文艺，重视文学艺术。宋徽宗虽然在政治上昏庸无能，却热爱绘画、书法，创造了书法界称"瘦金体"的书体，还把绘画正式列入科考。北宋时期绘画的主流化、群体化没有哪个朝代可以比拟。宋代理学的诞生，标志着中央集权政治意识形态的完备，中华人伦、道德、礼仪的规范使人性的禁锢超过汉唐（因而"五四"以来的文人一直高举反道学的旗帜）。在这文人集体化、社会道德伦理化的环境里，两宋文人是如何在体制与思想的束缚中寻求自由，发展个性，创造出一代艺术的空前繁荣的？

这个集体道德与个性自由的问题，必然延伸出艺术发展的一系列矛盾关系：在创作观念上，主流与民间价值观的冲突与交融，正统思想与个性追求的互相影响，时代与艺术、生活与艺术的关系；在艺术实践上，继承与创新，写实与抽象；在技法上，工笔与写意，重彩与白描，色与墨的变革。这些对于文学艺术的创作实践，都很有意义，是文学艺术家经常思考的问题，对文艺创作颇有启迪。

文化强盛与民族软弱是宋王朝的时代特点

集权体制的成熟，大一统意识形态的形成，中华人伦道德规范的确立，使大宋王朝成为中国历史上集权政体的典范。最近两年，不断有人说宋代是当时世界上最强大的国家，经济总量世界第一，汴京城与亚历山大并为世界最繁华、最大的都市。这种从经济眼光去论述宋代的方法，容易使人忽略两宋对中华文明发展的重要性。在政治体制上，宋代通过广置庸官、闲员，扩大统治利益阶层，使官员权力互相掣肘，巩固了中央政权，成功地革除了汉唐以来地方藩镇割据危及中央的弊病；重视书院教育，通过几代学者，把儒学改造为理学，确立了主流的意识形态，进而建立三纲五常的道德体系，以民俗礼法形式固化了中华民族的人伦价值观。宋代建立起的政治经济体系、教育理念、文学艺术传统，成为中华文明的主要内涵,并延续至今。大宋王朝在内忧外患中能够保持319年(北宋167年,南宋152年),除了商、周,仅次于两汉。大宋的强大,并不表现在国土面积上(它是中国统一王朝中国土面积较小的一个),而表现在意识形态和文化上。这是赵氏推行崇文抑武国策的结果。

在我们的印象里,宋朝是一个软弱的王朝。《水浒》小说、《说岳全传》、《杨家将》戏曲,让我们看到一个外患频仍,内部矛盾尖锐,朝堂上忠奸恶斗,民间贫富不均,宋江、方腊南北作乱的混乱景象。加上北宋败灭得那么惨,钦宗投降,父子两代皇帝和全部后宫被金人掳去,造成"靖康之变"这样的国耻,两宋王朝不得不向金人称臣。宋朝的软弱,也是崇文抑武、集权政治的结果。集权的代价是地方官员无法施展才能,庸官使体制腐朽;理学与严格的礼法束缚人性,束缚了人的创造力,因而阻碍了生产力发展。这一切都加重了内忧外患。宋朝的软弱看似军事的软弱,其实是民族活力的软弱。

两宋绘画全方位繁荣,奠定了中国画的门类与手法

著名历史学家顾颉刚在《中国史学入门》(北京出

版社2003年版)中论及宋代绘画,说"宋代的画多为工笔画,也叫'匠人画',细描细写。最著名的是《清明上河图》"。这样的论断出自一位大历史学家之口,他对两宋绘画的无知,让我惊诧。我怀疑这位历史学家在钻研经史子集的时候,是不是缺乏对艺术作品的鉴赏?难道他只知道《清明上河图》?他以为宋代画院体制里只有画匠?否则怎么能对那么丰富多彩、流派纷呈,艺术观念、表现手法各异的两宋绘画作出这样外行而武断的评价呢?

首先,宋代绘画并不只是工笔画。宋人绘画已经提出了形似不如神似的理论,这种理论反映出宋人把写意看得更重。南宋的泼墨画把中国画从线条、勾描中解放出来,推向抽象、挥洒,启迪了明清的不少大家,影响了近现代一批有创意的写意高手,他们不但扬弃了工笔,也走出了写实的框架。

其次,《清明上河图》由于生动细致地描绘了北宋汴梁的市井风貌,给后人留下了活生生的宋代历史,突显出它的价值,然而,以此概括宋代绘画显然有失偏颇。以美术史家的眼光看,宋代绘画成就最突出的是山水画,它奠定了中国山水画的基础。宋之前的文人画以人物为主，东晋顾恺之《论画》里说："凡画，人最难，次山水，次狗马，台榭一定器耳。"他与北齐曹仲达、杨子华，南唐萧绎，隋展子虔，唐阎立本、吴道子都以人物著称于史。五代开启山水画的时代，出现了北有荆（浩）、关（仝），南有董（源）、巨（然）的四家山水领袖，成为山水画的最早宗师（由于这四人处于五代与北宋的交替时期，有的史家称他们为宋初四家）。到了宋代，山水才成为中国画的首类，顾恺之的品画次序被打破，山水成为鉴画第一位。宋徽宗把绘画列入科考时，绘画分为六科：佛道、人物、山水、鸟兽、花竹、屋木。虽然佛道、人物列在山水之前，但实际上，无论画院还是院外画家，最重视的都是山水，其次是花鸟，最不屑的是界画。所谓界画，就是借助工具绘制的建筑、楼阁。在宋人眼里，那是画匠的技艺，算不得艺术。这是中国文人一贯自恃清高的观点，无论哪个朝代，都把建筑、风俗画看作末流。顾恺之把"台榭"列为最后，宋徽宗把"屋木"列为最后，都反映出历代文人对世俗、建筑、风习的轻蔑。而《清明上河图》就是界画、风俗画，由于融入了山水、人物，画风繁复、精细，场面宏大，受到宋代宫廷的钟爱，却并不能遮掩两宋绘画全方位的繁荣。

后世称宋代山水画风为"宋人格法"，可见其尊崇之意

宋代在山水画上的造诣不只是技法、构图、笔墨成为后世圭臬，最重要的是，宋人强调画作的诗意，甚至规定必须以诗为题，提高了绘画的文学性。后世文人以山水为绘画第一流，正是这种诗意的境界能够使绘画成为文人情怀的寄托，陶冶性灵，超然物外，使人在览画时能从冗烦的世俗生活中解脱出来。大约这与宋代市井文化、勾栏瓦肆（相当于现在的茶馆、曲艺厅、演艺场、夜总会）的兴盛有关，大众娱乐的嘈杂、喧嚣，使人们更向往回归宁静的自然，山水画勾起人们对大自然的神往，当然就成为宋代官宦、富家、知识阶层附庸风雅的精神寄托。宋人山水大气、灵秀，风格多样，充分显示了宋代文人的气质、胸怀。它的发展大致经历了"北宋三家""米点山水""南宋三家"这三个阶段。

宋初的李成、范宽与五代后梁画家荆浩（另一说董源）是山水画的宗师，被后人誉为"三家鼎立，百代标程"。《宣和画谱》说："于时凡称山水者，必以成为古今第一。"可见李成在山水画界的地位。我这里讲的"北宋三家"，包括郭熙，不包括后梁的荆、董。郭熙以画家和理论家的身份推高了李成画风的影响力，当时有"李郭"并称的美誉，使北宋山水画具有雄浑磅礴的气势，成为画院画家和民间画家共同学习的楷模。李、郭、范的共同特点是重视对大自然的观察、写生和心灵感悟，正如范宽自己所说："吾与其师于人者，未若师诸物也；吾与其师于物者，未若师诸心。"他们并不墨守前人的山水技法，"勾勒不多，皴擦甚少"，李成着重渲染，郭熙主张三远（高远、深远、平远），范宽突出雄奇。可以说，李成得山之魂，郭熙得山之灵，范宽得山之骨。其后的许道宁、王诜发展了他们的画风。到北宋中期出现米芾父子，这种"雄、远"画风为之一变。米芾不但不用皴法，也不用勾勒，以点墨为法，独创了"米点山水"，使画面更空灵，山水更含蓄。这是对李、郭、范写实风格的反叛，标志着山水画的转折。值得注意的是，主流之外的诗僧惠崇等人创作的小景山水一反雄伟、空蒙气象，创作了林木葱茏、汀渚溪流的小幅山水，为北宋的壮美转变为南宋的灵秀做了很好的铺垫。

所谓"南宋三家"，指的是李唐、马远、夏圭。经历了"靖康之变"，南宋偏安一隅，向金人称臣，一代文人怀着强烈的忧愤和无奈。文学上，李清照、陆游、辛弃疾……无不怀着强烈的家国情怀；绘画上，李唐创斧劈皴，马远、夏圭在构图上取山水局部，一改北宋的全景、巍峨，因而被称为"马一角"（山取一角）、"夏半边"（山河半幅）。此后，贾师古、阎次于将"马一角"的局部构图留出更多空白，突出了南国水天一色的风光。一方面，北方画家善画山，南方画家善画水，与他们的生活环境密切相关；另一方面，也寄寓了山河破碎、偏安无奈的心境。南宋的山水草木茂盛，却笼罩着忧伤、悲愤之情。

两宋花鸟画的发展、变化，最能标示主流与民间不同的价值取向与流变

北宋花鸟以五代黄（筌）、徐（熙）两家为宗师。

黄家父子占据了宋初画院的正统位置，黄筌与其子黄居寀成为院内花鸟画的代表，画风确如顾颉刚所言，以工笔为正宗，追求富丽，日渐繁复和匠气。徐家流落民间，徐崇嗣以无骨花草成为院外画家清高自许的表达，他们设色简单，风度淡雅，成为南宋君子画的先声。民间的价值追求影响到画院，院内画家赵昌汲取徐家画风，摆脱富丽，向自然、逼真过渡。他与易元吉都倡导写生，以禽鸟动物入画，把野趣带入画面，使花鸟画更加生动活泼。到崔白出现，在非主流画派对院内画风的冲击下，花鸟画出现全面革新的气象。崔画以残荷冷枝、飞禽野兔与"黄家富贵"形成鲜明对照，彻底改变了人们对花鸟画的审美习惯，使工笔花卉风光不再。北宋的花鸟画至宋徽宗赵佶达到高峰。赵佶喜好花鸟，他的画作吸收了易、崔的动感意趣，题材丰富，情景交融，把北宋花鸟画带入了更加开阔的境界。到了南宋，院内、院外在花鸟画上的分野再次突显。南宋画院集中了当时花鸟画的高手。他们大多是父子相承，家学深厚。如毛松父子、李安忠父子、马兴祖一家，林椿、李端等。南宋画院比较松散，束缚较少，加上多家并存，题材、风格有了更多样的竞争、发展。但总体看来，院内画家持重、守成，更多富丽。而这一时期的院外画家突出孤傲、清高，以佛家弟子扬补之为代表，以梅、兰、竹、菊四君子为创作的主要题材。南宋院外画家开创的君子画风成为明清直到近现代知识界崇尚的文人风骨的源头。

《瑞鹤图》 （北宋）赵佶

大量职业画师出现，影响了宋代佛道宗教题材画的创作与评价

在文人眼里，职业画师不过是为寺庙服务的画匠，

很难纳入绘画艺术评论体系。然而，这些职业画师大多出身草根，不受正统绘画观念束缚，能够更自由地发挥创意。他们以宗教人物为发端，引领了人物画的新风。北宋的武宗元、南宋的马和之代表了院内风格，忠于"曹衣出水，吴带当风"（对曹仲达、吴道子人物技法的美誉）衣褶工描传统，技法沉稳、规整，画面端庄。而民间画师林庭珪、石恪则基本上扬弃了曹吴成规，无论构图、设色还是笔法，都显出了挥洒、自由。特别是石恪，曾被召募入京，却坚辞不入画院。他用笔自由，形象荒诞，其风格为南宋泼墨写意的先导。南宋出现梁楷，佛道人物境界大开，是中国画摆脱线条，从写实走入抽象的一次革命。龚开的《中山出游图》想象力极为丰富，笔下的钟馗与鬼怪形象影响及于当代。

《中山出游图》（局部）（南宋）龚开

宋代人物画，有山水人物、文人雅聚、车马人物之分，比汉唐五代多了些自然景色，少了些宫廷仕女

人物融入山水花鸟，是宋代人物画的特色。风格清雅，以院内派为主导。南宋刘松年最有成就。张激的文人厅堂人物继承了唐风，也是院派的代表。寄情山野、超凡脱俗，是这类山水人物画的主要情调。不如佛道人物更有生气。倒是车马人物的成就比上两类更引人注目。以白描著称的李公麟，对后世影响巨大。他画的马和赵霖的马成为宋代绘马的杰作。陈居中以少数民族人物独树一帜。萧照以十二幅画描写南宋初立的故事，开创了连环画的先河。北宋的祁序、南宋的毛益以画牛为特色，两人所画江南牧牛的情景融入了浓厚的生活气息，以平民情趣为山水人物平添了活力。

两宋风俗画讨论

宋代风俗画，可以引申出有关艺术的主观性与客观性的关系的思考，我把它单列一题，便于讨论。

五代以前的中国画虽然以人物为主，题材内容却限于宗教故事、道德图说、上层生活，文人、贵族、仕女居多。"风俗画"这个门类成形于宋代，以平民的社会生活为题材而有别于佛道、人物，表现手法注重写实、线描，不事夸张、渲染。两宋风俗画开启了中国画现实主义的先河，使绘画艺术走入普通百姓的生活。这与宋代市井文化发达有关。

这就造成了两宋绘画艺术价值观的悖论：一方面，文人崇尚山水、花鸟，在自然情趣中寄情、遣怀，陶冶情操；另一方面，山水、花鸟的流行造成了艺术与生活脱节，忽视了人的社会生存状态，使中国画的主流精神缺少西方绘画的人文关怀。这是就19世纪到当今的中国画与文艺复兴后的西方绘画的比较。而中世纪的西方绘画被宗教垄断，比汉魏、隋唐五代的中国画观念更落后，更少人间气息。

在这一点上，两宋风俗画突显出它的价值。它为中国画注入了人文关怀，在中国画的超逸散淡中彰显社会风貌。从现存的史家论述、历代画论、画谱看，宋代风俗画的创作成就不亚于山水。《清明上河图》就是例证。当时不光是民间画家热衷界画、风俗画，画院的画家也有一批风俗画名作，有影响的山水画家也都画过人物、

《清明上河图》（局部） （北宋）张择端

风俗，只是由于主流评价体系把风俗画视为末流、匠艺，虽然广受社会欢迎，保存下来的却不多。像燕文贵的《七夕夜市图》描绘汴梁繁华街市商铺景象，深受赞誉，后世却欣赏不到。以卖画为生的李东，以普通民众生活入画，画风清新，生活气息浓郁，广受社会和院内有识之士的欢迎，却被一些评家讥为"仅可娱俗人眼耳"。南宋李唐所画《村医图》生动地再现了南宋乡村生活，而画史论者却对他在山水画中使用的"斧劈皴"大加赞美，无视他的风俗画杰作。北宋王居正，南宋左建、朱光普、李嵩的风俗画为我们留下了宋代乡村的鲜活场景，苏汉臣、牟益则描绘出家庭日常生活的温馨。平和，怡悦，充满热爱生活的情趣，是两宋风俗画的普遍画风。

两宋风俗画让我想起西方现实主义绘画的遭遇。法国画家库尔贝描绘底层平民生活的画作不被当时的巴黎画界接受,自己在展厅外举办画展,以"现实主义:库尔贝"为标题,"现实主义"由此产生。平民题材的画作冲击了以宫廷、贵妇为表现对象的古典浪漫主义绘画,长期遭受主流艺术排斥,法国皇帝拿破仑三世甚至用皮鞭抽打库尔贝的画。这是发生在1855年的事,比北宋风俗画晚了八百年。中国画的人文精神比西方文艺复兴还要早四个世纪(西方最早的尼德兰新现实主义出现于15世纪,法、英的民俗画出现在18世纪)。

然而,写实艺术必然带来想象空间与主观精神的形而下,限制了表现手法的大胆创新。艺术的本质是精神的自由与创意。"精细如实地描绘现实生活"(这是《大不列颠百科全书》为"现实主义"所下的定义),把内心的关注转变为对社会生活的关注,客观对主观的限制也随之产生。从这点看,风俗画就如西方现实主义一样,从诞生起就带着自身的革命性和局限性,社会意义与艺术价值的矛盾成为后世不断争论的问题。面对艺术创作的主观性与客观性、精神性与社会性的矛盾,如何在自我与现实、历史与艺术中寻求平衡,恐怕今天的艺术家仍然不得不认真思考。

特别关注

王希孟的青绿山水。中国画把山水画分为金碧山水、青绿山水、水墨山水。青绿中分大青绿（色为主）、小青绿（色墨兼用），到了张大千、刘海粟，又有泼彩青绿。按这样的类别划分，王希孟应该属于大青绿。我之所以特别关注他，是因为当下论青绿山水者大多只提"南宋有二赵（伯驹、伯骕）"，很少有人提及王希孟。比起王希孟，无论是画面的壮阔、构图的起伏跌宕，还是色彩与笔墨的工到、完美，二赵都不可比。前人论画者，曾公允地说王希孟的《千里江山图》是重彩山水中不可多得的杰作。我对它的重视，是这幅画充分担当了宋代绘画承上启下的里程碑作用。青绿山水虽启于隋唐展（子虔）、李（思训），但到了王希孟才真正达到艺术成熟，对元明赵孟頫、仇英、张宏，直至近现代张大千、刘海粟的影响是不容忽视的。画这幅画时，王希孟只有十八岁，是个初入画院的学生，其后消失了行踪，被认为是英年早逝。这个人物身世的特殊性也吸引了我。

《千里江山图》（局部） （北宋）王希孟

李公麟的白描。李公麟与王希孟是鲜明的对比：一个重彩，一个白描；一个出身寒微，一个出身书香；一个是画院学生，一个是登第进士。在才华、创意上，二人的精神是共通的。李公麟的可贵在于他对官场不屑（不结交达官，及早告病归隐），对艺术痴迷（为画马深入马厩，坚持每日作画，留下了病中练笔的故事），文学修养深厚，与苏轼、黄庭坚、王安石这些文人不论政治派别，交往甚密。他的画作具有丰富的文化内涵，是中国文人艺术的典型代表。不光是以白描反拨富丽繁华树立了新风，山水、花鸟、佛道人物各门类绘画都能显示出个性特色，具有很高水平，书法、文章也很出色。他的绘画，能让我们思考学养与专业的关系，对那些只重技巧不重修养的人是很好的启迪。

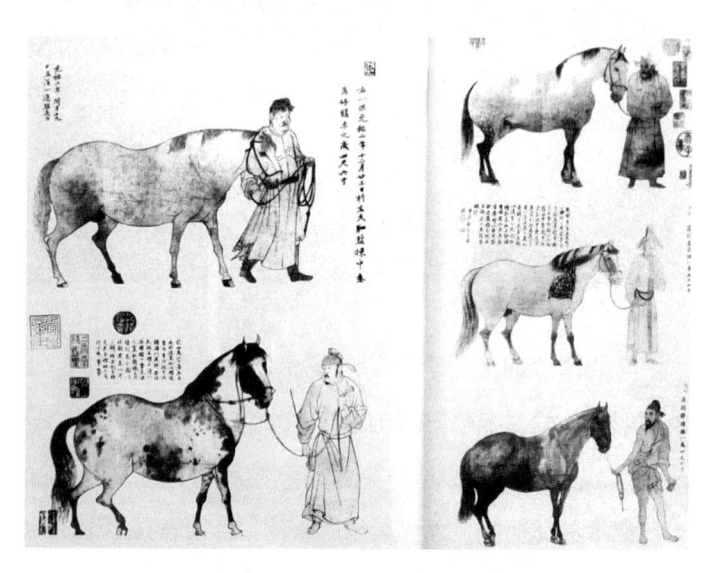

《五马图》 （北宋）李公麟

梁楷的泼墨。梁楷是南宋减笔画的代表，是中国画由工到放、由笔到墨的转折人物。他继承了石恪，突破了石恪，以泼墨形式打破了中国画以线条勾勒为主的传统表现手法。因讨厌画院体制束缚，把皇帝赐的金带挂墙而去。混迹市井，狂放不羁，被称为"梁疯子"。中国画由于梁楷而开启了大写意时代。"画法始从梁楷变"，是历代评家的共识。

《泼墨仙人图》 （南宋）梁楷

若芬与法常的禅画。这是两个僧人。前者在杭州上竺寺，后者在杭州长庆寺，都是南宋减笔画的重要代表。他们把空蒙的禅意融入绘画，打破了传统的线、墨、皴、染，丰富了中国画的创作理念和表现手法，对近现代绘画的影响超出了对元、明的影响。元人秉持正统的绘画法度，曾恶评这类作品"粗恶无古法"。然而，法常的画被日本留学的僧人带回日本，极大地影响了日本绘画，被尊为日本国宝。南宋减笔画是对北宋繁复画风的反拨，在中国绘画史上具有划时代意义。西方印象派是对西方绘画写实传统的革命，印象派作品的诞生（1874年）比南宋减笔画晚了六百年。

《庐山图》　（南宋）法常

画外的思考

读两宋绘画，使我重新认识宋代政权。赵氏崇文抑武，使中国文学艺术在宋代达到全面成熟。这与赵氏对文人的态度有关。宋代统治三百多年，没有发生严重的文字狱，没有迫害文人的劣迹（"乌台诗案"因皇太后一句"先祖有嘱，不可轻杀文人"，使有意迫害苏轼的御史台阴谋落空。仁宗时期，地方官员检举一位秀才写反诗，宋仁宗看了他的诗，说他不过是怀才不遇有点牢骚罢了，赏他个官做就行了。不但不加罪，还赏他一个小官，成为皇帝爱惜人才收抚文人的一段佳话）。爱好文艺，是两宋历代皇帝的传统。宋徽宗最为突出，皇族中还有赵孟坚、赵芾、赵葵和前面提到的青绿山水二赵，都在绘画上颇有建树。宋代虽然设立了翰林图画院，却对画院的创作内容、风格与流派未加管束，能够尊重院内画家个人创作自由。这就使体制内画家不致僵化，保持了较好的创作活力。这使我想到欧洲文艺复兴的缘起，如果没有美蒂奇家族在托斯卡纳三百年统治期间对艺术家的资助、支持，佛罗伦萨就不可能成为欧洲文艺复兴的基地和温床。赵氏与美氏的可贵之处在于重视、支持艺术，却并不以统治者的意志去设规矩，主宰、限制艺术家的创作。

宋代理学兴盛，在伦理道德上形成了对人性的束缚。理学家周敦颐主张"文艺乱性"，朱熹主张"存天理，灭人欲"，都是扼杀艺术创作自由的理论。然而，由于赵氏对文化的开明态度，两宋文人对哲学与文学艺术的关系有清醒的认识，理学对两宋文学艺术的思想束缚并不严重。汉唐多次发生儒、佛、道激烈斗争，演变为流血的政治冲突，宋代提出三教合一，佛、道与儒家相安相融。这种兼容，促进了中华文明的成熟，也为艺术家的创作提供了宽松的社会环境。

检点文学史，构成文学传统经典主干的是非主流创作，这与文学对社会的批判性有关。阅读宋代绘画，我发现这种"主流不产生艺术"的论点并不具有说服力。院内主流派创作虽然在艺术上偏于保守，院外画家的创新精神更突出，而体制内创作同样留下了不少珍贵的艺术遗产。《清明上河图》和北宋时期不少院内画家的作品确实是在歌颂大宋的升平景象，萧照的《中兴瑞应图》则是赤裸裸地颂扬南宋新皇，它们的价值并没有因为作者创作思想的保守而被漠视。这使我想到京剧和书法。没有慈禧的宠爱，京剧何以能成为国粹？没有官员们雅好，书法能成为如此值钱的热门行当吗？京剧与书法一直与体制连为一体，有官方和主流的倡导，最终成功地将权贵爱好转化为大众艺术。正如法兰克福学派哲学家马尔库塞所说，它们价值的取得"不是通过对'文化价值'的否定和拒斥，而是通过它们成批地结合到既存秩序中去，通过它们大规模地被复制和展示来实现的"。这种主流推崇产生价值的现象，对文学作品基本上不起作用。文学因而总能代表民族文明（思想开放、艺术创新能力）的水准，文学对文明的主导作用也是其他艺术门类无法替代的。

艺术的发展如混沌学里的"罗伦兹蝴蝶"，两宋绘画从全景到局部，从工到简，从重彩到白描，都是这个蝴蝶上的自然轨迹。其内核仍然是内心与现实的不断往复，艺术家对创新的不断追求，其价值决定于个人的创造力。目前，我们正经历着从农耕文化到商业文化的大变革，价值观的转型必然带来关于艺术的未来的困惑。我想，艺术的未来仍然逃脱不了"罗伦兹蝴蝶"，因为，未来本身主宰着价值螺旋的旋转。

〔注：本文参考了《中国名画博物馆》（海燕出版社2002年版），该书收集了两宋画家52位，画作125幅；《传世画藏》（天津美术出版社1999年版），该书收集了两宋画家63位，画作102幅。〕

读画随想：怪圈的背后

"小便池"与"艺术家之屎"

转眼间，"小便池"事件已经过去将近百年。达达主义因"小便池"载入西方艺术史，马塞尔·杜尚（1887—1968，又译杜桑）也被尊为"观念艺术"的先驱。当年纽约独立艺术家协会收到这件展品时，不曾料到它会成为20世纪西方美术大裂变的象征。它不是绘画，也不是雕塑，只是商店里出售的普通的陶瓷小便器，男厕所里随处可见。上面有一个签名，标题是《泉》。他们不知道这个署名"R. Mutt"的作者是谁，不明白一个小便池有什么艺术价值，其中包含什么深意，他们知道《泉》是法国新古典主义绘画大师安格尔（1780—1867）的杰作——一位纯净、美丽的少女，肩头水罐淌着明净的泉水，柔和的光线，细腻、成熟的裸体，被美术界奉为"永恒的美"。为创作这幅画，安格尔耗费了三十六年时光，穷尽了半生心血和激情，而今却被一个男人撒尿的器具替代，这无疑是对艺术的亵渎，当然也是对画展的污辱，拒绝它参展是当然的事。他们不知道，它的作者就坐在评委群里，他就是不久前从欧洲来到美国的大名鼎鼎的马塞尔·杜尚，达达主义核心人物，前卫艺术家心中的偶像。

杜尚出身于法德边境一个小镇的中产阶级家庭，一个哥哥是雕塑家，另一个哥哥和妹妹及他本人都是画家。到美国之前，他是巴黎先锋派艺术家沙龙颇具影响的人物，追随过印象派、野兽派，经历了它们由先锋变疲劳的式微过程。《走下楼梯的裸女》是他走出欧洲前的最后一幅作品，以叠压几何图形展示连续运动形态。这幅作品虽然被第 28 届独立画展拒绝，却在他哥哥推介下，成为立体主义的代表作。这幅作品没有抛弃原创性、色彩、线条、构图这些基本要素，没有突破绘画形式的概念。离开巴黎，远走大洋彼岸，是他彻底告别传统绘画的转折点。"小便池"，意味着他从形象绘画走向非绘画、非艺术，这个转变非比寻常，意味着西方绘画在本质上的出走。杜尚的身份，从此由画家变成了艺术家。

"小便池"事件之后，杜尚退出了独立艺术家协会，认为他们的观念太过滞后，他无法与他们为伍。两年后，他的另一幅作品《L·H·O·O·Q》问世，发表在达达主义刊物上，被当作达达主义的标志。这幅作品更加匪夷所思，他只是在《蒙娜丽莎》印刷品上用铅笔给女主人公画上了小胡子。标题是一句脏话的缩写，意思是"她的屁股热烘烘"。也许他觉得"小便池"传达的思想没能得到艺术界理解，拿安格尔开涮不如拿更大的大师达·芬奇玩一把，用脏话做标题比隐喻更有冲击力，把举世公认的不朽的微笑当作便池，尿它一泡，看看那些自命先锋的人会有什么反应。

这次创举在美国引起轩然大波，震动了西方艺术界，坐实了杜尚对待传统绘画的态度——他就是在亵渎艺术，蔑视经典，从根本上否定绘画。他坦然接受恶评、叱责，非常自傲地把自己推向舆论风口，成功地热炒了一把，以自己的观念分裂了艺术界的价值观。骂他的人认为他颠覆了艺术的神圣性，动摇了艺术殿堂的根基；赞他的人称他"真正领会并表现了艺术的真谛"。激烈的争论、天壤之别的评价，帮助达达主义宣扬了自己的主张，使杜尚成为20世纪艺术史上一个里程碑式人物。"小便池"和加了小胡子的《蒙娜丽莎》成为名作，被选入20世纪经典画册。

除了《走下楼梯的裸女》，杜尚的另一幅"绘画"是《被剥光衣服的新娘》（又名《大镜子》），绘制在一块大玻璃上，用了十二年时间，以机械、管道、滚轮形象表达人类的性行为和生殖过程，直到1926年参展前夕他对这幅作品还是不很满意。在运输途中，玻璃被震出裂口，他满意了。解释说，玻璃的裂纹给新娘子与单身汉之间提供了沟通渠道。这件作品不算是绘画，更像是装置艺术的装饰版。（《世界名画博物馆》，海燕出版社2002年版，第484—485页）

"达达"这个名称是一群青年先锋艺术家聚会时随意发现的词儿，顺口，又能表达满不在乎、玩世不恭的态度。达达主义，就是一切无所谓。既消灭记忆，也消灭未来。蔑视经典，抛弃艺术成果和历史遗产，是达达主义的核心观点。"如果我们永远把'大师'的作品压在自己头上，我们个人的精神就永远只有受到'高贵'

的奴役。"这对于追求个性解放、追求个人精神自由的人，具有强烈的鼓动性和号召力，在当时的美国，受到狂热追捧。

达达主义对传统艺术的虚无态度是对西方绘画的彻底反叛。这种反叛思潮其实并非像一些艺术史家认为的那样仅仅是一战给欧洲造成的精神创伤带来的影响。两次世界大战给人类、给欧洲造成的精神创伤固然深刻，对艺术家的影响不容忽视，但20世纪西方艺术的裂变，根本上还是源于以文艺复兴为发端的西方人本主义觉醒带来的美学观念的深层转变，是西方艺术发展过程中必然出现的现象。

艺术的本质是对自由的追求。任何神圣的东西都是对个人精神的奴役。——这种观念，在19世纪以来的西方艺术界已经成为精英的共识。

在文艺复兴运动中，艺术是促成宗教改革的重要因素，在整个个性解放运动中处于前锋位置。西方绘画历经三个世纪繁荣发展，19世纪达到巅峰，现实主义与浪漫主义的博弈，把绘画从宫廷、学院解放出来，带到普通民众中来。印象主义、象征主义，完成了艺术从社会功能向精神深处转化的过程，绘画彻底摆脱宗教与意识形态束缚，创造出一批辉煌杰作，造就了各流派的一代大师。莫奈、凡·高、马蒂斯、毕加索、蒙克、康定斯基这些人对绘画的表现形式进行大胆创新，占尽后人探索之路，使巴黎青年先锋艺术家几乎无路可走。《走下楼梯的裸女》是杜尚最大胆的探索性作品，却仍然只能笼罩在毕加索立体主义的阴影里。《小便池》《她的屁股热烘烘》，使他从绘画的绝望中突围。达达主义的产生，它对历史文化和艺术经典的蔑视，既投合了以个人为中心的时代思潮，也反映出欧洲当代艺术创作的焦虑。观念艺术，其实就是抛弃形象绘画，把贩卖创意、技法，转变为贩卖情绪、思想，具象、感性的美，变为形而上的信念。

达达主义成为西方美术裂变的分水岭，催生了行为艺术、装置艺术、波普艺术，催生了一批当代艺术狂人，影响到商业时代的艺术观。

1961年，意大利艺术家皮耶罗·曼佐尼（1933—1963）把自己的粪便装入罐头瓶，以"艺术家之屎"的名义在苏富比拍卖行拍卖，收藏机构以黄金价格收购，一罐粪便拍出2.4万英镑高价。他把鸡蛋煮熟,印上自己的指纹,让观众吃掉,叫作"吃掉艺术";吹气进气球,叫"艺术家之气";把一个基座倒置,称为"世界基座",表示整个地球是他的作品;在模特和观众身上签字,模特和观众成为他的作品。(《世界美术》2011年第2期)

法国的波普艺术家伊夫·克莱因(1928—1962)让三个女模裸体滚色作画,从楼上向下跳,张开双臂,体验人在空中飞腾的感觉,以生命换取"站在时代尖端""无私和勇敢的行动"艺术家称号。(《世界美术名作鉴赏辞典》,浙江文艺出版社1996年版,第861页)

如果说克莱因的裸女滚色还有绘画元素,曼佐尼的作为则完全与绘画无关。如果说克莱因的行为是观念艺术,曼佐尼的作品则纯属商业炒作。据他自己说,罐头瓶里其实并不是大便,他没那么多粪便,不得不假造一些看似粪便的东西。才华、癫狂,使这位狂人只活了二十九岁。他早期以高岭土和折皱帆布创作的《白色绘画》曾经获得艺术界好评,大约这样的创作没能脱离绘画形式,不能给他完全自由,或者是不能满足他的轰动欲,他才使出了拍卖粪便的绝招。与其说他是在无情嘲讽当代艺术和艺术家，不如说他是在愚弄被集体无意识冲昏头脑的愚昧大众，就像当今网络主持人的打赏一样。

关注社会与关注自我

达达主义或其他什么主义对历史与经典的轻蔑，并不能贬损绘画艺术的价值。历史和经典不会因为反传统艺术家的颠覆而消失。艺术对人的感动，无法用空洞的理念代替。观念可以红火一时，却无法取代历代大师创作的恢宏、灿烂、美好的形象。那是人类智慧、才华与激情的结晶。行为艺术不可能代替绘画。《小便池》《艺术家之屎》不会因为勇敢撕毁经典、无情嘲弄艺术而让我们感动、心悦诚服。

然而，对西方当代艺术甚至任何时代的艺术，达达主义提出的核心论点却是艺术家必须面对的问题：

在"小便池"事件中，杜尚把现成器物搬进展览馆，他提出的问题是：什么是艺术品？他认为，现成用品可以成为艺术品，相反，艺术品也可以是日常用品。他因此将小便池称为"现成艺术"。这个观念被大量历史文物证明，也被当今商业文化实践。商店里的商品早已在追求艺术风格，很多日用品也已经被当作艺术品来收藏。

在加胡子的蒙娜丽莎事件中，他提出另一个问题：如果不抛弃经典，走出大师制造的传统，当代人如何能有革新、创造的勇气，去开辟更广阔、更自由的天地？

简单地说，观念艺术提出的是艺术与生活、经典与自由的问题。这两个问题对任何时代的艺术家都不陌生，它们伴随着艺术发展的全过程，一直被历代艺术家思考，在创作中实践。只是到了19世纪末，西方艺术发展到价值迷失的阶段，逼使杜尚们不得不用一种极端的、刺激性的方式去呼吁，想要惊醒20世纪的艺术家：你们已经远离了生活，失去了革新、创造勇气，失去了精神自由，你们将在经典的阴影里死去。

"广泛发生在当代艺术中的危机，显然在20世纪60年代结束前就已达到了空前严重、剧烈的程度。""艺术家本身也对艺术在社会中的价值和作用问题提出了怀疑。"这是古根海姆博物馆爱德华·F.费赖依在"艺术的未来"大讨论中对西方艺术现状的评述。(《艺术的未来》，广西师范大学出版社2002年版，原序第1页) 他指出了当代艺术危机的根源——"艺术在社会中的价值和作用"的困惑。1969年，以艺术促进教育和大众启蒙为宗旨的所罗门R.古根海姆博物馆邀请了世界不同领域的专家、学者，以"论艺术的未来"为主题，举办了多场讲座，对艺术的现状和发展进行探讨。在这个系列讲座上，艺术究竟是为小圈子还是为大众展开尖锐的争论。《艺术：大众的抑或小圈子的？》是英国历史学家汤因比的演讲题目。他从当前艺术的危机追溯艺术产生的本源，强调艺术的社会沟通作用，主张艺术回归生活，反对艺术小圈子化。"当艺术家仅仅为自己或为自己小圈子里的好友工作时，他们鄙视公众，反过来，公众则通过忽视这些艺术家的存在对之进行报复。"（《艺术的未来》第15页）美国智能美学专家伯恩海姆则强调艺术必须跟上科技和经济发展的步伐，"计算机最深刻的美学意义在于，它迫使我们怀疑古典的艺术观和现实观"（同上书第72页）。他预言"艺术的世俗化将持续下去"，"传统意义上的艺术家和艺术训练将会逐步被淘汰"（同上书第85页）。汤因比和伯恩海姆的观点与达达主义相呼应，对19世纪以来的艺术方向提出质疑，他们认为，随着时代的进步，世俗化是艺术的必然趋势，艺术一定会抛弃传统，走出小圈子，走出经典意识。伯恩海姆的观点比汤因比更进一步，他代表了商业时代的实用美学，与观念艺术、现成艺术的非绘画、非艺术主张不谋而合。

其实，杜尚提出的艺术与生活、经典与自由的关系，也就是汤因比所说的小圈子与大众的关系。小圈子往往主张艺术的纯粹性，主张艺术的精神性，排斥艺术向物质投降，排斥模拟生活，沉没于世俗；大众则要求艺术应该脱离神圣，关注社会，融入现实，找回艺术在人类生活中的价值。

回顾达达主义产生之前，从文艺复兴，巴洛克、洛可可，浪漫主义与现实主义，直到19世纪流派纷呈，绘画一直在小圈子与世俗大众之间打旋，艺术家一直在社会价值与个人自由之间搏击。

文艺复兴本身就是把艺术从宗教圣殿解放出来还给世俗社会的运动，一次典型的由小圈子走向大众的革命。然而，有趣的是，绘画走出中世纪宗教黑暗的过程，却是由几个不同风格、不同派别的艺术家小圈子完成的。艺术启发他们向往自由，自由的过程必然从宗教走向世俗。他们从圣母的世俗化开始，逐渐扩大宗教故事、神话传说的叙事空间，其中几个关键节点反映出艺术发展与人类文明发展一样，并不是理论家论述的那样简单，艺术的创作实践不是奔腾向前的河流，而是不断打旋的涡流。这涡流起初是由艺术的主观性与写实的表现力交互作用造成的。奇马布埃（1240—1302）、乔托（1267—1337）和马萨乔（1401—1428）这些文艺复兴早期画家把圣坛上的圣母画得更有人情味，更有亲和力，使民众感到更亲近的同时，仍然追求一种神圣、庄严感，即使圣母露出乳房哺育圣婴也仍然仿佛在天国，画面背景里好像能听到圣界的音乐。达·芬奇（1452—1519）用他的透视、解剖、光影、色彩的科学手段描写圣母，圣母就变成了和凡人一样的血肉之躯，不仅亲切，而且美丽、动人。蒙娜丽莎的产生是写实艺术的历史标志。这一轮互动是世俗战胜宗教、客观战胜主观的结果。这也构成了达·芬奇与拉斐尔（1483—1520）、提香（1487—1576）的不同。拉斐尔和提香都接受、传承了达·芬奇的透视、光影、色彩表现手段，却增加了更多的主观色彩。大约因为拉斐尔受到教会重用，担负了圣彼得大教堂的装饰工程，他笔下的圣母被赋予崇高的宗教情感，与现实中的美丽少妇拉开了距离，比起早期画家，多了一些细腻、生动，比起达·芬奇，少了一些生活气息。而提香的贵族化倾向使他笔下的圣母更华丽、鲜亮，圣母的身份俨然是一位贵妇，多了几分高贵气质。这是主观情感对客观写实的反拨，是内心与现实的不同反映。

这种重主观情感与重现实实感的差别，从源头上构成了不同流派的特质，构成了艺术与生活、主观与现实的怪圈。

文艺复兴把绘画从神殿带回到世俗，17、18世纪的绘画则把艺术从宫廷、贵族沙龙带回民间。不同的是，文艺复兴时期写实与宗教情感的寄托是朴素的，偏重于艺术追求；巴洛克和洛可可时期的艺术趣味与生活现实的博弈却是自觉的，代表着不同的艺术观和价值取向，与时代的意识形态密切关联。

以鲁本斯（1577—1640）与约尔丹斯（1593—1678）为例，两人不同的创作道路就是宫廷艺术与平民艺术的典型代表。宫廷艺术偏重于趣味，平民艺术偏重于现实。两人是同学，约尔丹斯曾追随鲁本斯，做过他的助手。鲁本斯被聘为宫廷画师，主要以宗教神话为题材，场面宏大，色彩鲜明，动感强烈；约尔丹斯长年生活在民间，以农民的日常生活为题材，朴素生动，充满人间温暖，虽然没有鲁本斯名气大，但来自生活的人物和场景远比鲁本斯的宗教故事更有感染力。以他为代表的"弗兰德斯风俗画"影响了"荷兰风俗画"，产生了维米尔（1632—1675）、哈尔斯（1580—1666）、伦勃朗（1606—1669）这些具有历史影响力的大师，他们都得益于丰富多彩的社会生活和普通人的形象。

当洛可可艺术沉迷于雍容、华贵的贵族生活场景时，夏尔丹（1699—1779）、格瑞兹（1725—1805）这些画家代表着法国第三等级，以强烈的阶级意识，把普通民众的形象和生活场景推入高雅沙龙，掀起一场新的大众与贵族对艺术的争夺。这场争夺持续到19世纪，在库尔贝（1819—1877）这儿形成拐点。他是艺术史上第一个提出"现实主义"概念的人。这个概念的提出，使平民艺术成为时代潮流，主宰了19世纪中叶以后的画坛，直到印象派兴起，绘画艺术的发展完成了从古典到当代的完整链条：圣殿—宫廷—贵族—沙龙—平民。

印象主义的出现是对现实主义潮流的反拨，标志着艺术核心价值向精神转化。艺术从社会走向个人，从现实走向内心。新印象主义、后印象主义强化了这个过程，象征主义、立体主义、野兽派把个人化、精神化推到极点。

于是，一个重大矛盾出现在社会公众和艺术家面前：艺术的使命究竟是关注社会，还是关注自我？是关注现实生活，还是关注个人内心？——这便是汤因比提出的"大众的抑或小圈子"的疑问。

达达主义的出现，既反映了艺术形式的危机，也反映了艺术价值的危机。"小便池"标志着当代西方艺术最深刻的裂变——否定绘画，否定艺术本身，演变出"艺术家之屎"这样轰动的反艺术闹剧。

艺术怪圈的位置转换

然而，这些轰轰烈烈的潮流，不但没能改变艺术的危机和焦虑，反而带来了以商业利益为轴心的垃圾文化时代（《艺术家之屎》就是典型的垃圾文化），使艺术的价值陷入更深危机。这就是艺术发展的悖论。艺术世俗化、大众化、商业化，使文化传统遭遇空前挑战。当古根海姆博物馆组织"艺术的未来"讨论时，艺术价值危机究竟是怎样造成的,成为隐藏在题外的核心问题。

在汤因比的演讲里,艺术价值危机显然是小圈子造成的。由于艺术只关心个人,不关心大众,丧失了社会沟通功能,社会大众不再关心艺术也就顺理成章。他以乔伊斯、勃朗宁、庞德、艾略特这些作家为例,认为艺术危机的形成,是因为这些小圈子文人"只是描绘他们自己个人的自我世界,从不试图通过将它们翻译成普遍语言从而使之成为公众的(认知)"(《艺术的未来》,第13页)。

著名的法兰克福学派哲学家马尔库塞(1898—1979)却发表了完全不同的意见。他援引马克思的话"动物只是按照需要进行塑造,人总是按照美的规律造形"(同上书,第96页),认为艺术是美的创造。"艺术不是人们日常行为过程中所消费的一种价值;它的用途属于一种超越的东西,它仅对灵魂或心灵有用,灵魂或心灵并不介入日常生活,也不改变它。"(同上书,第90页)马尔库塞不但明确反对艺术介入生活,而且对艺术大众化进行了猛烈抨击。他认为,艺术的审美净化特征使艺术具有"对激情的景仰,对自由的渴望,对常识、普通语言和日常行为的反叛以及对已确立的生活方式的控诉和抨击"（同上书，第97页），而"大众艺术是一种麻醉剂"，它"用一种幸福意识取代了忧患意识，用麻木和屈从取代觉醒和反抗"（同上书，第3页）。他的观点与德国心理学家、美学家玛克斯·德索（1867—1947）惊人地一致，玛克斯·德索"在《美学与艺术理论》一书中写道：'人们常说，艺术一旦脱离了群众便会变质，但我认为，一旦把艺术献给了人民，那么艺术就给毁了。'"（同上书，第1页）以这两位德国哲学家的看法，当代艺术价值的危机是大众化造成的。《小便池》和《艺术家之屎》就是德索对这一论断的注释。马尔库塞有力地抨击了观念艺术、现成艺术之后形成的非绘画、非艺术潮流："艺术无论如何'抽象'，它毕竟保留着不同于非艺术的艺术形式，否则便不叫艺术。""艺术不可能成为现实，只要它保留着作为艺术的形式，哪怕是最具有毁灭性的形式、最抽象的形式、最活生生的形式，它便不可能使自己现实化。"他特别有针对性地指出："所有这些激动人心的、狂热的生产缺乏形式的艺术作品的努力……难道不也是娱乐工业和博物馆文化的一部分？"

（同上书，第94页）

马尔库塞一针见血地戳破了观念艺术、现成艺术、行为艺术（包括其后的波普艺术）的本质——娱乐化、商业化的产物。美国文化学者丹尼尔·贝尔在《资本主义文化矛盾》一书里指出："抹杀艺术与生活的界限是打破艺术类别的一个更为深远的层面。绘画转化为行为艺术……美其名曰讴歌生活，实际这种进程趋于摧毁艺术。"（《资本主义文化矛盾》，江苏人民出版社2007年版，第128页）

汤因比的观点虽然与达达主义相通，但却明显偏于保守。他并没看到，他所说的小圈子与大众在艺术怪圈的旋转里会不断发生位置转换。19世纪以来的艺术流派最能清楚地看到这一点。当现实主义兴起时，库尔贝从小圈子变成大众；印象主义兴起后，莫奈、高更、凡·高都被看作小圈子，20世纪他们却成为大众偶像，作品的商业价值破了拍卖行的纪录。被汤因比当作小圈子代表的乔伊斯、艾略特这些作家如今为世界广大读者所接受，他们的书早已进入大众书架。相反，达达主义毁弃传统，推动艺术生活化、世俗化，跟随他们的大众并不多。今天看来，观念艺术、现成艺术只是小圈子活动。20世纪最大一波大众化运动莫过于波普艺术。它把艺术从专业人士手里解放出来，自命为"直接反映生活的艺术，一种民主和公正的艺术"。让平民百姓人人都成为制造艺术品的"一台机器"（见《大不列颠百科全书》"波普艺术"条），风行于60年代，就像当前的网络文化一样，由于垃圾化而成过眼烟云，在艺术史上只是轰动一时的小圈子行为。

马尔库塞对艺术的认识显然比汤因比更在行，他的观念与现代派艺术更接近。然而，他对艺术的本质的论述有可能使自己陷入矛盾：如果艺术仅对心灵有用，只关注个人内心，"不介入生活，也不改变它"，是不是意味着艺术不必承担社会责任，不必关注社会现实，不必在意人世苦难？这当然不是马尔库塞的本意。马尔库塞主张艺术的反叛精神、忧患意识，情绪非常强烈。他之所以痛恨大众化，正因为他认为大众化消解了艺术对自由、个性、个人权利的向往，从而也消解了艺术应有的对体制的批判，对公理、正义的追求。他认为艺术大众化的结果会把人塑造成为单面人。这是贯穿在他哲学著作里的重要思想，他在《审美之维》和《单面人》中有深入论述。

马尔库塞关于艺术必须具有形式的观点得到了20世纪艺术实践的验证。达达主义之后，尽管现成艺术、装置艺术、行为艺术风行世界，艺术世俗化、商业化、智能化、声光化发展迅猛，伯恩海姆预言的"传统意义上的艺术家和艺术训练将会逐步被淘汰"的现象并没发生，传统绘画依然是当代艺术的主干。无论超现实主义、抽象表现主义、未来主义，还是形而上主义，不管是"画笔画家"——"讲究笔势，颜料富于质感"，还是"色域画家"——"讲究大片统一的色块，表达抽象的符号"(《世界名画博物馆》第503页)，达利(1904—1982)、德·库宁(1904—?)、巴尼特·纽曼(1905—1970)……还是康定斯基(1866—1944)，他们的创作无论如何抽象，都遵循着绘画的基本形式。尤其发人深省的是，当抽象绘画成为20世纪主潮，写实艺术被艺术界普遍认为已被历史淘汰，20世纪中叶以后，写实绘画反而以新颖的面貌重新崛起。"在抽象主义摒弃形象的几十年间，'形象'从未真正彻底离开过艺术家的画面。一些艺术家坚持用

'形象'来思考和反映人类生活的状况和其中存在的问题。"(《世界名画博物馆》，第558页)莫迪里阿尼的富于当代气息的经典风范，维也纳分离派的现代装饰风格，美国怀乡写实的田园怀旧情调，超级写实主义照相般的冷峻，欧洲变形却不夸张的具象绘画，成为跨世纪艺术的亮丽风景，显示出写实艺术强大的生命力。

事实上，20世纪以来的当代绘画就是抽象与写实的博弈、互动。回到马尔库塞关于"艺术是美的创造"这个基本定义，一幅作品只要具有美的创造性，无论写实或抽象，只要能撼动人心，都能成为人类文明和智慧的遗产。《厨娘》《伏尔加河上的纤夫》《收割者的报酬》《居家　外出》等因作者倾注于生活本身的情感而感动历史，《睡莲》《星月夜》《呐喊》《阿纳梅领地》等传达出的或宁静，或孤独，或躁动，或惊恐，直逼人的心灵，它们的艺术价值不会因为关注现实还是关注内心而有所差别。

《厨娘》 （荷）维米尔（1632—1675）

《伏尔加河上的纤夫》 （俄）列宾（1844—1930）

《收割者的报酬》 （法）莱昂·奥古斯特·莱尔米特（1844—1925）

《居家 外出》 (美)罗克威尔(1894—1978)

《睡莲》 （法）莫奈（1840—1926）

《星月夜》 （荷）凡·高（1853—1890）

《呐喊》 （挪威）蒙克（1863—1944）

《阿纳梅领地》 （比利时）雷那·马格里特（1898—1967）

行为艺术与中国书画

前不久,网上有几段视频:

一位白发长髯老者,身着对襟功夫褂,手拿硕大注射器,几位美女为他撑开一面白布,让他把注射器里的墨汁飙射在布上。然后接受采访,问他这样的书法有没有人承认,老者慨然回答:"不管有没有人承认,这就是我的作品!"

一位长发齐耳的青年书法家,全身赤裸,端起一盆墨汁,从头顶浇下去。周围朋友默然观望,路人面露惊异。

一位裸体女郎,手执画笔,俯身案边。拍摄角度充分展示了女性的隐私细节部位。然后在地上摊开画布,以乳头和身体蘸彩,滚地作画。

后面这段当然比前两段更具冲击力,点击率遥遥领先,网友评论也更热烈。

有了"网红"这个词儿，不管什么样千奇百怪的视频也不足为怪。据说，某位女明星的弟弟，因为姐姐名气大，自己又长得帅，发一张自拍照到网上，加了昏罩，只有打赏才能看到清晰原照，睡了一夜，第二天早上一看，收到的赏银居然超过600万。这就不只是暴红，更是暴富。

上面三段视频显然并不是冲着赏银而发（有赏银当然更好）。他们大多是真正痴迷艺术，自负，执着，苦于得不到承认，煞费苦心，以挖空心思的花招来彰显自我价值，以期在艺术界博得一点名声。其实，那位裸体美女所画的花卉还能看出一些功底，只是功夫不太扎实，创意差一点，笔墨、构图平庸，如此这般用身体作一番画，能不能弄出动静，起码勇气可嘉，也许会增加一点知名度——"瞧人家某某，身体作画！什么都露出来了。"那位老者，很有愤青气概，如果请一位资深评论家点评，再请有影响的拍卖师现场拍卖，说不定能变成轰动一时的艺术新闻。

然而，网上评论并没有超出一般网友水准。粗俗字眼固然不必当真，赞扬的话也很少艺术见解，仿佛只是粉丝、水军吆喝捧场。就社会反应而言，他们的行为远没有网红的小视频更受欢迎。不像达达主义初起时，马塞尔·杜尚（1887—1963，又译杜桑，法国艺术家，达达主义创始人之一）弄一个小便池、把蒙娜丽莎加上小胡子，就被评论家捧为"观念艺术先驱"，选入西方美术名作，名垂艺术史。曼佐尼（1933—1963，意大利艺术家）拍卖自己的粪便，被赞为"对当代艺术无情的嘲讽"，收藏家以黄金价格争购。那位老者用注射器飙出的书法可以说是"观念艺术"，是"对当代书法的辛辣讽刺，有力抨击"。比起曼佐尼，他的作品不失形式感，更具艺术属性。

达达主义分化了西方艺术价值观，催生出行为艺术、装置艺术这些非绘画的行为，使艺术与商业文化融为一体，成为当代前卫艺术的代表。回望东方，这些自命先锋的艺术家时不时做出类似上述视频那样的行为艺术，却很难引起艺术界关注。主流冷漠，自不待言；民间宽容，也很少正面评价，即使嘴上不说，心里觉得并非正道。其中原因，除了给人一种跟风西潮的感觉，缺乏新鲜感，没什么创意，更有中国书画植根于中国文化的深层原因。

中国文化的精神核心建立在"天人合一"的宇宙观上，

自然崇拜，族源崇拜，是中华民族的信仰基础，它使这个具有几千年历史的古老国家从未出现过政教合一政权，没有强势的宗教能够取代儒家思想，左右国家意识形态。中国书画从魏晋到近现代，保持着世俗文化、文人文化的性质，不像西方绘画长期被宗教控制。顾恺之、吴道子的画笔描绘着人世生活、伦理教化和狂放幻想时，西方绘画还停留在《圣经》、圣像、教堂穹顶和罗马神话里，直到文艺复兴、宗教改革，才逐渐走出神殿，走入世俗。当西方绘画在巴洛克、洛可可，宫廷、贵族、沙龙间徘徊时，中国画已经经历了魏晋风度的陶冶、唐宋气象的滋养，建立了成熟、强大的艺术传统，这个传统不但源远流长，而且具有自己的哲学根基和审美观念。中国画自宋代起，以山水、花鸟为雅，优于佛道人物、亭台楼榭，以风俗画为俗，崇拜自然、超然物外，与西方文艺复兴后的人本主义形成对照。中国画的文人逸士底色，对竹、菊、梅、兰君子品德的崇尚，对一切功利行为的鄙夷不屑，与西方绘画的市场观念相去甚远，"小便池"之类举动不可能动摇中国画的艺术观，更不会有人把《艺术家之屎》当作艺术，从而抛弃绘画形式。

"天人合一"的宇宙观使东方审美具有天然的抽象性。中国画从诞生之日起,就体现出中国哲学的重直觉、重意象的美学观念。达·芬奇的透视、比例、黄金分割,人体解剖,甚至印象派的光影印象,体现出西方重实证、重科学的观念,与中国画以线条、笔墨、意境为基本形式格格不入。在这个意义上,中国画没有真正的写实艺术。即使工笔、重彩,仍然以神似为雅,形似为俗,讲究"意在笔先""物我两化""神形兼备"。唐代确立的鉴画四品,经宋、元、明的倡导,成为中国画的审美标尺。逸品、神品、妙品、能品,把描摹归为能,是最低档次。把超逸散淡称为逸,视为最高境界。宋、元,尤其明代,都曾在革新中提倡师古,与西方文艺复兴观念颇有相似之处,但中国画的师古、革新主要是创作方法、技法的改革(工笔与写意,勾勒与点泼,笔墨与青绿、淡彩、浓彩、泼彩),所谓观念革新也是绘画领域内创作理念的改革(南宋简笔画、禅画是典型代表),不像达达主义那样彻底否定绘画形式。中国画的文人性质体现在两宋时期更注重文学性和诗意化,作画要以题诗为名,强调作者的学养基础,本身具有形而上性质,达达主义的观念艺术在具有抽象传统的中国画面前不但显得空洞，而且因为强调现成艺术，强调艺术的生活化，反而比中国画更形而下。

中国画使用的笔墨、画材与西方绘画迥异，文房四宝和印钤本身构成中华传统文化特色，使中国书画难以被当代商业非绘画手段取代。

在20世纪东西方文化交流的潮流里，庞德、艾略特以象征主义诗歌为发端，布莱希特从戏剧入手，广泛吸收东方审美，开创西方现代派艺术。西方现代艺术的精髓就是把注重科学实证的西方艺术在夸张、变形、梦幻中抽象化。五四新文化运动则开启了中国文学艺术全面欧化的过程。经过一批又一批留洋文人的倡导，文学各个类别（从诗歌形式、语言到小说观念、结构、叙述，评论的理论基础）几乎全盘西化，中国戏曲（尤其地方戏曲）无法摆脱苏联斯坦尼斯拉夫斯基导演体系影响，把西方扬弃的"三一律"搬过来，当作金科玉律，抽象的、随意转换时空的中国戏剧审美观被破坏，至今难以修复。唯独中国画坚持了古典传统，不为各种时髦潮流所动。西方绘画传入中国，与文学一样影响巨大，却被中国画切割为另一门类。素描、水粉、水彩、油画被称为西洋画。

即使如徐悲鸿这样东西兼修的大师也难以把中国画与西洋画混同。张大千在海外广收博采，吸收西方现代审美观念，他的作品却比徐悲鸿更加守持传统，对中国画艺术观念在世界的传播影响更大。

中国书法这些年改革呼声最高，向西方行为艺术靠拢最多。书法以汉字为基础，本来是中国人书写文字的基本形式。从实用到审美，到装饰，与中国画的发展、当代美术的发展密不可分。诚如上文所说，中国画的发展史是一部波澜不惊的长卷，只有历史年代和文人群体的不同，没有西方绘画经历的拜占庭、哥特式，文艺复兴、现实主义、浪漫主义、印象主义、象征主义，等等。中国书法与中国画一样，无论革新与师古，都没什么主义之争。被称为书画同源的书法，除了依附于中国画，依附于文人、名人，更得益于官方倡导和民间对汉字的尊崇。中国书法是中国传统文化的一种标志，对汉字的尊崇，是书法的第一要义。明、清、民国时期，小孩子上学读书，先生都会强调，写过字的纸不许乱扔，不许擦鼻涕、当手纸。当代书法，不只是古人写字行为的艺术化、装饰化，更是中国传统文化修养的体现。当代书法的危机不在书法本身，而在"书法家"文化修养的不断降低，导致书法高雅性丧失，变为附庸风雅的装饰，官场腐败的贿品。"书法家"向官员靠拢，官员借书法装点自己，书法成为社会追捧的热门技艺，当代书法价格超过明清书画，如同牛市股票。泡沫化的书法，不讲学养、风骨，只讲作者官位高低，汉字的尊严荡然无存。书法革新，无论技艺如何变化，都无法逃脱汉字的约束。稚拙体，形形色色丑书，早被民国"书法家"尝试过，再怎么变换丑样，破坏汉字结构，破坏汉字本身的美感，精英不屑，大众反感，历史不会接受。当代书法的危机靠追古二王，研习颠张醉素，学王铎，师康、于……并不能解决问题。书法的危机在于越来越远离汉字的审美与内涵。取消汉字，以注射器代笔，当真像杜尚的小便池、曼佐尼的粪便一样，是对当代书法无情的嘲弄。

按照明代书画家文徵明的曾孙文震亨在《长物志》里的记述，明代书法"书价以正书为标准，如右军草书一百字，乃敌一行行书，三行行书，敌一行正书"。那就是说，王羲之草书三百字才能抵一行正书的价格，不知当代丑书多少字能抵一行正书？

听音乐

纯情年代的歌

"春季哩嘛就到了嘛,迎春花儿开,迎春花儿开,年轻轻的个女儿家呀踩哩嘛踩青来,小呀啊哥哥,小呀啊哥哥呀,手拖上手儿来……"(另一版本的歌词是"水仙花儿开")

这首被称为《花儿与少年》的歌,偶尔还能听到。现在的听众,大约并不知道它只是歌舞套曲《花儿与少年》的一小段,恐怕多数人没欣赏过歌舞演出的全剧,不一定了解"花儿"的含义和来源。它对于我,却是青春时光的感情符号,只要听到它的旋律,我心里就会涌起大学校园里难忘的时光。

在我读大二时,学校组织了一个晚会,由青海歌舞团在学校礼堂演出歌舞《花儿与少年》。它由青海民歌改编,在莫斯科第六届世界青年联欢节上荣获金奖。大幕拉开后，音乐声中展现出一片辽阔的大草原，草原上点缀着白色毡房。身穿回族服装的青年男女的背影缓缓进入舞台，"哎——春风呀吹醒凤凰山……"舒缓优美的序曲把观众带入了草原春天的景色，进入少男少女相互吸引的浪漫氛围。随着乐曲转为舒缓的三拍子旋律，爱情的气氛逐渐加浓，"草原上的牡丹闹春天，春天的牡丹惹了少年……"乐曲突然转入欢快的四步，就是上面提到的"春天哩嘛就到了嚓"，经过狂欢，游戏，男女各自找到心上人，群体分散为几组成双成对的背影，缓缓走向谈情说爱的角落，舞曲再次转为慢三节奏，"山里高不过凤凰山，川里美不过大草原。……少年人爱上了红牡丹，红牡丹她爱上了少年"。最后再转为四拍子，直到高潮，结束。这台歌舞让我们的校园痴醉入迷，这套曲子成为学校乐队的经典舞曲。每到周末，只要听到《花儿与少年》在礼堂里奏响，我们都会情不自禁地拥向舞池。它非常适合跳交谊舞，从慢三开始，转为快四，再转快三，中四，最后以慢三结束。在那个饥饿的年代，《花儿与少年》成为鼓舞我们乐观生活的精神力量。我们中文系还特别成立了"花儿采风队"，到临夏回族自治州去采集"花儿"。

"花儿",是回族民歌的代称,流行于甘肃、青海、宁夏,以男女互诉爱情为主要内容。一般是每段五句,以第四句的半句衬句显示出"花儿"特色。中文系采集了大量"花儿",在上海文艺出版社出版了《马五哥与尕豆妹》这首回族爱情长"花儿",使民间文学研究成为兰州大学中文系的特色。

让我真正领略"花儿"魅力的,是一次偶然的机会。为了弥补粮食短缺,我们全班同学到陇西山上去种洋芋。正是春天季节,草芽还没萌绿,大山一片荒凉。蒙蒙细雨里,山谷里传来一个声音。我站在高山上向下看,山谷小路上一个人骑着毛驴从远处走来,毛驴跑着快步,驴背上的人大声唱花儿:"阿哥的红牡丹呐——",声音粗犷、苍凉,在山谷里嘹亮回荡,毛驴很有灵性地踏着节奏,四蹄轻快,与背上的人一起颠动,寂寞、荒凉的山谷变成了人和毛驴的快乐旅程,山野变成一幅充满诗情的国画。我于是明白了,"花儿"不只是倾诉爱情,更是以回肠荡气的长啸来抒发人在西北荒凉的大自然中的孤独和悲壮。这是我第一次听到真正的"花儿",它让我对舞台上柔声细气、华丽矫情的《花儿与少年》深恶痛绝。

在今天这个消费时代里,纯情年代的歌曲被滥情浸淫,"花儿与少年"这个纯情年代的符号变成了某电视台大众娱乐的品牌。网上搜索,完全不见《花儿与少年》的踪影,既没有优美的歌曲,也没有富于西北特色的浪漫舞蹈,只有消解了文化和艺术气息的游戏、狂欢,网民们很难从那冗杂不堪的条目里知道《花儿与少年》代表着一个时代民族艺术的精华。当我们把精神财富消费掉之后,我们也就穷得只剩下钱了。

歌声的魔力

"如果你觉得累了怎么办？那就唱唱歌。如果你觉得闷了怎么办？那就唱唱歌。如果你觉得烦了怎么办？那就唱唱歌。……我们在唱歌中回归天然的自己。唱歌使我们重做一次天真无邪的孩子。"这是我在《唱歌》里写下的文字。大约因为是真实感受，曾经感动一些读者，得到朋友的共鸣。我把唱歌写得如此美好，以为这就是人类拥有歌声的理由。

后来，迈克尔·杰克逊的碟子动摇了我对唱歌的认识。音乐一开头就把人震撼了。强烈的节奏，震人心魄的鼓点，高大的塑像，法西斯式装扮，威武、强悍的形象，迈克尔如上帝君临人世似的出现。强光掠过沸腾的现场，人头攒动，青年男女吹着口哨，疯狂喊叫"迈克尔——"。在迪斯科音乐伴奏下，迈克尔边舞边唱，女孩流着眼泪，尖声大叫，晕倒在现场，被抬上救护车。这火爆场面勾起我的回忆，使我想起自己的青春时光。

年轻时非常喜爱苏联歌曲，每当教室里有人唱起"再见吧，妈妈！"全班同学都会跟上："别难过，别悲伤，祝福你的儿子一路平安吧。""听吧，战斗的号角发出警报，穿好军装，拿起武器！……"唱着唱着，眼里就涌出热泪。

几年前在俄罗斯游历，到弗拉基米尔宗教圣地苏兹达里。这座人口不足两万的小镇有几十个修道院。在修道院里，站在教徒中间，看他们做星期天弥撒。钟声响过，唱诗班的孩子开始唱圣诗。我一动不动地站在深冬的寒风里，看着修道院屋顶上的积雪，像当年忆苦思甜大会上唱"天上布满星"一样，心里涌起深深的感动，不知不觉间流出了眼泪。

那时，我突然明白了孔夫子和儒家为什么那么重视"乐"，把它看作个人修养、国家兴衰的标志，"兴于诗，立于礼，成于乐"（《论语·泰伯》），"审乐以知政"（《礼记·乐记》）。当我写唱歌能让自己回归天然，重做一次天真无邪的孩子时，是不是忽略了唱歌更重要、更强大的功能——教化社会，传播理念？因而也显出了我的幼稚、萌傻。

不久前看到一段视频，一群误入传销队伍的人在发疯唱歌："十年的钱啊一年挣——十年的苦啊一年吃——"他们拍手，跺脚，激情迸溅，如痴如狂，表情扭曲，眼睛放光，全场爆发出赴汤蹈火的气势，每人脸上都闪耀着疯狂的光芒。

二战前的德国、日本，为了加强法西斯教育，学校配合军训，教唱勇敢、忠诚的歌曲，青少年唱着这样的歌走上前线，战争结束了，他们还不愿停止抵抗。

这便是音乐的力量，歌声的魔力。通常被我们当作舒展心情、抒发情感的歌曲，在群体沉溺的时候，就变成了控制人的理性的魔咒。

认真想了想，我依然认为自己对唱歌的感受没什么错，那是亲身体验，真真切切。唱歌时，人的确可以忘记烦恼，忘记世事纷繁，变得幼稚、天真。

美国歌手鲍勃·迪伦（Bob Dylan，1941— ）获得2016年诺贝尔文学奖之后，受奖词里讲了这样一段话："我在五万人面前唱过，也在五十人面前唱过。可以告诉诸位的是，给五十人演唱，难度更大。五万人虽然人众，呈现出来的却是一副面孔；五十人则不然，个个都是独立个体，自成一片天地，对事物的感受也更加清晰。"

他讲的并不是五万与五十的差别，而是群体与个人的差异。鲍勃·迪伦敏锐地感觉到了音乐、歌舞对集体意识的煽动力和操控力，指出了群体情绪与个人意识的差别。五万人会同仇敌忾，一个人会冷静思考。

唱歌使人忘我，这才是问题的关键。一个人唱歌，在净化安慰自己的灵魂，那种忘我，是忘掉尘凡中的固我。群体唱歌，置身于狂热现场，灵魂飞散，身不由主。那种忘我，是失去个人意志，精神被操控。英国历史学家汤因比在"艺术的未来"大讨论里说，五光十色的音乐歌舞"与宗教的歌舞有着同样的目的，即都是力图使参与者暂时忘却他们的个体意识和人格，通过'集体无意识'投身到相互共享中"（《艺术的未来》，广西师范大学出版社2002年版，第5页）。

作为一位摇滚歌星，鲍勃·迪伦之所以受到学院派重视，最终获得诺贝尔文学奖，就因为他对群体意志与个人人格有清醒的认识，被学者称道："高度个人化的视觉风格""小写的人而非大写的人""以无与伦比的诚实和技艺呈现独此一家的个人风景"(《世界文学》2017年第2期)。

人群疯狂,时代怪诞
我紧锁自己,我置身局外
……

这是鲍勃·迪伦为电影《奇迹小子》(*Wonder Boys*)所写的插曲,荣获当年奥斯卡金像奖和金球奖的最佳原创歌曲奖。不管是迈克尔·杰克逊的演出现场,还是鲍勃·迪伦的演唱会,如果以"我置身局外"的心态去欣赏,那收获的就不只是狂欢,而是心灵与艺术的互动。在群体里唱歌,在疯狂的现场,千万不要做鲍勃·迪伦所嗤笑的"五万人却是一个面孔"那样的白痴。

如果为了爱,如果为了真诚的情感,歌和诗一样,是人世间美好的倾诉。

音乐家（二题）

音乐和生命

《渴望春天》《小夜曲》《听，云雀》《乘着歌声的翅膀》……是我青少年时期很喜爱的歌曲。旋律优美，格调高雅，感情真挚纯洁，给我的青春注入浪漫活力，陪伴着我二十年的流浪生活。在漂泊的旅程里，多少个黄昏，多少个夏夜，我哼着这些曲子，在精神的天国里漫游，人世忧烦、生活磨难，都在歌声中变为人生的姿彩。莫扎特、舒伯特、德沃夏克是我心中最真挚的朋友。我怀念他们，感激他们，他们留给我的不仅是美妙的音乐，不仅是热爱生活、热爱人生的热诚，更是一种做人的尊严感和高尚感。

可是，十八九世纪为人世留下美妙乐章的音乐家，虽然成就辉煌，却大多命运坎坷、生命短暂，生前穷途潦倒。过去我以为贝多芬盛年早夭，后来才知道这印象并不准确。和下边这些人相比，贝多芬不算短命：莫扎特，三十五岁；舒伯特，三十一岁；舒曼，四十六岁；肖邦，三十九岁；门德尔松，三十八岁；波隆贝斯库，三十岁；老施特劳斯，四十五岁；韦伯，四十岁；比才，三十七岁……

莫扎特靠借债和共济会的接济过活。由于不堪一个虚伪可憎的大主教对他的凌辱，他愤而辞去教堂的职务，从此失去饭碗，直至穷困而死。舒伯特短暂的一生全靠朋友资助，在朋友帮助下举办了一生中唯一的一场音乐会，以音乐会的微薄收入买了一架钢琴。3月买到钢琴，当年就去世了，他自称是"失败的音乐家""最不幸最可怜的可怜虫"。比才的辉煌作品《卡门》上演后受到无情责难，在沮丧与失落中死去，生前没有得到一点赞扬和安慰。

为人类留下优雅、快乐、生命激情的人，他们的人生却是这样孤独。

"文革"后期我看过一部罗马尼亚传记电影《奇普里安·波隆贝斯库》，那正是中国经历政治动荡的年头，我流浪多年，生活无着，在街道小厂里栖身，文学理想破灭，人生陷入谷底，这部电影像一夜春风，使我心灵深处涌动起温馨的波澜。年轻恋人在草地上奔跑着迎接出狱归来的音乐家，"奇普里安——奇普里安——"这呼唤使我的眼睛湿润，美丽的画面深深感动了我。生命垂危的波隆贝斯库站在海岸边，眺望无边波涛，怀念祖国，怀念恋人，影片的结尾如一首无尽无期的诗，留下绵绵忧伤。

这部电影丰富了我的音乐知识，让我知道了一位伟大的音乐家的人生。波隆贝斯库在物质贫困和精神磨难中所表现出的高贵、顽强和不息的理想精神，温暖了我，激励了我，净化了我的灵魂。

像海顿、斯特拉文斯基那样高寿的音乐家是极少数的。海顿活了七十七岁。他一生舒适安逸，生前得到了普遍承认。他没有辜负岁月对他的恩赐，也没有辜负命运对他的偏爱。光是交响乐就写了 108 部，曾被授予牛津大学名誉音乐博士称号，被后世称为"交响乐和弦乐四重奏之父"，的确是太幸运了。斯特拉文斯基以八十九岁的高龄逃脱了 19 世纪的厄运，取得 20 世纪最伟大作曲家之一的辉煌。这个俄罗斯流亡贵族，几次更换国籍，最后迁居美国，住在好莱坞。大约他的逃跑哲学使他能够跨越灾难，赢得与命运搏斗的胜利。

用中国的养生学观念说，音乐耗气，绘画养气，书画在中国是延年益寿的养生之道，而音乐被括入奢靡之列。就概率而言，画家比音乐家长寿。

进入20世纪，音乐家的状况大有改善，但对于高雅音乐来说，还只能在寂寞中望迈克尔·杰克逊、麦当娜一歌万金而兴叹。精英艺术总是清贫的，精神贵族总是物质财富的贫困者。

浪漫、幻想和热情，是音乐家身与心的火焰，悲怆、忧伤是人类的财富，它们织出人世的美好，陶冶人的心性，使作为一个人的我们美丽、优雅，丰富而温情。

音乐和女人

叔本华在《论女人》中用尖刻的语言说，女人只重视物质，只有虚荣心，"对于音乐诗歌或是美术，她们都没有任何真实的感受"。他对女人的刻薄使他的见解精辟犀利，读起来大有茅塞顿开之感。尽管我知道那是因为他从小受母亲苛待，潜意识里存在着对女人的憎恶，可我还是想和他争辩。他无法否认，女人一直是音乐家、诗人、画家汲取灵感的不竭源泉，女人就是大自然的化身、艺术的化身。没有女人，艺术是不可想象的。十八九世纪的音乐家每人都有一个感人的爱情故事。爱情不只是他们艺术的灵魂，也是他们生命的支柱。即使取材于宗教的名曲，也仍然要依靠爱情给予激情。诗和音乐，是爱情的象征。爱，是上帝赐予人类的最美好的东西。

以放荡不羁著称的女作家乔治·桑，是照耀肖邦生命的烈火。没有她，肖邦的创作难臻天马行空的胜境。他们私奔圣马略卡岛的十年，是肖邦创作最辉煌的时期，赢得身后盛名的曲子大多是他那个时期的作品。和乔治·桑分手后，他精神迅速崩溃，不但没有新作，而且失去了对生活的兴趣，当年即病逝于巴黎。李斯特和他相反，在失恋的痛苦中极度消沉的时候，结识了乔治·桑的女友达古尔夫人，重新振奋，恢复创作热情，他们偕游同居，此后漫游欧洲，声誉达到顶峰。柴可夫斯基与梅克夫人的传奇是广为流传的音乐佳话。他是个敏感而脆弱的人，曾两次精神失常。与梅克夫人建立通信联系之后，生命与事业出现了全新的状态。她的崇拜成为他的精神力量，她的资助使他能够辞去教职全身心投入音乐创作。结识梅克夫人的第二年，柴可夫斯基在欧美旅行演出，取得极大成功。两人从未见面，但她不只是柴可夫斯基后半生的依托，而且造就了他大师的地位。1890年，梅克夫人突然停止资助，中止和他的通信，柴可夫斯基几近绝望，写出《第六悲怆交响曲》，被认为是他一生中登峰造极的作品，两年后，因精神崩溃而去世。

音乐史上最令人赞叹的女性是克拉拉·舒曼。这个温淑娴雅的日耳曼女子，才华横溢，教养高雅，极富个性和慧眼。二十五岁誉满全欧，不但自己成就卓著，而且还以女人的温情和爱心造就了两个伟大的音乐家。舒曼是她父亲的学生，他们的爱情受到父亲的激烈反对，她不得不与家庭决裂，借助法院干预，才得以和舒曼结合。她给了舒曼激情，并敦促他开阔视野创作交响乐，在他去世后，编订出版他的作品。可以说，没有克拉拉，就没有舒曼。同样也可以说，没有克拉拉就没有勃拉姆斯（他是德国音乐史上三大支柱之一，巴赫、贝多芬、勃拉姆斯，三人名字开头字母都是B，被称为德国音乐"三B"（见《世界知识画报》2002年第7期）。当20岁的勃拉姆斯结识34岁的舒曼时，他决不会料到，日后的成名几乎全靠舒曼妻子克拉拉的赏识。是她最早发现了他，在她主办的音乐杂志上给予热情评价和推荐，使音乐界逐渐认识他。他和她长期的友谊是他创作的力量。1896年克拉拉去世，勃拉姆斯悲痛欲绝，创作了自己的绝笔《啊世界，我必须离开你》，不久即追随克拉拉离开了这个世界。克拉拉也许是世界上最美丽的女人，她的优雅气质使女性的魅力如空气和大海一样宽广浩荡。我曾想寻找一帧她的画像，可惜终未如愿。后来到欧洲旅游，才知道德国纸币马克上的女性头像就是克拉拉，看来德国人真的很尊崇她，很爱她。

面对克拉拉，也许叔本华会堕入情网，从此不再仇恨异性，也就无法写出他的杰作《论女人》。那样的话，对叔本华是不是一个遗憾？可如果真有这样的情况发生，叔本华还会在乎写不出《论女人》的遗憾吗？

附：克拉拉·舒曼和她的作品

克拉拉·维克·舒曼（1819—1896），出生于德国莱比锡一个音乐家庭。父亲是音乐教师，母亲是钢琴家。在父亲教育下，她五岁学钢琴，八岁开独奏音乐会，十九岁登上维也纳乐坛。当人们把她说成是19世纪一流的钢琴家时，往往忽略了她创作的音乐作品。《如果你爱恋美》（钢琴曲）是她献给丈夫的生日礼物。为了向子孙表明两人同心同灵不分彼此，在歌曲出版时，她没有标明自己是作者。

如果你爱恋美

如果你爱恋美,
那不要爱我!
你去爱阳光,
因为它有金黄的秀发。

如果你爱恋青春,
那不要来爱我!
你去爱春天吧,
因为它每年都会回来!

如果你爱稀世珍宝,
那就不要来爱我!
你去爱恋海中的美人鱼,
她有许多明亮的珍珠!

如果你爱的是真爱,
那就与我永远相爱,
永远爱我,

我也永远爱你。

［选自《听音乐》，（美）罗杰·凯米恩著，世界图书出版公司2008年版］

没谱时代强说谱

一个搞音乐的人到山村去采风。房东男人干活回来,一进门和老婆说话,方言很好听,他用简谱记下了这段对话:

2/4　5 4 | 3 4 | 5 34 | 1 34 | 5134 | 13 7 | 4—

把这个乐谱读出来,就是:"梭伐(啥饭)?""咪伐(米饭)。""梭咪伐(啥米饭)?""哆咪伐(大米饭)。""梭哆咪伐(啥大米饭)?""哆咪西伐(大米稀饭)。"

这个段子证明了音乐的轻松、快乐,也证明了简谱的实用、方便。

我读书的年代是简谱的时代。无论音乐课本,还是歌咏队、乐队印发歌页,统统是简谱。我见到的第一位把七个阿拉伯数字唱成歌的老师是崔表叔。他是我的远房亲戚,师范里的高才生,县城的风流人物。他上学期间偷跑到解放区去参加革命，在八路军文工团干了几年，与女队员谈恋爱受了处分，转业回到县城。他识谱能力超强，拿到有谱的歌页当时就能打着拍子教我们唱。学生都很崇拜他。他不但教唱歌，还讲简谱知识，带我们练音阶。他说，要想开谱，首先必须把音阶唱准。他教唱的音阶很复杂，排序唱、隔位唱，三度、五度、八度……他的严格训练使我终身受益，至今看谱唱歌不失音准。从他那儿我懂得了四分音符、八分音符、十六分音符……三连音、切分音、装饰音……休止符、连音符、换气符……渐弱、渐强……他还教会我们不同节拍如何打拍子。他让我喜欢上音乐，喜欢上简谱，不但学会了开谱，如他一样拿到谱子就能唱，还学会了记谱，把别人唱的歌儿记下来。我很为此骄傲，经常买一些歌本，把当时流行的歌曲拿来哼唱。到了高中才知道，这点本领其实很平常。班里有位同学，会拉手风琴、吹黑管、谱曲。我不得不甘拜下风。学校开晚会，我写词，他谱曲，他谱出的四部混声大合唱让我很钦佩。十几位同学组成合唱团，排练我们自创的大联唱。那时我发现，合唱团的同学都懂谱，简谱知识不比我差，演唱过程中还随时对不同声部里不和谐的地方提出修改意见。

　　简谱流行，与革命岁月有关。革命战争年代，歌曲既能鼓舞斗志，又能抒解紧张情绪，抒发情感，寄托美好生活的梦想。简谱易学易懂，不需太深的文化修养，聪明人半天就能学会。记录、流传方便。一片香烟盒纸就能抄录一两首心爱的歌曲，让喜欢的人跟谱学。大约这就是聂耳、冼星海这一代作曲家使用简谱创作的原因。是时代的需要。50年代，简谱流行达到高潮。剧团里的学生、老师，甚至商店里的伙计都热心用简谱歌页唱歌。有位亲戚是豫剧沙河派名演员。小时候我到剧团去看他教戏，老师、学生都没谱本，全靠口口相传。教唱腔，就是"申姜申申姜申申姜一申——"，乐队班子以鞭鼓指挥，跟着演员唱腔走，各种变化随机应变。简谱流行之后，《河南梆子谱》这类简谱书大量出现，剧团用上了乐谱。班里同学照着谱本学唱，组织了像模像样的豫剧小分队，在学校晚会演出，到公园、大街上去演唱。曲剧、坠子、三弦书、旱船调……都有了谱本，各类地方戏曲和群众歌咏活动繁荣，简谱发挥了至关重要的作用。

崔表叔讲简谱时曾经自豪地说："简谱是中国人发明的，只有咱们中国人使用。"我好奇地问："外国人呢？他们怎么办？""他们用五线谱。"他在黑板上画五条平行线，给我讲外国人怎样记谱。我越听越糊涂，不一会儿头就蒙了。

后来我发现崔表叔并不博学、完美。——其实，简谱并不是中国人发明的（这让我有点失落）。阿拉伯数字简谱是修士苏埃蒂发明的，经著名思想家卢梭倡导，18世纪在法国形成，早已被西方人命名为"加—帕—谢氏记谱法"。正如前不久被网友吹嘘的新四大发明一样，简谱只是在中国被发扬光大，广泛使用，发挥了在西方不曾发挥的作用而已。

我对五线谱一直保持着神秘感。我在书店买了一本《基本乐理》，伊柳兴著，从苏联翻译过来的书。我用整个暑假研读它，试着把莫扎特的《渴望春天》翻译成简谱，把《行军小唱》翻译成五线谱。虽然找到一点愉悦和自豪，却还是不能拿五线谱直接视唱。它像外语，必须经过翻译才能流利朗读。简谱更像我的母语。近几年，孙子学吉他，孙女、外孙女学钢琴，老师用的都是五线谱。

我明白了，五线谱有利于西洋乐器演奏，而简谱更适合歌唱，唱歌本身比交响乐简单多了。怪不得简谱受中国人欢迎，盛行于中国，它更符合中国人简单、抽象的思维方式。

真正属于我们中国人自己的乐谱工尺谱，比五线谱更难学。试着研读，真如读天书。最让我头疼的是，宫、商、角、徵、羽，与五行、五方、五时、五脏、五气、五色、五味对应。这是中国传统特色。无论什么学问，只有带上东方哲学的神秘色彩，才能显出它的博大精深。我很敬佩我们的先人，当初是怎么在一根弦上琢磨出"三分损益律"，定出了黄钟、大吕、太簇、夹钟、姑洗、仲吕、蕤宾、林钟、夷则、南吕、无射、应钟这十二律，把它们变成乐谱？

有一年，到太行山下的焦作去参加文学活动。在这片曾经出现过竹林七贤的地方，明代出了一位音乐家朱载堉（他是朱元璋的九代孙）。他创立了"十二平均律"，解决了中国两千年没解决的黄钟不能还原的古代音差问题。这问题很专业，听了半天，我还是似懂非懂。但我知道了，工尺谱里隐含着中华哲学和中国人的智慧。

原以为工尺谱已经死去,只能待在音乐博物馆和古籍里,供专家去研究。谁知不久前在一位朋友那儿看到,爱好古琴的人越来越多,青少年中有不少精习者,甚至十几岁、几岁的小朋友也有前去学习的。工尺古谱借此复活,出现了一批这方面的新书。

随着西洋乐器进入寻常百姓家庭,汉风古乐在民间悄然归来,简谱风光不再。不只是普通人,即使演员、歌星、文化人,不识简谱也不足为怪。幸亏小学音乐课本还没有抛弃简谱。谱系的多样化只是原因之一。重要的是,商业时代到来,社会价值观转型,当代哲学迷茫,我们正处在一个没谱时代。

说戏剧

从 20 世纪获诺贝尔文学奖的戏剧家看当代戏剧

1997 年的诺贝尔文学奖颁发给了意大利的达里奥·福。到他为止，20 世纪共有十三位戏剧家获诺贝尔文学奖。从文学角度看，戏剧对 20 世纪文化的贡献非凡，各个文学流派的兴起与繁荣，戏剧都发挥了举足轻重的作用，有些戏剧大师甚至是一个文学潮流的开创者。

在这十三位获奖的戏剧家中，九位以戏剧创作为主，以获奖时间排序，他们是：

埃切加莱（1832—1916），西班牙数学家、政治家、剧作家。他被称为 19 世纪最后二十五年最重要的剧作家。早期属于浪漫主义，后期转为现实主义。《不是疯狂，就是神明》《伟大的牵线人》是他的代表作。1904 年获奖。

梅特林克（1862—1949），比利时诗人、剧作家。

后期象征主义代表人物。以有韵律的散文剧著称。代表作是诗剧《普莱雅斯和梅丽桑德》、寓言儿童剧《青鸟》和《斯蒂尔蒙德市长》。1911年获奖。

霍普特曼（1862—1946），德国剧作家。他的创作，经历了从自然主义、现实主义到新浪漫主义的转变。《獭皮》被誉为德国三大喜剧之一。现实主义的《日出之前》《日落之前》和童话剧《汉娜的升天》《沉钟》影响深远。1912年获奖。

贝纳文特（1866—1954），20世纪西班牙戏剧先驱。勤奋多产，一生创作了150多部剧本。他使戏剧从高雅的舞台走向社会，从而受到广大观众欢迎。每有新剧上演，人们常把他从剧场里抬起来，沿街欢呼。前几年漓江出版社出版有他的剧作集《不吉利的姑娘》。1922年获奖。

萧伯纳（1856—1950），英国剧作家。30年代在中国影响巨大，是我国文学界和戏剧界最熟悉的戏剧家。以社会风俗喜剧著称。《圣女贞德》最为有名。1925年获奖。

奥尼尔（1888—1953），富有悲剧意识和荒诞意识的剧作家。美国先锋戏剧的前驱。《天边外》和《毛猿》是20世纪戏剧的经典作品。1936年获奖。

贝凯特(1906—1989),出生于爱尔兰的法国作家。《等待戈多》是荒诞派文学最具代表性的作品。1969年获奖。

索因卡(1934—　),尼日利亚戏剧家。非洲第一个获诺贝尔文学奖的人。被誉为"非洲戏剧之父"。漓江出版社出版的《狮子和宝石》收集了他的七部代表作。1986年获奖。

1997年是意大利的达里奥·福(1926—　),代表作《滑稽神秘剧》《一个无政府主义者的死亡》《拒不付款》等。他一反现代派文学的潮流,以政治讽刺剧、街头剧为主要作品。把文学的关注点从人性危机拉回到社会问题。

还有四位获奖者,戏剧和小说同样著名:

1903年获奖的挪威作家比昂松(1832—1910),他同时是诗人,挪威国歌歌词的作者。与易卜生、谢朗、约纳斯·李并称19世纪挪威文坛四杰。他的剧本《破产》《编辑》开创了欧洲现实主义戏剧的先河。

1932年获奖的英国作家高尔斯华绥(1867—1933),

他的剧作以自然主义手法剖析道德与社会问题，以《银匠》《斗争》《法网》《忠诚》著名。早期的两部小说是自费出版的，那时谁也没料到四十年后他会获诺贝尔奖。

1934年获奖的意大利作家皮兰德娄（1867—1936），被称为20世纪著名的文学革新者。小说以敏锐的心理描写见长，剧本《六个寻找作者的剧中人》和《亨利四世》为他赢得了世界声誉。他打破过去与现在、幻觉与现实、观众与舞台的界限，打破戏剧的传统表现手法，成为怪诞剧的创始人。他的戏剧手法对后世的小说创作影响很大。

法国萨特（1905—1980），他以开创存在主义哲学而享誉全球，前些年在中国轰动了一阵，现在仍然保持着热度。但很少有人注意到他的存在主义创作前期靠小说，后期靠剧本。他的剧本曾经统治了法国20世纪40—50年代的舞台，影响比小说更大。《苍蝇》《间隔》都曾轰动一时。他拒绝了1964年颁发给他的诺贝尔文学奖。

皮兰德娄和萨特在小说和戏剧创作上表现出有趣的

背逆现象。皮兰德娄的小说细腻写实，剧本荒谬怪诞；而萨特的小说情节散漫，几乎看不到故事，剧本却结构完整，情节冲突起伏。

随着科学技术和现代文明的飞速发展，地球变得越来越小，东西方文化的交流、融汇，打破了国家、民族、地域的封闭，先锋艺术、精英文化和波普艺术（20世纪兴起的城市大众消费文化）对民族、传统艺术形式和艺术观念的尖锐挑战，带给20世纪艺术家一系列令人困惑的问题，这些问题现在已经成为世纪之交我国文艺界争论、关注的焦点。比如：

世界潮流与民族文化问题；

传统文化与现代审美的问题；

精英艺术与大众趣味和社会生活的关系；

人性思索、艺术追求与道德、信仰；

对于戏剧家，还有一个剧本创作、先锋探索与舞台效果、票房价值的关系……

对于地方戏，更有一个地域文化、地方戏传统和现代生活、现代审美、现代戏剧观和价值观的关系。

研读这些获奖的戏剧家，会从以上诸多方面受到启迪。

　　去年诺贝尔文学奖颁发给达里奥·福，在世界文坛引起不小的争议。法国一些作家甚至把诺贝尔文学奖列为本世纪文学界最无意义的事件。一些人对达里奥·福的获奖感到惶惑，是因为他们没有充分理解诺贝尔文学奖在审美评判上的取向和兼容性，它一直以鼓励作家的自由知识分子立场和创新精神为主旨。从这些获奖的戏剧家，可以看出诺贝尔文学奖所显示出的不盲从时尚的敏锐的价值观。当剧坛被贵族化的浪漫主义戏剧垄断的时候，它把大奖给了得不到文坛承认、难登大雅之堂的现实主义作家。在现代派刚刚兴起，由于激烈地反传统而处于被压抑的状态时，它又及时地把大奖一连几年颁给先锋派。从梅特林克1911年获奖以来，戏剧界在西方现代派文学中一直扮演着开拓者的角色，他的《青鸟》和奥尼尔的《毛猿》、贝凯特的《等待戈多》可以说都是现代派文学发展史上辉煌的里程碑。到了20世纪末，诺贝尔奖颁给了以"以戏剧为武器，反映与参与现实斗争，揭露社会黑暗，针砭时政"为"始终不渝的创作原则"的达里奥·福（见《世界文学》1997年第6期）。

这对于已经习惯了文学离社会生活愈来愈远的精英艺术家，当然是个意外。其实，不管是社会主题还是个人主题，只要在自己关注的领域开辟出了新天地，创造出了新颖的有启迪性的艺术，它都为人类文明做出了贡献。达里奥·福不仅是剧作家，又是导演和演员。他把意大利的民族民间戏剧传统与西方现代戏剧融会在一起，以现代艺术手法，滑稽、荒诞形式，反映国内外重大政治事件。这对我们改革振兴传统戏剧不是很有教益吗？

　　索因卡的生平和创作更是令人感动。他是尼日利亚西部的约鲁巴族黑人。为了振兴民族文化，在欧洲受完教育后，他回到家乡，自筹资金办起一个剧团，常年乘车往返于险恶的山路上，在极困难的条件下，自编自导排演剧目，到大学去讲课，参与反对暴力和内战的斗争。他对戏剧事业的献身精神为他的祖国和民族赢得了世界荣誉。读《沼泽地居民》，我难免想到我的故乡，贫困、愚昧、原始风情的民风，深深撼动我的灵魂。我懂得了最偏远、最僻陋的素材一样能成为人类文化的瑰宝。我也感叹，在振兴民族文化的呼声中，中国哪一个作家能如索因卡那样敢于到最艰苦的社会底层，从最辛苦的事业做起？

再看看奥尼尔的经历。他出身于演员家庭，从小跟着父亲到处演出，过着漂泊不定的日子。读了一年大学，私自出逃，流浪六年，回来后写了四个海上生活剧本。底层社会的体验幻想出《天边外》的绮丽。透过作品荒诞的形式，我们能读到他心灵深处充满人世磨难的忧患感。荒诞并不是轻松的游戏，也不是不关人世痛痒的无病呻吟。荒诞，产生于人世磨难、人性困境的焦灼和无望。

除了这些获奖者，20世纪还有一批在现代戏剧发展史上影响深远的戏剧家值得研究，如易卜生，他的《娜拉》（《玩偶之家》）在我国影响了一代作家和知识分子。又如，象征主义：约翰·沁（英）；表现主义：斯特林堡（瑞典）、凯撒（德）、托勒（德）、恰佩克（捷克）；未来主义：马利涅蒂（意）、基蒂（意）；超现实主义：查拉（法）；荒诞派：尤涅斯库（法）、阿达莫夫（法）、品特（美）、库塞尼（阿根廷）（他的《中锋在黎明前死去》在我国上演后引起巨大轰动）。还有与中国戏剧关系最深的布莱希特（德），他第一个把中国的戏曲观念运用到西方剧本创作和舞台导演中,以及阿瑟·米勒(玛丽莲·梦露的前夫)等一批活跃在当代剧坛的剧作家。开放的时代,我们也应该有开放的胸襟,使我们的民族文化、传统文化多一些参照,多一些营养。

从布莱希特看东西方文化对流

高中毕业时曾有一闪念去投考戏剧学院,突击翻读了一些戏剧方面的书,很崇拜斯坦尼斯拉夫斯基,压根儿不知道布莱希特这个人。接触了西方现代派文学,才知道布莱希特不仅是西方现代派戏剧的创始人之一,他一生的创作还与中国戏曲有着深厚的渊源,他创立的"布莱希特体系",就是从中国戏曲受到启发而产生的灵感。于是,我心里就出现了一个"布莱希特—中国传统—西方现代派"的锁链思维,觉得其中的关联很有意味。

布莱希特 1898 年出生于德国奥克斯堡,一战时期曾经当过流浪汉和街头艺人,后以诗歌和戏剧登上文坛。1935 年,他在莫斯科看到梅兰芳的演出,大为惊愕。四龙套千军万马,一摇鞭纵横天下,台上绕一圈,南京到了北京，演员举起袍袖，就可与台下观众调笑交流。中国戏曲程式的高度抽象、时空的随意转换和舞台的开放与想象力的丰富，令他叹为观止。那一刻，被西方戏剧界奉为"亚里士多德规则"的"三一律"（同一场戏同一时间、同一地点、同一情节）在他心里就被颠覆了。此后他悉心研读中国古典哲学和诗词，以中国文化典故为题材写诗，将元杂剧包公巧断争子案的《灰阑记》改编为《高加索灰阑记》，在欧洲舞台演出，创作了以中国文化和喜剧风格为背景的荒诞剧《四川好人》，写了未完篇的《孔子传》。他以丰厚的西方文化教养和敏锐的悟性消化吸收了中国传统文化的营养，借鉴中国戏曲程式，创立了布莱希特导演体系，以反叛西方传统而进入西方现代派文学。

当西方现代派戏剧沿着抽象、夸张、荒诞崛起为强大潮流，产生了诸如梅特林克、霍普特曼、贝凯特、奥尼尔、萨特等这些大师的时候，斯坦尼斯拉夫斯基体系从苏联传入我国，成为戏剧学院必修的课程、中国当代最正统的戏剧编导体系。被布莱希特和西方戏剧家扬弃了的"三一律"取代了中国古典戏曲传统，直到今天仍然被当作现代戏、新编历史剧创作的不二法则。当舞台布景流行之后,中国戏曲的抽象表演全都变成了写实的真景,插着背旗、花翎的演员不得不弯腰屈身从军帐里往外钻,诸葛亮的空城计只能在一面画着城墙的城楼上演出,推小车就真要有一辆道具小车(大约中国舞台还不够宏大,否则赤壁之战也许会把战船、车马都弄上去)。中国戏曲丰富的想象力和空灵、虚幻的神韵荡然无存。当中国戏剧努力践行斯坦尼斯拉夫斯基体系时,布莱希特却在大力倡导中国古典戏曲的基本美学观。他从中国戏剧传统提出"间离法",对当代戏剧和影视文学影响深远。"间离法"与斯坦尼斯拉夫斯基的"演员进入角色,观众进入舞台(情景)"相对立,它主张演员要有表演意识,要让观众与剧情保持距离,能够清楚地感觉到自己是个看客,观众看戏,是在观赏从现实生活抽象出的夸张的艺术表演,它比真实的生活更有趣,更有意思,更发人深省。

布莱希特把中国戏曲美学拿到西方,成为西方的现代派;苏联戏剧界把斯坦尼斯拉夫斯基送进中国,成为中国现当代戏剧的宗师,东西方的对流推动着各自的戏剧发展。布莱希特改编元杂剧的故事，是典型的东西方文化对流的例证。《灰阑记》的传说最初起源于古希伯莱人。两个女人争夺一个孩子，所罗门王说："把他砍开，一人一半。"孩子的亲娘不忍心，就放弃争夺，所罗门王把孩子判给了她。这故事流入中东，被辑入《天方夜谭》，再流传到中国。元人李行道把它改编为《灰阑记》，所罗门王变成包公，受冤屈的母亲成为诗书传家的秀才家庭。布莱希特看到这个剧本，先把它改写成小说《奥格斯堡灰阑记》，然后又改编为戏剧《高加索灰阑记》，包公回到欧洲，变为西洋法官，从布莱希特的故乡跑到高加索，元人杂剧成为欧洲剧坛的著名剧目。一个传说，六百年间在东西方之间打了一个来回，把人性故事的魅力进行了充分发掘，艺术层次得到了不断提升。

西方现代派发展到今天，把中国传统戏曲的美学消化掉了，西方先锋戏剧已经很难看到中国传统的影子。20世纪80年代，戏剧家阿甲曾大声疾呼，挞伐斯坦尼斯拉夫斯基对中国戏曲传统的破坏，然而，直到今天，斯氏的影子还笼罩在中国的戏曲界，我们好像并没有觉悟到斯坦尼斯拉夫斯基已经过时,他对中国戏曲是一次严重的外来物种对本土生态的破坏,不知何时才能得到清算。

欧洲的王宝钏

卡雷尔·恰佩克（Karei Capek，1890—1938）这个名字对于中国戏剧界和文学界也许并不陌生，他的作品早在60年代已经介绍到我国，那时我们只知道他是一位深受捷克人民喜爱、享誉全球的作家，不知道他是现代派文学的重要流派表现主义的代表人物。他的剧本《罗素姆万能机器人》（发表于1920年）是第一部在舞台上塑造机器人形象的作品。如今充斥于暴力片和儿童片中的机器人的故事，仍难脱出恰佩克的想象。读他的作品，读有关他的评介，你难免会发出慨叹：上帝为什么对优秀的人总是那么苛酷，为他们的人生设置出殊多的苦难？是为了警策平庸的世人吗？贝多芬的失聪，凡·高的疯癫，卡夫卡的早逝，萨特的视障，普鲁斯特一生在病弱中度过，近年来为世人景仰的天体物理学家霍金教授（《时间简史》的作者）几乎全身瘫痪。……恰佩克也同样多灾多难，他终生患脊椎病，和霍金一样不能直腰抬头，写作对于他是真正意义的生命之搏，人的意志力的体现。他写了将近十部长篇小说和一批剧本，著作甚丰。正当盛年，事业大成的时候，被法西斯分子迫害，死于狱中。恰佩克本身就是一个传奇，他背后的一个更动人的传奇反而被他的光辉所掩盖，我们知之甚少。那就是他的情人——后来是他的妻子、捷克女作家奥尔加·申普芙卢戈娃的故事。《世界文学》1998年第1期介绍了她的经历，并选载了她的长篇回忆录《尘寰中的故我》，读起来很是令人感动。

奥尔加·申普芙卢戈娃（Olga Scheinpflugova, 1902—1968）是捷克著名演员、剧作家、小说家、诗人。她出身于一个文学家庭，父亲是作家，捷克作家联合会主席。她从十三岁开始登台演出，因在《王宝钏》中扮演王宝钏而驰誉东欧，被授予"人民艺术家"称号。她和布莱希特一样与中国文化有着特殊的情缘，也应该如布莱希特一样受到我们中国人的特殊喜爱。布莱希特对中国戏剧的发现，创造出了自己的艺术体系和导演理论，申普芙卢戈娃则不但在中国传统剧目中展现了艺术天赋,还以王宝钏这个角色映照了自己的人生。可以毫不夸张地说,申普芙卢戈娃就是 20 世纪东欧的王宝钏。

认识恰佩克的时候,她还是一个十八岁的清纯少女,一个出身于上层知识分子家庭,受过良好教育,有着过人的艺术才华的青年演员。凭着内心敏感的文学天性,从她和恰佩克认识的那一刻起,她就把自己爱情的绣球抛给了这个身患残疾、比她大十三岁的作家。当时也许她并没料到,那是决定她一生命运的时刻。从此她将踏上一条为苦难献身(当然也是以苦难为幸福)的漫长的人生之旅。这种选择像王宝钏一样,是对上流社会的挑战和背叛,也必然如王宝钏一样遭到上流社会的放逐。20 世纪的东欧,毕竟不是中古时期的中国,奥尔加不必像王宝钏那样苦守寒窑。她与恰佩克相爱十五年,"整整十五年里,我扮演了一个又一个重要角色,我集中全部精力强有力地生活着。……我不仅忙于舞台上的表演,还跟自己的抒情诗、散文说话……它们可以抚慰我那在现实生活中遭受痛苦的心灵"。我猜想,她是用自身的感情经历来扮演王宝钏的,她用王宝钏来倾诉自己,因而使这个中国古典女性的坚强形象感动了欧洲,同时也成就了她自己。在此期间,她创作了大量诗歌、散文、剧本,还出版了几部长篇小说。这既是受恰佩克的影响,也是爱情的力量。与婚后的磨难相比,这苦苦恋爱的十五年,给了她很多很多的幸福和价值感。

十五年之后他们结婚了。尽管那时战争的阴影已经笼罩着整个欧洲,她还是过了一段甜蜜的时光。"很有决心对付一切不祥的父亲,面带微笑地坐在我的工作室里。"父亲如释重负,看到心爱的女儿斗争了十五年的婚姻问题终于解决了。

可是,这种日子只保持了两年多,恰佩克就被法西斯分子投入监狱,失去音信。申普芙卢戈娃和她的家人遭到盖世太保的迫害,处境极为艰难。她一边关注着恰佩克的消息,一边与法西斯分子抗争。恰佩克死了。战争也逼近了。在国仇家恨的交织中,备受失去爱人的精神痛苦的时候,还要在死者的遗嘱、财产、版权这些烦琐的事务中与恰佩克的家族、亲属辗转纠缠,试想那时的申普芙卢戈娃,得有多么坚强的意志和承受力。

二战爆发后,德国军队占领了她的家,为了抢救恰佩克的手稿、遗物，她冒着生命危险，返回家中与德国占领者交涉，赢得了侵略者的尊敬。德国法西斯的傀儡政权的文化官员对她软硬兼施，要她演出，要她写文章，要她在公众面前表示对傀儡政权的支持。她不为强权所屈，采取了种种手法与之斗争，在历史被扭曲的关键时刻，保持了自己作为一个具有高尚人格的知识分子的气节，保护了恰佩克和她自己的声誉。

在失去了恰佩克的岁月里，申普芙卢戈娃以更坚强、更深沉的爱，为争取出版恰佩克被禁的著作奔走，为洗雪法西斯分子强加于恰佩克的罪名而呼号。"恰佩克倒下了，可我还留在堑壕里……我义不容辞的义务，就是洗净泼在他身上的一切污泥浊水，将一个从侮辱、诽谤中挣脱出来的捷克人展示给读者，并提醒广大读者注意，他那充满胜利、成功的作品曾经是怎样热心地服务于自己那虽小但至亲的祖国，怎样越过了国界而走向世界的。"

二战胜利后，这位欧洲的王宝钏，没能如中国的王宝钏那样与夫君团聚，共享荣华富贵。她仍然伴随着思念，为永远不能回来的爱人整理著作，发表文章。

1946年，当她坐在纽伦堡战犯法庭的第二排座位上，目睹人类文明耻辱的制造者们接受正义的审判的时候，该是怎样一种历尽沧桑百感交集的欣慰心情啊！申普芙卢戈娃，用她充满激情的善良而坚强的心灵，照亮人性深处的幽暗，展现出尘寰的美丽、瑰伟和光明。有人赞她为20世纪伟大的女性，我看当之无愧。这个与中国文化情缘深远的欧洲王宝钏，应当被中国人纪念。

谈豫剧

圈外说戏

小时候爱戏，一直没放下戏剧情结，觉得没进入戏剧界挺遗憾。如今既然写小说了，也就不想对别人的行当乱插嘴。可是去年发生了几件事。一件事是桑振君先生回河南演出，我有幸看了她的学生苗文华的折子戏，得到她一盘磁带。当我发现这磁带唤起我许多美好的感觉的时候，我想证实一下是不是因为我变老了，害了怀旧病，于是我特意弄了两张票，请我那崇尚时尚的小儿子去看。他看后竟然高兴地说："别说，还真好看。"这使我振奋，它证明了，豫剧并不像时下许多人感叹的那样只是老年人和乡下人的戏，豫剧艺术仍然具有强大的潜在魅力。再一件事是我参加中国作家代表团去美国访问，在几个地方的领事馆和侨界的欢迎宴会上，听说我是河南来的，就点名要我唱豫剧。我这个业余水平，只是逢场助兴，赢得的反响却出乎预料，几次都不得不加唱一段才能告饶。10月，一位从我国台湾移民美国的女作家到郑州来，我请她到一家很普通的戏剧茶座去坐，她对我们的豫剧很陶醉，一个劲儿对我说："真是太棒了！你应该想法组织他们到美国去演出。"我于是明白了，生在河南，长在河南，我们并没意识到豫剧对河南人的意义。毫不夸张地说，豫剧就是河南的文化名片，河南人美好形象的象征。我想起两年前到西部去做文学交流，一路听了很多腌臜河南人的顺口溜，心里不是滋味，各种版本的顺口溜最后都有一句"河南的豫剧差不多"，看来只有豫剧能为河南人遮丑。

时代在前进，当前我们河南的演员无论从文化修养还是从艺术训练和理论素质上比起老一代艺术家，都有很大的提高，剧团的整体水平从乐队、编导到舞美，以及创作环境和空气比20世纪五六十年代不知宽松了多少，在题材、形式和艺术的探索上有了更自由、更广阔的空间，照理说我们没理由不超越前辈。桑振君正值盛年时去乡别土，远离中原文化，一个邯郸市远不如河南这么大，不如我们的文化土壤丰厚、观众市场广阔、演员资源优裕，河南毕竟是豫剧的本土。前几年不说，这两年又是《梨园春》，又是《香魂女》，豫剧怎么还会让人感到不安和忧虑？戏剧界不断传出豫剧现状危机四伏的声音，振兴豫剧成为河南省委、省政府和文化界、普通观众的共同心声。和同样辉煌于50年代的越剧、黄梅戏相比（且不说川剧），豫剧的确给人一种江河日下的感觉。这里边是不是有些东西值得想想？

大约是一两年前，我的同行张宇冒了一股傻气，语出惊人，说：成也萧何败也萧何，是不是常香玉把豫剧给唱坏了？一时戏剧界舆论大哗，连我这不关心争论的人也收到一封读者来信，义愤填膺，声讨张宇。这位读者的心情带有相当的普遍性，他们不习惯文艺批评的坦率、尖锐，对豫剧感情很深，觉得批评常香玉就是否定豫剧。毫无疑问，豫剧的鼎盛时期是50年代，它与常香玉的艺术活动密切相关，常香玉对豫剧的贡献是毋庸置疑的。我倒觉得至今我们对常香玉的艺术研究很不深入，对她留给我们的艺术遗产缺乏理性认识和全面总结，以至于造成对常派艺术的片面理解，导致对豫剧的误读，好像常派就是粗犷、豪放，把嗓子放开，以嚎嚎的行腔使台下一阵骚动，来几声喝彩，豫剧必须又土又俗才是真正的豫剧。其实在常香玉处于艺术巅峰状态的50年代，她的戏路是很宽的，艺术风格也非常丰富。《白蛇传》如泣如诉，至今听起来还能撼人肺腑，《大祭桩》细腻工巧，《西厢记》轻快俏皮，加上她勤奋地创新吸收，不只兼容了豫剧初创时期各流派的优长，还吸收了姊妹剧种的成就。《花木兰》以闺门旦反串武生，是对一个演员功底的严峻考验。当时的河南，没有哪个演员能如常香玉那样收放自如，生旦俱俏地演好这个戏。这部堪称常香玉代表作的戏至今仍被看作豫剧的经典。英雄豪情既是时代的需要，也很好地表达了河南人的胸怀，广大观众用这个戏的艺术风格要求豫剧，甚至把"刘大哥讲话理太偏……"看成是豫剧的代表段子，足见它的影响。《花木兰》里那些儿女情长的好唱段（如《机房》《返乡》）反而被人们忽略，常香玉的女儿本色也就被忽略了。大约革命时代需要豪放派不需要婉约派吧，经历了"文化大革命"，常香玉复出，一曲《粉碎四人帮》唱得人心大快，在那样的历史时刻，不用那样豪放的唱腔不足以抒发人们心中的激动。后来的梨园学子争相效仿，过度发挥，与观众形成合力，推动着豫剧的粗俗化进程。这责任肯定不能让常香玉来负。但检讨这一点，惊醒这一点，肯定是豫剧走出旧套的关键。邯郸豫剧团保存了豫剧祥符调的工巧细腻，温文尔雅，观众才感到了耳目一新。婉约派又杀回老家了。对比之下，我们有那么好的演员，那么好的剧团，那么多热爱豫剧的观众，却缺乏对豫剧艺术的恭敬态度，从演员的扮相、唱工、做工，到手、眼、身、法、步，到乐队的配合，都显得粗糙潦草，作风浮躁，追逐一时荣耀，缺乏严谨的艺风和台风，这不能不说是豫剧粗俗化带来的后果。前两年，每当中央电视台办晚会，中间穿插河南节目，作为一个河南人，我真有点儿坐不住。我觉得我们正在扮演刘姥姥的角色。刘姥姥很聪明，她到大观园里去装傻卖乖，把土得掉渣的样子发挥到淋漓尽致，逗贾母开心，多赏她几两银子。豫剧是艺术，虽然充满乡土情调、民间智慧和幽默，但它不是小品，它应该以艺术去征服观众，而不是靠装扮成刘姥姥去哗众取宠。我们的豫剧演员应该把自己的身价看得与京剧、越剧一样高。我们的豫剧演员应该敢于对长期以来人们派给豫剧的亚小品形象、刘姥姥角色说

"不"。

要振兴豫剧，我觉得首先还得从豫剧的优秀传统学起。正如练书法先要从基本功下功夫，临好一家，然后才能独创个性。豫剧有很多流派，只有不同风格交相辉映，互相借鉴，豫剧艺术才能繁荣发展。豪放只是一种风格，何况豪放也不等于粗俗、土俗。当豫剧被弄得没有个性，演员被弄得没有特色的时候，这个有名的剧种很可能就会被搅和成"一道汤"而失去品牌味道。比起从前的科班，戏校的学习更系统、更全面，对培养、训练演员做出了不可磨灭的贡献。但由于缺乏品牌意识，在追逐潮头中学生吃的是豫剧杂烩，哪个流派都懂，哪个名段都会唱。如果演员不能从自己的实际出发选择易于发挥个人特长的风格去发展，他就可能会被淹没在"一道汤"中，一生建立不起自己的艺术特色。音乐设计对提高豫剧的音乐素质，推动豫剧器乐、声乐改革（包括编谱、配器、设计和声、唱段、合唱……）发挥了重要作用，做出了很大贡献，但同时也出现了演员受制于音乐设计，剧团被音乐局限的问题。如果一个音乐设计者在继承与创新的关系上、在尊重演员个性和流派特点上缺乏严谨的治学态度和创作作风，他就会在有意无意之间推动着豫剧的无个性、无特色进程，演员不得不按音乐设计的风格去演出，也就谈不上建立自己的风格。一个音乐设计决定了一个戏、一个团甚至一代演员，音乐设计变成了对演员个性的束缚。现今的演员很难再像老一辈演员那样靠自己的天赋去发挥，他们也就难以创造自己的艺术风格。我觉得当务之急应该是趁一些老艺术家还在，趁还有一批豫剧新秀没去唱流行歌曲，抓紧重新整理豫剧各著名流派的经典剧目和经典唱段，充分利用豫剧编创人员、研究人员多年来积累的学术成果，遴选一批有为、有志的年轻演员，认认真真地严格排练，严格要求，选一些最能代表豫剧流派艺术特点的戏，拿到观众中去，配以传媒的宣传评介，经过锤炼，组织精彩的折子，到北京、上海、台湾，甚至走出国门到美国、法国、英国、澳大利亚去演出，不仅让中国人也让全世界都知道，豫剧是中原文化的瑰宝，是一种魅力隽永的艺术。

人们对豫剧的期望和担心既有时代的原因，也有观念上的原因。过重的观念负担使豫剧一直不能在艺术的层面上发展，长期派给它的社会任务使它逐渐形成恶性循环的怪圈。艺术品位降低，豫剧在戏剧界和文化界的地位必然下降，演职员的自我价值感和敬业精神受到影响。以这样的心态从业，剧团的社会效益、经济效益难以景气，从业人员的境遇受到威胁，豫剧队伍的人才流失就成为必然。如果不集聚豫剧精英人才，不扎实地解决豫剧艺术存在的无个性、无特色、无经典、无叫响世界的名剧目的问题，豫剧的精神难以振作。即使政府有大量的投入，也难以挽回这种艺术衰退的趋势。

要振兴豫剧，其次应该注意发掘豫剧各流派的艺术遗产，促进豫剧艺术个性的百花齐放。1960年和1980年，我省曾举办过两次豫剧流派会演，对豫剧的繁荣发展起了至关重要的推动作用。如果能有计划地组织豫剧流派专场，精心推出各流派的经典剧目，向观众介绍豫剧的流派特色，对豫剧事业的发展将是一个重要贡献。只有不断提高广大观众的鉴赏水平，不断提高豫剧的艺术层次，豫剧才能繁荣发展。除了祥符调的陈（素贞）派、阎（立品）派、桑（振君）派，豫东调的马（金凤）派，豫西调的崔（兰田）派，还有一个已近湮灭的沙河调。沙河调的代表人物刘法印的艺术一直没有得到很好的发掘整理。事实上，像刘法印那样优秀的文武兼备的小生在豫剧发展史上为数不多，应该给予更公正的评价。他的《提寇》《长坂坡》《黄鹤楼》都很见功夫，很有特色。

要让各流派繁荣，就必须给音乐设计重新定位。戏剧音乐设计与一般声乐创作、歌剧创作的根本区别在于，它的创作更需要尊重传统，尊重演员的个人创造性。它的创作是在传统、个性和根据剧本需要这三者的协调中完成的。不认真研究流派传统，从中汲取个性创造的营养，音乐设计的创作必然导致歌谱化、平庸化、"一道汤"。一个音乐设计决定一代演员的风格，几个音乐设计决定了一个时期豫剧的面目，这样的音乐设计不但会局限演员的创造性，也必然破坏豫剧的优秀传统，成为豫剧发展的枷锁。音乐设计在对待传统流派和现代豫剧上要有不同的态度。传统流派的发展、创新主要靠严师指导，演员创造、发挥，音乐设计只是整理、提高、规范，绝对不可以滥加改造，伤及流派特色。而对现代豫剧，音乐设计则可以发挥更大的创造主动性，这样也许就会避免豫剧成为"一道汤"。

现代戏当然要继续创作演出,河南省豫剧三团是豫剧中的一个重要剧团,他们曾创作出享誉海内多年的优秀剧目。然而,没有传统豫剧的振兴繁荣,现代戏就会成为无根之木、无源之水,一次轰动像一石击水,浪花过后,剧坛仍如一池没有活力的死水。现代戏毕竟不像传统戏那样经过了千锤百炼,它要经受历史与时间的考验。在剧本创作上要进一步转变观念,开拓思路,勇于创新,现代戏才能够找到出路。可不可以把世界名剧改编上演?可不可以进一步挖掘我省现当代优秀的文学成果,立足于文化意识,让观众看了我们的现代戏就能感受到中原文化的深厚底蕴?

毕竟身在圈外,隔岸观火,说话当然轻松,然而世界上的事总是说起来容易做起来难,要振兴豫剧,不只需要业内人士上上下下的努力,更需要社会的支持与关心。建设河南的名片,是河南人的责任。

漫谈豫剧史的研究与写作

——有关戏剧的访谈录

受访者：田中禾（田）

访问者：王建浩（王）

访谈时间：2015年12月8日、12月15日

王：田先生，您是作家，今天我们不谈文学，主要谈戏剧。您大概什么时候开始看戏？

田：很小的时候，跟着母亲看戏。因为喜欢，我自己也跟着唱唱，中学、大学时候还排戏、演戏。在"文革"最困难的时期，无路可走的时候，豫剧沙河派名角刘法印甚至介绍我去剧团工作。但是我一直没能进入戏剧界。

王：您写的关于刘法印的那篇文章我看到了，在您最困顿的时候，他给您联系工作，对您的那种照顾和鼓励，有一股精神力量和人间温情，让人感动。

田：这是缘分。南阳原来没有豫剧，刘法印从漯河、驻马店到了唐河，我的家乡才有豫剧。他从驻马店出走，既有个人原因，也有艺术原因。那时我家开杂货店，剧团拉大弦的常去我家买东西，他对我母亲说，刘法印两口离家远，在本地没有亲人，老太太喜欢看戏，把他爱人认给你当闺女吧。这样就认下了。两家走得很近。"文革"中我住在他家，与他谈戏，谈艺术。他对我的影响、我对他的影响都很大。直到现在，他的孩子们还和我保持着亲戚关系，常来常往。

王：您小时候看了哪些剧种的戏？

田：汉剧、曲剧、越调，还有就是你们西三县（镇平、西峡、淅川）盛行的宛梆。豫剧流行到南阳，大约是 1950 年。一路是豫西调从洛阳南下，一路是沙河调从驻马店西去。豫西调和沙河调汇合，形成了南阳豫剧。沙河调以唐河为根据地，刘法印带去了一批演员，包括红脸、花脸，旦角人才较弱，主要演武戏，武戏适合在民间野台子演出。后来刘法印去南阳，与从北边过来的旦角李二凤会合，成为南阳县（当时还不是南阳市）豫剧团的台柱演员。曲剧在南阳民间扎根很深，农村人都会拉拉曲胡,唱唱曲子戏,非常普及。相比之下,豫剧在南阳就没有郑州这一带那么普及。

王:我看到您写刘法印晚年在南阳很不得志,情绪比较低落。

田:"文革"后,他郁郁不得志,演员离开舞台后,心情苦闷,所以他六十七岁就去世了。按照我的看法,刘法印应该回到沙河调的本源去,直到现在,他在漯河、驻马店一带声望还很高,在民间一提起"小垫窝"(刘法印艺名)还是很响。他从驻马店过来,对他的艺术生涯,打个比方说,很像是尚小云从北京到了西安,"玩儿"得不是地方了。

王:刘法印先生是武生演员,有很多绝技,如"盘椅""滚刀""牙功"等,这些高难度的武功技巧,我们现在都没见过,不知道是什么样子了。

田:一般功夫好的武生,嗓子大多坏了;唱功好的文生,不能武打。刘法印最可贵的地方是文武兼备。他对豫剧的贡献在哪里?生角和旦角的音域是有差别的,最早的时候女演员少,都是男人演旦角,豫剧的主奏乐器是皮嗡。后来女演员兴起,祥符调、豫西调都变成女角挂头牌，坤角走红，她们的嗓音高，主奏乐器改为板胡来适应她们，就出现了另外一个问题——生角捞不着弦。沙河调运用二本腔很好地解决了生旦同弦的问题。刘法印是沙河调的杰出代表、豫剧文武生艺术的集大成者。他的二本腔嘹亮、干净，他以口语化的灵活节奏打破豫剧固有板式，随意加词加白，行腔挥洒自如。当时中国唱片公司只给他录了《黄鹤楼》，但是论唱功，他最好的是《提寇》。此为独角折子戏，一个小时左右，少年寇准奉调进京，一路走一路看汴京景色，到朝堂，看清官匾，诚惶诚恐，绕来绕去，很失望："为啥不见我小寇准的名？"一转脸，"啊，找到了！找到了！（唱）虽然是字小啊写得怪清，上写着峡谷小县的小寇准，虽然是官小啊做得老清……"这一段给我的印象至今还很深。唱腔非常有特色，当时在唐河演，场场爆满，站票也挤满。可惜当时没有录制下来。《黄鹤楼》里，刘法印用"牙功"表现周瑜气极的情状，一般人在台上咬牙，下面听不到，刘法印不用麦克风，在野台子上咬牙，满场都听得见，"咯吱咯吱"咬牙，抖动花翎，浑身打战，满场鼓掌叫好。"倒蹦座椅"他是跟杂技演员学的，在舞台上放一把大圈椅，一跺脚，"嘭"地蹿到椅子上边，腿放在圈椅背上，头朝下，咬住翎子，用"倒蹿座椅"很好地表现了周瑜的激动、气愤，是表现人物性格的需要。"滚刀"在《杨香武盗九龙杯》用过，在几把刀中间蹿过，相当于杂技中的蹿刀、蹿火圈，那时的刀和现在不一样，新中国成立后的刀是木的，那时候的刀是软铁，他能轻松顺利地滚打。其实，他武打戏最精彩的是《长坂坡》演赵云。这个折子戏几乎没有唱段，全是长靠武打。马陷到淤泥里，一个人左冲右突，掩埋了甘夫人，背着幼主，杀出重围，靠演员的做工，使人如身临战阵。这个戏也是场场满座，场场叫好。

祥符调以旦角挂头牌，沿陇海线传播，特别是郑、汴、洛三大城市。豫西调一直到西安、宝鸡，都被旦角把持。生角戏和脸子戏在陇海线吃不开，就有一部分演员沿京广线南下。一个是桑振君从祥符调的大本营开封出来，到了许昌；一个是沙河调从祥符南下，经颍水到漯河，以漯河、驻马店为根据地，沿京广线向南，南到武汉，东到淮北，这是沙河调的主要活动范围。沙河调被北方的旦角戏挤走，把生角戏和花脸戏发展起来，注重脸子辈的红脸、花脸全台戏，生角挂头牌，坤角是配角。沙河调进城市剧场演出少，以武戏为主，《三打雷音寺》是沙河调独有的剧目。我认为到现在为止，豫剧界对沙河派和刘法印的研究是不够的。原因在哪里？一是它一直远离省会中心，二是它的传承一直在民间。当我们把目光关注在"六大名旦"时，就忽略了豫剧中一个很重要的流派——沙河派。它是以生角挂头牌，率动了旦角和脸子辈组成的全班戏，在豫剧艺术发展史上的贡献是不容忽视的。

王：您对祥符调的桑派是不是特别喜欢？

田：我认为桑派继承了祥符调，但没有受到祥符调的制约，是在继承的基础上最有创新和发展的一派。桑振君是唱河南坠子出身，没有进过清河集科班（祥符调的根据地），她把坠子唱腔糅进了祥符调。她的音程跳动很大，华美、高亢、嘹亮，又在华美高亢的跳荡中加进了柔婉，非常精致细腻。

王：除了桑派，您还比较喜欢哪些流派？

田：总体而言，我比较喜欢祥符调。从艺术上讲，比较成熟的是陈（素真）派。包括她的弟子们，如关灵凤等出来就不一样，她们向京剧学习，台风雅致、大气。比如《拾玉镯》，我看过武慧敏的演出（陈素真亲授），舞台动作是从生活中发现，把生活诗化、艺术化。当你去做史的时候，你应当认真地、独立地去发掘，用自己的眼光发现、评价经典剧目，不要拘泥于已有的成说，把各种已有的资料辗转相抄，没有创见，也就没有价值。

王：您说一些音乐设计是流派的杀手，传统的破坏者，我也深有同感。比如我先后五次采访苏兰芳，她虽然一字不识，只是根据老师教给她的戏谚"字正腔圆、抑扬顿挫"来琢磨，她觉得老师唱得平（男旦，声腔的高低起伏不大），她自己整天哼，做梦也哼，用心地琢磨唱腔。她也有《对花枪》"老身家住南阳地"这一大段，里面有一段"昨晚做梦甚是稀罕……罗艺听了他的话，差下了二顶小轿来搬俺，忽闪闪，忽闪闪，把我抬到那瓦岗山，俺老夫老妻得团圆哪嗯啊哎呀嗯啊哪嗨呀哪嗨呀嗨哎……"最后是一个非常巧妙的花腔，这一段在我们能听到的版本中都没有。她说南阳班演戏有这一段，她就把它学过来，自己加以创造。再如《穆桂英挂帅》，提起此剧，我们就会想起马金凤唱的"辕门外三声炮"，被这个名段遮盖，其他更丰富的版本被忽视了。关灵凤的祥符调里有"她箭射金钱仓仓啷啷落在埃尘"，台湾张岫云演出的版本中也有，苏兰芳用豫西调唱，虽然她们演唱的版本没有马金凤的流行，但那是另外一种韵味，不同的风格。这种艺术个性难能可贵。

田：戏剧界最能反映我们的文化生态。做戏曲史，责任就是把真正的艺术财富推介给后人。文化生态环境越是恶劣，艺术越是潜伏在基层，你要相信我们的传统会被民间和边缘继承下来。主流戏曲舞台排斥流派，流派是什么？流派是个性，而艺术最需要的是个性。消灭了流派就消灭了个性，也就消灭了艺术。音乐设计在消灭流派上贡献最大。剧本、导演和音乐设计"三把刀子"架在演员头上，变成了三副枷锁：改一句词，剧本的作者不同意；改一个动作，导演不同意；改一个音符，音乐设计不同意。素质再好的演员，在三副枷锁的束缚下，没有发挥个人才能和创造力的余地。像苏兰芳她们，师傅教的是板式、程式，怎么唱，靠自己琢磨，提供了广阔的个人创作的空间。自由对艺术特别重要，施展的空间特别重要，现在我们把空间压缩到最小，剧本又很差，音乐设计又很差，把最传统、最优美的东西压缩掉了，以把自己关在屋里弄出的不伦不类的歌谱代替几代艺人创造、积累的优秀传统。最可怕的是，有些人非常自负，不愿向老艺人学习、向传统学习。有一次，我被请去看戏，那唱腔别扭极了，让人坐不住，受不了。演出结束后，我问那位演员（她个人天赋、素质、嗓子非常好，应该算是豫剧界的名演员）："这唱腔，你唱着别扭不别扭？"她说："别扭。"我说："别扭你为啥还要唱它？"她说："不唱不行啊，人家音乐设计给你设计的，你得照着谱唱啊。"演员被逼到这样可怜的地步，豫剧还有什么个性和特色可言？

王：您说到戏曲歌谱化的问题，很多专家也在讨论剧种的趋同化。全国的戏看起来差不多，豫剧越来越像歌剧，曲剧越来越像豫剧，剧种的个性越来越不明显了。而我们都知道，剧种的个性是建立在地域文化基础上的，地域色彩的消失使剧种的个性也消失了。

田：实际上中国戏剧的黄金时代是在20世纪二三十年代。那时的文学也很繁荣，大家辈出，话剧、电影也很繁荣，地方戏曲产生了一批改革家（如咱们的樊粹庭），产生了一批经典剧目，出现了特色纷呈的流派，促进了戏曲艺术的成熟。原因是那时的思想控制和文化控制都很松散，有自由的空间。有个性的艺术家，有待于我们做史的人去重新发现。我觉得一个流派、一个剧种，决定它的生命力的是有个性、有人性的经典剧目。

王：而现在大量的经典剧目正在消失，老生、武生、花脸、丑角的剧目越来越少。

田：《提寇》和《长坂坡》这两个折子戏是刘法印最有代表性的剧目，没有留下来，很可惜。

王：戏曲舞台常演的传统剧目可能就二三十出，大量的经典剧目失传了。

田：经典剧目的发掘需要有人来做。所以郑州电台的连晓东搜集老艺人的唱腔唱段的工作，我非常赞赏。我们认真想一想，豫剧这几个流派，每个流派都要有一两个站得住的经典剧目，这个流派才能传承。越剧的《梁祝》、黄梅戏的《天仙配》就支撑了这个剧种，豫剧有什么？

王：前几年，您的同行张宇发表了一篇文章《豫剧的噪音》，他说："有一天竟然得出一个荒唐的结论，是常香玉把豫剧活活地唱坏了！……对豫剧来说，从发展来看，贡献最大的是常香玉，损害程度最深的也是常香玉。真是成也萧何败也萧何了。"此文一出，遭到了很多批评和谩骂。

田：我当时还在文联任职，收到一些信，指责张宇。但是张宇说的是有道理的。他是以一个作家的直觉来说的，由于常派长期统治主流舞台，她的传人又把常派粗犷的特点发挥太过，不但败坏了传统，消灭了艺术个性，误导了观众，也湮灭了常香玉的艺术特色。因此，我认为，不能说是常香玉把豫剧唱坏了，是主流舞台泛滥的"常派"败坏了豫剧。其实，作为一个艺术家，常香玉还是有节制、懂收放的。常香玉唱"呵呵"，声音在口腔里震动，到了她的弟子们，就完全放开，打开喉咙，把粗犷的东西发挥到极致，就变成了噪音，破坏了艺术的美感。常香玉对豫剧的贡献主要是唱腔方面的革新，她的改革，推动了豫剧的发展。常香玉的改革精神是值得肯定的，只是没人对她改革中有待商榷的地方提出讨论，助长了此后弟子们的过度发挥。比如，借鉴兄弟剧种是对的，但把曲剧阳调照搬过来（"耳旁边忽听得金鸡三唱"），混淆两个剧种，就值得讨论。桑振君吸收了坠子的唱腔而不露痕迹，她的改革是成功的，她发展了祥符调。"的"字，在河南话里读"的"（dì），"哩"（li），常香玉把它读作 de，有违中原音韵，"我的（de）官人你，你好狠的（de）心哪——"就不如"我哩官人你，你好狠的心"听起来顺当。如果把祥符调《捡柴》里"我哩那老乳娘啊"变成"我得那老乳娘"就没味道了。这是受了当时推广普通话形势的影响，对豫剧，是一种破坏。毫无疑问，豫剧的发展受到时代的影响。常派作为豫剧主流，朝着革命化和大众化方向发展，与中国的历史潮流是一致的。我们今天研究常派，要用学术的眼光来研究，以学者的独立思考去认识和评价历史。

王：常香玉去世的时候是不是有点痛心，认为她的艺术流派没有合格的继承者？

田：一个流派无限扩大之后，就会泛化，泛化之后流派就被消灭了，因为它消灭掉了个性特色。所以，艺术的泛化是很可怕的。比如在文学界，十几年前有一段时间散文很热，整个文学界都崇尚散文，那时我就说要警惕散文的泛化，散文泛化之后进入了寻常百姓日常生活中，这是好事，但是一旦进入百姓的日常生活中，散文本身的艺术品位就不再有了。祥符调受压抑，没有泛化，幸而有远走他乡的陈素真和桑振君，使祥符调推陈出新了。

王：我觉得陈素真的学生关灵凤在继承的基础上有所发展，她的唱腔端庄大方，祥符调的韵味浓厚，特别是她对波颤音的运用发挥到极致。

田：艺术就是要处理好继承与创新的关系，不继承是不对的，仅继承而不创新也是不对的；不创新是不对的，以创新而破坏传统、随意发挥也是不对的。

王：您在《圈外说戏》中谈道："我参加中国作家代表团去美国访问，在几个地方的领事馆和侨界的欢迎宴会上，听说我是河南来的，就点名要我唱豫剧。我这个业余水平，只是逢场助兴，赢得的反响却出乎预料，几次都不得不加唱一段才能告饶。"

田：那次访问之后，我邀请了五六位美国朋友回访，我请二团李树建他们演了一场有流派特色的折子戏，又陪他们去茶座听豫剧，反响非常好。非常好的原因是什么？豫剧是生长在中原的乡音，是中原这一方的艺术创造，具有这一方的艺术个性，它是不可替代的。豫剧占据了中州语音的优势，它的辐射力特别强，北方能接受，可以到达东北、新疆，南方也能接受，到广州、云贵、四川，东南到台湾。这证明了豫剧的生命力和中原音韵的融会力、穿透力。祥符调是标准的中原音韵，从宋代起就有了辐射大江南北的效能，加上南宋的南传，近代的西传，具有很强的亲和力。

王：梆子是一个大的家族，豫剧能在梆子家族中脱颖而出，豫剧的音乐刚柔相济，旋律特别优美，甚至包括曲剧的音乐也很优美。河南戏曲优美的声腔是否和中原的文化遗产、音乐遗产和戏曲遗产有密切的关系？

田：一方面它和中原音韵和文化的辐射力有关，另一方面和中原丰厚的文化积淀有关。中国戏曲元、明是一个比较繁荣的阶段，清代到民国是地方戏兴起的阶段。元代北曲、南曲很明显地分开着，到了明代，中原戏曲力量已经显露出来，显露出来的原因是什么？我认为从追根求源上来讲，因为元代是少数民族，他们着重在北方，占据着北方文化的优势，形成了大都这个戏曲中心。但是这个戏曲中心没有开封源远流长，中国的市井文化真正发达起来不是在元朝而是在宋朝，汴京城的勾栏瓦肆很多，娱乐业发达。豫剧为什么会在封丘的清河集和开封的朱仙镇形成？"许家班"和"蒋家班"的兴盛，从历史渊源上讲，和开封的文化中心地位有很大关系。在北宋时期已经种下了勾栏瓦肆的种子，清河集和朱仙镇近在京畿，在帝都的城郊，封丘虽然在黄河以北，但人们过黄河很方便，豫剧兴起于郊区，然后到开封演出，吸收的主要是开封的市井文化，并最终在这里形成了豫剧的中心。

王：现在我们对外省的豫剧名家关注比较少，宣传也很少，有一些有成就的艺术家被忽略了，如王景云、李景萼、张敬盟、张岫云等。他们在外省的生存环境更为艰难，他们对豫剧的传播做出了很大的贡献，因此，豫剧史应加强对他们的学术观照。

田：这是一个有趣的现象，不知道你认真思考过没有？在中国历史上，中原文化有几次外流。中原是兵家必争之地，时代动荡时会有文化外流现象。豫剧也是这样。抗日战争中樊粹庭率豫剧西行，在西安成立狮吼剧团，一直流布到新疆。解放战争中张岫云率团辗转越南，最终在我国台湾落地生根。后来陈素真到了天津,桑振君到了邯郸,这些外流的艺术家都是成就卓著的祥符调传人,代表着豫剧优秀的传统。豫东调马金凤去了豫西洛阳,豫西调崔兰田去了豫北安阳,她们远离省会中心地带,不被主流同化,反而保留了个性,保留了豫剧优秀的流派传统。多年后,桑振君回河南演出,给人耳目一新的感觉。外流的豫剧之所以能够很好地保留了豫剧的艺术品质,是因为它们靠的就是豫剧艺术的魅力。

王:2012年,您在观看了"梨园寻根"这场晚会后写道:"这台晚会打开了尘封的中原艺术宝库,让我见识了中原戏曲传统的丰富多彩、博大精深。当主流舞台被浮华的泡沫淹没,当一些自命不凡的音乐设计以拙劣的歌谱肆意破坏优美的经典唱腔,这些散在民间的老艺人,为我们保存了中原戏曲的精粹,传承着中原文化的艺术精神。他们拥有的艺术财富连同他们本人,都是非物质文化遗产应该抢救、保护的对象。我们经常谈论振兴豫剧,如果不认真发掘传统,尊重传统,使戏曲变成无根之木、无源之水,振兴从何谈起?一时喧哗的泡沫破灭之后,我们有什么留给后人?"

田：你应当有信心，艺术在民间的再生力量是很强大的。那一次河南戏曲广播举办陈素真诞辰纪念演出，效果出乎我的预料。祥符调被压抑了几十年，人已经不在了，剧目也没人传承，还能再起来吗？看了祥符调三天的折子戏，我对豫剧重新树立了信心。漯河搞沙河派研究会，请我参加学派成立大会。有一个老艺人，六十多岁了，退休了，长期不在舞台演出。她上台唱沙河派经典《樊梨花征西》，很长的唱段，气力、气口、板眼、节奏，非常好。一位年轻演员唱刘法印的《黄鹤楼》，用心体会他的特色，特意找我讨教，我很感动。有很多我少年时期听到的段子，他们还唱得那么好。戏曲主潮流把它们排挤了半个世纪，它们还在民间倔强地生长着，保持着艺术品性。好的东西，我们这一代如果不能修复，下一代人会重新发现。作为史家，我们的责任，就是要把优秀的东西记载下来，留给后人。

王：豫剧有一个非常有名的剧目《对花枪》，崔兰田有心把该剧排成电影，请田汉修改剧本。修改后的剧本文学性提高了，雅是雅了，可是失掉了豫剧浓郁的生活气息，观众不喜欢，上演了没几场就演不下去了。田汉的改编是失败的。

田：《锁麟囊》被当作程（砚秋）派代表作，这个剧本其实很糟糕，它的唱词过于雕琢。这是文人的局限性，爱掉书袋子，爱用典故。田汉修改的《对花枪》，他改掉的恰好是民间智慧。我们看待民间的东西，有一个很重要的价值取舍，有时你看它非常俗，但它是大雅，有些地方你把它改雅了，反而把最鲜活生动的东西改掉了。比如《对花枪》里"那个窗台高，我的个子低""众位英雄跪在地"等唱段，非常俏皮、生动活泼，是民间艺术的生命力，是不可以随便改动的。梅兰芳最经典的"海岛冰轮初转腾"，空洞无物，陈词滥调，情景脱节。而《玉堂春》中"苏三离了洪洞县"，唱词朴素通俗，简约流畅，只有八句，有情有景，有叙事，有交代，蕴含的信息量、故事量很大，是非常凝练的戏曲语言。和它相比，"海岛冰轮"就是典型的文字垃圾。《樊梨花征西》（又名《三上关》）里的"鼓打五更鸡叫鸣，从东方升起来个太阳星，那么那么大，那么那么红，半拉半拉绿，半拉半拉红，滴滴滴滴溜，溜溜溜溜滴，滴滴溜溜溜溜滴滴升在那半空中"。这是民间智慧从生活中发现和提炼出的最富有诗意的意境。太阳升起地平线，给人的感觉真是半边红，半边绿，滴滴溜溜粘粘连连。这是民间语言中很宝贵的东西，我在长篇小说《匪首》中借用这个意境来描写太阳升起。《桃花庵》陈妙善的唱段"陈妙善在庵中悲悲哀哀，终日里止不住泪湿胸怀……"也是非常精彩的唱段，"俺二人初见面目中流爱，悄悄地他随我到桃花庵来"，句句用韵，顺溜上口，叙述故事简练生动，把男女之间的情爱刻画得细腻传神。

王：您说的这一段好像经过樊粹庭的修改，阎立品唱的"陈妙善上前来双膝跪定"就是樊粹庭修改的。它们虽然经过文人的修改，但做到了雅俗共赏。

田：樊粹庭对豫剧的改革直到现在对文人仍有很重要的启发意义。樊粹庭很大的贡献是他知道哪些是民间好的东西要保留，哪些是粗俗不堪的东西应当去掉。民间的插科打诨、方言土语，有一些可以作为精粹保留，但大量使用甚至故意炫耀，确实会使剧本的艺术品位降低。樊粹庭是戏曲音乐改革的榜样，他在充分尊重传统的基础上，提高豫剧的音乐性。他坚持因人设戏，以"角儿"为中心。从剧本、导演到唱腔、乐队，都围绕演员的特长来创作，使演员能够充分发挥才华，展现艺术个性。他不是随随便便拿过来进行个人创造，他是在尊重传统、珍视民间智慧的基础上进行改革，他的改革极大地提升了豫剧的艺术档次，同时保留了民间智慧和精华，这是樊粹庭最可宝贵的地方，也是后世戏剧工作者必须认真思考的。

剧本创作是一个大问题。像樊粹庭这样的戏剧改革家非常稀有，多少年才能产生一个。他受过大学教育，是欧美留学预备班的学生，接触过西方文化和戏剧，在大学里演文明戏。他在精英文化基础上去看地方戏，发现了乡村野台子的豫剧，把它推向城市，亲历亲行，参与了豫剧的变革，而后他动笔写本子。这样的剧作者对戏的把握就很全面。比如观念上的定位、精华与糟粕的定位、雅俗的定位，他把握得很准。他在技术上也充分显示了才华。我们来考察他的经典剧目：首先，他在继承传统上是很坚实的。其次，他对中原音韵的把握非常熟练，他脱尽了书斋文人的学究气。书斋文人可以把诗歌、小说写得好，但是未必能把一个戏写好。原因是他们对乡土语言和音韵的把握并不在行，大多数的剧本写出来之后，用词很华丽，但是不好唱，为什么呢？它在韵辙上不适合。还有板式观念，一个会唱戏的人，他写唱词时脑子里已经有了板式，不懂戏的人脑子里没有板式的概念，不知道豫剧里有三字句、五字句、六字句的句式，一般只用七字句、九字句、十字句，造成唱段呆板。刘法印对板式句式的驾驭运用让人惊叹。他在《黄鹤楼》里屡屡打破固有板式。他把二八板的上、下韵打乱，改成铺陈繁复的长句："那个时节，你们弃新野，奔樊城，败当阳，你们的兵退到离夏口四十五里安下营寨，兵又少你们将又寡，不敢把阵排。你朝里有关张赵云三员将，威名现在，我何须挂心怀，我就服了诸葛亮真算是奇才！"句子延伸这么长，却一气呵成，不但没有破句掉韵的感觉，反而感到起伏跌宕，俏皮活泼，妙趣横生。戏曲剧本差，首先是作者对戏曲语言的把握，其次是剧本的结构。"文革"后，阿甲在高级导演培训班上有一个非常好的讲话，现在很少有人再提起他的观念了。我认为19世纪后半叶到20世纪之间，东西方文化进行了一次交流，交流的结果是西方吸收了东方文化，壮大和发展了自己，东方吸收了西方的文化来改变自己，有一些改变得很好，有一些改变坏了。就戏剧而言，东方吸收了西方的话剧，把这个新的戏剧品种带到中国，改变了中国戏剧的面貌。就中国戏曲来讲，到了20世纪50年代以后，特别是新中国成立以后，我上大学的时候，戏剧方面的理论都是学苏联，把斯坦尼斯拉夫斯基体系搬到中国来，以斯坦尼斯拉夫斯基对中国戏曲进行改造，对中国戏曲传统美学是一次灾难性的破坏。西方向东方学习最早的是布莱希特。布莱希特在莫斯科看了梅兰芳的戏很震惊，拿个马鞭在舞台上转一圈，就从北京到了南京，这在西方戏剧传统里是不可想象的。他学习梅兰芳，研究中国戏曲，创作了西方现代派的第一批剧目。当西方打破三一律，把舞台空间的"第四堵墙"推倒，向东方学习时，我们却把西方摒弃的观念拿来，以斯坦尼斯拉夫斯基为圭臬。中国戏曲最不幸的是我们现在仍然拘泥于三一律，一定要分场，定时空，时空的自由转换没有了，从根本上颠覆、破坏了中国传统戏曲美学。那次石磊的研讨会，我在北京发言时曾向石磊建议，如果他能打破从斯坦尼斯拉夫斯基那里继承来的三一律，恢复中国传统戏曲美学，打破时空，打破分场结构，也许他的创作会有更大突破。

王：我们就谈谈石磊吧，他的剧目大多是从经典剧目改编而来，我看得不多，只看了《芦花记》和《三娘教子》，其中《三娘教子》给我的印象深刻。这出戏没有大舞美，非常精致简约，但不是没有创新，而是和整台戏结合得非常密切，给人的感觉是做旧如旧，完整统一，看起来非常舒服。而且里面的唱腔也很好，其中"老薛保快请起一旁立站"一段脍炙人口，广为流传。您是怎样看待他的导演和艺术风格的？

田：有这样的人已经很难得了，没法要求他更多。他有自己的志趣、志向，锲而不舍，富有激情，虽然有一些不完美的地方，但他的大方向是对的，总体来讲，他是一个独立的知识分子，这就很不容易了。他让我赞赏的是两件事：一件事是他一直在挖掘整理传统剧目，第二件事是他对传统板式唱腔的尊重。这两点特别可贵。

王：石磊的《三娘教子》成了很多剧团的吃饭戏，很多市级剧团和县级剧团都在演，却不能评奖，说是改编的程度未能超过原著的百分之五十。您怎样看待这样的矛盾？

田：很正常。（笑）你本来就不打算走体制，也不打算获奖，这个问题不存在。

王：您怎样看待豫剧三团和现代戏？新中国成立后大力提倡现代戏，前几天我在孔夫子旧书网上一搜，出现了大量的豫剧现代戏剧本。几十年来我们排了那么多现代戏，留下来的却寥寥无几，浪费了大量人力、物力、财力。您怎么看待这个现象？

田：三团是个特殊剧团，它是现代舞台剧与豫剧结合的产物，在剧本内容、舞台表演、音乐设计上对豫剧进行了歌剧式的改造。这种改造与樊粹庭不同，樊粹庭对豫剧音乐的改革是尊重传统、尊重演员，三团的改造使豫剧进入以编导为中心的时代。它完全用舞台歌剧的一套程式来改造豫剧。我们很多传统戏也是那个时代人编出来的现代戏。比如《窦娥冤》、《秦香莲》、豫剧《三上轿》等，樊粹庭本人在抗战期间也写过不少宣传民族精神的戏，有些流传，有些也成了垃圾。现代戏创作必须有文学的核心思想，必须注重文学性。这是张艺谋成功的关键。我们可以引进现代艺术观念来融入我们传统的戏曲，用现代审美提升豫剧的现代品格，三团歌剧式试验是可以做下去的，但是应该把现代戏从流派传统中剥离开来。原来河南豫剧院的设置是有道理的，二团基本上是祥符调，一团是豫西调，三团就是现代戏，应当有不同的分工，不要让演传统戏的剧团编排现代戏，也不要让演现代戏的三团演古典戏。现代艺术允许多方面的尝试，那就是在继承传统的基础上如何更大幅度来创新，融入现代的审美和现代思想。

王：但是豫剧三团也排过《三哭殿》等古装戏。

田：那不是它的优长。"文革"之后，他们有意识想转回传统，但他们演惯了舞台剧，再回归传统，缺乏传统戏表演的功力、基础，所以演出的古装戏都不成功。关于现代戏的问题，值得我们认真探讨。有一点是肯定的，如果我们的创作立场不改变，现代戏永远都不会进入艺术。陈涌泉刚从大学毕业分配到河南省曲剧团，我和他同车回唐河，趁长途车中间吃饭休息，我们站在车旁聊了一阵，我对他讲："你现在到剧团了，恐怕你得首先解决写作立场问题。我有一个同学是写戏的，写了大半生，写的全是垃圾，没有东西留下来，自己感到很悲哀。你必须转变创作观念，站在文化的立场、人性的立场写作，从优秀的文学作品中寻找灵感，培养自己的素养。"

后来他向文学经典找素材，写了《阿Q与孔乙己》《风雨故园》，从戏剧经典找灵感，写了《程婴救孤》，他的成功有一个根本转变，就是写作立场的转变。在他的创作研讨会上，我提出，你现在不需要再为获奖而写作了，更要下功夫写出自己的戏来。什么是我们文化的软实力？《梁祝》就是。如果你能写一部《梁祝》，你的一生就值了。

王：非物质文化遗产保护这个话题现在挺热的，宣传也很多，但我觉得在执行的过程中存在着不少问题。

田：非物质文化遗产保护，是一项关乎民族传统文化传承的重要决策。国家花了很多钱，效果却令人担忧。以豫剧为例，豫剧作为非物质文化遗产，应当加大对传统的投入，把整理、抢救传统流派、经典剧目当作系统工程来做。

王：豫剧音配像的问题不知道您是否关注。常香玉生前给省长写信，说想搞豫剧音配像，京剧音配像庞大的工程已经完成，但豫剧始终不见动静。我看到很多网友自发搞音配像，有的民营出版商也搞了。但是高规格的、规范的音配像一直未启动。

田：这得有两个条件：一是当权的领导有历史的文

化眼光；二是喜欢戏，懂戏。如果冯纪汉活着，他有可能搞。他很重视传统，而且懂戏。京剧的音配像做出了让戏曲回归传统的榜样。如果我们没有这样的人物，就不会去做。又要投入人力，又要投入财力，又要牵扯到谁配谁不配的问题，还有背后的利益链，等等，谁愿意找这个麻烦？

王：豫剧音配像现在不搞，越拖越没法搞，艺术大师培养的亲传弟子见过他们的舞台表演，趁亲传弟子还在，现在搞还能搞。

田：文化上的东西不是我们这些热爱艺术的人能够挽救的。要么有一个像白先勇这样强有力的人物，要么有一个像樊粹庭这样的改革家。樊粹庭伟大的地方在于他倾注毕生精力去办剧团，与官员周旋，与商界周旋，弄钱，培训演员，办科班。剧团贫困潦倒住茅草屋时，他把皮袄当了买粮食吃，人也不散。尼日利亚获诺贝尔文学奖的戏剧家沃尔·索因卡，在老家约鲁巴人部落办剧团，一帮人辛辛苦苦到处演出。这样的戏剧家有献身精神，有民族地域文化责任感，对民族贡献大，对人类文化贡献也大。所以，搞史的重要责任，就是通过资料和史家的发现与评介，让后人能为自己的艺术自豪。

要写豫剧史，有几点值得注意。首先，我个人的文艺价值观认为，艺术在民间，在边缘。民间和边缘思想更自由，艺术创造的空间更自由。我们来看中国的文学史，无论是哪一门类的文学作品都产生于民间，《诗经》、汉乐府、唐人传奇、宋人评话、元人杂剧、明清小说、明清传奇，全都在民间。唐诗、宋词、元曲，是失意文人留下的精神财富。《聊斋志异》在乡村，《红楼梦》《金瓶梅》《三国演义》《水浒传》我们现在要花气力去考证它们的作者。在这个意义上，我们的传统文化、经典、软实力，靠的是非主流而不是主流。中国大多数文学艺术家对这个问题的认识并不清醒，戏剧界尤为严重。如果写戏剧史，首先这个观念要转变过来。只有这样，才可能做出有价值的、对后世有益的研究成果。

王：20世纪以来，我认为，知识界对戏曲有两种错误倾向：一种是民族虚无主义，认为戏曲是封建糟粕；一种是竭力雅化戏曲，提高戏曲的文学性，而不注意保持戏曲的民间特质，拿文学的标准来评价戏曲。您怎么看？

田：如果你是研究戏剧，不是民间文艺，我觉得你的观点值得认真思考。如果你站在戏剧史的角度，你主要关注它在民间形成的过程，它真正的价值还是要从民间进入文化。也就是说，虽然你立足于民间，但是你的观点是精英的，不是大众的。戏曲定位为大众艺术，研究和评论它却要用精英的眼光。我曾经给石磊聊过，你要用精英的眼光从事大众文化，这样大众文化才能有积极的内涵，才能真正创新出艺术品质。民间带有盲目性，盲目本身提供了艺术自由的空间。民间艺术是民族文化最丰富的营养，也是最丰富多彩的财富，但同时民间文化必须上升到精英的思考层面，才有历史意义。鲁迅讨厌梅兰芳，至今看来，他批判梅兰芳的一些话是有道理的。梅兰芳对戏剧的贡献我们不能否认，为什么不能否认？梅兰芳是把来自民间的艺术提升到了贵族欣赏的层面。

王：鲁迅说梅兰芳的表演雅了，唱词雅了，多数人听不懂了，不但听不懂，还觉得不配看了。

田：鲁迅的话很尖刻，这对梅兰芳是个提醒。但是，梅兰芳的贡献也就在这里。他把民间艺术提升到贵族层次，特别是表（演）和唱（腔），他使京剧脱离了民间草根性，变成高雅艺术。这种贵族化遭到鲁迅的批判，贵族化确实有可能削弱艺术原生态的活力和生命力。

作为戏剧史家，我们必须考虑到戏剧的两个属性。无论是研究史、研究人，还是研究作品，这两点是构成戏剧的基本要素。第一，它是雅俗共赏的大众艺术。这个定位要准确，我并不因为它是大众艺术而看低它，但是大众艺术的要求是雅俗共赏的。第二，戏剧不同于文学作品，它是一门综合艺术，它既有剧本方面的要求，又有表导演、音乐方面的要求。评价一个文学作品，是看它的语言、思想和结构、形式，文本相对来讲是单纯的。评价一个戏剧作品，不但要评价剧本的价值，还要评价唱腔、表演等方面的创新和贡献。作为一门综合艺术形式，这两个支柱的核心抓住了，评价就到位了。梅兰芳的成就不在文学、语言方面，而在舞台艺术和音乐上，在他为京剧发展所做的贡献上。

王：其实写豫剧史最适合的是河南艺术研究院，我根本没有条件和资历做这件事。

田：比如对老艺人的发掘、研究、整理，本来应该是艺术研究院、文化厅的工作，结果是郑州电台连晓东做了。连晓东来找我，我给他鼓劲，我说这是你终生的事业。他在初期时很艰难，自费跑了几个省，拜访了几百位老艺人，是要有点精神啊。现在他干出名堂了，官方也重视了。马先生让你做豫剧史，很合适，做这样的事情需要一个游离于专业体制之外的人去做。你身在学院，这是你所学的专业，你以学院派身份去做，超越了艺术团体和人际关系的羁绊，不存在摆平摆不平的问题，不存在谁来插手叫你怎么办的问题，有利于独立发现，更客观，更公正，当然也更权威。你既要研究戏剧，又要超越戏剧，要以一个文化学者的眼光去研究戏剧，不能沉下去不能超脱。要搞史，立足点要高，才会有史家的眼光，才能超越现实的种种表象去俯瞰历史。如果你仅仅是乘一艘船在河上漂荡，你对河的认识是感性的，缺乏理性；如果你乘一架飞机在河的上面观看，你对河的理解会更加理性，对它的把握会更加准确，这并不排斥你可以乘小船在河里具体考察，但不能只局限在河里。

王：最后，您对豫剧史写作还有什么建议？

田：我和你交谈，是把你当作学者、研究者，要真正用功去发现史料，发现观点，为自己的观点寻找根据。

做学问是很难的。作为历史的文化现象，即使是一时风云的东西，也要论及，作为史，不能不提，包括如《社长的女儿》等一批剧目都是要谈的。作为史家，你关注的重点在于对豫剧发展有意义、有贡献的人、事件、剧目。对历史上出现的现象要实事求是地陈述，不一定给予明确评价，事实说透，评价由后人去做也可以。

樊粹庭的启示

在大学时偶然读到樊粹庭的资料，感动之余，深愧作为一个河南人，作为一个豫剧爱好者，竟然不知道这位现代豫剧的奠基人。后来陆续读到一些有关他的文章，敬佩之情铭刻于心，更为河南戏剧界抱憾。综观百年中原文化，谁能有樊粹庭那样的献身精神？一个出身于书香门第、殷实富家的子弟，留学欧美预备班的大学生，为了把他所热爱的乡土民间艺术推向城市，推向中华文化的艺术长廊，甘愿放弃教育厅的官职，混迹于穷苦艺人群中，变卖了家产，担着忤逆不孝的罪名，遭受与父亲脱离关系、家庭分崩、社会不容的打击，矢志不移，建剧院，办剧团，办科班，写剧本，培养演员，把一生献给了豫剧的改革和发展事业。豫剧在他手里完成了由乡村草台到城市剧院的转变，完成了文场、武场音乐的定型，确立了豫剧经典剧目，培养出了陈素真等一大批影响深远的豫剧艺术家。无怪乎在现代豫剧发展初期人们都把豫剧称为"樊家戏"。然而这位"现代豫剧之父"却长期被家乡放逐、冷落，以至于如他父亲的家规那样，他死后不得入葬祖坟，想要魂归故里而不能。读到石磊先生新著《樊戏研究》，欣喜之情自不待言。

研究樊戏，借鉴豫剧改革、创新的经验，对豫剧事业的发展是一个重要课题。《樊戏研究》第一次把樊粹庭这位伟大的豫剧改革家的生平和艺术道路系统、集中地展示给世人，资料翔实，治学严谨，具有真知灼见和强烈的责任感。在当前豫剧正声衰微、流派湮泯之时，石磊先生秉承樊粹庭的改革精神，针对豫剧现状提出了旗帜鲜明的主张，改编、导演了樊粹庭的经典剧目，这对振兴豫剧的确具有重要的现实意义。

任何一种艺术形式都必须在继承中发展。作为一种大众艺术，戏剧艺术尤其要处理好传统与创新的关系。在民间趣味与艺术审美上，樊粹庭为我们提供了成功的经验。当他进行改革时，他知道哪些是民间智慧应当继承，哪些是低级趣味应当革除，哪些是民族文化的精髓应当固守，哪些是时代、地域的局限应当在开放吸收中变革。人类已经进入 21 世纪，在经济全球化的时代背景下，从民族文化、东方美学的角度认真回顾豫剧发展历史，从樊粹庭的艺术探索中汲取营养，是十分必要的。

樊粹庭的经验起码在两点上对当前的豫剧发展具有启示意义。这个学习西文的知识分子深刻认识到坚持东方美学的意义，由于他在豫剧改革中坚持了中国戏剧的抽象、写意精神，坚持民间情趣又注重提高文学品位，他创作的剧本既有时代精神又广受大众喜爱，这使他的不少剧本不但是豫剧的奠基之作，也在演出实践中逐渐成为豫剧经典。自 20 世纪 50 年代以来，我国戏剧界盲目推广斯坦尼斯拉夫斯基体系，用西方的四堵墙、三一律取代中国传统的时空随意转换的艺术观，大大局限了戏剧创作的想象力和创造空间，剧目资源愈走愈狭，剧本创作难出新意，编创队伍不断流失，严重制约了戏剧事业的发展。

同样重要的是，樊粹庭坚持因人设戏，一切以演员为中心。从剧本、导演到唱腔、乐队，都围绕演员的条件和特长来创作，使演员能够充分发挥才华，展现艺个性。把豫剧主奏乐器由皮嗡改为板胡就是最突出的例证。近几十年来，特别是20世纪70年代学习样板戏以来，演员的创造空间日渐被压缩，时至今日，不唯编剧、导演不考虑演员，音乐设计更成为演员的枷锁。一个音乐设计代替了所有演员的创造，决定了一个剧团、一代演员的风格，演员只能把豫剧当歌唱，多一个装饰音、少一个音符也不被允许。我们的音乐编创人员往往随意破坏豫剧传统板式，把简单明快、口语化的音乐语言复杂化，使豫剧变成没有个性的"一道汤"，丧失了来自民间、来自几百年几代艺术家创作而形成的豫剧音乐的魅力。演员变成了音乐设计的传声筒，没有任何发挥余地，豫剧艺术哪还有流派和个性？

豫剧是中原文化的名片，希望更多有识之士研究豫剧的优秀传统，研究、整理、推广豫剧各流派的经典剧目，像京剧那样，从振兴流派艺术做起，尤其要首先振兴可称豫剧大雅的祥符调。希望《樊戏研究》只是个开头。

桑派艺术与祥符调

桑派艺术是豫剧祥符调三大流派之一,祥符调被认为是豫剧正声。豫剧的产生虽然有多种说法,但豫剧因祥符调而成为成熟的剧种,这是没有争议的史实。祥符调的产生,标志着豫剧由民间俚曲走向城市舞台,成为一个有自己艺术程式和音乐规律的艺术品种。任何一个艺术品种,没有个性就没有生命力。流派是艺术个性的标志。要振兴一个剧种,必须振兴这个剧种的艺术流派。

豫剧之所以因祥符调而成熟,是有它的地理背景和文化背景的。从音韵声律上看,祥符调代表了典型的中原音韵。它的声腔、板式、发声、行腔、运气方式,深深植根于中原乡土,充分表现了中原乡土的声律之美,具有中原文化的辐射力。秦腔、晋剧、河北梆子,这些北方梆子剧种在地方戏的形成发展上发挥过重要作用,对北方文化影响很大，但它们始终不能像豫剧那样被各种不同语音地域接受。豫剧能被中国大多数地域观众接受，流播海内外，成为中国地方戏影响最为广泛的剧种，与中原音韵的融通性和美感息息相关。这中原音韵的典型代表，就是祥符调。这也是其他流派得以衍生的基础。

从文化渊源看，祥符调产生于自北宋以来形成的汴京市民文化的土壤里。从勾栏瓦肆，历经戏曲繁荣的元代，到商业文明兴起的明代，直到清末民初，汴京城一直是中原演艺文化的中心、市井文化的基地，保持着对中华民族腹地大众娱乐的强大凝聚力和影响力。"蒋门"（朱仙镇）、"许门"（清河集）科班，正是在这市民文化活跃的帝都京畿应运而生，使乡土文化与都市娱乐相融合，产生了祥符调。

20世纪二三十年代，中国戏曲出现了一个蓬勃发展的时代。京剧的繁荣鼎盛，周边各路梆子的兴盛，为豫剧的发展创造了良好的时代环境。经樊粹庭这样热爱乡土文化的知识分子投入、倡导、扶植，豫剧祥符调的艺术品位迅速提升，科班教师的艺术视野更加开放，民间智慧被提升为文化内涵，祥符调从剧目创作到舞台表演、音乐、配器，都确立了自己的艺术程式，使豫剧由草台走向剧院。

祥符调的文化内涵在于它的人民性、审美格调和观赏价值。豫剧祥符调的人民性，不只表现在它产生的土壤、使用的音韵、产生的文化背景，更表现在剧目创作的人本主义价值观和植根于生活的舞台艺术观。祥符调的代表剧目无论情爱、公案、历史，还是才子佳人、帝王将相，基本投入点是人性和人情。人性和人情，是艺术永恒的主题，不但富于趣味和感染力，广受大众欢迎，而且可以常演常新。如陈派名剧《春秋配》《三上轿》《梵王宫》、阎派《秦雪梅》、桑派《桃花庵》《对绣鞋》《打金枝》，即使樊粹庭在抗日战争时期及之后创作、整理的剧目《柳绿云》《霄壤恨》《麻疯女》也都把各类主题融于人性情感之中，温暖人心，传播情爱。这种人本主义思想，人性立场，不因时代变迁、政治风云而有所改变。儿女情长，民众情感，是祥符调生命力之所在。

注重从生活中汲取表演灵感，升华为艺术，使祥符调舞台艺术具有浓厚的生活气息。把世俗大众生活中的动作、行为提升为表演程式，使祥符调在走入剧院之后，仍然保持鲜活的乡土性、民间性。樊粹庭从都市请来京剧老师进入豫剧科班，对来自民间的俚俗的东西进行改造、提升，但又注意不破坏原生态的艺术美，注重发掘大众生活中的舞台元素，使其成为唱腔、表演的出彩点。任何一种艺术，任何一个艺术家，都不可避免地必须处理好雅与俗、艺术与生活、创新与传统的关系。樊粹庭很好地处理了这些矛盾，他的做法极具启迪意义。他剔除了来自民间的粗俗的东西，保护了来自世俗文化的生动鲜活的神韵，使祥符调既为大众喜爱，又有高雅的艺术品位。陈素真、桑振君不仅在自己的表演上注意把生活细节引入表演程式，而且不断教育、提醒学生，从生活中发现、捕捉美，把它运用到舞台上来，不但丰富了人物形象，也避免了表演程式的迂腐、僵化。这样的艺术观，使祥符调浴于俗而出于俗，贴近民众、提升趣味，以高雅的格调和精美的艺术奠定了豫剧的艺术精神。

祥符调是豫剧各流派中音乐性最强、旋律最优美的一个流派。这不仅得力于它产生的土地——中原音韵，而且因为它坚持以演员为中心，注重演员个性的发挥。流派艺术的继承，必须解决继承流派特色与发挥个人创造的矛盾。如果拘泥于流派，扼杀了个性，这个流派必然会日渐萎缩，丧失生命力。祥符调重视个人天赋、才能，从科班到剧院，在剧本、唱腔、舞台调度上为演员提供尽可能广阔的空间。这种以"角儿"为中心的创作模式是那个时代所共有的，以"角儿"为中心，保证了祥符调的丰富和发展。重视演员个人创造，使祥符调这个流派能够不断创新发展，涌现了陈派、阎派、桑派这些不同派别，占据了豫剧六大名旦的半壁江山。她们既有流派的共同特色，又有各自迥异的演唱风格。祥符调就在这继承与创新中丰富、发展。

桑振君对于祥符调的意义正在于她的个性创造。

毫无疑问，桑派艺术是祥符调的一个支脉，说其是祥符调，不仅是发音方式、基本声韵、板式唱腔具有祥符调的传统，而且被认为是桑派特色的偷、滑、抢、闪、离调也都具有祥符调特点。然而桑振君不同于陈素真，也不同于阎立品，她创造性地继承传统，在继承中创新。桑派的个性在于它打破了祥符调的高音域行腔，把我们常说的豫东上五音与豫西下五音糅为一体，扩大了唱腔的音域，加大了音程的跳荡幅度。我注意到桑振君常常在一个唱段里把音程跨度拉到十三度。她在这十三度中起伏回旋，游刃自如，时而低吟如诉，时而奇突高挑，加上细腻的气口运用，轻盈婉转的吐字功夫，使她的高低滑落美妙动听，极富音乐魅力，不但把祥符调的嘹亮、华丽、委婉、多变表现得淋漓尽致，而且创造了桑派独有的柔美、典雅。在音域上，她比陈素真宽阔；在音色上，她比阎立品圆润。我推想，这与她出身于坠子世家有关。坠子音乐以柔、滑为特点。她在《桃花庵》《打金枝》中的唱段，具有很浓的坠弦的无把位演奏的韵味。这是她对祥符调的贡献，也是对豫剧声腔艺术的发展和丰富。如果说祥符调是音乐性最美、变化性最美的一个流派，桑派则是祥符调中声腔艺术最美的一派。

桑振君的演唱风格从容、大气，无论是唱腔还是表演，都能做到含蓄、节制，收放得当，没有粗野的行腔，没有过分夸张的动作，舞台形象端庄、雅丽，台风严谨，表演精致。这与她的艺术态度有关。桑振君自己在艺术上一丝不苟，教育培养学生严肃、恭谨。对照当前一些演员恶意放腔要好，舞台表演大挥大转，耸肩抖背，恨、哏、粗、俗，极尽风头意识，桑派代表的、由陈素真奠基的祥符调的沉稳、典雅台风,实在是难能可贵。

从年代上看,桑振君比陈素真、阎立品晚,她没进过祥符调大本营"天兴班",没跟孙建德、樊粹庭、陈素真、阎立品这些祥符名家学过戏,她在祥符调中的边缘地位使她能够更好地自由发展。在艺术渐臻佳境时,又因种种原因远离乡土,远离豫剧的中心地带。现在看来,桑振君的边缘地位,正是桑派得以按照自己的艺术追求创建自己艺术传统的好环境。

豫剧只有在远离乡土、远离中心的地方,才能按照艺术规律和艺术传统生存、发展。陈素真在天津,桑振君在邯郸,马金凤在洛阳,崔兰田在安阳……豫剧在兰州、新疆、襄阳、四川……保留了较多的传统风味,传播着流派艺术的劫后余韵。作为祥符调的爱好者和忠实的粉丝,我不能不感谢桑振君。她不但丰富、发展了祥符调,丰富、发展了豫剧艺术,而且她在远离乡土的异地,为祥符调保存了一支生力军,保存了豫剧的传统精华,培养出了苗文华这样优秀的桑派传人,使祥符艺术的薪火得以传递,后继有人。苗文华以她的天赋和执着,忠实地传承了桑派艺术,通过自己的努力,较好地解决了继承与创新、高雅与大众、经典与现代的关系,坚持自己的追求,提升了豫剧的艺术品格,为当代豫剧的发展做出了贡献。她最近拍摄的豫剧电影《桃花庵》,为豫剧史留下了一部经典作品,使热爱豫剧的人感到欣慰。

"小垫窝"的艺术与人生

接到刘法印去世的电报我感到很歉疚,多年前我就答应要录录他的戏,整整他的本子,为他好好写一点研究文章,直到他去世前两个月去看他,还说请他春天到郑州来住一段,"可把你的戏和经历录录"。1989年1月17日,他结束了在人生这个大舞台上的一切角色,卸去了粉墨袍带,让一个永远不曾安分的灵魂安息了。对于一个追求艺术的人来说,67岁并不算老,"小垫窝"刘法印的艺术生命尤其显得短暂。尽管任何一个艺术家的灵魂都是痛苦的,再给67年的岁月他仍会感到不满足,撒手就是解脱,死亡才得休息,但我还是难免为他抱憾。也许他本可以给豫剧事业留下更多的艺术创造。

一

认识刘法印的时候我还在家乡读小学,是个淘气的戏迷。每天放了学总挂念着去看"新小生"演《张廷秀私访》。后来看他的《提寇》,简直佩服得五体投地。那是个折子戏,独角,少年寇准奉调进汴梁,一路走一路感慨,进汴梁,观览京城景色,看金殿朝廊,看清官匾,直到朝圣讨封。个把小时的戏全靠一个小生的唱工做工,每场都来几个满堂好,差不多每星期都演几场。挂《提寇》的戏牌,场场满座,连木栏杆外买站票的都挤拥不动。后来又看他的《长坂坡》,与《提寇》恰成鲜明对照,仍然是折子戏,很少几个配角,却只有三四句唱腔,全部是长靠武打,从武打中塑造人物,叙述故事,让人有身临战阵之感。那时候,一般唱腔好的小生武把差,而把子好的武生又大多坏了嗓子,像刘法印这样嗓音嘹亮、干净,武功又娴熟优美、技艺非凡的演员确实很难得。

那时我家开着一爿杂货店,剧团拉大弦的常到我家买松香,坐在店房的长凳上同母亲拉家常。有一天,这拉大弦的突然说:"老太太,你爱看戏,把刘法印的爱人认给你当闺女吧。他们离家远，没亲人，很孤单的。"母亲笑着说："行啊。"当时并未认真。过了几天，拉大弦的竟真的领了刘法印夫妇到我家来拜干娘。提了很大一块肉，进屋就叫妈，和母亲很投缘，好像本来就是一家人。从此，我不但更了解刘法印的戏，也真正了解了刘法印这个人。在几十年的风风雨雨里，我们两家建立了深厚的情谊，无论在顺境还是逆境，我同法印都是最知己的朋友。虽然他长我二十岁，我们在一起却像孩子一样亲密无间，谈起艺术总是眉飞色舞，忘乎所以，彻夜不眠。他添第一个孩子，我母亲亲自照顾；添第二个孩子，母亲从百里之外专程让人担了一担鸡蛋、挂面送到南阳。法印夫妇是那样厚道朴实，待我母亲极尽孝道，体贴入微。1984年母亲谢世时，法印坐在灵前垂泪不止，至今我还清晰地记得当时的情景。

我在中学阶段就一直是一个爱好广泛的调皮鬼，唱戏、唱歌、跳舞、打球、画画、弹琴、打莲花落、说山东快书，在院里迎壁上题上"人民唱戏处"，同朋友们耍刀弄杖。法印站在一边看，忍着窃笑听我讲场面，那时候就知道他非常骄傲，却能虚心地听一个十几岁孩子对他的戏的反映、挑剔。在我的少年时代，刘法印的艺术无疑带给我很大的影响和启迪。

南阳地区原没有豫剧，只有汉剧（二簧）、曲剧和宛梆，偶尔也有越调。1949年左右，唐河、社旗才出现豫剧，都是外地艺人流落来的。刘法印在唐河，李二凤在社旗，此后两人会集到南阳豫剧团。刘法印带到唐河的豫剧，带着典型的沙河调特点，大多以脸子戏为主要剧目。那时候我还不知道沙河调，也不知道刘法印是在京广沿线豫中、豫南早已成名的"小垫窝"。1959年，他参加全省名老艺人会演，我家已在郑州，他高兴地去看望母亲，给我们送了戏票，让我们去看他的演出，我对他的艺术才有了理性的认识，知道了他是豫剧沙河调的代表人物。那时，豫剧已经压倒了本地的汉剧和宛梆，和曲剧并称南阳两大剧种。

二

我真正研究"小垫窝"的艺术是在"文革"期间。我从大学出来后落魄还乡，回到祖辈生活的小县，趁一次外出做工，到南阳看望刘法印。在王府山旁的小巷里找到他的家。两间破旧的草房，铁屑垫的院子和院墙，几个孩子正在院里跳橡皮筋。他和他的妻子被分别下放到木器厂和光辉机械厂。我到木器厂去看他，他在开着一台打眼机给木件钻孔。他同车间的工人很合得来，干活空闲，在车间里练功，翻筋斗，让工人看，精神上显出特有的爽朗愉快。我在他家住了一段，和他聊天，对沙河调有了更多了解。

"文革"后期他重返剧团，在《艳阳天》里饰演肖老大，总共只有六句戏，他却很认真。这是一段姑苏韵，不利于行腔。他对我说："这韵我唱着真别扭：'这是咱艰苦奋战的功劳簿，这是毛主席带来的福。'"我说："姑苏韵是撮口呼，你可以加上一个'啊'就顺当了。"他就拖腔唱"这是——毛主席带来的福啊——"，充分发挥他嗓音高亢凌厉的优势，每唱必得掌声。我们就由这句行腔，聊到沙河派的特点，说到他的艺术生涯，说到他的师承，学艺过程，演过的各个戏，如何琢磨创新。

这时他的五个孩子都还很小，家庭生活并不宽裕。可是，他时时想着我，总想给我找个合适工作。那时我有时在工厂做小工，有时到湖北流浪，画像、写语录牌。在走投无路时就住在他家。为了能让我进剧团做临时工，他给我借来一些豫剧资料供我研究。经过"文革"，这些资料极难找、极宝贵。借来我就连夜赶抄，抄完再还人家。至今我保存的豫剧传统资料都是那时抄得的。就是那时候，我才系统研究了豫剧的历史、文武场演变、各种流派板式典范，从对比中了解了豫剧各流派的不同特点、流行地域、代表剧目和代表演员，然后就写了一个九场豫剧剧本，把其中的一场谱了主旋律和打击乐配器。由刘法印推荐，我打算进剧团做合同工。我常常忆起法印奔走，请客，到月底去借钱，应付包括我在内八口人的伙食。在一切努力都不能奏效时还要安慰我："不要紧。你的学问才气终归会有用的，你一定能为国家干一番事业。"他的话温暖了我，给了我自尊和自信。这是1970年，文艺事业最黯淡的岁月，有什么比一个老艺术家的殷殷苦心和期望更珍贵呢？

粉碎"四人帮"后，刘法印再次登台演出。1979年，以沙河派唯一代表参加了豫剧流派调演，一折《黄鹤楼》在河南人民剧院场场叫好。他的演出本、舞台艺术分析及《沙河派艺术概述》都是我写的。他的《黄鹤楼》唱片出版后,还特意跑到唐河让我听。《中国艺术家辞典》收入他的条目也是经我手修改定稿的。他还指望我将他一生有所创改的戏全都录下来,整理记谱,传述后人。我却老是忙,平反后忙着追回失去的岁月,忙着自己的创作,一再迁延,终成憾事。

三

刘法印1922年农历腊月初十生于河南省上蔡县小庄村一个贫苦农民家庭。十一岁在庙会要饭,被西平县崇利桥科班收为学徒,九个月以后就上棚演戏。个子小,要由师傅抱上座椅,因此被当地观众称为"小垫窝"。此后这就成为他的艺名。他天生一副好嗓子,加之善于使用二本腔,1936年入漯河兴盛班时已经成为享誉沙河流域的有名小生。

有关他的文字介绍都说他师承沙河调名演员贾窝,实际上他从未跟贾窝学过艺,也没有拜过师。贾窝在漯河以《黄鹤楼》《凤仪亭》成名,刘法印在漯河与他对戏。

他先去偷戏，蹲在台下角落里看贾窝演出，学他的优点，改他的缺点，然后出同样的戏报。他拜过杂技演员出身的王大梨为师，跟他学"倒蹲席筒""滚刀"，拿他教的一手"倒蹲座椅"加入《黄鹤楼》，一举击败贾窝，成为名震京广沿线的当红小生。贾窝最大的弱点是嗓子倒了，外号人称"公鸭嗓"。当时刘法印才十四五岁，文武兼备，童音饱满，从1938年以后就取代贾窝成为沙河调最有声望的演员。

当时豫剧的主奏乐器刚刚由皮嗡改为板胡，使祥符调、豫东调、豫西调以旦角挂头牌的流派得以长足发展。沙河调剧目是以生角挂头牌，以脸子行为主，男角唱腔受板胡高音的限制出现危机，刘法印以圆润嘹亮的二本腔克服了这个障碍，把沙河调艺术推向成熟。沙河调的特点是生长在以沙河流域为中心的豫中、豫南这块乡土上，广泛吸收了京广路沿线曲艺、杂技的特长，粗犷豪迈，崇尚刚武凌健，具有口齿清晰、偷字巧妙、行腔洗练、富于口语化的浓郁的地方色彩。在唱腔上常常打破豫剧传统板式格局，句式长短不拘，节奏鲜明多变，比起北方三派更富创新灵活。沙河派的代表剧目都是以生角为主演的戏，如《黄鹤楼》《南阳关》《凤仪亭》《五凤岭》《对花枪》《长坂坡》《韩信拜帅》《翠屏山》《杨香武盗九龙杯》《张廷秀》《反徐州》等。刘法印的代表剧目是《提寇》《长坂坡》和《黄鹤楼》。他演的《提寇》独具特色，唱词板式都有创新创造，在"文革"后的豫剧流派调演时，他怕自己的气力不够（几乎全是唱段），没敢演出，只演了《黄鹤楼》，当时我心里有点替他惋惜。

沙河调的特点成为它的局限，男演员很难选拔，尤其武功、声腔并重，更是影响了沙河调的后继。豫剧进入城市之后，沙河调成为在野漂流的派系，刘法印西去南阳，结束了沙河调的黄金时代。1951年的唐河豫剧团实际上是沙河调最后的一群主力，这群主力终于渐渐湮没在南阳盆地。刘法印对南阳豫剧的兴起和发展是有重要贡献的，至今还有一批学生继续着他的事业。可是，南阳盆地文化的力量足以消融一切带个性的外来艺术，就这一点而言，"小垫窝"西去，是他艺术事业的巨大损失。他的艺术才华确实并未充分发挥。也许他的生命就是在这种艺术的内心躁动与环境的无能为力的剧烈冲突中过早地委顿了。在他生命的最后几年，每次去看他，我都感到他在难耐的寂寞中痛苦地煎熬。孤独、沉闷、烦躁，使他性情乖戾，身心急剧衰弱，而这一切又反过来影响他的艺术生活。他又是那样真诚、正直、疾恶如仇，对亲朋和下层的群众那样挚爱、坦荡、与人为善，他就只能坐在光线暗淡的小屋里，面对墙壁，以无尽的烟茶来平抑满腔的思绪。我把他晚年的形象写在中篇小说《明天的太阳》里，主人公赵鹩子，就是以刘法印为原型。

对于现在的年轻人来说，"小垫窝"刘法印已经显得陌生。但在沙河流域、南阳盆地，年龄稍长的人和豫剧界的朋友，有谁会忘记他呢？他挥动马鞭边舞边唱、长靠背旗英姿勃勃的形象还历历在目，我们却再也听不到那洒脱嘹亮、回撼剧场的行腔了。幸亏有心人搜集保存了他临终前不久演出的《黄鹤楼》录像，发到网上，虽然是晚年之作，但依然能一睹"小垫窝"的艺术风采，听到那嘹亮华美的唱腔。艺术家是不能再造的。"小垫窝"刘法印，不但是一个对豫剧艺术贡献卓著的艺术家，而且是一个刚直不阿、善以待人的汉子。

在艺术与宣传之间

——陈涌泉戏剧创作的启示

作为当今戏剧界卓有成就的剧作家，陈涌泉的创作给我们提供了哪些启示？

我想用两句话来概括：在创作观念上，陈涌泉解决了两个问题——写作立场和价值观的转变。在创作实践上，他很好地解决了文学性与戏曲的大众审美之间的矛盾。

从《阿Q与孔乙己》《风雨故园》到《程婴救孤》，陈涌泉的创作给我们留下了明晰的轨迹。这些剧本的创作，标示着作者的写作回归了人性的立场，回归了文学艺术的本质。文学艺术的本质就是以情感故事，唤起人们对人性的回归与反思。这本来是文艺创作的一个简单道理，但是直到目前，我们的创作者，尤其是戏剧作者，都没有很好地解决这个问题。记得二十多年前，我与涌泉有过一次短暂交谈。那时他刚刚大学毕业，分配到剧团去当编剧，对编剧这个职业充满热情和期待。当时我给他泼了一盆冷水。我说，我有个同学是写戏的，写了一辈子戏，现在回头一看，都是垃圾，什么也没留下。他写了一辈子宣传品，没有进入艺术，当然也不可能有什么作品留下来。要进入艺术，就要站在人性的立场，从文学经典中汲取营养和启发。涌泉很受触动。后来看到他写的《阿Q与孔乙己》，觉得他已经解决了写作立场问题，解决了价值追求的问题。他不是在追求宣传性的走红，不是在追求一时的荣耀和奖项，他把自己的目标确立在艺术价值上，他的创作也便能够一直走在艺术创新的道路上。取得目前的成就，在所必然。

戏曲是大众娱乐，剧本面对的是广大观众。剧作家面前摆下一道难题：如何提高剧本的文学品位，而又不破坏大众审美的基本品性？陈涌泉的创作比较好地解决了这个矛盾。从题材、人物塑造、故事情节的设置，到结构、形式，体现了他对文学性的自觉追求。所谓文学性，我把它归纳为三点：忧患的意识、批判的思想和创新的精神。目前，陈涌泉有影响的几部作品都能体现这几点。他立足于对人性的批判与反思,使剧本具有较为深刻的思想性和哲理思考,在形式上不断探索新颖的表现手法。最难的还是戏曲语言的运用。陈涌泉的戏曲语言很有文采,具有较高的文学才华,唱词又很严谨地遵循了戏曲演唱的规律,晓畅明快,朗朗上口,在韵辙、节奏上适合戏曲的板式唱腔。戏曲艺术,永远要面临如何解决雅与俗的问题。过俗,失去了文学性,降低了艺术性;过雅,破坏了大众性,降低了艺术感染力。比如,"苏三离了洪洞县"只有八句,简练、流畅,有情有景,有故事,有交代。这是最好的戏曲语言。豫剧《桃花庵》里"陈妙善在庵中悲悲哀哀"一段,也是很好很经典的唱段。涌泉的唱词,能够做到雅而不空,雅而不涩,准确生动,易于上口。这与他注意读书,注重文学修养,对戏曲语言认真钻研,写作态度认真有关。

以涌泉目前的创作成就,他应该能够成为中国戏曲史上的大家。他取得这些成就得益于以上两个方面(创作观念上的人性立场与艺术性价值追求,创作实践上致力于文学性与大众审美的融合)的清醒和努力,既要从高原中升拔为高峰,还要在这两方面执着探索。我希望他不要在自己的创作观念上倒退，不要受宣传的、应景的题材的诱惑，不要在宣传的、应景的东西上浪费自己的聪明才智。涌泉已经获得了社会的广泛承认，获得了相当多的奖项和荣誉，今后可以不必考虑这些东西，要努力创作出对得起历史的作品。

什么作品能成为我们民族的软实力？什么作品能构成中华民族的传统文化？20世纪60年代，中国戏曲有一次到国外演出的机会，文化部报了一批剧目，结果，周恩来就选了《梁山伯与祝英台》。事实证明，《梁山伯与祝英台》就是中华艺术经典的代表。它超越了道德与世俗的价值观，具有强烈的批判思想和忧患意识，体现了人性对自由的追求这样一个崇高的理想。希望陈涌泉能写出自己的《梁山伯与祝英台》来。

石磊的艺术与人生

——序《石磊文集》

转眼与石磊相识二十年了。我是个写小说的人，与戏剧界本无来往。我与戏剧的结缘，是因为母亲喜欢看戏，在一个偶然机会，母亲认了沙河派传人刘法印的妻子为干女儿，使我经常出入戏园，从小就成了戏迷。高中毕业时想报考戏剧学院，"文革"中打算到剧团去混饭吃，写戏、谱曲、排戏，很热情地折腾过一阵子，此后虽然把小说当作主业，戏剧却仍是无法抛舍的爱好，读书、写作之余，常会读些戏剧方面的东西，想点与戏剧有关的问题，对豫剧投去一个局外人的关切。也许是爱之愈深责之愈苛吧，相当长时间里，我对豫剧的现状感到失望，看到电视台播豫剧，立马转台。虽然粉碎"四人帮"、改革开放多年，豫剧编导的理念仍然停留在20世纪70年代，一股强大的合力推动着豫剧向粗俗化、歌谱化前进，造成了正声衰微,流派湮没,演员的个性与创造力被剥夺,豫剧要么是一个流派一种腔调的过度发挥,要么被自命不凡的音乐设计者们肆意破坏。身在圈外,不过暗叹几声罢了。是桑振君回河南的演出和石磊的一本书把我爱戏的热情点燃起来,使我重新成为戏剧的热心票友。桑振君的演出让我看到了艺术的力量,美的魅力能够冲破主流的误导,显示其生命力。石磊的《樊戏研究》打破了河南戏剧界的沉闷,第一次把"樊家戏"作为豫剧发展的里程碑进行研究,以樊粹庭的戏剧改革为借鉴,对豫剧现状提出了尖锐批评和中肯建议。作为豫剧流派源头的祥符调,被压抑了半个多世纪,在石磊史料翔实、充满激情的论述里恢复了在豫剧发展史上的地位,道出了戏剧界许多有识之士的心声,显示了一个艺术家的勇气与良知。更为可贵的是,石磊不是一个空头理论家,他创作剧本,改编樊戏,导戏,设计音乐,践行自己提出的"新古典主义"艺术主张。石磊的"新古典主义",是想通过恢复戏剧的优秀传统,在剧目创作上摒弃固有模式,在音乐设计上充分尊重传统、尊重演员的个人创造,以此来重建戏剧的审美观和艺术性。

这些年，眼见石磊在"新古典主义"的道路上执着前行，对石磊这个人也有了更多了解。熟悉石磊的人，说他是性情中人。所谓"性情中人"，大约是说这个人直爽，有个性，不掩饰自己的好恶、喜怒。我比较相信"性格即命运"这句话，"性情"决定了石磊的人生，也决定了他的艺术。从对樊戏的研究，对祥符调的弘扬，到"新古典主义"理念的提出和孜孜探索，可以看出石磊对戏剧事业的热爱。这份热爱，带着孩子气的天真和执拗，论及艺术，总是激情洋溢，爱憎分明，常因口不择言开罪别人。这样的性格我很欣赏，一个热爱艺术的人，就应该这样棱角分明、坦荡无忌。"新古典主义"的坚持使石磊游离于主流之外，如果没有倔强的性格，没有为艺术献身的精神，他是无法在这条路上走这么远、坚持这么久的。边缘虽然孤独，却有更多自由，能使艺术更纯粹。

在有些人眼里，石磊很傲，他对一些台面上轰动的东西常常言辞激越，出言不逊，而我却经常看到他谦卑的一面：排了新戏，殷勤地请朋友看，看完，诚心诚意请提意见。李铁城是我的老友，也是他的好朋友。在我的记忆里，铁城只对他在漯河排的《三娘教子》说过几句好话，其他场合总是不留情面地批评。铁城看戏很认真，又是出了名的直率、较真，从结构、故事、场面到唱词，批评起来言辞尖锐，毫不留情，有时把一出戏说得一塌糊涂。石磊私下跟我说："铁城有时候真叫我受不了。可回头想想，他是一片好心，是真正的朋友。"无论铁城多么苛刻，石磊还是对他尊敬有加，用心听取他的意见，能改的马上就改。大约这就是君子之交吧。石磊傲气的表面下，深藏着一股侠气。谁为他做过一点好事，对他有过帮助，他总是非常谦卑地到处念叨，他这个人，不但口无遮拦，心也无遮拦。

人生真如白驹过隙，看石磊彩装唱《春秋配》，那扮相、做工，一点也没觉得他是六十多岁的人。现在他的文集即将出版，厚重的成果放在案头，这是石磊的人生足迹，一个热爱艺术的人用岁月与执着积累起的精神财富。文集只是石磊事业的一个逗号，在2012年即将到来的时候，祝贺之余，期待石磊更多的佳作。

一个人的主义

——"新古典主义"对中国当代戏曲的意义

石磊先生提出"新古典主义"戏剧,从初始的理论阐述,到执着的艺术实践,也有二十多个年头了。他以"新古典主义"为旗号,改编经典,创新剧目,亲自执导排戏,传授唱腔,并且五入台湾,为台湾豫剧带去自己的剧作和戏剧理念,于是就有了七部文集(其中理论专著二部,演出剧本五部)。这七部文集是"新古典主义"的集成检阅。如果说二十多年前"新古典主义"还只是一个空泛的理念,一个对戏曲前途带有深重忧患感的思考,那么今天,它已经是个理论完备、实践丰富的当代戏曲现象了。虽然参与的剧团、演员人数不少,但由于他一直在体制外活动,带着浓厚的民间性,至今他的艺术主张并没有得到戏剧界广泛的承认,因此,"新古典主义"可以说仍然是一个人的主义,一个有待认识和讨论的戏曲理论。

"新古典主义"是有针对性的。它是在粉碎"四人帮"不久，改革开放初期，整个文艺界痛定思痛，对中国戏曲自20世纪60年代以来在极左政治（70年代达到顶峰）戕害下所遭受的惨痛破坏进行反思，在拨乱反正的思潮里提出的。它是建立在对极左政治下的文化体制、艺术理念的批判的基础上的。

时间过去了三十年，在这三十年里，中国的经济飞速发展，文化艺术事业发生了翻天覆地的变化。改革开放为我们带来了各种现代文艺思潮，开阔了我们的视野，丰富了艺术的表现形式；以京剧为先导的对传统的追寻、重建，国家对非物质文化遗产保护政策的出台，唤醒了全社会对传统戏曲文化遗产和经典的尊重；国家启动并完成对艺术团体的改制，为中国戏剧新一轮的改革创造了良好的社会和体制环境。

毋庸讳言，中国戏曲的现状并不令人乐观。戏曲的危机一方面是时代的原因，另一方面是依然存在的来自70年代的戏曲体制和观念的阻碍。国家启动并完成了艺术团体的改制，从解决体制入手，启动了中国新一轮戏曲改革的步伐。在中国戏曲面临新的改革里程的时候,"新古典主义"就突显出它的现实意义。石磊在阐述"新古典主义"的缘起时列举了十个理由,这十个理由都是对当时现行体制和观念的批判,现在看来仍然具有当下性。讨论"新古典主义",讨论新一轮的戏剧改革,首先不能不正视中国戏曲的现状。

一、"新古典主义"对中国戏曲现状的反思与批判仍具现实性

中国戏曲的现状是什么样的?有哪些弊病有待革新?

1. 从剧目和创作观念看,一些作品属于配合形势的宣传品,与艺术的本质不符。

这个问题不仅仅是戏曲创作、文学创作,在中国文学艺术的主流写作上都存在。其实,我们作者的写作立场问题一直没有解决。艺术的本质是什么?我把艺术的本质归结为三点:人性的立场、批判的精神、创新的意识。我认为,到现在为止,中国文学和艺术的作者大部

分在写作立场关乎艺术本质的问题上没有解决,没有能够站在人性的立场去写作。这样一种写作立场不只违背艺术本质,也违背文艺的人民性。

2.过于尊崇斯坦尼斯拉夫斯基体系主导下的导演理念,背离了东方审美观念和时代潮流。

斯坦尼斯拉夫斯基体系是我们20世纪50年代从苏联学来的,至今仍被我们戏剧界奉为金科玉律。20世纪前半叶,东西方文化有一次交流和碰撞,这个碰撞使西方受益,而东方受害。布莱希特在莫斯科看了梅兰芳的演出,对东方戏剧的艺术观念非常佩服,回去后就搞了布莱希特体系,这是西方戏剧现代派的发端。西方戏剧的现代派,是向中国东方戏剧观念学习的结果。西方现代派文学是由诗歌象征主义开始的,而象征主义最早一批所谓的荒原派,艾略特和庞德都是从中国古典诗歌中受到启发,开创了自己的流派。庞德挑明了讲,他是学习中国唐诗找到了灵感,他把李白的诗用英语重写一遍,就成了西方现代派诗歌名篇。西方艺术是重写实的,他们长期奉为经典的戏剧三一律就是写实的规范。三一律讲究同一时间、同一空间、同一故事，要观众进入舞台。而我们中国戏剧，四龙套千军万马，一支鞭纵横天下，走个过场从北京到南京，这是西方戏剧不可想象的。在中国戏剧舞台上，环境是虚拟的，时空可以随意转换，完全颠覆了西方戏剧的三一律。他们学习我们中国抽象的美学观，创造出了西方现代派戏剧。后来出现了梅特林克、奥尼尔、贝克特、恰佩克、萨特等一批现代派戏剧大师。而我们中国，在20世纪之初把三一律拿过来，开始由留学西方的知识分子在话剧中使用，50年代引入斯坦尼斯拉夫斯基体系后，成了中国戏剧创作的规则。把西方扬弃的东西拿来当作金科玉律，背离我们自己的东方戏曲的审美观念，这一轮东西文化交流，其实是西方受益，东方受害。粉碎"四人帮"后，阿甲先生在戏剧导演培训班上有个讲话，我在一本戏曲内部刊物上看到他那个讲话，他把这一切都讲得很透彻，我很佩服他。如果按照他的理论进行改革，中国戏曲肯定是另一番景象。然而，这个讲话这么多年了，不但没有制止住外来斯坦尼斯拉夫斯基体系对我们中国戏剧（尤其是戏曲）的侵害，今天，这种侵害反而成了常态，阿甲先生的话也被戏剧界忘记了，这是中国戏曲最大的悲哀。

3.以定腔定谱化代替传统戏曲音乐创作方式，限制了演员自身的创造力，阻碍了戏曲音乐的传承发展。

用音乐设计的个人创作代替传统声腔、板式的现象从20世纪60年代兴起，70年代形成定制。我们的音乐设计用一个人的创作来代替所有演员的创作，代替被多少代演员发展丰富的传统唱腔，造成流派被消灭，个性被抹杀的现象。改革开放之后，京剧由于音配像工程而营救了传统，营救了经典，营救了流派艺术。其他地方戏曲直到现在还是音乐设计包办制。把有个性的艺术流派全部消灭掉，变成音乐设计"一道汤"的歌谱，完全背离了我们优秀的戏曲音乐传统。

这三大枷锁（宣传性的剧目、斯坦尼斯拉夫斯基的导演体系、音乐设计的个人歌谱）把演员的创造力给束缚死了，限定了演员的创作空间，颠覆了我们以"角儿"为主体的传统戏曲舞台结构和艺术结构。过去我们写戏是专门为演员写的,比如说樊粹庭就是专门给陈素真写戏的。所谓的音乐设计比如姜宏轩,就是千方百计怎么跟上常香玉,把演员的演唱魅力烘托出来。这样一个概念现在被我们颠倒过来了。不是团队为演员服务,而是演员为编剧、导演、音乐设计服务。当前戏曲的现状不能怨演员,你没有给演员任何创作自由,他的创作空间完全被剥夺了,再优秀的演员、再有才华的演员,也难以创造经典,树起流派,与前人媲美。

粉碎"四人帮"后,邓小平同志曾经沉痛地告诫文艺界,要纠正为政治服务、违背艺术规律的做法,为此而提出了"文艺为人民服务,为社会主义服务"的"二为"方向。现在我们已经明白了国家软实力的重要性,各级文化部门都在为打造软实力努力,可是,国家的软实力是什么?周恩来总理当年抓住一个机会向西方展示中国文明,他让文化部拿出的剧目是《梁山伯与祝英台》。周总理懂得软实力是什么,人性的艺术是软实力,背离人性的东西是宣传品不是艺术。现在正在推行的非物质文化遗产保护政策本来应该能够保护传统戏曲,而实际执行情况令人担忧。政府财力的投入如何监管，如何保证保护非物质文化遗产的实效，是这项工程的当务之急。

二、"新古典主义"就是在尊重传统、尊重经典的基础上改革创新

石磊以《樊戏研究》为理论思考的发端，反省了戏曲现状和误区之后提出了"新古典主义"。《樊戏研究》的重要意义就是从对樊粹庭20世纪30年代对豫剧的改革，开始对传统的追寻和思考。它的核心价值观是尊重传统，尊重戏曲的艺术性与人民性，在认真继承传统的基础上进行创新。

可贵的是，石磊不是一个空头理论家，他用改编樊戏经典、亲自执导、传授传统唱腔来践行自己的艺术主张。改编樊戏，就是要使戏曲创作回到人性的立场、艺术的立场，重建戏曲的人民性和艺术价值。《樊戏研究》用翔实的资料、犀利的批判精神，从戏曲改革先驱者那里总结经验，使"新古典主义"建立在一个坚实的艺术理论与实践的基础上。樊粹庭不但是豫剧的改革者、豫

剧艺术的奠基者，而且也是中国戏剧史上一位值得推崇、研究的人物。他把豫剧从民间草台推向城市舞台，他的经验有很多地方值得我们学习。他很好地处理了传承与改革、继承与创新、民众价值观与时代价值观、市场效应与艺术价值之间的关系。石磊在研究樊粹庭、弘扬樊氏改革精神中汲取了营养和力量，从研究樊戏开始，提出"新古典主义"的主张，执着地走了三十年，为戏曲艺术回归艺术本位做出了贡献。不少人对"新古典主义"的概念做了不同的解读，提出了一些很好的意见，我觉得，问题不在于打什么旗号，关键是"新古典主义"的指向性和针对性是非常鲜明的。它就是用戏曲创作的人性和艺术标准来重建戏曲的艺术价值，重新赢得观众和市场；用戏曲唱腔回归传统来抗衡定谱化对戏曲音乐的破坏。现在我们已经有了对非物质文化遗产保护的意识和政策，那就更不能容忍那些自命不凡的音乐设计者们继续破坏戏曲音乐遗产。我们应当谨防打着革新旗号对文化遗产的破坏。

　　石磊改编的樊戏经典大多是人性戏，人情、亲情、爱情，使用传统板式和传统唱腔，无须大投入，不要大制作，避免了过度包装和超豪华的舞美，却能广受欢迎，感动观众，它证明了艺术的力量，证明了人性是艺术的核心。

石磊能够受台湾剧团的欢迎，五次入台，执导、传戏，教授唱腔，获得广泛好评，受到台湾观众的喜爱，靠的是豫剧剧目和传统唱腔的魅力，证明了"新古典主义"更贴近艺术的本质。

在讲第三个问题之前，我还想对石磊的创作实践提一点建议，或者说，在"新古典主义"的创作上提一点不足。当他要回归传统，重建中国戏曲经典的时候，有一个问题我认为他做得不够彻底。他还没有真正扬弃斯坦尼斯拉夫斯基。斯坦尼斯拉夫斯基的影响太深远，石磊在创作上还没能彻底摆脱它。他所创作的剧本遵循的基本程式仍然是斯坦尼斯拉夫斯基的，受三一律局限的痕迹很明显。如果他能彻底走出斯坦尼斯拉夫斯基，把舞台虚拟化、时空随意化运用好，把分场分幕的程式打破，也许更能发挥出他的才智和激情，创作出自己的经典来。重视虚拟和想象，扬弃写实和三一律，是对当前戏曲创作的突破，也是对他自己的突破。

三、"新古典主义"的执着践行对我们的人生启迪

石磊作为一个以豫剧为事业的艺术家,在豫剧生态非常恶劣的环境之中,坚持了三十年的"新古典主义",他个人的精神意义在哪里?

樊粹庭是一个非常纯粹的人,为了他所热爱的豫剧事业,把教育厅的官职扔掉,每天坐到嘈杂的草台班子戏场里听戏,把自己家里的地偷偷卖掉,去办剧团、开剧院。同属第三世界,我们也无法产生像尼日利亚的索因卡这样为戏剧献身的艺术家。索因卡从欧洲留学回国后,到家乡约鲁巴人部落去自募资金,招募演员,办了一个卡车剧团,创作反映约鲁巴人生活的戏剧《沼泽地居民》《狮子和宝石》而获得了诺贝尔文学奖。

石磊坚持三十年走民间边缘的道路,正像他自己说的,因为他有一个清醒的艺术观、坚定的艺术追求,因此也有一个明确的人生目标。在当今知识分子的现状下,石磊的可贵在于他没有泯灭一个艺术家的纯粹性、责任

感和对艺术事业的激情。

石磊三十年的艺术道路给我们启发,给我们鼓舞。他能够安于寂寞,安于边缘,沿着这条路走下来,精神上靠的是艺术纯粹性的支持。

祝贺石磊,也祝愿"新古典主义"得到更多人的共识。

珍惜中原文化的宝贵遗产

看了三场豫剧祥符调演出，感动、激动之余，不能不从内心对河南电台戏曲广播的编导、主持们表示深深的谢意和敬意。这三场戏的意义，已经超出了对杰出艺术家陈素真的纪念，这是对中原文化艺术瑰宝的一次巡礼，对戏剧宝贵遗产的展示，也是对热爱豫剧的广大中原父老乡亲艺术爱好的民意检阅。艺术效果、观众反应是最好的证据，尽管祥符调在中原大地沉寂了几十年，然而戏院内爆满的观众，戏院外求票的戏迷，台上、台下的热烈情绪，一阵阵的掌声和叫好声，也许都已超出主办者的预期。从老艺术家到新锐后生，无论陈派、阎派还是桑派，雍容大度，细腻优雅，俏丽多姿的表演证明着祥符调的魅力，给我们提出了一些值得思考的问题。

在祥符调沉寂的近四十年岁月里，豫剧被逐步推向粗俗化和歌谱化，在中国戏曲的大观园里，豫剧这个影响深远的大剧种只能扮演刘姥姥的角色，我们自己也以扮演刘姥姥为荣，好像不土、不俗、不抖起嗓门大吼、不唱不伦不类的豫剧歌，就不是豫剧。我们不敢想象豫剧曾经是地方剧种里可与十二钗中任何一钗比美的佼佼者，中原的戏曲艺术并不只是粗犷、豪迈、"一道汤"，也曾个性纷呈、婀娜多姿。当京剧以弘扬传统、复兴流派、精演经典而振兴繁荣的时候，我们中原剧坛依然沉醉在20世纪70年代的旧观念里，由粗放与歌谱化混成的洪流继续泛滥肆虐，没人意识到这股洪流正戕害着豫剧，破坏着中原文化的珍贵遗产。无视作为来自民间、面向大众的戏曲艺术的规律，以个人案头的操弄、以个人的风格来取代无数艺人的智慧，以一个音乐设计代替演员的创造，剥夺演员的创作空间，扼杀了许多有才华的演员。演员丧失了个性，剧种没有了流派，经典剧目被一时风光的文化垃圾取代，长此下去，这个剧种还能活下去吗？

　　祥符调的生命力证明了大众的艺术属于大众，大众的智慧和鉴赏力最终会给艺术以公正。要振兴豫剧，必须向京剧学习，认真继承、弘扬传统，恢复以演员为中心的戏曲艺术法则，扶植振兴流派，精心发掘培育经典剧目。振兴豫剧，首先要振兴祥符调。近二百年的豫剧发展，从民间小戏到城市舞台，从艺人口口相传、集体创作，到文人学者集粹整合，汲取了中原文化，融入了中原语言、声韵特色，反复循环，最终形成了祥符调，完成了豫剧的音乐体系，奠定了豫剧传统的根基，滋生出豫东、沙河、豫西各个不同风格流派。祥符调是豫剧母调，中原文化正声，真正的非物质文化遗产，我们这些子孙应当有保护发扬的责任感。与其劳民伤财去制造应景的宣传品，不如下功夫光大传统、打造经典。这次河南电台组织的演出，让我看到了豫剧振兴的希望，不但老艺术家艺采照人，激情依旧，而且中年传人励志精进，武惠敏的《拾玉镯》、牛淑贤的《宇宙锋》充分展示了陈派舞台艺术的实力，给人留下深刻的印象。身为大学、艺校教师的原淑静、宋凤丽，桑派传人苗文华……他们的不俗表现让人不胜欣慰，祥符调后继有人，豫剧的生命力深植于民间，艺术不会因寂寞而湮灭。

令人感动的寻根之旅

当我拿到郑州广播之夜"梨园寻根"晚会的节目单时,既吃惊又惶惑,节目的主演者都是八十岁左右的老人,我不知道他们能为我带来怎样的观感。晚会由七位老艺人演出六段折子戏,有两位演员坐着轮椅登台。演到一半,我已经禁不住热泪盈眶,想要站起来为他们大声叫好。商丘八十五岁的老艺人曹清芳,是豫剧豫东调男旦,坐在轮椅上以嘹亮的假嗓演唱《火焚绣楼》,纯正的流派特色,扎实的唱功,令人震撼。登封的坤角苏兰芳,是豫西调奠基者周海水的女弟子,九十岁高龄,清唱《桃花庵》窦氏唱段,不但声气不减,收放自如,而且运腔优雅,顿挫分明,节奏韵味十足,让我充分领略了豫西调委婉悠扬的艺术魅力。原以为她把这个长段唱下来就算不错了,谁知在观众的掌声中老人又加唱了一段，一点也没显出力怯气短。晚会最年轻的两位演员联袂演出曲剧《茶瓶记》，无论扮相、唱工、身段、做工，都使人难以相信她们是七十一岁的老太太。他们没有绚丽的声光，没有火爆的煽情，靠着精湛的艺术和顽强的艺术生命力，让观众不时爆发出情不自禁的欢呼声和掌声。

这台晚会打开了尘封的中原艺术宝库，让我见识了中原戏曲传统的丰富多彩、博大精深。问起这台晚会的缘起，知道了晚会背后的故事，感动之余，更感到欣慰。感谢郑州人民广播电台，是他们对中原戏剧的热爱和用心，让我们得以观赏到这样难忘的节目。岁月逼人，随着老艺人年事日高，这样的群星荟萃也许不会有下一次了，晚会因而突显出它的价值，这是中原戏曲史上可以载入史册的演出。

这就不能不提到一位名叫连晓东的年轻人。他在大学学的是电子通信专业，却爱上了主持人这个职业，来到郑州广播电台，做了戏曲节目主持人，对豫剧、曲剧、越调、宛梆、道情、二夹弦、大平调……这些中原戏曲产生了深厚的感情，萌生了深入了解、深入研究的志趣。

他搜集资料，寻找散落在民间的旧唱片、旧音像、旧照片，寻访散居在民间的老艺人，为他们录制唱段和口头传承的剧目。他花费了五年时间，走了八个省，拜访了一百一十九位民间老艺人，整理了三十多万字札记，搜集制作了六十盘音像资料，与许多老艺人结下了深厚友谊。在郑州人民广播电台的支持下，组织了这场晚会，算是对中原戏曲寻根之旅的一次汇报。

在艺术商业化、娱乐化的浮躁时代，传统文化的传承发展，需要这样脚踏实地做学问的人，需要这样默默无闻的献身精神和务实的治学作风。我由衷地向这位有志、有心的青年表示敬意，向郑州人民广播电台的领导、编导们致敬。中原戏曲的历史将铭记他们辛勤的付出。

怀念豫剧大师陈素真

——纪念陈素真诞辰一百周年

一位艺术家的价值,不只是生前创造辉煌,更重要的是能为后人留下精神财富。多年前,我在一篇文章里提出这样一个观点:要振兴豫剧,必须首先振兴祥符调。十几年过去了,在民间力量和演出实践的推动下,在各级领导的重视下,今天,我们相聚在祥符调发源地,纪念为豫剧事业、为祥符调艺术做出杰出贡献的陈素真先生诞辰一百周年,展演陈先生留下的剧目,它证明了历史不会忘记为本门类艺术发展做出贡献的人。艺术能够被历史记忆,成为民族文化传统的一部分,靠的是深深扎根于民间,扎根于民众真心的喜爱之中。陈素真的艺术为什么能够扎根于民间、扎根于民众心中?她的艺术遗产对我们有哪些启示?

艺术的力量靠的是情感诉说、人性感染。综观陈派剧目,可以看出陈素真艺术的人性底色。她所演出的剧本,无论是揭露封建时代的黑暗、批判社会的不公,还是鼓舞抗敌斗志、激励民族情怀,不管表达什么样的主题,都有一个明晰的着力点——以人情、人性故事去打动观众。这本来就是艺术的本质。人类需要艺术,因为人类在沉重的现实生活中需要有一个寄托情感的精神港湾,需要有一个能够抚慰心灵的精神家园。陈派戏受广大民众欢迎,是因为它在时代与艺术、社会与个人的关系上代表了民间情感。陈派的人性底色,反映出陈派艺术的人民性。

任何一门艺术都必须面对继承与创新的关系。一个出色的艺术家,必然能够认真继承传统,广采多家所长,广泛吸收营养,经过自己的酝酿发挥,创造出个人的艺术风格来。陈素真出身于科班,占有中原音韵的优势,兼采黄河两岸丰富的民间曲艺艺术,接受樊粹庭的指导,虚心学习京剧和其他兄弟剧种,悉心融会,建立了自己的声腔体系,使祥符调走向成熟,使豫剧的发展步入一个新阶段。她不但很好地处理了继承与创新的关系,也很好地处理了民间俚俗趣味与艺术典雅风范的关系,做到了雅俗共赏。这与她生活在开封这座城市有密切关系。作为北宋古都,汴梁城的市井文化传统、舞台艺术的繁荣竞争风习,为一个艺术家的成长创造了良好的社会环境。

陈素真的舞台艺术不拘泥于程式,她用心观察生活,从民间生活中发现艺术元素,提炼运用在表演上,大大丰富了舞台表演形式。《拾玉镯》穿针合线,《洛阳桥》甩大辫,都是从生活中发现的艺术美感,富有生活气息,渲染了气氛,活跃了舞台,创造出了新的程式。在我们的艺术理论里,生活与艺术的关系是经常讨论的课题。陈素真处理生活与艺术的关系给我们的启示是:美感,是艺术取舍生活的原则。生活必须服从于美感,表演才能进入艺术。美感是艺术的第一要素。艺术家肩负着提高民族文化素质的责任,以贴近生活、大众化为理由,迎合粗俗,滥用民间俚俗趣味,是对艺术的亵渎,也是对艺术家的亵渎。

当我们今天纪念陈素真诞辰一百周年的时候,我想到一个问题:每次纪念陈素真,陈派戏都受到观众热烈欢迎,演出总是盛况空前。剧本的人民性、唱腔的独创性、舞台表演的艺术性，应该是广大民众喜爱的原因。然而，多年来，剧团普遍采用的定谱定制的音乐设计规则，是不是束缚了演员的个人发挥，以至于现在的演员已经不会用传统板式自由演唱了？这种现象会不会构成对传统流派艺术的破坏？如果唱腔不能继承，如果传统板式不能由演员自由发挥去唱，再优秀的演员也难以创造属于自己的艺术风格。音乐设计的"一道汤"歌谱，消灭了演员的个性，扼杀了演员的才华。没有个性，当然也就没有了艺术特色。加上剧本以社会宣传为主导，破坏了故事的民间情感，导演以模拟生活代替艺术创造，舞台表演大众粗俗，降低了艺术品位，凡此种种，豫剧这个非物质文化遗产，还能够得到有效保护和传承吗？

评影视

影视与文学的杂想

电影电视从诞生之初就与文学有着不解之缘，随着它的日渐发达、深入人们的生活，与文学的互相渗透就成了近代的潮流。中国的影视事业历史较短，还没有外国影视艺术追求文学性的自觉性，因而影响了电影与电视剧质量的提高。国外优秀电影电视，把文学性当作重要的评价标尺，诗的意境感，小说的叙述结构，氛围情景，细腻的情感冲突，对人性、人生的忧患意识和哲理反思，是影视文学性的主要指标。例如美国电影《罗马假日》，随着喜剧情节的开展，以人的真诚的觉醒强有力地撼动观众的心，让观众品味出人生哲理中不可解脱的人的社会性与自然性的冲突。日本电影《远山的呼唤》非常明显地借鉴了日本文学的沉郁、从容、写实、简约风格，主人公的道白节约到几乎不说话的程度。抒情性的山野、风雪、草原，无处不蕴蓄着饱满的淡淡的情思。美国电影《太阳浴血记》将现代文明与人的野性以强烈的情欲冲突形式表现得如此激动人心。优秀电影大多改编自文学名著。《苔丝》《巴黎圣母院》《悲惨世界》都曾被多次改编、拍摄，一次比一次增强氛围、情绪，因而一次比一次提高了文学性。中国影视《红楼梦》《三国演义》《西游记》，文学名著本身的魅力是影视成功的根本保证。

至于近代影视采用时空转换、意识流式的即兴回忆、旁白、内心独白、画外音，更是直接从文学作品中汲取的表现技巧。苏联电视剧《春天的十七个瞬间》，日本电视剧《阿信》、电影《望乡》如果不采用现在进行时与回忆叙述的"闪回法"，就必然使人感到乏味和沉闷。

随着文化欣赏层次的提高，人们已经不满足于看看热闹，尤其不能忍受编导把观众当作低能儿喋喋不休地铺陈交代事情的起承转合、来龙去脉。有这样一个情节，一个老板与一个走私犯商定第二天在码头接货。拙劣的电视片的习惯镜头是，老板：明天上午十点半在码头16铺接货。走私者：好，那就……明天见。走私者同老板握手，转身，拉开门把手。门砰地关上，老板站在窗下看。

走私者走近小轿车，拉开车门，屈身坐进去。小轿车发动，沿着闪闪发光的马路驰进绿茸茸的两行树中。翌日上午，熙熙攘攘的码头，车辆、行人、轮船，汽笛长鸣。镜头推在"16铺"门额号码上。一辆小轿车由远驰近……下边当然是一点也舍不得拉掉的过程，两人走近，东张西望凑近对火，交手提箱……这段情节在一些经典影片里可能只有两个镜头：老板向走私者扔去一支烟，走私者笑了一下，起身。翌日码头，走私者吹着口哨轻松地从16铺门里走出。老板的脸。两只手，手提包转换的特写。这里虽然是文学上的跳荡，但却是电影上最常用最常说的蒙太奇。可惜我们许多影视导演连蒙太奇也怕用，大约是担心观众看不明白，或者是担心片子的时间缩短，影响了经济效益。

与此同时，近几十年的文学创作也正在越来越多地借鉴影视表现方法。在这方面最突出的范例是拉美著名作家略萨的《绿房子》。这部二十五万字的长篇小说囊括了一个民族半个世纪的发展史，没有高度的概括精约是不可想象的。全书并列五个故事。无论是介绍人物还是叙述故事全都不依靠交代，而是由一个一个场景画面组接起来，就像在看电视。故事的穿插、年代的转换也不要任何承接，有如镜头的暗转。人物心理也是通过表情、语气、微妙的举止描写展现得细腻入微，就像演员充分展示演技而征服观众。法国新小说派西蒙的《佛兰德公路》，可以说就是一部电影脚本。雨水淋在战刀上，顺着刀尖向下滴落，小说的描写让人看到的仿佛是电影特写镜头。德国作家君特·各拉斯自觉地把电影表现手法引入小说叙事，靠《铁皮鼓》获得诺贝尔文学奖。

张艺谋最早从文学中寻找电影素材，早期的《黄土地》就像一篇散文，充沛的情感投入使一个简单故事富有感染力。《老井》《红高粱》《菊豆》《秋菊打官司》这些改编自当代小说的作品，不但使中国电影走向世界，也扩大了中国文学的影响力，让莫言获益匪浅。摄影出身的张艺谋，不但善于从文学作品中发掘电影素材，而且能把小说、散文的叙事艺术运用到电影中来。《山楂树之恋》《归来》，具有浓郁的语言氛围和诗性视角。

文学是语言的艺术，电影电视是视觉综合艺术。文学只需驾驭结构、语言，影视既要有好的文学脚本，又要有好导演、好演员、好音乐、好摄影。文学的难点和看点在于以简约开拓想象空间,使读者进入情境,进入故事,以语言的魅力感动读者;影视直接诉诸观众感官,声光色彩并用。相比较而言,简单的文学比综合的影视创作难度更高,接受面更窄,更不容易打动受众。

　　文学的本质是忧患意识、批判力量、创新精神。一部好小说,就是讲一个新鲜、有趣、有意思的故事,或者把一个故事讲得新鲜、有趣、有意思。不管语言艺术或视觉艺术,这三点是共通的。也许文学更注重思想性,影视作品更注重娱乐性、观赏性。文学把语言技巧和魅力带给影视,影视把视觉感受输送给文学。至若自由的追求、人性的思考,应该融入艺术形象之中。无论是文学还是影视,美好、感人的形象,动人的故事,是作品成功的关键。

山楂树下的絮语

——我看《山楂树之恋》

张艺谋每出新片总能引起热议,票房当然也随之发烧。伴随着热火朝天的炒作,总有人预言,张艺谋已经是强弩之末,玩不出什么新招儿了。然而,你不能不佩服这个在风头和争议中排浪前行的人不但聪明,而且善于把握潮势。《山楂树之恋》让观众多少有点意外,这意外本身又一次成为传媒的热门话题。这些年,以大制作、大场面制造轰动效应,已经成为张艺谋电影取胜的法宝,现在突然弄出一部这么清纯、简约的片子,就如他精心挑选的女主角那样,带着一丝青涩,显得稚嫩、单薄,更像一个初出道的年轻导演的处女作,看不到大牌导演的大手笔,观众难免会在期待中感到失落。

不管别人怎样挑剔它的缺点,批评它的漏洞,我还是认为,《山楂树之恋》是张艺谋一次成功的转身,成功的回归。正是靠了这转身,他才摆脱了大场面的窠臼,逃出了人们预言的危机。不知道现在的观众还记不记得20世纪80年代刚刚崭露头角时的张艺谋。他曾经在《老井》里饰演一个每天早晨端着尿盆走出土屋的农民,然后以一部《黄土地》的摄影者而名声大噪。《山楂树之恋》让人想起《黄土地》(虽然它是陈凯歌的作品),那沉静从容的风格,含蓄不露的语言,笼罩着整部片子的淡淡的忧伤和苍凉的背景,跃动在片子背后,是作者的悲悯情怀和沉重的人道主义忧思。这样的影片看似单薄,却因对人性的悲悯,对人的生存境遇的忧心,因简约白描的语言的张力而富于文学性。而文学性,是一部电影艺术价值评判的重要标尺。

其实,《山楂树之恋》的出现并不突兀,它体现了张艺谋艺术片的基本价值观。《红高粱》《一个都不能少》《大红灯笼高高挂》《我的父亲母亲》,尤其是《菊豆》和《活着》,其中贯串的人性视角、人道主义意识,是张艺谋从中国电影脱颖而出引起国际影界关注的核心因素。倒是被热炒的《英雄》《满城尽带黄金甲》《十面埋伏》不过是商业价值和娱乐功能的成功,虽然给张艺谋带来了财富和轰动，却背离了贯串于他创作深层的人性价值，带着明显的商业和名利的投机性。《英雄》不光是宣扬美化集权专制的大一统的英雄主义价值观，它的剧本也只有故事，没有情感和个性，高科技摄制手段代替了演员的创造，把大腕演员都变成电子游戏里的动漫角色，看起来震撼人心，比起《山楂树之恋》，演员省去了角色的情感挖掘，因而也不再需要演技。文学性的荡然无存，使这些电影成为奢华的文化消费品。

　　我无权让大众同意我的观点，但我想明确地说，我喜欢那个以人性为根本的张艺谋，讨厌那个违背人性而轰动社会的张艺谋。我认为人性是艺术的本质，是艺术家唯一的立场。

罪恶、苦难和力量

在纪念反法西斯战争胜利五十周年的时候，大量优秀的回忆二战的电影和电视，带给人许多启迪和遐思。像《辛德勒名单》《战争与回忆》这样的影视作品，直面人类的罪恶与苦难，以写实的笔触，不但再现了战争的残酷，使后人更懂得珍惜和平和美好的人生，而且也无情地揭示了人在特殊境遇里暴露出的种种人性缺陷，对人类意识深处的东西做出了深刻思索。它壮大了我们的理性，增强了人类的自省意识，给了我们战胜邪恶、战胜自己的勇气。

成千上万男男女女被脱光衣服挤挤撞撞驱赶进毒气室，人像牲畜一样被活活毒死，一车一车赤裸裸的尸体被倾倒进壕沟……这些惨不忍睹的场景真实地展现在荧屏上，对于生活在物质文明高度发达、生活环境安逸舒适的今天的人们来说，灵魂深处无疑是一个极大的震动。

《战争与回忆》里所表现的暴行对人的尊严和精神的摧残最为深刻动人。面对一小撮凶悍的党卫队，上万人像羔羊一样怯懦。女主角娜塔丽和她的叔叔，有着高贵的出身和教养，过着受人尊敬的优裕的日子，灾难降临时也曾表现出正义和自尊，然而在一次次幻想破灭，历经了磨难和污辱之后，他们的尊严荡然无存，不得不麻木地听任施暴者摆布。影片好像缺少一些反抗的壮烈，但它对法西斯暴行的控诉却更能震撼人心。娜塔丽那种有一线生机也要活下去的精神，绝不会被看作贪生怕死，谁都会对她的坚强表示敬佩。

五十年来，无数这样的电影、小说、回忆录使德国法西斯的罪行在世界各国人民心中彰明昭著，一代一代的孩子是非分明，难以混淆。德国历届政府虔诚悔过，纳粹分子哪怕更姓埋名远遁天涯也会遭到追捕。

相比之下，号称礼仪之邦的我们，就过于善良、忠厚，因而也显得软弱。反映抗日战争的小说、电影、电视很多，却少有直面残暴的勇气。日军的暴行总是被我们大无畏的英雄气概所压倒。大约我们的礼教羞耻心比西方为重，鲜血、尸体，尤其妇女的尸体和对妇女的暴行有碍观瞻，不宜展示人前。这样,即使专写大屠杀的作品,对敌人的暴行也都有所保留。《红樱桃》没写日本人,只写了德国人的残暴,竟激起一片口沫,几乎淹没了可敬的演员。难免使人发问,究竟是谁污辱了我们的姐妹?最有意味的是,南京大屠杀是因为日本人不认账,为了向世人讨个公道才拿起的题材。如果他们肯说一句对不起,也许我们更愿意和他们下一盘没完的棋。触痛南京或是其他许多中国城乡战争的噩梦,像把一件丢人事再说一遍那样让我们不好意思。我不知道这是不是阿Q依然活在我们的民族意识里?

在纪念反法西斯战争胜利五十周年之际,德国总理科尔跪拜谢罪之时,发动侵华战争、被国际法庭处死的战犯,还被日本当作民族英雄,将其灵位供奉在他们的靖国神社里,被日本内阁的显要们参拜。日本国会连一份像样的不战声明都难得通过。日本的青年,我国的青年,难道不应该勇敢地面对历史吗?

只有直面人类的罪恶、耻辱、暴行和苦难,才有奋发图强、建设和平的力量。

电视剧《武则天》随想（二题）

来俊臣与《第二十二条军规》

在电视剧《武则天》里，来俊臣这个人物被处理得过于漫画化，观众只看到他的残暴、野蛮，看不到他的阴险、才干，远不如史书记载那样生动。事实上，武则天开创了许多中国第一。她不但是中国第一和唯一的女皇帝，也是中国第二个设立举报箱，利用特务机构管理干部和知识分子的人。

来俊臣编写的《罗织经》，是中国第一本构陷术专著（也许"罗织"这个词就是从这儿起源的）。照这本书审理犯人，被告无论怎样辩解都逃脱不了罪名。它使我想起被称为黑色幽默名著的《第二十二条军规》，用这条军规随便处罚哪一个人都能找到根据。

《武则天》把来俊臣之死也处理得太潦草。来俊臣被处决时，百姓争食其肉，顷刻间被踏为泥浆，武则天看到群情激愤，随即下诏，历数来罪，追加灭族。（见范文澜《中国通史简编》）这个最能体现武则天政治手腕的情节竟没在剧中出现，不能不说是个遗憾。

"死鬼"与情人

武则天在放手招官上也算得中国第一人。她以五花八门的方式用官位笼络知识分子。"圣代无隐者，英灵尽来归。"官场上出现了绯服比青衣多，象板比木笏众，六品以下多如沙砾的现象。宋代以广设冗官闲员的方法巩固中央政权，可以说是这种手法的仿效和发展，但宋代治官多设衙门，人浮于事，互相掣肘，奖掖平庸无能之辈，使有才干的人无所作为，为了官僚机器的稳固而对贪官污吏姑息养奸，政治的黑暗和腐败也就在所难免，比起武则天实在是相去甚远。《资治通鉴》说武则天当政，"官爵易得而法网严峻，故人竟为趋进而多陷刑戮"。她任用酷吏，以残酷的刑罚把那些不称职或不如意的官一批一批革职、杀掉，不但为后来者腾出位子，还使做官的人经常处于警戒自危的状态。凡有新选拔的人被召见，宫里的奴婢就说："又一个死鬼来了。"不久这个官果然被杀，甚至还被灭族。可是士人还是争着做官，可见官位的诱惑力实在太大了。加上她善于使用德才兼备的人，懂得限制亲族势力，专制执政的四十五年成为唐代最繁荣的时期，贡献是很大的。

武则天以赞誉骆宾王而使惜才的故事流传千古。骆宾王《为徐敬业讨武曌檄文》写得真是太犀利太刻毒了，她居然咽得下去，还能抚案赞叹，这与她对待官僚的狠毒形成鲜明对比，其胸怀也称得上中国之最，可以使几千年玩政治的男人们汗颜。武则天的惜才狠官，虽是政治的需要，但我觉得更多的是出自女人的心理和天性。作为一个仇恨男人强权的女人，她极其鄙视男人，尤其鄙视那些钩心斗角欺世弄权的人。放手招官是她为这些苟苟于权势的男人设下的陷阱，看着他们落入陷阱，丑态毕露，被快意地处置，她心里充满报复的快乐。范文澜说她这一招"用心也实在太险恶了"。而女人又大多怜惜有才华的文人，即使写了那样伤人的文章，比起政客的奸诈、阴险，她还是觉得他们的内心是天真和善良的，不忍心加之刀斧。如果骆宾王看透这一点，肯替她出力，也许会成为她的情人。张昌宗特别受她的宠幸就因为他的多才多艺天真单纯（或者是装傻卖乖，借以邀宠）。所以，赦免骆宾王也是男人做不到的，作为女人的武则天有可能做到。史书上并没说骆宾王曾被赦免，只说他在徐敬业兵败后不知所终，电视剧让武则天赦免了他，也许更合乎她女人的心性。

魏璎珞为什么不可爱？

今年暑期，清宫剧《延禧攻略》火了一把，据说红到海外，收视率可追《甄嬛传》。下载看了一遍。制作场面、环境、服饰和一些宫廷礼仪、细节确能显示中华文化的磅礴大气。皇后娘娘的高贵威仪，乾隆帝对魏璎珞的疑、忌、恨、爱的复杂内心，表现得很不错。就是反派人物高贵妃也给人留下不俗印象。倒是剧中主角魏璎珞虽然戏份很重，却让我感到并不可爱。一方面是角色设定的限制，出身寒微，从小缺乏教养，进入宫廷，只是最下等小宫女，靠机灵、机巧、泼皮、胆大去抗争，无法与甄嬛这样的大家闺秀相比。但这个形象的晦涩，反映出剧本对人物精神上的把握不够成熟。

魏璎珞的不可爱，是剧本有意设置。为了丰富人物的复杂性，迎合当代观众口味，作者强调她的自我本色，与宫廷礼仪枷锁窒息人性、后宫女性屈辱虚伪生存形成对比。作者不想让她代表一种道德概念。她入宫的动机是为了调查姐姐死因，寻凶、复仇。她的精神底色对人世充满不平。仇恨，使魏璎珞在显示义举的同时暴露出人性的阴暗。初露面时，为救小伙伴，她挺身而出，抱打不平，劝阻官家小姐暴行，显示了急公好义的正义感，然而，她巧施心计，给骄横女孩设置圈套，让她当众出丑，受到皇上惩罚，又使自己与这位小姐一样奸邪。此后，她这种以恶制恶的手段不断重演，愈演愈失去底线。为了报复因忌妒而与她明争暗斗的绣工，她在皇上新装里埋针陷害，最终让其被自己的义兄暗杀。为了阻止宦官因同性恋欺侮男工友，她把他打晕，装在粪车上推出宫。为了忠诚于皇后，不惜阴谋杀人。这个女孩不是靠智慧，不是靠光明的力量，而是靠心中的狠劲、靠阴招歪点，与恶势力抗争，使自己的人格同陷污秽。这样的剧情显然不合主题初衷，失去了正义依托，突破了大众心理期待。人物的存在价值只是寻仇、报复，上半部为姐姐，下半部为皇后娘娘，励志、奋发和正义的希望泯灭在仇恨里。

除了人物的狭隘内心，还有情节上的荒谬，损伤了魏璎珞的形象。她初见高贵妃装疯卖傻，吃几碗汤圆。调查姐姐死因不见谋略，直来直去，扑朔迷离的案件被简单化，仿佛只是走个过场，没费气力就查到了元凶，以一个小宫女身份与太妃硬碰，最终上天听从魏璎珞调遣，雷劈了太妃，为她报了仇。以男女私情设置陷阱，以哈巴狗捣乱掩盖荔枝被毁……这些情节都很笨，见不出智慧和尊严。尔晴曾与她共事皇后，为了替皇后报仇，她把尔晴诱逼到灵堂，当场杀死，竟没有受到惩罚。用赤裸裸的手段剥夺一个同样柔弱无助的女人的生命，不仅显得过于残忍，也不合情理，损伤了人物形象。剧本着墨最重的是她与富察·傅恒的爱情，但整个剧本看不出两人相爱的动因，也没有触动心灵的细节，这份爱情显得虚假，仿佛只是剧情的需要。

从 20 世纪到目前，以女性为主角，个人在逆境中奋斗、为改变命运而拼搏的故事，日本电视剧《阿信》、韩国电视剧《大长今》、中国的《甄嬛传》都曾红极一时。前两部制作并不精美，尤其《大长今》，情节漏洞百出，故事粗疏，但塑造的人物形象却很吸引人，至今还能在民间流传。究其原因，是《大长今》在总体观念上定位很明确，人物所体现的，就是作者想要弘扬的一种精神——自尊、自强，以德报怨，以善制恶。这是传统道德的儒家思想。电视剧是一种大众娱乐文化，它所遵循的是大众价值观。善有善报，恶有恶报；君子报仇，不逾道德底线。

《延禧攻略》全剧以仇恨为基调，多个人物背景都有仇恨故事。最后一个段落全部剧情由一个自认为先皇私生子的袁春旺在背后设计，他的报复心和能量被夸大，不仅漠视道德，而且漠视生命。在这场激烈的宫廷恶斗中，魏璎珞以恶诱恶，以恶对恶，最后的胜利是报仇的快感，强者的满足。大约这正是《延禧攻略》受观众欢迎的原因。

中华文明历史悠久，有丰富的题材，挖掘不尽的故事，是影视创作雄厚的资源，除了宫斗、权斗，应当有更多更好看的古装大戏。

十二部电影观后小记

多年来养成习惯,读一本书,在《读书札记》上记几行文字,便于日后查找。积习延伸到电影,看完一部电影,草记两笔,留下印象,闲时搜来再看。虽然电影网上有很多介绍,但我更相信自己看过后的感觉。选出十二部电影观后笔记,分享于此。

二战片五部

二战是西方电影不衰的题材。不但有讲不完的故事,更能通过特殊环境、特殊角度深耕人性层次,深度、广度,艺术上的创新、观赏性,令人赞叹。为文学创作开辟了想象空间,对人类文明带来有益启迪。

《音乐之声》☆☆☆☆☆(美,1965年)20世纪福

克斯公司出品,罗伯特·怀斯执导,朱丽·安德鲁斯、克里斯托弗·普卢默主演。获第38届奥斯卡金像奖最佳影片、最佳导演等多项大奖。改编自冯·崔普的著作《崔普家庭演唱团》。

这是半个世纪以来难得的好电影,既是角度新颖的二战片,又是经典的音乐剧。音乐、情景、故事和人物,完美搭配,加上演员的出色表演,使这部电影常看常新。《哆来咪》《牧羊人》《雪绒花》多段插曲成为经典歌曲,传唱弥久不衰。阿尔卑斯山迷人的景色,僻远、古老的萨尔茨堡,幽静、神秘的修道院,令人沉醉。清新,优美,轻松,流畅。如果没有最后一段故事,整个电影就只是一幕肤浅的轻喜剧。纳粹入侵,一家人利用音乐会机智出逃,曾经与女儿暗恋的男孩投敌,危急时刻把他们全家置于危险之中,善良机警的修道院嬷嬷帮助脱险。这段紧张曲折的剧情,不光突显了战争氛围,增加了观赏性,更发掘出战争中人性的暗点,提高了影片的精神层次。我给这部电影打了五星,它让我快乐地回味历史。

《朗读者》 ☆☆☆(德、美,2008年)美国韦恩斯坦国际影业公司出品，史蒂芬·戴德利执导，凯特·温丝莱特主演。根据德国作家本哈德·施林克的同名小说改编。获第81届奥斯卡五项大奖。

三个看点：中学生迈克与中年孤独女人汉娜的畸形性爱；二人因读书建立起的美好情感；汉娜被判重刑入狱，对迈克一生的精神影响。

两个触动深长思考的情节：出身下层贫民家庭的女人汉娜，战争期间充当囚禁犹太人的监狱看守，并非出于纳粹信仰，只是受时代与生活的裹挟；成人后的迈克对汉娜的情感变化，从歉疚、关切转而为同情、嫌恶，粉碎了汉娜的精神寄托和唯一的人性温暖，使这个女人的人生失去意义，犹如路边被践踏的野草。这两个情节促使我们从人性的角度思考历史、看待战争罪行。

整个故事被一个细节承载——汉娜不识字。前半段，因为不识字，少年每天为她朗读，成为她生命中的幸福时光。后半段，为了掩盖这个令人羞耻的身世缺陷，她宁愿接受别人以字条为证据的诬陷，被判重刑。为了读懂迈克来信，学习识字，最终却不能重温旧梦。这个细节使作品具有震撼效果，也带来致命的疑问：在重刑入狱与自辩清白的选择面前，她会为了虚荣心而放弃说出真相吗？无论是出于本能还是捍卫清白的尊严，按照常理，她都会选择戳破谎言——这是轻而易举的事。那样一来，作品就失去了灵魂和推动力，读者享受的情感震荡也就不复存在。

《黑皮书》☆☆☆（德、荷，2006年）索尼经典出品，保罗·范霍文执导，卡里斯·范·侯登主演。

犹太女孩雷切尔在出逃时被人暗算，全船人遭枪杀，她躲在水草中逃过一劫。为找到叛徒为家人复仇，她加入游击队，以歌星身份打入德军内部，色诱德军军官奥兹，为游击队搜集情报，身陷险境时得到奥兹帮助。战争结束后，她与奥兹遭到光复政权清算。奥兹被杀，雷切尔受尽污辱。关键时刻寻得黑皮书——记载犹太人被出卖的账簿，弄清了叛徒汉斯的真面目，在危急关头自救，惩治了叛徒。影片震撼人心的地方不是敌人的残暴，而是自己人的残酷。收犹太人钱，把他们出卖给敌人；反法西斯同队战友不断暗害，不如德军军官值得信任；为赢得战争出生入死，胜利后遭到非人迫害。一个优雅、漂亮、正直的女孩被当作投敌分子，疯狂人群把她推到粪桶下，当众以粪浇头，场面令人不寒而栗。

陷入集体无意识的人性之恶，没有敌我之分。德军军官对雷切尔的真心救助突显出个人情感的意义。超越敌我，痛思集体暴力，唤醒个人尊严与爱心，是战争对人类的重要启迪。

《哈特的战争》☆☆（美，2002年）米高梅电影公司出品，格里高利·霍布里特执导，布鲁斯·威利斯、科林·法瑞尔主演。改编自约翰·卡曾巴赫同名小说。

战俘之间的种族矛盾引发故事，战俘营开设法庭。战前在大学里学法律的哈特充任这个特殊法庭的审判长，卷入复杂的明争暗斗。战俘与营地德军军官的敌我斗争，战俘间黑人、白人不可调和的对立，战俘军官与士兵的微妙关系，构成影片复杂的人际情节网。战俘们以法庭审判为掩护，暗地进行着紧张、危险的逃亡计划，使这张人际网更加紧绷。关键时刻，被冤枉的黑人飞行员斯科特忍辱负重，做出自我牺牲，保护战友越狱成功。与其说是一部二战片，不如说是一部情节剧。人际关系的复杂纠葛，使人性黑洞最终变成人性亮点，达到了观赏与忧思并重的效果。名演员布鲁斯·威利斯在影片中表现一般，科林·法瑞尔倒是把一个性格文弱、书生气而又执着认真的人物演得惟妙惟肖。黑人演员泰伦斯·霍华德为影片增色不少。

《决战中的较量》 ☆☆☆（美，2001年）派拉蒙影业公司出品，让·雅克·阿诺执导，裘德·洛、艾德·哈里斯主演。改编自威廉·克雷格的同名纪实小说。以二战中的真人真事改编。又译《兵临城下》。

这是斯大林格勒保卫战中最有电影趣味的故事。相信很多人都看过。上映后引起一波狙击手电影热。斯大林格勒的废墟、工厂、地下室、敌我混杂的环境，成为狙击手瓦西里最好的背景，反衬出战争的残酷，主人公的机警、顽强，也为影片增加了独特的风光。除了瓦西里艰苦卓绝的战斗，还有三个引人点：女战士塔尼亚与瓦西里和她的上司丹尼洛夫之间的三角情感；穿插在情节里的少年沙夏，单纯可爱，在敌我双方间扮演着危险角色，增加了影片的悬疑性；瓦西里与德军精明的神枪手康尼少校之间的意志与胆识较量，是影片的精神核心和情节枢纽。残酷的战斗因这两个人物的心理斗争变成智慧游戏，惊心动魄变得妙趣横生，决斗双方都成为令人尊敬的英雄，无论胜负，都赢得了荣誉。由于是真人真事，更让人对人类自身的意志力表示敬佩。

战争片二部

西方电影反映世界风云事件，巴尔干、中东、南亚，非洲种族战争，时效迅速，角度独特。好莱坞的政治观念较浓，价值观的宣传寓于故事，往往带出美国人的优越感。一些优秀影片站在人性立场，超越意识形态，对战争摧残人性的反思和批判，显示出人道主义精神和悲悯意识。

《无主之地》 ☆☆☆（法、美，2001年）米高梅公司出品，丹尼斯·塔诺维奇执导，布兰科·德加力奇、勒内·比托瑞杰克主演。获第74届奥斯卡最佳外语片奖。又译《无人地带》。

故事发生在20世纪90年代，波斯尼亚与塞尔维亚战争，敌对双方三名士兵被困在废弃战壕里，一名伤兵身下压着地雷。他们向联合国维和部队求救，惊动高层和记者，调动了排雷专家。故事不复杂，人物也不多，却演绎出一个又一个故事高潮。每当希望出现时，跟着就是人为制造的麻烦。无主之地上的战事，变成局外各种人、各个体制、各种集团为各自利益表演的舞台。影片结尾的时候，躺在地雷上的士兵一个人被孤独地遗弃在战壕里，无望地仰面看着渐暗的天空。这令人心碎的一幕撼动人类良知。自私的人心造成荒谬的现实，比战争更可怕、更可耻。巧妙的取材，直击人性内在的阴影和无法克服的体制弊病，比直接描写残酷战场对战争的批判更有深度和力度。

《炸弹枕边人》 ☆☆☆（法，2013年）齐德·多尔里（黎巴嫩）编导，阿里·苏莱曼、雷芒德·阿姆萨勒姆主演。根据2006年全法书商公会文学奖冠军同名小说改编。

这部电影让我明白了巴勒斯坦与以色列关系不可调和的原因——民族、宗教对人类心灵的影响，任何理性力量都无能为力。电影的震撼性是把人类无法沟通的人性黑暗力量放置在一个家庭里，放置在一对相亲相爱的夫妻之间。归化于以色列的巴勒斯坦外科医生阿敏，医术精湛，勤奋努力，事业蒸蒸日上，家庭美满幸福，荣获了医学大奖。就在领奖会场，接到电话，回医院接诊被恐怖分子袭击受伤的人。在抢救伤员时得知，是他的妻子发动了这次袭击。他不能接受，想不明白。那么善良、温情、文明的妻子，怎么会变成恐怖分子、人肉炸弹？为了弄清真相，他返回巴勒斯坦原住区进行调查。随着调查深入，他对巴勒斯坦人的处境、他们对以色列人的仇恨有了更深的、更具体的认识，逐渐明白了妻子的精神轨迹。当阿敏怀着悲愤进入巴勒斯坦时，发现到处贴着妻子的照片，她被民众当作英雄、圣者，当作大人孩子崇拜的偶像。在这样强烈的对比中，我不免陷入沉思。难道宗教和民族的意义就是增加人类隔阂，助长族群仇恨吗？

文艺、历史片三部

欧洲文艺、传记、历史片比美国的质量高，题材更广泛，这与欧洲悠久的历史文明有关。

《戴珍珠耳环的少女》 ☆☆☆（英，2003年）百代电影发行，彼得·韦伯执导，斯嘉丽·约翰逊、科林·费斯主演。改编自崔西·雪佛兰同名小说。

  一部唯美的电影,每帧镜头都如精心绘制的油画。17世纪荷兰风情的院落,服装,人物,阿姆斯特河里的小船,光,影,色彩,远近景,层次感,赏心悦目。女主角斯嘉丽天生丽质,纯洁无瑕,演技出色。她所饰演的17世纪贫民小户人家女孩葛丽叶,稚嫩、青涩、纯朴、可爱,机灵的眼睛,微翘的嘴唇,娇好的面孔,美得让人心醉。这个初出家门的女孩,到著名画家维米尔家做女佣,在关系复杂的家庭里勤谨、小心做事,最终还是因为给画家做模特被忌妒心重的女主人赶出来。女主角台词很少,从头到尾也就十几句话,全靠眼睛、表情、动作演绎出丰富的内心情感、鲜明的个性和美好自尊的品德。《戴珍珠耳环的少女》是17世纪荷兰画家维米尔的名作。维米尔(1632—1675)与伦勃朗、凡·高并称荷兰三大画家。这部电影叙述了一幅名画产生的故事,更像一部传记片。演员都很出色。情节简单,镜头语言洗练,演技精湛,生活气息浓郁,画面优美。

  《追风筝的人》☆☆(美,2007年)派拉蒙公司出品,马克·福斯特执导,赫立德·阿卜杜拉、阿托莎·利奥妮、肖恩·托布等人主演。改编自卡勒德·胡赛尼同名小说。

由阿富汗人写的阿富汗风俗、人情、世情,是影片赢得市场的关键。追风筝的游戏是作品的主要卖点。暗藏的包袱是仆人哈桑是主人的私生子,少爷阿米尔的兄弟。这既是对阿富汗森严的等级传统的无情嘲弄,又是下半部故事的内在链条。忠诚的仆人哈桑为了给少爷追找风筝,遭到恶少围攻,少爷见危不救。为了掩饰自己的怯懦,设计陷害哈桑,把忠于主人的父子逐出家门。多年后,移民美国的阿米尔得知哈桑去世,他的儿子遭遇危难,他重回故土,克服艰险,把哈桑的儿子救出,带回美国。这是个赎罪故事。如果没有阿富汗特殊的风情和战乱背景,故事套路并不新鲜。

《巴尔干最后的贵族》 ☆☆☆(法,2005年)ETV公司发行,米歇尔·法瓦尔执导,阿尔诺·比纳尔、梅利桑德·梅尔唐斯主演。四集系列:《风的王国》《鹰之子》《红军》《魔鬼的金子》。

以奥斯曼王族后裔祖尔菲卡的一生为主干,以他与农家女子艾斯玛曲折的爱情故事为脉络,描述了近百年风雨沧桑变迁,使观众对巴尔干近代历史有了比较明晰的了解。一战、二战、内战、共产主义革命、巴尔干小国的抵抗运动，政权更迭，种族纷争，全都融入一个家族三代人的命运沉浮、悲欢离合之中。主人公祖尔菲卡这个没落贵族形象给人留下深刻印象，既有傲慢、任性、暴戾、荒唐的一面，又有坚毅、执着、正直、自尊的高贵品质。女主人公艾斯玛同样个性鲜明，泼辣、坚强，一生都在顽强地与命运搏斗。故事时间、空间跨度大，情节曲折，是一部具有悲壮色彩的史诗性作品。叙述风格、表现手法虽不新颖，却因人物命运的起伏跌宕而成功地吸引了观众，不失为一部有深度、有厚度、好看的电影。

黑幕、警匪片二部

警匪片是好莱坞商业文化的代表，出品量大，质量参差不齐，烂片很多，有创意的影片一般都由著名影星出演。值得关注的是西方的黑幕片，大多改编自新闻事件，揭露政府、高官、财团、警界、教会的腐败丑闻，对认识西方价值观、理解社会、审视人性、激发正义感很有裨益。

《杀手莱昂》☆☆☆（法，1994年）哥伦比亚、欧罗巴公司出品，吕克·贝松编剧、执导，让·雷诺、加里·奥德曼、娜塔丽·波特曼主演。又译《这个杀手不太冷》。

杀手这个职业正被西方社会合理化，此类影视作品起了相当重要的作用。影视作品里的杀手，或是正义对邪恶、弱势群体对社会不公的反抗，或是以恶制恶报复社会的手段，或为生计所迫铤而走险，刀尖舔血。它反映了社会难以根治的弊病，让我们正视人性的黑洞。《杀手莱昂》成为一部经典杀手片，常演不衰，一方面因为情节设计巧妙，扣人心弦；另一方面因为它以一个无辜女孩与杀手的情感为影片的核心纽带，改变了一般杀手片的套路和风格，把每一场惊心动魄的斗智斗勇笼罩在人性温情里。情节推演到最后关头，杀手的拼死搏斗被赋予了崇高的道义光辉，莱昂这个以杀戮为生的人物，因这个女孩得到了灵魂和人格上的救赎，影片的主题得到升华。身影高大的杀手穿行于喧闹的高楼闹市之中，小女孩手捧心爱的小花盆跟在他身后跃跃前行，这个镜头令人难忘,因为它象征着人性的光明和人间的温暖。法国著名影星让·雷诺和小女孩娜塔丽·波特曼的演技增加了故事的感染力。

《告密者》☆☆☆(德,2010年)拉尔沙·康达基执导,蕾切尔·薇兹、莫妮卡·贝鲁奇主演。根据波黑战争期间联合国维和人员凯瑟琳·波克瓦克的真实经历改编。

看这样纪实性很强的作品,内心会觉得悲凉,对人类社会感到绝望。当你正视人性邪恶时,发现自己对现实的想象总没有现实本身更残酷、更可憎、更无望。影片中的故事发生在波黑战争后期。女警官凯茜参加联合国维和部队来到被战争蹂躏的波斯尼亚,充满热情,想要帮助当地民众,却意外发现这里拐卖妇女、强迫女孩卖淫犯罪十分猖獗。深入调查,她发现犯罪集团不但势力强大,而且与当地警察、维和部队官兵相互勾结,牵扯上层关系极广。被害女孩不敢逃跑,不敢揭露,不敢向调查者讲出实情。恶人的恶行令人发指。像此类影视常有的情节,凯茜靠个人正义、良知,面对庞大的体制和利益集团织就的弥天大网,不屈不挠,经受种种挫折,被革职，遭跟踪、追杀，生命受到威胁，最终在媒体帮助下揭露了真相，把丑闻公之于世，维和部队体制遭受巨大震动。一个坚强、孤独、势单力薄的女性，显示了个人力量的强大、心灵的美丽、信仰的坚定。最后我们绝望的心得到一丝安慰——渺小的个人能战胜强大的体制，因为正义是人类最后的希望。

读艺思议

历史与艺术互读

——以《大英博物馆世界简史》解读艺术

2017年，大英博物馆从800万件馆藏文物中选出100件，到北京、上海展出，同时，由大英博物馆馆长尼尔·麦格雷戈撰写的《大英博物馆世界简史》（余燕译，新星出版社2015年第8次印刷，以下简称《简史》）配合热销，以这些文物背后的故事，讲述人类历史。麦格雷戈的另一个身份是艺术史家，这套《简史》因而带有明显的艺术鉴赏功能。一个艺术家眼中的人类文明的独特之处在于，它不讲公众熟知的政治风云和世界大事，而以默默无言的文物让读者品读，在沉思默想中领悟人类心灵的进化和人性的变异。作者以乾隆皇帝对一件玉璧的推断、考察为例，强调想象力比真相更重要。"以充满想象力的解读和欣赏是'通过文物看历史'的关键。"（《简史》导言Ⅴ）这一百件文物，除了少数远古石器、文件、地图，大部分是精美的艺术品——雕塑、雕像、青铜器、钱币、绘画、工艺品……因偶然而存留世上，又因偶然而呈现于公众面前。艺术品的感染力诱人进入遥远的过去，使人禁不住想象某个年代，某个古远的部落、城邦，某个富于创意激情的人，感悟艺术对人类的意义。

艺术创作使人与动物相区别

"人之所以为人"是《简史》第一章提出的命题。作者以两个单元篇幅，以世界各地搜集来的十件文物展示史前文明，勾勒人类在漫长的两百万年进化的轨迹，向我们展示人如何与动物区别开来，形成成熟的人性。

麦格雷戈把工具的制造看作人类形成的决定性因素，他以两件来自坦桑尼亚的旧石器时代的石器为例，讲述自己的观点："我们祖先制造了最早的石器……正是对自己所制造的工具日益增加的依赖，使人类与其他所有动物区别开来。"（《简史》第1页，以下凡出自《简史》者，只标页码，不注出处）

这个观点并不具有充分的说服力。制造工具，只是人类形成的初始意识，并不能使人区别于动物。乌鸦喝水的故事证明了动物在使用工具上的聪明不亚于人类。它们懂得把石子投入水中提高水位；会用细棍做钓钩，把虫子从树洞里钓出来。猴子、猩猩这些灵长类动物完全能够制作出类似砍砸器、石斧这样的石器，用以砸开坚果，切剥动物尸体，追猎野兽，互相打斗。"奥杜威砍砸器"（第9页）、"奥杜威石斧"（第15页）的形制非常原始，比中国西侯度遗址（距今一百八十万年）、元谋人遗址（距今一百七十万年）的石器更粗糙。如果不是出自考古学家介绍，如果不是大英博物馆的馆藏，很难看出它的制作过程有哪些地方高于动物智力。受麦格雷戈和考古学界钟爱，大约因为它们是本书中年代最久远（都在距今一百五十万年左右）的文物，也是多数学者认为人类起源于非洲的证据。

我倒认为，收在史前文明里的另几件艺术品才是人从动物走向人类的证据，它们体现出设计、创作的智慧。

"鸟形杵"（第33页）是一只舂捣粮食的工具，出土于巴布亚新几内亚奥罗省艾科拉河，年代在公元前6000年至公元前2000年。它被雕琢成展翅飞翔的鸟。鸟颈与鸟头之间是抓握的手柄，鸟翅以下连着光滑的碓球，不但使用方便，而且具有观赏、把玩趣味。实用工具向艺术创作转换，功能与赏玩融为一体，意味着这柄石杵不再仅仅是捣碎粮食、加工面粉的工具，它已经是一件艺术品。

猛犸象牙雕"游泳的驯鹿"（第19页，发现于法国蒙塔斯特里克，距今一万一千年），一雄一雌，两头驯鹿紧贴身子，呈现出劈水前行的模样。与它并列的一件展品"驯鹿角雕刻猛犸象"（第23页），高翘巨鼻、尾巴，后蹄与前蹄靠拢，似乎即将跃起。出土于埃及的"埃及牛黏土模型"（第43页，年代在公元前3500年），四头形象逼真的用黏土做成的牛，陪葬在主人墓坑里，肯定是墓主人生前最喜爱的家畜。

这几件展品没有实际功能，完全出于美的构思，是纯粹的艺术品，生动，活泼，富于想象力，标志着"人的大脑发生了变化，出现了奇妙的创造力、想象力及艺术能力"（第21页）。

最引人遐想的是发现于犹大山地伯利恒附近的"安萨哈利情侣雕像"。本书作者满怀深情地描绘它："在大约一万一千年前，一双人类的手将这块历经冲刷的美

丽鹅卵石雕磨成了大英博物馆中最动人的藏品之一。它表现了一对紧拥的恋人，是已知最早的人类表现性爱的雕像。"（第37页）

艺术品的出现，是人性成熟的表现。美感的追求、想象力的发挥，标志着人类智慧的新里程。脱离实用功能的纯审美工艺，意味着人类创造了一个物质之外的精神世界。

食与性是任何动物都具有的本能。物质的需求与获得，感情的亲情、母爱、群体意识，人能做到，动物也能做到。唯独艺术创作（岩画、动物造型、骨笛、面具、陪葬品……）和精神世界的构建（祭祀、仪式、宗教崇拜……）是动物无法做到的。艺术创作把情感、想象变为形象思维和创造力，使人超越动物。

人与动物的区别在于，人性由两个世界构成——外在的现实世界、内在的精神世界。旧石器时代的人类虽然已经具备人类雏形，但他们并没有将自己与动物区分开来，在这个意义上，艺术创作使人与动物不同，是人之为人的标志。

艺术给人类美好与自由的梦想

在介绍"安萨哈利情侣雕像"时，作者特别指出，"我们这座雕像来自耶路撒冷的东南部"，"他们的生活区域包括以色列、巴勒斯坦、黎巴嫩和叙利亚"。（第39—40页）作者没有做更多评述，这串地名足以引起读者的联想和感叹。一万年前，人类用相拥的恋人表达了对生活的热爱，可这对幸福情侣大约不会想到，浸透人类早期文明的这片土地，一万年后却被无休无止的宗教纷争、强权争斗变成当今世界恐怖、战乱和灾难之地。战火不熄，残垣遍地，难民流离失所，这样的现状，肯定不是这对情侣想要的生活。

人类怎么了？有史以来的人类历史，记载的不是和平、友爱，而是版图、利益与权力争夺，宗教战争，族群与族群的杀戮。而被挑选出来的一百件艺术品展示的却是人类的创造力、文明进步力量的辉煌成就。忽略了政治风云、历史大事，艺术让人沉浸在人类不断创造的梦想之中。

《简史》用人类自己创造的文明，讲述文明发展的悖论。它以四个单元、二十件展品阐述人类如何从群居而建立起城市和国家,又以三个单元、十五件艺术品讲述帝国的威权化和宗教的兴起。城市繁荣,文字和数学算式出现,文学、科学发展,财富增加,城市管理日臻完善……文物讲述的历史,清楚地展示了艺术在推动人类体制健全、国家治理强化过程中的作用。统治者借助艺术的力量,借助艺术家的想象力和精湛技艺,把个人偶像化,通过雕像、头像、银盘塑造自己的伟大形象,在民众中制造个人崇拜,用以巩固权威,强化统治。艺术家通过对君主、帝王偶像的塑造,倾注才华、激情,把个人梦想和自由、尊严的向往寄寓在作品里。时过境迁,今天欣赏"拉美西斯二世雕像"(第121页,约公元前1250年,埃及最早的花岗岩法老雕像),感受的不是威严、敬畏,而是惊叹、惊喜,被它的庄严、大气、直视心灵的目光所震撼,一种对悠久文明的崇敬油然而生。它所代表的不再是王权的威仪,而是人的艺术创造力的灿烂、辉煌。作者引为骄傲的"奥古斯都头像"(第214页,来自苏丹,公元前27年)不仅让"力量与青春永驻",而且使人清楚地感受到扑面而来的理想光辉。"塔哈尔狮身人面像"(第135页,来自苏丹,约公元前680年)

和"帕特农雕像"（第165页，来自希腊，公元前440年）创造出人神合一的形象，展示的想象力启迪着人的智慧，拓展了每个参观者的精神境界。

当权力异化，体制变成人压迫人的工具，国家成为战争机器时，人期望宗教拯救世界，艺术把自由、公理、正义的梦想寄托在宗教理想中。于是有了满面慈爱的"犍陀罗佛陀坐像"（第253页，出土于巴基斯坦，公元100—300年），丰乳细腰、温柔善良、充满爱心的"度母雕像"（第333页，出自斯里兰卡，公元700—900年），她就是中国人膜拜的大慈大悲的观世音。

不同宗教以不同的艺术形象宣扬自己的世界观，而艺术家以丰富的想象、充满情感的构思和精妙的技法，使观赏者超越了他们的价值导向。面对这些艺术珍品，更多的是心灵的触动，幻想和憧憬的鼓舞。正如本书引用的佛学家史蒂芬·巴彻勒所说："它已经超越了宇宙观和宗教教义，代表了人类的精神所能达到的成就。"（第371页）

在历史进程中，艺术既是推动社会体制发展，催化宗教诞生、传播的力量，又是反叛体制、促进宗教改革的动力。当统治机器异化为强权，宗教变为精神枷锁时，艺术彰显的个人自由就显示出对人类文明的重要性。

"乌尔旗"（第65页）是一幅木盒镶嵌图画，出土于伊拉克乌尔皇家墓地，年代为公元前2600年。画面把众多人物分为三组，精细地描绘了社会分化中三个不同等级的生活场景：下层辛苦劳作的奴隶背负累累，向上层人贡献粮食、牛羊、鱼肉；中层为体制服务的富人、公务人员接受奉献，保卫王室；上层国王和神职人员在欢乐中享用盛宴。这幅图画不仅是城邦时代现状的写照，对贵族生前生活的描绘，也是对社会不公的记录。作者对被压迫的下层劳动者的同情之心溢于画面细节之中。类似揭露欧洲政教合一政权残暴黑暗的文物在第五、第九、第十三等单元还有多件。文物无声的展示比文字记载更有说服力。

书中没有提及文艺复兴，但是，艺术催生宗教改革、带动西方进入现代社会，这一进程却被一幅17世纪普通的宣传画生动地展现出来。这张1617年印刷的传单来自德国莱比锡，是为了纪念一百年前发生在萨克森的宗教骚乱事件。画面以木版线条描绘改革人士马丁·路德把自己的《九十五条论纲》宣言钉在教堂大门上。围观的人潮涌动，拥护者和反对者爆发了激烈争执（第543页）。

耐人寻味的是，麦格雷戈不吝篇幅，两次选择同性恋这个不被历史关注的题材。一件诞生在公元5—15年的耶路撒冷，是一只造型优美、工艺精美的银酒杯，杯上镌刻着两个俊美的裸体男青年，他们缱绻地躺在床上。据说这是世界上最早描绘同性恋的作品，以收藏者的名字命名为"沃伦杯"（第221页）。另一件是英格兰画家霍克尼的铜版画《在平淡的村庄里》，产生在将近两千年后的1966年。画面几乎相同，只是床铺更现代，人更性感。这幅版画在绘画史上没什么影响，可以说名不见经传。受到麦氏重视，其中深意可能是为了标榜个人自由、个性解放的反传统、反伦理观念。

与同性恋相比，"阿坎鼓"（第552页）对人权、自由的呼声更加响亮。它制于西非，发现于美国弗吉尼亚，年代在公元1700—1750年，因被阿坎人使用而得名。被贩卖的黑人把它带到美国，在被奴役的悲惨生活里，用家乡鼓声慰藉奴隶的心灵。阿坎鼓在爵士乐里发挥着鼓舞斗志、激发激情的作用。"爵士乐的真正精神是一

种愉快的反抗,反抗惯例、习俗、权威、平庸乃至伤痛——反对限制人的灵魂,反对一切阻碍灵魂自由翱翔之物。"(第553页)

"安萨哈利情侣"把爱情与梦想留给一万年后的我们,锡安山下的后人,何时能化解宗教、种族仇恨,平熄战火,还人世以和平与友爱?这是艺术的构想,也是历史的期待。

艺术是传统文明的灵魂

"一件洋溢着宁静祥和之感的艺术品,背后必然有强大的文明。"这是尼日利亚作家本·奥克瑞面对"伊费头像"(第392页)发出的感慨。这具黄铜制成的头像,来自他的故乡,制作时间在公元1400—1500年,是1938年从尼日利亚伊费城一座王宫遗址里出土的一组十三座头像之一。甫一面世,就以精美绝伦震惊世界。"伊费雕像拓展了欧洲人对艺术史的概念,迫使其重新思索非洲在世界文化史中的地位。"(第393页)

艺术的力量在于它代表着深厚的文化传统,是传统的灵魂。风俗、习惯、衣着、饮食、行为、礼仪,看待世界的方式，不管哪一个民族的传统，都要靠艺术培植，再靠艺术彰显。没有艺术，就没有传统。玛雅人的文明消失了，玛雅玉米神（第49页）还活在中美洲人心中。它制作于公元715年，出自洪都拉斯金字塔神庙，承续着中美洲对玉米的崇拜。它告诉人们，我们的祖先来自玉米，我们是黄色与白色玉米面团做成的（第50页）。复活节岛的巨型石雕（第436页）留在大洋一边，神秘、宏大的震慑力超越了玛雅族群，成为人类文明的一部分。猜测、考察，终究不能逃脱塑像本身的艺术魔力。

《简史》第90节借一块被乾隆皇帝钟爱的玉璧（第579页），对中国传统文化做了较为深入的探讨。这是一块古玉，年代为公元1200年，被乾隆皇帝反复把玩。他把自己玩玉的感想写成诗，刻在璧上，触发了麦格雷戈的灵感。"玉器永远代表着中国伟大的历史。"（第583页）他援引史学家乔纳森·斯宾塞的话说："大家普遍认为中国历史具有一种连贯性……在法国的启蒙运动中，伏尔泰等思想家认为17世纪至18世纪的中国人，确实有很多值得欧洲人借鉴的地方，比如关于人生的思考、品行、学识、涵养、高雅艺术以及生活艺术……"（第582页）

玉璧使欧洲人对博学、多才的皇帝充满敬慕,把深受儒家文化熏陶的中国人看作欧洲启蒙的参照。一件精美的艺术品传达的是一个民族高洁的情操和向善、向美的心灵。

具有几千年文明的古国,中国的连贯性是世界仅有的。《简史》选取了十件中国文物,它们连贯起来,回答了一个问题:为什么这个古老国家能够保持强大生命力?

麦氏从"西周青铜簋"(第141页)说起。它制作于公元前1100年。他从青铜簋的制作工艺、形制、纹饰、铭文,探查到中国传统文化的基本观念——天人合一,尊崇天、地、祖先。中国人的"天命"观,强调历代统治者的政权必须得到天意民心,受之于天,才能稳固。"中国铜钟"(第185页)制作于公元前500—前400年,它以自身的形象和发出的乐音向世人宣示"和"的理念。"对孔子来说,音乐是和谐社会的象征,可以让社会更美好。这样的世界观在今天仍能得到中国人的热烈响应。"(第185页)西晋画家顾恺之的绘画《女史箴图》(第239页)让西方人领略到先于西方近千年的中国的伦理、道德和淑女风范。出土于河南的"唐代墓葬俑"（第339页）唐三彩群俑、车马，以富丽堂皇的色彩、高超的瓷艺，震惊了世界，这组文物也许是本书中最为绚丽夺目的展品。它们用艺术树立起大唐风度，服饰、装扮、举止、表情，无不浸透东方风雅。

艺术品以赏心悦目的浪漫方式征服观众，显示传统文化的力量。而这强大传统的核心，是一个民族的艺术创造力。

艺术是人类创意的源泉

人类的商业活动传播地域文明，沟通不同文化。进入商业时代，我们常常不得不面临艺术与金钱的关系。其实，艺术与商人就如艺术与统治者一样，是一种相伴而生、相伴而叛的关系。商人借助艺术生财，艺术借助商人发展。商人促进物质繁荣，艺术留下精神财富。艺术总是带给世人梦想，这梦想有时会变成珠宝、金币、银元，变成世界各地流通的货物。物质与精神被商业文化沟通，成为历史文明的一部分，最终融入传统。

在人类文明的长河里，商业和艺术总是带着锐利的创意，相互扶持。

《简史》选取的文物里有一件来自中国新疆的旧木板，大约也就电脑键盘那么大，黑白线条，描绘着几个古代女子。正中一位显然是主角，她的头饰华丽硕大，引人注目。它来自沙漠深处，一个被流沙掩埋的古国，一座颓废的寺庙。由英国探险家斯坦因19世纪末在沙漠边缘的一座小村里从农民手里收购。木板上的图画是一个美丽故事：中国公主为了和亲，远嫁古国于阗。她把中国的蚕茧、蚕子、桑树种子藏在头饰里，偷带到西域，在当地养殖、传播。从此以后，养蚕缫丝的工艺传播到中亚。那位公主的头饰特别夸张，暗示里面隐藏着惊天秘密。这幅画被称为"传丝公主画板"（第307页）。

"直到1887年，德国地理学家费迪南·冯·李希霍芬男爵才创造出了'丝绸之路'这一说法。……这名字一经使用，便很好地契合了丝路的浪漫、美丽与奢华。"（第308页）

丝绸之路让欧洲宫廷因为来自东方的艺术品而骄傲。"大卫对瓶"（第399页）是产自中国元代的青花瓷瓶，蓝、白二色构成的龙的图画令西方人着迷，风行世界，经久不衰，直到今天，仍是东西方商界热销的高雅奢侈品。墨西哥的绿松石镶嵌"双头蛇"（第494页）、日本人生产的瓷象（第501页），能够入选百件文物展，就因为它们都曾以异域风情的创新风格在欧洲掀起商业热潮。

传丝公主故事发生一千多年后，一座黄铜浮雕"贝宁饰板"（第487页）引起欧洲商界和文化界的非洲热。它制作于公元1500—1600年，描绘了一位非洲国王奥巴接见欧洲商人的画面。国王坐在宝座上，两边跪着他的侍臣，画面深处是两位欧洲商人。尼日利亚作家、诺贝尔文学奖获得者索因卡看到来自他的故乡的这座铜板浮雕时，既震撼又心痛，"我首先注意到的是技术的精湛与工艺的精美……我也立刻想到了一个具有凝聚力的古文明。……这些被掠夺的文物至今仍负载着政治意义"（第491页）。

同样表现东西方商业、文化交流的画面，背后的故事却大相径庭。丝绸之路开辟以来，商旅络绎不绝，东西方珍宝货物流通，推动了沿途各地商业文明的发展，促进了佛教、伊斯兰教、基督教与中国文化的交流。"贝宁饰板"出现后，激起欧洲人的非洲热，他们对非洲的掠夺，引发非洲人的对抗、冲突。《简史》引用1897年1月13日《泰晤士报》"贝宁之灾"的报道，介绍了铜板浮雕中这位国王的下场。由于一次宗教仪式事故，有英国人受到攻击，他们以复仇之名组织武装，推翻、放逐了这位国王，在当地建立起保护领，非洲由此开始了殖民化进程。这是商业对艺术的背叛，强权对艺术的蹂躏。然而，艺术像一条裁弯取直的河，没有人能阻断它按照自身的逻辑向前流动。

《简史》以中国广东深圳2010年生产的"太阳能灯具与充电器"（第647页）结尾，把历史引向未来。放眼下一个世纪，艺术、科学将引领人类走向更美好、更和谐的生活。艺术的创意永远是人类前进的动力，艺术的人性底蕴永远是抗衡社会异化的力量（不管是权力、财富，还是科技、知识）。在这个意义上，艺术很像刚刚提到的墨西哥绿松石镶嵌的"双头蛇"——锐意创新与自由反叛，以双向的力推动历史前进。

小圈子与大众

——关于艺术的未来

20世纪60年代,面对蓬勃兴起的"波普艺术"、摇滚音乐和消费文化带来的艺术大众化潮流,西方文化传统经受了一次重大冲击,娱乐化消解了艺术作品的思想内涵,商业利益推动大众审美向庸俗化迅猛发展,艺术的未来成为文化精英关注的焦点。在这样的背景下,当时世界上最著名的私人艺术基金会所罗门·R.古根海姆基金会旗下的古根海姆博物馆于1969年举办了一系列"艺术的未来"的讲座,邀请西方各学科的知名学者对艺术的未来进行讨论。由于发表演讲的学者来自不同行业——雕塑、电子音乐、建筑学、现代装饰、电脑智能系统、心理学、社会学等各类跨学科专家、学者,他们的观点当然就五花八门、大相径庭。大凡从事商业时尚艺术的,都对艺术的实用化,艺术与科技、与生活的融合表现出极大热情，他们丝毫没有感受到艺术的危机，也没感到艺术的小圈子与大众有什么值得大惊小怪的矛盾。倒是历史学家汤因比与哲学家马尔库塞代表了这次有关艺术未来的讨论的基本矛盾方。从他们历来的观点和此次演讲的内容可以清楚地看到，汤因比代表大众，而马尔库塞则代表精英。

汤因比演讲的标题十分鲜明——《艺术：大众的抑或小圈子的？》，他从人类文明史的角度阐述了艺术与大众的关系。他认为艺术的基本功能是沟通，排斥沟通而只为小圈子欣赏的艺术是有悖社会发展的。他批评乔伊斯、庞德、艾略特这些先锋作家"从不力图把他们的艺术原材料加工成可传授的形式，而至多满足于和自己小圈子里的人共享，这是真正的反沟通主义"。他们的致命弱点是"当艺术家仅仅为自己或为自己小圈子里的好友工作时，他们鄙视大众。反过来，公众则通过忽视这些艺术家的存在对之进行报复"。他得出的结论很严厉："当'知识分子'从有知识的'世俗'大众中异化出去的时候，实际上是一种异常严重的文化疾病，没有一个社会会允许这样一种恶疾无限制地蔓延下去。如果任其自然，发展到极端，其结果对于人类将是灾难性的，那就是重新野蛮化。"（见《艺术的未来》，广西师范大学出版社2002年版）

马尔库塞在辩论中的发言振聋发聩，比汤因比的言论更具冲击力。作为法兰克福学派的代表人物，马尔库塞对现代社会、商业文化进行了系统深入的研究，他一生最重要的著作《当代工业社会的攻击性》《单面人》《审美之维》《乌托邦的终结》都是这一时期完成的。在这些著作里，他形成了一整套对工业社会、商业文化的批判理论，这些理论影响深远，直到今天还是后工业时代文化研究的经典。与汤因比的观点针锋相对，他认为艺术的本质不是沟通认同，而是反叛、激情，对自由的渴望。艺术的基本功能是对现存状态的批判，对现行秩序的拒绝。"即使在那些最令人讨厌的传统戏剧的短句中，甚至在最令人难以忍受的歌剧咏叹调和二重唱中，也有某种反叛的因素存在其中，也有某种对激情的景仰，对自由的渴望，对常识、普通语言和日常行为的反叛以及对已确立的生活方式的控诉和抨击。"他认为当代艺术的庸俗大众化的要害在于取消了艺术的反叛精神，使艺术成为"虚假的、服从的、舒舒服服接受和创造的艺术，以及艺术与现存状态的虚伪结合，对压迫条件的美化与粉饰"。这种所谓的大众化是"与现存秩序同流合污的操纵意识……是一种麻醉剂"。"用一种幸福意识取代了忧患意识，用麻木和屈从取代了觉醒和反抗。"（《艺术的未来》第3、86页）这些观点其实在马尔库塞此前的著作里早有论述，他对艺术庸俗大众化的忧虑是建立在对后工业社会中人的地位的认识之上的。他延伸了马克思关于人被现代科技异化为生产工具的理论，深入剖析了在物质文明和科学技术高度发达的商业时代，现代人怎样失去反抗能力和反抗思想。人之所以变成了没有反抗只有顺从的"单面人"，就是因为艺术的大众化和商业化使文化成为一种压抑、剥夺个人自由的工具及奴化民众的手段，"私人家庭为无孔不入的舆论所侵犯；卧室向公众媒介开放"。在强大的灌入式的文化改造下，现代人不但失去了自由的空间也失去了自由的思维。"今天这种新特点是通过消灭存在于高级文化中的对抗的、异己的和超越的要素，来消除文化和现实之间的对抗。"（《法兰克福学派论著选辑》，商务印书馆1998年版第

505、506页）与汤因比相反，他热情赞扬卡夫卡、乔伊斯、毕加索和当代的先锋艺术家，认为先锋艺术最为可贵之处就在于"这些作品强调它们与既定现实的不共戴天"。它们是一种创造，"一种在物质、精神双重意义上的创造"，"是对恐怖的商业剥削和粉饰性美化的摆脱"。（《艺术的未来》第96页）他举出波德莱尔的《恶之花》和一大批现代派文学作品，引用布莱希特、瓦莱里关于文学对社会的批判性言论，认为先锋艺术是矫正单面人社会的抗衡力量。这位哲学家对庸俗大众化的文化现象深恶痛绝，激越、尖刻的文字使他的论辩像当初马克思的文章一样具有强烈的感染力。

几十年过去了，汤因比点名批评的几位小圈子的代表人物当初的确受到过大众的冷落和主流社会的抨击，甚至到了20世纪30年代，《尤利西斯》还被美国联邦政府列为禁书，不准入境。可这些人具有清醒的反叛意识、坚定的艺术价值观，他们毫不在意体制与大众的夹击，不在意主流社会的恶评，而今卡夫卡、乔伊斯、庞德、艾略特都已成为20世纪文学史上的经典名家，大众的"报复"无损于他们对艺术的未来所做的贡献，人类也没有像汤因比所忧虑的那样"重新野蛮化"。而精英艺术的坚定支持者马尔库塞也遭遇到波普文化的有力挑战。英国艺术评论家汉弥尔顿为"波普艺术"所下的定义以一连串定语回敬了马尔库塞。波普艺术是"大众的、暂短的、消费的、低价的、大批生产的、年轻的、诙谐的、性感的……易于被社会广泛接受的艺术形式"。它"既不迷信过去曲高和寡的'高级艺术',也抵制自命不凡的先锋派艺术"(见《大不列颠百科全书》"波普艺术")。也许马尔库塞很难想象,玛丽莲·梦露的丝网肖像,给蒙娜丽莎加上小胡子的恶作剧,甚至一个改装的小便池今天都堂而皇之地进入现代艺术史,用几何线条和色块代替形象的绘画也能拍卖几百万美元。"后现代"这个词的出现,意味着精神的物欲化、艺术的消费化,是现代商业文化对传统精英艺术的胜利。如果马尔库塞看到21世纪的今天的行为艺术、装置艺术、网络文学、厕所文化……不知这位富于悲悯意识的哲学家还会发出什么样激愤的言论。

然而,历史不会忽略汤因比和马尔库塞的声音。站在大众立场,批评艺术脱离民众、脱离生活;站在精英立场，批评艺术向社会投降，充当现存秩序的麻醉剂和帮凶；艺术就是在小圈子与大众的博弈中发展，人类文明也是在精英与大众的斗争和妥协中前进。虽然汤因比演讲的主旨是呼吁艺术不可脱离大众、不可拒绝沟通，但他同时也承认精英是时代的先觉者，他们引领着人类精神的进步。"公众社会不喜欢创新者和持异端者，它总是千方百计通过迫害对之加以压制。"他对商业文化引导的大众娱乐也有清醒的认识，"今日西方的伴有五光十色的催眠表演的幻觉音乐和舞蹈与宗教歌舞有着同样的目的，即都是力图使参与者暂时忘却他们的个体意识与人格，通过'集体无意识'投身到相互共享中"（《艺术的未来》第1、5页）。在庸俗大众化导致消灭个体人格、激发集体无意识这一点上，他的认识与马尔库塞是一致的。而马尔库塞对现代商业文化的批判，是站在被资本主义社会压榨、剥削的劳动大众的立场，怀着强烈的唤醒民众的责任感和义愤。他在批判大众化的同时也批判贵族化，认为艺术应该"拒绝为博物馆或陵墓而存在，拒绝作为一个不复存在的贵族的展品而存在"（《艺术的未来》第93页）。

汤因比对西方现代派作家的批判使我想起鲁迅对梅兰芳的批评。鲁迅用了上下两篇《略论梅兰芳及其他》（见《花边文学》）对梅兰芳1933年前后艺术上日渐脱离大众的贵族化倾向提出了尖锐批评。鲁迅说梅兰芳"其实倒是为艺术而艺术"的，"士大夫是常要夺取民间的东西的……他们将他从俗众中提出，罩上玻璃罩，做起紫檀架子来。教他用多数人听不懂的话，缓缓的《天女散花》，扭扭的《黛玉葬花》……雅是雅了，但多数人看不懂，不要看，还觉得自己不配看了"。"他未经士大夫帮忙时候所做的戏，自然是俗的，甚至于猥下，肮脏，但是泼辣，有生气。待到化为'天女'，高贵了，然而从此死板板，矜持得可怜。看一位不死不活的天女或林妹妹，我想，大多数人倒是不如看一个漂亮活动的村女的。"他拿一位"老十三旦"的演员与他对比，"梅兰芳近来颇有些冷落"。"老十三旦七十岁了，一登台，满座还是喝彩。为什么呢？就因为他没有被士大夫据为己有，罩进玻璃罩。"其实鲁迅与汤因比在艺术观上并不一致，他们所处的时代背景完全不同。鲁迅高举普罗文化大旗，对艺术家躲进象牙塔，"为艺术而艺术"，不关注社会大众，表达疾恶如仇的愤慨,从思想本质上,他与马尔库塞的立场是一致的。鲁迅对梅兰芳的批评,今天看来仍然不无道理。然而,几十年后,我们已经不知道"老十三旦"为何人,而梅兰芳那"缓缓的""扭扭的"仙女之类的作品不但代表了京剧艺术的高雅境界,而且一直为主流社会和广大民众所欢迎。观众不在意"海岛""冰轮"究竟是什么意思。其实除了《宇宙锋》,梅派后期的其他剧目在舞台上并没有什么生命力。大约这就像中国的书法,字的内涵被装饰性消解,没有人再留意那些字的意义,甚至不认识它也无所谓。书法和京剧,成功地将贵族化转换为大众化,成为中国传统文化最具代表性的艺术。正如马尔库塞所说,"'双面'文化被消除不是通过对'文化价值'的否定和拒斥,而是通过它们成批地结合到既存秩序中去,通过它们大规模地被复制和展示来实现的。事实上,它们起着社会内聚力的工具的作用"(《法兰克福学派论著选辑》第536页)。鲁迅不只批判贵族化,同时也对以革命面目出现的激进大众化进行了有力抨击。这使我想起一段往事。1986年的一次笔会上,一位小说家老前辈讲,他现在不写小说,改写电影了,因为他发现乡亲们很多人不识字,读不懂小说,写电影给他们看,能真正为他们服务。我当时说,中国农村很多地方不通电,没有发电机,写了电影他们还是看不上,怎么办?最好的办法是像过去的盲艺人那样,夹个小鼓,拿副简板,到乡场、牛屋去说书唱唱。这是如何为农民服务的问题,不是讨论文学,文学在这里已经被取消了。殊料我反驳这位老前辈的话,早在1933年已经被鲁迅写在《"彻底"的底子》这篇文章里。鲁迅把这种"彻底"大众化批得很"彻底"。"文艺本来都有一个对象界限。……懂得文字的多少有不同,文章当然要有深浅。""然而这时'彻底'论者站出来了,他却说中国有许多文盲,问你怎么办?这实在是对于文学家的当头一棍","这时只好请画家,演剧家,电影作家出马,给他看文字以外的形象的东西","他就说文盲中还有色盲,有瞎子,问你怎么办?……须用讲演,唱歌,说书罢。……然而他就要问你,莫非你忘记了中国还有聋子吗?"这愤懑的嘲讽大约出自他自身的感受。在《花边文学》里,有一组两篇《玩笑只当它玩笑》,因为反驳刘半农对欧化文风的批评,他被人指责为汉奸:"今特负责请问先生为甚么投这文化毒瓦斯？是否受了帝国主义的指使？"这个"玩笑"显然超出文化争论的范畴，令人感受到政治迫害的火药味。1925年，由于他在《京报副刊》向青年推荐读书，主张多读外国书，惹起一场轩然大波，受到几位"民族文化"捍卫者的攻击,直骂他为卖国贼。（见《集外集拾遗》）从这些文章和争论可以看出，鲁迅的大众化是站在精英立场、站在体制的对立面，他反对的并不是汤因比指责的"小圈子"，也不是先锋艺术（他自己的作品就是中国最早的先锋派文学），他反对的是为上层"士大夫"服务，被主流文化神圣化、正宗化了的贵族文化。因而与每一个持有独立人格的自由知识分子一样，他使自己处于体制及以体制为主导的主流文化与革命派的夹击之中。

"大众"于是暴露出它的本质：有时，"大众"代表着体制正统的意识形态，行使着体制的意志；有时，它代表集体无意识的力量。人类历史的许多重大灾难，如宗教战争、世界大战、法西斯暴行，都是通过激发、调动大众的集体无意识实现的。今天我们现实生活中的邪教、传销，仍然运用着煽惑集体无意识的洗脑的手段。庸俗是消解思想、消解忧患的利器，让社会大众在笑声和幸福感中变成群盲，它的愚民效果不仅比官方的宣传和说教更有效，而且不露形迹。这就突显出个人独立人格的重要性。不少人在回顾日本军国主义与希特勒纳粹的形成过程时感叹说，当全社会都被灌输了疯狂思想时，如果个人能够保持独立思考，人类历史也许就会少一些悲剧。

艺术发展的潮流像自然流动的大河，我们常用"三十年河东，三十年河西"来形容河床的滚动，其实它不过是在顺乎自然地向前奔涌：在平川地带平静舒缓，在陡峭的山崖飞瀑直泻；流经黄土高原，泥沙俱下；进入大湖，碧波浩荡。艺术的发展和时代的变迁一样，决定于人性这条河的流向，在精神与物质的冲突中不断寻求平衡，又不断打破平衡。无论小圈子还是大众，创新和个性决定着艺术的生命力。

改革开放几十年，中国由农耕时代进入现代文明。社会转型，价值观转变，商业文化蓬勃兴起，庸俗之风在大众传媒的推动下，在金钱、名利与现实利益的诱惑下，从小品向歌舞、电视、电影、文学蔓延，20世纪60年代困扰西方知识界的艺术的未来问题成为我们面对的现实。虽然古根海姆博物馆所组织的那场讨论并不能干预艺术潮流的进程，但它起码使身处洪流中的知识界有了清醒的思考。尽管庸俗化已呈不可阻遏之势，艺术的未来还是不必担心。中国正经历着人类文明必经的过程，随着物质生活更加富裕，大众素质进一步优化，艺术的分流、分类，电影的分级，也许是艺术未来的方向（看看发达国家的现状就会明白这一点）。无论如何，艺术这条河会继续不息地流动，现在被我们提出的艺术的未来的问题，后人还会不断提出来。

石缝里的野草(代后记)

在我的老家,正月初十是石头生日,要给石桥、石礅、石磙、石碾、石槽、石碓臼……所有的石器上香、烧纸、上供。吃烙馍、卷菜,叫作"十烙",取"实落"的意思,象征日子殷实、富足。我出生在正月初十,很为与石头同一天生日自豪,从小自恃结实,不怕摔打;一路走来,顽劣成性;直到今天,还是不谙世事的样子。偶尔自称"同石生",并不是真石头,不敢自诩无材补天,仍是血肉之躯,红尘里的蚁虫,玩心不退。写小说之余,以翻读杂书为乐事。偶尔唱唱、跳跳,与朋友看看字画、说说戏、聊聊读书看电影的感想,随手写些小文,以应朋友之约,并无宏旨大意。不过是一个读书人的杂拌随想,写作间隙里的闲情逸趣,石头缝里的野草。

四册小书以不同内容编选:读书笔记《自然的诗性》、

艺术随笔《声色六章》、散文集萃《花儿与少年》、笔记小说《落叶溪》。

  商业文明的今天，不敢说这套小书有什么卖点，也不敢说真有什么价值。无论说哲学，说历史，说美术，说音乐，说戏剧，说电影、电视，说自己，说街坊旧事，都只是随感而发，缺乏专业性，没什么体系，谈不上严谨，只能算茶余清谈、饭后小聊。好在而今人们在专业的疲惫中难免心生焦虑，小品文化又过于无聊，也许无目的的阅读能平抚躁气，滋润人生。石缝小草，在雅室案头，会不会增添一丝绿意，多一点生气？——果真如此，这套小书的价值就是无用之用了。

2019年新秋于同石斋

田中禾 著

同石斋札记

花儿与少年

中原出版传媒集团
中原传媒股份有限公司
大象出版社
·郑州·

图书在版编目(CIP)数据

同石斋札记. 花儿与少年 / 田中禾著. — 郑州：大象出版社，2019.11
ISBN 978-7-5711-0396-5

Ⅰ.①同… Ⅱ.①田… Ⅲ.①中国文学-当代文学-作品综合集 Ⅳ.①I217.2

中国版本图书馆 CIP 数据核字(2019)第 239427 号

同石斋札记
花儿与少年
HUAER YU SHAONIAN

田中禾 著

出 版 人	王刘纯
责任编辑	李建平
责任校对	毛 路　张迎娟　安德华
装帧设计	刘 民

出版发行	大象出版社(郑州市郑东新区祥盛街 27 号　邮政编码 450016)
	发行科　0371-63863551　总编室　0371-65597936
网　　址	www.daxiang.cn
印　　刷	洛阳和众印刷有限公司
经　　销	各地新华书店经销
开　　本	787 mm×1092 mm　1/32
印　　张	11.375
字　　数	170 千字
版　　次	2019 年 11 月第 1 版　2019 年 11 月第 1 次印刷
定　　价	148.00 元(全四册)

若发现印、装质量问题，影响阅读，请与承印厂联系调换。
印厂地址　洛阳市高新区丰华路三号
邮政编码　471003　　　　　　电话　0379-64606268

田中禾，当代著名作家。河南省唐河县人，1941年生，历任河南省文联副主席、河南省作家协会主席，第五、六届中国作协全委会委员。出版有长诗《仙丹花》，长篇小说《匪首》《父亲和她们》《十七岁》《模糊》，中短篇小说集《月亮走我也走》《印象》《轰炸》《田中禾小说自选集》《明天的太阳》，散文随笔集《故园一棵树》《在自己心中迷失》等。《五月》曾获全国第八届短篇小说奖，《明天的太阳》曾获第四届上海文学奖，另有作品分别获《天津文学》奖、《莽原》文学奖、《奔流》文学奖、《山西文学》奖、《世界文学》征文奖、首届杜甫文学奖和第一、二、三届河南省文学艺术优秀成果奖等。部分作品以英、日、阿拉伯语译介国外。

题记

人应当把人生看作一件艺术品。

——尼采

目　录

闲情短章 　　001

享受人生（三题）　　003
　　唱歌　　003
　　读诗　　005
　　听音乐　　007

融入尘世　　010

春夏短章（三题）　　014
　　拥抱春天　　014
　　人和树叶　　015
　　人世留给我什么？　　017

关于女人（三题）　　021
　　女人，永不厌倦的话题　　021

青春在生命的链条上永恒	024
贝·布托死了，如果……	026

关于自己（二题） 029

照顾好自己	029
角色和我	035

梦中的橄榄树（四题） 038

为了梦中的橄榄树	038
保护好你的心情	040
为鲜活的你积存美好	043
油罐和羊	046

呓语三题 048

汴京之幻	048
寄给冰川纪前的情人	053
心的故事	057

故园乡风 061

乡情永远
——序《唐河人》 063

乡愁四题　　　　　　　　　066

故园一棵树　　　　　　　066

我心中的泗洲塔　　　　　068

母亲的歌谣父亲的山　　　072

永远魅人的"山那边"　　　074

寸草六题　　　　　　　　079

春天的思念　　　　　　　079

梦中的妈妈　　　　　　　082

河的记忆　　　　　　　　091

母亲的歌　　　　　　　　094

手帕兜着的一碗饭　　　　096

永远的告慰　　　　　　　100

过年八题　　　　　　　　103

母亲和年　　　　　　　　103

故乡的年　　　　　　　　106

童谣中的年　　　　　　　110

年集　　　　　　　　　　114

中国年和中国神　　　　　117

走亲戚　　　　　　　　　120

玩故事 124

　　十五的柏枝桥 127

踏青戴柳话清明 131

人在旅途 135

康涅狄格寓言
　　——造访马克·吐温故居 137

博尔塔拉（新疆三题） 141

　　边关西望 141

　　赛里木——大自然的谜语 144

　　银灰色的草原 147

太行二题 151

　　坝上月色 151

　　九莲三奇 154

走过阿坝（二题） 158

　　在现实与传说中穿行 158

　　在美丽与怀想中迷失 162

阿坝的牵挂（三题） 166
映秀的哈达 166
从汶川到茂县 169
叠湖和羌寨 172

看中岳说中原 175

深闺识秀 179

济源二题 183
王屋悟山 183
济渎悟水 186

春游孟津 190

定鼎门里的故事 194

从鸡公山到木札岭 198

岁月留痕 203

21世纪我在怎样生活？ 205

吃喝二题 212
关外洋芋 212
吃了中原便知中国 220

我的业和余	224
留在文化馆里的故事	238
青春之梦	248
西行日记	
——岁月深处的寻找	258

花儿与少年 299

独自远行	301
长大以后	306
为青春作序	
——序母校郑州七中同学作品集	311
上海编辑	314
浪漫是人生的翅膀	
——读《长流诗钞》	318
一个孩子对一个老人的记忆	323
我的大学	328
在绅士的客厅里聊天	
——我与《世界文学》	333

我和《百花园》	337
我和《奔流》	340
花儿与少年以及春天	343

石缝里的野草（代后记） 347

闲情短章

享受人生（三题）

唱歌

如果你觉得累了怎么办？那就唱唱歌。如果你觉得闷了怎么办？那就唱唱歌。如果你觉得烦了怎么办？那就唱唱歌。如果你感到孤独，如果你感到忧伤，如果你感到悲愤，如果你感到快乐……唱歌是最好的倾诉，唱歌是最痛快的发泄，唱歌是最温暖的安慰，唱歌是最放松的休息。所以古人说长歌当哭。哭，是情绪发泄的最直接的方式。人在激动的时候，在高兴的时候，在冲动无法自已的时候，要么流泪，要么就唱歌。尽管现代社会为我们提供的娱乐方式愈来愈丰富多彩，卡拉OK却最受欢迎，最为社会所普遍接受，就是因为它能调动起每一个个体生命的激情。我们在唱歌中消解纷扰人世奔波的疲惫，使心灵恢复蓬勃；我们在唱歌中回归天然的自己。唱歌使我们重做一次天真无邪的孩子。

我喜欢流行歌曲，是因为它的真挚和热情；我不喜欢某些歌儿，是因为它矫揉造作。唱歌既然是为了心灵的放松，就只能用心灵去唱。我唱歌，首先是向自己倾诉：用自己的歌声使自己的心感动，用自己的愉悦使自己陶醉。

我喜欢唱歌时的我，因为唱歌时的我最纯洁。人世间的烦烦琐琐荡然无存，我心底不再有任何阴影。世俗的恩恩怨怨，名利场中的得失荣辱，全都变成溶溶济济的悦耳的歌声，弥漫于心与心之间，消融了人群相互的冷漠和隔阂，也消融了我自己心中的浅薄、卑劣、自私、贪欲等所有人性中阴暗的东西。唱歌时，爱和温情涌满我的心，我充分地感受着人世的美好和生命的乐趣，那时我也想如一位歌星那样握着话筒大声向人们呼喊："人们哪——我爱你们——"心灵融入歌声的瞬间，唱歌的人已经完全化为爱。

人只有在唱歌时才不会感到孤独。无论行走在荒野还是行走在闹市，无论是面对幽幽群山还是面对深不可测的险恶人心，唱歌能给你胆量，给你气度，给你征服险阻的力量，唱歌能使紧绷的心弦舒缓自如。

我感谢发明卡拉OK的人，他把音乐变成人人都可以享受的幸福，使音乐成为在物欲洪流中浮沉的现代人的诺亚方舟。

读诗

……我的目光宛如常春藤将你掩映，你是一座大海包围的城市……我沿着你的眼睛行走，像在水中游动……周围一片空寂，白日快要结束……我踏着白天，踏着走过的那些瞬间……

每当我感到自己的心像一座杂物充塞无法清理的仓房，性灵的清泉已被人世之旅的垃圾草棒覆盖，睿智的绿地荆棘丛生，灵感荒芜，激情苍白，那时只有诗能拯救我。两行诗进入眼帘，干涸的心田立刻细雨蒙蒙。激情和幻想如听到惊蛰的雷声，从冬眠的沉睡里醒来。读诗时的我，仿若被春雨沐浴的麦田，心灵的叶子在飒飒的南风中抖动自在的嫩绿，人世的喧嚣离我而去，我又仿佛回到童年的田野，走在故乡的河边。我又仿佛见到湛蓝的大海，站在白净的沙滩上，遥望水天一色的远方，抑不住浩荡奔涌的情思。那时，世界宁静无边，天地无限高远，空气纯净，灯光柔和，天籁在寂静中如袅袅的云霓在我耳边飘绕。

读诗的时候，我看见上帝向我微笑，我听见造物在星辰之间行走。只有读诗的时候我才感到大自然离我那么近，它以巨大的温柔笼罩着我，弥漫在我周围，用湿润的大手抚平被人世的委琐和忧烦揉皱的灵魂。

上帝变乱人类的语言，使我们不能沟通。但人类找到了诗，我们凭借诗来修筑因语言不通而无法修成的上天之梯。读诗的时候，我看见自己的心变成生着白色翅膀的天使，向天堂之门飞翔。歌德和普希金，里尔克与夸西莫多，艾略特、沃尔科特……他们使用着同一种语言，那是一种永恒的语言，不因肤色、发音而隔膜，不因时间流逝而陈旧。那是人与上帝对话的语言，人与魔鬼对话的语言，人与自己的内心对话的语言——灵魂的语言。

读诗的时候，我对文字的神奇惊喜不已。仍是这些世代认读看似平常的字句，竟能组合出如此美丽动人的境界。人的内心蕴藏着开掘不尽的智能,那里有变幻无穷的胜境。我敬佩作为一个人的我。

那时我也不再为人类的粗鄙、无耻耿耿于怀,虽然人类的语言常常被我们糟蹋,用以骂人,用以说谎,用以谄谀,用以构陷,用以攻讦……但我们毕竟还有诗。

"诗人是这样的人:他对我们说,他真正讲述的东西是不可衡量的。"(帕斯)

听音乐

肖邦和贝多芬都已远去,古典的悲壮被现代流光溢彩的声色淹没,20世纪以前的音乐家——那一串令后世景仰的名字总是与深重的苦难联系在一起,穷困潦倒,厄运横生,他们中的大多数都在盛年弃世。我不敢听他们的作品,他们的作品就是他们生命的精灵,使我感受到命运的庄严。然而他们的艺术才华总是植根在女人的柔情里,每一位音乐家必然有一个动人的爱情故事。当他失去她的时候,就不但失去了灵感,而且生命也随之凋萎。严酷的现实与他们圣洁的浪漫构成如此强烈的对比。我常常想，德彪西以前的音乐家并不是人，他们是上帝的使徒，在人间匆匆走过，给我们留下用音乐构成的宗教，使我们的灵魂永远在他们的音乐里颤抖。他们用殉道者的苦难来证明人世的邪恶，惊醒庸碌的我们。

德彪西是第一个厌弃使徒角色的人，他一面为自己创造辉煌，一面又厌恶这辉煌。音乐带给他的声誉异化了他，使他失去做一个随意的人的自由自在，他痛恨音乐，悔恨自己的创造。

我欣赏他。

我听音乐是为了愉悦心性，不是为了进入圣地学习不用语言表达的哲学。我在音乐里感受情感与自由的驰骋，在音乐里找回被狗苟蝇营压弯了的人生。我喜欢把古典交给现代的理查德·克莱德曼，但我更喜欢《浪漫小号》。音乐从宫廷、圣殿走入每个人的心，哲学在感情丰富的每个人的心里。

幽咽的萨克斯使我沉醉，我觉得它在向每一个心灵诉说。在一段时间里，路过音像门市部比路过书店更让人神往。流连在花花绿绿的磁带之间，我搜寻各种萨克斯专辑。那时我不知道肯尼基是谁，至今难忘第一次听他的《回家》时的感觉,它使我久久陷入沉思。我们的家在哪儿?我仿佛看到了它的召唤,正满怀喜悦地向它走去。我记起小时候站在码头高坡上看放河灯的情景,随着一脉苍茫的河水漂漂而去的星星似的小灯带走我的向往,在黑沉沉的水天之外,有一个魂牵梦绕的世界,那就是我们的归宿,我们的憩园。

尽管上帝曾为我们担忧,他说,普天下有血性的都败坏了,但是,只要萨克斯忧伤的呜咽里还在诉说回家的梦,人类就坏不到哪儿去。

融入尘世

　　这些年，自行车在中国人的心目中是越来越掉价了，稍有身份的人出门不坐小车就会觉得失落。你若傻乎乎地问他"怎么来的？"，就像问一位已过花季的女士的年龄一样不懂礼貌，他会支支吾吾不好意思，仿佛骑自行车是件很没面子的事。人们早已忘记了它曾经是中国人衡量家庭生活水准的"三转一响"（自行车、缝纫机、手表和收音机）之首。对于一个东方大国，生活日用品的更新尽管来得很迟、很艰难，但总算来了。高速公路使"三转一响"的典故成为不堪回首的历史，实在没必要对向往奔驰、林肯、凯迪拉克、雪铁龙的一代人重提。

　　然而我仍然怀念我的自行车。骑着自行车穿过闹市，在比肩继踵的人群中追逐钻绕，与芸芸众生融为一体，在充满生机的尘世间感受生命的律动、活泼，那感觉好极了。对于一个骑自行车的人，世界是亲近的，直感的，它美丽、开朗、热闹，有着明确的方位和丰富的色彩。在一个陌生的城市，只有骑自行车转上一天，才会感到真正认识了它，不必依靠地图和抽象的思维就能在那儿生活。

我骑的第一辆自行车是哥哥单位处理的。那也是我们家的第一辆自行车。不知它为公家服务了多少年头，到我家时，它已像一头磨褪了毛的老牛，不唯车圈锈迹斑斑，车架也变成了黑黢黢的钢管，全身看不到一片色彩。然而它竟出乎意料地结实，任我摔打磕碰，把此后新买的自行车熬垮了几辆，却还是那副满不在乎的破旧样子。那时我是个中学生，在球场上歪歪倒倒兜了两圈就算学会了，神气活现地骑着它驰过大街，绕过车水马龙的广场，得意扬扬的样子真像展翅飞翔的小鸟。

我想起年轻的妻子跟着我在郊区土路上骑车。她根本没学过，我硬逼她和我一起上路。我在前边走，她在后边跟，忽地一下，她冲过路沟，歪倒在麦田里。我们俩忍不住一阵大笑。她爬起来拍打掉身上的土，再次跨上车，一路歪斜向前冲，一进市区，就把一个急着上班的小伙子撞倒，赔了一阵小心，替人家修好了车才得脱身。那辆飞鸽车是我在郊区最得意的财产。在郊区到城区的那条马路上，我像个愣头小子一样追逐每个在我前边的骑者，和素不相识的同路人赛车。玩花样，大撒把，两手抱在胸前，旁若无人地在大街上飞驰。炎热夏季的午后，马路上车辆行人稀少，我骑着车打着盹儿，竟然没在路上栽倒出事。

记忆最深的是在故乡，为了省去一元二角钱的车票，从县城到市府，一百多里骑自行车往返。那正是秋天季节，一早动身，不慌不忙地走，走到六十多里的小镇歇下来，坐在路边茶棚里，一边喝大碗茶，一边吃随身带的干粮。田野上的热风阵阵吹来，秋庄稼一片浓绿，远远近近的豆地里蝈子在嘹亮鸣叫。汗水吹干之后，胸前背后升起一股豪气，忍不住一路放声大唱。

前不久搬家时忽然记起车棚里还存放着一辆自行车。它是我的第四辆车，扔在车棚里已被遗忘多年。跑上去看了看，它居然还在那儿。看它积尘满身的样子，我心中泛起一阵怅然，猛可间觉悟到小汽车不仅使我远离了青春，还早已把我变成了机械和城市的奴隶。世界被挡风玻璃罩在漠然的色调里,我被钢铁包围,不再感受到人群的热闹和亲和。快车道抛掷着我,我不再是道路的主人,而是城市物流中一个微小的运动体。我已感知不到真实的世界,呼吸不到尘世的空气,享受不到头发在风中飞扬的爽气。走过人生的长河,人就这样被孤立、被分化,丧失掉鲜活的人世。当你为着名望、地位奋斗的时候,你正被名利从生动活泼的人群中剔除出来,让有血有肉的生命在祭坛上枯萎。

我不知道自己还有没有勇气像年轻时那样在阳光下、在风沙里、在风风雨雨中,骑一辆不太破也不太新的自行车驰入尘世。我觉得自己还不至于像《庄子》中的混沌氏那样反对一切工具改革,坚持人必须靠双脚行走,两手劳作,用瓦罐汲水,连浇地的水车也要不得;但我的确时时为自己担心,会不会有朝一日为了贪图现代文明的安逸和享受,为了谁都说是身外之物而谁也不肯放弃追逐的浮华与荣耀,而丢掉人性中最可宝贵的东西——纯朴、天然?也许那才是人在人世间最大的损失。

春夏短章（三题）

拥抱春天

背负累累行囊，手提大包小包，带着来不及拂去的黄尘，在人群中挤挤撞撞，随着售票窗口的长龙慢慢移动脚步，在饥渴疲惫中奔波。透过喧嚣，谛听列车的轮声，心潮涌向遥远的异乡。白昼被声浪淹没，夜晚为烦扰纠缠，在美梦与噩梦中浮游，于厉风暴雨间漂泊。无尽的旅程，不可期的前路，人生况味，酸多还是辣多？……

然而春天来了，早晨来了。

小河的薄冰随波消融，映出岸柳新绿；天上的云霓卷动絮白，装点了晴空；牛拉着犁头翻开湿漉漉的新土；孩子们扯起风筝奔跑在草地上。

于是一切忧烦不过是人间故事，所有劫波只是多彩的情节。苦辣酸甜，是丰富的人生。春天，是造物赐给人的享受。爱她吧，春天！早晨！人世！不必责备自己的单纯，不必懊悔付出的善良。有温柔的心，世界就温柔；有热情的心，世界就热情；有美丽的心，世界就使你美丽。

拥抱春天吧，她会给你阳光般的心情。

人和树叶

一个百无聊赖的夏日黄昏，没有风。摇着芭蕉扇坐在小院里，听蚊阵随着暮色弥漫。天光如铅汁似的从头顶慢慢浇注在四周，聚合为浑浊的苍茫，如白痴般发呆的时刻，蓦然我想，人为什么要活在世上？造物给人以生命活力与激情，难道只是为了让他感受被消磨的痛苦吗？

偶然抬头看到头顶的树叶，它们以千奇百怪的情状错落重叠，在天幕下交织出层次无穷的影像。伸入亮光的细茎悠然摇曳，叶子轻轻颤动，从不静息，时而如振鸣的蝉翼，时而如翩飞的蝴蝶，时而顾盼低语，时而厮磨戏耍。当你放眼远顾时，树冠巍巍，如凝聚的乌云，仿佛与天宇胶合成无法剥离的画图，矜持庄严地罩定头顶那片幽暗。

那瞬间我明白了这树的影像从来不曾定格，它在瞬息万变中呈现于世界。世界的图像因每片叶子的姿态永不重复而变幻莫测。有谁能使一片叶子重复它自己呢？

于是，我喜欢黄昏在马路边散步。站在树下久久仰望一片一片叶子，眼前就有无穷的景色。它们毫不理睬人世的一切，顾自摇曳飘动，将晚霞摇成闪烁明灭的光点，像无数带着向往飞向浩宇的金翅鸟。马路上流淌着杂彩的晚潮，男男女女如归林小鸟一样各自翱翔出千姿百态。纷呈的市色如风中流云，光影叠乱，变幻不息，无数张千差万别的面孔和无数个各不相同的身影在目不暇接中膨胀出弹性与温热，翻腾出灵与肉的蓬勃。

那时我仿佛明白了，生命不是树，生命是叶子。春天属于每个人只有一次，我们必将在秋风中凋零，随着冬雪的消融腐烂为泥。尽管来春枝头会有新绿萌动，但却已与我们无关。生命图像不会重复，大自然义无反顾地前行。宇宙是永恒的，生命构成的世界是永恒的，我却只能在极有限的时间极有限的空间展示自己的舞姿。

那时，我觉得追问为什么活着与追问为什么死同样庸人自扰。

我流连于黄昏的街头，徜徉在喧腾热浪流荡声色的同类之间，心中充满了对生活的渴望。我久久地看着那活泼泼的浑然不知的一片一片的叶子，我想问：你们可有渴望的焦灼、爱的不可压抑、美好的热切追慕、欲望的浩荡奔涌？能感受痛苦的甘醇、郁悒的厚重、愤怒的卓跞、忧伤的博大？

是的，人不是叶子，幸亏我不是，所以才能想象自己是一片树叶。我将不在乎欲望和想象带给我的忧烦，因为造物摆设的世界无处不给我报偿。我还是愿意快乐地活着。活着，世界就属于我。就像树上的叶子，活着，才能尽情舞蹈，享受每寸时光。

人世留给我什么？

有一天，我像显克维支笔下的灯塔看守人那样历尽沧桑，在垂暮之年，在暮色中，一个人坐在礁岩上，静静眺望大海，看波涛明灭驰骋，奔向苍茫的天外；航标灯幽幽浮漾，群鸥起伏如弥漫的尘埃；宇宙仿佛与我融为一体，人世的疲惫成为迷蒙的夜烟，宁静肃穆地笼罩着我的灵魂。那时，我的嘴角会泛起一丝笑影。人世给我留下了什么呢？这喧嚣的人世，纷繁的人世，不断诱惑欲望的人世，无论辉煌抑或黯淡，煊赫抑或卑俗，安逸还是辛劳，大起大落或是平平淡淡，当一切都成为过往的时候，一切也都成为人世故事长河里粼粼的逝波，进入遥远的怀想。

那时，我会为荣耀曾有的醺晕感到可笑。光环中的金牌、奖杯，崇拜者倾慕的目光，虚荣心得到片刻满足的兴奋……我明白了海明威的结束和川端康成的永诀，明白了苏格拉底无疑于热带沼泽中早已绝种的剑齿象。我知道即使我能够拥有大楼、别墅、游艇、飞机……我还将一无所有。我将嗤笑自己为没有快乐的财富耗尽毕生心血，如风浪中的航船，身不由主地浮沉于惊涛骇浪，更不用说为某一把权力的椅子苟且竟日，五根烦乱，秽浊明镜，用最野蛮的文明智慧毁灭蓬勃的心性。如果我们不过是宇宙间一次冰期造就的一个季节，那么下一个冰期终将扫荡一切，人世的繁华必将为下一纪洪荒、下一纪人类让路。既然有是从无中生出，它当然还将归于无去。要不，下一个有从何而来？

人世给我留下了什么呢？我必然会忆起童年在田野上采摘枸杞的瞬间，那欢喜不尽的情景；想起第一次与女孩腿挨腿新奇激动地坐在秋天黑夜的草地上；想起心爱的人与我第一次离别，泪眼相向，肝肠寸断，以为太阳已经碎裂，从此人世只有黑暗；想起酒桌边灯光下不掺杂任何功利目的的漫无边际、轻松愉快的闲聊；想起母亲在病床上可意地慢慢举起汤匙舀喝我亲手为她做的汤羹……无数这样的瞬间在寂寥孤独中使我心里充满温存，抑不住嘴角泛起舒心的笑纹。那时，我为生做一个人而感到安慰。我一点也不后悔，不怨恨，造物把我造在世上受了一生磨难和忧烦。我在人世有多么丰富的收获呀！无数让人可以一遍遍回忆、咀嚼的美好的细节。走过人生，当一切都在虚空中弥散时，留下的是如宇宙样永远活跃、生生不息的情怀。那是我的真正财富。

于是，我不必介意曾经在人生的泥潭里挣揣，曾经在污浊的人世间游泳；不必在乎疲于奔命的无尽的纠缠，不必抱憾曾经浅薄无知、为一时的得失而耿耿于怀。时间的长河冲洗去耻辱、悔恨的阴影，为我留下清澈、纯洁。趁着还年轻，让我极尽生活的热情，使内心拥有汹涌的激情，珍惜每一片时光的叶子。人世的一切经历都是我的财富。在我弥留之际，我知道该经历的都已经历，我生命的过程为宇宙的多姿多彩划过了一线绚丽。我就说，谢谢了，人世。

关于女人（三题）

女人，永不厌倦的话题

尽管说出这些话难免会招致为生做女人而愤愤不平的女士们的不平，但我还是要说，女人是造化的宠物，没有哪一个男人不羡慕她们。单就古往今来女人永远是说不尽的话题这一点看，人类就从来没有真正的男女平等。

我常想，在动物界，雄性总是极其美丽，而雌性总是既丑陋又简朴，为什么偏偏人类被上帝错造个对过？大自然把美的造型与温柔之乡的精灵全都给了女人，用粗糙、野蛮、侵夺、勾斗的本性塑造男人，使这个世界因男女的不公而倾斜，而充满罪恶。人类几千年的文明史是什么？是人性的缺陷在时间与空间的河床里冲击滚动绘出的炫目的涡流。我们常常无法简单地诅咒贪欲、暴力、强权与残杀，因为如果没有这些，我们简直就没有历史，也就没有辉煌与可歌可泣，没有对于美的惋惜、追求和向往。当男人挥刀相向演出一幕幕伟壮的悲剧时，女人成为他们斑斓的底色，为他们抚平创伤，鼓舞斗志，以巨大的怜悯与柔情笼罩着人类的舞台，使残酷的战场变为动人的图画，血与火的战斗成为悲壮的史诗。

那时，我便不明白上帝究竟想干什么。它何以造出如刀锋般刚愎、脆弱、从不被信任与理解所软化的男人，而又造出如刀鞘般柔软、温顺、永远抚爱着生育着人类的女人？对于造物来说，男人的不可救药与女人的没有出路不过是一场有趣的游戏。如果男人女人都被造化得完美无缺，世界肯定变得毫无生气，故事将不会发生，音乐、戏剧、文学、艺术都会一片苍白，有关女人的话题也便不会产生。

现代文明愈来愈带上色情色彩，现代人类好像变得愈来愈堕落，男人们更懂得女人是天地造化的精华，女人更自觉自己是造物造化的尤物，她们生下来就是为了让男人们羡慕、倾倒、迷乱，从而给人类历史制造威武雄壮、有声有色的故事。艺术，就是女人的蛊惑。幸福，就是女人的情爱。女人的胸怀能消融罪恶，又能制造罪恶。因之，对20世纪现代哲学具有深远影响的叔本华以尖刻的文笔写下的名篇《女人论》也就显出了价值，他所论及的女人的缺陷反过来看，也恰是女人的长处，是令男人妒忌的可爱的品性。而哲学大师萨特的女友波伏瓦那么严肃地研究女人的著作《第二性》，最终也未能为女人找到出路。即使主张女权，女人仍然是第二性。女权无法改变第一性的劣根性，使第二性得到完美的爱情和人生的幸福。

我暗自琢磨耶和华将亚当和夏娃逐出伊甸园时的诅咒。如果他们不食禁果，永远两小无猜不懂情爱，男人女人不是很完美、很单纯而圣洁吗？如果没有男女之爱，没有肌肤之亲，不交合繁衍后代，人就不会到世上来，人世间当然就不会有战争、劫夺和杀戮。男人和女人与生俱来的弱点决定了人性永远的困境。看来，女人和男人一样，要改善自己的处境和地位，只能不懈地努力改善人性，尽管我们知道人性的不完善是无可奈何的，但我们从来也不会放弃改善它的理想和追求。这才是上帝让我们不完美的原因。爱和真诚就如普罗米修斯面前的清泉，尽管我们一次次低头时它一次次退去，我们还会永不休歇地引颈而向。

青春在生命的链条上永恒

至今我还无法忘记第一次读莎士比亚《十四行诗》时的激动心情，那是十七岁的一个夏夜，那些充满人生慨叹的咏唱如温柔的细雨，使一颗多愁善感的少年的心霎时生出盎然绿意。"当我凝望着紫罗兰老了春容，青丝的卷发洒遍皑皑白雪；当我看见参天的绿树枝叶凋零，不久前它还荫蔽着歇息的牛羊……于是我不禁为你的朱颜焦虑，终有一天你也会被时光废弃……"莎士比亚给予我的不仅是人生无常的忧伤，更有爱和激情的鼓舞。他用他的十四行诗热忱地对我说：生命短暂，青春易逝，而你美丽的生命应该珍惜。去爱吧！去生儿育女吧！只有爱，只有生儿育女，你的青春才会常驻，生命才不会枯萎。

"你该为你另生一个你"，"这样，当你不再活在世上，你所租赁的朱颜就永远不会到期……你的孩子会保留着你的倩影"。莎翁对生育的讴歌满怀热情，充满了智慧、机警和对生活、对生命的挚爱。有时候，他不惜用整篇诗娓娓动听地劝诱女人："照照镜子，告诉你那镜中的脸庞。说现在这脸儿应该再造一副，如果你不赶快为它重修殿堂，就欺骗世界，剥夺了母亲的幸福……你是你母亲的镜子，在你里面她唤起她的盛年的芳菲……"我在感动中豁然顿悟，明白了生命的哲理，懂得了生生不息的生命构成了永恒的世界。莎士比亚把人的动物本能提升到了诗的境界、哲学的境界，启迪了我关于本能和精神的思索。有了爱，有了诗（也就是浪漫情怀），生儿育女就不仅是人这个生物种群生存、繁衍的生理需要，女人也就不仅仅是生育的机器，她更使美好的生活与美好的青春永不消失。由于母爱关联到人性最根本的存在，因此，它是人类情感中最崇高无私、最美好纯粹的感情。生物本能以爱为纽带转化为激情、活力、乐观向上的象征。

一群男孩女孩在草地上奔跑，追逐着蓝天白云和飞翔的鸽子，这样的画面虽然被我们的画家和摄影师无数次重复，却仍然不失感人的魅力，因为它展现的是热爱生命、为生命的蓬勃欣喜雀跃这个永远魅人的主题。

贝·布托死了，如果……

贝·布托遇刺身亡的消息成为世界媒体的头条新闻，还差四天，她没能跨入2008年。出身于富裕的家庭，聪明、美丽，受过良好的教育，她本可以富足、安逸地生活，做一个优雅、娴淑的女性，可放着让人羡慕的好日子不过，她把自己的一生抛掷在拼争、倾轧、搏斗的旋涡里，虽然死后惊动了世界，但对于一个正值年富力强的女人，不是太可惜吗？难道她真的没有更好的活法？

并不是这个聪明的女人没有智慧，实在是人在江湖，身不由己。诚如她在自己的回忆录里所说："我没选择这样的生活，是这样的生活选择了我。"追根溯源，首先是她的家族太热心政治，父亲的成功与耻辱，破坏了她正常的人生。权势、荣耀、利益太诱人，没有哪个人能够抵挡；抱负、追求、爱、恨、情、仇，是人的激情的泉源，没人能够超越。何况一个以政治为职业的人，一个被不平、仇恨激励的人，她能背负未了的宏愿，安于海外的清闲、寂寞？

身不由己，更因为拥戴者的追捧。一个经历过权势、荣辱的人，逃脱拥护者，比逃脱个人仇恨更难。即使你自己愿意忘却昔日是非，不留恋台上风光，安于做闲云野鹤，那些拥护你的人也会成为强大的压力。有负人心，是人生很难逾越的遗憾。毕竟赞美和拥护对于人性，也如迷幻药一样使人迷醉。"我受到如此盛大的欢迎"，面对人的海洋，"我眼前又出现了梦中的那道云梯"。在人民的欢迎中，贝·布托感觉到了自己肩负的伟大与崇高，发生在身边的爆炸付出百余人生命也不能让她退缩。那一刻，智慧水平再高的人也无法清醒地知道，欢呼的人群究竟是出于真心还是出于盲目？还是出于一些政客的需要？她不知道这种狂热正把她推向死亡的深渊。

贝·布托的家族与印度的甘地家族何其相似。几代人被刺杀，拉吉夫·甘地死后，他妻子有意淡出江湖，不再涉足政坛，可驾不住国大党的推戴，只能出任党主席，算是不负众望吧。纵观历史，一个领头的人，是被身边麇集的利益集团支撑着，这个利益集团需要他来维系他们的利益，你撒手不干，退出江湖，他们怎么办？

人，一旦涉入权势、功名的怪圈，就难以逃脱命运的恶性循环。就像赌徒，输赢都是刺激拼搏的加油剂。高尚了说，是雄心；以人性的本质说，是野心。不管旗号多么光辉，其背后总是人性的阴暗面在支持着。

人死后，我们总会问一些如果：如果贝·布托生在一个平民家庭，过着平凡的日子；如果她的聪明不至于让她聪明到做一国总理的份上；如果她下了台，安心在国外定居，不想经商、做学问，写点回忆录，演演讲……让她的母亲安度晚年，让她的丈夫老有所伴，让她的孩子在温暖的母爱呵护下成长……巴基斯坦的未来没有你一样能够向前发展，而母亲、丈夫、孩子没有你，却会破坏了他们的生活和人生。

这样的设问未免自私，然而生而为人，让自己快乐、家人幸福，难道不是天经地义的吗？

可惜，世上的事没有如果。人生也没有如果。

关于自己(二题)

照顾好自己

当我离家远行的时候,母亲总会交代说"照顾好自个儿"。这话是地地道道的儿女情长,没什么豪言壮语,听起来有点自私,可它发自母亲的内心,是一片真诚的爱意。出门在外,应当留意的事很多,在母亲心里,再多的事都没有"照顾好自己"要紧,再多的叮咛也只有这句话最实在。它是母亲对儿子的最低要求,也是一个人面对社会应当具备的起码的能力。

近两年,每当我和一些朋友外出,动身前我总会想起母亲这句话,拿它作为赠送团友的格言。大家一起外出,出了事当然要互相帮助。但是如果每人都能照顾好自己,什么事也不出,根本用不着别人帮助,这趟旅行不是很圆满吗？起床、开饭、出发，能不能不让别人招呼就能准时、准点？旅行、观光、爬山，能不能不要别人照顾也不至于走失，不至于摔着、碰着，出现意外？旅途中的行李、物品，不用别人操心，自己都能照管得井井有条，万无一失？能不能自己爱惜自己——渴的时候随身带的有水，饿的时候手边有吃的，冷了能找到衣服，哪儿不舒服，马上能从挂包里找出药来……一个十几人、几十人的团体，人人遵纪、守时，避危趋安；没人生病，没人掉队，没人丢东西；没人被偷、被抢，招惹是非。这个集体，岂不是最和谐的集体？这趟旅行，岂不是最成功、最快乐的旅行？

看来，"照顾好自己"，第一个层面是会料理自己的生活。饮食起居，健康卫生，生活开支，衣食住行，旅行居家，都能安排周到。一个连自己都照顾不好的人，不光是干事业、求发展成为空谈，还会成为别人的累赘和负担，近则拖累亲友，远则拖累社会。

到国外旅行，你会发现西方人在处世观念上与我们的差异。中国人重视互相帮助，甚至自己出了事还会责怪同伴没照顾好。西方人更重视自我救助。在他们心里，接受别人帮助，意味着自己对自己没有尽到责任，那是自尊的丧失，不到万不得已不去依靠别人。一家人外出，孩子也要承担力所能及的责任，尽可能自己带上自己的东西，不要大人包揽一切。在机场候机厅里，一位七八十岁的老人独自拎着两个大包来候机，我们中国同伴好心地走上去说："Can I help you？"老人立即用客气的态度回绝说："No, thank you."那天的飞机晚点了，机场为每人提供了一份免费午餐和一张六分钟的电话卡，领餐券和电话卡的队排得很长，我们同伴中一位朋友拿出中国人尊老爱幼的美德热情地想替他排队，老人又一次用"No, thank you"谢绝了。他颤巍巍地排在队尾，跟着人流向前移动，队列里没人对他表示同情。开始登机时也没人让他到前边去。老人像所有人一样排着长队向登机口走，神态自若，毫无埋怨别人不懂礼貌的意思。这位老人以自己能够照顾自己，不要别人帮助、同情，表现出了个人的尊严。周围人以平常目光看他，是对他的尊敬。我们中国人一般都以被人伺候、被人照顾为荣耀。一个三十几岁的人，一旦当官，外出没有一个掂包的人前后照顾就显得不够派头。长此以往，不坐小车，他们还会不会独自外出旅行？没人在身边，他们还会不会为自己操心？遇上坏人或是特殊变故，还有没有能力应对？他没意识到，让别人伺候惯了，自己就会变成笨蛋，最终难免像溥仪那样，不得不从系扣子开始重新学习做人。

"照顾好自己"的第二个层面更为重要，那就是自我保护的安全意识。"君子不立于危墙之下"，这是我们中国人的古训。看起来有点明哲保身，其实是形象生动地警示后人，要保持对危险的敏感性。不靠近可能倒塌的墙，只是一个譬喻，它是要你对自己的人身安全负责，远离有潜在危险的环境。比如：不要冒险去闯红灯，别贪近路去翻越交通护栏；夜间早点回家，别到幽暗、荒僻的地方去，别走灯光不好的小路和安全不好的地区……如果进歌舞厅，你应该先审视一下它的安全情况：会不会起火？起了火或是发生了灾难，有没有逃生通道？安全门在哪儿？里边的人太多，该不该进去？……心里有一根"危墙"的弦，很多悲剧也许就能避免。

"危墙"的另一层意思，是交友、处世要有安全意识。如果你的朋友、领导、同事不可靠，你发觉他干的事不正道，那你就不要追随他，不要再让他做你的朋友，离这堵"危墙"远点。了解不深的人，不能让他随便进入你的家，不要随便暴露你的隐私。即使已经相识相知很久，交往也要保持分寸。在商品经济时代，"害人之心不可有，防人之心不可无"就显得尤其重要。比如前面提到的在美国机场里遇到的那位老人，他不要别人帮助，固然有保持尊严的意思，同时也是安全意识的反映。自己照顾自己，不被别人的好心所动，就不会轻易上别人的当。你别想骗走他的财物，也别想骗走他的机票，更别指望他会接受你递来的香烟、饮料，即使你有很多使人难以想象的花招，在一个"No, thank you"的拒绝下，便无计可施。如果我们每个人都能坚持像这位老人那样，不仅不会给别人添麻烦，还不会给心怀不轨的人留下可乘之机，这样，社会不就减少了许多案件，不就减少了一些罪犯吗？

　　这里必然涉及照顾好自己与见义勇为的关系。这个复杂的问题其实很简单。我的看法是，能制止的犯罪，当然应该去制止；能保护别人，当然应该去保护，但不应该逞一时之勇而盲目行动。在这方面，我们的传统文化早有教诲："暴虎冯河，死而无悔者，吾不与也。必也临事而惧，好谋而成者也。"（徒手斗虎、不问水深浅就去过河，这样的人我不赞成。一定要遇事冷静，善于思考，才能把事情办成。）这是孔夫子的话。他明白地告诉我们，遇事不能只靠冲动和勇气，而要审时度势，多谋善断。我们在报纸及电视上看到过很多这样的案例：一个局外人在案发时挺身而出，勇敢地与坏人搏斗，落下伤残后得不到救助。受益人不认账，社会舆论干着急，算不算见义勇为难以得出结论。营救了路遇车祸的受伤者，自己反被诬为肇事人……人们往往在感叹之后发出疑问：如果你遇到这样的情况，你会怎么办？我的回答是：即使情况再怎么危急，我的第一个行动是报警，这是个法制观念。报警，自己的行动才是合法的。打伤了别人，或是自己有了什么好歹，才能得到法律的保护，才能说得清楚。遇上车祸之类急需救助的事当然不能见死不救，可你必须先报警，如果无法报警，那也要想法保存自己是救助者而不是肇事者的证据，在照顾好自己的前提下再去帮助别人。你做好事也要做得合法。从对自己负责出发，进而对别人、对社会负责。如果每个人都能做得很好，社会上的乱子肯定会少得多，对社会就是一种贡献。

如果把"照顾好自己"的含义延伸到第三个层次——洁身自好，好好做人，那就已经达到了道德的层面。一切从我做起，这对于身居要职的官员们尤为重要。"我一想到还有几十万人没有脱贫就睡不着觉""要让廉洁之风在公路上延伸"，这些漂亮的辞令当初也像是很大公无私，后来不过恰应了"巧言令色鲜矣仁"这句古训。不如先把自己照顾好，别等身陷囹圄之后再去当庭流泪。如果每个公民尤其每个为官的人都能从自己做起，先把自己照顾好，社会的道德、文明程度肯定会有极大提高，国民素质也会有极大的改善，社会风气必然会大大好转，每个人对社会的贡献也就很大了。

角色和我

由于一个亲戚是演员，小时候我常到舞台上去看戏。找个凳子，隐身在乐队或大幕一侧。虽然享受到一种特权，戏却完全走了味儿，没有台下看起来那般威武、逼真、动人。

锣鼓敲着，过门奏着，一位大将军就要上场，可扮演大将军的演员还没挂好髯口。他一边向帘子走近，一边继续和一个女演员开玩笑。"催阵鼓他不住——"他在帘子后拖腔唱了一句，然后又回头骂了一句，把手里的大刀握好，"他不住——咚咚打呀哈——"这才挂好髯口，踩上鼓点，挑起帘子，走到舞台上去。一走出帘子，他的身架、神态马上换了一个人，谁也看不出他刚才还在和人骂笑。而且说不定唱完这一板，转身下了台口，他们还会继续骂。

一对演员夫妻在该上场的时候正生气吵架，他们一边吵一边上场，在过门曲子里一直吵到帘子后。上了场，立刻迈着轻巧的台步唱起逗人的花腔。进了帘子，两口子该怎么吵还怎么吵。

长大后，我才明白，这就是人生的缩影。人生就是一个舞台，我们在其中扮演一个角色，不管这个角色是帝王将相还是平民百姓，是包公还是王朝、马汉，是苏三还是解差公公，台上要好好演，投入地演，否则就辜负了这个舞台，辜负了人生为你提供的机会。但你必须明白，帘子背后还有真实的自己，这真实，是你和别的演员同样都是普通的血肉之躯。七情六欲，生老病死，吃喝拉撒，喜怒哀乐，大角色、小角色，一样地需要阳光、空气和水，一样地需要关爱、理解和尊重。演完了戏都是要卸装的，太平间里大家扯平。

我想我起码明白了两点：一是要善待自己，使自己有一个良好的人生状态。这状态大约就是不为角色所累，懂得戏迟早是会收场的，要有一个清醒的角色感。扮演哪个角色就演好它，演好它的同时别忘了这不过是一场戏。像时下很时髦的一句话，叫作过程是重要的，结果在有意无意之间。一个人的一生，最大的损失，大概就是在不知不觉间丧失掉纯朴与善良。二是超越自己。所谓的超越自己，其实就是超越角色。戏无论演到哪个份上，无非还是个演员。当戏里的人物还是现实中的人的时候，或宦海或商海，或翻云或覆雨，殚精竭虑，呕心沥血，待时过境迁，不过是后人茶余饭后的谈资，观众一笑的噱头。区别只在于我们鼻子上没涂白的、红的或黑的油彩罢了。

不被角色吞没，庶几算得最好的活法。

我深深知道，说起来容易，做起来难啊！尽管如此，看开总比看不开好吧。

梦中的橄榄树（四题）

为了梦中的橄榄树

人究竟是羊还是狼？人的本性究竟是善还是恶？打从人类产生之始，这问题就成为困扰人类的难解方程，被一代又一代哲学家、思想家、社会学家翻来覆去做文章。各民族形形色色的人类起源传说无不带着这样的困惑。在古希腊传说中，人类始祖查格留斯是天神宙斯与人交配生下的儿子，被魔鬼提坦吃掉，宙斯以雷击毙提坦诸神，灰烬中生出人。这个传说赋予人以三重品性，可以如天神般高尚、威严，可以如魔鬼般奸邪、狡诈，又可以显示出人的友爱和同情心。面对人性的不健全，创造力与欲望的不可分解，我们常常对人性的改善感到失望。无论启迪内心自我约束的宗教、信仰，抑或旨在维护秩序与道德的法律、纲纪，伴随人类几千年的文明史，在科学技术、物质文明愈来愈发达的时候，人性的完善却愈来愈显得不可期。难道人类真的不可挽救吗？

回答是否定的。因为人的伟大、人的区别于动物，在于人类永远有梦，永远有幻想、理想，因而永远有憧憬与追求。激情与幻想使人性的不健全变得并不可怕。激情与幻想升华为理性的力量，使人类永远充满活力。孟子主张"人之初，性本善"，寄希望于自身美德的弘扬与发掘；荀子主张"人性恶"，强调教化与法制。汉代有名的"王霸杂用"的政治纲领使西方著名学者汤因比赞叹不已，认为是人类最完美的体制。王霸杂用就是宽厚仁爱与严格的法律两手并重，是民主与法制的最早版本。正视人性的不完善、正视人心善恶交融的景象，毫无疑问是文明睿智的表现。人类的力量之所在，是人类从不因人性的不健全而放弃改善人类自身的努力。一部文明史归根结底就是人类不断与自己的弱点斗争的历史。有位少年请爱因斯坦写句话装入瓶子埋进地下，留给后代。他写道："亲爱的子孙后代，如果你们还没有变得比我们现在（或者说过去）更为正义、更为爱好和平、更为理智的话，那么就请你们见鬼去吧！"

梦中的橄榄树摇曳盎然的绿意，我们心中才有优雅的温馨笼罩。走过人生长河，不失落真善美的梦，人生才显出无限美好。

保护好你的心情

人生在世谁能逃脱忧烦？现在大家常说"世纪末情绪"，其实没有世纪末，烦恼照样有。人类和其他的动物种群没什么两样，爱是有限的，隔膜不可避免，友好帮助从来也取代不了钩心斗角；愤世也罢，嫉俗也罢，世俗还是世俗，烦心事绝不会随着物质文明的前进减少。百万富翁可以享尽荣华富贵，却无法摆脱精神磨难，只是烦恼各不相同罢了。也许这才是上天的公道。毛泽东当初曾有豪言，说世界上不管发生什么事"地球照样转"。这真是振聋发聩的气魄，它对每个人都是极好的提醒，破坏心情，只不过糟践自己，不要说像我们这样的凡夫俗子，就是再大的人物，没有他，地球也还是照样转。那还不如趁早聪明点，好好爱护自己，尽可能过得轻松些。

说穿了，人活着，只有情绪属于自己，世界上再没有比破坏情绪更大的损失。因为情绪是一个人生命活力的标志。你的心情总是像孩子，你的人也必然年轻。心情不好，人会感到特别累，当然也就谈不上健与美。破坏心情其实就是破坏自己的生命。

安徒生童话里有一篇《老头子做的事总是对的》。一位绅士整天忧愁，他问农夫为什么那样健康快活，农夫说因为不管发生什么事老婆子总说我做得对，干得好，所以一家人没烦恼。绅士不相信，他和老头儿打赌，让他干最荒唐的事。老头把家中的马拉到市上去换了一只羊，老婆婆高兴地说："嘿，老家伙你真聪明，这一下咱们能喝上羊奶了。"老头子又把羊换成鸡，最后用鸡换了一筐烂苹果，老婆婆总能为老头子的行为找出高兴的理由，绅士只得认输，付了一大笔钱，老婆婆说："瞧，老头子做的事不会错吧。"

读这故事的时候，我的生活境遇正困难。从大学退了学，把自己和妻子弄到农村。正如鲁迅形容的那样，由于不识时务，"未敢翻身已碰头"，折腾一次碰壁一次，给自己给家庭找了许多麻烦，日子每况愈下，后来不得不去当流浪汉。那情景和安徒生童话里的老头子完全一样。这个童话成为我们在艰难岁月里漠视困苦的精神寄托。妻子常常拿这个童话和我开玩笑。它使我们俩豁达开朗，从不颓废消沉，对生活总是充满信心。

涉过岁月的长河，我终于悟出了身处逆境尤其需要好的心情。心情好，身体才会好，头脑才会机敏，应变能力才会强，对付困难也就能拿出办法。人生大多是在逆境中生存和发展，豁达乐观能使你在对付困难时处于良性循环的主动位置；情绪一坏，运气就坏了。我想，安徒生这篇童话的另一层寓意大约有一点基督教色彩，幸福属于善于原谅、善于安慰、心胸宽广的人。

我经常讲给家人听的寓言还有另一则，那是小时候不知从什么书上读来的。从前有个老太太，她有两个儿子，大儿子开染坊，小儿子卖雨伞。晴天时她愁小儿子的雨伞卖不出去，雨天时她愁大儿子染坊的布没法晒，久而久之愁出了病。一位算命先生来看她，他说："老太太你的命好啊，晴天时大儿子生意好，雨天时小儿子生意好，晴天雨天都不怕。"老太太豁然醒悟，从此再不发愁，不但身体好，而且人旺财旺。算命先生并不高明，但他善于使用辩证视角。不管哪一个人，他的人生道路都包含着正面与负面两种因素，达观的人从调动有利因素着眼，狭隘的人绕着患得患失。

人生其实是在有意与无意之间，也许合理的人生态度应该是尽人事，听天命。不尽主观努力，甘做懒汉懦夫毫无疑问是不足取的；太在意也容易失落。时代在前进，如今的年轻人大多都懂得了人生的意义在于实现价值的过程，结果倒是不必太在意。人世充斥着烦烦琐琐，躲避当然不行，看开总是能够做到的。要在人生这个大舞台上演好自己的戏，就必须把戏看透，知道不过是在扮演角色，演好演坏尽了努力也就罢了，重要的是下了台，不忘记还有一个本真的自我。戏可以演砸，自我不能不要。美和年轻都决定于你能不能经常心情愉快、朝气蓬勃。大约我是一个情绪至上主义者。

为鲜活的你积存美好

人常说"哀莫大于心死"，心死的标志就是失去了生命的激情。那是一片既没有树也没有草甚至连微风也不起的沙漠。如果任何幻想都不再存在，任何追缅都成为没有图像的屏幕，生命对于一个人就是罪恶。上帝为什么要造他？

上帝从不为世间造出完美的人，那是他的恩惠。如果人性纯净无瑕、千篇一律，道德与气质完美无缺，人世间充溢着仁爱、关怀、体谅、公正、平等和自由——自从人类诞生之日起，我们都在为此而一代代地憧憬着，追求着，为这崇高所鼓舞，为这理想而讴歌，而献身。可是如果人世真的这样完美，那么人间还会有如此美丽、动人、悲哀、壮烈的故事吗？人还有七情六欲交织出的声色、迸发出的灿烂吗？

听凭盲目与本能，任不可理喻的欲望泛滥，人类就没有文明。然而，让理性规范你的天性，知识异化生命的直觉智慧，现代人是不是必将落入新的愚昧？

最大的痛苦莫过于正视现实。正视我如痴如迷的所爱最终不可能与我合二为一。我曾那样燃烧着我的全副身心，因你的美好而使柔情和愉悦充满人间，因你的一颦一笑而满怀爽朗，知道生活的幸福、阳光的灿烂。我的亲人，我的密友，我所爱的人……我为心中美饰的你们而激动。

认识到世界的不完美，认识到所爱的不真实，认识到人与人永远无法珠联璧合地沟通，心灵将会在战栗中摆脱偏狭，懂得理性的力量能使人性深处的激情深厚而博大。

于是，那些美好的时日、美好的瞬间便显出隽永珍贵，成为人生真正的财富。

我们曾以快活的步态匆匆走过闹市；夏日黄昏坐在高高的河岸上，看天光渐渐变为一片朦胧；你如婴儿般的脸，被激情燃烧得容光焕发，眼波撩动；为一个无谓的话题我们热烈而亢奋；在漆黑的深夜，望着闪烁的星辰，你挽着我走过泥泞的僻巷……

也许我已与你分手，也许我们被世俗的琐事困扰，也许毫无来由，只为了一个微妙的眼神，一丝谁也说不出口的心态……哦，难道我们不曾快活亲昵地相处吗？

只有积存的美好能在你心里筑成永恒的温存——人类的温存，人性的不可战胜的温存。

珍视你感情的影集，人生才会永远温暖，热情才会不熄。心，才不会死。

油罐和羊

"亡羊补牢"是我们人人熟悉的寓言，羊跑了，应该好好吸取教训，认真修补篱笆，这是先人教育我们正确对待过失和挫折的名言。可是也有这样一位狂士，他背着一罐油从闹市走过，突然失手，油罐掉在地上摔碎了，油在地上漫流，而这位先生却像什么事也没发生似的头也不回地扬长而去。有人追上去说："先生，你的油罐打了。"他说："我知道。""既然知道，你怎么头也不回，看也不看？"他说："我回头看它也是打了，看有何益？"这是《资治通鉴》里记载的一位名士逸事，一篇传记因这一个细节而使人物形象跃然纸上。他对待过失的态度与前人教诲大不相同，他取了一种潇洒的态度，与世人患得患失的心态形成鲜明的对照。

我怀疑这故事的真实性。我觉得也许这位名士为了表现自己的洒脱，故意背了一罐油到闹市去做给人看，然后由崇拜者加以宣扬，再记入史书。用现在时髦的话说，他可能是为了宣扬自己的洒脱而作秀，也许他不过是想演一个小品，来宣扬自己的人生观，借以讽喻世人。这个可能性完全存在。可是由于它包含了一定的人生哲理，因此还是流传了下来，人们宁愿把它当作真事去读。如果不说它是和"亡羊补牢"唱反调，起码是对"亡羊补牢"的补充。对待过失和挫折，有时的确需要一点油罐打了别回头的气派和风度。沉溺在惋惜和追悔中，不但于事无补，反而徒然败坏心情。有句俗话叫作"旧的不去，新的不来"，也许更符合当代人的观念。

　　成功和胜利固然可喜，但失败和挫折也不值得耿耿于怀。在人的一生中，成功、胜利与失败、挫折都很平常。亡羊补牢，是一种理智、务实；油罐打了不回头，是一种豁达、大度。我看我们还是应该把两者兼而用之。

呓语三题

汴京之幻

"下雨了。"

然而只有满天阴霾。人们匆匆忙忙，赶路，躲雨，跑生意。

我和你坐在长木椅上，一个奇妙的世界，是不是？火车晚点了。长木椅是凝然不动的小船，只有来来去去絮语喧喧的细浪，为这大海掀动寂寞。我觉得汴京有点诡秘莫测。我看见自己夹着讲义夹和饭票，走在一座被树木花圃和古老的记忆笼罩的校园，所有的楼房都向我晃动民国的幻影，诉说无数逝去的青春的呓语。我记得一切。记得我的数学考过0分，记得我在这儿如一个全然不知世事的孩子似的笑、唱。——唱什么？大约是唱《小路》《喀秋莎》《红梅花开》《莫斯科郊外的晚上》……可明明是《大约在冬季》呀。

我想,上帝造人的时候何以要使这些动物不但会劳作、嬉戏、繁衍,而且会做梦?难道他们的心灵还不够痛苦、沉重吗?

我不知道同样的春天,小草怡然自得地发绿;经冬的枯树忽然间津液润泽,枝头泛出青黄;蛰伏在地下的小东西蠕蠕欲动;河水显出妩媚愉悦;风也变得温柔,而被上帝特别恩宠的人类却沦入多梦的沼泽,让幻想如柳丝般缠绵,如白云般飘逸。酷暑终究会来,汗湿床席的错乱使任何温情变成苍白与麻木,梦幻不是上帝对多情的人类的惩罚吗?

然而春天又来了,梦也依旧美丽。

让上帝惩罚吧。既然你把我的肋骨抽出,造成大自然最坦荡、最魅人的杰作,有什么办法躲开她呢?我感谢你,让两腿直立的动物能用自己的心营造第二个世界。惩罚吧,我喜欢在另一个世界里汹涌。黄叶可以掠过窗口铺盖我走过的路,人世也会在一夜间淌着融雪的脏污,然而,生命依然活泼泼地跳动出永不重复的焰头,使梦幻不灭。

于是汴京在我眼前，带着宽容的微笑。我说："我爱你！"我看见你的下巴朝你的心点了一下。那时马路边的树影罩着我，我面向熙攘的人流、汽车、自行车、男男女女。世界变得明朗而浓郁。人活着真好。能够说"我爱你"，真幸福。

我不明白你的眼睛何以烙印着一场传奇故事？潘湖也罢，杨湖也罢，我只记忆着它的明净睿智。你是纯洁的，澄澈着我的才智。看着它们，我感到自己的无与伦比。因为我知道我的心同你的眼睛一样爽朗无边，深藏着世俗看不透的情趣。我说："造物怎样造就了你？"你就瞪大这两只毫不羞涩拘泥的眼睛，说："我也不知道造物怎样造了我。"

我知道。但我不告诉你。这是再明白不过的事。造物造你，是因为我。因为我的多情和孩子气。

汴京是属于春天的。一个极为平常的春天。鸡冠花还没有开。窗外的桐树正飘散淡紫的暗香，透入清幽的陈旧，在已经变为灰色的蓝砖楼墙里。看着早晨的清澈，我让你读一首诗。这首诗如俄语一般，包含着春天之后的不可预期。那是一个沉浸在无数变量中的三维的春天。我知道我将什么也不知道。正如在幽暗的塔道里，历史与人生交汇在一个踏错的台阶上，你舞着两只手，很好看地向我笑，让我伸出手去。谁也不知道我们将在哪一级台阶上逗留，让阳光穿过千年的琉璃砖的窗口，透进神的昭示。那时，铁塔外的阳光很明媚。扬着微风，弥漫着不知不觉的黄尘，如金色的光波。荒园坑坑洼洼，被依稀的绿意涂抹成斑驳的印象派油画。小树全都得意扬扬觑着人世，听一个男孩一个女孩哼哼唧唧唱歌，跳过荒沟，踏过野地。

我看见汴京穿着白茄克衫，松松垮垮挂拉着一个硕大的红色旅行包，让牛仔裤的双腿显出特有的灵巧与矫健。是的，这兔子似的双腿敏捷而盎然地穿过低矮的拥挤的长街，在一片嘈杂中勃勃前行。那一刻，我压根儿记不起什么《清明上河图》。世界是如此生动活泼，为什么要用一张古旧发霉的阴影去笼罩它？红男绿女用他们匆匆的身影和杂彩的自行车在相国寺路口织成绮丽的湍流，旋转，碰撞，纠结，涌动出生命的热潮，这多好！乱七八糟的人世！

我知道我必将在这里失落。

那琥珀般绿融融的早餐，使我感到惶惧，害怕血液从此变成漂满浮萍的河。我把黑色的皮夹放在那张桌上。它摇摇晃晃，露出木纹，积着雨水，使人无从下手。我觉得完全是在梦中。端着粗瓷碗，站着，背对闹市，面对不知如何是好的桌子，操动粗瓷调羹。我把汴京一勺一勺喝下去，连同你永远爽朗温存的表情与神态。恍然知道，豆沫是一个神殿上的祭祀。

我们不坐车不是更好吗？车像一条过于臃肿的鱼，从窄窄的溪流里流过。岸上覆盖着黑色的瓦垄，长着经年不谢的瓦松。我不知道哪个店铺门口曾经留着不会褪色的脚印。我知道肯定有。因为既然我的记忆从那儿走过，在那儿漫不经心地踏过岁月，它就永远不会消失。那是一双白色旅游鞋，胖胖的，没有尺码，不曾被过往的积尘弄脏。当把它泡进清莹的水盆时，我会看见汴京城像一扇齐齐的长方形的粉色诱惑，每个趾缝都藏着一个故事。我听见你说："真不好意思。"我很惬意，为自己的调皮。从古文明的雍容大度里养育出你刹那间的羞怯和紊乱，我深受感动，知道能够同你一起返回孩提。

那时我携着你的手，跳跃在斑斓的田野，奔跑过开着星星散散紫花、蓝花的豌豆地。豌豆秧又嫩又甜，连同细细的绿色的须足。我想，那时你将忘记繁塔如何变得突兀，不必在都城千年铸出的铅板样的天空下喘不过气息，使你的白色旅游鞋不带丝毫的迟疑。

可是，我一个人坐在长木椅上，没有任何爱情陪伴。车一个劲儿地晚点，晚点。汴京城变成一个车尾的白点，向我挥手。我知道你仍在粲然地笑，笑我愚蠢不可救药。

那是个与我毫不相干的地方。它在耶路撒冷的西山上。

车会来的。我想。我听见隐隐的车轮声从荒芜多雪的旷野驰过，驰过我荒芜多雪的心。

寄给冰川纪前的情人

记得吗，那个初冬的傍晚？就如眼前一样，大河两岸阴晦多风，铅样的天空使人记不起时光与季节。落叶旋转为斑斓的图画，仿若费人猜想的暗示。那时我知道我们在大宇宙的传送带上即将步入尘沙，你闪亮的乌发在瞬间透出鬓霜。我们背着人世的喧嚣，背着即将沉落的天光，挽臂走向晦冥深处。一群暮鸦飘飞在水天苍茫的远方，雾霭舒卷为温情的召唤。

不知道二亿年后耶稣将在伯利恒降世，那一刻，我心中充满对人世的迷惘。我知道我们以秒为计地苍老枯萎对于星河的永恒是多么不公。激情随着一闪即逝的青春早已平复如若断若续的细流，既不干涸，也不汹涌，随着你我的肌体枯皱，直到如风中残烛。

你没有诉说你的惋惜和追悔，只是似有若无地叹息一声，如震颤的夕照。是的，我们曾经享有过一切，享有过。然而，我知道我们深深地深深地为这一切后悔。当绿野铺展开烂漫的春光，晴空升高为和煦的明朗，我们曾在怡悦里奔跑，用洋溢活力的步态匆匆穿过闹市，为着走向所爱而满心欢喜。然而你知道那是造物为我们造设的幸福吗？你知道那是二亿年酷烈的地壳为我们运动，汹涌的冰川为我们砍削出瑰丽伟壮，大海回到蔚蓝的天边，雨林在日月星辰的照耀下涂染出生命的原色，人世历经了战争与灾荒的一次次劫难……你知道上帝给我们瞬时的快活要做出多少繁难的安排吗？在你的初吻里，我曾以为自己奢侈地挥霍了每一个甜蜜的细胞，我觉得我们的热烈足可以回味三生。我望着你被热情燃红的婴儿般的脸庞说："有这样一刻，再不后悔从人世白走一遭。"我知道自己的胸肌多么健美，那是因你欣喜不止的爱抚，因你闪闪发光的眼睛里浩荡的温存。

然而，你知道冰川在我们死后多少时日才能再来？你知道在我们出生相逢之前世界在上帝手中被造出又毁灭了多少次？那一刻，初冬的阴沉的风中，我们挽臂走向暮色，宇宙在寥落中沉思，恍惚间有隐隐雷声在地层深处起伏。时间和空间如奔流不息的星云，无休无歇，向无底的黑暗旋转。我说："瞧啊，瞧！"你肯定看见了上帝摇动的纺车。生命线从他手中扯出，在纠缠不休中滚成五光十色的绚丽。"这便是人世吗？"你瞪大无邪的眼睛发问。上帝不回答你的问询，他一刻不停地纺，纺……"那么我在哪儿？"你说。

一切机缘只在回忆中才悟出命定的轨迹。你的叹息是那样微弱。难道我们不应该后悔吗？为每一次错过的机缘，为每一次血液的燃烧。

"是啊。"你说，"我还是后悔。"

"没事。"我装出大大咧咧的样子说,"上帝还会再造我们一次。那时……"

难以忆起分手后各自的遭遇;难以肯定是你先我而死,还是我先你而去。也许你死于车祸,死于空难,死于一次偶然的暴力……其实你不过是九十高龄病故。我难以想象你如何目昏耳聩佝偻在手杖上望着迟迟日影在沉湎往事中消磨。那时我早已超然物外,以英年早逝的潇洒弥散入时空的汪洋大海。那时我说:"没事,反正都会平静如斯。"

我坐在六层楼的斗室窗前,在思念中给你写。我知道我们在无奈中盼望了很久很久。在我们瞬时的明亮闪过以光年计算的流程,多少个万年之后,人类毁于一旦。精灵忍耐过严酷漫长的日光,等待又一次冰川排空而过……在伯利恒木匠约瑟的儿子诞生一千九百九十三年之后,在铅一样的天空下,我感觉到世纪末正向你发出信号。我知道你如所有灵长目动物一样随着锡安山青草萌绿,洪水把方舟搁浅在橄榄树茂密的丛林,从亚当和夏娃的交合中走出伊甸。我们曾经相期,许下诺言,补赎第一次爱的缺憾。"下一纪人间,我们一定要爱得更好。"……然而我无法知道你生命的轨迹将经过哪个坐标，时空对于我们宏大到空蒙茫然。我想对你说这一纪的人与上一纪的人一样没有指望，一点也不用为他们忧虑。为幻影的蛊惑而孜孜矻矻，每天都在为自己的末日奔忙，我想他们必将在遁入乌有时后悔没能更灼热，错过了上帝的苦心安排。

你在哪儿？

也许这一纪人世我们难以交臂，但我知道我们定能重逢。无限大的时空给了我们无穷多的机会。当《圣经》和《不列颠百科全书》全都消湮入虚无时，太空只留着我和你的期许，因人生的遗憾而不肯罢休。

心的故事

窗口左下角是一座橙黄色平房的屋顶，屋顶上扔弃着发黑的碎木板和石棉瓦。贴着窗框是一段高楼的侧影，暗红色墙体和镶了银灰框子的窗口，组成一片连续规整的图案。没法想象那些反光的玻璃后也有如我一样的人坐在窗前，向窗外呆望。一排店铺以陈旧斑驳的颜色衬托出马路和行人，一座座灰白色的高楼矗立在远处的天空里，以赏心悦目的姿态和我久久相望。透过黑色树冠的枝丫，马路像河水一样流淌着形形色色的车辆，使这窗下的景色如变幻不息的无声电影。凝视城市构设的这幅图画，我的身影也成为这图画中的景物。墙壁和书柜用沉思的目光望着我，电器运行的轻微响声如一缕飘绕在远山的云霞。关紧的门使我拥有了这套房子的全部空间，独自享用着自己的知觉、意识、心绪和情怀。

这时，我感觉到自己的心。她像弥漫于荒原上的春水，无声地浸润着泥土，在青青的草茎下漫流；像没有堤岸的湖水泛着微波，恣意地淌过无花的原野；像一泓丽日下的秋池，闪着波光，在微风中荡漾。有时，我觉得她是一只飞鸟，掠过无边无际的空旷，倏尔远逝；有时，我觉得她更像一条静卧的蟒蛇，翘首谛听着草叶的响动。她在寂静中起舞，腾飞，凌空翱翔，悠游于时间和空间的混沌之中，一个过往与未来交汇的世界，追忆和遐想相融的天地，混和着孤独、忧伤、沉郁、柔和、超然和淡远。

我看见心田里有草芽萌动，用思念染绿褐红的土地。荒芜遮蔽了一切，带着渴望和焦灼向天涯绵延。

我看见心田那片绿荫里蜿蜒着一条幽寂的小路，沿着这条小路踯躅，我迷失在没有方位的风景里。

在恍惚迷离中，我不知道自己究为何物，从哪里来，到何处去，是怎样的一阵风把一粒种子播撒在这块土地上，造就我这个偶然的生命，带来尘世间的爱恨恩怨：火热的激情，坚韧的执着，荣誉感，耻辱心，眼泪和欢笑，痛苦和幸福，富裕和贫穷，正义与邪恶，幸运与灾难……

我的心是一幅漂浮着山影的大海的图画，浩茫、辽远、迷蒙，偶尔有一只船的影子在天际浮动，不知漂向何方。

我的心幻化为无际的宇宙，我能感觉到她的轮廓，却看不见她的边缘。那是一张绵绵思绪牵织出的灰网，温情和浮想酿就的太空，我如一颗星，在这冥想中游弋。

这是个瞬息万变的世界，如天上的风云，没有重复的图景，也永远不会定格。

钥匙在锁孔里发出哗啦啦的声音，一声门响，童话倏然消失，窗外景色变幻出杂乱的颜色，喧嚣的声浪滚滚腾起。我感觉到身体的重量，嘴巴和眼睛的动作，茶水的热气扑上面颊，我从椅子里站起来。心从我的感觉里消失，有关她的故事，好像从没发生过。

故园乡风

乡情永远

——序《唐河人》

感谢上苍，在地球上一个不起眼的小小丘陵地里造设了一条弯弯的小河，在这条河的两岸造就了一片小小的平原。伏牛山和桐柏山用它的余脉拥抱着这片土地。我们的先辈在此凿井而饮，掘地而食，辛勤劳作，耕耘出唐河两岸富饶的土地，创造出绵延两千年的古唐文明，繁衍生息，孕育了我们这些子孙。当你带着故乡的滋养扬帆远行的时候，唐河水在梦中流淌，泗洲塔在远方眺望，长眠于地下的祖辈们以殷殷的目光给你祝福和庇佑。在你起航的码头上，温柔的港湾拍着儿时的歌谣，为远走异乡的游子传递着期望和鼓励。人生在世，很多东西会随着世事变迁而改变，唯有故乡是不变的。事业有成，不过是对家乡父老的回报；坎坷打拼，故土才有落叶归根的安宁。人在旅途，渐行渐远，无论在辉煌的彼岸，还是在孤独的荒岛，故乡永远是你的家园。她包容你的无知，原谅你的过失，鼓励你的勇气，激励你的人生。故乡不仅是你生命的源泉，也是你血液中永远的情愫，家族传承的根脉，子子孙孙永远的归属。

21世纪的某一天，我们这些远离故土，生活工作在省会郑州的唐河人，在乡情的感召下聚集在一起。恍然回首，人海茫茫，世事纷繁，赤子之心正被人世的喧嚣湮没，童年的美好而今不再，亲情远去，旅途孤寂。于是，乡情的渴望就变成了同乡联谊的动力，"在郑唐河同乡联谊会"应运而生，得到了诸多乡友的热烈响应。《唐河人》这本书也便成了凝聚乡情的园地，联络乡亲的图谱。

对于出门在外的人，老乡，是个最有亲和力的字眼儿。彼此素不相识，只要听到乡音，血管里就会涌出温暖；一说老乡，亲近感就油然而生。无论声名远近，不管地位高低，对于故乡，我们都是她永远的孩子。共同的故乡就是我们共同的母亲，四海之内，老乡就是兄弟姊妹。同乡相聚，不过是为了找回失落的童年，重温纯朴的乡情。

当你翻阅这本书的时候，你会发现，在这座城市里，每一个远离家乡的人都不孤独。上千同乡站在你背后，上千乡亲与你同行。故乡把我们联结在一起，为我们打上了无法磨灭的印记。故乡母亲给了我们共同的情怀，她不会因时间和空间的转换而改变。

当你翻阅这本书时，你会被这么多同乡在人生历程中努力向前的精神所鼓舞，你会为这么多同乡为社会做出的贡献而自豪，你会为故乡送出了这么多优秀人才而骄傲。故乡在你心中会变得更加亲切，乡情会让你更加热爱生活。

家乡父老在思念着，故乡在期盼着。健康、快乐、进取，朝气蓬勃地面对外面的世界，好运伴着你！

乡愁四题

故园一棵树

大约是在春天。六岁的儿子从路上捡回一棵树苗，它又细又干，像枯槁的柴棍。他兴致勃勃地想把它栽起来，我说："算了吧，看那样子它还能活？"母亲笑着说："栽上吧，你结婚的时候给你做床。"儿子随便地把它插进刚下过雨的泥地里。

此后谁也没再理它。没人给它浇水，也没人为它培土，更没人修剪。在不知不觉间，它直溜溜地长起来，一年一个样子，像出脱得很漂亮的少女，亭亭玉立，在小院上空撑起一片绿伞。

夏日黄昏，母亲坐在树下，摇着扇子给我讲街坊邻里和县城的陈年旧事。我躺在凉椅上，仰望浓密的树冠衬着渐暗的天空,层叠簇拥,蒸腾雾气,不由得心驰神往。天光剔透,细细的叶柄悠然自得地颤动,树叶变幻出千姿百态。母亲和大椿树的影子融为一体,孩子们的嬉戏声使我陶醉,小院充满温情。"椿树王,椿树王,你长粗,我长长,我长长了担挑子,你长粗了做房梁。"母亲教唱的儿歌,使我家的椿树更增几分灵性,在那样的岁月,用盎然绿意笼罩着一家人的心田。

那正是落魄故乡市井惶惶不可终日的年代。背负着灰色人物的阴影,职业无着,为了养家糊口,有时流浪,有时在工厂打小工。每天一元二角钱,还要给街道抽交管理费。深夜,常有街道干部突然闯进我和母亲的卧室来查户口,盘问偶然寄住的亲友,翻检他们的衣物。——在物质和精神的困厄中,母亲和大椿树成为生活的象征。人间境况,自有风景一片,风晦雨瞑,雪冷霜寒,孩子们和大椿树一起葳蕤成长,浑然不觉地走入多彩的人生。

当初如笑话一样,转眼间儿子不但结了婚,而且有了孩子。故园的树成为一个意象,活动在我的想象中,出现在我的小说里。《椿树的记忆》被多种选本收入、转载,"我家的椿树正开满米黄的碎花,隔夜常将小院铺一层雪似的芬芳"。故乡小院真实的景色至今清晰如画地展现在我眼前，我仿佛又听见母亲说："椿树绾纂，老婆饿得瞪眼（椿树发芽萌枝时，正是春荒最严重的季节）；椿花落地，大麦面馍上箅（椿花落时，大麦已经成熟，农民可以不再挨饿）。"这民谣记载着故乡的饥饿史。

儿子当然没用那棵树做新床。母亲没法预料中国的变化。母亲长眠的地方忽然要修环城公路，在一个春天，我被一封加急电报从省城召回到她身边。为了迁葬她的遗骨，在措手不及中，我想到了那棵树。多亏它，母亲才得再次安息。故园的椿树王，在另一个世界为母亲营造了一片安谧，陪伴着母亲，与母亲真正地融为一体，深深沁入故乡的泥土。它的绿荫依然摇曳在我心中。那是一片永远的风景。

我心中的泗洲塔

1962年秋天，我和母亲告别故土后第一次回乡。那是我刚从大学退学之后，我们从驻马店乘坐班车西行。

黄昏将近，尘烟里蓦然冒出一截枯树似的黑色影子，在天与地的浑蒙中兀立。母亲用肩膀碰我一下，低声说："塔。"我俩一齐伸长脖颈，透过车窗外迷离的暮色盯着泗洲塔伟岸的影子，随着车体的奔驰移转着身体和视线。我握着母亲的手，很久很久，谁也说不出一句话。母亲的喉间响着异样的嚅动，热泪立即模糊了我的眼睛，哽咽在胸中起伏。"古塔呀，我又看见了你！……"这首诗在我的本子里一直待到"文革"中被烧毁，而那一瞬间故乡的塔在我心灵深处的震撼却永远激动着我，激发我的灵感，成为我许多作品中淳美乡情的意象。中篇小说《轰炸》的开头就是这番情景的写照。塔是故土的象征，是悠远的历史的象征，蕴藏着无穷故事，无穷幽思，无穷生生死死爱爱恨恨。它站在那儿，泰然沉静，面带微笑，使所有劫难、灾祸、灵与肉的磨难都成为隽永的情致，成为人世斑斓的浪花，使我觉悟到什么叫万劫不复。望着它，过去的一切都成为美好的回忆。世上有什么忧烦、困苦、伤感、仇恨值得一提呢？

　　几天后我独自到父亲坟前凭吊。秋风萧瑟，衰草爬满荒丘，不远处的电线杆在风中呜呜鸣响。刚刚经历过"大跃进",乡亲们还在一场大饥荒里挣扎。活过来的亲人们向我诉说凄惨的故事。那时我望着另一座塔——文峰塔,与泗洲塔遥相呼应。父亲头枕着文峰塔的塔基,父亲与它共存。我看见阳光清丽地照着塔,使它在多层次的明暗中呈现出大度安详。翩飞的鹰鹞鸟雀如细碎的尘埃,轻盈地缭绕着高耸在黑黢黢的城的影子上空的浮图,使秋天的天空愈益澄澈高远。我徘徊在先祖的魂灵之中,默默祝祷。家乡的贫困荒远在我心底唤起更加浓烈的赤子之情。

在短暂停留的几天里,我到菩提寺旧址的泗洲塔旁徘徊流连,仰望塔顶,追缅逝去的年华。我想起那被千年游人踏为坑坎的塔内幽暗的台阶,小时候印在心中的神秘传说。在第六层塔心井里放只鸭子,会从唐河游出来。县城是一条船,塔是船桅,文峰塔是船篙……二哥和他的同学们领我爬上最高一级,被孩子们称为"四个门"的地方,在那儿笑闹,打扑克,指看飞进塔门的鸽子和沙盘似的街巷,蓝色的坑塘,绿色的菜园,飘着炊烟的人家。

那时我还不知道自己会在几年后落魄故里,在旧有的家屋里，踏着父辈的足印，历经将近二十年的艰辛。那时我是一个刚从大学退学的青年，为了作家梦而浪漫地在生活里碰撞，多愁善感而又充满了幻想。我望着塔，望着自己的梦，心中吟哦年轻游子的诗。那时家里的家具全都入了小高炉，四壁空空。母亲依然高高兴兴，每晚与我共守一盏冒着黑烟的墨水瓶做的煤油灯，兴致勃勃地说亲朋故旧左邻右舍。我伏在一张方凳上写我的诗。

"古塔呀，我又看见了你！……"

1985年，我做了管这座塔的最小的官儿，与文化馆的同事们为修塔而奔忙。看图纸，跑省城要钱……那又是秋天，塔上的小树都如黑色的游丝，在湛蓝的天空中摇曳。姚老师指着雄伟的塔体，让我看北边棱面。猛烈的北风和凛冽的雪雨为岁月留下苍老的痕迹，我心中的古塔便增加了凝重和苍凉。日本人为它留下炮弹的伤痕，像父亲当学徒时挨打留下的伤疤，一经岁月抚平，更添几分悲壮。

现在母亲也已在文峰塔下安息。我在异乡灯下，在书案与方格之中，茫然四顾，知道母亲已经与故乡的塔融为一体。我依然如一个手提幻梦孤独旅行的孩子，渐行渐远，时间和空间最终在心里兀立起一座塔。圆的塔顶是一个永远向往日月星辰的头颅，凝思着亘古和未来、乡土和宇宙。

故乡的塔！

母亲的歌谣父亲的山

小时候听母亲唱"月亮走，我也走，我给月亮牵牲口"，儿时的心进入一个无比美丽的梦境，在幽远辽阔之中，兵燹匪患、战争灾荒、人世忧烦……所有苦难的故事都融入朦胧的清辉，只有一个兴致勃勃的孩子牵着富于灵性的伙伴在诗一般的意境中追着云追着月……当你历尽人世沧桑，在人生道路上疲惫不堪时，你会发现这童谣依然温暖着你的心，如茫茫沙漠中的绿荫，笼罩着一潭晶莹的清泉。

深秋季节的内乡之行，使这歌谣的意境有了新的开拓。伏牛山，是我从小向往的地方，每个南阳人对既出土匪又出英杰的八百里伏牛山都有一种慈父般的敬畏。多少个黄昏，在逃避战乱的西行路上，眺望天边层层叠叠乌云般的山影，父亲之山诱发过我多少神秘荒远的幻想。那时总是以为盆地的尽处有另一个世界，马山口就是进入这个童话世界的大门。那里的山民们戴着伞形的斗笠，披着盔甲似的垫肩，肩头呼扇着两头高翘的弯扁担。他们烧出的大碗又黑又亮，浇铸的铁锅又薄又光。那里的手艺人个个精明能干，那里的脚夫憨厚勤劳。一车车山货沿着通往南阳府的大路，辗过白河、唐河，出现在我的故乡小城的码头上。母亲每天早晨冒着河风到货栈去买货，我家的铺面就摆满了木瓢、锅、碗、橡壳、松香、鞭杆……一条看不见的纽带把全家人的生计与伏牛山紧紧连在一起。

但我并不知道在南阳盆地广为流传、给我以童年幻想的母亲唱的童谣是伏牛山南麓地道的山货。"月亮走，我也走，我给月亮牵牲口，一牵牵到马山口。吃牛肉，喝烧酒……"后面内容的版本便多种多样了。听起来也许由于过于冗细、土俗而多少破坏了开初几句的辽阔，但那生动谐趣的格调、质朴清新的韵味却显出蓬勃盎然的山野的活泼的生命力。

爬完了荒原气息浓厚的宝天曼，站在五龙潭一脉秋水之上，仰望伏牛山绝壁，"月亮走，我也走"便涌出另一番境界。父亲之山在夕阳里如奔牛浮涌，被秋色染为五彩斑斓的层峦叠嶂，雍容大度地拥抱着绿色的南阳盆地，那种荡涤胸襟的博大、升腾灵魂的浩远仿佛父亲安详自信的微笑。我们在这微笑里生死，在这微笑里热辣辣地恋爱，歌唱，劳作，任什么灾难、忧烦都算不了什么。

母亲的歌谣给我温存，给我情爱；父亲的山给我激情，给我力量。

永远魅人的"山那边"

那是一个深秋。很远的地方在打仗，一个七岁的孩子跟着两位哥哥在荒远的小村逃避城里的战乱。衰草连天，雁阵掠过湛蓝的天空。远离家人的三位兄弟常常在黄昏的田野上徘徊，暮色使他们的身影如迷离的梦幻。那时，他们唱起一支歌，深情地向远方眺望，西天的残霞便如蜃楼般映现出遥远的影像，缥缈而清晰，朦胧而动人，辽阔的大地笼罩起绮丽的雾纱，每个人都沉浸在痴迷的憧憬里，心潮随着暮云滚动。

  山那边哟好地方

  一片稻田黄又黄

  谁要吃饭来耕地呀

  没人为你做牛羊

  大鲤鱼呀满池塘

  织青布做衣裳

  年年不会闹饥荒

  ……

  歌词和曲调都是那样清新流畅，充满活泼、明快、乐观、自豪的情调，让人一下子沉醉在乌托邦的向往里，眼前辉耀着光明。我便永远记住了那瞬间的田野、荒村、夕照和哥哥们洋溢着朝气与激情的脸，记住了这支歌。他们唱歌时容光焕发，眼睛里闪射出兴奋的光芒，饱含虔敬、挚诚，使我感觉到一种神圣和神秘的气氛，心中便构想出一个神话般美好的世界。金黄色的稻田，清澈明亮的水塘，穿着青布裤褂的男男女女喜洋洋地割稻、打鱼。没有战争，不必逃难，谁也不欺负谁，谁也不掠夺谁，人人平等，互助互爱，年年丰衣足食，不闹饥荒，纯朴的日子自由自在。这是母亲、外婆、祖父、祖母多少代人流传、向往的神话。

这神话伴着我长大，伴着我少年、青年的脚步。那时我曾压低声音问大哥："山那边是哪儿？"大哥说："别问。"二哥望着我诡秘地微笑。模模糊糊地，我猜想"山那边"一定是一块诱人的魔地，是另一个人心向往而又被禁止前往禁止谈论的世界。我躺在村边的碾盘上，仰望天空悠悠飘过的白云，怀想那美丽的地方，心中浮漾起温暖。冬天的夜里，哥哥搂着我睡在麦场边高粱秆垛起的柴庵里。北风凛冽，高粱叶发出呜呜的呼声，在漫漫的长夜，大哥他们总是喁喁细语，谈论山那边的新鲜事。我想念着留在城里的妈妈和远嫁异乡的姐姐，在朦胧中盼望一个新世界的诞生，在梦中暗自祈祷。

有一天，县城解放了。穿着灰军装、戴着灰军帽的解放军从"山那边"开过来。教堂里的意大利牧师从西河码头坐船而去，从此再无踪影。县政府大门敞开，深深的院落空无一人。我和两个小伙伴毫无顾忌地进到屋里，捡拾书籍画片，用脚踢那一堆一堆的地契、账册、文约。那时，我知道，"山那边"肯定是解放区。但究竟是竹沟、鄂豫边、鄂豫皖、江西苏区还是延安，却总也没有得到明确的解答。有位亲戚与大哥年纪差不多，在隆大商号做站柜学徒，白天干活，夜里读书，爱唱"山那边"。突然有一天，他从城里失踪了。许多年后，在省城见到他，才知道他是跟着一批寻找"山那边"的人一起奔了大别山。谈起那段经历他依然兴致勃勃，焕发出异样的神采。"我们在那儿真正是穿粗布衣服，插秧割稻，池塘里养着鱼。"

1962年，我在离开故乡外出求学几年后回乡探亲。又是一个秋天。在一场饥荒中尚未醒来的村庄听不到鸡鸣犬吠，光秃秃的村舍上空连绿色的树影也没有。我站在父亲的坟前，默然谛听田野里的风声呜呜呻吟。眺望落日夕照下的荒凉大地，眼前蓦然浮起两位哥哥带我在这样的时刻这样秋意阑珊的田间对着旷野唱"山那边"的情景。这时候，我突然明白了"山那边"是一个美丽的幻境，一个永远魅人的理想，是祖祖辈辈梦想的小康美景。我们几代人都在冲着这美景百折不回地前行。穿过战乱、饥馑，越过艰难的岁月，盼望着一个没有人压迫人、没有人剥削人、衣食丰足的理想的社会。每个华夏子孙都不惜为此而献出自己的青春、才华和生命。

　　我在自己的小说里几次写到这支歌。"山那边哟好地方，一片稻田黄又黄。"这是一支永远让人心里暖洋洋的歌。谁不向往富裕美好呢？为了安乐的小康日子，我们有什么一己之私不可以舍弃？如果理想仍然在我们心里的话。

寸草六题

春天的思念

每当万物复苏大地萌绿的季节,我就会想起母亲。她是在春天离开我的。田野上的微风像她远去的脚步,带走我永远的思念。那个春天的场景,油然浮现眼前。吊唁的人密密麻麻挤满院子和门口小路,几乎一道街的旧友街坊都以诚挚的敬意向她告别。那一刻,我深为母亲平凡的一生感到自豪。

我常想,作为一个普通的中国妇女,母亲既没有什么光辉经历,也没有什么功业成就,而她在乡里间赢得的尊敬和声望,即便不少业绩辉煌的人也很难相比。也许是太多的人生苦难和坚强自信、自强不息的性格造就了她的尊严。

父亲去世时我才三岁，他留下的遗产是四个未成年的子女和一个空空的小店。几年惨淡经营，"福盛长杂货店"成为誉满全县的商号。客商们把最抢手的货卸到我家，不问有没有现钱。四乡名声再坏的小贩，从不赖我家的账。母亲信任别人，也不辜负别人的信任。在我童年的记忆里，我家店面的长凳上经常坐满农民和小贩，他们像在自己家里一样喝茶、抽烟，与母亲拉家常。母亲不但是福盛长杂货店的女掌柜，也是为他们排解疑难的良师益友。亲朋故旧无论婚丧嫁娶或是弟兄分家、邻里纠葛，都会套上一辆车，请母亲到场，由她指点、调解、评判，什么时候都能处理得圆满周到。在战乱年月，母亲把我们寄放在乡下，自己坚守城里的店铺。因为牵挂孩子，深夜她独自从独木桥上匍匐过河，走过几十里荒村野路。母亲脸上没有愁容和泪水。她用挚爱与坚强抚育我们，把四个孩子教养成才，让我们人人读书，送我们走出家乡。

那时我的表兄在县政府干事，他挎着匣枪、穿着皮鞋到我家来，母亲用锐利的目光上下打量他，然后严厉地说："到我这儿来，把你的枪摘了，皮鞋脱掉！"母亲去世后，表兄说："我这一辈子谁也不怕，就怕我姑。"但表兄也最敬爱她。

有位堂伯母因为家境不好，常进城来讨饭。无论生意忙闲，她一来，母亲都高高兴兴和她交谈，有时还要开玩笑。她的眼睛不好，留她吃饭时，母亲总是说："瞎子，今天就在这儿吃吧。"在我的记忆里，她很少在我家吃饭。她挎着饭篮从我家门口走过，一边和母亲说话，一边在邻居门口讨饭。有时候，我们已经吃完饭，她突然闯进来，连说带笑地嚷道："今儿晌午没要饱，快给我弄点饭吃。"但不管哪家红白喜事，她都会拿上一份薄礼。母亲说："别看你瞎大娘是个讨饭的，人穷死，不怂死，是个好样的。"堂伯母在我童年的心目中留下亲切美好的印象。我明白了穷并不丢人，怂才丢人。人在无论怎样的境遇里也不能颓废消沉失去尊严。母亲自尊而热爱生活的家风一直是我多少年坎坷岁月的精神支柱。

在"文革"中，二哥是"右派"，姐姐、大哥是"走资派"，我被当作反革命投入监狱。在一个收工后的黄昏，母亲突然出现在看守所门口。她衣着整洁，仪表端庄，毫无愧色地对看守说："我来看我的娃儿。"母亲那不失尊严的风范照耀着我，我灰暗的心田立时一片明朗。就像小时候闯了祸，母亲宠爱信任的神态能把所有阴影从心底扫除尽净。此后十年的底层生活，无论处境多么艰难，出门时母亲总用审视的眼光仔细打量我的衣服鞋帽。如果发现妻子为我打的补丁针脚不够细密，她要亲手拆掉，重新缝补。在物质穷窘的日子，过年可以少吃肉，但不可以不扫房子，她给我们留下的形象永远是精神振奋、充满朝气的样子。

善良、智慧、刚强、正直、热情、开朗、乐于助人，丰富的母亲，留给我汲取不完的人生滋养。当我遇上难以逾越的精神危机，当我的才智在俗世的烦忧中走不出困境，看着母亲的遗像，望着母亲深藏自信的目光和能够平复任何创伤的微笑，我的心灵甘雨普降，我觉得面前没有过不去的坎。

梦中的妈妈

母亲去世七年了，我却依然无法理解，只是少了一口气，停息了脉搏，她就真的永远从这活泼泼的世上消失了，不再伴我生活，不再给我爱抚、安慰、教诲和温暖了。太阳不是一如往昔地照着吗？世界不是依然热热闹闹浑然如初吗？为什么母亲再也不能慈祥地向我笑，在灯下给我讲那些永远不会使人乏味的故事？再也找不到一条路能够走到母亲身边，坐在她床前，对她说，我多么想你呀，做过很多梦，在你坟前静立过许久许久，心里向你倾诉过那么多话……

我从来没有意识到母亲已八十二岁高龄，自己也已四十多岁，总以为还是八岁孩子依恋着夜夜搂我入眠的妈妈。现在便觉是一个顿然失去母爱，不得不在冷酷的人世开始孤独旅行的大孩子，常在深夜里蓦然惊醒，凄惶地沉入回忆。我知道，太多的母爱塑造了我，使我永远娇漫、任性，不知世事，不愿意长大。我不知道，如果失去孩子般的顽皮与直率该怎么过活。也许因为我三岁时就失去了父亲，姐姐、大哥、二哥一直拿我当孩子看待；在中学、大学，我总是班里年龄最小的一个，当惯了大姐姐、大哥哥们的小弟，老小意识已深入我心。母亲多少次嗔怒地说："都把你惯坏了！"感谢母亲撑持的家，保护他们中最幼小的一个，使他的天性总也不曾遭到摧残。保护我的天真，是要全家人付出代价的。

　　父亲作为西城门里最忠厚、最勤劳的灯笼匠，病逝时给母亲留下一捆鞭杆、一把磨光的铁钳和四个子女。姐姐十五岁，大哥十三岁，二哥十岁。大牌坊下布店的惠掌柜舍给我家一匹孝布，街坊都在心里为我们担忧，也许灯笼匠留下的旧房不久会变成别人的店铺。姐姐和哥哥们一夜间长成大人，"福盛长杂货店"的名片印上大哥的大号，由一个叫张田氏的寡妇来执掌。

　　我从不记得艰难困苦，不知道张家铁器铺怎样变成楼房门面，小院落全部翻新，东厢房有一间放着方桌条凳的客厅，让大哥、二哥成群的同学来喝茶、吃饭、唱京戏、笑闹。我只记得翻盖堂屋时母亲夜夜在架木旁睡着，半夜起来，抽着烟，咳嗽，提着灯笼到处巡看。姐姐出嫁时城外一片枪声，花轿差点儿出不了城门。大哥到武汉读书，家里的伙计担着一担棉花去找他，母亲将银圆缝进衣缝，给大哥捎去。二哥带着我每天去寨河沟里捉蟋蟀，我就学会了听叫，蹑手蹑脚走过荒草地，将蟋蟀以胜败分出头缸、二缸。在荒乱的战争里，住在乡下亲戚家，弟兄三人坐在村头草地上等待着母亲的消息。

我躺着,听大哥吹箫,二哥唱《燕双飞》。天完全黑透了,觉得再也没有指望,这时,有脚步声传来,我们个个活蹦乱跳,晚饭就有欢声笑语。我喜欢同哥哥们一起睡在高粱秆垛成的柴庵里,隆冬的风将高粱叶吹得呜呜咽咽,漆黑的夜晚温馨而宁静。第二天,母亲捎来我最珍爱的玩具箱——各种颜色的牙膏盒、香粉盒、胰子盒。跟着圈儿哥去挖田鼠,撵兔子,到祖师庙去看神,看壁画。

我记得向母亲要墨盒。圆胶木,铺上丝绵,放上木通片,非常好玩。母亲正忙,前前后后奔走。我紧跟在她身后,嘴边鼓着唾沫泡,不停地哼唧:"我要墨盒,我要墨盒。""晌午买。"母亲说。"我不,我现在要,我要。""没看见我正忙吗?""我要——"母亲终于发怒了,扔下手中货物,抄起一把笤帚。我转身就跑,在两步远的地方站下,继续哼唧,鼓嘴泡。母亲追几步,我跑几步,母亲转回去,我也跟回去。母亲说:"好,来吧,给你钱。"母亲把我领进客厅,反手关上门,大喝一声:"跪下!"我一边跪,一边不停地哼唧:"我要墨盒,要墨盒……"我知道,母亲每次把我关起来大声呵斥,都是为了让姐姐、哥哥或是伙计、女佣来劝阻、求情。只待他们推开门，我就忽一声蹿起来，大嚷大叫："我不跪——我要墨盒——"最终母亲训诫一番还会掏钱出来，没钱会到隔壁"庆记京货铺"借。我们姐弟都知道，如果谁有了过失，母亲大声喊："快给我拿笤帚来！"在场的弟兄如果不上前代为求情，事后定会受到责罚。谁当真替她拿来笤帚，她就会先揪着谁，憋不住笑着吵："你个傻瓜！"

我从来不知道家里穷时需由母亲去货栈里赊货，到磨房赊面。只知道老家的老黄狗每隔几天来城里玩，我都要到杨家楼给它买最白最暄的卷糕馍，揭了皮，让它直立，张开口接着，喂它吃。母亲说："那是你叔吧，那么亲！"

我还记得货栈里的老账房李先生常常在晌午时手托一包焦鱼炸虾来，母亲在二门里摆上小桌，到大牌坊郑家酒馆叫两壶黄酒，慢慢地劝老人喝。母亲坐在方凳上，两手交叉在胸前，爽朗地笑，带着深挚的怜悯的友爱。李先生耳热脸红，说不完的家常。我守在桌边，被浓重的不带生意味的人情所笼罩。看到母亲那一刻的轻松、惬意，心中充满了美好的感情，永远记得那焦鱼的美味，记得黄酒的醇香。多年后,母亲对我说:"那是个好人。咱家最艰难的时候他照顾最多。赊货,垫账,把最抢手的东西留给咱。"

我知道,母亲最疼爱早夭的大姐。在她的针线包里,我常偷偷翻出那张褪色的小照片,想象那个风华正茂的女校高才生,披着童子军领巾,骄矜地走过小城的长街。"她是因为婚事不如意积郁成病的。"母亲向我追忆这位我从未见过的大姐的志向、才情、乖戾和执拗,"是她把你爹叫走的。你爹是她的老奴才,没有他,她在黄泉里没人照应。"

二姐(也就是现在的姐姐,在堂姊妹中排行老六,我们都习惯叫她六姐)和姐夫离开家乡去参加革命是母亲资助的。由于姐夫家犹豫不决,母亲声色俱厉地说:"叫你走,就走!没有钱我拿!"所以,当他们在"文革"中成为"走资派"时,母亲还要去看望,去安慰。姐姐也如母亲一样刚强好胜,如母亲一样疼爱我。当我已是二十来岁的大学生时,去看姐姐,还要同睡一张床,头并头絮絮说话,觉得仍然很小。还记得她刚刚参加工作,母亲与我一起去看她,我已八岁,还被她当作三四岁的孩子带入女厕解手。姐姐一直不能接受我已长大、变老这个事实，也就常为我的倔强生气。

真正拿我没办法的是大哥。到了大学，他写信仍称我"小其华"。我的爱好和个性受他影响极大，差不多是他一手造就，因而，我不断做出的荒唐举动也算他自食其果了。那时便知道他以十二分的疼怜悉心地培养着我，给我买了很多书，订杂志，从《中国儿童》到《中学生》。天才的自我感觉与被培养的优越感使我在十一岁时就开始写一部长篇小说，常常大言不惭地抨击那些已经很有名的作家，挑剔《红楼梦》和《唐璜》。有一天，我突然拿着兰州大学的退学证回来，大哥说："你这孩子，连商量都不商量。"大哥送我去学校时趔趔趄趄扛着装满了书的巨大的行李，眼睛被汗水蒙罩，那情景还历历在目。一上火车，我就望着大哥的背影放声大哭。可是，我不但退了学，而且还将户口自作主张地迁到农村。哥哥一个劲儿地喷喷叹气，一个劲儿地说："你呀，你呀！"叹完，再去到处奔跑，为我安排。但我从来没有一次安分守己地按照他的意愿和设想去生活。那些年，我把他折腾得心力交瘁。如果他过分严厉地训诫我，母亲就会流着泪说："他从小没爹呀，他还小。"姐姐也会从几百里外赶来为我打抱不平。大哥既是我的保护神也是我的恶水桶。那时，大哥不但要为我的淘气操心，还要照顾如我一样倔强的二哥。

如今，当我面对一个迟钝、萎懦，在生活中一直扮演受欺凌和捉弄的可怜虫角色的老人时，就会禁不住想起这个人的过往。他自负而昂扬的年轻的身影，每天说说笑笑走过街巷，同店铺的伙计们一起唱京戏，拉着我的手去看文工团演出的《白毛女》《赤叶河》。他用唾沫替我粘结泥人，因为把我画的一幅画弄脏而认真地修补，使我惊喜不已。他参加工作后，从遥远的边疆买了整套的普希金和莱蒙托夫全集寄给我，而且全都用红蓝铅笔圈点过。在郑振铎校订的最优秀版本的《水浒全传》上题着"赠给未来的文学家小弟……"那时，他穿着带背带的呢裤、漂亮的衬衫，干净，潇洒，神采奕奕，眼睛里流露出才华和自信。当别人说他是"右派分子"时，他把大字报全部撕毁，唱着歌，朗诵诗句。他不知道，没有母亲的呵护，他的天性只能使他栽出一连串的跟斗。母亲把他交给残酷的人生时，他才十七岁，到1965年第一趟回家，他已是一个妻离子散、言语模糊、不懂世事的中年人。一夜又一夜的倾诉使母亲几个月精神恍惚，如在噩梦之中无法醒来。整整二十年，母亲节衣缩食，在粮食最紧张的岁月给我二哥寄粮票、食品、衣物。看着母亲细细密密缝那些邮包，像缝进她全部的思念，我就想到二哥同我一起在坑塘边、在寨河里玩耍的情景，但无论如何想不到，漂泊一生回到故乡的二哥竟是这样的形象。失去了财富还可以拼挣，失去了青春和神采将无法找回。我爱他，因而，无法平息对他的无限惋惜和感伤。人的一生是太短暂、太脆弱了。母亲常将二哥称为"二模糊"，她在天之灵也许最难以放下的就是"二模糊"了。尽管我很不安分，母亲知道我会在无论怎样恶劣的境况里淘气地活着，快快活活地骄傲着，她说过："我不信你过不好。"

母亲临终前还在院里指点着说："这儿拆了，就好盖一座南北向的楼。"好像她的日子会无穷尽地过下去。母亲指望我干很多很多事，一直没来及。事实上，1981年平反，我才真正开始像一个踏入自己人生的人一样干事情。那时，我本该只有二十岁，却已经四十岁了。所以，至今我仍然觉得我是一个刚刚踏入事业的年轻人,与大学毕业生同侪,二十年坎坷曲折的经历只如读了一篇小说。姐姐怎么成了离休的老太太?大哥怎么明年就该退出他热爱的事业舞台?二哥的梦连一步也没实现,聪明智慧连一点也没拿出就变得如此庸愦?

妈妈,在梦中,她还很年轻。声音仍然那么洪亮,走路仍然那么健捷,弯下腰说:"来!我背着。"我想告诉她:"三十年前咱俩说过的那本书,现在写好了,明年就能出来。"说这本书的时候是夏天,母亲同我躺在院里的席上,看着天上的月亮。后来,多少次非常贫困时,我总说:"书出来就有钱了。"母亲从来没有怀疑过,可是,我总也没能用自己写书的钱孝敬她,永远不能了。

河的记忆

我几乎记不得父亲。我只记得一具乌黑的庞大的棺材,被许多人抬上车,大哥肩上扛着一支白花花的很好看然而又令人害怕的幡杆。我记得在我常常玩耍的小楼上大箩大箩地堆着油馍，吃得人人反胃。还有熏得呛不过气来的烧纸的浓烟，震耳的鞭炮声和人人头顶上缠着的白布。

好长好长一段时间，我坐在柜台里，看母亲忙忙碌碌卖货。她脸上总是带着微笑，同乡下人很谈得来。有人抚摸着我的头问："你爹呢？"我说："装进一个大盒子，让车拉走了。"母亲望着我，凄然地笑。

天不亮，母亲就从我身边消失，那时候被窝正暖和呢。我睁开惺忪的眼睛，看母亲把灯碗里的灯草挑亮，窸窸窣窣扣上老蓝布褂子的布扣，戴上黑风帽。我喜欢那风帽。披在肩上，下巴处有两个布扣子，把母亲的脸镶成鸭蛋形，很庄重，很威严。"好好睡，我上码头。"母亲咳着，吹灭灯。堂屋门发出嘎吱的响声，而后是院里砖地上蹀躞的声音。

后来我心里躁动起一个念头，在母亲脚步声消失后，偷偷起床，赶到西河码头，跟在母亲身后。

那时辰，天上星还在明亮地闪烁，通向码头的长长的街筒黑乌乌一片，商号的门廊里点着灯笼，人影幢幢，连说话声音也像唧唧哝哝的梦呓。石砌的埠头湿漉漉地伸进河下,通向一个幽冥的世界。河上晨雾弥漫,茫茫一片。灯笼,人影,船桅,呼喊的号子声,沿埠头抬上来的笨重的货物,这一切构成一个浑厚神秘的画面。

母亲就站在那黝黑的河岸上,河风冷凛地吹过来,吹动她的衣角。她又瘦又高,像一条影子。

我钻在母亲腋下,捉过她冰凉的手,贴在嘴唇上。

"你怎么来了?"她揽紧我说,"别乱跑。"

母亲并不急着上前买货,她绕前绕后,看着,同熟人打招呼,然后靠在货栈柱子上,同行里人搞生意。

不知什么时候,天忽然亮了。码头上的一切好像突然从一团乌云里钻出来,清晰、明艳地出现在早晨的阳光下。于是,我看见清亮的唐河,蜿蜒着,从天的一头,绕进绿色的丛莽中。我看见密密的桅杆像树林一样高高插在天幕上。拱着舱篷的大船,头挨头浮漾在码头下,船底涌溅起泡沫。我看见窄窄的木板桥,乡下人担着担子,牵着小孩,三三两两从河西走过来。

阳光照在母亲瘦削的面颊上,她的眼睛那样明亮有神,风帽的扣子解开,嘴里哈着气。她笑着,从容地领着自己采到的货。

我便永远记住这早晨的河,母亲的河。

母亲的歌

我不知道母亲会唱歌。在我幼小的记忆里,母亲总是忙忙碌碌,宽容而尊严。父亲去世的时候,姐姐十五岁,大哥十三岁,二哥十岁,我三岁。先是打日本,然后是国共内战。简直无法想象,母亲如何支撑着这个家,从一捆鞭杆起家,做起两间铺面的生意,雇了三个伙计,一个女佣,翻盖了五间楼房。在我的记忆里,她总是天不亮起床,深夜才在我身边躺下。夜里醒来,我感到母亲的臂弯是那样的温暖,枕着她柔软的热乎乎的胳膊,我觉得世界是这样甜蜜。

然而,我不知道母亲会唱歌。

战争中,店里的伙计都走了,货物转移到乡下。一个小小的院子冷冷清清,异乎寻常地沉静起来。再没有农民来蹲在我家长凳上抽着旱烟同母亲聊天。西城门没有了岗哨,城门楼废圮,生满荒草。到夜里,也没有小伙伴在月光下玩挑老兵、过星星,大牌坊的阴影浓重地落在寂无声息的街筒里。商号的栅板门严严实实关闭着。

那是一个夏末秋初的晚上,月光淡淡洒在窄长的小院,扁豆棚透下筛碎的清光,一缕缕,朦朦胧胧。

母亲坐在堂屋台阶下,我偎在她膝头,枕着她的腿。我记得母亲又长又细的手指抚着我的臂膀,轻轻拍着,我的心则像一湾平静的湖水。

突然,有一个声音从我头顶升起。先时含混,然后迅速回旋,激越,嘹亮,袅袅地,如烟似雾一样弥散进溶溶的月色里去。

月儿弯弯挂哟——树梢……

我一时惊呆了,一种不可名状的欢悦涌进心头。我一动不动伏在母亲怀里,生怕打断她的歌声。

妈妈的手在我身上轻轻地打着节拍,微微颤动着腿。哦,妈妈,她唱起歌是那样婉转、动情,整个身心都沉浸在甜美的愉快里。在那一刻,我觉得母亲分外温柔、美丽,绝不只是柜台上一个精明矜持的女掌柜,我觉得妈妈是这般亲切可爱。

小白菜啦——

黄又黄啦

三生四岁

离了娘啊……

妈妈唱起一支凄婉的歌,我被深深的同情心打动,凝神倾听,关注着歌里那位可怜的小丫头。我觉得,妈妈是在用她的心歌唱。

那夜的月亮似乎也充满怜爱,给人世洒满温情。

此后我再也没有听过母亲唱歌。多少个灯下,多少个星光灿烂的夏夜,妈妈娓娓地向我讲大牌坊下的种种逸闻逸事,那是一支更长的歌,直到现在,还留在我心头。

母亲,你知道你的歌给了我一个多么丰富的世界吗?哦,母亲的歌!

手帕兜着的一碗饭

我们家没有人坐过牢。母亲告诉我,我老爷是秀才,簧学的石碑上刻有他的名字。外爷是木匠,套过磨,卖面,卖蒸馍。"咱家九族里没人犯过王法,"妈妈说,"全是本分的穷人。"

母亲靠信誉做生意,忠厚善良成为"福盛长杂货店"

的口碑。新中国成立后,她让儿女们都去参加工作,一个人继续过着孤苦的日子。后来不做生意了,让我给她买一本《妇女识字课本》教她读书。那课本黄草纸,印刷粗糙,但内容挺新鲜。到了晚上,凑着煤油灯,母亲举着那本书,皱着眉头,一个字一个字跟我念,还把"张田氏"的名字改为"田琴"。从那以后母亲坚持每天记账,虽然写的字歪歪扭扭缺笔少画,但她记得很认真。在街道上当"代表",风风雨雨地跑,甚至还写过一份入党申请书。

母亲是个荣誉心极强的人,她不曾料到三个儿子两个都遭了冤狱。那真是一个让她心碎的年月,姐姐、姐夫、大哥都成了"走资派"。一个年近七旬的老人,孤零零住在小县城的三间土瓦房里,不但得不到孩子的照顾,还要像父亲去世时那样撑起母亲的翅膀来保护一群雏子,给他们安慰,给他们温暖,给他们生活的勇气。那阵子,母亲成了我们唯一的精神支柱。

那年我在"天爷庙"里待了将近一个月,那里不准亲人探视。同我挨肩的一个小伙子磨了一根针,在裤子反面绣上几个字:我很好放心(他是因为在窑场做砖坯,砖坯上发现一句"反语"被抓进来的）。我也想给妈妈绣句话，可是，那竹针我怎么也用不好。我就要求"班长"给墨水、蘸笔、稿纸，说是写检查，在裤子反面写了一行字：妈，别挂念，保重身体。隔天，家里有人来送东西，就捎出去。想到母亲能够看到我亲笔写的信，心里非常快慰。

忽然，"班长"带我们十几个人出去劳动。我不知道，由于负责我的案子的人同情知识分子，崇拜文学作者，我已经被决定要"教育释放"了。劳动回来，我们这些人不再回到监房，而被押到"南院"。在"南院"一座破房子的屋檐下，我看见妈妈站在那里。那是六月天，妈妈穿着白粗布带大襟布衫、黑裤子，仍像往常那样扎着腿，瘦弱，站立不稳，好像经风一吹就会跌倒。她看见我，目光里流露出极度的辛酸，面色倏地变得苍白，惨然地木呆呆地立着。我猛然想起自己已经被剃光头，胡子很长，多日不见阳光，脸色一定很吓人。我的心缩紧了，隐隐作痛。让妈妈看到我这副模样，实在太伤心。我听见母亲对一个看守说："我来给我娃送饭的。"这句话说得那样凄寒，我一辈子也没法忘记。

妈妈举起右手,一块白抹布帕子,兜着一碗冒热气的饭。我站在她面前,垂下头,一句话没说。我怕她会看见我的眼泪,怕我一出声会哭出来。母子俩就这样默默站着。我能够想见母亲脸上疼怜酸楚的表情,她的连心连肉般的目光从头到脚打量我,看我用筷子翻起面条。碗下盖着一堆卤肉。我吃着,泪水落进碗里,肉和面都失去了香味。我不知道是怎样把它们咽进肚里的。

我看见妈妈鬓边飘散着灰白的头发,风吹动细发,飘进她的唇间,腮上肌肉紧绷,好像正憋着千言万语。

此后许多年,我总是看见母亲这样凄楚地站在我面前,深情地盯着我,叫我挺住,挺过一切艰难和屈辱。我背着包袱走出那个地方,母亲对我说的第一句话是:"娃儿,能大能小是条龙,只大不小是根虫。全当没上过大学,啥都是人干的,没什么丢人的。"

我到工厂去打小工,母亲总是神情庄重地对我说:"饭要吃好。"我望着面前的饭碗,红薯疙瘩总比别人多出几块。母亲一直陪伴着我走完全部艰难的路,亲眼看我平反昭雪走上热爱的工作岗位,重新开始写作,然后才安然离去。

母亲，我怎能忘记那白抹布兜着的一碗饭呢？

永远的告慰

为了编一本选集，前几天校读旧稿，重读了《五月》，不禁想起这篇小说写作、发表的前前后后。屈指算来，二十八年过去了，岁月匆促，写这篇小说时的心境却宛如昨天。

那时我刚刚平反，重新参加工作，在故乡唐河县文化馆做创作员。失去了二十年大好时光，像急着赶车的人一样，一面拼命读书，一面充满激情地写作，常常工作到深夜。就在这时，母亲的身体一天不如一天，我和夫人轮流请假侍奉老人。上午我在家，下午夫人在家。每天上午，我给母亲摊煎饼，做汤，端到床前，坐在她身边，看她慢慢吃。母亲一边吃，一边深长地叹息说："都是我拖累了你。"她知道，为了文学，我离开大学，过了二十年漂泊日子，现在好不容易有了写作机会，正憋着一口气想要写东西，却不得不每天围绕在她身边，半夜听到动静，要立即起来给她找药、倒水。然而，她不知道，正是在她病床边这段日子，我才体味到亲情的温暖。看着母亲惬意地吃我为她做的饭，是我人生最幸福的时刻。虽然我那样热爱文学，甘愿为她流浪，可我宁愿不写作，就这样长久地陪伴着母亲，为她做饭，为她端汤送水，让她永远不要离开我。直到现在，我仍然清晰地记得母亲那一刻的神情。当她说拖累了我的时候，我笑着对妈妈说："你伺候了我们一辈子，我这才为你尽了几天力啊！"

母亲是在春天里去世的。虽然她是八十二岁高龄离开我，可我还是没法接受失去母亲的现实。无心读书，也不能写作，直到半年后才从悲痛中慢慢走出来。《五月》是母亲去世后我写的第一篇作品，其中融入了对母亲的沉痛思念，至今读起来还能感受到亲情的涌动。

《五月》的文字简朴，写作姿态很低，叙述淡定，没有大起大落的故事，只是一个普通农家的寻常生活，一家人在农忙季节表现出的亲情烦恼、争执、无奈和难以割舍。因为从一个回乡大学生的视角，写出了她眼中的现实与内心的冲突、交融，被一些评论家称为"生活流""心理流"。初发表时没什么反响，随着时间推移，逐渐引起关注，成为新时期文学史不会忽略的作品。

其实，这篇小说早在母亲去世前我已经构思好，并写出了开头，由于母亲病体日重，直到一年多后才重新拿起笔，把它完成。当时文坛上出现了一批写农村改革的小说，热情歌颂联产承包责任制后农村的巨大变化。我对主流文坛这种乐观调子并不完全认同。《五月》以人性的视角，从丰收季节的苦恼和家庭矛盾切入，就是想给历史留下一个真实写照。为了真实，就选取最平常的农家、最平常的生活，不制造轰动情节，不进行形式方面的先锋探索，让整篇文字呈现出平和的面貌。

从《五月》开始，我一直秉持着疏离主流、坚守边缘的创作观念，守持着文学的忧患意识与批判精神，坚持文学的人性立场。重读《五月》，让我对三十年走过的创作道路做了一次回顾和反思。不管我能做到何种程度，这种人性立场、个体关怀的文学信念我会一直坚持下去。这是我对母亲永远的告慰。

过年八题

母亲和年

母亲爱张罗过年。不管时局、境况如何,一到腊月将近的时候,她就开始为过年忙活。她老早托人到乡下去买糯米,留心集市上的牛肉、羊肉,检点藏在后楼上的瓷器,准备柴炭、香表。

只要看到院里开始淋灰水,就感觉到年的气氛。我家洗衣服不用肥皂,特别是过年前洗大堆的衣服、床单、桌布。把灶底的柴灰放在箩筐里,不断冲水,下边用大盆接着。经柴灰滤过的水,既去污又不伤衣服。

然后就把破好的劈柴叠架成方形中空的小垛在太阳下晒。

糯米蒸煮以后,放在大缸里发酵。夜里时时起来搅拌,据说是怕酒神爷睡熟了，烧坏酵米。酒船在堂屋里架起来，浓重的年味就笼罩了小院，全家人被喜庆情绪感染，为准备年货兴奋地忙碌。酿好的酒泥装进细长的布袋里，放在酒船上，压上石块。轧出的酒沿着船口向下流淌，堂屋里日日夜夜响着淅淅沥沥的声音。年，变得令人陶醉了。

为了能有一只健壮、漂亮的公鸡祭灶王，母亲早在五月就对当年的鸡群用心挑选，选中的鸡一直精心照料着，直到二十三晚上，用它来祭灶王。

由于母亲的缘故，在岁月的流逝中，虽然过年不再有成串的腌好的肉挂在檐下，也看不到酒船，没有了大年夜床头突然出现新衣的惊喜，我却丝毫没有减少孩子般的过年的兴头。

此后，年关到来的象征是扫房子。母亲对"二十四，扫房子"的风俗一丝不苟。我披上被单，手持扎了笤帚的长竹竿，把桌椅盖好，认真仔细地扫落房顶和墙壁上的积尘，把屋里屋外彻底打扫一遍。扫房子成为孩子们心中一个庄严的仪式，人人都怀着虔敬的心情。这仪式一直保留到现在。每年到了这一天，孩子们就会说："爸，该扫房子了。"有一年下了大雪,院里积雪没膝,母亲说,这些雪不能留到明天。晚饭后我开始清扫,七十多岁的母亲拄着铲子站在雪光中给我鼓劲,一直干到深夜。母亲对生活的热情深深打动了我,汗水湿透了我的毛衣,我觉得自己还如七岁一样朝气蓬勃。

多年来,大年三十晚上我都要为布置屋子忙碌到黎明。在简陋的箔篱墙上裱一层新报纸,把自己新画的条幅挂起来。有了这一夜的忙碌,一年的辛劳、精神的负重、物质的困窘,全都烟消云散。焕然一新的气象和母亲欣慰的笑容,就是我们的财富。我想起多少个除夕,母亲为重新布置堂屋在烛光中彻夜不眠,挂上新字画、新中堂,用红绒线绷平,条几和神案上的东西全都整理一新,摆放得整整齐齐。在母亲心里,人,应该永远精神振奋;年,应该永远生机盎然。

母亲离开了我。年显得日渐平淡。母亲使我明白了,过年,过节,是人的生命和人生热情的标志。我不能使自己和孩子们的年无声无色。他们也应该如我一样,使过年成为人生最美好的回忆。

故乡的年

小时候对年的感觉是从腊月初一开始的。每年到了农历十一月底,母亲就会提醒我们:"进腊月了,往后说话要留意点。不许吵嘴,不许骂人,不许说粗鲁话。有什么不顺心的,要互相忍让。"按照母亲的解释,一进腊月,天上诸神都会下到人世来,和人们一起欢度年节;作为一家之主的灶神,要在二十三这天到天上去汇报。为了让灶王爷能多说好话,诸神保佑全家平安,一家人就要温文尔雅,和和睦睦。辛苦劳碌了一年,大家应该忘记烦恼、纷争,欢欢喜喜过年。

进了腊月,商铺的老板们也会特意叮咛自家的伙计,年市马上会忙起来,你们说话要和气,买卖要公平,秤杆只许翘尾,不许抬头,决不能和顾客争吵,坏了一年的吉利。

吃了腊八饭,年味就浓起来。腊八饭预示着来年的丰收。在我们家乡,要用五谷杂粮熬粥,下面条。母亲把做好的第一碗腊八粥端出来,我和哥哥们用长筷子把它挑到桃树、梨树、石榴树、花椒树……这些会结果子的树的枝杈上。"南来雁，北来雁，都来吃我的腊八饭。"南来北往的鸟儿吃了腊八饭，来年这棵树就会果实累累，压弯枝条。

二十三过罢小年，那些过年有难处的人就可以拿上布口袋，到各家商铺去讨年馍。商家准备了一些个头较小的馒头、花卷、菜包、豆包，专门用来发放。店铺的伙计们对收馍的人要以礼相待，不能拒绝，不可恶言伤人。

在我们家乡，多数人家都在年三十中午以前贴对联。对联贴好，就可以放鞭炮，吃午饭，就算开始过年了。欠账的人家及早把对联贴上，讨债的人就不能再上门，要到正月十六之后才可以再来讨债。很多人家即便不欠债，也会一大早就贴对联，大约是图个吉利吧。像歌剧《白毛女》里的穆仁智，杨白劳家已经贴上了门神，他还去上门讨债，在我们家乡是要遭人骂，被诅咒遭报应的。

每到大年三十晚上，母亲都会把父亲做铁编活儿使用的铁钳、铁剪这些工具封上红纸条，敬在神案上，过罢正月十六再开封。这是家乡的规矩。铁匠要把锤、砧敬上，木匠要把斧头、锯子、拐尺敬上，弹花匠要把弓弦敬上，挑夫把扁担敬上，劁猪的把劁刀敬上……

除夕之夜，县城的巡捕们在城门楼上摆一桌酒菜，放上馒头、包子，桌子四角放上银钱，让盗贼们夜半来吃喝，算是对他们的关怀和慰问，期望他们在年节里不要骚扰城中百姓，让大家安乐过年。这种除夕招待盗贼的礼节，直到日本人侵占我们的县城之后，才逐渐被忽略，渐渐废去。

当盗贼们在城楼上宴饮的时候，新年的鞭炮声响彻全城，各商号的伙计忙碌起来，手里提着灯笼，走过大街小巷，向亲朋好友、街坊邻居、有生意来往的商铺，投送贺年名片。大红硬纸上印着商号名称，下面落款是"××鞠躬"，有些名片上还撒了金，在灯光下闪闪发光。

初一一大早，开门第一件事是挽上篮子到坟地去，给祖先烧纸、拜年，回来再下饺子。

在乡下，我三叔把大年初一的第一碗饺子端到牛屋，对着他的牛念诵："打一千，骂一万，大年初一吃顿饭。"把饺子倒进牛槽，搅拌了草料让它吃，然后一家人再开始吃年饭。

年前商铺已经发放了年馍，过年期间，直到正月十六之前，乞丐们都不能再上门乞讨。然而乞丐自有他们的办法，他们在腊月里就做了准备。他们用木板刻了猴子，拿黑墨印在红纸、黄纸上。大年初一这天让全城百姓安静过年，从初二开始，大门外就不断有人敲门，高喊祝福："石猴到门前，四季保平安。"（石猴，就是"时候"，就是好运）母亲立即把准备好的崭新的小票子拿出来，递过钱去，把"时候"接过来，贴在大门背后。更有手巧的乞丐用材质绵软的石头刻成小猴子，主家当然就会赏大钱。小孩子都很喜欢这些石雕的小猴儿，不但逗人可爱，还会带来好运。它给我的新年增添了快乐，也使新年成为乞丐们的幸福节日。

家乡的年，以浓浓的年味、其乐融融的人情，使我心中传统的新年魅力无穷，在潜移默化中濡染着天人合一的文化理念。如今，"和谐"这个词儿已经成了中国向世界发出的声音，其实，它正是中华民族几千年传统文化的精髓。家乡的年，每进腊月都在对人们进行着和谐、礼让、爱心、美德的教育。这样的年，如能在喧嚣的商业社会里，以现代的形式传承、发展，相信中国的春节必能为世界人民所欢迎，与圣诞节和其他节日一起，成为人类人道主义的文化标志。

童谣中的年

"二十三，炕锅边；二十四，扫房子；二十五，磨豆腐；二十六，去割肉；二十七，杀灶鸡；二十八，买灶蜡；二十九，去灌酒；三十儿，贴神儿；初一儿，供鸡儿。"在我的故乡，将近过年的时候，小孩子们都会跳着脚大声唱这首儿歌。时光流逝，年复一年，唱歌的孩子变成了老人，儿子和孙子又唱着这歌谣长大。父亲说，它是从爷爷的爷爷那里听来的。爷爷说，它是爷爷的爷爷传下来的。没人推问它的来历，它已经成为家乡过年的风俗。直到今天，当孩子们唱这首歌谣时，大人们还在按照歌谣里的路数来过年。

在我的家乡，二十三过小年的标志是炕火烧馍。火烧馍是阖家团圆的意思，与中秋月饼有同样的象征意义。天冷，面不好发酵。母亲前一天发上面，把面盆盖在厚厚的棉被里。二十三一大早，她就开始在厨房里忙碌。把发好的面挖出来，掐成馍剂，揉好，放上葱花，洒上香油，案板上出现了一个个圆饼。在锅里炕到半熟，再放进笼里。这样蒸出的火烧，皮焦里暄，吃起来又香又软。放过鞭炮，每人一碗杂烩大锅菜，就着火烧吃。一家人吃了，还要留一些，待大年初二，闺女走娘家，母亲在她的礼篮里放上几个火烧做回礼。出嫁的女儿吃到娘家的火烧，是亲人团圆对她的怀念和牵挂。

吃过火烧，第二天就扫房子。小时候对扫房子的印象非常深刻。早饭后，全家人都把各自房间里的东西收拾起来，在桌子、床铺上盖起被单。母亲头戴草帽，身披被单，手里举着一把绑在竹竿上的笤帚，把各个屋子的屋顶、房梁、墙壁上的积尘扫除干净。然后全家动手，擦洗家具、瓷器，整理杂物，把堂屋的神案、器具擦拭干净，摆放整齐。虽然累得腿僵腰直，可看到屋里焕然一新，整洁明亮，一副除旧迎新的气象，每个人都被这喜气洋洋的过年气氛所感染，心里充满了喜悦。

二十五这天，乡下的叔叔就会把磨好的豆腐送过来。母亲把它们分成三部分。一部分切成小块，埋在柴灰里吸干水分，放在笼里蒸过，撒上盐和五香粉，腌进坛子，做成五香豆腐干。一部分夜里放在房檐上，冻成结实的冻豆腐，在笼里馏熟，再晒干。那是非常好的火锅菜。剩下的豆腐等到二十七过油时，在油锅里炸成豆腐泡，可以做蒸碗，也可以放进大锅菜里。

过了二十五，家里就忙起来。二十六要割肉，煮肉，还要蒸年馍。从早到晚，厨房里烟火不断，母亲的围裙到深夜才会取下来。二十七一早就把鸡、鱼宰好，开始卤肉、过油。小县城的街巷里到处飘溢着香味，孩子们手上嘴上都油光光的。猪肉不再稀奇，牛肉、羊肉、鸡、鱼、杂碎、麻叶、馓子、炸莲藕，大箩小筐堆得尖满，眼睛不知看什么才好。人们开始馋年，三顿饭的规律被打乱，孩子们想什么时候吃就什么时候吃，想吃什么就吃什么。

到了二十八，各家年菜准备得差不多了，可以松一口气，到集市上去逛逛，看有什么没买的，趁年集热闹买回来。歌谣里特别提醒，别忘了购买香烛，这时候的大街，年画、门神、灶神、香烛、鞭炮，各种摊子五光十色，几乎摆到了街心。集市上人潮涌动，摩肩接踵，连走路都很困难。

进了腊月，母亲老早托人在南乡买了上好的糯米，把糯米煮熟，倒进门后的大缸里，大缸周围围上麦草，半夜起来搅拌几次，让它充分发酵。两天后，堂屋里支起酒船，酿好的酒泥装进细长的布袋，堆放在酒船上，压上石头。新鲜的黄酒从酒船的溜子里淌出来，淅淅沥沥，伴着我的睡梦。到了二十九这天，黄酒已经做好，封进了坛子。酒船可以拆除，等待来年。母亲还会到商店去打上十几斤白干烧酒，过年时候，谁想喝什么就喝什么。

一切准备停当，二十九夜晚，哥哥们在堂屋桌子上摊开红纸，裁成长条、方斗、窄签，给各个门上写对联。然后用裁剩的边条写"抬头见喜""满院春光""五谷丰登""小心灯火"……贴在院里、厨房里。

三十贴了门神、灶神，布置堂屋。挂上八仙、中堂、字画，用红绒线绷起来，以免被风吹动。说是初一供鸡，其实是在三十晚上就要给祖先牌位和天爷、灶爷供上鸡、肉、供果，烧上香，点上蜡烛，只是大年初一早晨要重新上香礼拜罢了。

虽然时代已经进入商业社会，这段童谣却依然是故乡过年的规矩。它提醒着人们，在匆匆碌碌中不忘生活的温馨和浪漫，让人重温童年的美好。过年，其实是为了给孩子们留下幸福的记忆。那是他们终生的财富。

年集

对于我的父母，年集不光是县城最热闹、最红火的风景，更是他们辛苦劳碌一年的收获季节，就像乡下人的麦收。父亲编灯笼、笊篱起家，后来虽然开起铁器杂货店，还不肯丢掉看家手艺。每天晚上，倒了柜，点了钱，记了账，父亲和母亲把铁剪、铁钳拿出来，凑着一盏油灯，编灯笼，说闲话。将近过年的时候，他们编的灯笼、笊篱堆满了一间房子。按照县城的规矩，过了腊月二十四就算进入年集，乱市开始，各商号可以把货物摆出门外，一直压到檐下的流水沟。那时，我家主营的铁器、农具、轧花机配件都摆放到店房深处，锅、碗、瓢、盆，干菜、干果，烧纸、黄裱，摆在街边，灯笼、笊篱挂在檐前廊柱上。张家铁器铺的灯笼、笊篱在县城小有名气，年集上有多少卖多少，堆到房梁的货，不到三十都会卖空。摊子前人来人往，母亲和伙计们在货物堆里团团转，饭也顾不上吃。乡下三叔来帮忙照看摊子，表兄站在那儿打发一拨拨打莲花落、唱小曲讨钱的人。母亲顾不上管我，她拿些钱递给我，挥着手说，上街玩去！我就可以自由自在地逛年集，到西门外看拉洋片，看吹糖人、捏面人，花几个小钱打糖豆。

我家东隔壁是庆记百货店。门口摆放的头花、纽扣、吊袜带，香粉、胭脂、头油，绢花、彩色丝线，玩具，吸引了成群的女人。再过去是段家书铺，文具店。他们一进腊月就忙得不可开交。店里的师傅带着伙计们连明彻夜刷红绿彩纸，用雕刻的木版印灶爷、门神。那些套色的灶爷、门神要费几道手，错了色只能当废纸。

西邻是铜匠铺，年集上摆出了铜盆、铜瓢、铜灯，暖被窝的铜汤婆，在阳光下闪闪发光。再向西就更热闹，城门里外的空场上人头攒动，各种货摊五光十色。卖五香大料的摊主一手拐着小石磨，一手向磨里添加药料，嘴里响亮地唱着："有沙仁，有豆蔻，有荜拨，有良姜、陈皮、肉桂、大茴香——"卖针的扬手一甩，一行针整齐地扎落在木板上："打开一包明朗朗，一包更比一包强——"卖琉璃扑吞的在人群里小心翼翼护着自己的挑子，一边吆喝，一边用手鼓气，把琉璃扑吞吹得扑吞扑吞响。我对它又爱又怕。红、蓝、绿、紫的琉璃，极薄，透明，扑吞扑吞的响声很诱人。拿到手里却战战兢兢。吹不好，一口气呼的一声就碎了。我只能买了拿回去让哥哥吹，过年时吊在屋里看。

牲口市正在抓住最后两天热火地交易，牛、羊、猪，大多是今天买，明天宰，过了二十七，就会冷落下来。

如果不下雪，柴草市会热闹到二十九。劈柴、木炭都从桐柏山下来，到了年三十，山上的柴贩就不会再来。桐柏山的劈柴火旺，煮肉、炸菜少不了。那里的木炭纯净无烟，各家都会买了生火盆，过年让家里暖暖和和，还能在火盆里炒豆子，崩银杏。

最忙碌的行业还有南阁街的香坊和鞭炮坊。香坊的伙计要半夜起床，磨香粉，和香料，天明把盘好的香晒出来。鞭炮坊雇很多女孩。她们整夜不睡，卷炮，安捻，辫炮辫。在年集上，他们的生意要一直忙到三十。大年初一街上还会有炮摊，孩子们有了压岁钱，就会买炮放。

母亲说，腊月小尽，东西越卖越贵；腊月大尽，东西越卖越便宜。小尽二十九天，大尽三十天。一天之差，人们的购买心理就大不一样。

到了三十中午，街筒里游人渐渐稀少，鞭炮声零星响起。看看檐外货摊，剩下的货物已经不多，店里的货柜也显出了空落。母亲好像一点也没觉得累，她脸上带着笑，手脚麻利地收拾剩下的货物，大声喊叫哥哥和伙计们贴对联，封货柜，封钱柜。

栅板门乒乒乓乓上起来，店面掩进暗影里。只等母亲喊一声"上香，放炮！"年就开始了。

中国年和中国神

敬神，是过年的重要内容。每到过年，母亲就给我讲神的世界。神对人世无所不包。玉皇大帝管着宇宙间的一切，城隍爷管着你所生活的城市，土地爷佑护你的村庄。过年祭的第一个神是灶王，他是你的家神，保佑着全家的平安。母亲在每年五六月间就物色好了灶鸡，一红一白两只小公鸡，肢体强健，毛色鲜亮，鸡冠雄伟。经过几个月精心饲养，腊月二十三祭献给灶王夫妇，上香烧纸，把灶王爷、灶王奶的画像揭下来，焚烧掉。他们辛苦了一年，要回去述职，休息七天。灶鸡就是他们的坐骑。所以，灶王爷的对联一般写："二十三日去，初一五更还。""上天言好事,下界保平安。"还要献上灶糖,粘着他们的嘴,免得上天胡说。三十夜里,新的灶王神像贴上了墙。他们从天上回到人间,两只灶鸡已经卤好,恭恭敬敬放在神案上。灶王爷、灶王奶享用之后,就成为我们桌上的佳肴。

三十晚上,整个家院笼罩在神圣、肃穆的气氛里。烛光闪动,辉耀着墙壁上的诸神和各色供品。我和哥哥去烧门香、门纸,在大门、二门、堂屋、厢房各门的门框两边插一炷香,在门墩上点燃黄裱纸,祭拜、慰劳门神,让他们守好门户。大门两厢放上红纸缠过的木炭,拦截妖魔鬼怪。

虽然过年的神很多,可他们初一到初六不来搅扰世人。初四是接神日,上一次香,点些纸钱就行,不需大肆铺张。初七是花神日,乡下叫花姑娘生日。这是女孩们的节日。女孩们在这一天结伴到县城的花仙阁去拜花神,向她许愿,保佑嫁个好人家,日子过得幸福,顺便逛逛庙会。这是女孩们一年中难得的自由、开放的时光。初八是疙瘩神生日,棉花节。乡下叔叔要到土地庙去上香,让他老人家保佑来年棉花疙瘩结得大,棉花大丰收。

初九是老天爷玉皇大帝生日，县城的天爷庙起会，四乡的乡亲都来赶会，各乡的狮子、龙灯、高跷、旱船上了街。人们纷纷走出家门，年过得热闹起来。初十是石神的生日，要给石磙、石碾、石碓臼上香烧纸。我出生在正月初十，所以从小很自豪，觉得自己比别人结实。烙饼成为我生日的象征。因为那一天家家户户都烙饼馍、卷菜。十烙，暗喻"实落"，日子富足，踏实。正月十一是粮食生日，给粮囤上香，祈祷来年米粮满仓。

元宵这天，祭神达到了高潮。这是火神的生日。火神庙搭起祭坛，供奉猪头三牲。商铺门前挂起彩灯，街上搭起柏枝桥。各行各业都把自己供奉的神抬出来游街。我家是铁器杂货店，算金、银、铜、铁一业，供奉老君。木、泥、石、竹业供鲁班。他只有一只眼，长在额头上。这只眼描线比丁字尺、水平仪还准。纺织、布匹、理发业敬嫘祖。医药、大夫们敬药王。戏班、杂耍、妓院、江湖客敬庄王。脚夫、扁担帮敬关圣帝君。

元宵之夜，求子的女人趁着黑夜，把自己准备的小泥胎进献给城隍奶，她兼着送生的使命，可以让你怀孕生子。想要男孩，就把小泥胎的小鸡鸡抠下来，带回家，粉碎了，喝下去，来年就会生个大胖小子。

过了十六，县城各商店开市营业。人们不甘心就这样过完了年，于是就有了正月十七"老鼠嫁女"。说是给老鼠捏嘴，各家包饺子。虽然夜里放一些在箱盖、柜顶上，可老鼠嘴里的饺子当然没有吃到人嘴里的多。这是过年的最后回味。

儒家被统治者尊戴，佛教被士大夫推崇，然而中国的神，却几乎都是道教创造出来的。他们带着农耕时代人对大自然的崇拜和祝愿，与下层百姓的生活息息相关，反映出他们的祈祷和祝福，因而深入民间，演变为各地不尽相同的民俗。祈愿、祈福，使中国年里的中国神带着浓厚的人本主义色彩。

走亲戚

在家乡，过年是很忙的。年前忙着准备年货，初二之后就忙着走亲戚。只有三十晚上和初一这一天，一家人才能团团圆圆，同桌吃饭，长幼共饮，享受融融亲情。虽然时间短促，可父母们一年的辛劳，因这一朝一夕的相守而得到了安慰。

像县城的多数家庭一样，我家的亲戚也很多。年前过油炸菜，母亲就扳着指头算过。初二，除姐姐外，还有三个堂姐、一个干女儿；人到齐，就得摆两桌。初三，姑家表兄；初四，舅家老表……算过了客人，把应当准备的菜准备好。如果哪家没按时到来，就把招待他们的鸡、鱼、卤菜、蒸碗留着，一直等到他们来。老家农村里有句民谣，"亲戚走到十七八，又没豆腐又没渣"。亲戚走得太晚，主客双方都很尴尬，很失礼。

然后再计算要去走的亲戚。一般的亲戚，一刀猪肉礼条，两盒点心，配些粉条或麻糖。到舅家去，礼条要重些，点心要多拿两封。走亲戚的礼篮不能空着回去，一定要放上回礼。姑家、姐家回去时，必须在她们的礼篮里放上娘家的火烧馍。我到舅舅家去，妗母总要把她亲手蒸的枣山回进我的篮子。镂了花的白面饼子，嵌着红枣。意思是希望姑姑家的日子过得像枣山一样红火。

从初二开始，我们弟兄几个每天都被派往不同的亲戚家。吃过早饭，母亲开始按照路程远近打发我们出门。她先给大哥装礼篮，他要到最远的亲戚家去。我总是最后出发，几乎每年我都到大姐家。她在城郊，出了南门就到，不必走那么早，一边走一边玩，赶上午饭就行。大多数时候我和堂兄结伴，回来时，我们俩坐在城墙草坡里，一边说笑，一边抠吃点心盒里的东西。拿回家时，点心盒已经很轻。母亲大声嚷着说，不到家就把东西吃完了？可她并不认真责备。她会补进一些新的，换了包装，配进礼篮里。

到陌生的村庄，面对常年难得一见的面孔，扮演大人的角色，被年长的亲戚让到上位就坐。看着亲切的笑容，吃着用心用意准备的饭菜，听他们问长问短。虽然有点客气、拘束，可也感到一种平时没有的尊严。

乡野的风景每年都不一样。风日晴和时，麦田吹拂着新绿；大雪过后，村庄点缀在洁白的田野上，风凛冽地吹透棉衣，眼睛一片迷茫，道路在脚下发出咯吱咯吱的声音。到二姐家去，要过一道河，穿过河滩里的树林，走过一道岗坡，跨一道荒沟。村庄年年有变化，陌生里带几分神秘。走进村，东张西望，当我还没找到目标时，就会有不认识的人凑过来，笑着说，哎哟，林林来了，快到屋里去吧。

母亲去世后，每年走亲戚就由我来操心。妻子和母亲一样，年前炸菜时就先计算：初几，谁会来？来几口？初几，到哪家去？谁去？拿什么礼？一过初一，孩子们就像我小时候一样，被分配到乡下去。老大骑着自行车，把老二捎到就近的亲戚家，回来时再把他带回来。那样的时刻，一种使命感在他们心中油然而生，他们不再是孩子，而是一个家庭的代表。虽然走许多路，但不仅领略了城里难得一见的风光，还落到了压岁钱。最重要的是，大家终年忙碌，走亲戚的礼仪使亲族的联系不至于疏淡到一无所知。

而今久居城市，每到过年，已经不再有亲戚来往，免去了很多世俗的繁缛，一家人过年，安闲了许多。然而，我还是很怀念表兄家的小方桌，怀念每年他为我留着的卤肉和煎鱼，还有那从乡村供销社打来的散装白干酒。我知道我永远不能再回到那样的时光了，可我庆幸那些年我在故乡每年走亲戚。它使我对乡土的眷念有了更深的根基，使我对故乡的缅怀具体而生动。美好的记忆，就是在这年复一年看似平常的乡俗中积聚起来，温暖着游子的心。

玩故事

别处叫社火，我们那儿叫故事。玩故事，就是重演过去岁月先辈的游戏。

从初三起，由市民和乡村会社组成的故事队伍开始上街。第一个高潮是老天爷过生（初九）。初九之前，人们忙着走亲戚、请年客，商号的伙计都回家过年了，街上闲玩的人少。初六之后，伙计们陆续回到店里。县城还没正式开市，商店的栅板门关着，店房里却一片忙碌。我家所在的牌坊街，每家商户都要扎一把彩寻。一根粗竹竿，缚上鸡毛掸，缠彩绫，扎几个圆形彩竹圈，圈里缚镜子，圈上挂铃铛，饰柏枝。扎好后插在门口。初九故事大游街，各家派一个伙计，手持彩寻，护卫游行队伍。

前面是锣鼓，咚咚锵，咚咚锵……后跟着龙灯。我的两个表兄每年都是舞龙高手。大表兄举着威武、硕大的龙头上下翻飞，长长的龙须在人们脸前飘拂。小表兄身佩铃铛，把龙尾左右甩动，让纷攘的人群后退，为游行队伍打开场面。持彩寻的伙计趁机把让开的人拦挡在大街两厢。他们不停地抖动手里的彩帚，驱赶冲到街心的游人，让看故事的人不至突破人墙。龙灯不断回头游动，一边舞一边照应后续队伍。每年玩狮子的会有几拨，来自不同的乡村。狮子形象也各不相同。踏着简单、威风的鼓点，打狮子的勇士身披棉袍，扛着各自的武器。三股叉，三截棍，缀红缨的长矛、大刀，一路走来，手指蜷进嘴里，打着响亮的呼哨。高跷一过来，喜庆的气氛高涨起来。玩家身穿古装彩衣，穿插扭动，长袖在风中飘舞。个别技艺高超的玩家踩着高跷跑跳、劈叉，玩出各种花样，赢得一片喝彩声。跑旱船的摇着船头，唱着俏丽的歌。旱船调成为我们那里的民歌。它的旋律一般是两句一段，加进一段锣鼓。经常到我家来买焦炭的小铁匠每年都跑竹马。他打扮成一个花枝招展的女人，头戴鲜花，胸前缚着竹编马头，身后缚着马尾，脚穿花鞋，鞋头缀着红绣球。身边跟着"她"的郎君，不断扯响手里鞭子，赶着竹马边舞边跑。我的同学穿一身紧身衣服扮演螺蛳精，扇动两扇很大的螺蛳壳，随着竹马起舞。20世纪50年代，故事队伍里加进了秧歌队、腰鼓队，还有霸王鞭——也叫打花棍。一截竹棍，掏出小洞，安上铜钱，一边走一边舞，抖动、拍打、踢、跳，让竹棍上的铜钱发出有节奏的响声。

背装和抬阁一出来，故事就掀起了高潮。在我的家乡，背装、抬阁算是大故事，比龙灯和狮子更隆重。因为费力气，一般都由西关脚行和码头搬运工里身强力壮的人表演。他们腰间扣上铁架，铁架的支柱高耸头顶，用彩绸缠裹。支柱铁环上套着装扮了戏装的男孩、女孩。白蛇、青蛇、许仙，穆桂英、佘太君、杨六郎，孙悟空、猪八戒、唐僧、沙和尚……扛背装的人随着鼓点扭动身子，头顶的孩子也随着扭动。戏装人物在空中飘飘摇摇，孙猴子在花架上翻跟头，大街上老远就能看到。抬阁和背装差不多，区别只在于背装是一人扛在头顶，抬阁是几个人抬着支架。几个人要协调步伐，并不比背装省力。

元宵节才是玩故事真正的高潮。十三以后，街上锣鼓不断，一拨一拨的故事队伍从大街走过。他们先到县衙门、镇公所、商会、民众教育馆……然后到商家门口表演。挑龙头和执绣球的对答着大声喊祝福词儿，打狮子的牵着狮头唱："金狮子一来，四季大发财！"跑旱船的也会临时编些词儿来唱。表演完毕，主家拿出几包点心、两条香烟作慰劳。正月十五，故事再游一次街，背装、抬阁都出动。然后，各商家拆卸彩帚，收拾花灯，十六上午放一挂长鞭，全城正式开业，各商店开门做买卖。年就算过完了。

十五的柏枝桥

说起故乡的灯，必然会想起故乡的柏枝桥。大约正月初十以后，街上忽然出现一些戏台似的木架。几根竖起的柱子，搭上木板，围着彩绫、纸花，装饰着翠绿的柏枝。有些在街边，有些横跨大街，人可以在台下行走。正月十三以后，每到夜晚，柏枝桥的台子周围挂起花灯，吸引很多游人绕台观看。到了十五这天，黄昏过后，柏枝桥下拥满了人，舞台中间的大彩灯揭开布幔，亮出异彩。这座彩灯每年都会别出心裁，表现一个神话故事：哪吒闹海、劈山救母、孙悟空大闹天宫、王母娘娘蟠桃会、八仙过海……同华烟厂在杨家楼搭的柏枝桥曾经轰动一时。他们使用机器带动，灯里的人物不只会转动，还会做出奇妙的动作。舞台边站着一个光屁股孩子，捏着小鸡向台下撒尿。

柏枝桥还是男女相亲的地方。我大哥和我大嫂就在柏枝桥下相亲，喜结了良缘。隔壁庆记百货店的张娘带着我大嫂在柏枝桥下看灯，我大哥站在旁边商号的台阶上。大嫂不知道有人在看她，她只是奇怪张娘为什么把她带到灯光最亮的地方，指手画脚一个劲儿说话，停留了那么长时间。隔了几天，母亲就带上礼物去她家，双方交换生辰八字，订了婚。

虽然柏枝桥很吸引人，我还是更喜欢挑着我的灯加入人流，从街东头一直游到西河码头。这盏竹篾扎的鱼灯由三截组成，头一截，尾一截，中间身子里放蜡烛，一根竹竿劈为四股，系在鱼身下。举起摇晃，头尾就会摆动。每年柏枝桥搭起来的时候，母亲就把我的灯从楼上拿下来，撕去旧纸，擦洗干净，用白棉纸重新糊好，然后拿红绿颜色画出鱼鳞、鱼眼和鱼翅，它会依然显出可爱的神态。当我的孩子长到玩灯的年龄时，我也照童年玩过的这盏灯的样子给他们扎了一盏，每到元宵，他们都会兴高采烈地挑着它出去游街。

到了码头，站在高高的河岸上，看大人们放云里灯，那是另一番景象。棉纸糊成一个大帽子形状，下面灯碗里放上松香，点燃后托着它，像放飞鸽子一样慢慢放开，看它飘飘荡荡升起，飞上高远的天空，在无垠的夜空里荡悠。码头上的灯和天空里的灯映在河面上，闪动明灭，使我心头涌满神秘的幻想。

这时候，河边一些孩子把炊帚疙瘩绑在绳子上，点燃了，甩出一圈圈灿烂的光环，美丽夺目。隔岸村庄里大树上挂起的高照闪着点点亮光，恍若天上星星。

不知谁喊了一声"打梨花了——"，人群立刻回过头向街里奔跑。

打梨花就在我家门口不远的大牌坊下。白天人们在牌坊上挂了柏枝，柏枝下挂了鞭炮。大牌坊下谭家铁匠铺的九叔是打梨花的主角。每年正月十五傍晚，他把他的打铁炉在牌坊下支起来。待柏枝桥上的灯亮过一阵，游街的人走过一趟，一轮圆月升起在牌坊顶上，人们开始向大牌坊聚集，九叔就会拉起风箱，把化铁炉里的铁汁烧化。在人们的期待中，一勺铁汁抛起来，九叔扬起木锨奋力向牌坊上打去，空中亮起一片银亮的彩花，仿若梨花盛开。铁花击中牌坊上的鞭炮，爆出一阵噼噼啪啪的响声，围观人群兴奋喝彩，元宵灯会进入了高潮。

一炉铁汁打完，就该放焰火了。

故乡县城的规矩是十三亮灯，十四试灯，十五正灯，十六末灯，十七摔灯。过了十六，各商号门口的灯摘下来，柏枝桥也拆除了。每天晚上，只有孩子们不甘寂寞地在曾经搭着柏枝桥的地方流连，做游戏，嘴里唱着摔灯的儿歌。

踏青戴柳话清明

小时候对清明节印象最深的是踏青、戴柳。每年春天，当九尽春回，冰雪消融，坑塘里的水面荡出清澈的涟漪，杨柳冒出鲜嫩的叶芽，和风细雨，带来田野上青草的气息，店房里的伙计们就说："清明节来了，该去踏青了。"管账的蒋先生给我解释说，踏青，就是带上酒菜、吃食，和朋友一起到郊外，踏着新发的青草去游玩。蒋先生的话诱发我的想象，使我对清明踏青充满向往。虽然我一直没能参加他们的郊游活动，但每年清明节去给逝去的亲人扫墓，走在万物复苏的田野上，观赏大地萌绿的春天景色，享受春风艳阳，感受欣欣向荣的气象，对先人的凭吊也就多了一份对大自然的热爱，扫墓祭拜也多了一份情趣。

如果说踏青是大人们迎接春天的仪式，戴柳则让孩子们感受到春天到来的欢欣。"清明不戴柳，死了变只大黄狗。"在我的故乡，这童谣一直传唱到今天。有资料说，戴柳的风俗起源于两千六百多年前的春秋时期，像端午节吃粽子是为了纪念屈原一样，清明戴柳，是为了纪念宁死不入朝做官的晋国义士介子推。他曾在晋公子重耳危难时救过他，当重耳夺得王权成为晋文公的时候，介子推躲入绵山，不接受封赐，晋文公放火烧山，逼他出来，最后发现介子推被烧死在一棵柳树下。晋文公于是让全国百姓禁火、戴柳，纪念这位不贪权位、不图回报的义士。这就是寒食节的来历。寒食节在清明的前一天，在历史的传承中，寒食与清明逐渐合在一起，寒食节的祭扫、踏青、戴柳、插柳、放风筝等各种风俗也都变成了清明节的习俗。其实，当戴柳成为孩子们迎接春天的游戏时，这风俗是不是为了纪念某人，也就没人在意了。在我的少年时代，清明一到，县城各家门前都插上柳枝，孩子们戴起用嫩绿的柳条编出的柳冠，手里闪动着细柳拧成的花缀，嘴里吹着柳树枝梗做成的叫具，跑着、吹着、叫着，把春天的喜气撒满全城。

在我的家乡，"早清明，晚十月一"是一年中两次重要祭祀活动的规矩。按照母亲的解释,清明是阎罗王放鬼的日子,十月一是关鬼的日子,清明节提前去祭拜,为的是让先人们的灵魂早点得到解放,而十月一晚一点去,是为了让先人们多享受几天自由。这风俗证明了,无论在人间还是冥界,自由都是珍贵的。同时也证明,清明节是万物向上、放飞灵魂与心情的日子。

清明扫墓,把雨水冲刷的坟地在夏季到来之前修整好,拔除杂草,免得它们在雨季疯长,掩没坟头。清明墓地上的烟火和爆竹声,显示出墓主人的后人兴旺,让他们能够长享人世的尊崇。

由寒食节演变来的清明节,是中国重要的传统节日,活动内容本来是很丰富的,除了扫墓、踏青、戴柳、插柳,还有放风筝、荡秋千、踢足球(蹴鞠)……这些活动把祭拜先人的仪式融入迎春的喜庆里,使清明节更有生气,更有情调。随着时代变迁,农耕文化衰落,中国传统节日的浪漫诗意正逐渐流失,迎接春天的欢乐色彩淡去之后,扫墓成了清明节唯一的内容。对于疲于奔命的现代人,虽然没有了踏青、戴柳的闲情逸致,回乡扫墓仍然是他们回归家园、重温亲情旧梦的温馨之旅。我于是在那一年回乡之前写了一首诗《己丑清明遥寄乡愁》，把它写成书法，呈献给朋友："草叶吹绿缱缱意，柳丝吐黄脉脉情。轻烟细雨故园墓，最柔人心是清明。"

人在旅途

康涅狄格寓言

——造访马克·吐温故居

像社区的其他房屋一样,蒂夫妮·德考特公寓 19 号是一座两层木结构的小楼,坐落在绿树掩映的草坪上。如果不是栅栏门外竖着一块不起眼的牌子,谁也不会想到,一百二十六年前这里住过的那位三十多岁的年轻人现在已经成为世界名人,他的住宅也已成为康涅狄格州的名胜。

尽管从外观上看这座楼并不大,走进去你会发现当年的主人还是蛮阔绰、蛮会摆谱的,不但有客厅、卧室、书房、婴儿室、餐厅,甚至还有游艺室和专供朋友住宿的带卫生间的客房。房间的设计别具一格。尤其是那张马克·吐温专用的大床,更能看出这个出身贫寒的穷小子是多么善于奢侈。据说当他陷入困境,不得不变卖家产,四处流浪的时候,走到哪儿也要把这张漂亮的大床带到哪儿，离了这张床他就睡不好觉。

这座楼从严格意义上说并不属于马克·吐温。它是他老婆替他购买的，钱当然由丈母娘出。虽然他一个子儿也不拿，可在设计改造、重新装修、购置家具等方面，包括在阁楼上四面开窗的主意，全得听他的。他为自己想得非常周到，这地方离市区不远不近，房子建在高坡上，坐在窗边就能看到河边的风景。有了四面窗子，一边坐厌了换另一边，四面都坐厌了就到游艺厅去打台球。一百多年前能住这样的房子，难怪人们羡慕马克·吐温的福气。人们不明白，凭他那副德行，怎么会迷住了一位有钱的贵族女儿，使她心甘情愿嫁给他，不但能忍受他怪僻的性格，还能在他把自己折腾得负债累累、官司缠身的时候与他患难与共，相濡以沫？

他的夫人在这儿很受邻居尊敬。她美丽娴雅，聪慧大方，待人彬彬有礼，一副有教养的大家风范。她为马克·吐温生了三个女儿，不但对丈夫温柔体贴，而且非常注意女儿的教育，可以说是个相夫益子的贤妻良母。我猜想在这所房子里生活的十七年间，肯定是她一生中最幸福的时光。虽然那时小马没钱，可他已经发表了不少作品，创作精力旺盛，才华喷薄照人，每天都有新构思，每天都被新作所激动，她有什么理由不相信未来会更绚丽，生活会更美满？当马克·吐温向她提出创建印刷厂时，她当然和他一样充满了热情。这个做过排字工的小伙子用过剩的精力去干点世人意想不到的事情，他的妻子肯定会像电影里常见的那样对他说："我真为你骄傲！"

大约当初马克·吐温正像我们现在这样，看着别人发财自己难以按捺骚动不安的心。事过境迁，现在看来他可真够愚蠢的，为改造一台破印刷机把安逸的生活毁掉，消耗掉可以产生伟大作品的聪明才智，真是太不值了！可那时他投入了极大的激情，在一段时间里为自己即将变成实业家、大老板而日夜奔忙。可惜他没把这段下海经商的经历写出来，那才是一本真正的马克·吐温历险记。只是它的结局不像约翰、哈克历险那样光明，它的结局是马克·吐温不但把这所妻子替他买的房子卖掉，还背负着打不完的官司。一个驰名海内外的作家变成了负债累累的穷光蛋，不得不远走他乡。这个名字上了《大不列颠百科全书》的人，写出了那么杰出的书，钱也挣过不少，生前却没为自己买一个安定的住处，死后也没为后人留下片瓦寸土，他失败的发明现在被陈列在地下室的展廊上，成为游客眼中的一堆废铁。他最心爱的三个女儿有两个在十七八岁时夭亡，二女儿虽然活到八十多岁，却也如马克·吐温本人一样晚境凄凉，身后无人。大约上帝总要用辉煌与寂寞给人们一点提醒，其实人活在世上归根结底是个过客，无论怎样的人生，结局都不重要。马克·吐温已经不再属于他自己，身后的荣耀只是后人的需要罢了。

这座房子曾被辗转易手，当最后一个房主要把它变卖的时候，社区的居民们决定集资把它买下来，辟作"马克·吐温故居展览馆"。它至今仍然没有政府资助，靠一个民间基金会支持。到这儿来参观的人一律免费。三十多个工作人员都很敬业，热情、周到，看我在草坪上想要照相，立刻有个工作人员走过来，很有礼貌地说："Can I help you？（我能帮你吗？）"我问他一个月有多少收入，他说："在这儿收入不高，但是我喜欢这工作。我爱马克·吐温。"他的话使我深受感动。看来文学的欺骗性还真不小，尽管萨特说文学不过是白日做梦，可人类还是不能没有梦。

博尔塔拉（新疆三题）

边关西望

阿拉山口不像我想象的那样严峻，没有冰封雪盖的风光，也没有险隘要冲的巍峨。哨卡矗立在山岭上，虽然海拔很高，但山峰并不高，观光旅游的人不费什么劲就能沿着石级络绎不绝地走上来，在镌刻着"中国西口第一哨"的石岩旁照相。水泥桩拉起的铁丝网绕过山腰，山下是国境线。一望无际的灰褐色的戈壁滩在阳光下像摊开的油画那样平静安详。没有绿色，没有村庄，骆驼草和沙棘给大地贴上一片片迷彩服般的黑色图案。一条白白的大路像笔直的水渠一样横流过无遮无拦的荒原，奔向苍茫的天际。

据说山口的风很厉害，刮起来能把吉普车吹翻，可我们碰上了风日晴和的天气。夏末的阳光浩荡温和，虽然是接近正午的高原的阳光，紫外线很强烈，却感觉不到燥热。铁红色的山岭在阳光下反射出明亮苍凉的色调，大漠上空是高远的蓝天，蔚蓝明净得令人感动。风从开阔的原野掠过，女士们的头发和裙子在风中飘动。极目天地交接的远方，浑然一色的苍褐中透出一抹白亮，从瞭望塔的望远镜里，能清楚地看见那是一片错落有致的白房子。俄式建筑的斜长房坡，规整的白色墙壁，方正狭小的窗户，那就是异国边镇。当地人至今还把那里称为苏联。

新盖的楼房、商场、宾馆，卡拉OK歌舞厅，穿着时髦的女郎，使口岸小镇像内地的城镇一样洋溢着现代生活气息。而那寂静的火车站，行人稀落的大街，充斥在商场柜台里的"老毛子"望远镜、笨大的剃须刀和形形色色的玩具打火机，使人感觉到边境的氛围，意识到这地方离中原大地其实很远。人潮涌滚、喧嚣不息的大街，嘈杂拥挤的购物中心，像甲壳虫一样塞满马路的汽车……像是一个遥远的记忆。

置身于西部风光里，我觉得自己已经变成一粒细微的尘沙，随风荡过荒原，在充足的阳光和空气中融入悠远。时间不再是明晰的脚步，历史也不曾流逝，它们像这里的阳光和空气，在我周围涌动。波斯商人的驼队像蚁虫一样在一望无际的戈壁滩上跋涉……一支疲惫的哈萨克商人驼队来到山脚下，残破的旗子当风颤抖，马匹弯下长颈寻找草芽……牧民赶着牛羊，赶着马车，披肩和头巾在风沙中飘起……

白房子久久地吸引着我的视线，我的思绪像正午的雾岚一样弥漫蒸腾，一支又一支熟悉的歌曲从心底油然涌起，我想起普希金、莱蒙托夫、涅克拉索夫，想起马雅可夫斯基。"看吧，羡慕吧！我是苏联人！"这豪放的诗句还在耳畔回响，边境两岸已是另一番景象。当中国倒爷们拎着鼓鼓囊囊的提包，在对岸走下火车的时候，花花绿绿的硬纸粉碎了诗句构成的神话，那片曾经骄傲得要全世界羡慕的地方，如今更像一个冒险家的乐园。

在旅游者的谈笑声中，白房子寂寥地躺在大漠边缘，像一个消失的帝国的遗迹，给人带来沉思和感叹。荒原像一条宽阔的大河，湮没所有的故事，把静穆和庄严归还给人世。天山雪峰依然在蓝天下闪耀，羊群和牛群悠然自得地徜徉。瞩望天边，我的心随着两条模糊的黑线向广袤的中亚飞驰，越过阿拉湖、巴尔喀什湖……伏尔加河，从莫斯科到巴黎和伦敦……世界这样辽阔，地球如此美丽，我听到人类更优美的旋律在丝绸之路上空回旋。

赛里木——大自然的谜语

看见赛里木湖的一瞬间，我像第一次出门远行的少年，面对新奇的世界，瞪大眼睛，惊喜得说不出话来。它那令人振奋的宝石般的蓝色，第一眼便征服了我。深湛，明净，浩荡，在阳光云影下姿彩万千。赭红的山影和洁白的雪峰远远守护着平静的湖面，波光潋滟，看不到一朵浪花，宁静如深闺的淑女，以端庄、矜持的风姿打动着每个人，使我胸中情不自禁地涌满喜悦和爱心。在满目沙石的荒原上，了无生命迹象的戈壁深处，竟有如此动人的胜境，真让人大有恍若梦幻的感觉。

一阵惊叹之后，大家都默默地长久地看着它，沉浸在被美丽震撼的迷醉中。赛里木湖使我明白了为什么风光秀丽的山川都有传说。置身仙境般的图画里，人不能不飘飘欲仙，心驰神游，憧憬神话的幻境。也许是赛里木湖的气魄和西部苍凉豪迈的背景，使那些庸俗浅薄的爱情小品惭然失色吧，我所担心的旅游点上的导游们杜撰的蹩脚故事在这里竟没听说。它们往往破坏人的想象力，把大自然的雄奇、瑰丽解说得俗不可耐。赛里木湖充满了原始的神秘感，除了王母娘娘在这儿沐浴，我不知道谁还能编织出与她相称的童话。她的魅力使任何可以言说的情节索然无味。

我怀着深深的敬畏之情，踏着洁净的沙砾，像孩子一样欢跃着向她走近。清可见底的水在我脚边亲切浮漾，仿佛随时可以漫及鞋底。沙岸闪着青灰色的光，如风中飘动的哈达。与广阔无垠的湖水相伴，是一眼望不到边的大草原。星星点点的帐篷，悠然自得的牛羊群、驼群，为肃穆的天地装点出诗意和生机。眺望万顷碧波，我想象着：三百六十平方公里是一个什么样的概念？深幽的八百米水下有怎样的世界？一艘来自沙皇故乡的船，那些藐视她的神圣的人们，在她的笑靥里打着旋悄然沉没，使不可穿越的处女湖的传说成为造物主永久的谜语。

在湖边出生长大的汽车司机告诉我，赛里木湖是一个没有水源的高山湖，天山的雪水流不到这里来，地上没有河流注入，雨水又稀少，而湖里的水却以每年几厘米的速度不断上涨，湖岸边的公路如果不是向外扩修了几次，早已被湖水淹没。当地人说她在地下和东海连着，因而才有汹涌不竭的水势。

我毫不怀疑她是大海的一部分。当地人自古以来就把她叫作西海子。不唯因为她的蔚蓝和大海一色，还因为她的湖水也如海水一样咸，不能饮用，不能灌溉田地。在戈壁滩上驱车前行，远望群山，能清楚地看到大海退去、山峰浮出的情景。从山体高处蜿蜒而下的沟壑，以动感的线条清晰有序地留着海水消退的痕迹。山脚下平缓的坡岸，分明是海水滞留时淤积的沙滩。我不禁为造物主设下的神奇谜语陷入迷茫。大海退到遥远的大陆之外的时候，为什么把这一泓丽水留在干涸的大西北？这里号称五台。从新疆腹地到这儿来，一路上坡，要爬过五层高地，在海拔四千米以上才能找到她。如果她是冰河期的遗迹，那她就是上帝为人类文明留下的见证。

赛里木，你可能告诉我，在人类形成的几万年里，地球上都经历了什么?

从草原回来,已是黄昏时分。山头上浮起一弯像透明的碧玉般的新月,在夕阳余晖里徘徊。暮色中的赛里木湖雾霭迷离,烟波明灭,更加娇羞魅人。挨近湖面的太阳浓红欲滴,白色的鸥鸟像飘摇的纸屑,闪闪烁烁融入夕烟。

车停在湖边,人久久流连。轻柔的来自草原的晚风,如我不忍离去的心情。

银灰色的草原

一位久居边疆,对博尔塔拉和少数民族语言很有研究的老同志说,"博尔塔拉"是蒙古语,原意是"银灰色的草原",但是现在人们故意把它曲译作"青色的草原",觉得美丽的大草原不应该用银灰色去形容。

在画册里,博尔塔拉美极了,绿草如茵,鲜花盛开,羊群和驼群如滚过天际的乌云(把羊群比作白云,有损它的气势。草原上的羊并不白,加上还有牛马和骆驼)。可惜我们没赶上好时候,今年天旱,蝗灾严重,车驰入草原的时候，8月的博尔塔拉更像初春，远看有一层绿意，近看是贴着地皮的草芽。在蓝色的湖和铁色的山的映衬下，戈壁沙石透过浅浅的杂草，浮动着耀眼的银光。这瞬时印象使我不能不叹服民间语言的丰富、生动。也许蒙古族弟兄从遥远的北方翻过天山的时候，正是春草萌动、天高气爽的季节，一片莽苍苍的阔野呈现眼前，水草丰美，阳光灿烂，一眼望不到边的草原泛着银波，只有"银灰色的草原"才能表达牧民欣喜的心情。它是那么富有神韵，富于敏锐的感觉、丰富的想象力和按捺不住的自豪感。

中午时分的羊群懒懒散散随意停息在旷野里，司机使劲按喇叭它们却毫无反应，我和同伴不得不下车去驱赶。它们一群一伙头抵头围聚成一个个圆圈，耷拉着脖颈，一副睡眼蒙眬的样子，我和同伴大声吆喝，又挥手又跺脚，才将它们惊醒，不情愿地躲闪到路边，重又排好头抵头的阵势，继续它们的午觉。

草原越来越广阔，路越来越模糊，车影、人影、羊群越来越细小，小到难以寻觅。先导车消失在一望无际的平野里，司机不得不靠草茎中依稀可辨的辙印去追寻。

在草原上纵车奔驰,我才明白"辽阔"这个词的含义,它看上去那样开阔、平坦,远处的帐篷和房子如风景照一样清晰,但在奔向一个目标的时候,荒原仿佛随着车轮展开,使这目标变得渺茫。看似平坦的草场随时会出现一条干涸的大河或是宽阔的沟壑,使人不难想象暴雨之后急流汹涌的情景。车子沿河岸兜圈子,寻找能够过得去的浅滩,目标变得更加难以接近。眼前浮现出契诃夫《草原》里的情景,心中回响起一支歌:"茫茫大草原,路途多遥远……"俄罗斯文学和歌曲里的忧伤、苍凉,与大西北辽阔的天空、赭红的山、银灰色的草原融会在一起,在我胸中激荡起宏大、辽远的幽思。

找到邀我们做客的帐篷,已是下午四点多钟。我暗自庆幸。到博尔塔拉来的客人,并不是人人都能领略迷路之后在草原上转悠几个小时的兴味。

纯朴好客的哈萨克族老乡早已煮好了奶茶,一进帐篷,全家人都为我们忙个不停。铺开餐单,放上切开的馕和坚硬得如石块一样的奶酪。宰杀肥美的羊羔,搬上一箱兵团自己酿造的白酒。

酒至半酣,走出帐篷,发现自己已经成为一幅优美迷人的油画中的人物。在寥落的秋天的草原上，一个人站在帐篷前，背后透出哈萨克族妇女鲜亮的身影，近处是几个孩子和一匹棕色马。风吹动他的衣角和头发，他的目光掠过闪耀银辉的绿色的草原，眺望远处澄碧蔚蓝的赛里木湖，感受着扑面而来的清新。一个牧民小伙子向湖边走去，黑色的身影和红色的小帽在广袤的草原上如一点摇曳的花朵。

博尔塔拉把夕阳下的我绘入了永恒。

太行二题

坝上月色

一弯新月升起的时候,西天残霞还未散尽。群山倒映在石门水库的湖面上,琥珀般的湖水半边幽暗,半边明亮。站在坝上探头望去,湖水在幽深的地方回荡在山影的环抱里,一面山石陡峭奇突,雄视着大坝;另一面山坡如漫卷的波浪,从坝上城堡脚下绕过,带着水位痕迹缓缓伸入湖中。山脚与湖水交接的地方有一个小黑点,斜举着细长的钓竿,凝然不动地面对着湖水。月光在他脚下浮动,随着暮色,渐变成乳黄的光波。峡谷里的风掠过水面,带着宜人的凉意,吹过坝上城堡的平台。这是一座多棱面的塔形建筑,倚着山势盘旋而起,最高处是一个八面棱体的多功能厅,高翘飞檐,像瞭望塔似的耸立在山与湖之间，俯视着坝下的峡谷和远处的公路。

天色渐暗下来，周围的群山隐去了沟壑，隐去了层次，变成一堆黝黑的幻影，显得更加巍峨、深邃，悄无声息地逼视着我，让我不得不把聊天说话的声音放低，仿佛担心惊扰了太行山凝神的目光。坝上城堡的彩灯亮了，衬着山影，勾画出亭台、楼宇的轮廓，给夜色中的山湾平添了梦幻般的浪漫。坐在城堡的平台上，视野分外开阔。从对面山腰绕过的公路早已看不见了，而那星星般的车灯从遥远的天边蜿蜒而来，在乌云似的山的影子里画出一道淡黄色曲线，从云端掠过，渐近渐远，在黑暗中显现，又在黑暗中消失。

月亮不知什么时候挂在了对面山头上，起伏的山岭在月色里不再那样咄咄逼人。天变得更蓝，天空更加高远辽阔，几缕透明的云霓飘过天际，自由自在地舒卷，用蝉翼般的轻纱拂过点点星光。水库平静得有如一面闪光的锦缎，大坝也隐去了雄伟，只有垂钓的人仿佛不知夜幕已经四合，把自己化入了湖光潋滟之中。那时，我觉得我与这天空、星月、峡谷、大坝、湖水还有月光下围聚在四周的大山融为一体，我的心灵融入了山的精灵，人变得澄澈明净。

我和我的兄长坐在朦胧的夜色里，面对弯弯的月亮和那月亮下幻影似的山峦絮絮聊天。家乡逸事，儿时趣闻，父亲和母亲留下的回忆……群山仿佛也凑过来屏着声息默默静听。蓦然间，我发现岁月如此匆促又如此纷繁，以至于几十年间我和我的兄长几乎从没这样的夜晚，能够这样促膝相对，闲适、从容地说说自己，说说家乡，说说亲人，说说曾经的内心经历。过往岁月有那么多故事，因为琐碎，因为匆忙，因为不在意，因为无从说起，早已被尘封在记忆深处，在此时此刻重又复活，变得新鲜、生动，突然显示出它们的弥足珍贵。原来它们就是我和我的家人在岁月里累积的财富，它们会在你卸去粉墨、走出体制、超越人际之后，让你感受到人生的丰富。无论喜悦或烦恼，不管欢乐或苦难，一经岁月发酵，都变得隽永、醇厚，充满血肉人情，历史就这样被我们个人的喜怒哀乐续写，变为生生不息的长河。

时光仿佛回到了童年，心境仿佛回到了出发的港湾。山风更加清凉、凌厉，天空更加明净、清纯，银河如撒出的珠玉漫过天幕，坝上城堡的霓虹灯轻淡、柔和地回映着月色。抬头望去，牵牛星已经游过头顶。正是夜色温柔时，立起身仍然不忍离去。坝上城堡的月夜，也将成为我温情记忆的一部分，进入我的回忆。

九莲三奇

旅游观光就像读书，人的一生有限，书终究读不完，美景也终究看不完。天下山水大同小异，随着景区不断开发，新奇的东西愈来愈少。住到太行山下时，没想过要有新发现，只不过是天热了，到山里住一段，一边消夏，一边继续写我那没写完的东西。朋友约我去九莲山，我只是无可无不可，觉得看不看都行。殊料在九莲山玩了两天，还真有些新鲜见闻，让我惭愧对风景的看法太过肤浅，原来一处风景就是一个世界，走进去，必有让人看一看想一想的东西，丰富你的阅历，开阔你的眼界。

九朵莲花似的高峰环抱着两面绝壁，一道瀑布自绝壁交会的顶端垂泻下来，飞扬在一汪翠绿的深潭上。这景象虽然壮美，却并不新奇，有似曾相识的感觉。让人意外的是，看似山穷水尽的地方，崖壁上现出一条曲曲折折的石级小道（号称九百九十九级天梯），上到峰顶，才真正到达九莲山景区。这里不只有村落人家，溪流瀑布，密林泉滩，还有众多寺庙。沿着绝壁峰顶仿佛又走入另一个世界，这里依然有看不完的风景，探不尽的隐秘。当你向脚下的天门裂隙张望时，那景象仿佛惊悚电影里深不可测的地下世界，让人有一种身在仙界的感觉。那时你不能不叹服大自然的伟大、神奇，也不能不叹服太行先民们的意志。是谁最先在绝壁上开凿了这条路？在峰顶建起了村落？直到目前，几千年来，西莲村就靠这唯一的天梯与山下往来。

人到这里，不能不对大自然生出敬畏和崇拜，这里的宗教气氛、神秘民俗是"天人合一"的中国传统哲学最典型的体现。在山下仰望绝壁，不但没想到绝处有村庄、风景，更没想到在狭长的直角形的风景带里竟有四十多座庙宇，香火如此旺盛，吸引着晋、冀、鲁、豫四省的信众。与当地乡民攀谈，他们自豪地说，天下所有的神我们这儿都有，天下没有的神我们这儿也有。转了两天，发现这里的神还真的很特别。寺庙一般没有庙院，也不讲规制，众多殿堂与民居混在一起。除了后静宫是信奉规范的道教，其余庙堂佛、道不分。菩萨与药王混处，天王与圣母相连，山顶和山洞里更有当地人特别尊崇的九莲老母、十二老母，女性神是九莲山的主神，是百姓自己创造的乡俗神祇，带着浓厚的自然崇拜色彩。香客们背着供品沿天梯拾级而上，出入景区免票，上香后可以在庙里免费吃住。春天香火旺时，山上天天聚集一两千香客，庙里给每人发一床被子，夜里山顶场院密密麻麻坐满了披着被子的人。

香客写帐的情景让我自愧自己的孤陋寡闻，身在中原，竟不知太行山信众写帐的风习已有千年历史。所谓写帐，就是用彩笔在黄裱纸上给神写信，像网友写博客，自由随意地抒发自己的内心。博客谁都看得懂，写帐却谁也不懂，包括作者自己。写帐的时候，作者在冥想中让双手随意在纸上画，画出的图案稀奇古怪，既没图谱，也没程式，也不重复。不是图画，不是文字，却有一种内在的规律，仿若混沌学图像、超现实主义抽象画。过去，信众写帐是件神秘的事，外人不能看，写好之后，拿到庙上，随同香裱一起在神前烧化。景区开发之后，民俗学家发现有些帐写得境界宏大、繁复铺丽，看起来能感受到一种心灵的冲击，觉得很有鉴赏研究的价值，经耐心劝说，得到同意，保留了一些，于是庙里也便有人在游客面前展示。在山路上休息，与路边一位妇女攀谈，她说她已经写帐写了三十多年，从前经常生病，由于写帐，现在身体很好。隔一段到山上来一次，烧献自己写的帐，在庙里住几天，心情和身体都会更好。九莲山保留了原生态的自然崇拜的民俗，成为人们精神上自我拯救、自我疗治的圣地。

走过阿坝（二题）

在现实与传说中穿行

走进阿坝，恍若走进想象的世界。山的雄奇壮伟，水的欢畅多姿，林木的蓬勃茂盛，使人感动得无以言说。当层层叠叠的葱绿涌入胸怀的时候，雪山突然从缥缈的云雾中显现，神秘如幻影，圣洁如处子，庄严而慈蔼地望着你，使你止不住怦怦心跳。绝壁下的河水一路流淌，伴着游人的眼睛，时而近在身边，波澜喧闹，浪声撩人，时而落入幽谷，从高处看，仿若凝然不动的碧玉雕饰，绕山蜿蜒。蓝天渐近，群山渐低，空气稀薄的感觉让人觉得天庭近在咫尺，仿佛能听到上帝的呼吸。

在海拔四千多米的垭口，高山杜鹃灿烂开放，临风摇曳，映衬着灰色的山岩、绿色的云杉、宝石般的天空。

这是另一个世界，它的妖娆生机与世人无关。

九寨和黄龙让人知道山与水的交融能创造怎样的奇迹。威严变为娇媚，峻奇化作艳丽，面对大自然的诡谲莫测，你只能像孩子一样瞪大眼睛，把惊叹和欢呼噎在胸中，满脸是被震撼的惊喜。

在公路的要冲、险隘，大山的峰巅、坡垭，景区、街市的路口，随处可见醒目的大广告，以质朴憨态的大熊猫形象、以自豪的语言写着：阿坝——大熊猫的栖息地。有些地方还能看到模样调皮的猴子向游人调笑，下面是阿坝——金丝猴的故乡。其实这里的珍稀动物有很多种，只是因为大熊猫的知名度太高，卧龙熊猫基地太有名，熊猫才成了阿坝的品牌明星。

屹立于青山绿水中的白色灵塔，飘扬在山野草场上的经幡，使我明白了造物为什么垂爱川北这片高原。世代生活在这里的藏族同胞，把每座山都视为神灵，每条溪都看作圣水，他们对这里的小花、小草、石头、树木、动物都怀着虔敬之心和崇爱之情，牛、羊财富，酥油、糌粑、氆氇、帐篷、银饰、珠宝……人在世上享用的一切都是神的恩惠，必须用勤劳、善良、纯朴、谦恭去回报，悉心呵护身边的一切，大自然的恩宠才不被亵渎。

寺庙、官寨、高耸的碉楼使阿坝的风景穿越历史、穿越传说。在阿坝行走，现实只是传说的延续。眼前的绿树繁花、笑语鲜衣，不过是在丰富着山与水、神与人的传说，犹如新雨之于岷江，云霞之于雪山。

20世纪最悲壮的传说是由一支头戴八角帽、身穿褴褛的灰军装的人叙写的。他们来自万里之外，聚集了那个时代中华民族一批最优秀、最有理想和献身精神的人。长征使夹金山、梦笔山、若尔盖草地成为中华人民共和国建国史上永留史册的名字，在雪山草地神的传说中注入了人的精神。在阿坝行走，你时时感觉到他们的存在，处处看到他们的足迹。面对马鞍桥、猛固桥横过峡谷的铁索，风中仿佛还回荡着枪声和呐喊。桥头的标语历经七十年风雨字迹依然清晰，使人仿佛看见手提墨桶的年轻人举着大笔的身影。他衣衫单薄，身体瘦弱，刚刚翻越了海拔五千米的大雪山，遭受着高山反应、饥饿寒冷、疲惫衰弱的折磨。也许他曾在哪个大学读书？也许他是某个山村的小学教师？也许来自秀丽的江西？也许来自美丽的湘江？也许来自大别山、洪湖、鄂西？……他身上背负着枪支，米袋里空无一物，前有强敌，后有追兵，说不定写完这些标语他就会倒下去，不但看不到新中国，甚至连延安也是个遥不可及的梦。然而这个文弱的年轻人，用他书写的标语证明了这支队伍不可战胜。七十年后，这些平凡的字迹依然涌动着昂扬的力量，让人感受到这支队伍坚定的信念、非凡的意志、不屈不挠的决心。长征路上的人生是常人不可想象的。

雪山草地对于中国共产党的革命是一个象征，既是天人合一的最严酷的考验，也是历史对未来领袖的最后筛选。从达维河谷的小木桥、小金（懋功）县城的天主教堂到两河口关帝庙、卓克基土司官寨，从草原边缘的班佑寨、水草丰美的巴西遗址到包座森林、求吉寺，这一串地名决定了共和国和革命领袖们的未来。在日干则，在红原，牧人帐篷里的传说使红军战士的亡灵成为草原上开不败的野花。一代领袖和红军战士留下的故事，与格萨尔王、羌王的传说一起成为雪山草原神秘文化的一部分，深深植根于这片土地，与壮美的山水融为一体。

在阿坝的高山、大河和传说面前，人会感到自己的渺小和微不足道。穿行于现实与历史之间，我感到了人生的纵深与辽阔。生命是短暂的，然而短暂的生命能够化为传说，与高原一样永恒。

在美丽与怀想中迷失

若尔盖草原呈现在眼前的时候我还没从岷山的险峻中回过神来。雪峰在丛林后闪光，海拔五千一百米的马蹄垭口使人屏声息气，心中充满敬畏。陪伴身边的河水如温柔的向导，浪声带领我们顺势而下。山势突然变得平缓，茂密的森林从身后退向山巅，眼前呈现出一片鲜绿，以舒缓的线条漫过山坡，铺开为一望无际的草原。

大巴车如一艘船，在绿色海洋上飘曳。柏油路劈开绿海，向天的尽头延伸。车里开着空调，放着音乐，一位在本地颇受欢迎的藏族歌手以粗犷的嗓音歌唱雪域高原。脸贴近车窗，眼睛凝望窗外，车轮仿佛向历史深处旋转，我的心在恍惚中沉入迷茫。眼前的若尔盖，博大、恬静、鲜翠连天，牦牛如黑色的花朵，星散于山野、草场，悠然自得地踟蹰，吃草，忽而追逐嬉戏，尥蹄奔蹿，把草原装点得更加辽阔、旷远。七十年前，它也如此美丽、安详吗？七十年，看似漫长，对于宽广无边的草地，对于巍然屹立的川北高原，却只是瞬间。长征似乎是昨天才发生的故事，红军的足迹虽已湮灭，他们的身影却无处不在。当我看见草滩深处的帐篷，当我看见灵塔上飘扬的经幡，当我看见骑着摩托的康巴汉子，我的眼前就会浮现出一支衣衫褴褛的队伍在凄风苦雨中行进。草地对我这个重访历史的人是风光绮丽的美景，对他们却是常人无法想象的茫茫苦海。

　　一行人在日干乔沼泽边缘停下来，向红军纪念碑敬献哈达。天空明净高远，阳光在草滩上闪耀。风撩动我的头发，吹荡我的衣角。放眼望去，远远近近的牛群在丽日下徘徊，草原真像一首歌里唱的那样，铺上了绿绒毯，清澈、鲜嫩，如世外桃源般滋润、富足。无法想象它曾经那样残酷、狰狞，让一万多红军士兵在这里献出了年轻的生命。与纪念碑旁的小树照相，仿佛看到一个头戴红星军帽的孩子蜷卧在树下。他有十五岁、十六岁，还是十七岁？那张瘦小的脸如皱缩的梨子，耳轮上还带着稚气的茸毛。他从瑞金的乡间走来吗？一路爬过了多少高山？蹚过了多少大河？穿过了多少枪林弹雨？当他翻过雪山的时候，草原正值雨季，天空阴沉，冷雨淅沥，他穿着单薄的衣服在望不到边的沼泽里挣扎，当他倒在泥泞中的时候，他瘦小的身体没能让沼泽地发出一点声响。他手里握着棍子，就这样坐下去，一直坐到今天。棍子在草地上生根，长成枝繁叶茂的小树，他的尸骨化为沼泽地里的泥土，使草原更加沃壮、美丽。

我捧起哈达，把它敬献给日干则的树，红军小鬼的树。——这是迟到的哈达，迟到的情意，它来自我们刚刚造访过的一条美丽的山沟。在红军走过的路上，我们享受着藏族同胞的热情、好客，纯朴、殷勤。在高山峻岭间、茫茫草原上，每到一处，主人都会手捧哈达迎接客人。洁白的哈达披上颈间，心与心就被联结在一起；一壶酥油茶，一碗青稞酒，拍打着烤饼上的柴灰，心像火塘一样温暖。当我和同伴披着哈达，在哗笑声中赞叹藏餐美味时，我觉得这一切都是一场迟到的礼遇。七十年前，当一支疲惫的队伍在茫茫草原上无助地跋涉时，不但没有哈达，没有酥油茶，没有烤饼，而且没有水，没有火，没有一块可以坐下歇脚的干燥的土地。当他们好不容易走出沼泽，看到一座寨子，提起最后一点精神奔过去的时候,寨子里空无一人,在冷枪、火铳的欢迎下,一千多名远方客人永远留在这里,成为班佑寨的风景。

　　回到县城,住宿在一座藏式建筑的宾馆里。在夜色笼罩下,安谧的若尔盖显得温柔、清静,街心广场上灯光幽暗,相识与不相识的人拉起手,在欢快、豪放的音乐里跳锅庄舞。沿街的歌厅、酒吧彩灯闪烁,康巴拉里传出年轻人的歌声和笑声。人们在享受生活,享受美好的时光。草原在灯光之外,被欢乐的人群遗忘在沉沉的暗夜里。那里的牛群应该已静息,帐篷里冒出的炊烟已在暗夜中消散,在日干则的树上,哈达迎风飘飞,使草原的夜色更加沉静。若尔盖,七十年前,你不肯把温暖、宽宏、爱护给予那群胸怀理想、艰苦卓绝的人,是为了考验他们的意志,彰显他们的人生,还是为了让后人面对美丽能有更多的省问?

阿坝的牵挂(三题)

映秀的哈达

汶川地震过去了一个月,我才能整理心情来写这组文章。

我打开电脑中的影集,找出这组照片,久久凝视着,沉浸在缅怀与凭吊之中。画面中的三个人,脖子里佩戴着红白两色哈达,面带笑容,正在接受一群身着鲜艳民族服装的女孩们捧献的青稞酒。在她们背后,一座白色楼房映衬着绿绒绒的高山和蓝得透明的天空。我的心禁不住一阵揪痛。以当时的心情,决不会想到这幅照片会成为一个映秀的绝版纪念。在电视里看到这座楼歪倒在一片废墟中,它身边那条曾经轻快、清澈,淙淙有声,富于灵气的河,忽然变得如此凶猛、狰狞,我的心也如美丽的映秀一样破碎了。

时间仿佛又回到了2006年那个难忘的夏天。中国作协组织了十几位来自全国各地的作家到阿坝去采风。映秀，是我们停留的第一站。它离成都也就两小时车程。虽然一出成都就逐渐进入山区，但路况非常好。电视上反复出现的那段震后被激流冲毁的路面，使我无法想象我们曾从那里走过。当大巴驰下弯路，拐向映秀镇招待所时，那段路平坦，舒适，充满阳光。车窗外壮美的山水扑面而来，路右侧大山上的花草触手可及，路左边河滩里的林木一片葱茏。大巴里播放着藏族歌手的碟子，粗犷雄浑的歌声伴着我们的喧笑。它怎能在几分钟内，被大自然狂暴的手扭曲、折断，把一个美丽的小镇刹那间变成了与世隔绝的废墟孤岛，以死寂与孤独的阴影笼罩了海内外同胞的心？

映秀是川北的门户，坐落在一片群山环抱的河滩上。嫩绿的秧苗在稻田里飘动，错落的房顶散落在白白的小街之间。就像它的名字一样，在这个小镇随便走一走，就会感觉到它的明净、灵秀、富足、安详。大巴在镇政府招待所的院子里一停稳，汶川县委、县政府的领导就手捧哈达迎上来。这是一个藏族、羌族自治县,献给客人的哈达也是两条。洁白的哈达代表藏族,鲜红的哈达代表羌族。高洪波、赵本夫我们三人的脖子里就飘动起了鲜艳的两色波浪。藏族和羌族的不同服饰把迎接我们的姑娘打扮得艳丽如花,她们的笑容如她们那一口娇嗲的四川话一样甜蜜、宜人。当映秀这个小镇一夜之间变成万众瞩目的地震中心时,我眼前不断晃动着她们的身影,心底搅动起连心连肉的牵挂。那藏族、羌族如花的姑娘,如花的笑脸,那映秀镇热情、好客的乡亲们,你们在哪里?你们可平安吗?对于如此惨重的灾祸,也许问候显得苍白,可我仍然想要问一声,你们平安吗?希望你们创造生命的奇迹,顽强地活着。

映秀的哈达收藏在我的箱底,映秀的青稞酒温暖着我的心。我梦中的小镇!当我无助地守在电视机前,搜寻你的消息,凝视那一片片白色瓦砾,暗暗为你祈祷的时候,我看到你那纯朴的人民,从废墟里走出,坚毅的眼神,面对灾难不屈不挠的神情,我深信当我再到映秀去的时候,一个新的映秀会更加美丽。

从汶川到茂县

从汶川往茂县走,大巴傍着崇山峻岭开行。一侧是望不到顶的山体,一侧是深不可测的峡谷。靠近车窗勾头向下看,在很深很深的地方,岷江像一缕淡绿色的玉带在峡谷里蜿蜒,本是湍急的浪花,高处看去,却如凝然不动的雕饰。过去的年代,羌族同胞靠岷江上的滑索桥在两岸来往,现在这样的滑索桥偶尔还能看到。有了公路,这公路就成了他们的生命线。路面很好,车子开行很顺畅,人坐在车里仍然有种惊心动魄的感觉。不要说8级地震,即使滑坡、塌方,清理起来也并非易事。我们在电视里看到的画面和身临其境的感受真有天壤之别。地震发生后,战士抢险修路的艰险可以说是一种壮举,体现了人类的英雄意志。

到达茂县天已经黑了,感觉到离天更近,大山和峡谷都被踩在了脚下。这座小县城像川北的许多县城一样被一条河分成几部分,走在城里,随时都能听到淙淙的水声。吃过晚饭,天已经很晚,随团的摄影记者藏族女孩林雨找到我说，田老师，你不是想买银饰吗？我现在带你去买。几天前路过朗木寺，路边有很多银饰店，我站在那儿看，不懂真假，犹豫不决。当时林雨说，过几天到茂县买。茂县是羌族聚居区，他们的银饰好。想不到她还记着这件事。然而这时所有的银楼都已经拉上了铁栅门。林雨打电话叫来她的羌族朋友雷子，硬是把一家银楼门敲开，放我们进去选购。这家银饰店果然不同，不但品类齐全，花色繁多，制作精美，而且首饰上都打有字号，可以保管来回。有藏、羌两族的两位当地姑娘陪着，我买的银饰当然都很满意。

　　雷子写诗。她不仅读过我的作品，还嫁了一个当地的河南人。她操着好听的四川话，跟我说她几年前回河南新乡婆家探亲的琐事，对老家的亲情溢于言表。

　　回到宾馆已经十一点多，正准备休息，我的手机响了。林雨站在门外说，茂县的几位羌族作者想请你出去吃夜市，你看行吗？雷子说，不请你进饭店，就在路边吃，让你尝尝我们羌族小吃。几个作者和我围在街边，就着小炉子。有人拌料，有人扇火，有人在平底锅上烧烤。店主夫妇不断地给我们拿啤酒。烤牦牛肉、牦牛杂碎、洋葱圈，尤其那一小碗蘸料，说不清它的成分，只是一个美。说着话，吃着小吃，享受着山间小城的清爽夜风，觉得比拉斯维加斯的大餐更有味道。

天已经很晚，沿着浪声喧哗的河，踏着静谧、安闲的街路，回到宾馆，把几位作者送的书粗粗翻一遍，我心里对自己说，这里有多么丰富的文学矿藏啊。我一定要再来，来写羌族的人和他们的人生。

茂县和北川、汶川，居住着中国百分之九十的羌族同胞，他们勤劳、智慧，有着坚韧的生存能力。他们崇拜岷江，崇拜江中的白石头，认为那是好运和吉祥的象征。临别的时候，雷子把一块晶莹、光洁的白石头送给我。她说，今天在江边遇上了一块好石头，所以才遇到了家乡的人。这位羌族姑娘的话深深感动了我，原来中原与这座看似闭塞的小城并不远。这次地震，茂县也遭受了重创，看到电视里残破歪倒的楼房，我在心中一遍遍地问，林雨、雷子，你们这一对藏羌姊妹安好吧？我希望继续收到你们寄来的书。一本比一本更精彩。

叠湖和羌寨

从松潘沿岷江往茂县走,接近羌乡,有一处高台景观,当地人叫叠湖,是1933年川北大地震留下的遗迹,就是"5·12"地震之后电视上常讲的堰塞湖。那次7.2级地震使半座山垮下来,截断了岷江,形成几个重叠、宽大的湖面。湖水深绿,透出苍青。奇傲、强劲的山岩杂乱叠压,围着湖水,石隙间流淌着湍急的细流,呈现出动态的壮伟,当年岷山轰然倒下的情景仿佛仍在眼前。站在叠湖对岸的观景台上放眼望去,那一刻的震撼,至今深深烙印在我心中。大自然的神威荡涤着人的心灵,在刹那间使人顿悟。面对大自然的神秘、苍茫、博大,人是何等渺小,人世间的狗苟蝇营是何等卑琐可笑。那一刻,我明白了川北高原上的民族,他们对神明的敬畏,对大自然的崇拜和热爱,他们看待人生的豁达、朴素,对财富的超然,对生活的坚忍、顽强,对众生的慈悲感,都源于世世代代与大自然密切相处的熏陶。灾难留给他们的是短暂的悲伤,永恒的骄傲,无尽的传说,动人的故事。

观景台上矗立着一座雕楼，它以巍峨的气势雄视着叠湖，传递出一种不屈不挠的精神，显示了高山民族强悍的生命力。

雕楼是羌族民众独有的建筑，是羌寨的标志。它们以四个楼面尖塔形的结构耸立在高山上。当村庄的房顶还没有显现时，你就会看见这些气势雄浑的雕楼，巍然屹立，在山岩映衬下，在阳光照耀下，闪耀着雄伟的风姿，对来犯的敌人是巨大的震慑。羌寨雕楼是一座设施齐全的城堡，不但有层次复杂的房间、暗道，还有瞭望站，枪矛孔，排水系统，防火、防水的分闸门。羌族是一个自我防护意识很强的民族，他们几千年的历史一直是在不断避让中保存自己。从中原迁徙到西域，再从西域穿越甘南，最终来到山高水险的川北。他们在恶劣的自然条件下开辟出一片自己的天地，生存繁衍，保存了民族的生态和文化。由于羌寨大多建在海拔几千米以上的高山之巅，在这里，他们被称为云彩上的民族。

萝卜寨就是一个云彩上的羌寨。沿大山一直往上走，走到云彩上面，才能看见山寨。萝卜寨的山民们巧妙地利用了山头上的一小片土地，在这里耕耘生息，繁衍后人。从前他们很少与山下来往。现在山路依然坡陡、崎岖，然而村里的年轻人骑着摩托，小贩们熟练地驾驶着四轮拖拉机，一溜烟地往山下奔。山下的旅游者也乘着中巴、大巴在这里出进。

我和部队作家乔良站在萝卜寨的田埂上，俯瞰着这片神奇的土地。灰褐色的村寨，井然有序的小街，曲里拐弯的深巷，那些防卫严密、别具特色的民居。我们还在这里观看了孔武雄壮的羌鼓舞。据电视报道，这个千年古寨，在这次大地震中几乎被夷为平地了。想不到我和乔良留下的照片，就成了萝卜寨地震前的见证。我拿出在那里购买的羌族驱邪面具，戴上它，向灾难大吼一声。有萝卜寨前那片土地，有萝卜寨逃过劫难的人，云彩上的民族一定能在云彩上重建一座更漂亮的山寨。让我在不远的中原默默祝福它。

看中岳说中原

初识嵩岳,起伏的荒岭中现出一抹灰白色山影,虽有几分冷峻,却看不出掠人风姿:没有喜马拉雅的高峻神秘,不见庐山、黄山的灵秀,不像站在科罗拉多大峡谷上刹那间被黄褐色的气势震撼,也不像在天子山下面对万马奔腾的巉壁感到惊心动魄。嵩山的姿态是沉静的,嵩山的形象是质朴的,它不咄咄逼人,不峥嵘张扬,这正是中原文化的象征。纯朴、天然,不尚彰显,不露锋芒。从人类文化学的观点看,中庸、和谐,是河洛文化(即中原文化)的特点和生命力之所在,中原文化因其包容性而具有强大的亲和力和凝聚力。

从三皇寨进山,爬上一道像天梯似的台阶,随着走近少室的脚步,中岳渐次显出它深藏的内秀。植被浓绿,山林茂密,层峦叠翠中透出峭壁陡崖,那些长条状的白色岩壁显露出中岳独有的地质风貌。循着回环起伏的山道挨近少室主峰，你会被眼前的雄奇景色震慑，整座山如斜码的灰色片石，从峰顶直劈幽谷，气势雄浑，鬼斧神工，使任何赞美的词语都黯然失色，谁站在这儿都会灵魂激荡，瞠目结舌，敬畏之情油然而生。你能想象二十五亿年是个什么概念？四十亿年又是怎样的时空？而今我们面对的是四十亿年前的地质面貌，二十五亿年前形成的山峦。那时，喜马拉雅还没露出水面，庐、黄诸山还在等待下一纪冰川。那个瞬间，我才明白了武则天为什么会封它为中岳，达摩为什么会选中这里来面壁修行。然而这还只是中岳胜景之一瞥，太室二十四峰，少室三十六峰，山山水水，处处景观，写嵩山要多少笔墨？要怎样的眼光和胸怀？

　　到登封来的人，大多是慕少林之名，游了少林寺，看了塔林，就算了了宿愿，寺院背倚的嵩山常常被匆匆的游客忽略，岂不知中岳是天人合一的东方哲学的最完美的体现。儒、道、释荟萃中岳并不是偶然的聚合，它们被吸引、被融汇，是因为中岳的感召。中国有那么多名山，五台、峨眉、普陀为佛家所崇，泰山、武当、崂山为道家所尊，唯独嵩山能够同时容纳儒、道、释三家。中华民族几千年的文明史其实就是华夏文化与其他宗教文化融合的历史。河洛、嵩岳是华夏文化的象征。黄河两岸的中原地带是华夏民族的发祥地，自古中国有志于帝王的人都懂得"得中原者得天下"，就是因为中原文化是中华文化的根。从汉哀帝年间佛教传入中国，儒、道、释三家的斗争贯穿了中国的历史，两千年间，有许多尊佛、灭佛的公案，不少文人士大夫因对儒、道、释三家的不同态度而影响仕途甚至丢了身家性命，三教发展的历史浸淫着人生沉浮的血泪。然而中华文化的广博终使各种宗教思想融为一体，残酷的教派斗争在嵩山的怀抱里泯却恩仇，三教融通相互渗透的结果是各自的文化思想都得到了更长足的发展。

禅宗因少林寺而发扬光大，禅宗得以发达，可以说是佛教汲取儒家文化的结果。达摩"不著文字，我心即佛"的教义正是"述而不作""人皆可以为圣贤"的儒家思想的佛化，而少林武僧传统的建立使佛教更加中国化。除暴安良、安邦护国，把佛教出世哲学转变为儒家的入世思想，少林武术兴起的传说又把道教人物李靖说成是少林武经的秘传者，三教不再是敌人，而是互为补充的朋友。

理学在嵩阳书院诞生，儒家学说不但成为两宋以降的思想传统，还成为两千年来中华民族的正统伦理。理学在思想精髓上吸收了佛教的观念，把伦理思想律条化，形成一整套道德准则，深入民间，使之成为中华民俗。

少林寺、中岳庙、嵩阳书院，这是中华民族文化融合的标志，三处名胜无论驻足哪一处，都会使人心驰神往，思绪翩跹，感喟万端。何况嵩山的寺院、佛塔、庙观不下几十处，每一处都有故事，每一处都有学问，它们带领你走入历史深处，自汉魏直到民国，说百里嵩山是中华两千年宗教历史博物馆绝不为过。

放眼山下，从大禹治水到郭守敬测子午线，中华民族的文明足迹蕴藏于登封的乡野田头，一些村镇的名字即是华夏先祖的化石，俯拾点滴，即可著书立说。一篇小文，几行短诗，能免管中窥豹、挂一漏万的遗憾？

达摩把弟子修行的层次分作皮、肉、毛、骨，作为人世过客，写登封，怕是只能浮光掠影，望岳兴叹了。

深闺识秀

到浚县跑了一趟才知道自己的孤陋寡闻，原来近在身边的这个豫北小县竟是全国百座中国历史文化名城之一。听说时心存疑问，看了一天，不由得喜欢上她了，看来这头衔名不虚传，当之无愧。私下里一边庆幸，一边后怕，省内外的县城跑过很多，为什么没到这儿来过？要不是这趟周末小游，说不定真会把一个好地方错过，铸成终生憾事。

像每一个现代人一样，我对旅游地的选择现在不但想要丰富、新鲜、野朴，还要舒适、文明、不累。浚县使我惊喜，也许她在所有这些方面都满足了我的口味。这座尚未被滥于开发的古城虽如深闺佳丽一样有几分神秘，却并不偏远、荒僻，从郑州到大伾山山门前还不到两小时，一路高速、坦途、平野，用不着翻山越岭、长途奔波。县城就在景区,景区就是县城,住在县城就住在景区。

说真的,我从未见过这样的县城,她让我感到既新鲜又古老。新鲜是因她的城市地势,大伾、浮丘两山夹峙,淇水、卫河两水环穿,黄河故道走过城东,虽然如今已是沃野平畴,但仍使人依稀望见大河的影子滚滚北去,唤起心中无限沧桑。她这种与大自然相依与历史相融的层次感和古朴面目,一下子便拉远了我与现代都市的距离,使心中的灵性油然苏醒。

她有山城的韵致,却略去了崎岖;有平原的安逸,又多出些嵯峨。一处摩崖镌刻"云林画法"四字横幅,精辟地道出了大伾山的神韵。游大伾山,确如观瞻元代画家倪瓒(云林是他的号,他用侧锋画山,创"折带皴",风格遒逸,作品被称为画中逸品)的画,石壁峭立,林木挺拔,斧劈、披麻融为一体,可以从中领略倪瓒的笔触。然而山并不高,盘桓于幽林、山道、佛寺之间,兴味正浓,人已登临山顶。放眼望去,黎阳古城、黄河故道尽收眼底,虽然倪瓒的山水几乎不点缀人物,但眺望河山,自己已是画中人。

山下弯道飘如练带，连着对岸的浮丘山。走过谷底，拾级而上，向着一面牌坊走去，荒林古道间进入一片道教圣地。宫殿、楼阁依山傍崖，清代古堡，明代建筑，唐代石窟，置身于壁画、神话之中，仿佛真的进入了东岳大帝的行宫，与万仙同游，与吕祖共饮，自己也成了树妖小仙。

两山会聚了中国宗教文化的经典，儒有阳明书院，道有碧霞宫，佛有举世闻名的天宁寺弥勒大佛。

说来惭愧，在此之前我竟不知道大伾山弥勒大佛是中国最早（凿于北魏早期），北方最大（超过龙门卢舍那）。大佛背依青山，目光震慑着滔滔滚滚的黄河，巨大的掌心向着东方，嘴角带着慈悲的微笑，双膝从容稳固，传达出博大、宽宏。在面对大佛的一刹那，心灵受到强烈震撼，给天宁寺题词，我写下了"直逼心性"，那是彼时彼刻内心最真实的感受。

大佛脚下，随处是文化名胜。北魏石兽，北齐、后周碑石，唐代石窟、浮屠、经幢、题记，宋代龙洞，庞大的明清建筑群、一座座雕饰精美的牌坊……一座小城，三种微缩：既是北方大自然的微缩，又是中原历史的微缩，还是中国儒、道、释三种文化的微缩，不能不令人赞叹。

听说这里至今保留着黎阳正月庙会的古老传统，从大年初一直到二月二，晋、冀、鲁、豫四省，商贾、香客云集，大佛脚下人山人海，各个寺庙香烟缭绕。朋友们相约春节来赶庙会，拥挤于芸芸众生之中，买几个泥猴、石刻，感受千年古风。相信那会是另一番情趣。

济源二题

王屋悟山

王屋山并不高,它的顶峰天坛山海拔1715米,不要说在中国,就是在中原,也排不上前几位。登临王屋山,站在天坛峰顶放眼望去,看不到险峰峻岭,也没有悬崖峭壁,一片浓绿的山岭平缓地漫过天际,线条柔和,姿态沉稳,植被茂密,山势安详。就像从高空眺望一处村舍,屋顶起伏,云气缭绕,仿若有仙人在其间安闲自在地下棋、喝茶、观景、聊天。刹那间,我明白了王屋山为什么深受古人喜爱,被命名为王者之屋。它既无震撼人心的壮丽,也未能跻身被历代帝王晋封的五岳、五镇,却已经成为华夏文明的一部分,中原文化的一个标志性风景。如果说多数世人还能说出五岳的山名,五镇却很少有人说得出名字了，可说到王屋山，有几个人不知道？

王屋山成为名山，首先因为它的"古"。除了地质年代久远，它的"古"主要表现在文化上。这是一座被寄寓了先民文化情怀的山。因为它并不险峻，因为它没有深谷、悬崖，植被丰厚，动植物种类繁多，适合人类活动，在中原文化滥觞的初期，王屋山在人们眼里是一片丰饶的世界，绝少狰狞，更富人情，令人亲近，所以被看作王者居住的大屋。道教把它奉为"十大洞天"之首，大约就是因为王屋山的自然环境最符合中国古代"天人合一"的理念，是人与自然和谐相处、相互交流的理想境界。

王屋山的出名，还因为《列子》里《愚公移山》的寓言故事。它证明了王屋山的古老，又反证着人与自然在先民心中的辩证关系。《愚公移山》讲述的是先民面对大自然的顽强生存意志和积极向上的人生态度，把它理解为与大自然对抗，"人定胜天"，则悖离了王屋山所崇尚的"天人合一"理念。从唯意志论者的逻辑看，子子孙孙没有穷尽，只要挖山不止，必然有一天会成功。可实际上，人在大自然面前渺小得犹如蚁虫，除了"感动上帝",太行、王屋是不可能被移走的。如果说王者之屋是对大自然的崇敬,愚公移山则是对人类自身力量的崇拜,两者构成了人与自然的阴阳两极,把天人合一体现在辩证的统一里。值得庆幸的是,当代愚公们早已认识到保护生态、爱护自然的重要性了,他们收起了镢头,以敬畏的态度守护大山。改革开放三十年后的今天,中国的许多名山,或因采石、修路,被破坏得千疮百孔;或因过度开发,充满了商业浊气,植物丧失活力,动物失去家园。然而走进王屋山,除了满眼浓绿,还有那混杂于游客中的猴子,若无其事地在人群中溜达,向人讨要吃食,调皮地抢夺游客手中的饮料,在游览车的候车棚上蹦跳、嬉戏,给人们的旅游平添了情趣。这是人间景象,也是自然景象,是人的世界与动物的世界的交融。

山下的地质博物馆,以现代科技,用五彩岩石,诠释着作为大自然的造化的世界地质公园的王屋山的身份;山顶的祭天仪式,用道家的古老方式,传承着人对自然的尊崇、人对生活的热爱与期望。

站在天坛山顶,看着脚下云海中透出的王者的屋顶,我想到了泰山,想到了峨眉,想到了九华,想到了五台,想到了昆仑，想到了喜马拉雅……在无数名山峻峰中，王屋山很不起眼，我只能用朴素、恬淡来形容它，而这朴素、恬淡，却显出了它的品性。

济渎悟水

如果没有济渎庙存在，人们对"渎"这个词儿也许会茫然不解。所谓"渎"，是古代人们对水系的特殊定义。按照唐代人的解释，能单独流入大海的水系被称为"渎"。作为农耕时代自然崇拜的象征，中国历代帝王都对山、水进行册封。因此有了五岳（最初是四岳，后来增加了中岳），五镇（比岳低一等级的山，唐之前是四镇，宋之后加了中镇）；四海，四渎，是对海、河的封称。从汉代起，直到明清时期，岳、镇、海、渎，都由皇帝另加封号，每年祭祀，形成了一套山、水祭拜的礼制。唐代把四渎称为：东渎大淮，西渎大河，南渎大江，北渎大济。宋元之后，把四渎叫作淮渎（淮河）、河渎（黄河）、江渎（长江）、济渎（济水）。而今淮、黄、江都还在日夜奔流，唯独济水早已消失，只留下济源、济宁、济南这些地名，佐证着它曾经的存在，济水下游的一段河道被黄河侵夺，记忆着一条古水的足迹。

然而，这条消失的济水，却被历代帝王给予特殊的恩宠，享受到水系崇拜中最高的礼遇，被尊为四渎之首。后来又以北海祭地远在漠北，奉祀不便，把对北海的祭祀也合并于此。济渎庙成为四渎神庙中规模最大、香火最旺、荣誉最高的水神供奉地。它始建于隋代，经唐、宋、元扩建，到明、清达到鼎盛。唐宋时期，不但每年有盛大的祭典，而且国家大事、皇室生死、皇位更迭，祈雨、禳灾，都要向济渎、北海神告祭。因为有如此显贵的地位，经历一千四百多年风雨，济渎庙成为目前四渎神庙中唯一保存完好的庙宇，是北方农耕时代水系文化的象征、中原古代建筑的珍贵典范。

其实，济水一直是一条水势并不汹涌的细流，发源于王屋山，时断时续地流经河南、山东两省，即便在北方，也算不上大河。早在东汉时期就曾干涸，唐高宗时再现，不久又枯。就在济渎庙声势煊赫的明清，除了庙前庙后的龙潭、珠泉，济水已经难觅踪影，把它尊为四渎之首，其中的道理何在？

读了一些资料，终于明白了济渎之所以被尊为四渎之首，是因为它是中国文人的精神寄托，是中国士族标榜的高贵情操的代表。早在贞观年间，唐太宗就曾对济渎的地位提出疑问："天下洪流巨谷不载祀典，济水甚细而尊四渎，何也？"负责修撰国史的著作郎许敬宗回答说："渎之为言独也，不因余水独能赴海也，济潜流屡绝，状虽细微，独而尊也。"按照古书记载，济水从王屋山太乙池下来，以地下河潜流七十余里显露地面，到温县西北再次潜入地下，从黄河河底穿过，在荥阳流出，经原阳隐没，现身于山东定陶，与北济汇成巨野泽。"三隐三现，横贯黄河而葆其清"，这样的描绘，使济水被赋予了桀骜不驯、自由自在的神秘色彩。经历代文人推崇，济水便成了中国标榜清流的士子的象征，一个标准的君子形象。细微，顽强，自尊。世俗不染，浊流不污。不求显达，不慕富贵。心向大海，孤独清高。唐代把济渎封为清源公，是对士人清流文化的褒赏。宋代封它为清源忠护王，把清流文化向忠君引导。元代封它为清源善济王，把清流引向普济众生。明代尊为济神，清代赐号永惠，似乎已经逐渐远离了济渎最初的意义。而被黄河侵夺的那段河床，原名"小清河"，可见济水是以"清"传世的。

济水的崇高地位，还因为它以细流润泽世人，从不泛滥为害，暗合了"上善若水"的道家思想。元代的封号体现了这样的价值观，表达了人们对自然，对为人、为政者的期望。

济水四渎之首地位的确立，与许敬宗对唐太宗讲的那番话很有关系。许敬宗恃才傲物，自视清流，很得太宗、高宗和武则天的宠信。他最有名的语录是《贞观政要》记载的答太宗弥谤说，然而他依附武则天，帮助武则天，使自己得宠三朝，位列右相，死后享受了极高的尊荣，在历史上留下争议，被一些论家列为奸臣。清流，既是中国传统文人骨鲠、正气的精神，也可能成为儒生欺世盗名的虚伪的标榜。

春游孟津

"来孟津耍吧!"朋友发来的微信让我倏然心动。这个富于洛阳口语特色的短语,简练、明快、谐趣,很有亲和力。于是和全家商量,清明假期就到孟津去耍。起初两个儿子有点犹豫:"孟津有啥好玩呀?"我说:"去了你就知道了,孟津可不简单。"这样说,是因为去年春天我去过一趟。去过之后才知道,小小孟津有着丰厚的文化底蕴,只是因为离古都洛阳太近,被洛阳强大的文化遮盖了。

从入住小浪底的风景区开始,全家人都感受到了这个小城的自然魅力。登上观景台,眺望小浪底,气势雄浑的大坝,水天浩茫的黄河,坝下美丽如画的游览区,尽收眼底。放眼碧水蓝天,呼吸着清新的春天气息,胸中来自城市的浮躁、日常事务积累的烦琐,刹那间荡然无存，一种对大自然的壮美和人类创造力的敬畏油然而生。

驱车走过孟津乡镇，那些饱含文化典故的地名把人们引入悠远的历史遐想之中。"会盟镇，什么意思？"周武王姬发在这里与八百诸侯会盟，率师渡黄河，战牧野，伐纣王，推翻了殷商统治。他的队伍出发时，伯夷、叔齐两位贤达拦马进谏，他们认为反叛君王是大逆不道的事，希望姬发不要做这样不义的事。这是公元前1075年的事。武王伐纣，伯夷、叔齐不食周粟，饿死在首阳山，三千一百年前的故事就发生在这片土地上。"平乐镇，有什么来历？"现在去平乐，是去看那里的牡丹美术中心。这里的农家，家家户户画牡丹，声名远播，不但成就了一批民间画家，也形成了一个占地二百多亩的创业园，当人们流连在明亮、宽敞、富于现代气息的创作室之间，沉醉于国色天香的画屏中时，人们也许会忽略这个地名。平乐，是因东汉明帝为迎奉飞燕铜马在这里建了平乐观而得名。那是公元59年的事。隔车窗望去，道路边田野里矗立着一座座引人注目的巨大墓冢，那就是汉魏时期的北邙古墓群。随便望一眼，就穿越了两千年。

在孟津短短一天的行程，是一次浏览中华五千年文明的旅行。

负图寺这个不起眼的景点，象征着中华文明的源头。一进寺门就看到高大的龙马雕塑，据说当初就是这匹神马背负着河图图案从黄河里浮上岸来，伏羲根据马背上的旋纹绘出河图，推演出八卦，河洛文化成为中华文化的渊源。这里，就是河图现世的地方。

作为一个南阳人，参拜汉光武帝陵墓，心情格外激动。刘秀的故事在南阳家喻户晓，小时候我们都是听着他的故事长大的。但我从来不知道这个开创东汉的帝王晚年还这么体恤苍生，他把陵寝安在逼近黄河的滩地里，嘱咐丧事从简，要替天下百姓看住黄河，让它安澜息灾。在汉、魏帝王里，他是唯一起于草莽、葬于草莽而没有葬在被历代帝王看作风水宝地的北邙的人。陵园里郁郁葱葱的千年古柏林护卫着一段英雄传说，也荫庇着后世对民本仁政的期望。

走进王铎故里，徘徊在深深庭院，沉浸在碑廊、书帖之间，为一位书画才子的身世感叹，历史恍然掠过又一个千年。武王伐纣，伯夷、叔齐拦马；大明覆灭，末代重臣王铎降清。伯夷、叔齐的忠贞义气与王铎的明哲顺势形成鲜明对照，孟津的历史人物使人对中华人文传统陷入深深思考。王铎的人生证明了文化的力量，证明了权力的虚空。当他被列入不义贰臣之列，政治人格遭到毁灭性打击时，是书画拯救了他。从权臣跌落为耻奸，使他从政治回到艺术，生命激情和灵魂冲突化为笔底风云，这个人物也便在中华文明中重新站立起来。明末的官场，曾有孟半朝之称，当时明廷的六部尚书中有三位尚书是孟津人。然而几百年后，曾经权倾天下的半朝，只剩下王铎依然活在历史里。孟津因他而成为书画之乡，这片乡土也因此而滋养在传统文化之中，继续散发着中华文明的天香。

定鼎门里的故事

洛阳定鼎门,始建于公元605年,隋为建国门,唐称定鼎门。历经宋、元、明、清,是中国历史上沿用最久的古城门。

去过洛阳的人都知道"定鼎路",那是洛阳最繁华的大街。大约因为洛阳文物名胜太多,一座小小的仿古建筑引不起人们的兴趣,"定鼎门"因被熟识而被人无睹,它的遗址很少有人关注。城门本身确实没什么看头,泥土里留下的道路辙印,泥层下埋藏的行人、驼队遗迹,却留下了车马喧闹、客商络绎于道的诱人遐想。城门楼里陈列的故城沙盘,再现了隋唐东都昔日的辉煌。看到狄仁杰府、裴度府、张说府、白居易府……这些名流府第的标牌,一千多年前的古都街巷跃然于眼前,启迪了我的想象和向往。讲解员说,某年某月隋炀帝登临北邙,向山下放眼一望，看到伊河蜿蜒，流过平川旷野，天尽处两山对峙，犹如阙门，当即感叹道："这么好一片宝地，那么多朝代，为何没人在这儿建一座城池？"跟随身边的官员说："不是前人没看到，是宝地在等陛下啊！"这话让隋炀帝龙心大悦，不到一年时间就建成了新的洛阳城。接着，他又搞了中国历史上第一次招商引资，下令几万户富商巨贾从全国各地迁入洛阳。这就有了定鼎门（当时叫建国门），它正对伊阙，标志着定鼎中原，天下太平。

这使我想起范文澜《中国通史简编》里有关隋炀帝和洛阳城的记载。其实，早在公元前12世纪，周代已经在这里建立了王城，东汉时期洛阳已是中国最繁华的都市。"驱车策驽马，游戏宛与洛。……长衢罗夹巷，王侯多第宅。两宫遥相望，双阙百余尺。"也许这个自夸才学冠天下的隋炀帝没读过《古诗十九首》，对洛阳城曾经的繁华一无所知；也许他虽然知道古都的历史，却需要身边的朝臣去欺哄公众、欺哄自己，把这块宝地说成是在等待一个千古明君来发现。隋炀帝建洛阳城，应该是公元604年左右的事。那时隋文帝去世不久，炀帝初立。隋文帝厉行节俭，严惩贪腐，开拓疆域，休养民生，百姓实现了小康，宫廷积聚了财富。隋炀帝非常想向天下夸示一下盛世中华的景象，他做的第一件事就是迁都洛阳。他从全国各地征集几十万人，在洛阳周边掘长壕数百里，在城内建街市、宫殿、楼阁、游苑，以一年时间修建了当时世界上最辉煌的都城。为了夸耀国力，他请西域诸国使者和商人齐聚洛阳城，游玩半个月。在端门外设盛大的百戏宴，招待来宾。戏场方圆五千步，乐队一万八千人，声闻数十里，彻夜灯火辉煌。为了迎接客商，隋炀帝下令全市商家"盛饰市容，广积珍货"，市民都穿着华丽的衣服。西域商人从门前经过，要请到店里招待，"醉饱出门，不取酬偿"。全城树木都缠上彩绫。西域商人说："你们中国不是还有许多穷人连衣服都穿不上吗？为什么不把这些彩绫给他们做衣服？"突厥可汗入朝，隋炀帝一出手就送他两千万匹丝绸。巡游榆林，他让宇文恺制造可以移动的行宫，能一夜间在平地造出一座金碧辉煌的宫殿，让游牧民族大为惊骇。最壮观的是他造四层龙舟，率二十万后妃、臣属游江都。游船逶迤二百多里，拉纤的就有八万多人。

隋炀帝非常自负，他觉得自己的才学比谁都高，只许天下吹捧，不许朝臣进谏。他的名言是："达官进谏是想邀名，士子进谏是想出人头地。谁进谏我都决不轻饶。"隋朝开国元勋高颎，有很高的声望，只因与贺若弼私下议论隋炀帝在太行山开山修路，劳民伤财，被人告发，隋炀帝给他加上"诽谤朝政"的罪名，毫不留情地将他杀了。

在中华民族的历史词汇里，盛世，是令人向往的神话。隋炀帝是中国最醉心盛世气象的皇帝，盛世使他骄纵，骄纵使他泯灭为民之心，下层民众的不满酝酿成隋末农民大起义。隋朝倾覆，炀帝被杀，洛阳城的繁华，在短短十四年后就变成一片焦土。当后人重建洛阳，历经唐、宋，司马光再次走过定鼎门时，他留下了一句千古感叹："若问古今兴废事，请君只看洛阳城。"司马光的话，使定鼎门不只是一座废弃的城门，它象征着兴衰之道。

从鸡公山到木札岭

每年夏天都带上电脑到山里去写作。原来一直在鸡公山，今年转移到木札岭。

离开鸡公山，心里很不舍。那是中国四大避暑胜地之一，清末洋人发现它，在那里兴建别墅和教会学校。我和墨白在北山租住的别墅建于1903年，是美国传教士聂呼褫（A. E. Nyhus）建的，被武汉军区疗养院编号为18栋。它在宝剑山口上方的山头上，遮蔽在绿树丛中。仰面登上六十四级台阶，一棵佶屈苍老的枫杨树罩着门前石阶。我和墨白经常坐在回廊里品茶、喝酒，看云雾扑进来，在眼前弥漫。有朋友来，就在楼前的大树下摆一张大桌，吃饭、喝酒、聊天，享受山风。清晨的鸟鸣声里，二位夫人相偕着翻过山头，到南街去赶早集；风雨雷电交加的夜晚，山上停了电，两家人在烛光里打牌。

我在那里度过了美好而难忘的七个夏天，在那里完成了《父亲和她们》《十七岁》两部长篇，读了几十本书，写了几十篇读书随笔、散文。在这七年时间里，眼看着鸡公山在一波又一波的开发中，由清凉幽静的避暑胜地变为嘈杂喧嚣的旅游景点。抽动凉风的沟壑被填平，变成停车场和演艺厅，百年别墅颓败，滥建的新别墅空置着。前年，一家来头很大的公司垄断经营，使山上的住宿、餐饮各种消费物价猛涨，长住客人不得不忍痛离去。去年又去住了十几天，虽然能忍受几刀宰割，却无法忍受无良商家对大自然的肆意破坏。经过三波商业掠夺式开发，鸡公山已经不再是避暑胜地、消夏天堂，离开它，带着几多无奈和怀恋。

木札岭属伏牛山系，原是一个名叫龙王村的小集镇，是个开发历史不长的景区。农家宾馆构成密密匝匝的社区，躺在木札岭景区外的山脚下。价格相对低廉，家庭宾馆的设施比太行山一带更规范，饮食比鸡公山更合乎北方人口味。四围群山环抱，绿意养眼，空气好，水好，比鸡公山的潮湿度低。郑州、洛阳、平顶山的老人们纷纷向这里聚拢。我落宿的小宾馆是经儿子踩点、考察选择的，价格稍高些，条件稍好些。每到周末，大批团队开过来，停车场上挤满大巴，游客如织，景区门口举办篝火晚会，兴奋的青年男女劲歌热舞。那时候，我的住房就显出了优越，我在小楼的向山一面，后面临着山峡，溪水淙淙，雨后夜里常在流水声中入眠，是个闹中取静的好住处。在这里，我把正在写的新长篇的一个重要章节完成了。

要说避暑，它还是无法与鸡公山比。鸡公山有一个相对完整的休闲游玩的区域，一早一晚可以走走转转，那时候我们常到大东沟悬崖边去看大别山的夜景。而这里，除了一条公路，一个停车场，面对青青群山，几乎无处可逛。进景区要购票，七十岁以上免票，六十岁以上半票。来到木札岭我只陪同学乘车上去一次，个把月时间连景区大门口的平台都很少去。随着旅游开发的走火，旅游景点的利益必然压迫避暑休闲的住客，仅仅住了一个多月，就目睹了木札岭火爆的情景。儿子来看我，下了高速，车在路上堵了两三个小时，不得不冒着酷暑在路边吃饭。我屋后的山峡筑了大坝，把山溪截流，待周末游客来时放水漂流，很受年轻人欢迎。为了经济利益，开发商们不放过任何一片净土。这里随处可见新的建筑工地，正忙着盖楼，开发新宾馆，听说也要开发别墅楼盘。这情景与鸡公山前几年的情景相似。那时，一家雄心勃勃、取得了特权的开发公司在山上盖别墅，伐古树，最终，新别墅成了新的烂尾工程，破坏了自然风貌，虚掷了大量金钱。我担心鸡公山的覆辙这里也难免重蹈。避暑的优势一旦被团队旅游取代，这座山就必然被糟蹋掉。

鸡公山这个标本，不过是全国所有风景名胜区的缩影罢了。中国的旅游市场太火了，中国人太多了，而中国的大自然其实很脆弱，它的承受能力正经受着严峻的考验。

岁月留痕

21 世纪我在怎样生活？

21世纪之初我退休了。本意是厌恶场面上的热闹，想要早点回归自己喜欢的状态，岂料由于提前了一点，反而受到组织照顾，享受了更好的待遇。这让我每每谈论知识分子的独立人格时都感到碍口。一个跻身既得利益集团的人有什么资格高谈阔论，说什么作家应该自觉站在体制之外，站在民间立场，坚持边缘写作？于是我忽然想到那个寒冷的春天的夜晚，一群大学生提着行囊、网袋，簇拥着一个面目清俊的小伙子，走进兰州东站的货运闸口。他们沿着在黑暗中闪闪发光的铁轨，找到东去的列车，在车厢前喧哗，祝福。小伙子安放好行李，伏在车窗上与同学挥手告别，满脸喜气，兴头十足，像一个仗剑远行的侠客、一只飞出樊笼的小鸟。……这情景历历在目，仿若昨天。而今，那个为了追求自由毅然离开大学的热血青年,他在哪儿?二十年漂泊,走过贫困的乡村、叵测的市井,领略了苦难,享受了自己制造的牢狱的自由,曾几何时,追求自我价值的人生之路弯进某个办公室某把椅子,蓦然回首,五十年岁月像兜了一个圈子。"这个圈子,我兜得可真不小!"(这是《父亲和她们》中某一章的章题,是这部小说主人公的感叹)当年那个为了作家梦,想要逃避体制分配而离开大学的青年,不但回到体制之内,而且享受了某个职级的待遇(连那二十年流浪岁月也被补为工龄,使我比同届同学提前参加了工作),像一个富有讽刺意味的荒诞寓言,令人暗自嗤笑。这结局当初他肯定不曾想到。也许,这便是《父亲和她们》的结尾会出现了一个中国结的原因——中国人的宿命,无论怎样绕来绕去,最终还是绕在一根绳上。

然而,现在我倒真可以让自己民间化、边缘化,无须花费当年那样沉重的成本,也无须承担那样难测的风险。出走的下场其实很难预料。我的"中国结"也许最终结在爷爷生活的小村,父亲生活的小街。我在那里经历了难忘的岁月,领教过生产队和街道干部的厉害,深知一个身处底层的小老百姓兼灰色人物的境遇。所以,我应该庆幸自己在很低的概率下演出了中国传统剧目里的喜剧结尾，对退休生活感到满意知足。21世纪让我体会到一种幸福——此前孜孜矻矻走过的几十年间从没有过的自由，让我懂得了自由是世间最奢侈的东西。自由不只是对必然的认识，它既要物质的保证又要精神的支撑。当衣食无忧，没有养老抚小的压力的时候，有没有自由，就决定于自己看待世界的态度了。

平生讨厌开会，现在首先获得了不开会的自由。在开会的无奈中我常常带一个笔记本，看着讲话人的影子，打开笔记，用红蓝铅笔在上面勾画。那是我的读书笔记。我趁此工夫复习一下读过的书，巩固一下心得，也多少保护一点性灵。如果我讲话的时候别人这样对我，我会对他刮目相看。现在我不必这么作假了。我只需管好自己，不受虚荣的台面、饭局、礼品、红包的诱惑，就可以安心坐在书斋里。开始人们不太习惯一个经常在各种文学集会上抛头露面的人突然消失，后来他们发现这位先生上山了。谁想邀请他参加什么活动，他会客气地回答，很抱歉，我在山上，一时下不去。于是有人说，某某人退休后深居简出，淡出文坛了。

鸡公山是大别山的余脉，上世纪初被外国人发现，在海外大肆炒作，成为有名的避暑胜地，吸引了二十多国的洋人来建别墅，建教堂，办教会学校。这里林木茂密，沟壑清幽，蝉鸣噪耳，异国风情的建筑在云雾中隐现，红色、绿色、蓝色、白色的屋顶从郁郁葱葱的山林间透出，把清凉世界装扮得浪漫、风雅。我租的这栋别墅是上世纪初一位美国传教士修建的，坐落在宝剑山口背后山脊上。仰脸走上一道高高的台阶，绿荫里突然闪出一栋红屋顶、长回廊的小房子，绿树环抱，一棵佶屈苍劲的枫杨树罩着门前石阶。为了不至于太孤单，我和墨白两家共住。墨白远没到退休年龄，他能和我一起远遁世外，毫不留恋城市的繁华、场面的热闹，让我对他肃然起敬。

清晨，二位太太提着篮子，沿石阶翻过对面山岗，到南街去赶早集。雨过天晴，云雾涌进回廊，掠过饭桌。我和墨白坐在廊下喝着小酒，在满眼绿树和云雾中聊天，谈文学，说最近读过的书，然后各自回屋，打开电脑，在窗外的蝉鸣声里写作。整个别墅只有风吹动纱门的嘚嘚声。晚饭后，两家人一起散步，逛山，到大东沟悬崖边赏月。夜雾从峡谷里升起，黑黝黝的谷底像洪水涌动的大河，雄伟的大别山渐渐融入夜雾，变成月光下的云层。那一刻，我的心像刚从山溪里打捞上来，洁净，鲜活，滴着晶亮的水滴，纤尘不染。原来人的心可以这样轻松、自在、无忧无虑，不必像弗洛姆所说那样进入冥想，也不必像佛经里要求的那样历经九重天的修炼。偶有文友来访，美国楼前那棵大树下就会摆上一张大圆桌，小饭店的主人殷勤地泡上鸡公山毛尖，大家在山野的凉风里喝酒、划拳，滋味与山下完全不同。《父亲和她们》的主要章节都是在这儿完成。如果你留心，定会在字里行间读出绿树、山风和蝉鸣的痕迹。

其实，"深居简出，淡出文坛"并不真实。淡出的只是主流社会的舞台，不淡出就不能更深地进入文学。尽管每年夏天都上山，热闹场合不再掺和，可朋友聚会并不少。小时候常跟母亲到戏园去看戏，对戏曲有一份特殊感情。在生活无着的岁月，一位亲戚曾介绍我到剧团去谋生，装模作样地给他们写戏，谱上曲子蒙人，可惜一直没能混进戏剧界（那时戏剧界是文人最能出人头地的地方，一炮打响说不定能混个部长什么的干干），所以对戏剧耿耿于怀，多年不看戏，看了也是爱恨交织，语出惊人。"要振兴豫剧，必须首先振兴祥符调，振兴豫剧流派，制止戏曲歌谱化，粗俗化！自作聪明的音乐设计们正在肆意破坏传统，败坏豫剧，用'一道汤'的歌谱代替演员的个性发挥，以粗俗代替艺术。"热爱豫剧的一批文化人以纪念豫剧大师陈素真冥诞为由头，策划了祥符调后继者的大聚会，在省会演了三天折子戏，反响热烈，盛况空前。我放下手头正写的长篇，一连三天去看戏，鼓劲，写文章叫好。于是博得了祥符调弟子、戏迷和研究者的支持，常有免费戏看，偶尔和戏剧界朋友吃饭、喝茶，还特意去参加了桑振君的弟子苗文华的收徒拜师仪式。为祥符调摇旗呐喊，推波助澜，是我退休后做的最惬意的事，让我体验到不含功利目的的民间活动的愉快，也更让我相信，艺术在民间，在边缘，不在主流。民间对艺术的再生和衍生能力远远胜过主流的金钱、权力的扶持。

两部长篇写了十年，不是太认真，不是太怠惰，只是太由心性。找不到感觉不写，缺乏激情不写，没想好不写，身体不适不写。还有一大毛病，忽然看到一本好书，打开必须看完，记了读书札记，才肯放下回到小说里来。

小时候喜欢美术，流浪落难的时候，曾经靠画伟大领袖的伟大形象把一段困苦日子变得潇洒，而今对美术也像对戏剧一样难以忘怀。突然兴来，会对莫里迪阿尼、康定斯基、马克·坦西、奥尔芙……发痴，读了他们的画，不由得再翻查些资料，最终觉得不写点小文蛮可惜，就随手写上一些千字文，拿去发表，换几文零花钱（不需上交给家里的"最高领导"），同时也算聊慰寂寞。自由真的太奢侈了，它要以寂寞为代价。

于是，就不能不偶尔约朋友去唱唱歌，蹦蹦迪，喝喝咖啡。"唱歌的时候，人最纯洁。唱歌的时候，人最真实。"这不是谁的名言，是我自己的话，为了给自己的狂放装饰点文雅。其实本无须文饰，我一贯的人生哲学是：健康开朗地活着，人生才有意义，自由也才能被思考。无论怎样的生活，健康快乐总是第一位的。正如同小说，有趣、美，是第一位的。没有有趣和美，宏旨也无所依附。

吃喝二题

关外洋芋

在兰州大学读书期间正逢国民经济困难,大家的肚子经常饿,也就特别注重吃。陕西来的同学喜欢到五一广场附近吃酿皮子、饸饹。有钱的调干生(就是拿着工资来上学的干部)热衷酒泉路悦宾楼的小烤馍和旁边店里的酥油茶;星期日他们还会专门搭火车到西宁去吃一顿青海湖的黄鱼。甘肃同学到学校来,总会背一袋炒面。因为炒面的缘故,他们喜欢睡上下铺的上铺。在上边把炒面袋口扒开,掏出几勺放进搪瓷缸里,再把热水瓶拉到上头,冲开了,悄没声地蜷在铺上吃。据说他们的炒面里放了核桃仁、杏仁、桃仁,味道特别香,他们一冲炒面,满寝室都是香味,弄得人人无心看书,连头也不好意思抬。河南学生比较惨，既没钱，又没粮票。街上的饭店没粮票根本没法进。掏粮票买一份主食，才给搭配一份菜汤。通常是水煮根达菜。黑黑的汤，肥大的叶，富含粗纤维。现在这种菜见不到了，很可惜。那时候能吃上一份这样的菜，把里边的黑汤喝干净，心里能得意老半天，就像现在彩票中了小奖。小烤馍、酥油茶、黄鱼，固然是卖火柴的小女孩火光中的幻影，酿皮子、饸饹、炒面也只能被我轻蔑。君子固饿，不羡非分之食。我又不甘向我的一位同乡学习。他每到月末就吃安眠药。尽管饭票都印上了日期，只能推后使用不能提前，这位同学还是有办法把未来日子的饭票和别人兑换成当天的，提前把它吃掉。到了二十几号，大家的饭票都紧张，借也借不到，又没粮票上街，只得吃安眠药睡觉。我的办法是早晨不吃饭。别人去吃饭，我端上一杯开水到四楼平台去读外语，读一阵就不饿了。有个炊事员年龄稍大，头脑不太清楚，我发现不少同学到他窗口打饭，经常趁乱不给粮票。我也如法炮制。在人最多时去买饭，把粮票握在手里，先把搪瓷碗递给他，然后手脚迟钝地递菜钵，给钱票，钱票很零乱，这一角、那几分，他清点起来费劲，后边的人等得不耐烦,炊事员一心慌,粮票就忘收了。我端着饭菜离开窗口,一脸胜利笑容,手窝里粮票还在。这不怪我。我并没打算不给他,是他自己没收。干了捣蛋事的快活心情比多吃三两斤粮食更满足。它比吃安眠药好,比开完饭在饭厅里用手刮饭桶好。有些同学饿得去买酱油精冲开水喝,春天上树去够榆钱,用开水烫了放上盐。好在那时学校食堂免费供盐。他们越这么折腾反而越见饿,弄得惶惶不可终日;我却还在那儿不慌不忙地读自己的书。看我不眼馋别人的吃食,也不为饭票、粮票着急,他们就有点奇怪,带几分嘲讽、带几分钦羡地称我为"大神"——就是大神经的意思。他们不知道,读书只不过是我制饿的办法罢了。肠胃就像奴性十足的小百姓,给他点东西等于刺激他的欲望,他会越发叫唤得厉害。你什么也不给,只给他上课,他会更听话些。这是我从切身体会悟出的道理。

一个冬天的夜晚,也许是那天读的书不够有趣,不足以抵御肠鸣,也许是母亲刚给我寄来十几斤粮票,口袋一鼓,人就容易堕落,我心血来潮,决定放纵一下,到街上去享受一次。从段家滩出发,一路走去,几乎所有饭店都已关门，得到的回答总是："没有啰，下班啰。"愈是吃不到东西，吃东西的欲火愈旺，街上不行，到火车站去！走到火车站已是深夜一点，西去的最后一班火车刚过去，乱哄哄的旅客正在急匆匆走散，候车室里灯火阑珊。好像有意和我作对，转遍车站所有饭店，得到的答复全是："没有啰，下班啰。"经这一番刺激，肠胃叫得更凶，饥饿更加肆虐。兰州的冬夜，气温降到零下十几摄氏度，踏着蹒跚的步子，不敢想象来时的十几里路怎样走回去。正在这时，脚下绊着一个东西。循迹望去，圆乎乎一个黑影滚落路边。弯腰仔细一看，简直不敢相信自己的眼睛，竟是一个个头不小的洋芋。这是我平生最惊喜的瞬间，像做梦似的。天底下哪有这样的好事？饿得走不动的时候突然出现一个圆滚滚的山药蛋，足有斤把重！天这么黑，如果不是上天恩赐，它怎么会恰好被我踢着？带着嘉峪关外的沙土，带着历经奔波的伤痕，这个宝贝蛋从贩子的麻袋里逃出，可是为了安慰一个深夜走在异乡街头的绝望孤独的青年？刚才他还垂头丧气，两腿发软，现在立刻精神振奋，浑身是劲。走回宿舍，把我的好朋友叫醒，用小刀切成块，蘸着酱油，我们俩吃了一顿最难忘的夜宵。与其说是肚子得到满足，不如说是精神受到鼓舞。从此以后，关外的洋芋和我建立起深厚感情，我认定它能带来好运，它能救我于危困。

那时一日三餐只有中午这顿饭让我感兴趣。早晨二两稀面汤（那时是十六两制），他们叫糊糊，不吃不饿，吃了更饿。晚上六两玉米面菜粥，不稀不稠，放几片青菜。中午半斤蒸洋芋。那年头的洋芋似乎特别体恤大学生们饥饿的心情，不但长得丰满肥大，而且淀粉特足，咬开沙楞楞，干面干面的，吃起来很过瘾，吃完再把那碗宝贝菜汤喝下去，肚子有了暂时不饿的感觉。

为了学习南泥湾精神，这年春天，我们全班同学停课到天祝藏族自治县去开荒种地。坐火车到何家台，步行几里路，学校在一个山窝里盖了几间临时宿营的简易房。我们在那儿住下来，每天爬一座山，翻一条山沟，到山头上去种洋芋。那时才知道洋芋是多么可贵的好东西。那么高的山头，只挖个坑，把带着芽眼的洋芋块丢下去，它就能成活。被刀砍成许多小块的洋芋本身就是种子，它在贫瘠的荒山上，缺雨、高寒的气候里长成那么大个的山药蛋，救活了多少人的生命。

我们两人一组，每天在仓库里领一袋洋芋种，一人刨坑，一人下种，下了种把土盖上。晚上回来，把没用完的洋芋种交回仓库。老师告诫我们，过了冬，洋芋开始发芽，每个芽眼都冒出芽尖，吃这样的洋芋会中毒。尽管这样说，大家还是忍不住偷吃。一人吃了没事，大家都悄悄吃。有些同学还把它藏在书包里、裤子口袋里，带回住处，甚至藏进行李，将来好带回学校。闹得厉害起来，每天种子消耗太大，老师不得不开会，甚至突然到住处去搜查。抓到典型，就开批判会。

山沟里每天有藏族社员在那儿放羊。由于连年干旱，草芽不旺，羊群比我们更饥饿。经常看见一只羊在河边歪歪倒倒走，走着走着倒在地上死了。羊倌把羊的内脏扒出来，在河里洗洗，生吃羊肝、羊心、羊肺，大家都暗自垂涎。领队老师到生产队去交涉，给我们弄到几只死羊，那几只羊的肚皮如一张纸似的薄得透亮，肉当然也像骨头上的硬皮。尽管如此，大家还是兴高采烈地吃了两顿羊肉，洋芋种子的遭遇也好了一些。但是接着发生了一个同学夜里到伙房偷羊杂碎的事，他偷的是炊事员和管伙老师的小私有，这当然不能容忍。他不但在大会上做检查，挨批判，还被学校给予警告处分。可是私藏羊杂碎的老师也很丢脸。尽管他是延安时期鲁艺的学生，新闻学方面的权威，因为这羊杂碎，他被大家弄得灰溜溜的，在会上做了几次解释。再加上吃死羊使一位回民同学无法参与，他曾多次要求老师和生产队交涉，趁羊还有一口气弄回来，他也能吃上一顿。可这老师没把民族政策学好，交涉不力，回民同学吃不到羊肉，意见越闹越大。死羊惹出这么多麻烦，那就干脆谁也别吃，还是让羊倌扒吃了羊肝，把它抛在河边算了。

没有了羊肉，一些同学挖山上的野萝卜吃。结果好几个人中毒，脸肿得像戴了假面。没办法，老师只好睁只眼闭只眼，谁愿吃洋芋种子就由他吃去，只要不怕中毒。后来看书，知道老师说的话是不错的，隔年发芽的洋芋的确不能吃。可那年春天吃了洋芋的同学并没中毒，如果不是人在饥饿时抵抗能力强，就是那年头的洋芋特别懂事。

它懂事，还表现在当时的兰州街头。既然饭店要粮票，菜汤喝不上，兰州街上就只有水煮蚕豆和蒸洋芋这两种食品可卖。蚕豆显然比洋芋挡饥能力差些，价钱也要贵些。一个高价烙饼卖一元二角,一斤蒸洋芋卖八角钱,不要粮票,谁都吃得起,它不但救了很多人的命,还养活了很多找不到活干的小贩。我决定退学回家的日子里,课已经不上,书也使我心烦,百无聊赖的时光,我的制饿手段开始失效,不得不每天到街上去买一斤蒸洋芋来打发肚子。这肚子验证了我的理论,越打发,越想要,越吃,越无法控制。后来改为一天去买两次,起码买一次半。在等拿各种手续的一个多月里,手里的钱吃光了,回家的路费也吃了。当动摇在吃与不吃之间时,我决定把毡靴卖掉。回到关内,谁还穿这玩意儿?卖了毡靴,决定卖大衣。现在是五月,冬天已经过去,要大衣干什么?把它卖掉,路上还减少些累赘。最后把能卖的都卖掉,换成蒸洋芋,装进肚里去。

离开学校时,同学们去送我,大家绕到车站货运段,不买票上车。车上人很多,过道里挤满了人。我和同坐一条硬座的大嫂拉得很融洽,查票的一来,她就让我去厕所,由她为我打掩护。我顺利地从兰州混到郑州,回到家向母亲撒谎,说我的大衣被偷,毡靴送了同学。

母亲拉着我的手,仔细看着我说,我怕你瘦成一把骨头回来见我，看你这样还行，不像受罪的样儿。我说，妈，这都是关外的洋芋好。

吃了中原便知中国

"得中原者得天下"，这可不是一句戏言。中国历史上无论哪一个有志于天下的人都不能不认真琢磨这句古谚里包含的道理。别看河南这块土地素有水、旱、蝗、汤之害——"汤"不只是国民党镇守中原将领汤恩伯的代称，它其实代表着自古以来逐鹿中原的军阀和问鼎中原的豪强，证明着这块土地从来都是兵家必争之地。然而它却是华夏文化的发祥地，中华民族的摇篮，因儒、道、释宗教、哲学的交汇而成为中国思想之"中"，无论是在政治上、军事上还是在文化上、思想上都起着稳定政权的作用。我不由得想起清末的一件趣事，当全国各省纷纷通电北京，宣布脱离清朝、共和独立的时候，只有河南省通电共和不独立。看来河南这块土地无论如何也不会背离大一统的中国。研究河南，就会明白中国；观察河南，就会了解中国。就饮食文化而言，吃了中原，也便知道了中国。——我一点也不想隐晦这种以天下之中自居的心态就是最典型的中国人的心态。

水淹不死河南人，旱干不死河南人，舞刀弄枪的兵、匪和小小的蚱蜢一样，没法使黄河与长江之间的这块土地不长庄稼。如果说中原这块土地充满苦难，苦难也使人更坚韧，使人更珍惜生活。吃，不但是活着的证据，活着的依据，也是活着的乐趣。好年景固然有美食、美心情，坏年景更要用好吃食来开心。小时候，每当母亲和我们一起美吃美喝的时候，她总会醉眼迷离地笑着说："我儿强似我，我要钱做什么？我儿不如我，我要钱做什么？"因此我从小便知道了，吃好喝好才算没白活。

要总结中原吃食，大约这算是第一特征——精美的东西未必做得精美，粗粝的东西倒能出人意料地讲究。到了21世纪，这特征与现代人的口味倒很吻合。于是你在河南人的席面上能看到粤菜、川菜、湘菜所看不到的凉拌荆芥、山野菜、田野菜等，更不用说洛阳水席，萝卜条变成"洛阳燕菜"，皇上都被骗得赞不绝口。你实在不能责怪河南人造假高明，化腐朽为神奇不是大艺术家的境界吗？

河南的吃食以水划分，大致豫西北、黄河两岸，算是一个食系。民风朴实，土地肥沃，黄河不发大洪水，老百姓的日子就衣食无忧，他们的吃食显示出殷实的民风。京广线以东直到山东，日子不如豫西，而吃食却并不寒简；倒是一望无际的平原地带——豫东、豫南直到淮河之滨，至今还保持着粗放的饮食。一过长台关，俨然是淮南景象，山地水田，白米取代五谷，桌上的菜更繁复，主食渐显单调，即使是开放的今天，面食花样到这里也难逞其技。信阳已经是一座淮南城市，饮食风格更容易与长江流域沟通，中原饮食的特点也渐渐地淡下去。

以美食文化的角度看中原，恐怕要用另一种眼光去划分食区。以历史城市划分，洛阳、开封、南阳各占一分帝气。洛阳的饮食有河洛遗风，带着关里关外交流的古文化底蕴。开封秉承汴梁余韵，在饮食上充分显示出市井风情。南阳盆地既是中原门户，又是荆襄、巴蜀咽喉，既不同于河洛的古朴，又不同于汴京的市井，吃在南阳，是一种乡绅风味。在南阳，即使是民间的红白喜事，宴席也有一整套讲究的程式，加上别具特色、花样翻新的酒令，吃在南阳，带着浓厚的儒雅气息。这是与东汉的遗风有关，还是与南阳士族文化有关？

谈吃说喝，正如鲁迅所说是吃饱饭的文化；饥饿的时候，是不是也可以说饼充饥？百闻不如一吃。现在河南不怕吃了。你越吃，河南的乡亲父老越高兴。那会引出经济效益。这结尾你不会觉得俗气吧？

我的业和余

一

要写自己的业余生活，才知道一个被职业异化的人是多么可怜。想起少年时代，想起一个恃才放旷的年轻人，打球、演戏、弹琴、唱歌、画画，仿佛世上的才艺无所不能，连谈恋爱也有点不屑。想起第一幅自画像，第一部自己作词谱曲的大联唱，第一部自编自导的小戏，还有第一部长诗，一个十七岁中学生的童话……第一次爬山，第一次坐黄河上的自渡小船，第一次听真正的民歌——细雨蒙蒙中，站在西北高原的荒山上，春天迟迟不肯染绿四周的山头，隔着迷茫浮荡的雨雾，山谷里那条羊肠小道上响起毛驴的蹄音和叮叮的隐约的铃声。忽然，一个男人粗悍激越的歌声从谷底传来，嘹亮、委婉，如吼如诉，起伏回旋，在山谷里缭绕。云过处，一个小黑点由远及近，一个人骑在毛驴上沿着山道轻快颠跑。他忘情地大声唱着，唱给自己，唱给大山，使我站在山巅高处惊喜不已，迷醉如痴。这便是西北花儿。此后在收音机和舞台上听到，完全感受不到那种韵味。大约只有在群山包围中，在孤独的山道上，花儿才能尽情绽放它的魅力。

丰富多彩的青年时光至今令人神往，回忆起来难免为孜孜以求、半生辛劳而获得的职业感到落寞。干吗要当作家？干别的职业会不会比作家时间更充裕，业余生活更丰富？尤其在这物质胜过精神，业余被消费取代，业余背后的成本更高的时代，案头营生显得清苦，守持未免迂腐，除了读书，与朋友清谈，我还有什么业余生活？

照理说，作家的业余生活应该更风雅、更浪漫、更有情调。我想到了马尔克斯。据说他成名前是个很穷的小作者，为了写《百年孤独》，卖掉了自己的汽车，躲进一幢海边别墅，每天从上午九点写到午后一点。原以为一年可以写完，谁料写了一年半。他不知道在这期间妻子怎样为他张罗筹措，每天送来带牛排的盒饭、五百张打字纸。马尔克斯在这期间肯定没什么业余生活，不会去歌厅舞厅，去海上划船，到巴黎吃晚餐、会女友。我没过过马尔克斯的穷日子，没汽车可卖，没别墅可躲，当然也用不着天天吃牛排（我身体倍儿棒，不吃牛排也一样能对付案头工作。中国文人的本色就是能耐得清斋冷凳），所以，奢华的业余生活对我并不合适。

我又想起海明威，我能不能如他一样，初出道时在巴黎拉丁区的咖啡馆里，喝着咖啡，与潦倒的乔伊斯（他看到美国书商五百美元的版权定金就眼睛放光）聊天，与卡拉汉比拳击闹意气。小有名气之后到古巴去买幢房子，买艘小游艇，在加勒比海上义务替古巴巡逻。当然，我不能学他那样好色，每写一部新作就得换一位美女。我崇尚"道德文章，千古盛事"，从来都很珍视自己的形象，不随便与女人同来同往，即便有什么有伤风化的行为，也必须深加隐藏，决不能像李白那样把"忍把千金买小妾"写入文字，也不能像唐伯虎那样，以风流韵事为才子行状，不以为耻，反以为荣。

我骑过马，打过高尔夫球，开汽车去兜过风（且不说驾游艇到海里去钓鱼），到海边沙滩上晒过太阳，冲浪，跳岩，考察非洲狮子、拉美玛雅文化、澳洲土著民俗，想写有关佛教的题材，我应该立即买机票，飞越雪山，到拉萨去朝拜大昭寺，顺便看一下塔尔寺，再绕甘南去看看拉卜楞寺，回来走莫高窟、云冈石窟，访问五台山。这一趟不花美元，人民币也要不了多少。幸亏《人民文学》在山西办笔会，上了一趟卦山清凉寺，机票也就不必买了。其实，我们中国作家的想象力比西方作家强多了，我们有道教文化，无须实证主义去亲历考察。道教文化讲究意到心到，心到身到。有了道教的修炼，想干什么，想去哪儿，只是一转念的工夫便一切搞定，美钞、人民币，飞机、游艇，什么都用不着。我们道教的修炼，以宇宙为炉、风云为气、生灵为炭，炼就一点赤丹灵犀，只用闭目屏息，即可心存万仞、意吞八荒，想到哪儿就到哪儿。

当然，道行不深的人还是会偶尔为尘世罪孽所动。在这个过早沸腾的春天之后，世界仿佛一下子堕入夏季雨前的沉闷。每天去参加极其严肃的人间圣会，把性灵放在笼屉上蒸煮，烈日下暴晒，用石磨慢慢研碎，撒上细盐、芥末……当激情被消磨为一片苍白，既不能写作，也不想读书，不可以随便打电话，又不宜聚会聊天，业和余也便难以区分。业即是余，余也是业。那时，便不得不把青年时期学到的杂耍拿出来玩玩。把收录机打开，让齐秦一遍遍为我歌唱。这是这个夏天最适合人心的旋律。"我是一匹……狼——""请将眼角的泪拭去……""虽然飘着雨，虽然……我依然……我依然……"先记音符，再划分节拍，找出装饰音，打上换气、强弱符号，哼唱校对几遍，感觉差不多，填上词。记谱、唱歌，是另一种修炼，可以让荒芜的心变得沉静，焦灼的空气变得温和，死气沉沉的书房现出活力。

二

有一段时间喜欢散步。黄昏时分，踽踽而行，做绅士状，做哲人状，做行人街头赶路状。……驻足树下，抬头凝眸，头顶的树叶愈看愈奇。它们轻轻颤动，不停不歇，悠然自得。如果不是灵性聪颖，何以能在枝梗牵系下做出这般千姿百态、绝不重复的运动，将叶隙间的光影摇动成如此斑斓闪烁的色彩？……忽然望见一个女人的背影，倏尔而行，她走动的姿势为什么这样好看？如果进入文字，怎么描写才能使读者感受到我的感受？于是便尾随曼妙的身影,仔细跟踪观察。这女士的身条好,走路的稳定性和摇摆幅度既随意、灵巧又有节制,她一只手在腰间摆动,斜斜地在胯边画出柔美的弧线,步速蓬勃生动又不失优雅。当她的身影消失在人群里后,我就想,如果有朝一日再见面,我会认出她吗?马路上来去匆匆这么多人,他们都到哪儿去?为了什么目标忙碌?人与人擦肩而过,就像太空中的流星,不知何时能再相遇?

我讨厌逛商场。如果拗不过妻子,必须一行,就有一个不成文的默契:她看货柜,我看人。女孩子的脸是造物汇集的最丰富的美学读物,可以穷你三生研读不尽。最初我的结论是:稍长的脸,两颊平直,是聪明伶俐型,大致就是人们常说的瓜子脸;而圆脸盘、鼓脸蛋,被称为苹果脸的女孩,则属于天真型,多少有点傻气。这结论差不多左右了我一个时期的小说。然而有一次,迎面过来一个圆脸型女孩,她的眼睛、眉毛、鼻头和线条分明的嘴唇显得那样精巧、娴淑,生动感人。我赶快拽一下妻子的衣襟,悄声对她说:"快看,这个女孩——"妻子将目光从高悬的缤纷的衣服上收回来,扭头张望说:"在哪儿?哪儿?""苹果脸,可又很伶俐,秀美。"

她转身望着女孩的背影追过去,紧赶慢赶还是没能正面看到她。听我描述了一番,她点着头说:"圆脸儿也会有秀美的嘛。"这结论仍然让我怀疑,也许一闪而过的那张脸被我的想象修饰了,向妻子描述时又做了文字加工。深长思索,来了一次顿悟,为什么我顽固地偏爱长脸型女孩?原来妻子和女儿都是长脸盘,大致属于瓜子脸,习惯了,就以为是美的标准。豁然开朗后不免有点泄气,原来被我认为的发现,其实不过是主观意识在作祟,谈不上什么真知灼见。可见,对什么事都不可思悟得太明白,还是浑噩点好,正所谓"难得糊涂"。

转电影院是最令人犯难的事。如果放国产片,我会感到白来了一趟。如果放外国片我会更遗憾——它总会搭配一部烂片,倒你的胃口。口袋在沉默中蒙受着被捉弄的耻辱,钱也就迟迟不想出来。于是心里就响起阿Q常说的话:"如今的世道,都是儿子打老子。"就让他打一次吧。钱就欢快地蹦出来,享受了外国人的打打杀杀,受益匪浅。回到家里就有了教育孩子的话题,孩子毕业后就不会要我给他拿钱去出国留学。

有时腿懒,就站在阳台上看天。我不大喜欢看城市街道、楼房之类，就喜欢看天。仰脸认真地看，愈看愈入迷。简直不知道造物主怎么造出这么个无边无际、无底无盖、无缝无隙令人猜不出究竟的天幕来。深邃到让人发怵，宽广到令人敬畏。你什么时候望它，它什么时候都是新面目。有时湛蓝湛蓝，有时乌黑乌黑，有时白云缕缕，有时浊浪滚滚，仿佛从无变化，却又变幻无穷。看天像看海一样感到自己的渺小、人世的琐屑。

你看电视吗？既然相信道家的修炼术，电视对我算得了什么。歌舞什么的，小品什么的……即使坐在电视机前，任它喧嚣，我眼中亦如无物。我的养生之道不借助健身房、跑步机，而是修炼内丹。一曰心平气和，不可伤肝动火。大肚能容容黑白颠倒之事，笑口常开笑爱看小品之人。我倒不敢贬损小品，起码小品能使天下大事一笑了之，神州大地其乐融融，其德也大焉。我是说，修炼到家的人不靠小品也能常笑。喜也能笑，怒也能笑，哀也能笑，乐也能笑；打也能笑，骂也能笑，哭也能笑，悲也能笑。二曰吃好睡好，少思少虑，四肢既发达，头脑亦简单，遇到烦心事，可念六字真言：唵嘛呢叭咪吽。这是佛家玩意儿，只治小烦小恼。要对付大劫大难，还得用道家方术,所谓五遁。"曰金遁,曰木遁,曰水遁,曰火遁,曰土遁。见其物则可隐。惟土遁最捷,盖无处无土也。"如果有人与你争吵,拍桌打凳,恶言厉色,你低头看地,就遁了。谁打你,打倒在地,那就也遁了。用铁棍,用木棍,用枪,更好,当即遁去。到了现代社会,五遁用处更广。看见别人数钞票(愈多愈好,那是金),就遁了。贿品,见什么遁什么。

三

然而,我真正的业余生活是同猫玩。我绝不可以不写我的猫,她是我的密友,我家的骄傲。凡到我家来的客人,要取悦我们,最乖巧的办法就是夸赞我的猫。有位巧舌如簧的编辑朋友来约稿,一进屋,背着手看着我的猫说:"咦,这猫的表情怎么这么丰富?"吃饭的时候他特别关照她,说他素来讨厌小动物,"可你这猫又漂亮又干净,实在是太可爱了"。妻子立刻得意地说:"她自己去卫生间角落里拉屎撒尿,从不麻烦人。身上有点灰尘要舔半天,直到舔得全身发亮。她什么话都懂。瞧,来——"她立刻跑过来,竖起耳朵看着妻子。"打个滚儿。"她把头往下一勾,骨碌,利索地打了一个滚儿。"站起来,作个揖。"她后肢着地,前肢缩起,直立起来,做出一副作揖的样子,惹得屋里人哈哈大笑。这篇稿子我当然就要用心给他写。

经这位编辑(也是评论家)的评点,我发现我家的猫还真有着极为丰富的表情。她用简单的眼睛、耳朵、胡须竟能表达出那么微妙的感情,使我惊叹不已。她的耳朵传递表情的能力比世上大多数人的面部神经强。尽管它们只是竖起、后抿这两个简单动作,但竖起、抿倒的程度,一竖一抿的搭配,倾斜的角度、方向,构成了千变万化的格局,使你一眼便能看出她是高兴、丧气、好奇、郁闷、烦恼、气愤、愤怒、不平、献媚、娇嗔、假痴、卖乖、同情、怜悯、关注、淡漠、惧怯、害怕、恐慌、惶惑、迷惘、伤心、自怜、哀恸、凄楚、乞求、巴望、兴高采烈或是闷闷不乐。……我不知道她何以能洞察入微地感觉到家中的气氛,懂得每个人的心情。她卧在那儿勾着头,仿佛对周围的一切毫不在意,从没显示出察言观色的样子,却完全能够把握家人的情绪。当你极度沉闷时，她就慢慢蹭过来，装出漫不经心的样子，冲你弓起身子伸直前爪，张开嫩红的嘴，长长呵出一口气，叉开四趾，像老虎似的懒洋洋伸展腰身，做出憨态十足的样子美滋滋地打一个呵欠，逗得你不能不哧一声笑出来。于是她就得宠地高翘起尾巴，一圈圈绕着你的腿转悠。

我写作，她卧在离我最近的地方，似乎酣然入睡，却机灵无比。只要我放下笔，她立即跳到我面前的稿纸上，亲昵地叫一声，弓身翘尾，踩着稿纸兜圈子。有时候天已经很晚，我仍然埋头在书案上。她嘴里就发出呜呜噜噜的声音，跳上桌子，伸长颈，把毛茸茸的头凑近我的肩膀，伸出细软的舌头，舔我的手臂。我说："不行，我还没干完活。"她听话地转过身，卧在写字台边，身子与稿纸平行，头朝外，安静地等我。台灯拧亮，妻子做好晚饭站在门口说："行了，你别干了。"她立刻跳上稿纸，前爪蹬着我的胸口，粉色的嘴凑近我的额头，喵喵叫着拱我的下巴。

我和她的唯一一次矛盾发生在一个黄昏。在机关参加了一天漫长、慵倦的会，骑车四十多分钟回到家里，妻子、孩子都不在家，桌上摆着冷馍冷菜。从世俗世界带回的邪火登时冲决多年修行的功夫。"不行！今天一定要吃好点！喝一杯！"楼下就是夜市，急匆匆下了楼，把叉烧、肘花之类狠买了一大包，摆放进盘子里，然后转身去拿酒。就在这当儿，一向听话、善解人意的小家伙竟放肆地跳上桌子，鼻子凑近盘沿，抽抽搭搭想要下嘴去叼。我大吼一声，挥手打去，在她跳下桌子后又抬腿去踢。你不是很有灵性吗？今天怎么了？难道看不出我正烦？我独自坐下，骂出一串粗话，端起杯子，慢慢喝，慢慢吃。吃喝能消解人的火气，我开始暗笑自己修炼不够，怎么和一只猫发脾气？当时并没在意，谁知这只宝贝猫居然钻进沙发下三天不露面，无论怎样叫她、哄她，她都不理不睬。最后我只得屈尊把她从沙发下抱出来，用手不停抚弄。我把她放在写字台上，一边抚摸，一边劝导："其实你不应该计较嘛，那会儿我刚开完会，心里正烦。那是特殊情况。我把你养大，照顾你吃，照顾你喝，你病了，我深夜抱你去医院，心烦的时候发个小脾气，你就这么小心眼儿？难道你没错儿？一个懂事的猫，哪能随便上桌子？你也不欠吃不欠喝！你不是成心气人？"我没向她道歉，我毕竟是她的主人。主人不可以随便道歉。

她倒也没辜负我的教诲，趁坡下台，开始吃东西。不到半天，就和我和好如初，欢欢地绕着我跑起来。

我每天就盼着妻子、孩子早点上班、上学，他们一走，整座房子就属于我一个人。关上门，空间无限广阔，想干什么就干什么。如果需要调整心情，就对着镜子做怪相，龇牙咧嘴，扮鬼脸。有时忽然想考验一下宝贝猫的忠心，我歪在椅子里，双手捂脸，嘴里发出呜呜咽咽的声音，做出痛苦的样子。这时无论她在阳台上还是在别的屋里，都会迅速而又悄无声息地跑过来，侧着头，细心地瞧着我，耳朵微微颤动，露出担心、焦虑的样子，绕腿转一圈，慢慢爬上我旁边的茶几，立起腿，伸出舌头，一下一下舔我的腮帮。于是，我便真的难过起来，感觉到自己的卑劣。

然而，大凡动物都有它们共同的劣根性。如果让她吃得既好又饱，宠爱有加，她就会对你大大咧咧，不听招呼，叫她打滚她会显得很不情愿。所以，应当让她不至于太饱，偶有饥饿感，觉得离不开主人的恩宠。驭猫、驭人大致相像，必须恩威并加，一手胡萝卜一手大棒。不使过饱，不使过荣，不使不知主仆，不使不知上下、尊卑，最好的办法是让她有同类相争，需要主人做主。

那天，孩子带回一只小狗，两个宠物一见面就互相敌视，嘴里发出呼呼的声音，猫和狗都需要主人保护，它们当然也就更仰赖主人的权力。看来挑动人与人的争斗，对驭人者非常重要。我不但是权力的象征，也是真理和正义的当然化身，是你们所有人的裁决者。

在快要结束这篇文章的时候，我还没说到麻将。我偶尔也玩玩，只和家人玩，赌纸牌，不赌钱。一个文人，沾上钱就有铜臭气。按照麻将的规矩，座位要抓东西南北风，谁做庄家，从哪儿起牌，靠骰子点儿来决定。麻将给我的启发是，如果世间一切都用掷骰子来解决，可能就会省去很多麻烦，老百姓也许就不会再有怨言。这就是为什么至今我们还保留着抓阄这样原始的方法来裁决棘手的问题。抓不到好阄，打不出好点儿，是你的手气背，怨不得别人。可是，人的命运为什么不公？据说，是因为上帝的骰子灌了铅。看来，骰子也不可靠。

记于 1989 年冬

留在文化馆里的故事

故乡唐河县的文化馆是一座封闭的方形院落。临街两面高墙夹着带台阶的大门，前院敞开，后院幽静，花木葱茏，大树成荫。清代是书院，民国是"民众教育馆"，解放后是县城文化活动中心，从小在我心中就是一处圣地。20世纪80年代，我从街道小厂进入文化馆创作组，有了读书写作的环境，感到非常满足。当有一天局长和我谈话要我做馆长时，我干脆地回绝了，怕荒废来之不易的大好时光。局长是我的同学，中学的班长、兄长、好友。他笑着说："这是局里慎重研究的，不是我个人的意见。你还是好好想想吧。"我想了想，最后想通了。当时我最头疼的是两件事：一是被抽调去做与文学无关的事；二是外出参加笔会请假难。与其受别人支配，何如自己当家做主？于是，我在这座神圣的院落里做起了当家人，开始了一段色彩丰富的人生历程。

我做的第一件事是把馆里人员分成不同的专业组，设了负责人，由组里把业务活动编列出来，经馆长办公会和财务通过，每半年编一份馆历，以周为单元，列明每周各组活动项目、经费预算、负责人，各组按馆历行事。政治学习改为自学。文件不在会上念，由各组传阅，阅后签字。每周二、五学习改为周五下午例会，检查落实馆历执行情况，政治学习、文件阅读情况，有问题的，当场讨论解决。

实行馆历制后，大家各干其事，专业人才有了时间、有了自由，能集中精力干业务，各项活动更扎实，出了不少成果。

我做的第二件事是设一位办公室主任，代替馆长出席县里各种会议，统揽馆内一切行政杂务，诸如卫生检查、计划生育、活动协调……对各位分管的馆长负责。这样，我就成了甩手掌柜，可以有更多时间读书写作，参加文学活动。腾出精力，开办了"周末文艺讲座"，请文学艺术名家来讲课，对县里文风影响很大，带动了一批作者。我自己的创作也出现了一次高潮，20世纪80年代中期一些有影响的作品都是这个时期写出来的。

那时的文化馆,有几件让老馆长闹心的事:一是每年县城的元宵灯会全靠文化馆张罗。全馆动员,想尽办法,用尽智慧,花光了一年经费,各专业一开年就没钱搞业务,大家只能混日子。我当了馆长,宣布元宵节不做新灯,只把旧灯整理、翻新挂出来。消息传到县里,县长亲自登门来问我为什么不搞灯展,我笑答:"你给文化馆拨的经费是业务费,不是灯展费,我不能搞了灯展一年不搞业务。灯展是县里的事,各企业、机关都应该搞,你让我们搞也行,那就另拨专项经费,我们负责策划、组织。"县长也笑了:"你这小算盘打得怪精啊,那就不勉强你们了。"我心想:不搞灯会还不够,我要把每年出血的春节变成每年赚钱的机会。经过一番策划,我们把前院变成游艺场,闲置的曲艺厅变成演艺吧,开音乐会、录像厅,元宵节灯展变成灯谜、曲艺晚会。在展览楼上办舞会。从学校里借来架子鼓、乐器,邀集县城的乐手,晚上把墙上的书画展品用塑料单蒙好,白天揭开。文化馆成了春节期间县城最热闹的地方。不但馆里赚了钱,添置了设备,每个同志也都得到了劳务费、加班费,比当月工资还多，大家都很高兴。

舞会办起不久，公安局长带一干人来了，一见我便气势汹汹地质问："谁叫你办舞会？"我说："文化部叫办的呀。"我把文化部关于搞好春节群众文化活动的文件拿出来摆在他面前，他看也不看，继续质问："出了治安问题谁负责？"我说："你负责。我负责群众春节快乐，你负责群众安全，这是咱们各自的职责。"他愣了一下，接着问："我怎么负责？""你派警员到舞会上来嘛。白天检查消防，晚上维持秩序。为了避免影响群众情绪，你让他们穿上便衣来。"局长又愣了一下，然后扑哧一下笑了："我算服了。从明天开始我就给你派人了。"此后我和他成了朋友，文化馆有什么活动都请他们负责治安。

那时，全县各机关单位的牌子、宣传画一直由文化馆负责写画，美术组的同志既费工夫，搭油彩、油漆，还受挑剔，烦死了，有苦也不敢言。我就给他们定了制度，各单位来写牌子、画宣传画，一律收取劳务费、工本费，明码标价，到会计上开票，单列为美术组活动经费和劳务补贴。群众美术活动是美术组主业，单位的牌子、宣传画服从馆内的馆历安排，时间冲突的，请他们另找别处。

摄影专业的活动是馆里的老大难。多年来大家一直嘀咕，搞摄影的同志用馆里的设备、相纸、药液干私活，他老婆背着相机到学校去招揽生意，占着馆里房屋，用着馆里水电，还满肚子牢骚，说馆里不支持他工作，相机老掉牙了，多次反映不给换，设备老得不能用，买什么东西不给钱，活动搞不成，县里还经常抽他去为各种会议拍照。我和两位馆长商量，文化干部都生活得很清苦，家属也得不到安排，不如干脆把文化馆临街的房子租给他，替他申请营业执照，和他签订协议，让他老婆开摄影艺术馆。设备、材料、水电费自己承担，按市价给馆里交房租。每年举办摄影活动、出成果的投入由他创收负责，定下指标，从活动经费中抵扣。这样既能照顾他的个人困难，也能发挥他的业务专长，解决公私利益矛盾。开起艺术摄影部以后，他自己出资买了个长镜头大炮相机，背着出去参加活动，摄影界朋友很是羡慕。他给馆里创收交钱，馆里同志也不再提意见。他老婆的摄影部成了摄影爱好者交流切磋的地方，县里的摄影活动比以前活跃多了。

那时的文化馆还没有三馆分立。图书和文物是更让人操心的事儿。

进文化馆前，找不到书读是我最大的苦恼。当时全县只有文化馆一个小小的图书室，借书证只换旧证，新证很难办。好不容易托人找关系办个借书证，又借不到好书，都是些旧书，破损严重，让人望证空叹。我上任后，就到图书室去和管理员商量。她提出的第一个问题就是经费短缺，没钱进新书。这问题很棘手，向县里要钱可不是容易事儿。我问："办一个借书证收多少押金？"她说："五元。"那时的书，定价大多几角，一二元。我说："每个借书证每次借一本书，怎么借也不会超过他交的押金吧？"她说："那是。要不，书损坏弄丢咋办？""那你干吗不敞开办证？办证多，收的押金多，把押金拿出五分之四买书，留五分之一做退证备用金，多办证你就多积累了经费，还能满足大家读书的愿望，何乐而不为呢？"其实，馆里早有人反映图书室的押金长期闲置，缺乏管理监督，一直没人管。根据我的建议，图书室分批敞开办证，押金由馆会计统一管理，走账，把押金盘活，变成购买新书的基金，每两年换发一次新证，换证不收费，逾期三个月吊销旧证，押金转入新书基金。图书室一下子红火起来，办证的人多了，新书也添了很多，读者需求得到了满足。后来一些乡文化站学习县文化馆经验，以押金方式在乡镇办图书室，买新书、订杂志。当时我希望各乡文化站不但办图书室，还办流动借书车，定期巡回到村里去，满足农村青年读书的需求。这建议有点理想主义，一直没能实现。

其实，我在文化馆干的值得回忆的事儿也许是在文物上。

刚进文化馆时就听说馆里有不少善本古书和文物，"文革""破四旧"差点被红卫兵烧掉、抄走。一位老同志把它转移到小仓库里，连夜用箩筐搬运，一路走一路掉，掉在地上也顾不得捡回来。那时管文物的同志与前任馆长闹矛盾，带着库房钥匙长期外出不回馆里上班。我请文化局派人监督，组织了文物清理小组，打开库房，进行清理。看到那些善本古书仍然堆放在屋角几个箩筐里，馆藏文物瓷器、陶器、青铜器、宝剑、画像砖……零乱不堪，有的放在破架子上，有的放在地上，有的放在纸箱里。当时的震惊真是无以言表。于是马上和几位馆长、文物组长一起商量，把展览楼二楼东拐角的大厅隔断出来，划作文物库房，置办书柜、文物柜。抽调了三个人，用了两个多月时间，把善本古书和各项文物盘点、登记、造册，建立档案，一式两份。交馆里一份，库房专人管理一份，门锁加为三把，三人到场才可以打开。做完这件事，不免感到后怕。如果当时没人强行打开库房做这项工作，文化馆这些珍贵的馆藏会遭遇怎样的命运，实在不堪想象。

唐河、南阳一带有很多汉墓，从汉墓里出土的画像石、石俑、画像砖很多。全国文物普查时，馆里抽调了一批人，分组到各乡走访。当时最有价值的一块汉人杂技戏法画像砖是在苍台乡一家猪圈墙上发现的。当时馆里收集了很多画像石，就堆放在文化馆前院。风吹雨淋，任人踩踏。老人们坐在上面下棋、打牌，小孩子在其中玩耍。整顿了文物库房，接着就整顿院里的画像石。把各块画像石都用红漆编号，登记，造册，注明来源和有关故事，移到展览楼前避风雨的地方，立放，排开，既可方便参观，也避免了踩踏、损坏、丢失。由于没有经费，不能为汉画像石建造库房，直到我离开唐河，那些画像石仍然在展览楼前摆放着,成为我多年的心病。

"唐河有座塔,离天一丈八。"这座塔叫"泗洲塔",始建于北宋绍圣二年(1095年),塔体容量河南第一,塔高仅次于开封铁塔,是全国重点保护文物,是唐河县的标志。唐河游子归乡的时候,远远望见泗洲塔的影子,眼里就会涌出热泪。小时候听过很多塔的传说,跟着兄长们多次登塔,塔道里神秘的气氛和曲折的迷宫启迪着我的想象,在我儿时心灵里留下终生难忘的崇敬的记忆。那时印象最深的是塔道里的台阶,在近千年游客的踩踏下,变成没膝的深坑,要靠哥哥连拉带扯才能爬上去。没想到有朝一日我竟做了这座古塔的管理者。上任伊始,我就与文物组的同志登塔查看,提出修葺古塔的方案。首先修复塔基、塔道内部的台阶和各层塔心室损毁的佛龛、内壁。多次跑省城,送计划,拜专家,要钱。终于在那年秋天要到了第一笔修塔经费。为了修旧如旧,寻找施工队和用砖都费了不少周折。挑选了多家窑厂的产品,都达不到塔上老砖的硬度,让我领教了古人的伟大。宋代用砖都是麦草烧成,文火,烧的时间很长,这样的工艺早已失传。最后与一家生产队的小窑达成协议,按古砖规格烧制，严格检验，硬度勉强达到古砖的百分之八十五。塔基刚刚开挖清理，落了一场大雪。古塔根基下的须弥座裸露出来，下面的地宫也现出形迹。我非常着急，连夜去找施工队，派人冒雪看守，第二天立即回填，封闭。此后天气转晴，塔基的修复工程得以顺利进行。

第二年夏天，我调往省城。我离开县城时，泗洲塔修到了第三层。我到省里要了第二期工程经费，落实了整个修复工程的拨款计划。离开家乡后，有人传说，因为我把塔修了三层，得到佛的佑护，因此能连升三级，成了省里干部。我听了一笑，这不过是家乡父老对一个文化馆长的褒奖。

此后每次回乡，我都会到塔前看看，绕塔一周，心中默祝故乡民生多福，各业兴旺，文脉昌盛，也会与文化界朋友小聚，向县里领导建议，重修泗洲塔的母寺——千年古刹菩提寺。最近，这项酝酿多年的重修寺院的计划终于得以实施，开始运作，儿时旧梦即将实现。回想在文化馆的日子，心里深感欣慰。是文化馆给了我机会，让我能为生我养我的故乡做一点事情，今天才有这段美好的回忆。

为纪念河南省文化馆建馆六十周年而作

青春之梦

春天的西北高原又干又冷，兰州的天，像一块冷冰冰的铅板，在我的记忆里留下永生难忘的印象。整个冬春，兰大中文系的学生们都留恋文科楼1001阶梯教室。那里紧靠锅炉，是全校最暖和的地方。许多次，我努力适应使人昏昏欲睡的暖气，在拥挤的走道上徘徊，蹭着人腿寻找一把带写字扶手的翻靠椅，然而坐不了多久，还是不能不逃出来，逃上四楼。那里的小教室因为暖气不足而空无一人，轻淡的阳光透过灰蒙蒙的窗玻璃，我独自坐在寒气逼人的冷板凳上，披好大衣，穿上毡筒靴，翻开书页，沉浸在自由自在的愉悦中。那时我想写一部《中国儿童文学史》，还想搞《格林童话》《安徒生童话》研究。中文系开设的所有课程都使我厌倦，在课堂上，我觉得自己像一匹被禁锢在马厩里的小马驹，内心充满躁动和愤懑。老师在上边讲课，我在笔记本上写诗，《戏赠××老师打油一首》。在我们宿舍里，我总是上床最晚的一个。寒冷而漫长的夜晚，我躺在母亲特意为我缝做的八斤棉花装成的棉被里，一遍遍地转悠退学的念头。上下铺的床板发出嘶哑的响声，饥饿阵阵袭来，陶渊明的诗句在我心中翻腾："归去来兮！田园将芜胡不归？既自以心为形役，奚惆怅而独悲？""我得退学，那些文学原理、概论……还有那些考试、考查，对我没有任何用处！我干吗还要待在这儿浪费宝贵的青春？"

和同学朋友谈起来，谁都表示赞赏，表示同情，可是谁都劝我没必要那么认真。和一位青年教师谈，他说："你不可惜文凭？这是一所重点大学呀。"我挥了一下手，轻蔑地笑了笑。"你退学后打算干什么？""我要当作家。"我毫不犹豫地说，"在这里读下去，我就当不了作家了，我就完了。"虽然他知道我在高中时出版过一本书，但他还是迟疑地看着我说："系统的教育也是必要的呀。"我说："我会坚持把大学的课程修完，我到生活里去修，不坐在这儿死泡。"他微笑着颔首不语。他毕竟比我年长，知道生活是怎么回事，在人生重要关头的抉择上不想鼓励一个爱幻想爱冲动的年轻人去冒险。我急不可耐地向他解释，倾吐心底深处的担心："如果坚持到毕业，我就失去了选择自由，可能留校，可能被分配到某个机关，某家报社、杂志社，或是留校，或是到中学去，那时只能听从命运的安排，而不能自己安排自己。"我讲得很激动，好像继续留在学校就等于生命意义的毁灭。这位十分欣赏我的勇气和才华的老师终于叹了一口气说："既然你打定了主意，最终能不能成为作家也无所谓。"多少年后忆起这位青年学者的话，他仅仅是赞赏一个想要把握自己命运的年轻人的热情，并没有当真认为我会成功。到了如今的年岁，在回首往事时，我不能不为当初的任性感到后怕。我常常想，现在如果我的儿子突然要从一所重点大学退学，我无论如何是不会答应的。如果不是从小失去了父亲，母亲的娇宠、大哥的怜爱使我对世事的艰辛浑然不知，也许我会更懂事一些，不会给他们带来那么多的麻烦。

但我没想到办理退学手续是多么烦难，中途差点灰心罢手。班主任、系主任、教务长、学生处长、系办公室和学生处的干事们，都像对待一个无理取闹的无赖一样冷眼相看，现在想起来真是又好笑又抱歉。那些日子，我几乎每天去缠他们，装出一副可怜相耍尽拙劣的花招。在他们的记忆里，我肯定是个调皮捣蛋、令人厌恶的坏学生。如今写这篇文章时，我是多么怀念兰州大学安谧的校园，那敞开书架可以随意翻阅的资料室。那些曾经被我在心里和打油诗里讥笑嘲弄过的老师，我要说，我爱你们，你们是我丰富的人生中最美好最有感情的一笔存蓄。短暂而灰暗的大学生活留下了如此多的美好记忆，连同奔驰在西北高原荒远之中的列车，那些被晚点忘却在黑灯瞎火的小站的悄无声息的夜晚，还有饥饿和寒冷的印象。当我像一个赎了身的奴隶，像一只放出笼的小鸟，烧毁了讲义，分赠了书籍和字典，兴冲冲地扛着行李走出兰大校园时，正是暮春的黄昏，盘旋路上的灯火已经灿然闪亮。那么多同学前来送行，我不禁深受感动，虽然我和他们相处得并不算融洽。由于我在精神上的孤僻、傲慢，同窗两年半，竟不知道班里有多少同学，也叫不出每个人的名字。我们走了很远，沿着坎坷的山坡从兰州东站货场绕进车站。始发车空空荡荡，他们把我的行李放好，站在车窗边同我说话。我就着黄昏的车灯给他们写了一首满怀豪情的诗。

母亲和大哥根本没有料到我不但突然退了学，而且还自作主张把户口迁到农村（那时全家都在郑州，母亲已经来到省会多年，我在这座城市读完了高中），我的随心所欲使全家人为之惊愕。现在回想起来，作为那么爱我的家长，母亲和哥哥怎样容忍了我的胡闹，怎样接受了我由一个城市大学生变为生产队社员，和妻子一起在那里靠工分过活这个严酷的事实，那时还没有知识青年上山下乡这回事。也许，只有母亲和哥哥相信我能够实现自己的梦想，看到我生机勃勃地跟着生产队的马车进城掏粪、卖菜，看到我和妻子在田野的阳光下变得结实、健壮、快活，我感觉到他们都很高兴。妈妈到乡下来看我，她看见我们用三块土坯支起一口锅做饭，像小孩子过家家，又辛酸又好笑。

按郊区的称呼，赶车的叫大把，跟车的叫二把。大把满仓叔看中了这个单纯热情、刚刚从大学退学的小伙子，向生产队提议，让我做他的二把。每天天不明，我到饲养室去把马牵出来，套好车，装上菜，满仓叔接过鞭，我跟在车后。如果是轻车，我们俩都可以坐在车上。在菜站卸下菜，把马喂上，满仓叔招呼车，我到市图书馆去借书。回程时，马在公路上轻快地小跑，在悦耳的马蹄声里，我趁着西下的阳光读书。下了雨，我们披着蓑衣，跟着摇摇晃晃的菜车在泥水里走，我心里写着诗："大车走在风雨里……"满仓叔向我讲他年轻时的风流韵事，讲他如何拐了一个女人，带她私奔，躲藏在郑州的小巷里，给我讲老郑州的妓院，讲城里乡下的逸闻趣事。

按照大学高年级的课程设置，我为自己设计了一套进修课表，这套课表把理论放在次要的、提纲的位置，将中外文学名著作为主教材。我得感谢郑州市图书馆在大同路那座陈旧拥挤的小楼，它的编目索引卡片为我提供了很大的方便。在马车上，我系统地读完了中外文学史，按照年代、作家和专题阅读了大量作品。不知道那时二十二三岁的我，何以有那样充沛的精力，不但读了那么多书，超额修完了自定的大学高年级课程，而且写了两部长诗、三本抒情诗、长篇小说《奔流的贾鲁河》的前四章。白天坚持生产队劳动，夜里读书、写作到凌晨，五六点钟起床去套车。也许那是我一生中最快活最自在的年头。分了借地，我和妻子一起去送粪、锄草、收割，比起城市与学校的饥饿状态，在乡下吃得很饱，不必担心粮票。村里的年轻人都是要好的朋友，简陋的小屋就是我们的俱乐部。我有一把秦琴，我们一起弹琴唱歌，吃饭喝酒，大儿子出生时，邻居都来照应。

那时从没估计到退学会给我带来整整二十年的漂泊。我只是打算在农村体验一下生活，顶多二三年，定能写出使世人吃惊的大作品，然后回城去做专业作家。

然而之后倒霉事就接踵而至，灾难一个接一个。首先是原来已经定下来要出版的一部长诗被出版社退回来，理由是"纸张困难压缩计划"。然后是另一部长诗在编辑部长久待着，老说出，老出不来。接着是两首百余行的叙事诗已经编发，临时被抽撤（退回来的稿子上已经圈好了红）。长篇小说根本没写完就碰上了生存危机。那年冬天特别冷，"煤火条"（郑州郊区做饭兼取暖的宽大的煤炉子）上整日蹲坐着老人孩子。春节临近，生产队年终分红的账目早已张榜公布，队里的钱却被队长和支书挪用，伙同市里一家工厂的科长去捣腾酒精了。我是生产队会计，血气方刚，回到城里向大哥诉说，大哥说，你写个材料，我帮你转到市委。这封信经市委批示，支书、队长和那位科长都受到追查，受了处分。大年二十九，乡亲们领到了钱，我却成了报复对象，先是失去了住房，不得不栖身在车棚里。雪扑进简陋的隔墙，在门里结成厚冰。然后，烧煤、用电……几乎全都成了问题。

在车棚里度过春节之后，地里的麦子开始拔节，乡亲们用架子车装上我们简单的行李，给我们蒸了几布袋馒头，送我们回城。还是那张棕板床，旧桌子，方凳，一纸箱书，比起两年前下乡，车上多了一个孩子。他出生在生产队的仓房里。

人回来了，不但没能进文联当作家，连户口也入不上，从此成为黑户，开始了十八年的漂泊生涯。十八年，只在回忆时才感觉到它的漫长可畏，对于两个年轻人来说，那时并没有怎么留意。一年一年，文学梦变得更加渺茫，岁月仿佛停顿下来，人生被无数戏剧性的细节和悲剧的情节扭结成五光十色的光影。离开郑州郊区，不过是苦难旅程的开始，十八年的经历也许根本没法用三五万字写完。

在淮南一座城市的边沿，我们经历了一生最可怕的磨难，然后在母亲的照应下，回到了几十年前爷爷生活的故乡，在埋藏着先祖的土地上继续我们的传奇故事。当农民，打小工，教书，坐牢，到湖北去做流浪汉，靠画毛主席像、写语录牌谋生赚钱。跟剧团，办工厂，当厂长，跑业务。在那些颠沛流离的日子里，我在异乡山城的小河边，望着夕阳朗诵李白的诗句："天生我材必有用，千金散尽还复来。"我把这两句诗写在琴鼓上，它使我的梦想永不幻灭。

因文字而得祸，母亲偷偷烧掉我的诗集、文稿、日记，却又常常在灯下为我讲述故乡小城的逸闻，使我沉醉在悠远而美丽的小城故事里，从不为现实的艰难、屈辱、忧愤所烦恼。母亲伴着我们曲折的人生，温暖的亲情使苦日子无比幸福。所有的苦难都成为丰富的文学营养，它远远超出我当初的想象，成为刻意追求无法得到的财富。美丽的梦把我造就成了个骄慢而不在乎世事的永远的孩子，幻想使我忽略了现实的残酷。

我终于成了作家，在付出了全部青春年华之后，在执拗地追求了三十年之后。

现在我知道了，伴着幻想到来的不是成功的轻松，而是更远更长的前路,我知道了其实人生根本没有成功可言。不知道我还能不能像二十岁时那样敢于满不在乎地和自己的命运开玩笑?比起现在终日面对空白稿纸在方块字的迷宫里摸索,坎坷岁月中的我是那样蓬勃。我深情地怀念它。艰难岁月,是我生命的色彩。

西行日记

——岁月深处的寻找

2011 年 7 月 16 日（辛卯 六月十六） 星期六

真是一个吉利日子，车票是七月十六，六月十六，星期六。按照家乡风俗，六代表顺利，六六大顺，预示着此行将是一次顺利的旅行。两星期前我突然决定去新疆走一走，如有可能，去寻找一下二哥的人生足迹。握着西去的车票，我想起了二哥，想起了自己。我和他都是少年离乡，辞家远行。二哥其瑞十七岁去西安求学，毕业后分配到成立不久的新疆维吾尔自治区交通厅。由于爱好文学，组织了一个文学社，崇拜路翎、绿原，反胡风时被组织审查、批判，从省城调到乌苏新疆第三汽车运输公司。1957 年鸣放时，他贴大字报，为自己在肃反中受到的审查处理向领导提意见，遭到反击后，又因态度不好被打成右派，送到兵团劳动教养，在那里劳动了大半生，沿巴楚、泽普、叶城、和田、且末，绕着塔克拉玛干大沙漠修公路、铁路，直到1979年被平反，重回三公司。此后大哥费尽心机把他调回河南，却因忧郁症和精神病，不到退休年龄就离世了。二哥被划右派，我的高考成绩虽然很好，却不能进入理想的大学，到兰州去报到时，西去的列车一开动，眼里就涌满泪水。既是离乡的悲苦，更是对被歧视的不平。入学两年后愤而退学，开始了二十年的流浪生活。那是我人生的转折点。一个自负、骄矜的少年从此变得沉郁、忧愤。而今我要沿着西出阳关的旧路，向幽暗的岁月深处去寻找痛楚的记忆，心情格外复杂。

不知是因为新疆进入旅游旺季，还是西部大开发吸引了更多寻找商机的人，乌鲁木齐的车票非常难买，提前十天预订还是买不到车票，机票也不打折。幸亏儿子的同学在铁路局工作，顺利拿到了两张软卧。女婿开车去送，买了站台票，把行李搬上车，安放好。看来人老了也会显出优势，在不知不觉间孩子长大了，可以帮你做事，替你出力。想到自己年轻时为生计奔波，经常背负行囊，风尘仆仆去赶车。有一次到一座工厂提货，搬运工下班了，我一个人装了七吨硫酸铝。负重，奔走，采购，发货，在火车、轮船上，挤在人堆里，坐在走道上过夜，什么困难也不在乎。辛苦，是人生的财富，年轻时经历辛苦，到老来才有故事讲给后人。感谢这样的生活，历练了我的人生。

7月17日（六月十七）　星期日

郑州发车时包厢里上了三个人。除了我们夫妇，另一位小伙子从山西侯马来，到鄯善下车。他在鄯善开矿，家在山西，孩子在家上学，每隔几个月回去看看。轻装来去，只带一个小包。他对这一路很熟悉，用山西口音给我们讲鄯善。说那里自然条件极恶劣，是疆东大戈壁的边沿，干旱，风沙，很少下雨，但瓜果非常好，哈密瓜其实就产在鄯善，葡萄也比吐鲁番甜。有铁矿，吸引了口内（这是新疆人对内地的称谓）投资开发商，现在那里人很富。

开车时空着一个下铺，直到三门峡，上来一位老人。这位从三门峡上车的老先生从濮阳来，早晨到郑州，买了郑州至三门峡的硬座，夜里从这里上卧铺。他说郑州买不到卧铺，订票的人让他到三门峡上车。这真让人费解，卧铺从郑州空到三门峡，坐车的人却要从郑州到三门峡乘车。老先生虽然一身简朴，但一上车就不断接电话。后来才知道，他女儿是房地产开发商，在乌苏开发房地产，老人到乌苏去看女儿。乌苏这个名字让我感到亲切，河南老乡在乌苏开发房地产，给了我另一种想象。当列车员向大家推销开封花生酥糖时，我劝他买几包给外孙带去，总算是有特色的河南食品，能给孩子一个欢喜。老人买了一包，尝了尝。虽然觉得有点贵，还是狠着心买了两包。他的外孙见了一定会很高兴，买这两包糖绝对不后悔。

7月18日（六月十八）　星期一

以我最初的想法，为了体验个体旅行的自由和真实，这次新疆之行以访亲问友为主，自费出行，不打扰当地官员。我的夫人有位患难之交的同学在乌鲁木齐，热诚欢迎到她家去。我在网上结识了一位网友贾先生，他是一个地方网站的创建人，爱好文学，写了不少诗歌、散文，欢迎我去乌苏。我联系了乌鲁木齐一家旅行社，委托他们安排南疆之行。临行前拿着新疆地图查了很多遍，为了不至于太过劳累，车程太远的地方决定舍弃。然而我很想到生产建设兵团的基层团场、连队村庄去看看，那是我此行的重点。于是就请艾先生代为联系。他是我的兰大校友，我们曾一起参加中国作家代表团访问美国，算是驴友，不久前他刚去过一趟新疆，在那儿主持了一项活动。这样，我在火车上就接到兵团文联秦先生的电话。他说已经安排了车去接站，因为是早晨七点多到站，不如下车后吃个早点就直奔奎屯，到农七师团部去，那儿离乌鲁木齐不远，离乌苏更近。我连忙表示感谢，同时向他说明，此行纯属私人旅行，尽量不麻烦当地领导，一切费用自理，请文联帮助联系、协调，帮忙订一下宾馆、车票就行了。

奎屯，是蒙古语，意为圣洁的水。奎屯河发源于天山北麓，是天山积雪融化流下来的雪水，是北疆兵团的生命之河，养育着准噶尔盆地南沿广袤的荒漠和绿洲。农七师文联因前任主席创作了电视剧《戈壁母亲》而文名远播。在农七师宾馆住下，文联主席付先生拿来了他们新出版的《准噶尔文艺》给我看。稍事休息，付先生请来几位农七师退休老同志和我聊天。农七师由部队转业屯垦的军人、国民党起义人员和新中国成立初期内地来的移民组成，河南人很多，"在我们这儿，河南话就是普通话嘛，连维吾尔族、哈萨克族的孩子都说河南话"。两位兵团退休的老人都是河南驻马店人，一位是汝南的，一位是西平的。这使我与他们有一种天然的亲密感，说起话来毫无拘束。

听说我想到团场去，文联的张先生建议我去128团。"那里有几个连队在沙漠边缘，有绿洲，有戈壁，基层生活比较典型。下边还有一批文学爱好者，你去，他们肯定很欢迎。"看起来文学还是很有群众性，我决定明天去128团。

晚饭后张先生陪我去逛夜市。由于农七师的驻扎，奎屯由一个小乡镇变成了繁华的城市，到了夜晚，灯火阑珊，人流熙攘，青年男女与内地没什么差别。女孩子穿着超短裤，一点也不在乎戈壁深处吹来的风沙。小伙子骑着摩托在车流中穿梭，偶尔有身着民族服装的女性从人丛中掠过，因服饰的庄重华丽而引人注目。路边卖瓜果的小贩操着浓重的河南乡音，让我心中暗暗发笑。

在市中心广场旁边的花园里，走在石子铺成的小径上，张先生掏出一把小手电在地上照。"我们这儿玉石多得很，戈壁滩里，山沟、河滩里，到处都有，人们身上经常带一把小手电，拣到石头用电筒对着照一下，就知道是不是玉。"他弯下腰，让我看脚下的石头。找了一阵，找到一块。他把手电贴上去，一照，通身透明："这就是玉。"再照另一块，不透明，"这是石头"。又照另一块，虽然不透明，光线能向四周扩散，"这也算玉，成色差一点"。

中原大地正是暑热难耐的季节，在这里，太阳一落，空气就变得凉爽，睡觉不需要空调、风扇，宾馆里也显得很安宁。

7月19日（六月十九）　星期二

新疆与内地虽然都用北京时间，可在实际生活中却有两个小时的时差。一般是八九点钟吃早餐，十点上班。中午大多在一点半以后开午饭。晚上更明显，十二点前人们一般不休息。我们出发去128团已经是上午十点半。出了奎屯，就是一眼望不到边的荒漠。新疆的大地有四种色彩：沙漠近乎白色，耀眼，洁净，像海浪一样起伏着褶皱；忽然，迎面出现一片绿洲，树木、庄稼蓬勃盎然，绿得令人感动；戈壁是灰褐色的，满眼灰冷的砂石，干涸的河滩，充满了西部的悲壮、苍凉；荒漠斑斓多彩，即使没有水也照样生长着茂密的芦苇，涌动着毛茸茸的芦花，黑色的梭梭柴、骆驼草倔强地向天边漫延，红柳摇着粉色的轻云，牧草像成熟的麦田一样一片金黄。天蓝得透明，云彩也显得特别白。

128团所在地叫前山涝坝（这地名有点拗口，但也给人一点想象），旁边有个小镇叫车排子。据说在古远的年代，这里是一片荒无人烟的沼泽，一队屯垦士兵来到这里，发现烂泥里有一个大车架子，木头已经朽烂，不知是哪朝哪代的遗物，不知何人身陷沼泽，留下了它。于是，他们就把这地方叫车排子（车架子的意思）。如今这里是一个以兵团和他们的家属为中心的小镇。正对柏油路是一座灰色大楼，像许多办公楼一样，楼前是广场，广场中心有雕塑。西边是一片休闲花园。花园对过是农贸市场。市场后有一条大街。虽然街上看不到多少行人，街两边的商店、住宅却与内地没什么不同，小吃店里的早餐也和河南每一个县城差不多，油条、包子、豆浆、稀饭。兵团招待所被内地来的石油勘探公司占用，我们被安置在农贸市场旁边私人开办的小旅馆里。在临街商店二楼，有七八个房间。内部装修不错，设施齐全，安静，干净，甚至比奎屯的宾馆还舒适。

来到这儿，我算是真正掉进了"河南窝"。商店里的人和农贸市场里的小贩都操着河南口音。128团宣传科的李先生和分管宣传的副政委裴女士都是河南人，一个是兰考的，一个是新郑的。他们都是兵团第二代，生在兵团，长在兵团。知道我想访问兵团的老人，李先生热情地为我组织了一个支边老同志座谈会。听说家乡的作协主席来看望老乡，会议室里老早就坐得满满的。这么多老同志，我担心座谈会能不能深入交流，会不会流于形式。然而会开得还好。说起当年从家乡远赴边疆开拓戈壁的经历，他们都很激动，大部分时间是几个口才较好的人讲，他们要么是当年的干部，要么是垦荒队伍中的骨干、积极分子，其余的只是插话，旁听，分享回忆的兴奋。

"那时候我才十七岁，没什么文化，家里穷，没吃没喝。政府号召支边，家里不让去，我跟他们吵。动员支边的干部说，想去新疆我得先问问你，能吃肉不能？那儿每天牛羊肉，不能吃肉就别去。那儿是楼上楼下，电灯电话，洋犁子洋耙。我一听，新疆那么好，无论如何也要去。支边人员走的时候我偷偷从家里跑出来，扒上汽车跟着走了。汽车连夜出发，到驻马店坐闷罐火车，一气开到张掖。从小谁走过这么远的路啊？十天十夜，在张掖一下车，不少人都哭起来。我没哭，我不想家。那时候火车只通到张掖，张掖向西就坐汽车。怕大家看见大戈壁心里害怕，卡车都是夜里走，白天停。到了迪化（那时候乌鲁木齐叫迪化），一看，哇呀，高楼大马路，真是楼上楼下，电灯电话，百货商店，饭馆子，街上很繁华，走着各色各样的人。领队的说，这不算啥，往前走，比这儿更好！再往前走，四下里都是碎石、黑砂，一砣儿一砣儿的黑刺丛，走了几天，看不见庄稼毛儿，心里就打鼓，有些人想回家。可你回不了啦，戈壁荒滩，连个路也找不到，你咋回呀？有一天领队说，晚上就到驻地了，咱们在这儿歇歇，玩玩，看看风景。我们在那儿一直玩到天黑才上车往戈壁滩里走。车开了好久，听见有敲锣打鼓的声音，有亮光。走到近前一看，一丛丛梭梭草，旁边亮着马灯，站着两个人，一人敲鼓，一人打锣。周围啥也没有，不要说房子，连个窝棚也没有。卡车把行李卸下来就开跑了，把我们几十个人扔到戈壁滩上。我们砍了梭梭柴，生起火，围着火堆，几个人挤着，偎着。梭梭柴这东西好啊，戈壁滩里到处都是——现在少了，国家保护，不让砍了。那时候，搭地窝子、烧火、做饭、取暖，全靠梭梭柴。这东西枝叶有油，着起来火旺，没烟。那时候戈壁滩上冷啊，夜里都是零下几十度。人一躺下，嘴里呼出的气就冻了冰，第二天早上，脸和被子冻在一起掀不开。第二天大家动手挖地窝子。把石头清走，在地面上掏出个大方坑，挖出斜坡，顶上盖梭梭柴、盖苇秆。在戈壁滩上干一天活，挖渠挖到天黑，往回走经常找不到家，戈壁滩大呀，认不出方向，不知道哪儿是自己的窝子。后来想个办法，天一黑，家里人就在地窝子顶上挂盏马灯，收了工望着马灯走，老远就能看见。我们这些人，在地窝子里一住就是一二十年，孩子都是在地窝子里出生长大。"

李先生插嘴说："为了透气，地窝子顶上都留天窗。有天晚上，我看见有个影子从天窗上插进来，毛茸茸的，就大声喊叫。是一只狼，听见人喊就跑了。那时候经常有狼来，在地窝子周围转。我们就把天窗用树枝封死了。"

"最苦的是开渠的时候。渠没开好，水引不来，戈壁滩上没水，我们只能靠雪地里的雪。雪也很金贵，太阳一出雪就化了，沁进砂石里。我们把雪拢好，堆起来，盖上梭梭草，保护着，不让它化。它化了大家就没水吃了。那时候谁也没洗过脸没洗过手。"

这时候会场里开始笑，讲述的老乡指着一位老太太说："你问问她，她是劳模，第一批拖拉机手。那时候我们没歇过星期日，也没节假日。国庆节放了半天假，她弄了一搪瓷缸水，一手浇着，洗了洗头。队长看见了，把她骂了三天，开会批判她，说她资产阶级思想。人连吃的水都没有，你还洗头！"

"那时候戈壁滩上的蚊子厉害得很，像苍蝇那么大，咬着就是个大包。蹲在戈壁滩上拉屎，不断拿树条子拍打，站起来满屁股都是疙瘩，能痒好几天。"

7月20日（六月二十）　星期三

上午，李先生陪我到下面连队去。他告诉我："现在，连、队已经不分了。从前，连是连，队是队。连，是转业军人、国民党起义人员和支边人员；队，是劳改新生和其他改造的人。连里的人是好人，队里的人是专政对象。现在连和队一样，年轻人大多是口里来的新移民，很多河南人在这儿包地。"我忽然明白了，其瑞二哥大半生一直在队里，没资格进连里去。

连队离团部相当远，要不是陪我，李先生也很少来。道路穿过一望无际的棉田和色彩明丽的向日葵地——这些辽阔肥沃的土地都是两代屯垦战士从戈壁乱石中开垦出来的。渠沟里流着清洌的天山雪水，路两边长着茂密的苇子、红柳和榆树。和内地的榆树不同，这里的榆树酷似胡杨，树干遒劲粗壮，树冠一簇一团，枝叶繁茂浓绿，叶片闪现出肥沃的亮光。

连队聚居的村庄像西部所有村落一样，是一片白色的平顶的土房子，虽然被绿树、野草包围，村子却光秃秃的，看不到一点绿荫。村庄里倒是生机勃勃，停放着卡车、三轮农用车，远远就能听到狗叫声。男人们出去干活了，两个中年妇女热情地招呼我们。我进到屋里去仔细看了看。屋里很凉爽，与外面的晴空烈日形成鲜明对比。光线虽然幽暗，却收拾得干干净净，屋里的陈设和内地农村差不多，只是显得更简朴。

感谢团政委为我派了车，使我能够一直跑到这个团最边缘的连队，站在准噶尔古尔班通古特沙漠边沿照了几张相。

下午五点，全团二十多位业余作者在团部会议室聚集。我很高兴能给他们讲课，与他们交流，不但能让我知道兵团基层生活和他们的想法，同时也算是对128团热情接待的一种回报。虽然很想到连队去住几天，感受一下戈壁深处的生活，却害怕过多打扰，我还是决定明天去乌苏。

7月21日（六月二十一）　星期四

那时我在故乡读中学。每月中旬，那位身背邮包的邮差就会出现在我家门前，举着一个书夹子，嘴里喊："田琴——拿手章！"母亲把手章拿过来，在章面上呵口气，盖在邮差指定的位置，接过一张汇款单。乌苏寄来的汇款单和二哥来信的信封上每行汉字下面都加印着曲曲弯弯的图案似的维吾尔文，激起我对遥远的新疆的遐想。

乌苏于是深印在我少年时期的记忆里（这情节我在《十七岁》里曾经写过）。

现实中的乌苏比我想象的小一些，市区规模不大，没有内地县城那样喧嚣。我仔细打量车窗外的马路，楼房，街市，街上走动的人，路边的一草一木。愈向城区走近，心底愈有一种惶恐。到乌苏来，最大的心愿是希望能寻访一点二哥当年生活的踪迹，哪怕能找到一片老街去转转也行。五十多年过去了，人世间发生了巨大变化，中国经济快速发展，老城大多已被改造得面目全非，其瑞二哥当年工作的单位和熟人，怕是难以找到线索了。

贾先生电话里告诉我，由于啤酒节将近，乌苏宾馆紧张，他联系了多家，最后只有华联八楼有房，条件不太理想，楼下有些吵闹。然而这宾馆我很中意。在宾馆楼上临窗一望，对面就是一片未经改造的旧房子，错落的白色屋顶，杂乱的棚屋，形形色色的小摊小贩和乱停乱放的车辆。这正是我想找的地方。我连忙打开相机，对着这片屋顶，拍了几张照片。

下午我和夫人就从这市场开始乌苏之游。临街是一个卖馕的小店，门前摊子上高高堆放着各种各样的馕饼，一个维吾尔族老乡不断把烤好的馕从馕坑里扔出来，焦黄、暄亮、诱人，一个维吾尔族男孩在馕堆前忙碌。走进市场，依稀看到一座旧城的影子。低矮、破旧的店铺，街心零乱不整的摊位，杂货店，锅碗瓢盆、家用电器。与家乡不同的是，店铺间夹杂着出卖民族用品的小店和器物。市场尽头连着一条偏僻的小街，街两边是未经改造的老房旧院，带着西部民居的特点，泥墙院落，白色泥顶平房，几乎没有树木。院里保持着小城的简朴，活动在其间的维吾尔族、汉族老人带着老市民的悠闲散漫，使我仿佛看到几十年前故乡的小巷。绕城走去，看到一片绿荫繁茂的公园，民族式画廊里聚着一些老人，伴着弦乐唱戏。夫人驻足听着说，你听，是不是豫剧？我听了听，是秦腔。秦腔和豫剧都用板胡做主奏乐器，乍一听，很相像。

　　公园紧挨马路，马路边竖立着公交站牌。"三公司路口"这个站名让我怦然心动，三公司不就是二哥当年工作的单位吗？没想到能这样顺利地找到它。在我的想象里，它应该在一条热闹的大街旁边，有一个宽敞、气派的大门，门口有保安，大门前有车辆出入。急切地上了公交车，我问开车的维吾尔族师傅："三公司路口有多远？"他说："五分钟。"然而，在"三公司路口"下车后，面前只是一条新修的马路，路两边是一些居民楼。看不到单位，商店也不多。向路人打听，不少人都说不知道三公司在哪儿。走了半条街，碰上一位老人，一看穿着、神态就知道是位退休的老同志。他热情地站下，和气地说："三公司没了。倒闭了。"他向路边挥了一下手，"这几栋楼就是三公司的家属楼。"我和夫人带着满脸迷茫走到那排旧楼跟前，墙上真的钉着标牌："三公司家属院××号楼"。我让夫人站在楼下，拿出相机，在这标牌下拍了几张照片。看来想找到二哥当年工作的单位已经不可能了。

7月22日（六月二十二）　星期五

早晨很早就醒了。昨晚贾先生约了几个朋友到乌苏郊外一个生态园吃饭，席间说到寻找三公司的经历，贾先生说，你住的华联宾馆就是三公司旧址。三公司曾经是乌苏最牛的单位，占了半个县城，从华联楼下那片新开发的小区直到你去过的那条马路边，全是三公司的地盘。三公司的女孩不外嫁；本地女孩找上三公司男人，亲戚邻居都羡慕死了。乌苏人想进三公司难得很，要托人找关系。那么大的企业，说垮就垮了，把地卖给开发商盖楼了。——我突然想到火车上与我同行的老人，说不定华联窗外的楼盘就是我们河南老乡在开发吧？

我默默站在窗前。看来华联宾馆还真的与我有缘。楼下新建的小区在我眼前涌动，波浪似的屋顶一直涌向城市边缘。晨光弥漫，如烟似雾，天山伏卧在天地交接的地方，雪峰洁白，映衬着清澈的天空。忽然间，热泪涌满了我的眼眶，悲伤撞击我的胸膛，我禁不住想要放声恸哭。乌苏的早晨这般宁静，塞外的图画这般美丽，其瑞二哥来到这里的时候是那样年轻、英俊，幼稚、单纯，对人世的凶险浑然不知。我想起二哥年轻时的模样，想起他从西安交通学院毕业，分配到乌鲁木齐时寄给家里的照片：雪白的衬衫，带背带的呢子西裤，梳理整齐的长发，脸上带着自信的微笑，目光炯炯，神采飞扬，一副振翅欲飞的神态。这块笼罩着晨光的土地，给了那么多人温馨和幸福，却无情地埋葬了二哥的梦想，埋葬了他的青春和人生。现在，它就在我脚下，在我的视线里。天山洁白的雪峰还在远处不动声色地闪光,新盖的楼盘充满勃勃生机,没人知道这里发生过什么,没人在意一个充满幻想的年轻人如何在一片口号声里一夜间变成罪人,被发配到兵团,开始一生的苦难。那一年他才二十三岁,是个风华正茂、满腔热血的青年。我找出一片纸,写下这首诗:"塞外天高独临窗,故地扑面荡回肠。游子身影飘逸处,晨光似烟空迷茫。不忍少年沦落地,新楼如浪湮旧伤。天山雪峰遥不语,孤魂何处是故乡?"我把它加上标题"乌苏华联八楼哭二哥",加上几行小序,发给远在家乡的大哥和几个孩子。

上午,市委宣传部的小李陪我到西湖乡去采访民间歌手。哈萨克族的"阿肯弹唱"、维吾尔族的"麦西莱甫"、回族的"花儿"和汉族的"小曲"是乌苏传统民歌,已被列入非物质文化遗产,传承人都能享受政府津贴。唱小曲的老太太是甘肃第五代移民,虽然六十多岁,嗓子还很亮,曲调也掌握得很好。我录了几段,又找了一些资料。

晚上,贾先生一家三口盛情邀约去吃烤肉,品尝乌苏啤酒和格瓦斯。格瓦斯是从俄罗斯传过来的,啤酒加蜂蜜酿成的饮料，味道甜美、口感醇厚。我问贾先生："格瓦斯五十年代有吗？""有。早就有。"二哥当年在乌苏，是不是也曾品尝过格瓦斯？那时的格瓦斯和现在的味道一样吗？

贾先生的夫人是幼儿园教师，昨晚一起吃饭时她说她认识一位三公司的老同志，可以帮我打听一下我二哥和第一任二嫂（她在《十七岁》里的名字是李春梅）。当她把打开的格瓦斯递到我手里的时候，她说："我打过电话了。她认识李春梅，五六十年代她们是邻居，两家同住一套大房子。"这消息令我振奋。"李春梅那时是不是在三公司医务所？""对。"

李春梅十五岁来到我家，和我一起在城关第一小学读书，后来母亲托人把她介绍进县医院。她是个知道发奋上进的人，在医院表现很好，不久便被评为积极分子，入了党。1957年，母亲帮她调到乌苏。她到乌苏不久就开始反右派，李春梅把二哥的日记拿出来检举揭发他，使二哥遭遇到人生的第一次背叛。

"她有病的时候常找她打针，她们关系挺好。""那她应当知道张其瑞了。""她说她不知道。她听单位的人说李春梅原来的男人对她很好，后来划了右派。李春梅是不是出车祸不在了？""是的。"我想了一下，"死了二十多年了吧？"

烤肉和格瓦斯让我度过了一个快乐的夜晚，我好像已经忘记了早晨的感伤。我把那首诗发给大哥和几个孩子后，他们纷纷回信安慰我："一切都过去了，不要太伤感。"我忽然觉得也许给他们发这样的诗是错误的。我应当与亲人分享快乐，不应当让他们分担忧伤。而今的世界是一个"吃喝玩乐，今天多快活"的时代，连幸福也没工夫回忆，谁还愿意去回味苦难？那段历史并不是无意被忘却，而是人们为了享受今天不想再去触碰过往的伤痛。看来阴暗的历史还是早点忘记为好，何必自寻烦恼？还要写出来，去破坏别人的心情。

临分别我向贾夫人提出一个请求："你能不能帮我联系一下三公司那位老同志？我想去拜访她，和她聊一聊。"贾夫人爽快地回答："没问题！我跟她联系。"看来我还是不想轻易忘记。

7月23日（六月二十三）　星期六

乌苏市的叶先生是贾先生的朋友，一个文学爱好者。热情，友好，能看出是一位有修养的人。听说我想到乌苏基层去看看，叶先生自告奋勇开车陪我去巴音沟牧场。他买了馕，买了西瓜、伽师瓜（因产地在伽师县而得名，属哈密瓜中的一种，是哈密瓜中的上品）、蟠桃、大李杏，到宾馆接上我，迎着朝阳一路东行，然后折向正南，逆着奎屯河向天山前行。我们一路走，一路聊。从他那儿我知道了乌苏的全名是库尔卡拉乌苏，蒙古语，意思是雪山融化的水。我也知道了巴音沟旁边的峡谷叫安集海，盛产天山碧玉。天山的积雪融化，汇入安集海，从安集海流下去，流入准噶尔盆地，就是奎屯河。我同时也知道了他的身世。1960年甘肃大饥荒，他父亲饿极了，把生产队的一头驴弄死，还没顾上吃肉就被队干部发现。他家庭成分不好，父亲吓得连夜带着一家人逃跑到新疆（那头驴当然就进了别人肚子）。叶先生成为新疆的第二代，如今是乌苏市一个重要部门的领导。

翻过峡谷，赭黄色山岭中突然闪现出一片草原，鲜绿，翠嫩，清新的气息袭人心胸。两个蒙古包点缀在山坡下，牛羊星星点点踯躅其间。叶先生把车停在草滩上，迎着蒙古包里窜出的小狗走过去，很快就和羊群的主人聊得很投机。老人叫巴图纳生，蒙古语是长寿的意思。中午我们在他的蒙古包里吃饭。蒙古包很凉爽，叶先生让主人和我们坐在一起，吃瓜，吃手抓羊肉，吃馕，吃宽片子面，边吃边聊。我心里暗自赞赏叶先生会做群众工作，一顿饭不光主人客人都很愉快，还让我了解了牧区的情况。下山的时候，叶先生把我载到镇上去看玉石。镇上加工出卖玉器、奇石的小店很多，镇北头有一家专卖店，玉器、硅化树都很精美，价格也非常昂贵，反映出经济腾飞的景象无处不在。

车停在安集海河边，河心里一群游客弯着腰专心致志在乱石滩里寻宝。叶先生和我脱掉鞋袜，趟过河岔，下到河心滩上去。河水清浅，河里石头很多，有些色泽漂亮的大石头沉埋在泥沙里，没有工具很难撬动。叶先生找到一块大石，我找到一块小石，把它们弄到岸上，叶先生掏出随身携带的小手电仔细照看，虽然算不上玲珑剔透，却也显出一圈灵光。我们决定把它带走。于是，我书房的博古架上就多了一块暗绿色石头，它是巴音沟的纪念，天山的纪念，乌苏的纪念。我的另一个纪念是在草原上不留心蹭上一簇刺叶植物，小腿火烧火燎地疼，直到晚上还火辣辣地发烧。叶先生说这是一种会咬人的草。其实，它就是荨麻。

晚上，贾先生的内弟陪我去拜访三公司那位老同志。我和夫人在路边买了两个瓜，一兜水果，怀着忐忑的心情登上出租车。

老人住在一座老式小院里。破旧的门楼，窄窄的院落，两间北屋，一个小厨房。进入小院就进入了那个年代，使我备感亲切。她是四川人，1958年10月从老家来到这里（我二哥1958年5月被送往兵团劳教，她与他失之交臂）。她老伴是三公司的老司机，如果他还在世，应该知道张其瑞这个人。但我一点也没感到遗憾。听她讲当年的邻居，讲李春梅此后的生活，我已经感到很满足。

"她后来的男人是我们四川老乡。在公司人事科。转业军人。没什么能力，人很死板。老乡们不大和他来往。李春梅日子过得很节俭，裤头都是补丁摞补丁，洗了搭在外面，别人看见，私下里笑话。她死后，她老伴把四川老家的一个弟媳带过来一起过，两人也没办什么手续。"

她操着四川口音讲往事，我眼前晃动着李春梅年轻时的身影。一个精明利落的女孩，口才很好，会讲乡下笑话，会讲革命道理。我和她一起上学，同来同往，和她结下了叔嫂亲情，现在听老人追缅往事，心里对她依然有一份亲人的牵挂。二哥被划右派后，她给我写过一封信，非常痛心地说："你二哥一直不能认识自己的错误，态度很不好，你要写信劝劝他，让他不要与组织对抗。"我当时给二哥写了信，劝他虚心接受群众批判，认真检查，接受组织处分。写这封信的时候，我充满不祥的预感，担心混着恐惧，却无论如何也没料到这场批判毁掉了二哥的一生。

"她有一个儿子，一个女儿。儿子到南方打工了，媳妇在前面路口开药店，有个女娃，不好好上学，老早就下学了，在社会上乱跑，她妈也管不住……"

把我们送出门外，她站在街边说："这儿从前是戈壁滩，七几年才盖起这片家属院。没盖家属院之前，我们两家住在一个大房子里，房顶是苇子棚，上面连泥也没抹，下雨得用脸盆接着。好在那时候新疆很少下雨，不像现在。"她手指着路对面不远处的一片阴影，"瞧，李春梅就住在前边那个院子。那天中午她下班回来，已经十二点多了，她从这儿走过去往上走，走到那儿，离家只有几步远，坡上下来一辆车。"她用手指着左前方路边的地面，"真惨！她就死在这儿了。"

我盯视着黑影里那片路面，仿佛那里还留着李春梅倒在地上的影子。我的第一位二嫂，因为机灵、乖巧很受母亲宠爱。"她埋在三公司职工墓地里，城西一个叫狼窝子的地方。"当母亲把她从乡下接到我家来读书的时候，她无论如何也没想到会有这样的结局。我也绝对想不到，上学路上与我有说有笑的那位可爱的乡下妞，与塞外这遥远荒凉的狼窝子有什么关系？

7月24日（六月二十四） 星期日

三公司没了，二哥在这里的一切踪迹已荡然无存，然而离开乌苏时我还是有点恋恋不舍，好像有什么东西牵系着我的心。临行前夫人给她的同学打电话，告诉她到达乌鲁木齐的时间，请她帮忙订宾馆。对方用不容置疑的口气说："下了车打的直接到家来就行了，一切都给你们准备好了。"

到乌鲁木齐的第一件事是拜望我的第二任二嫂，去看看二哥留在新疆的从未见过面的两个孩子。这是我和家人多年的心愿，也是我此次新疆之行的重要任务。在开往乌鲁木齐的大巴上，我的心情再次陷入惶恐，不知她们现在是什么样子，见了面会是怎样的情景。这第二位二嫂是我在小湾下乡劳动时的邻居。"二哥十六年后到我家来，我和妻子正在菜地里栽种黄瓜、瓠子苗……社员们抬起头，转过脸，望着沿路而来的身影。'你们家来客了。'珍说。"这是我在小说《印象》里写的场景，珍，就是我的第二位二嫂。1967年，其瑞二哥解除劳动教养获准回乡探亲。这是他十七岁离家后第一次回到家乡与亲人团聚。当初那个不谙世事的英俊少年，经过十年劳动改造，现在是三十多岁的人了，名义上由劳教人员变为就业人员，实际上仍在兵团继续劳动，不能入连，只能在队里。他在郑州过罢春节，由母亲带领，到我这里来看看，然后回老家去。母亲信心十足，觉得回到老家肯定能为他再找一个更好的媳妇。"李春梅算什么！要不是她外婆一天到晚在咱家缠着，我能应允她？"一个多月后，母亲和二哥重新回到我的小屋里。如我在《印象》

里所写的那样："这是我有生以来第一次看见母亲如此苍老、疲惫，满脸沮丧，带着无法掩饰的无可奈何。……母亲把那些为定亲买下的衣物扔在床上，对妻子说：'这都没用了，你也穿不上。随便送人吧。'……珍的身影不知何时已经消失，好像门外从未站过人。妻子忽然转过头：'把珍说给二哥吧。'"于是，"珍换下长年贴在身上如一张皮似的粉灰格格带大襟长褂，穿上作为定婚礼物的鲜蓝涤卡长裤、重蓝对襟春秋衫，从那个漂满浮萍的水塘边的草屋走出去"。转眼四十多年，她从未回过河南，我们也没再见过面。她在老家没什么可留恋的。出身地主家庭，父母早亡，很小就嫁到外村，因为和男人感情不和，回到小湾，寄住在哥哥家里，在小村里既没朋友也没可去的地方，干活之余每天在我家玩，绕在妻子身后，偶尔帮她哄哄孩子。跟着二哥走遍南疆，经历了婚姻的幸福和家庭破裂的变故，她更愿意做一个没有背景、没有家乡、与任何人都没有来往的人。

晚上，夫人根据大侄女提供的电话给二侄女打电话。电话接通后，她说我是你婶婶，对方惊讶地说："婶？我哪有婶啊？"这话使夫人很受伤，她当即气呼呼地说，叫你妈妈接电话。夫人叫着珍在小湾里的外号说："胖子！小艳不是跟你说过我要来看你吗，你怎么不跟孩子说？"对方在电话里支支吾吾解释，夫人不高兴地说："她怎能说她没有婶呢？"两个人讲了一阵，气氛活跃了一些。其实，她的心情完全可以理解，她并不情愿我们突然出现在她和孩子面前，她不想面对过去。我在旁边小声说，你叫小英接电话。我把电话接过来，尽量把声音放得平和、亲切，我说："小英，我是你郑州的叔叔。""噢，叔——"她能这样随口称呼我，我立即感到了一种亲情的温暖。"我到乌鲁木齐来了，想去看看你妈妈，看看你们俩，不知道你有没有空？如果有空，明天我和你婶过去，请你们到市里来玩玩，一起吃顿饭。你看好吗？""明天我和小路都要上班啊。""能不能请个假，给老板说说？"她犹豫了片刻，然后爽快地说："后天吧。明天跟老板请假，后天你们来。"我高兴地说："好。那咱们后天见。你把地址告诉我，后天我们过去。"

7月25日（六月二十五）　星期一

在夫人的同学家，我们俩受到无微不至的照顾，效玲夫妇的热心、真诚让我深受感动。老两口一直住在单位的旧房里照顾孙女，新家装修好两年，直到前几天，为了我们的到来才搬过来。她的女婿特意请了假，代替二老照看孩子，让老两口过来陪我们。效玲的老伴老宋干练、利索，处理生活也特别细心、周到，我还没洗完脸，他已经做好了早餐，除了家乡的小米稀饭、馒头、咸菜，还有奶、奶茶、面包、油条、馕。看我对他的手艺很赞赏，老宋指着一盘色彩鲜艳的凉菜说："这叫皮辣红，皮芽子（洋葱），青椒，西红柿。新疆人很爱吃。"皮辣红又好看又爽口又有营养，可以说代表了新疆凉拌素菜的精华。他们这套四居室的新居，设施齐全、崭新，室内布置优雅、舒适，大厅通透，向阳面一溜大窗，窗下四把藤椅一个茶几，是喝茶、聊天、打牌的好去处。这是个新开发的小区，十几座高层建筑，环境优美安静。吃过饭我和老宋一起在院里散步、聊天。原来知道他女儿喜欢文学，我曾读过她写的长篇，现在才知道老宋自己也一直爱好写作，去年编印了一本散文集。他的散文让我感佩，不但文笔流畅，内容感人，感情也非常丰富。效玲和老宋这两个人，无论人品还是智商都很优秀，很难得，从他们身上能看到中国文人家庭的优秀传统。像许多当年从内地到新疆来的人一样，他们的人生也各有一部令人感叹的故事。

效玲祖籍豫东，出生在大地主家庭。二哥在读书期间追求进步，投奔革命，跟随王震从陕北到新疆，与一位白俄时期逃到中国来的俄罗斯女孩相爱，结婚，生下两个混血女儿。效玲在故乡上中学时与我夫人是同班好友。1958年，她的三哥（当时在中学教书）被划为右派，她的家人纷纷遭揪斗，她连夜逃走，到新疆投奔二哥。不料她二哥也被打成右派，到煤矿去劳改，那位俄罗斯嫂子与他离婚后，带着两个孩子回苏联了。效玲进了当地一个小印刷厂去当排字、校对工，虽然工作很出色，却不断遭遇歧视和挫折。此后她的三哥、五哥和母亲都从家乡逃出来，到新疆谋生。老宋是她五哥的同学，当时两人都在开封读书。他出身官宦家庭，祖上是当地的名门大户，民国期间被土匪劫掠，家道破落。解放后因家庭出身不好，一直受压抑，想靠发奋读书拯救自己，读书期间成绩一直很优秀。不料毕业前在大辩论中被人诬陷，说他走白专道路，对开设政治课不满意，不但不发毕业证，还要写检查、接受批判。他于是趁送亲戚去新疆的机会逃离家乡，到了伊犁。先在兵团劳动，然后进了新疆电力学校。由于成绩优秀，后来成为电建方面的技术人员。经效玲的五哥介绍，与效玲结婚。现在两个女儿都在电力系统工作，两个外孙女已经七八岁。改革开放后，他被提拔重用，十年前从某电力单位党委书记的位置上退休。

听说我们来了，效玲的五哥过来和我们聊天。他退休前是乌鲁木齐经济技术开发区主任，现在对国际国内的事情保持着热情和关心，谈吐间对社会、时事依然有自己的思考和见解。他和老宋争论最多的是新疆的开放、发展和稳定。说起多年前的民族关系，老宋充满感慨："那时的民族关系多融洽呀，维吾尔族人、哈萨克族人都很纯朴，对汉人很好，没有隔阂。效玲生孩子，我到他们家去买鸡蛋，一块钱九个，他给你九个九个数，不卖零的，他们不会算账。"

既然约定明天去看我的第二任二嫂，我决定利用今天这个空当去逛大巴扎。老宋背上相机陪我们。乌鲁木齐是个南北狭长的城市，大巴扎所在的二道桥在市区南端，是维吾尔族聚居区，街面上是维吾尔族的瓜果摊，市场里的摊位大多经营民族产品，头巾、披肩、头饰、手镯、花瓶、刀具、形形色色的干果，琳琅满目。逛市场的人摩肩擦背，各摊位前挤满游客。夫人拐进一个卖披肩的小店。与其说她看中了这里的东西，不如说是被店里两个年轻时尚的维吾尔族女孩吸引。这两个女孩人长得漂亮，气质好，很阳光，能看出是受过良好教育。脸上挂着笑，说话亲切随和，很快便赢得了夫人的信任。走出这间小店时，我手里提着一个巨大的袋子，走出老远，夫人说忘记给弟媳捎礼物了，转回头再去找这家店铺，又买了两条披肩。虽然花了不少钱，心里却很高兴，东西不错，价格也满意，该买的都买了，不用再为回去的礼物操心。

晚上我给小英打电话，听她叫叔，有一种喜滋滋的感觉。"我把假请下了，明天我和小路在家等你们。"然后她详细讲了住址、路线和周边单位，"下午不走也行，就住我们这儿。"虽然只是一句平常话，心里登时热乎乎的。

7月26日（六月二十六）　星期二

两个侄女住的小区在乌鲁木齐西郊，是二哥当年所在的工二师盖的家属楼。出租车司机对这一带不熟悉，拉过了两公里，下车后又折转来才打听到确切位置。离开马路，沿一条正在拆迁的小巷向里走，看见一片楼房。走进小区，一个三十来岁的小母亲带着一个七八岁的女孩迎面走来，看见我们，脸上现出疑问，盯着我打量。我停下脚步看着她说："你是——""我是小路啊——""我是你叔叔，这是你婶。"小路亲热地走过来，把夫人手里的瓜接过去："怕你们找不到地方，我出来看看。""这是你的——""我的女儿。"我弯下腰看着她："叫姥爷，姥姥。"小女孩蹭着母亲的腿，羞涩地笑着叫："姥爷——姥姥——"我把相机拿出来："来，咱们在这儿照个相。"院里走过的人注视着我们，他们猜不透这瞬间对于相机前的人意味着什么。近午的阳光明朗、柔和，小女孩蹦蹦跳跳在前面走，夫人与侄女肩碰肩说话，我走在她们身边，看着院里的路和楼房。"后来你爸爸和你们见过面吗？""他来看过我们一次，站在房子外面，见了面很别扭。"我点着头，我能想象，也能理解，对于一个孩子，那是多么尴尬的场面。

两个侄女住在同一栋楼，一个在一门洞二楼，一个在二门洞五楼，两居室、小厅，在乌鲁木齐有这样一个家，算是不错了。小英的丈夫在克拉玛依，小路的丈夫随公司到非洲去了。两人各有一个女儿。夫人拿出事先准备的红包，给每个孩子一千元见面礼。两个女孩拿着红包开心地笑，两个小母亲教她们："说谢谢姥姥。""谢谢姥姥。"小丫头的笑声为这陌生的会见增添了亲情气氛。

夫人和珍有一层特殊关系，和她说话比较随便，她们从各自的情况和孩子的情况说起，自然而然地说到二哥。"张其瑞是个最没用最没能力的人！我恨死他了，他把我们母女害的！"珍以这样激愤的话开头，为自己创造了一个发泄的气氛，"除了能在机关上个班，他什么都不会。干活笨，别人经常欺负他。他又不爱说话，受了欺负都是我去充坏人，跟人家吵。队里分给他打泥坯的任务，别人都完成任务了，他完不成，还得我帮他干。营地转移的时候，汽车上有个行李蹦跳着往下掉，又不是他的行李，他慌着去捞，行李没捞着，自己一头栽下去，手腕栽断了，不能干活。本来应该是工伤，队里不承认，要扣他工时，我跑去找队长吵，才算他工伤让他歇了几天（三侄女就生在这次营地迁移途中，所以取名叫小路）。工地离家百十里，他长年不回来。三个孩子，我背一个，抱一个，后边跟一个，到戈壁滩上去挖甘草，捡牛粪。维吾尔族老乡在地里掰玉米，看我可怜，把玉米棒子扔给我。月底没粮食吃了，我到维吾尔族老乡家去借玉米面。过年没肉吃，我在维吾尔族老乡那儿寻一个羊肚子回来煮煮……跟着他遭的罪没法说。"

我插上说："这些事儿他都说过，他在母亲面前没说过你一句不好，总说你吃了不少苦，受了不少罪。说你泼辣，能干，能吃苦。我二哥他确实不会干活。我三岁没父亲，母亲把我们弟兄当宝贝一样惯着，到西安去读书之前，二哥连一条手绢也没洗过，他一直是上学读书，他会干什么活？"

"不会干活，他心眼还小得很。人家谁个女人打火墙？他连个火墙也不会打，我请人打火墙，他就说我跟人家有什么关系。……闹得像八辈子仇人，手里掂着铁锨，撵着跟我拼命。他平反了，到沙湾去上班了，我带着孩子去找他，他把箱子柜子锁上，像防贼一样防着我。

孩子想要塑料凉鞋，跟在他身后说，爸爸，给我买双凉鞋吧，爸爸，给我买双凉鞋吧。结果他也没给孩子买。户口、粮食关系都在他那儿，他不管我们，连饭也不管。我跑去找他们领导，他才给我们饭吃。那时候他上了班，说了多少次，想离了婚再找个有工作、有工资的。"

我忍不住插上说："他不想跟你离婚啊！他对几个孩子很有感情，他从来都不想离婚。你到沙湾找他，他给大哥打电话，电话里都哭了。大哥要我到新疆来给你们调解。我把车票买好，到邮电局给二哥挂电话，我想叫他告诉你，等我去了再处理。那时候长途电话不好要，外面下着大雨，我一天没吃饭，坐在邮电局大厅里，一直等到下午五点多长途才叫通。电话接通以后，二哥很伤心地说你不用来了，她坚持要离，昨天办过手续了，离了。你们离婚之后他回来探亲，见到母亲就放声大哭。要是他想离，他能那样伤心吗？"我的声音开始哽咽，不得不停下来。两个侄女掏出餐巾纸擦眼窝，小英呜咽着说："谁不想要个完整的家呀！他就是太软弱。"小路说："跟他要凉鞋的事我还记得清清楚楚啊。"两个小女孩被这场面吓住了，咧开嘴想哭。我赶快把表情放轻松，挥了一下手："都过去了，不说了吧，我相信你们说的都是事实。可有一点我很清楚，他是爱你们的。他不想离婚。"二哥的话题太沉重，不适合再往下说。我把最小的丫头揽过来，看着她的脸说："你说说，今天咱们到哪儿去玩？"两个女孩异口同声说："去人民公园！"我站起身说："好！咱们现在就去人民公园！"

是的，珍必须为自己找到背叛的理由。站在她的立场，我认为她的理由是成立的。她和二哥度过了一段非常艰苦却非常幸福的时光，也许那是二哥一生中最美好的记忆。在最艰难的岁月，珍以她的吃苦耐劳、泼辣能干给了他温暖和关爱。然而当她带着三个孩子远离男人，孤苦一人撑持着一个家的时候，他不但不能给她依靠，也不能给她和孩子温饱，甚至不能给她一点体力上的帮助。读书害了他。书生落魄，百无一用，远不如一个粗人。那个在营地上打杂的男人能为她打火墙，为她劈柴、挑水、刨地、开荒、搬东西、照看孩子，能保护她不受外人欺负。珍肯定会把二哥说得很坏，把离婚的原因说成是二哥平反后想抛弃她们，另找条件更好的女人。她的谎言不过是为了在孩子面前赢得同情。虽然我不能认同，可我也没有理由责备她。我不能当着孩子把耻辱的一幕说出来。我常想，如果二哥没有看到那一幕，如果他永远不知道远在百里之外的营地里发生的事情，也许珍就不至于离开他。其实，二哥是被珍的背叛摧垮了。他一生中遭受了太多背叛，珍的背叛成为压垮他的最后一根稻草。右派平反没能改变他的生活，反而使他陷入妻离子散的惨境。这时的他，年过半百，经过二十年的重体力劳动和精神摧残，身体和精神的承受都已达到了极限。

珍说她的腰和腿不行，从没下过楼，坚辞不跟我们出去。我和夫人带着母女四人到市里去玩。两个侄女在商场上班，也许她们很少有工夫带孩子出来玩，两个小妞在公园里玩得特别开心，在钓鱼那儿玩了很长时间。融融亲情笼罩着我们，请旁边的游客给我们照相，我和夫人感到很欣慰，这镜头温暖着二哥的在天之灵，是此次新疆之行最美丽的画面。唯一的阴影是忍不住对两个侄女讲述了那个不堪回首的一幕，她们都已三十多岁，有了自己的孩子，告诉她们真相，她们应该能够承受。

"工地放了两天假，下了工他急着往回走，不想在工地多待一会儿。百十公里路，他没搭上便车，在戈壁滩里走了大半夜，一边走，一边唱京戏，后半夜才赶到营地。敲开家门……另一个男人在里面。"两个侄女瞪大眼睛说："他们在一起，那是离婚以后的事啊！"我不想争辩，我只能实话实说："从那以后，你爸就变了，那个人在营地，他不敢回家。他说他回了家不敢吃东西，不敢喝水，处处留神，怕遭到暗害。他不敢在家停留，睡觉也不安稳。在这当口，他接到平反的通知，回到乌苏，到沙湾上班。你妈妈找到沙湾，提出和他离婚（当时那种情况，他们还能在一起生活吗？）。调回郑州后他和新单位的关系一直搞不好，总是怀疑有人暗害他。年底单位发大米、发油，他说人家在米和油里下了毒，弄得单位里没人敢接近他。那时候我们只是觉得他头脑不正常，没意识到他已经病得很严重。"（现在每每回想起来，我都会深深自责，为什么没有早点觉察他的病情，多给他些关心，让他休养、治疗？）

在公园里歇息的时候，我家老大打来电话，我趁势把电话交给小路，她张口叫着大哥说："大哥，你好！我是小路。原以为见面会很别扭，谁知道还不错，可能是血缘关系吧，我们在公园玩，很开心。"

我给大哥拨了电话，让两个孩子跟他通话。听她们叫大伯，我眼睛里涌出了泪水。

有一点遗憾，公园周围没有合适的饭店。本想请她们好好吃一顿，结果只找到一家面馆。两个小女孩饿坏了，拉面一上来就欢欢地吃，看她们吃得那样香，我也就暗暗发笑地释然了，觉得今天是西行以来最幸福的一天。从明天起，我可以安心地到南疆去旅行。虽然那里已经找不到二哥走过的足迹，可那里的风光吸引着我，二哥的眼睛和我的眼睛都会看到塔克拉玛干、塔里木、博斯腾湖的景色，看到库车、轮台、库尔勒、阿克苏的夕阳。晚霞下，一个身影在如烟的戈壁上行走，他背后是铁红色的山峦和无边无际的荒漠。

花儿与少年

独自远行

十岁时我曾跟随母亲到省城去过一趟。火车站的汽笛声,德化街的灿烂灯火,大同路东头的青少年俱乐部,让我念念不忘。从那以后我一直想要自己出一趟远门,不要大人照料,不要母亲呵护,独自在外面世界里闯荡一回,混在乱哄哄的陌生人当中,那是多么惬意的事儿啊!

十三岁的暑假我终于实现了自己的愿望。在我执着的恳求下,母亲给我几张一元票面的钱说:"想去你就去吧,走丢了看你怎么办!"

那时县城刚通汽车,一间低矮的土瓦房,山墙上开一个小洞,就是汽车站。那时没有班车,车站也没有电话,有没有汽车来,只能在那间小房子的屋檐下等着。我站在小窗外从上午一直守到黄昏。母亲来看我,她说:"你怎么还站在这儿？"我说："站上的人说，有没有车要到夜里才会知道。"母亲劝我回家，我当然不能回，这是我好不容易争取到的机会，决不能轻易放弃。母亲说："那你也该吃点饭啊。"我说："我不饿。"母亲只好在我手里又加了两张一元的钞票，说去吃点东西吧，等不着车早点回家。到了夜晚八九点钟，车终于来了，是一辆破旧的小嘎斯。能够耐心等到深夜的只有三四个人，所以坐上这趟车我显得分外得意。站在车头旁，手抓车帮，让风在耳边呼呼劲吹。车灯劈开黑乎乎的田野，车头拱着大鼻子在忽高忽低的路面上疾驶，过瘾极了。其实一旦上路，一切都变得很简单。在南阳下了车，就在车站待着，既省了旅馆费，还能和搭车的人热热闹闹地一起等车。南阳至许昌路很长，路面又很坎坷，人在车上抛起抛落，五脏六腑都要蹦出来似的，直到坐上火车，还觉得身体在动荡。可这比起一路上的兴奋心情，根本算不得什么。

　　一切都很顺利，我没费多大劲就到了省城，找到我大哥。大哥带我到解放路去吃馄饨，吃过馄饨又洗澡，洗完澡又逛二七广场，简直开心极了。此后我每天都去青少年俱乐部打乒乓球、弹琴、看画报、借书，结识了一批同龄的好朋友。

然而回去时可不像来时那样称心，一辆旧卡车挤满了人，大家的身体像风中的庄稼一样随着车身摇摆。要不是它需要不断停下来修理，我可真有点儿受不了。车过襄城，天开始下雨。黄土路面由湿滑变为粘黏，车轮过处，留下深深的壕沟。雨水顺着头发淌过脖颈，衣服湿淋淋地紧贴在身上。雨越下越大，公路上的泥泞越来越深。卡车好不容易开进叶县汽车站，一个坏消息把车上的人都惊傻了眼。车站上的人说，前边的公路已经下了栅栏，不到天晴路干，汽车不能上路。

困在叶县汽车站不大的候车室里，我望着窗外的雨幕发呆。临走时大哥给我十块钱，买了郑州到许昌的车票，还剩八块多，晚上在车站租一条席子，又吃了两顿简单的饭，买了许昌至南阳的汽车票，现在身上还有三块钱。谁知道天什么时候才会放晴？天晴之后，什么时候汽车才能上路？我骂了两句，就转过身去找同车下来的几个学生玩。他们中的一个帅小伙早已吸引了我，他身材匀称，眉目英俊，谈吐潇洒，胸前神气地挂着"长春汽车拖拉机学校"的徽章，让我羡慕不已。我蹭到他身边，听他们交谈，在他们商量天不晴怎么办的时候，我插嘴说，要是天不晴，应当让他们给咱退票。帅小伙扭头看着我说，小家伙你到哪儿去？我说我回家，回唐河。你是唐河的？是啊，我家在西门里。他笑了一下，我也是唐河的，他们两个也是。这一下，我不感到孤单了。他们三个人打牌缺一手，加上我正好。打了半天牌，吃了一顿饭，帅小伙和他的伙伴们都喜欢我了，我跑跑颠颠给他当"狗腿"，他也处处以我的保护者自居。晚上我们四个人伙租两条席，帅小伙不让我出钱。

雨还是淅淅沥沥下。帅小伙决定采纳我的建议，让车站把我们四个人的票给退了，每人手里多了三块多钱。在车站门外吃点东西，我们决定徒步往回走。如果天晴了，走到哪儿在哪儿搭车，天不晴，就一直走回去。走一天离家近一天，总比傻等强。

现在已经很难回忆起这四百多里路是怎样走过的。一个十三岁的男孩，三个一二十岁的小伙子，大家淋着雨，踏着泥，一路兴致勃勃，开着玩笑，唱着歌，那是一次多么难忘的旅行啊！到了南阳，大家都累得走不动了。

天晴了，汽车还不通。我们雇了一辆架子车，四个人分做两班，轮换坐。

　　第二天近午终于看到了双凤山。翻过高冈，蜿蜒的唐河水、高耸的泗洲塔和房屋错落的县城呈现在眼前，我们都来了精神，一路欢叫着过河、进城。架子车停在我家门口，我立刻撒娇地喊："妈——快给我拿钱！"母亲为我清算了雇车应摊的费用，向我的大朋友们道谢，搂着我说："娃，下着雨，你是怎么回来的呀？"我骄傲地说："我走回来的！"母亲一边给我做饭，一边让我守在她身边，我们俩一个劲说话，好像几年没见似的。

　　那是我少年时期度过的一个最美好的暑假，也是我一生中最难忘的暑假。我常在心里念叨，那三位大朋友现在在哪儿？他们可还记得那个一路同行共同度过几天风雨旅程的小家伙？

长大以后

小时候我并没有想过要不要长大,倒是常巴望害病。发烧以后,软绵绵的,母亲和哥哥、姐姐疼怜的温存使我觉得一下子成了全家的中心。

想到应该长大了,是在初中一年级。在一个傍晚,放学回来,我看见后街的张姨弯着腰在厨房里忙碌。她一边从锅里舀汤,一边说:"你妈正发烧呢。"我擦着火柴点上母亲床边的灯,看见母亲头发蓬乱,面朝墙卧。张姨把她扶起来,让她吃饭。那神情恍惚、目光游移的样子使我既害怕又伤心。我感到自己的幼小和无能为力。喂饭、熬药……所有的事都由张姨奔忙,我像一个十足的傻瓜。张姨走后,我独自坐在母亲身边,一遍又一遍抚摸她滚烫的额头,听她在昏迷中发出的呻吟,默默地任软弱的泪水在脸上纵流。我连一点主张也没有,我为什么不长大呢？不但强壮有力、有钱、有主意，而且能娶一个贤惠勤劳的媳妇，让母亲既健康又快活，再也不必为家事操劳。在摇曳的孤灯下，我的思绪如灯影之外的黑夜一般弥漫，涌向大海样的人生。

  如今已记不起如何长大了。春天到来的时候，高中的同学来了一次聚会。大家互相瞪着出乎想象的面孔，使劲在记忆深处搜寻。我感到惊讶，难道真的认不出我了？我不还是这个样子吗？——真滑稽！只有那一刻，我才记起岁月已经过去三十三年。大家只不过像开了一场玩笑似的，当初作为少年的梦想而立下的作家、音乐家、教授、高级工程师、律师、校长等的宏誓大愿如今都已实现，在交换名片时却没有一丝神圣感和成就感，仿佛名片上的头衔依然是一个玩笑。海洋的尽头并没有另一个神话的世界，勇敢的水手也并不是真正的男儿。从少年的港湾起航，带着好奇的目光，怀着美丽的憧憬，开始人生的航程，在风浪的搏击里早已不知道来时的路是怎样走过的。一旦出海，谁都要身不由己地与风、与浪、与暗礁、与险滩搏斗，我们驾驶着自己前进，不是为着彼岸的辉煌，而是因为生命的本能。水手的勇敢是境遇的逼迫、生命活力的惯性，当我们葬身于波涛之间时，港湾里会驶出新的水手，他们会"擦干泪，不要怕，至少我们还有梦"。怕有什么用？人活着，就得长大，出航，不能也不愿永远待在母亲的港湾里。让梦鼓起幻想的风帆，生命才不至于黯淡无光。

现在我明白了人生是没有彼岸的，也没有温暖的港湾可以停泊歇息，枕着平静的海浪舒心舒意地醉卧梦乡。在我长大的过程里，母亲没有得到安慰，也从未享受过我们敬献的安逸和快活。母亲伴着我航行，在我疲惫的时候为我脱去鞋袜，垫好枕头；在我受伤的时候为我擦拭血污，轻缚绷带；在我沮丧的时候给我勇气。她总在为我倾注全副的身心，为我在人生途程上的每一步担忧。直到有一天，她在病床上，如我十二岁那个夜晚一样喘息着，神情恍惚，目光游移，轻轻地叹了一声说："都是我拖累了你。"那时，我明白自己并没有打算兑现当初的诺言，在顽强地划向海市蜃楼的幻梦时，我早已忘记了母亲，仿佛把她留在了遥远的我出航的码头上。我在奔向自己的目标，如一匹发疯的马。所有背景都被抛掷为一抹虚光。只有在她停息在长明灯的烛光里，我才意识到长大付出的代价是何等沉重。亲情的缺失，天性的失落，使一切追求和成功不再辉煌，目标也不复存在。

二十年前的旧友到我家来，半醉里一遍遍地重复说："我一打电话，你就说'你马上来'。是不是？'你现在就来'。你说……"我感到茫然。我当然说"你马上来"，还能说别的吗？那时我让你站在小街昏暗的路边，手攥酒瓶和一包卤豆腐皮，我说："站在这儿等我。"你就站在那儿等着，一直等了个把小时。那时，常常在黄昏里你匆匆闯进我家说："走，喝酒去。"我把饭碗一撂，站起来就走……现在因为我在电话里说让你马上来，你就仿佛受了什么特殊宠荣似的洋洋得意！难道我们真的不再是原来的我和你了吗？那一刻我的心涌满了悲凉。我们已不可能再扮演小街上落难弟兄的角色，还像那时，同满桌建筑队、搬运工、画像、卖桃花碱的狐朋狗友们猜枚划拳到凌晨五点，跌跌撞撞走过黎明的长街。我面前摆着无尽头的方格，我已冲不出苍颉的巫术阵。而他也根本没工夫在我这儿吃第二顿饭，他是来送他的女儿上大学。在我们喝酒胡闹的时候这孩子还没出世。二十年，这数字对她不可思议。

我不知道自己如何长大，对于别人加给我的称呼感到莫名其妙，怎样由"小弟"变为"叔叔""伯伯""爷爷"？名片上的头衔让我迷惑，我愿意永远只持有一个名片：

西门里张家杂货店，聪明捣蛋的三娃。

为青春作序

——序母校郑州七中同学作品集

当年那个经常把手插在裤子口袋里、挺着硬蓬蓬的大分头、爱在晚会上出风头的少年,现在居然可以装模作样地为母校同学的书写序了。离开郑州七中好像并没多长时间,心里的留恋还如昨天一样新鲜,怎么就过去了四十多年?用"刷地一下"来形容也还嫌不够生动。那座灰色的教学楼,那条马路,马路对面那条有着好听的名字、因它的名字才有了这门前马路的名字的小河,使记忆不曾走远,而从校园里走出的学生一茬一茬长大,一代一代变老,教学楼里出出进进的依然是花季少年,学校依然喧闹、蓬勃。哪个处所能如学校这样永远年轻?

郑州七中给了我一生中最丰富多彩、最爽朗快活的时光。读这本集子,我像又回到那多梦的季节,书中的作者使我依稀看到自己的影子。我和他们一道走过校园的甬路，意气风发，神采飞扬，无论什么样的话题都能使我们热烈，无论哪支歌都能使我们兴奋；苦恼超不过半天，沮丧熬不过半小时，争吵挡不住笑声，翻脸忍不住和好……若干年过去之后，一切不愉快的记忆都变成美好的回忆，所有摩擦都只是趣谈，那时我才发现，中学岁月最让人怀念。在那儿我不但很好地完成了学业，为一生的知识打下了坚实基础，而且参加了大炼钢铁、勤工俭学，在金水河边栽树，到人民公园挖湖，和筑路工人一起修大学路，冒着冬季的严寒去挖东风渠；在那儿，我还发表了自己的处女作，出版了第一本书。书上市那天我不得不在学校食堂里买了两份炒肉片请我的好友。因为这本书，我的班主任劝我把高考志愿由外语系改为中文系。在人生的十字路口，她帮我作出了文学的选择，今天我才有幸为母校同学的集子写序。

这是一本充满朝气的集子，映现出青春年华，读着它会有一种幸福感油然而生。有什么能比年轻更幸福？虽然年轻人也会有苦恼，也会有麻烦，随着一天天长大，苦恼和麻烦会愈来愈多，可是如果没有苦恼和麻烦，生活也就没有了故事，人生也便不再有声色，文章也便没有了魅力。

写作靠的是激情和幻想,激情和幻想是人的生命力的重要指数。走过人生的长河,能不能葆有中学时期的热情和理想精神,将决定这个人的生命状态。这个集子保存了这种状态,鼓舞了这种精神,也许它会影响其中许多人的一生。不管他们是否升入大学,也不管他们今后的人生道路是什么样子,这本书在他们精神世界里的影响都会继续存在。

写作的爱好并不都是为了当作家。一个人可以不当作家、艺术家,却不可以不爱好文学和艺术。文学、艺术是人生最基本的素质,它能使人的性灵保持湿润、鲜活,在你走过人生时,使你的精神不致在烦琐的生活里疲惫、麻木;它能建设你的直觉智慧,使你的头脑灵活,思维敏捷,富于想象力和理解力。急功近利地重理轻文,必将影响一代人的成长,危及民族的创造力。实用主义地学习,会磨钝人的才华,把能做栋梁的材料最终变成桌椅。

所以,我想说,母校为同学们编选这本集子,其意义远非书面上所看到的这些。愿母校这块绿地里成长出更多的大树。

上海编辑

我写小说很晚，当中国文坛群星灿烂的时候我才到县文化馆去做创作员。四十二岁那年给《上海文学》寄第一篇小说，不久收到一位姓杨的编辑回信，像老朋友似的诚恳、亲切，还寄了一本《写作参考》。投稿时我只在稿纸头上写了一行地址，未免有点简慢。《上海文学》对一个素不相识、毫无名气的投稿者的这份热诚，使我成为她的忠实朋友。过了不久，《槐影》在《上海文学》发表，那是我写的第四篇小说。

有一天，南阳文联的朋友打电话说，上海来了一位编辑，专程到南阳拜访你。以那时的交通，从上海到南阳可以说是千里迢迢，要坐二十多个小时的火车到郑州，再坐十几个小时的火车或长途汽车。郑州到南阳每天只有一趟火车，都在夜间运行，几乎每站都停，慢得让人难受，卧铺又很难买。那时的田中禾，拢共发了三四个不像样的短篇，劳动一个大刊的编辑不辞辛劳从大上海跑到穷乡僻壤来看望一个文化馆的创作员，感动之情可想而知。和钟佩珍的接触巩固了我对上海编辑的印象，诚挚、朴实、待人实在。此后她一直是我的责任编辑。她既不奉承，也不虚与委蛇。说你写得好，那是真心；说你没写好，也绝对是善意。和这种人相处，简单、不累，特别对我脾性。

几年后在三亚参加笔会，又使我领略了《上海文学》的哥儿们善以待人的风度。与张重光同住一室，我患了感冒，生怕给人带来不便，他不但毫不介意，还热心为我推拿，每天按时提醒我吃药，给我传授防治鼻炎的方法，一路成为开心密友，如果被外国人看到，或许以为我们是同性恋者。

《明天的太阳》获第四届上海文学奖，我到上海去参加颁奖会，才得与心仪已久的《上海文学》的朋友们见面。那个颁奖会是我参加过的类似会议中最愉快的一次。除了热情、周到，更有一种融洽、和谐。当时恰好有个中篇在《收获》待发，李国燦和另一位女士陪我吃了一顿饭，在上海作协二楼，店面虽小，环境温馨，感觉《收获》的编辑也一样地实在，不必花费太多应酬辞令。

第二年春天的一个早晨，突然接到一个电话，打电话的人说他是上海文艺出版社的丁元昌，刚下火车，现在在车站，过会儿到我家来。丁元昌我倒知道，他编了很多河南作家的书，在我们这儿口碑挺好。我因为手里没货一直没和他联系，不知道他是怎样知道我正在写长篇，也不知道他是怎样找到我住的地方。我从县里搬来郑州不久，住在西郊一个杂乱的小街的大杂院的六楼上，即便是老郑州要找到这儿也得费一番周折。丁元昌居然找到了。他坐了一夜车，下了车就奔我家，坐在仅有一个破沙发的"他化自在天"（按佛教教义，欲界第六重天是"他化自在天"）里，翻看我刚写了两页的长篇，其实这个长篇还只是个影子。我感到过意不去，想留他玩一天，起码找几个朋友请他吃顿饭，谁知他已经买好了返程车票，下午匆匆登车南返，回程又是通宵夜车。这样辛苦、敬业干活，丁元昌一下子把我感动了。夏天，我和妻子到杭州作家之家去度假，在上海转车，又着实麻烦他一次。他替我买车票，到站外去接。谁知火车晚点，他饿着肚子一直等到下午两点多钟也没接到我。虽然那时已经把他看作朋友,可内心的歉意至今难以忘怀。

那年在美国访问,看到耶鲁大学图书馆收藏的《匪首》,我禁不住与身边的美国朋友谈这本书出版的经过,谈起上海文艺出版社的编辑如何在书稿只有两页时去约稿,颇有点为我们上海编辑沾沾自喜。

几十年间去上海也有多次,曾在破旧的弄堂住,感受老上海以马桶交响曲开始的上海的早晨;在石库门前长长的人流中排队挤公交车,惊叹上海话骂人如鸟语鸣啭;到南京路逛街,去十六铺赶船,在城隍庙买小吃——从而领教了上海人半两粮票的妙用;眼见得破落的十里洋场变为生机勃勃的国际大都会,上海的风光与故事自然很多,然而,是上海编辑使我与上海建立起深厚感情,想起上海必然会想起他们。虽然上海还有不少朋友,也属君子之交,疏于往来,平时甚至一个问候也没有,心里留下的比文字留下的更多吧。祝福上海的朋友们,祝福上海的文学界。

浪漫是人生的翅膀

——读《长流诗钞》

长流是我大哥其俊的乳名。长流、长安（二哥其瑞）、长林，这名字早已没人叫了，却象征着母亲与相依相伴的三兄弟的挚爱，深藏着童年的幸福记忆。

读大哥其俊的诗是件乐事。从前看他用不同书体写的诗，边诵读，边欣赏他的书法；现在每隔几天收到他发来的手机短信，我们夫妻二人就笑着说，大哥又写诗了。然后大声念着，即兴点评。大哥的诗像年轻人的博客，随兴而发，有感而吟，并不刻意阐发主题，读起来很轻松。博客把想说的话写出来就行了，大哥的诗却要考究诗体、词格，韵脚、平仄，句式、联想。他年轻时对诗词颇多喜爱、研究，读书多，悟性好，可说是养之有素，写起来驾轻就熟，不但中规中矩，而且流畅、温润，有意境。不要说年轻人，就是我，也写不出如此工整、讲究的诗词。

然而，写诗的技巧、学问固然重要，更重要的是写作者的人生态度。大哥的诗虽然也是旧体诗，却不仅写得儒雅，更可贵的是诗里没有豪言壮语、说教自夸、咏歌升平之类的社会话语，他的诗只是对大自然、对人世的美好的发现和感受，流溢着清新的生活气息。从他的诗中，你会看见一个自得其乐的智者的身影，一双清澈的充满童趣的眼睛。大哥这种人生态度，源自他心灵深处的浪漫本色。而这浪漫，则源自对生活的热爱。

在我从小长大的过程中，大哥一直是我崇拜的偶像。当我以蒙童初开的眼睛看他的时候，他是临泉高中的高材生。在我眼里，他是那样风流倜傥，博学多才。当他的同学到家里来时，他们兴致勃勃，谈天说地，彻夜不眠，让我既羡慕又敬仰。当大哥吹箫的时候，那优雅的神态、幽咽的曲调深深感染了我，把一个少年的朦胧情怀带入遥远的遐想之中。在牌坊街邻居、商户们眼里，他是福盛长杂货店撑门立户的长子。父亲的早逝，使这个十三岁的少年过早地成熟，多愁善感的禀赋增添了忧思和持重。每到过年，店里伙计在灯下制作贺年片。撒金的红纸卡片印着"恭贺新禧"，落款盖上"福盛长张其俊鞠躬"的印章。在这个瞬间，一种神圣感笼罩着我。大哥的名字代表着我们全家，他让我崇敬、自豪。对于三岁丧父的孩子，其俊既是我的长兄，也是我和二哥的家长。他自己可能并不知道，他的举止深深地影响着我的成长，许多不经意的瞬间，在我心里留下的记忆从未随着时间而褪色。那是成年人不在意的细节，它只属于一双童稚的眼睛。在战乱频仍的岁月，弟兄三人到乡下避难，大哥是我们的领袖。夜里他带我们睡在高粱秆垛里，有他在，我不感到害怕，只感到温暖。想念母亲的时候，弟兄三人坐在村头。大哥吹箫，二哥唱歌，我躺在草地上看着天上的云，享受难得的幸福时光。他自己可能并不知道，是他书箱里一个本子上的一行文字，勾起了我写小说的愿望。我在一部小说里完整地使用了这个细节。在《老堆二伯》的标题下，有这样一行文字："天黑下来。村路上传来呱呱的咳嗽声。老堆二伯抽着烟，烟袋上飘出的火星在风里飞舞。"它一下子把我带入了乡村生活的夜晚，打开了我想象的闸门。大哥可能看到了我的文学潜质（这些潜质和我身上的许多气质其实就来自大哥对我的影响），此后他一直着意地培养着我。我是县城里最早拥有一份杂志的孩子。每个月，我都会等着从郑州寄来的书卷，它打开我的视野，使我萌生出投稿的兴趣，我成为学校里经常收到退稿信（因而备感自豪）的初中生。当我突然从大学退学回来，大哥不但没有责备，还为我到处奔走，找熟人，安置我到郊区去安家。在我和二哥的一生里，大哥一直给予我们父亲般的照顾和关爱，大到人生的重要关头，小到生活中的点点滴滴。而今各自步入晚年，回首一望，有一位丰富、宽广的母亲，有一位富于浪漫本色和充沛爱心的兄长，是我今生的幸事。他们使我骄傲地走过人生，无论怎样的困境，都能挺胸抬头、骄矜自若地走过去。母亲和大哥用他们的浪漫塑造了我的性情，培育出我的文学人生。

以大哥的灵性、学养，他没搞文学有点可惜。然而，时代鼓舞他的理想，历史选择他的人生。大哥以他的才智和热忱从政，干练、投入，耿介刚直，责任心强，不说是光辉的一生，至少是光明的一生。这当然与他的浪漫、与他的理想主义有关。一个热爱生活的人，无论放在哪里，都会充满激情，真诚投入。从官场退下来，他能一转身超然物外，天南海北，忘情山水，抓住难得的自由时光，充分享受余下的人生。正如某位西方哲学家所说，诗意地生活在人世。而今的大哥是回归了自我的大哥。他的诗，是心灵的自然的声音。

浪漫是人生的翅膀。它能使人的心灵无论在怎样的境遇里都能自由飞翔，飞越烦琐、冗杂，翱翔在阳光和白云之间，透过云层，欣赏人世的斑斓姿彩，超越岁月和时空。大哥的诗，使平凡的生活变得浪漫，使读它的人感受到一种人生态度。他仍然是我的楷模。

一个孩子对一个老人的记忆

在我的印象里,他有一副瘦长面孔,鼻洼里有些细碎的麻点。长年穿蓝制服,黑裤子,裤脚高吊,裸露出黑瘦的脚杆。以那时的感觉,他是一个不讨人喜欢的倔老头,如今想来,说不定那时他也不过三四十岁。他的形象随着"新华书店"在县城出现而进入我的记忆,我正读小学,上学放学都从十字街过,书店就在十字街口。开始在路北,后来迁路南,直到现在。

至今我还清楚地记得走进新开张的书店时的新奇心情,也许比如今的孩子第一次走近游戏机更激动。那么多书挤在排满屋子的书架上,各种各样的书脊使人眼花缭乱。我像迷失在堆满宝藏的魔窟里,一边走一边贪婪地浏览,被眼前洞开的神奇世界震撼。从伸手能够到的一层抽出一本《算术一千题详解》,打开它,立刻被有趣的算题和饶有兴味的解析深深吸引，如痴如迷地站在屋角读起来。在我抬起头的时候，一个瘦瘦的老头儿站在我身边。他逡巡的目光使我惶悚，我连忙把书合上，插进书架。他走近来，把我插上书架的书取出，抚平四角，再仔细地插整齐。第二天我心里一直挂念这本书，挂念那座神奇的魔宫似的书店。一放学我就溜进去，直奔昨天的书架。老头儿在不远处站着，他的目光使我胆怯。尽管他面无表情，我却清楚地看到他知道我想读那本书，而且我感觉到他的默许。我大胆地抽下它，不一会儿便沉浸在迷宫似的算题里，直到一只大手落下来，在我头顶抚了一转。书店要关门了。我把书插上书架，像他那样理好书脊。他看着我做完这一切，很满意地转过身去。

老头儿总是很严厉，但我知道他喜欢我在书架角落里读书。星期日书店里人很多，他在书架和柜台之间忙碌，我在人丛背后躲闪着人影读书。我和他成了无言的朋友。如果有几天没去，再见面的时候他一定会仔细看着我，嘴角绽出一个询问的微笑。

在整个小学期间，我的算术从没有及格过，最好的成绩是五十七分。《算术一千题详解》使我在一个阶段内对算术特别感兴趣,我能演算一些老师也没见过的题,一下子成了班里的算术天才,谁有什么难题都找我请教。

　　有一天,我忽然非常想把这本书带回家,那么奇妙的算题,不抄下来太可惜。在一个星期天,趁着人多,老头儿忙得不可开交的时候,我把书揣在怀里带出了书店。我如获至宝,把它压在枕头下,夜里也要用手摸几次。那些算题和答案都抄下了,可怎样把书送回去成了一件令人犯难的事。老头儿对我那么好,我却偷了他的书,把书也弄脏了。我不敢让妈妈、哥哥看见那本书,他们问起来,我会没法回答。好几次我把它装在书包里,徘徊在书店门口,却始终没有勇气走进去。我为此忧心忡忡,至今想起来仍有些隐隐不安。它使我明白了,一个人犯错误很容易,改正,却很难。

　　我已经记不起最终是怎样把书送还的。为了不把它弄脏,我替它包了书皮,夜里把它压在枕下,从不轻易借给别人。后来我常想,如果不是那个爱抚弄我脑袋的老头儿,也许我永远不会把书送回去。他是书店的第一个营业员,在那儿干了很久,直到我离开家乡到外地去求学。那个书架间的角落和他赞赏的目光,已经成为我生活中最美好的世界，它每天都吸引着我，不把书送还，我就没法再到那儿去。

书送回去之后，我又能享受站在人丛后靠着书架如饥似渴地读书的乐趣。在我离开家乡到省城读书之前，无论春夏秋冬，我的课余时间大多都用在了十字街口这座不大的书店里。我在那里读了很多书，从《算术一千题详解》《伊索寓言》《俄罗斯童话》到《钢铁是怎样炼成的》《地道战》……经受过内心的折磨，我再也没有萌生过把书带走的念头。母亲给的零花钱我几乎全都用来买了书。哥哥不断给我买新书，每收到他们从外地寄来的书捆，我就像过节一样快活。我和书店的老头儿结了很深的友谊，见了面像老熟人一样会心一笑，偶尔说上两句话，可是直到现在，我也不知道他的名字。我相信他也不知道我的名字。

十七岁的夏天，省会新华书店儿童读物门市部门口出现一则新书广告："迎接'六一'儿童节新到童话长诗《仙丹花》 田中禾著 情节曲折 语言优美"。那时我刚刚高中毕业，正在等待大学的录取通知。我压抑着激动的心情走到柜台边，指着书架向年轻的女营业员说:"把那本书拿过来。"她拿下一本,我说:"要十五本。"她诧异地瞪着我。我很想告诉她,这本书是我写的,我要多买几本赠送朋友。可是我只向她笑了笑。我忽然想起家乡十字街口的书店,想起那位不知姓名的老头儿。也许他也在向小朋友们卖我写的书吧?他决不会知道,他和他的书店对我的人生有多么大的影响。至今我还清楚地记得他,记得那书店,记得他在门口书摊前大声吆卖八折书的热闹情景。如同昨天,历历在目。

我的大学

高中三年级的时候,一座灰色楼阁突然出现在学校后边的旷野里,虽然它离我们学校不远,可我从没留意它是怎么建起来的。我和我的同伴到田野里去玩,刚走过体育馆的圆形围墙,就看见一座小楼独自立在满眼葱绿的庄稼地里。小巧玲珑,风格别致,像童话里的宫殿。我兴致勃勃地跑过去,踏入空寂无人的新楼,嗅着刚刚粉刷完毕的石灰、水泥、涂料的气息,浏览楼上楼下的房间,穿过长长的单面走廊,欣赏那些已经装修好的卫生间。白色的洁具闪着悦目的光亮,没有设施的空房间带着神秘的色彩,如幻境般引人遐想。碰到一个装修工,从他那儿知道了这座楼是河南省图书馆。我高兴极了。没想到省图书馆竟然建到了离我这么近的地方,而且又是这样漂亮、幽雅!从此我再也不用骑车到行政区那座简陋的筒子房里去借书了。为了找那座图书馆我费了很大劲，好不容易找到了，它的狭窄局促使我大失所望。不但藏书不多，书目查起来又很不方便。环境拥杂不堪，最终不得不胡乱借上两本，算是没有白跑一趟。

以后我经常往那座新楼跑，看它一天天装修完备，看它运进家具、图书，在我即将从郑州七中毕业的时候，图书馆终于开放了。它那宽敞明亮的阅览室，种类齐全的报纸、杂志，舒适的坐椅、书案，安静的环境，使我把所有的课余时光几乎全都给了它。高考临近，我和我的好友郝蜀山想报考上海戏剧学院，可我们俩对戏剧一窍不通，连一点基本知识也没有。省图书馆借阅厅里的图书编目卡给我帮了大忙。它既可按体裁、作者查找，又可按地域、时代查找。那些日子，我们俩每天埋头在省图书馆里，从希腊悲剧到关汉卿，从三一律到斯坦尼斯拉夫斯基体系，从莎士比亚到莫里哀、萧伯纳、易卜生……，从王实甫、孔尚任、梅兰芳……到田汉、夏衍、曹禺、欧阳予倩、阳翰笙……至今，当我对30年代的话剧侃侃而谈的时候，省图书馆那些带插图的五四话剧运动史还会油然浮现眼前，书页间散发出的纸页和油墨的气息仿佛仍在我周围缭绕。就是在那儿，我发现了郭沫若《孔雀胆》的结局来自莎翁的《哈姆雷特》，而在妇女解放运动中赫赫有名的娜拉却是易卜生《玩偶之家》中的一个小人物。后来虽然由于种种原因我们俩没去投考戏剧学院，可十几天突击学到的知识，使我提前进入了大学课堂。

高中毕业前夕，我的处女作长诗《仙丹花》出版。它使我放弃了电影演员、画家、生物学家、天文学家、翻译家这一大堆梦想，把志趣专一地献给了文学。它害我做起作家梦，使我没法在大学里安心学习。图书馆里愉快的记忆诱惑着我，我觉得没必要在课堂上浪费宝贵的光阴。到了二年级的时候，实在无法忍受空洞迂腐的文科教材的折磨，我决心申请退学。当我千方百计地和系办公室、校学生处软磨硬缠的时候，一位青年教师劝我："系统的大学教育还是必要的，想当作家等读完大学再说。"我回答说："我要到生活里去学，我一定会自修完大学课程，可没必要坐在教室里。"我藏在心里的另一句话没对他说出来，我认为大学老师们的讲授不一定有我自修的内容更自由、更丰富，收获更大。

1962年春天,经过不屈不挠的努力,我终于如愿以偿地从兰州大学中文系退学回到郑州,成为郑州郊区葛砦大队的社员。每天赶着马车到市里去送菜,到岗杜菜站卸了菜,过了磅,把马喂上,再到省图书馆、市图书馆去借书。一个生在城里、长在学校,被母亲和姐姐、哥哥们宠坏了的男孩,农村生活对我是一个全新的世界,我像一只飞出樊笼的小鸟,在广阔天地里自由飞翔,以充沛的精力一边参加生产队的劳动,挣工分养活自己,一边按自己的意愿读书写作,不必再受讲义的限制,也不再为应付考试、考查而翻读那些索然无味的教材。我为自己制订了一个进修计划,图书馆的编目卡片成为我的导师。在卡片索引的帮助下,我以文学史为纲,以作家作品为对象,一个专题一个专题研读,写心得、作笔记、录卡片。一边读书,一边写作,在短短的两年中读完了大学高年级的课程,写了两部长诗、一部长篇小说的前半部。图书馆里外国文学的编目卡片凡能借到的,几乎全都借读了。两年后我离开了郑州。生活的动荡和时代的动荡使我再也没能找到这样好的读书条件。从豫南小市到故乡县城,浪迹市井,辗转漂泊,我从没想象到人生的大学会这样丰富多彩，穷三生五生也难得读完，更不要说毕业。那时我当然没想到有朝一日我能荣幸地被省图书馆邀请去讲课，我的书也能被编入省图书馆的卡片，被如我一样虔诚的读者借阅。

现在的省图书馆已经迁了新址，那座在我心中曾经如童话中的宫殿似的小楼如明日黄花，洗尽铅华，凋落斑斓，被嘈杂的闹市包围，寂寞地淹没在喧嚣的高楼丛中，有谁知道，它仍然是我心中的一片圣地？

在绅士的客厅里聊天

——我与《世界文学》

有一天我忽然想,如果没有了《世界文学》,我的生活会有什么变化?也许我会照样穿衣、吃饭;按习惯起床、读书、写作;书架上照样有读不完的书、浏览不完的杂志。少一本32开不起眼的刊物,也许根本不会有谁留意。说实话我并不像初恋那般爱它以热烈缱绻,分手如生离死别,没有"读你千遍不厌倦,读你的名字像春天"的感觉。我读它,很平静,很超然,放下也不会做梦,还常常带几分挑剔,有几分不满,觉得它完全应该更好一些。然而如果真没有了它呢?

我记起小时候我家斜对门住过的曹爷。我不知道他的名字,牌坊街男女老少都叫他曹爷,他却并不老。他的院子在绿意盎然中显得幽雅安静。我每天去玩,看他下围棋、象棋,听他焚了香抓筝、弹三弦,与一些斯文老人哼唱大调散曲，似懂非懂地听他们说字画，说佛、道，说遥远的发人遐想的闲话。后来他搬走了，那院子改做一家商号的货栈。那种没处可玩没处可去的落寞感至今使我难忘，它牵系着少年时代最美好的时光。

我想，没了《世界文学》，我肯定会像曹爷搬走了一样感到侘傺怅惘。像去惯了一个绅士的客厅，不是因为豪华，不是因为热情好客，不是因为声色浮扬。那主人也许让人感到迂执，缺乏招摇，很像一个自尊自信醉于内心独白的落魄贵族。不太在意轰动效应和投合热门，只按自己的思路对自己感兴趣的话题侃侃倾诉，不留意客人的表情。

是的，有时这面孔使我失望，我会被僵硬乏味的腔调弄得心绪不宁，但更多的时候我会被某个话题引入愉快的境界，感到心灵在悟性中蓬勃。这去处早已成为我生活习惯的一部分，我便无法说爱它或是不爱。那起尘的磨损的方砖地面或是不知觉间更新了的茶具座椅，使想要握着主人的手真挚道谢或难以容忍一个瞬间指点嚷叫的冲动归于淡然。岁月倏忽，旧梦依稀。我清楚地忆起作为一个满眼好奇的中学生，在光线幽暗的阅览室小楼上，一边听不息的脚步踏动楼板的咯吱声，一边捧着深奥的书式装订的《译文》，被这杂志的名字震慑，又被色调庄重版式严肃的外观所吸引，像面对一位高深莫测板着面孔的博学的绅士一般，诚惶诚恐。也许正是它的并不有趣、并不洋溢少男少女的活泼轻快刺激了我的探险欲，使我硬起头皮去啃那些懵懵懂懂的书行，中学到大学，成为它的朋友。

前几年有朋友问我，你为什么读《世界文学》？是为自己创作的需要吗？我说，不，不是这样。虽然它确实给我的创作以不可忽视的影响，但我并不是为某个目的而读它。既不为研究需要，也不为寻找创作借鉴。我读它，像到一个绅士客厅里去聊天。不去似乎看不到什么损失，但我肯定会觉得自己的精神档次降低，内心世界萎缩，久而久之，将更像牌坊街的小市民。那你该去读原版书嘛！他说。对于任何一个不以研究外国文学为专业而有着自己专业的人，即使外语不丢生，读这么宽泛的原版书可能吗？虽然那意味着跳出别人选定的圈子而有更大的选择自由，也实在是不现实的。

因此，对于《世界文学》，批评抱怨仍然无法大于感谢。

四十年的风风雨雨，因这刊物的不无失误偏斜的辛勤劳动，我们得以享受无数倍于见诸书页的翻译的优秀成果，在浩如烟海的文学大洋里品饮一二勺精华之露。

习惯了这去处，也愿意为它的不完美辩护。我常会在这客厅里对着主人牢骚一番，说它的古板，说它的不够周到。但仔细想来，又怕真的大搬大动难以适应。这家伙有时候实在让人没法忍受。单调、沉闷，一个个专辑时不时如硬点心般难咬，使人常常舔着嘴唇渴望点清凉甜润。然而我当然更害怕我所爱的矜持掺进艳俗。既是客厅，也如展廊，魅力所在当然是主体意识的个性风貌，丰富健全庄重的品格力量也许对跨世纪的文化竞争力愈益显得重要。所以，我最好什么馊主意也别出，只在心中为《世界文学》祝福。

我和《百花园》

读高中时,知道有份《百草园》杂志创刊,像任何一个文学青年那样,心里暗暗希望有朝一日能在那泛出油墨香味的书页上发表点什么,哪怕一首四行小诗也好。然而这愿望一直未能实现。后来它更名为《百花园》,心里失落更深,草都不能做,更何况花?而且颇为因鲁迅美好童年的寄托而诗意盎然的好名字被改得俗艳而生出一丝愤慨。虽然谁都明白文艺的圣坛那时只能开花不能长草。此后离开郑州去上大学,缘分仿佛就此了了,不曾想到二十年后反成情人,如同一段浪漫的恋爱。

二十年,与《百花园》一起诞生的孩子已经开始谈情说爱,二十年前的少年却第一次手捧文稿踏进编辑部门槛。我们都被忽略掉岁月的峥嵘,仿佛那是瞬时的恍惚。年轻的《百花园》接待了一个初入文坛的新人。在自己生命最蓬勃的季节我荡了一次秋千,从第一本诗集《仙丹花》荡出去,虽未历尽沧海,也算经了风雨见了世面,决心告别诗歌,从浪漫的吟咏回到残酷的现实。跨进《百花园》,手上攥着两个短篇,它们已经被另一家刊物认为"格调阴暗"难以发表。当我杌陧地坐进主编何秋声先生面前的藤椅时,他手掀稿纸的声音把我的神经搞得如绷紧的琴弦。我的第一篇小说《小县里的新闻人物》和第二篇小说《玉鸽》就这样被1982年的《百花园》第四期、第五期接连发出,而且在目录上均被以黑体字排在前两题。一个刊物接连两期发同一作者的稿子当时还属少见,《百花园》的气魄震动了文风极盛的南阳,田中禾的名字便第一次进入笔会的名单。

在我转入中篇创作之前的五年间,差不多每年都有两三篇小说被《百花园》刊出,我在故乡小城为它物色了两三个代销员,多时居然每期能销到千余册,少也能销三二百本。

《遥远的彼岸》送到主编何秋声先生手里,他指点着稿子说:"你得注意这'了'字,千万得注意。"结果,我把那一篇几乎所有的"了"字都涂掉了,再一看,简直像换了一种叙述，至今仍印象深刻地牢记这不可小觑的"了"。从"了"推而至"着"、至"的"、至"这"、至"那"，深悟洗练顺畅未必尽在大处。如今的手稿，随处可见涂去的点点墨迹，也许仍是何秋声留下的印迹吧？

十五岁来到郑州，无论如何地分分离离，《百花园》总如故乡母校，伴我长大的过程。从这块园地走入外面的世界，在喧嚣绚烂中回首一望，那里拥挤着陌生的面孔，如同站在母校门口，看不完年轻鲜活，不管大材小树，一花一蕾，依然是心底温馨的绿地。

愿春天在《百花园》长驻。这是一声由衷的祝福。

贺《百花园》创刊 200 期

我和《奔流》

1959年春天,我还在郑州七中读书。寒假里写了一部童话长诗。开学后的一个星期天,我拿上诗稿到工人新村的省文联去。办公室里一个戴眼镜的人值班。他举止斯文,谈吐儒雅,面对一个十七八岁的高中生,像和蔼的师长一样用低沉的声音和我交谈,讨论诗歌,讲卞之琳,讲艾青,和我谈了两个小时。他叫丁琳,是《奔流》杂志的编委。一星期后,我接到河南人民出版社的信,说我的长诗太长,《奔流》无法发表,丁琳老师推荐给他们,他们已经读过,决定出版,要我到出版社去一趟。这年"六一",这部诗出版了。它就是我的处女作《仙丹花》。当年被选入《河南建国十周年儿童文学选》,第二年,由文化部选送参加"巴黎儿童读物博览会"。这部书的稿费是我入大学的路费和学费。我从此走上了文学道路。丁琳成了我终生的师友，《奔流》成为我文学道路上的重要园地。

丁琳先生的一生随着《奔流》起落，他的身影与《奔流》联为一体，伴着它的始终。"文革"中《奔流》停刊，1979年《奔流》复刊，我在故乡县城一个街道小厂里，写了一组诗寄给他，丁琳先生马上给我回信，鼓励我继续写作。后来我到了县文化馆，发表了《五月》，丁琳请我和乔典运去，住在文联招待所写稿子。当年心目中崇拜的老师，以一副谦恭的态度殷勤地招待我，每天到楼上来看望，让我心下十分不安。此后，我的《春日》《椿谷谷》《娃娃川》都由《奔流》推出。《春日》获了那一届的"奔流奖"。《奔流》1990年再度停刊后，丁琳先生退休，我每年春节去看他，坐在他的小卧室里和他叙旧，直到先生去世。他的宽厚、仁爱、敬业、爱才，对我的人生有着深远的影响。

我在《奔流》结识的另一位长者、仁者是庞嘉季先生。我从大学退学后，生活和人生遭遇了一波又一波挫折，1963年夏天寄寓在西郊一个出租屋里。从邻居那儿借了一本《奔流》1963年上半年合订本，读过之后，写了一篇《奔流1963年上半年小说纵横评》，那时已很久没与丁琳联系，就把文章寄给了《奔流》编辑部。几天后，收到"奔流评论组"的回信，赞扬文章写得好，问作者的情况，希望作者到编辑部去见见面。第一次见到庞先生的情景至今历历在目。那时他是评论组组长。嘉季老师满头银发，穿着尖头皮鞋，满面笑容，一副风流潇洒的样子，从外面一进来就热情地握住我的手说："你是个非常有才华的人，很有前途的年轻人！"当时还有一位年轻编辑在场，他忙着给我让坐，倒水——他就是后来主编《故事家》的杜道恒。那是我生活最窘迫、潦倒的时候，庞先生和道恒的勉励给了我极大的鼓舞。此后，嘉季先生一直关注着我的情况，常向文学界的老师们介绍我。1985年在洛阳开"农村题材小说创作座谈会"，他向南丁推荐我大会发言，见人就说："田中禾很有才华，很有潜力。"其实，那时我发表的作品很少，他的话对我是很大的鞭策。那次会后，我写了《五月》，算是对老师们的厚望的报答。

一晃几十年过去了，《奔流》在我心中依然有着神圣的记忆。丁琳老师作古了，他倾注于《奔流》的精神依然温暖着我。

花儿与少年以及春天

在我的中学时代,创作投稿的气氛很浓,学校的信札里每天插满五光十色的退稿信。谁收到的退稿信最多,同学们就羡慕他。我经常被大家羡慕。初中到高中,任什么也没发表,大家却刮目相看。我自己也觉得了不起,经常口出狂言。

本来我并不一定要当作家,虽然到高二我已写了两部长诗、四本抒情诗,对国画和素描同样入迷,而且觉得电影演员更适合我。最后,我郑重选定要做天文学家,广阔无际的天空是一个怎样神秘而令人遐想的世界呀!

1957年夏天,我回到故乡度暑假,到乡下去看望亲族。一位堂伯母正生病,我去看她。她咳着,发着烧,却很高兴地捧出一个黑瓦盆,里面漂起像泔水桶里结的泡垢那样的东西。"这是肉蛾,管治百病,是从黄河里采的。"她娓娓地讲了一个神秘的采药故事，相信自己的病可以用这肉蛾治好。回到学校后，我眼前晃动着伯母瘦削枯皱的脸，还有那只瓦盆里泔水似的神药。不久，伯母去世了。然而伯母讲述的故事却在我心里长久徘徊，到了寒假，我就构思并写出了长诗《仙丹花》，把伯母留下的传说变成了一部美丽的童话诗。这部童话诗写一个少年徐全在村里瘟疫蔓延父母病逝后，决心寻找仙丹，为乡亲们治病。他靠着善良和勇敢，战胜风暴、严寒，战胜贪婪歹毒的恶人，取来仙丹花，使全村人恢复健康。

三月的一天，我揣上这叠诗稿来到郑州工人新村。那时的省文联在那儿。我踏进《奔流》编辑部时，激动和敬畏绷紧我的神经。值班室里只有一个人，高高的个子，戴着眼镜，我一眼便觉得他够作家派头。我只拘束了几分钟，因为这个人平易可亲，举止富有文人风度，待一个十七岁的少年有导师的宽容。他向我讲卞之琳的诗，谈得很有兴头。我呈上自己的诗稿，他信手翻了一下，淡淡地说："行，我看看。"我嗫嚅地请教他的名字。"丁琳。"他说。我从此便崇拜丁琳，常在同学们面前夸耀。大约一星期后，我接到丁琳的信。说稿子看过了，写得很不错，只是太长，杂志没法发表，他已推荐给出版社，请直接到河南人民出版社找郑平同志联系。我又兴奋又怅然，好像有了心事。

后来趁课外活动时间我拿了这封信去找郑平。她说："稿子读过了，我们决定出版。有一个地方，写风暴的形象应该再加几句。"我把诗稿带回去，让我的同班好友郝蜀山看，他是我们班里最有文才的同学。他非常赞赏我的诗，还热情地为我拟了四句，我稍加改动添加在风暴形象里，送回出版社。这本书上市时我们正进行紧张的毕业复习。新华书店门口竖起的牌子上写着"迎接'六一'儿童节　新到童话长诗《仙丹花》　田中禾著　情节曲折　语言优美"。

到现在我都弄不明白，三月份把诗交到丁琳手里，五月底就出书上市，还插了四幅图，设计了鲜艳的封面，那时候出版社的效率为什么那么高？

这一下，我中了"文学鸦片"，日夜做作家梦，天文学家的志愿就被抛到了九霄云外。考上了兰州大学中文系，难以安心读书，觉得大学课程真没劲，那些教授、讲师讲的课程我早已读过，既不新鲜也没用。我写寓言诗、抒情诗，写评论，后来研究儿童文学，梦想编出中国第一部儿童文学史。可是，忽然我觉得自己要完蛋了。我坐在学校里，毕业后去当记者、编辑，教书，钻故纸堆，我的作家梦完了！我三岁丧父，是姐弟中的老小，娇生惯养长大，没有受过任何磨难，完全不懂人生是怎么回事，这样下去绝对做不了作家！到大学三年级时，我决定退学，为了使家庭不动摇我的决心，我把户口迁到农村。可是生活决不那么浪漫。一下去，就是二十年。在农村，在县城，当过流浪汉，跟过剧团，办过小工厂，人生的苦辣酸甜品味备至。这都是因为处女作《仙丹花》！1961年这本书再版，由文化部选送"巴黎国际儿童读物博览会"参加书展，又收入《河南建国十周年儿童文学选》。这一切都促成了我的决心——从大学退学，到农村去体验生活，当作家。

现在斑白已经爬上发间，当年幻想一枝金灿灿的鲜花的少年，那浴着爽朗的阳光的春天，只在我的心里定格，都一去不复返了。再读十七岁时写下的这部长诗，感到很羞愧。它那样幼稚，那样肤浅，即使浸透着那个时代的价值观，也仍然显得牵强可笑。这就是我踏入文学殿堂的第一个足印。

石缝里的野草（代后记）

在我的老家，正月初十是石头生日，要给石桥、石磴、石磙、石碾、石槽、石碓臼……所有的石器上香、烧纸、上供。吃烙馍、卷菜，叫作"十烙"，取"实落"的意思，象征日子殷实、富足。我出生在正月初十，很为与石头同一天生日自豪，从小自恃结实，不怕摔打；一路走来，顽劣成性；直到今天，还是不谙世事的样子。偶尔自称"同石生"，并不是真石头，不敢自诩无材补天，仍是血肉之躯，红尘里的蚁虫，玩心不退。写小说之余，以翻读杂书为乐事。偶尔唱唱、跳跳，与朋友看看字画、说说戏、聊聊读书看电影的感想，随手写些小文，以应朋友之约，并无宏旨大意。不过是一个读书人的杂拌随想，写作间隙里的闲情逸趣，石头缝里的野草。

四册小书以不同内容编选：读书笔记《自然的诗性》、

艺术随笔《声色六章》、散文集萃《花儿与少年》、笔记小说《落叶溪》。

  商业文明的今天,不敢说这套小书有什么卖点,也不敢说真有什么价值。无论说哲学,说历史,说美术,说音乐,说戏剧,说电影、电视,说自己,说街坊旧事,都只是随感而发,缺乏专业性,没什么体系,谈不上严谨,只能算茶余清谈、饭后小聊。好在而今人们在专业的疲惫中难免心生焦虑,小品文化又过于无聊,也许无目的的阅读能平抚躁气,滋润人生。石缝小草,在雅室案头,会不会增添一丝绿意,多一点生气?——果真如此,这套小书的价值就是无用之用了。

2019 年新秋于同石斋